KB049684

디 아더 유

J. S. 먼로 지음
지여울 옮김

THE OTHER

THE OTHER YOU

디 아더 유

J. S. 먼로 지음
지여울 옮김

소미미디어
Somy Media

| 차례 |

"고난도 두 배, 재앙도 두 배."

《맥베스》, 윌리엄 셰익스피어

안드레아에게

일주일 전

1장
케이트

케이트는 사람의 얼굴을 읽는 데 재능이 있었다. 어찌나 솜씨가 좋았는지 이 능력으로 직업까지 구했을 정도였다. 케이트는 상대의 눈만 보고도 뭔가를 숨긴다는 것을 알아차리고, 100미터 떨어진 곳에서도 사기꾼을 쉽사리 분간해낼 수 있었다. 심지어 길거리에서 한 번 스치기만 한 사람도 그 얼굴을 기억할 수 있었다.

"케이트?" 계단 아래에서 롭이 부르는 소리가 들린다. "오고 있어?"

케이트는 침실 거울에 비친 자신의 모습을 흘긋 쳐다본다. 오늘은 롭이 새로운 곳, 남쪽 해안가 어딘가에 숨겨진 비밀 해변으로 데려다준다고 했다. 한결같던 토요일의 일상에 일어난 변화이다. 평소 같으면 후미에서 수영을 하며 하루를 시작한 다음 항구가 내려다 보이는 단골 카페에 앉아 커피를 마셨을 것이다. 롭은 더블 에스프레소를 마시고 케이트는 플랫화이트를 마신다. 롭은 늘 하던 대로 일과를 보내는 것을 좋아한다.

"잠시만." 케이트가 대답한다.

롭은 이미 나갈 준비를 마치고 현관 앞에서 기다리고 있을 것이다. 하지만 케이트는 집의 보안 장치를 전부 켜는 데 시간이 좀 걸린다는 사실을 잘 알고 있다. 이 집은 마치 포트 녹스(연방 금괴 저장소가 있는 미국의 군부대이다. _옮긴이) 같다. 두 사람이 함께 쓰는 침실의 거울을 가만히 들여다보면서 거울 속에서 자신을 향해 미소 짓고 있는 서른세 살의 여자가 겉으로 보이는 모습만큼 행복하지 않다는 증거를 찾아보려 한다. 그러나 어디에서도 그런 흔적은 보이지 않는다. 케이트의 눈빛은 춤을 추듯 반짝이고 햇살이 입 맞춘 살갗의 땀구멍 하나하나에서 행복감이 뿜어져나오는 듯 보인다.

"케이트?" 보안 장치를 켜는 귀에 거슬리는 기계음 너머로 롭이 부르는 목소리가 들린다.

"지금 내려가." 케이트는 미끄러지듯 계단을 내려가 널찍한 현관 복도에서 롭과 합류한다. 롭이 케이트를 위해서 사다준, 부드러운 털을 지닌 닥스훈트 스트레치가 주방에서 총총거리는 발걸음으로 달려나온다.

"꼬맹이, 이따 보자." 케이트는 스트레치를 안아올려 작별 인사로 입을 맞춘다. 평소에는 어디에 가든 스트레치를 함께 데리고 다니지만 오늘 아침에는 일상의 또 다른 변화로 롭이 스트레치를 집에 두고 가자고 제안했다. "정말 스트레치가 보안 장치를 건드리지 않을까? 자기 잠자리에만 얌전히 있는 거 잘 못하는데."

"보안 시스템은 그렇게 허술하지 않아." 롭이 대답한다. "말썽꾸러기 강아지는 보기만 해도 딱 알지."

한 시간 뒤 두 사람은 가파르고 위험한 절벽 길을 내려가야 도달할 수 있는 작은 모래 해변에서 서로 팔짱을 끼고 걷고 있다. 두 사람의 뒤로는 화강암 절벽이 마치 거대한 무대 커튼처럼 해변을 둘러싸고 있다. 물때가 바뀌면서 파도의 물결 자국이 새겨진 모래 둔덕이 바닷속에서 모습을 드러내며 후미 입구를 가로지르듯 막아서고 그 안에 갇힌 바닷물이 청록색으로 빛나는 깊은 물웅덩이를 이룬다. 후미를 둘러싸듯 양옆으로 가파르게 솟은 바위들은 바다로 뻗어나가며 점차 완만하게 몸을 낮춘다. 두 사람은 해변을 독점하고 있다. 여기까지 오는 길에서도 아무와도 마주치지 않았다.

"왜 지금까지 여기에 데려와주지 않은 거야?" 케이트는 해변의 아름다운 풍광에 감동하여 묻는다.

"당신 체력이 안 될 거라고 생각했어. 여기까지 걸어내려와야 하니까." 롭이 한 발 앞서 나가며 대답한다.

두 사람이 함께한 지 이제 거의 다섯 달이 되어가는데, 그동안 케이트의 건강이 좋지 않았다는 것은 사실이다. 케이트는 하마터면 목숨을 잃을 뻔한 자동차 사고를 당한 후 그 후유증에서 회복하고 있는 중이다. 하지만 이제 몸도, 마음도 하루가 다르게 좋아지고 있는 기분이다.

롭이 발길을 멈추더니 밀물이 차올랐던 경계선 근처에서 무언가를 주워올린다. 바다가 연마하여 돌려준, 하트 모양의 작은 유리 조각이다.

"이거 당신 것 같은데." 롭은 케이트가 유리 조각을 받아드는 모습을 지켜보며 말한다. 평소에는 그 경쾌한 남아일랜드 억양이 그리 두드러지게 들리지 않지만 이렇게 차분하게 이야기할 때면 그 억양이 한층 뚜렷하게 살아나 마치 노래를 하는 것처럼 들린다.

케이트는 원래 하트 모양을 그리 좋아하는 편은 아니지만 무슨 이유에서인지 이 바다에서 떠밀려온 유리 조각의 거친 아름다움에 그만 감동하고 만다. 아마도 그건 롭이 원래 낭만적인 사람이 아님에도 낭만적으로 구는 법을 배우려고 노력하고 있기 때문일 것이다.

"정말 예뻐." 케이트는 몸을 돌려 롭에게 입을 맞춘다. 그리고 눈을 감고는 눈꺼풀에 내리쬐는 햇볕을 음미한다. 두 사람 모두 지금부터 무슨 일이 일어날지 잘 알고 있다. 도저히 참을 수가 없다. 적어도 케이트는 그렇다. 두 사람은 아무 말도 하지 않은 채 몸에 걸친 옷을 모두 벗어던지고는 모래밭을 달려 내려가 바닷물로 뛰어든다. 케이트가 롭보다 한발 앞선다.

"내가 이겼어." 발이 닿는 곳까지 힘껏 뛰어간 다음 더 이상 서 있기 어려울 만큼 바닷물이 깊어지는 순간 반짝이는 수면 아래로 깊이 잠수한다. 롭이 일부러 져주었다는 것쯤은 잘 알고 있다. 롭은 항상 그런다. 하지만 깊고 투명한 바다로 헤엄쳐나가는 지금 케이트는 온몸에 힘이 넘쳐나는 기분에 사로잡힌다. 이따금 사고의 후유증으로 다리에 경련이 일어나며 찌릿한 아픔이 찾아올 때도 있지만 오늘만큼은 그렇지 않다.

"런던에 있을 때 수영 교습을 몇 차례 받았어." 케이트 옆에서 물살을 가르던 롭이 얼마 후 입을 연다.

설마 아직도 케이트가 알몸으로 수영하는 습관이 쑥스러워서 일부러 화제를 돌리려 하는 것일까? 롭은 가끔 그렇게 보수적으로 굴 때가 있다.

"자유형 자세를 교정하고 싶어서." 롭이 말을 잇는다. "호흡 말이야. 내가 어떻게 하는지 봐주지 않을래?"

롭은 대답을 기다리지 않고 곧장 수면 아래로 잠수해 들어간다. 케이트의 아래쪽에서 롭의 몸이 하얗게 빛난다.

"준비됐어?" 롭은 케이트의 오른쪽으로 10미터 떨어진 곳에서 마치 물개처럼 수면 위로 고개를 내밀고는 외친다.

케이트는 열의를 보이려 애쓰며 고개를 끄덕인다. 롭은 온갖 일에 다 교습을 받는다. 수영에 테니스, 체스, 그리고 최근에는 초급 프랑스어까지 배우고 있다. 일을 하는 데 프랑스어가 필요하기 때문이다. 반면 케이트가 배우고 싶은 것은 오직 한 가지, 다시 사람을 그리는 법뿐이다. 자동차 사고 이후 케이트는 사람을 그릴 수 없게 되었다. 사람 얼굴을 인식하는 능력 또한 망가져버렸다.

롭은 그 긴 팔과 다리로 물살을 일으키며 수면을 가르기 시작한다. 헤엄치는 자세가 전보다 나아졌는지 알 수 없지만 그 단단한 엉덩이만은 눈에 확 들어온다. 롭이 옆을 지나치는 틈을 타 케이트는 몸을 내밀고 롭이 수영을 하고 있지 않을 때 케이트가 잡아주면 좋아하는 그곳을 슬쩍 잡는다. 효과가 대단하다. 롭은 마치 벽돌 벽에 머리부터 부딪치기라도 한 사람처럼, 숨이 막혀 헐떡이며 수면 위로 고개를 내민다.

"지금 당신이었어?" 깜짝 놀란 표정이 점점 미소로 허물어진다.

"그러면 좋겠지?" 케이트가 대답한다.

"물고기한테 물린 줄 알았잖아."

"다음번엔 내가 물어줄게."

"그거 약속한 거다?" 롭이 케이트에게 다가와 입을 맞춘다.

케이트는 다시 한번 이번에는 부드럽게 그를 손으로 감싸쥐고 끌어당긴다.

"한번 도전해볼래?" 두 사람이 물살을 헤치고 나아가기 시작하자 케이트는 해변 뒤쪽에 솟아 있는 바위를 향해 고개를 까닥이며 묻는다. 깊은 물웅덩이 위로 불쑥 튀어나온 바위는 뛰어내리기에 안성맞춤으로 보인다.

롭의 대답을 기다리지 않고 해변을 향해 헤엄쳐나간다.

"너무 높아." 롭이 소리 높여 부르지만 케이트는 이미 물 밖으로 나와 바위를 기어오르고 있다. "케이트, 조심해."

롭은 언제나 케이트에게 조심하라고 성화이다. 집 문을 잠가라. 낯선 사람을 조심해라. 조심하라는 말은 이제 일종의 주문이 되어버렸다. 그리고 케이트는 언제나 롭의 말을 한 귀로 듣고 한 귀로 흘려보낸다.

"머리부터 뛰어내릴까, 발부터 뛰어내릴까?" 바위 꼭대기에 오른 케이트는 바위 아래 어두운 물웅덩이를 내려다보며 묻는다.

"케이트, 하지 마." 롭이 아래에서 케이트를 올려다보며 말한다.

"진짜 어린애 같다니까." 케이트는 알몸 위로 양 팔을 높이 들어올린다. 오늘은 참 기분이 좋다. 더할 나위 없을 정도이다.

"케이트!" 롭이 다시 소리 높여 부르지만 이미 늦었다. 케이트는 벌써 한 마리 제비처럼 허공을 가로지르며 뛰어내리더니 깊은 물속으로 잠겨들었다가 다시 롭 옆의 수면으로 고개를 내민다.

"이제 당신 차례." 케이트가 말한다.

"절대로 안 해." 롭은 안도의 표정을 지으며 케이트에게 입을 맞추고는 혹시 다친 데가 있는지 케이트의 머리를 이리저리 살핀다. "당신 괜찮아?"

"당연히 괜찮지." 케이트는 이제까지 높은 곳을 무서워한 적이 없다. 마우스홀이라는 작은 마을에서 엄마가 항구 부두의 벽에서 뛰어내려보라고 말한 다음부터는 그랬다. 콘월 해안에서 좀 더 내려간 곳에 있는 그 마을에서 엄마와 케이트는 단 둘이서 휴가를 보내고 있던 중이었다. 케이트는 많아봐야 고작 여섯 살이었을 것이다. 마을의 남자 아이들은 감탄을 금치 못했다. 부두의 가장 높은 곳에서 뛰어내린 케이트는 마치 연필처럼 몸을 곧게 세운 채 발끝부터 수면 위로 떨어졌다. 그때는 잠수복 같은 것도 없었다. 그 순간은 무서웠지만 그때 이후 높은 곳에서 뛰어내리는 순간 느껴지는 오싹한 전율과 사랑에 빠지게 되었다.

해변으로 돌아온 두 사람은 조금씩 강해지는 햇살 아래에서 몸을 데운다. 그리고 롭이 요새 시험하고 있는 신형 '스마트' 보온병에 담긴 커피를 마시며 이야기를 나눈다. 롭은 기술 사업 분야에서 일을 하는데, 최신식 기기들을 아주 좋아한다. 뒤쪽 절벽 위에 쌍안경을 든 남자의 모습이 나타났기 때문에 두 사람은 옷을 다시 입고 있다. 조금만 있으면 이 해변은 나체로 활보하는 사람들로 붐빌 테고 롭은 그 남자가 새를 관찰하러 왔다고는 생각하지 않는다.

"당신 정말 좋아지고 있는 것 같아, 그렇지?" 롭은 이마에 달라붙은 젖은 머리칼을 뒤로 넘기며 말한다. "그냥 하는 말이 아니라 정말로 좋아지는 것 같아."

"두고 봐야지." 케이트가 대답한다. "지금 너무 신나게 놀아서 이따가는 아마 잠깐 누워 쉬어야 할지도 몰라."

"하지만 힘이 나는 기분이 들지?" 롭이 다시 묻는다.

"당연하지." 케이트는 미소를 지었다. "전부 당신 덕분이야."

"내 덕분이라 할 만큼 여기 같이 있어 주지도 못하는데."

롭은 런던에 살면서 주말에만 이곳에 내려오는데, 매주 꼬박꼬박 올 수 있는 것은 아니다. 하지만 케이트는 롭을 만난 일을 자신의 인생에서 일어난 가장 멋진 일이라고 생각한다. 지난 다섯 달이라는 짧은 시간 동안 롭은 케이트의 인생을 완전히 뒤바꾸어놓았다. 콘월에 있는 멋들어진 집에 머물게 해주었고 꿈에서도 상상하지 못한 온갖 것들을 누리게 해주었으며 망가진 몸과 마음이 건강하게 회복할 수 있도록 보살펴주었다.

"그냥 다시 그림을 그릴 수 있게 되었으면 좋겠어." 케이트는 한숨을 쉬며 말한다.

"그릴 수 있게 될 거야. 내가 장담해." 롭이 대답한다.

요새 며칠 동안 케이트는 스트레치의 모습을 캔버스에 담아보려고 시도하고 있다. 하지만 케이트가 처음으로 사랑에 빠진, 사람의 초상화를 그리는 일은 아직 능력 밖이다.

"다시는 누구에게 그림 모델이 되어 달라고 부탁할 수 없다는 생각을 하기만 하면…." 케이트는 말끝을 흐린다. "무서워서 미칠 것 같아."

롭은 그 말이 다시 바다로 뛰어들어가자는 신호인지 살피는 기색으로 케이트의 얼굴을 들여다본다. 하지만 케이트에게는 기운이 남아 있지 않다. 어쩌면 생각만큼 몸 상태가 좋지 않은지도 모른다.

"또 무서운 게 있어?" 롭이 묻는다.

"병원." 케이트는 떠오르는 기억에 몸서리치며 대답한다. 사고를 당한 직후 중환자실에 누워 있을 무렵의 기억들을, 각종 관과 인공호흡기를 달고 어떻게도 할 수 없는 무력감에 잠겨 있던 무렵의 기억들을 잊으려고 무던히 애써왔다.

"하지만 우리가 만난 곳도 병원인데." 롭이 미소를 짓는다.

"그건 달라. 그때는 입원 병동에 있었으니까." 당시 롭은 병원을 쭉 돌면서 중앙 로비에서 자신이 기획한 전시가 열리니 한번 보러와달라고 환자들에게 부탁하고 있었다.

"당신은 어때? 당신한테도 무서운 게 있어?" 케이트는 롭이 인생에서 그리 큰 어려움을 겪지 않았을 것이라고 생각하며 묻는다. 롭이 걱정하는 것은 항상 케이트이지, 그 자신이 아니다. 처음 만났을 무렵에는 롭에게 신경질적인 데가 있다고 생각한 적도 있었지만 그건 그의 활동력의 발현일 뿐이다. 롭의 다재다능한 두뇌는 결코 멈추는 법이 없이 마치 슈퍼컴퓨터처럼 쉬지 않고 윙윙거리며 돌아간다. 롭은 아일랜드 출신 괴짜 천재이다. 케이트가 아니라 그 자신의 입으로 한 말이다.

롭의 대답이 돌아오기까지는 조금 시간이 걸린다.

"내가 10대였을 때 말인데," 롭이 입을 연다. "나는 도플갱어를 만나게 될까봐 무서웠어."

케이트는 깜짝 놀라 롭의 얼굴을 쳐다본다. "자신의 도플갱어와 마주치는 것은 불길한 일이라고 알려져 있어." 롭이 바다를 응시하며 말을 잇는다. 케이트는 한 번도 롭이 미신을 믿는 사람이라고 생각해 본 적이 없다. 오히려 미신을 전혀 개의치 않는 사람이라고 생각한다. 롭의 인생을 지배하는 것은 현대의 기술이지 허구의 이야기가 아니다. 부드러운 모래 위에 의미 없는 무늬를 그리면서 롭이 계속 말을 이어가기를 기다린다. 이런 식으로 그에 대해서, 그의 두려움에 대해서 이야기를 나누는 것은 그리 자주 있는 일이 아니다. 두 사람이 이야기를 나누는 것은 언제나 케이트에 대해서이다.

"지금도 그게 무서워?" 케이트는 대답을 재촉하듯 묻는다.

"요즘에는 누구나 소셜 미디어에 자기 사진을 올리잖아." 롭은 케이트의 질문을 듣지 못한 것처럼 말을 잇는다. "그러니까 언제라도 우리와 완전히 똑같이 생긴 사람이 우리를 찾아낼 수 있다는 뜻이야. 어느 누구에게나 가능성의 범위 안에 충분히 들어 있는 일이지."

케이트는 뼈아픈 실망감에 사로잡힌다. 롭이 겨우 마음을 여는가 싶었는데, 다시 사무적인 말투로, 그가 생각하는 안전지대로 돌아간 것이다.

"온라인에는 몇 십억 명의 얼굴이 올라가 있어. 자신과 똑같은 얼굴을 찾기를 기다리면서 말이야. 정말이야, 내가 정확하게 분석해서 다 계산을 해봤거든."

물론 그랬을 것이다. 하지만 케이트가 정말 깜짝 놀란 것은 롭이 그 다음에 한 말 때문이다.

"우리에게는 누구나 저 어딘가에서 우리를 지켜보며 기다리고 있는 도플갱어가 있어. 그 도플갱어에게는 그림자가 없어." 롭은 작은 후미를 둘러보더니 등 뒤쪽의 절벽 위를 올려다본다. 쌍안경을 가진 남자는 이미 어디론가 사라지고 없다. "그리고 나는 이미 내 도플갱어를 만난 적이 있어. 아주 오래 전의 일이야."

"오래 전 언제?" 케이트는 묻지만 롭의 대답은 돌아오지 않는다.

"도플갱어를 한 번 만나는 것만으로도 충분히 불길한 일이라고들 하지만 만약 다시 한번 도플갱어를 만나게 된다면 그보다 훨씬 더 나쁜 일이 일어난다고 해." 롭이 잠시 말을 멈춘다. "그를 다시 만나게 된다면 그날로 나는 끝장이 나고 말 거야. 그는 내 인생을, 나, 당신, 집, 회사, 내가 이룬 모든 것, 내가 소중히 여기는 것들을 전부 차지하게 될 거야."

롭이 젖은 눈으로 말을 멈춘다. 콘월의 태양이 외딴 구름 뒤로 몸을 숨기자 해변에는 불현듯 그늘이 드리운다. "그는 내 영혼을 훔쳐 갈 거야."

금요일

2장
케이트

"우리 이제 뭐할까?" 케이트는 테슬라의 운전대를 손가락으로 톡톡 두드리며 스트레치에게 말을 건다. 금요일 저녁 런던 히스로 공항에서 날아오는 롭을 마중하러 테슬라를 몰고 나와 뉴키 공항의 주차장에서 기다리고 있는 중이다. 마치 첫 데이트를 나온 기분이다. 라디오에서 들려오는 음악을 귀담아들어보려 했지만 전혀 집중을 할 수가 없다. 이미 손톱 줄로 손톱도 다듬고 자동차 룸미러로 립스틱도 살펴보고 인스타그램에 올라온 새 글도 모조리 확인한 후이다. 스트레치도 기분이 들떴는지 잔뜩 흥분해서는 조수석의 인조 가죽 자리에 도무지 얌전히 앉아 있질 못한다.

테슬라는 케이트 취향의 자동차는 아니다. 남자들이 좋아할 만한 장난감인 것이다. 하지만 전기 자동차라는 점이 마음이 든다. 속도도 빠르다. 이 자동차는 콘월에서 케이트가 마음대로 쓸 수 있도록 롭이 사준 것이다. 케이트는 지금 누리고 있는 새로운 생활이 아직도 못내 믿기지 않는다. 케이트가 예전에 몰던 낡은 모리스 마이너 트래블러는 도로 위를 달리는 시간보다 수리 공장에서 수리받는 시간이 더 많았다.

공항 터미널에서 계속해서 흘러나오는 사람들의 모습을 지켜본다. 통근하는 사람들도 있었지만 대부분은 휴가를 즐기러 내려온 이들이다. 무심결에 케이트는 지나가는 사람들의 얼굴을 눈여겨 살피면서 각각 얼굴의 특징을 구분하기 시작한다. 혈색이 나쁜 뺨, 로마인 같은 오똑한 콧날, 스패니얼 같은 눈망울. 사고가 있기 전에 케이트는 경찰에서 민간인 신분의 '초인식자'로 일을 했다. 인구의 2퍼센트는 사람의 얼굴을 전혀 기억하지 못하는 안면 인식 장애, 즉 안면실인증이라 불리는 병을 앓고 있다. 그리고 그 정반대 지점에는 '초인식자'라고 불리며 사람의 얼굴을 절대로 잊지 않는 1퍼센트가 존재한다. 케이트가 바로 그런 사람이었다. 처음부터 경찰에서 일을 하려 했던 것은 아니었다. 케이트는 그 전까지는 줄곧 자신을 초상화가라고만 생각해왔다. 하지만 일단 경찰 일을 시작한 후에 자신이 이 일에 소질이 있다는 사실을 알게 되었다. 실제로 솜씨가 아주 뛰어났다. 한번은 그저 눈만 보고 용의자를 분간해내기도 했을 정도였다. 범인은 눈을 제외한 얼굴 나머지 부분을 전부 가리고 있었다.

자리에서 몸을 일으켜 앉는다. 케이트의 왼쪽에서 주차장을 가로지르며 차를 향해 다가오는 롭의 모습이 보인다. 케이트의 심장이 쿵 하고 내려앉는다. 롭은 면으로 된 모자 달린 점퍼와 티셔츠, 청바지 차림에 한쪽 어깨에는 옆으로 매는 커다란 가방을 매고 있다. 롭은 고개를 숙이더니 언제나 가만히 있지 못하는 손으로 머리칼을 쓸어올리고는 고개를 들고 저물어가는 저녁 해를 곁눈질로 흘끗 올려다본다. 케이트는 손을 흔들고는 롭이 이쪽으로 다가오는 동안 차에서 내려선다. 두 사람은 입을 맞추고 서로를 꼭 끌어안는다.

"스트레치가 왜 이러지?" 테슬라의 운전석으로 미끄러지듯 올라타며 롭이 묻는다.

미처 눈치채지 못했는데 스트레치는 어느새 좌석 위에 몸을 동그랗게 말고 고개를 숙인 채 엎드려 있다. 방금 전까지만 해도 아주 신이 나 있었는데.

"그냥 피곤한 거 같아." 케이트는 스트레치를 안아올린 다음 조수석에 앉으며 대답한다. 개는 그녀의 무릎 위에서 그 작은 다리를 벌벌 떨고 있다. "오늘 너무 멀리까지 걸었나봐. 꼬맹이, 그렇지? 우리둘 다 지쳤어."

롭은 케이트를 슬쩍 쳐다보더니 싱긋하고 미소를 짓는다. 병원 침대에 누워 이제 앞으로는 전처럼 살 수 없을 것이라고 고민하던 케이트의 마음을 두근거리게 만든 바로 그 수줍은 미소이다. 롭이 지금무슨 생각을 하고 있는지 잘 알고 있다. 매번 금요일 밤마다 두 사람이 하는 의식을 치르기에 케이트가 너무 피곤하다는 신호라고 생각한 것일까? 두고 봐야 할 것이다. 이번 주에는 몸 상태가 그리 좋지않았다.

"새로 한 머리, 잘 어울려." 롭이 말한다.

"고마워." 롭이 알아봐주어서 기쁘다. 아까 낮에 기분 전환도 할 겸좀 더 젊어 보이고 싶은 마음에 머리칼을 언더컷으로 자르러 갔다.

"선물이 있어." 운전석에 앉은 롭은 마치 남자아이처럼 발을 동동구르며 말한다.

"그럴 필요는 없는데." 롭이 운전석과 조수석 사이에 장착된 커다란 터치스크린에 묻은 얼룩을 점퍼 소매로 닦아내는 모습을 지켜보며 케이트는 대답한다. 롭이 오기 전에 자동차를 청소해둘 생각이었다. 롭은 먼지 하나 없이 깨끗한 걸 좋아한다. "내가 필요한 건 이미 여기 다 있는 걸. 전부 당신 덕분으로 말이야."

롭은 뒷좌석으로 손을 뻗어 가방에서 작은 보석 상자를 꺼내더니 그 상자를 케이트한테 건넨다. 상자 안에는 화장지로 감싼 젖빛 유리 조각이 들어 있다. 지난주에 해변에서 주운 유리 조각이다. 지금 그 유리 조각은 줄세공을 한 은사슬에 달려 있다. 롭은 케이트가 목걸이를 좋아한다는 것을 잘 알고 있다.

"정말 예쁘다." 케이트는 갑자기 북받쳐오르는 감정에 사로잡힌다. "고마워."

"목걸이 길이가 맞을지 확신할 수가 없었어." 롭은 완전히 열중한 표정으로 케이트의 목덜미를 빤히 쳐다본다. "너무 헐거울지 어떨지 말이야. 완전히 딱 맞았으면 좋겠거든. 초커 목걸이처럼 말이야."

케이트는 롭이 목걸이를 채울 수 있도록 몸을 돌린다. 목덜미에 닿는 롭의 손길이 전기가 오르는 듯 짜릿하게 느껴진다. 그때 목걸이의 걸쇠에 케이트의 피부가 세게 꼬집힌다. "아얏!" 케이트가 장난스럽게 소리를 지른다. 케이트의 상상에 불과할지도 모르지만 롭이 사과를 하기 전에 너무 오래 머뭇거리는 것처럼 느껴진다.

"미안." 롭이 말한다. "너무 꽉 끼나 봐."

평온하게 잠든 롭의 몸을 슬쩍 돌아본 다음 살며시 침대에서 빠져 나온다. 테라스로 건너오면서 면으로 된 실내복을 몸에 걸친다. 따스한 8월의 저녁이다. 여기라면 누구의 눈에도 띄지 않는다. 온통 유리와 떡갈나무와 콘크리트로 만들어진 이 외딴 집은 콘월 해안 절벽의 비탈을 깊숙이 깎아낸 곳에 바다를 향해 자리잡고 있다. 오늘밤에는 바다에서도 저 멀리 팰머스에 정박한 유조선들의 깜박이는 불빛 말고는 아무것도 보이지 않는다.

"당신, 괜찮아?" 롭이 안에서 케이트를 부른다.

케이트는 몸을 돌린다. 침실 안이 어두컴컴해서 롭의 모습이 제대로 보이지 않는다.

"잠이 오지 않아서." 케이트는 다시 후미 쪽으로 몸을 돌리며 대답한다. 달빛 한 줄기가 후미의 바다 위를 가로지른다.

잠시 후 롭의 팔이 뒤에서 케이트의 몸을 감싸 안는다. "침대로 돌아와." 롭이 케이트의 귓가에 대고 속삭인다.

케이트는 자신의 몸에 기대오는 그의 몸을, 그 친숙한 압박을 느낄수 있다. 롭의 매끄러운 팔 위에 손을 얹고는 아까 롭이 준 목걸이에 대해, 아프다고 소리를 질렀을 때 롭이 보인 무신경한 반응에 대해생각한다. 그 일을 좀처럼 마음에서 떨쳐낼 수가 없다.

"선물 고마워." 케이트가 말한다. 롭은 그저 지쳐 있었을 뿐이었는지도 모른다. 일에 시달리며 기나긴 일주일을 보낸 끝에 비행기를 타고 왔으니 피곤한 것도 당연하다.

"너무 꽉 끼지 않아?" 롭이 묻는다.

"완전히 딱 맞아."

다시 침실로 돌아간 두 사람은 어둠 속에서 서로를 끌어안는다. 목걸이 일만 빼고 오늘 저녁 롭은 더할 나위 없이 잘해주었다. 모로코장미유를 넣은 목욕물을 받아주었고 차가운 샴페인을 두 잔 가져다주었다. 저녁 무렵의 피로는 완전히 가셔버렸다. 목욕을 한 다음 마치 휴대용 컴퓨터의 전원을 끈 것처럼 곧장 잠들어버린 것은 오히려롭이었다.

"이야기해줘." 케이트는 나직한 목소리로 입을 연다. "이번 주를어떻게 보냈는지 말해줘."

아직도 롭이 런던에서 무슨 일을 하는지 정확하게 이해하지 못하고 있다. 롭의 유성과 같은 성공을 다룬 기사들 중 한 편에서는 롭을 연쇄적 '첨단 기술 사업가'라고 표현했다. 영국 내 '유니콘'(10억 달러 이상의 가치가 있는 신생 기업을 일컫는다. _옮긴이) 기업의 가장 젊은 창업주이자, 뭐라더라, 뇌와 기계를 상호작용하게 하는 '직접 신경 인터페이스'라고 불리는 기술 개발을 이끄는 선구적 투사라고 했다. 케이트는 유니콘이라는 말의 어감이 마음에 든다. '쇄신'이라는 꼬리표는 그에 비해 별로 감흥이 없다. 한편으로 롭은 병원에서 미술 전시를 여는 자선 단체를 운영하고 있다. 두 사람이 만난 것도 그런 전시회에서였다.

"정말 흥미로운 일이야." 케이트는 침묵을 메우기 위해 입을 연다. "당신이 앱을 개발한다는 거잖아. 이를테면 여자가 한밤중에 잠에서 깨서 남자 친구한테 오럴 섹스를 해주고 싶어 안달이 나게 만들어주는 앱 같은 거 말이야. 정말 대단해. 영리하고 사심이라고는 전혀 들어가 있지 않은 코딩이야."

롭은 장난스럽게 케이트를 팔꿈치로 슬쩍 민다. 얼마 후 케이트의 귀에는 롭이 부드럽게 숨을 쉬는 소리와 집 아래쪽에서 파도가 밀려드는 소리밖에 들리지 않는다.

곧 케이트의 의식도 잠기운에 흐려지기 시작하지만 무언가 완전히 잠에 빠져드는 것을 방해하고 있다. 이번 주 내내 지난 주말 롭이 해준 도플갱어 이야기가 머릿속에서 떠나지 않았다. 그 이야기는 줄곧 케이트의 마음속에 걸린 채 그림을 그리며 지내던 낮과 불안한 꿈자리에 시달렸던 밤마다 그녀의 뒤를 쫓아다녔다. 그리고 나는 이미 내 도플갱어를 만난 적이 있어. 아주 오래 전의 일이야. 실제로 자신의 도플갱어와 마주친다면 어떤 기분이 들까? 롭이 자신의 도플갱어와 만난 것은 언제일까? 어디서일까? 우리에게는 누구나 저 어딘가에서 우리를 지켜보며 기다리고 있는 도플갱어가 있어. 그 도플갱어에게는 그림자가 없어. 그 이야기를 듣고 전혀 예상치 못한 롭의 일면을 발견하게 된 기분이다. 그를 전혀 새로운 시각으로 보게 되었다.

불쑥 호기심이 치솟는 바람에 잠이 달아나버린 케이트는 돌아눕는다. 초등학교 시절에 일란성 쌍둥이들이 무척 신기한 나머지 눈을 떼지 못했던 기억이 떠오른다. 선생님이 수업 중에 쌍둥이만 쳐다보고 있지 말라고 말했을 정도였다. 어쩌면 그건 케이트의 초인식자로서의 능력에 대한 때 이른 도전이었을지도 모른다. 다른 부분을 찾아라. 그리고 중학교에서는 프랑스에서 온 교환 학생이 케이트와 완전히 똑같이 생겼었다. 그때는 정말로 겁이 났다.

침대에 누워 잠을 이루지 못하는 동안 머릿속에서 이런저런 생각들이 제멋대로 떠오르기 시작한다. 혹시라도 중학 시절의 프랑스 소녀가 인스타그램에서 케이트를 찾아내서는 케이트의 인생에 불쑥 나타나 자신에게도 롭의 지분을 나누어 달라고 한다면…? 롭이 뭐라고 했더라? 그러니까 언제라도 우리와 완전히 똑같이 생긴 사람이 우리를 찾아낼 수 있다는 뜻이야. 어느 누구에게나 가능성의 범위 안에 충분히 들어 있는 일이지. 롭은 그 프랑스 여자에게 마음이 끌리게 될까? 만약 그 여자가 롭에게 손을 대려 한다면 케이트부터 상대해야 할 것이다. 천장을 향해 싱긋하고 미소를 짓는다. 정말 말도 안 되는 터무니없는 생각이다. 하지만 그 이야기를 할 때 롭의 어조와 그가 얼마나 심각했는지를 떠올리자 가슴이 죄는 듯이 답답해진다. 그는 내 인생을, 나, 당신, 집, 회사, 내가 이룬 모든 것, 내가 소중히 여기는 것들을 전부 차지하게 될 거야. 매일매일을 그런 공포를 안고 살아간다고 상상해보라. 게다가 그 공포가 현실이 된다면 어떻게 될까? 케이트는 애써 그런 생각을 마음 깊은 곳으로 치워놓는다.

실은 롭이 케이트 앞에서 그렇게 솔직한 모습을 보여주고 약한 부분을 인정했다는 사실에 대해 남몰래 기뻐하고 있었다. 그건 롭이 케이트를 신뢰한다는 뜻인 한편, 두 사람의 관계에서 강인한 역할을 떠맡아야 한다는 책임감을 더 이상 느끼지 않는다는 뜻이기 때문이다. 롭이 런던의 피로에서 벗어날 무렵 그 이야기에 대해 다시 물어볼 작정이다. 물론 외교적 수완을 발휘하여 능숙하게 이야기를 이끌어내야 할 것이다. 내일 두 사람은 함께 해안 산책로를 걷고 수영을 한 다음 항구가 내려다보이는 단골 카페에서 커피를 마실 것이다. 케이트는 내일에 대한 기대에 푹 잠긴 채 점점 잠으로 빠져들기 시작한다.

다음 순간 케이트의 의식이 번쩍 잠에서 깨어난다. 어둠 속에서 크게 눈을 뜬 케이트의 귓가에 쿵쿵하고 맥박 소리가 울린다. 롭은 항상 자신이 침대의 오른쪽에서 자야 한다고 고집한다. 롭은 습관의 노예로 언제나 늘 하던 대로 생활을 해야 하는 사람이다. 오늘밤 롭은 침대의 왼쪽에서 자고 있다. 그를 깨워야 할까? 롭이 그의 도플갱어로 바뀐 것은 아닌지 확인해봐야 할까? *진정해.* 별 터무니없는 생각도 다 한다. 이것은 그저 롭이 긴장을 풀기 시작했다는, 좀 더 흐름에 몸을 맡기기 시작했다는 또 다른 징후일 뿐이다. 다시 돌아누워 잠을 청한다. 롭은 케이트가 건강을 회복하도록 도와주고 있을지도 모르지만 케이트 또한 롭에게 좋은 영향을 끼치고 있다.

토
요
일

3장

케이트

다음 날 아침 일찍 일어난 케이트는 자기 잠자리에서 엎드려 있는 스트레치를 그려보려 한다. 중간중간 차를 마시려고 식기대로 향할 때마다 스트레치가 매번 쫓아오는 통에 개를 그리는 일은 쉽지 않다. 여기 중정 분위기가 물씬 풍기는 널찍한 주방 공간이 마음에 들어 이 방의 한쪽 끝을 화실처럼 쓰고 있다. 북향은 아니지만 유리 창문이 많아 마치 '야외'에서 그림을 그리는 기분이 든다.

오늘 아침에는 집 아래로 펼쳐진 바다가 마치 물방아용 연못처럼 잔잔하다. 청록색과 짙은 청색을 겹겹이 쌓은 듯한 바다를 새털구름이 뜬 하늘이 둘러싸고 있는 풍경이 마치 한 폭의 그림 같다. 저 멀리 네어헤드 곶을 지키는 파수꾼처럼 우뚝 솟아 있는 걸락 바위가 보인다. 스트레치와 함께 자주 산책을 가는 곳으로, 스트레치는 노란 가시금작화 사이에 숨겨진 길을 따라 달리며 노는 것을 좋아한다.

롭이 이제 곧 돌아와 업무 이메일에 답을 하고 전화를 걸기 시작할 것이다. 사생활의 경계 같은 것도 없고 일을 쉬는 법도 없다. 하지만 토요일 아침부터 그림을 그리고 있는 케이트도 남의 말을 할 입장은 아니다.

"꼬맹이야, 오늘은 아무래도 안 될 모양이야." 케이트의 목소리에 잠자리에 엎드려 있던 스트레치가 번쩍 고개를 든다. 붓을 내려놓은 다음 차가 든 머그잔을 손에 쥐고는 캔버스를 가만히 들여다보면서 애써 불안감을 떨쳐내려 한다. 곧 실력이 돌아올 거다. 롭이 장담해주지 않았나.

캔버스를 들어올린 다음 스트레치를 향해 보여준다. "어떻게 생각해? 너 같아 보여?" 그리고 거울을 든 미용사처럼 캔버스를 이리저리 움직인다. "아니야? 기니피그처럼 보인다고? 아니, 새끼 돼지라고?"

다시 한번 캔버스를 가만히 들여다본 다음 이젤 위에 돌려놓는다. "무슨 말인지 알겠다." 스트레치 쪽을 향해 콧방귀를 뀐다.

초인식자로 일을 시작하기 전에도 개라면 수도 없이 많이 그려봤다. 좋아서 한 일은 아니었다. 초상화 의뢰가 들어오지 않을 때는 선택의 여지가 없었다. 주로 그린 것은 래브라도였다. 가끔 리트리버도 있었다. 경주용 말을 그린 것도 몇 차례 있었다. 윌트셔에서 먹고살기 위해 치러야 했던 희생이었다. 하지만 지금 케이트는 개조차 그리지 못하게 된 것처럼 보인다.

"호크니는 자기 집 닥스훈트 그림만 마흔다섯 점을 그렸대." 등 뒤에서 부드러운 아일랜드 억양의 목소리가 들려온다.

고개를 돌리자 롭이 케이트의 왼쪽에 있는 침실 문설주에 몸을 기대고 서 있다. 한 손에는 테니스 채를 들고 있다.

"제대로 그리기까지 오랫동안 고생을 했대. 집안 곳곳에 온통 이젤을 세워두었을 거야, 틀림없이." 롭이 덧붙인다.

콘월에 내려와 있는 동안 롭은 집 뒤편에 있는 야외 코트에서 기계를 상대로 연습한다. 아침을 먹기 전에 백핸드로 공을 200개 치는 것이다. 롭이 지금 시험하고 있는 듯 보이는 또 다른 착용 기술 기기 중 하나인 전자 반다나를 벗는다. 케이트는 그 땀에 젖은 미소와 바람을 맞아 헝클어진 머리칼을 가만히 살펴본다. 어딘가 이상하다. 롭은 만족스럽다는 듯이 팔짱을 낀 채로 바다를 슬쩍 내다보는 듯하다가 다시 케이트에게 시선을 돌리더니 다음 순간 바로 자신의 운동화를 내려다본다. 롭이 이렇게 행동하는 것은 주로 케이트를 침대로 유혹하려 할 때이다. 한순간 간청하는 듯이 굴다가도 다음 순간 바로 부끄러워하는 것이다. 하지만 이번에 롭은 고개를 들더니 케이트의 눈을 똑바로 쳐다본다.

"시간이 걸렸다는 건 알아." 롭이 말한다. "하지만, 케이트. 당신 지금 훨씬 좋아 보여. 그리고 그 목걸이, 당신한테 정말로 잘 어울려."

목걸이. 손을 들어 목걸이를 만지며 살이 꼬집히던 순간의 따끔했던 아픔을 떠올린다. 문득 시간이 느리게 흐르는 것처럼 느껴진다. 롭을, 그 눈에 익은 얼굴을, 마치 강아지 같은 눈망울을 깜빡거리는 모습을 가만히 쳐다보고 있지만, 이 남자를 더 이상 알아볼 수가 없다. 뇌의 어딘가가 따끔거린다. 마치 기시감 같지만 그것과는 다른, 정반대의 느낌이다. 마치 이 남자를 생전 처음 보는 듯한 기분이다.

"케이트?" 롭의 목소리가 저 멀리에서, 뒤틀려 들려온다. "당신 괜찮아?"

손에서 머그잔이 미끄러져 떨어지는 것을 느끼지만 어떻게도 할 수가 없다. 잔이 콘크리트 바닥으로 떨어져 산산조각으로 부서지면서 케이트의 맨발에 찻물이 튄다. 스트레치가 종종걸음으로 다른 방으로 도망친다.

"다쳤어?" 롭은 단숨에 달려와 케이트의 어깨에 손을 올리고는 발 주변에 있는 날카로운 파편들을 발로 차서 치운다.

케이트는 여전히 롭에게 시선을 떼지 않은 채 천천히 고개를 젓는다. 주위의 현실이 산산이 부서져 내리는 기분이다. 롭이 그녀를 품에 안아주지만 상황은 더 안 좋아질 뿐이다. 이 남자는 누구일까? 방향 감각이 사라지고 속이 메스껍다. 마치 저 먼 곳에서 자신의 모습을 지켜보는 것처럼, 롭에게서, 이 집에서, 지금 여기 자신의 인생에서 느닷없이 뚝 끊겨져나와버린 기분이다.

"요즘 들어 너무 무리해서 그래. 그뿐이야." 롭이 캔버스를 흘끗 쳐다보며 말한다. "언제 일어났어?"

"당신이 나가고 바로." 케이트가 간신히 대답한다. 도대체 어디가 어떻게 잘못된 것일까?

"너무 무리해서 밀어붙여선 안 돼." 롭은 케이트를 침실로 데려가서는 방의 커튼을 모두 닫고 불을 끈다. 케이트가 편두통이 났기 때문에 어둡게 하고 쉬어야 한다고 생각하는 것이다. 자동차 사고가 있은 후에 케이트는 자주 두통에 시달렸지만 요새 들어 두통이 난 적은 한 번도 없었다.

케이트를 침대에 눕히고 나서 롭은 허브차 한 잔을 가져다 준 다음 침대 끝자락에 걸터앉아 한 손을 케이트의 다리에 올려놓은 채 휴대전화로 이메일과 메시지를 확인한다. 정상적인 감각이 돌아오기 시작한다. 이제부터 계속 이런 식으로 살아야 하는 것일까? 늦은 밤마다 도플갱어에 대한 터무니없는 생각을 떠올리고 전혀 예상하지 못한 순간 기이한 감각의 습격을 받으며 다시는 원래의 자신으로 돌아갈 수 없다는 사실을 매번 되새기며 살아가야 하는 것일까?

"미안해." 케이트가 입을 연다. "그림 말이야. 돌아오는 데 좀 오래 걸리네."

하지만 문제는 다른 데 있다는 생각을 떨칠 수가 없다. 아까 주방에서 롭을 보고 그가 전혀 다른 사람이라는 생각이 들면서 엄습했던 그 감각, 참으로 낯설고 불쾌했다. 마치 이 세계가 둘로 갈라지는 듯한 느낌이었다. 롭은 겉으로는 똑같아 보였지만 무언가가, 그녀의 본능인지, 예전의 그녀인지, 그저 상상인지 모르는 그 어떤 것이 그 남자는 롭이 아니라고 말하고 있었다.

"참을성 있게 기다려보자." 롭이 몸을 숙여 케이트에게 입을 맞춘다.

롭은 케이트의 작품을 좋아하며 그녀가 다시 전업 화가로 활동하게 될 것이라고 확신하고 있다. 케이트가 다시 경찰 일로 돌아가고 싶어하지 않는다는 사실도 잘 알고 있다. 케이트는 롭을 실망시키고 싶지 않다. 어쩌면 요즘 들어 너무 무리해서 자신을 밀어붙였는지도 모른다.

"예술은 가장 훌륭한 치유제입니다." 병원에서 처음 만났던 날 롭은 케이트의 침대 옆을 좀처럼 떠나지 못하고 이야기를 나누던 중에 말했다. "예술, 그리고 기술이죠."

병원 중앙 로비에서 롭이 기획한 전시를 보러갈 수 있을 만큼 기운을 차렸을 때, 케이트는 그 전시회에 자신이 그린 초상화 세 점이 걸려 있는 광경을 보고 깜짝 놀랐다. 자신의 그림이 전시된 모습을 보고 느낀 행복감이 그 어떤 약보다 회복에 기적적인 효력을 발휘했다는 사실을 부인할 수 없다. 2년 전 케이트는 자신의 갤러리에서 쫓겨난 끝에 어쩔 수 없이 경찰에서 일을 할 수밖에 없는 처지에 몰렸고 그 결과 예술가로서의 경력을 내동댕이쳐야만 했다. 자신의 작품을 대중 앞에 선보이는 것은 아주 오랜만의 일이었다.

"편두통은 아닌 것 같아."

"한숨 자는 게 좋겠어."

롭의 말이 옳다는 것을 안다. 하지만 롭이 낯선 사람으로 뒤바뀌어 있는 꿈을 더 이상 감당할 자신이 없다.

4장

케이트

케이트가 가볍게 한숨 자고 눈을 떴을 무렵 롭은 여전히 테니스 복장을 차려입은 채 침대 끝자락에 앉아 있다. 휴대전화를 확인하는가 싶더니 문득 자리에서 일어나 방을 빙글빙글 돌다가 다시 자리에 앉는다. 그런 면에서 어딘가 스트레치와 비슷한 데가 있다. 이따금 롭한테는 이 세상의 모든 문제를 해결할 수 있을 만한 능력과 착상이 있을 것이라는 생각이 들 때가 있다.

"롭…." 케이트가 부르는 소리에 롭이 미처 대답하기 전에 휴대전화가 울린다.

"당신, 괜찮아?" 롭은 한 손으로 휴대전화를 막으며 입 모양으로만 묻는다. 케이트가 고개를 끄덕이는 것을 보고는 전화를 들고 침실에서 테라스로 나간다.

침대에 누워 다시 눈을 감은 채 밖에서 들리는 롭의 활기찬 목소리에 귀를 기울인다. 롭은 케이트가 거의 이해하지 못하는 용어들을 써

가며 앞으로 다가올 'IPO'에 대해 이야기하고 있다. 아무 생각 없이 '마구 쏜 다음 맞기를 바라는' 작전을 쓰는 몇몇 기술 벤처 자본가들. 알고리듬과 인간의 두뇌가 협력하여 일을 해야 할 필요성. 브르타뉴에서 벌이는 새로운 사업에 대한 롭의 희망들.

케이트의 이름이 언급되는가 싶더니 롭의 목소리가 낮아지는 바람에 롭이 뭐라고 하는지 정확하게 알아들을 수가 없다. 그 다음 롭은 케이트가 전에는 한 번도 들어보지 못한 차갑고 냉정한 목소리로 누군가에게 새로운 고객을 위해 '바다를 끓일 것Boil the ocean, 불가능한 작업을 수행하거나 일이나 프로젝트를 불필요하게 어렵게 만든다는 뜻의 비즈니스 용어'을 명령한다. 롭이 일을 할 때는 자신과 함께 있을 때와는 달리 냉정하고 엄격할 것이라고 생각은 했지만 그래도 그 어조가 예상을 훌쩍 뛰어넘는다. 2분 후 롭은 머리를 숙이면서 침실 안으로 들어오더니 붙박이장에서 케이트도 잘 알고 있는 헤드셋을 꺼낸다. 롭은 최근 외상성 뇌손상 정도를 검사할 수 있는 휴대용 헤드셋을 제작하는 혁신적인 의료 사업을 시작한 참이다. 롭은 가끔씩 이 헤드셋을 이용하여 케이트의 회복 상태를 확인한다.

"런던에서 문제가 생겼어." 롭이 입을 연다. "투자자한테 불만이 생겼대."

"돌아가봐야 하는 거 아냐?" 케이트가 묻는다.

다시 혼자 있을 수 있다는 생각이 갑자기 아주 매력적으로 다가온다. 그렇게 생각하는 자신에게 죄책감이 들면서도 지금 자신의 머릿속에서 무슨 일이 벌어지고 있는 것인지, 롭을 본 순간 왜 머그잔을 떨어뜨렸는지 혼자 차분히 생각해보고 싶은 마음이다. 이대로 가다간 여기에 처음 요양하러 내려왔을 무렵 매일같이 어지럼증과 편두통에 시달렸던 시절로 돌아갈 판이다.

"월요일까지 기다리라고 얘기했어." 롭이 대답한다.

"나 때문에?"

"당신이 이런데, 두고 갈 수는 없어." 롭은 희미한 불빛 아래에서 헤드셋을 조절하며 대답한다. 롭이 이 헤드셋의 원리에 대해 한차례 설명해 준 적이 있다. 환자의 두뇌 활동 데이터를 수집한 다음 알고리즘을 이용하여 정상 상태의 데이터와 비교해서 어떤 차이가 있는지 밝혀내는 방식이라고 했다.

"나 정말 괜찮은데." 케이트는 머리칼을 뒤로 모아 묶으며 대답한다. "당신은 가보는 게 좋겠어."

"일단 확인해보고." 롭이 말한다. "편안하게 있어."

침대에서 일어나 앉은 다음 롭이 머리 위에 전자 장치를 씌우는 동안 눈을 감고 있다. 헤드셋은 마치 수영 모자처럼 생겼으며 다만 그 표면을 색으로 구분된 전극들이 망처럼 뒤덮고 있다는 점만 다를 뿐이다. 롭은 헤드셋을 씌우면서 빠져나온 머리칼을 귀 뒤로 넘겨준다. 지금처럼 롭이 다정하게 대해줄 때면 정말로 사랑받고 소중히 여겨지고 있는 기분이 든다. 피부가 꼬집히는 일 따위는 없다.

말을 잘 듣는 환자처럼 입을 다물고 얌전히 앉아 있다. 머리에 닿는 헤드셋이 차갑게 느껴진다.

"다 괜찮아 보이는데." 몇 분 후 롭이 입을 연다. 롭은 런던에 있는 그의 '브로그래머' 팀이 개발한 헤드셋과 스마트폰을 연결하는 애플리케이션을 통해 휴대전화로 전송된 데이터를 읽고 있다. "바르마 박사하고는 다음에 언제 만나기로 했어?"

"월요일."

"그거 잘 됐네." 롭이 말한다. "어쩌면 벌써 내려와 있을지도 모르겠다."

"그게 무슨 말이야?"

"바르마 박사는 여기 내려오는 김에 주말에 일찍 와서 쉬기도 하거든. 가족들하고 바닷가에 가서."

그 생각을 하니 미소가 저절로 떠오른다. 신경정신과 의사인 바르마 박사는 자기 가족 이야기를 자주 하는 사람으로 케이트는 그의 어린 두 딸이 학교에서 얼마나 잘 지내는지, 인도 남부에 사는 부모님이 어떻게 지내는지에 대한 소식을 자주 전해 듣는다. 바르마 박사는 케이트가 병원에서 퇴원한 후로 회복하는 과정을 지켜보면서 혹시 사고 후 감정 기복이나 불안감, 우울증 같은 외상 후 후유증이 나타나지 않는지 살펴봐주고 있다. 케이트는 굳이 그럴 필요까지 없다고 생각하지만 롭은 고집을 부리면서 박사의 방문 진료를 예약하고 비용을 지불한다. 마침 박사가 아주 좋은 사람이기 때문에 케이트도 굳이 반대하지 않는다.

"한번 전화해볼게." 롭이 말한다. "혹시 오늘 오후에라도 찾아와 줄 수 있는지 말이야."

"그래도 될까?" 바르마 박사는 주말에 콘월에 내려와 지낸다는 말을 한 번도 꺼낸 적이 없었다. 하지만 생각해 보면 케이트도 굳이 묻지 않았다.

"중요한 일이니까. 당신 지금 정말 잘 지내고 있잖아. 도로 나빠지게 두고 싶지는 않아."

"당신이 그렇게 생각한다면."

"그렇게 생각해. 그리고 당신을 사랑해."

"롭?" 눈을 감은 채로 롭의 이름을 부른다. 그가 처음으로 보여준 솔직한 모습을 좀 더 파고들어보고 싶은 마음이 굴뚝같다. 다시 한번 자신을 믿고 마음을 털어놓아주었으면, 도플갱어에 대한 두려움에 대해 더 많은 것을 말해주었으면 싶다. 두 사람 사이가 좀 더 동등한 관계가 되었으면 싶다.

"왜?"

숨을 깊게 들이마신다. 갑자기 이 모든 것들이 너무 버겁게 느껴진다. 이 기이한 발작 같은 증상 때문에 한 걸음 뒤로 후퇴한 기분이다. 지금 다시 보호자의 역할로 돌아간 롭은 케이트의 질문을 곡해하고는 괜한 참견이라고 생각할 것이다.

나중에 하자. 케이트는 롭을 향해 자포자기한 듯한 미소를 짓는다. "나도 사랑해."

5장
케이트

"정말 이래도 되는 건지 모르겠어." 롭이 말한다.

이번에는 롭이 테슬라의 운전대를 손가락으로 톡톡 두드리고 있다. 두 사람은 지금 트루로 기차역의 주차장에 와 있다. 뉴키 공항에서 런던으로 돌아가는 저녁 비행기에 빈 좌석이 없었기 때문이다.

"진짜야. 정말로 훨씬 괜찮아졌어." 케이트는 무릎 위에 앉은 스트레치를 쓰다듬으며 말한다.

롭이 헤드셋의 검사 결과를 휴대전화로 확인한 다음 케이트는 롭에게 런던으로 돌아가도 된다고 설득하고 역까지 바래다주겠다고 나섰다. 롭은 별로 내키지 않아 하며 택시를 타겠다고 했지만 결국에는 케이트의 제안을 받아들였다. 아니나 다를까 주말을 보내러 콘월에 내려와 있던 바르마 박사가 오늘 오후 당장 케이트를 찾아와주겠다고 약속한 덕분이다.

"정말 혼자 있어도 괜찮겠어?" 롭이 묻는다.

지금 롭은 진심으로 케이트를 걱정하면서도 한편으로는 한시바삐 런던으로 돌아가는 기차를 타고 싶어 안절부절못하고 있다. "괜찮을 거야. 바르마 박사님이 와주실 텐데, 뭐."

"문단속하는 거 잊지 말고."

케이트는 자동차 창문 밖으로 시선을 돌리며 한숨을 내쉰다. 가끔 롭은 여기가 런던이 아니라 콘월이라는 사실을 잊어버리는 것 같다.

"벡스한테 전화할 참이었어." 케이트가 말한다. "며칠 동안 여기 내려와서 지낼 생각이 있는지 물어보려고."

벡스는 케이트와 가장 친한 친구로 케이트의 과거와 지금의 생활을 이어주는 다리 같은 존재이다.

"그거 좋은 생각이야. 우리는 벡스를 좋아하니까." 롭이 잠시 머뭇거리다 케이트를 쳐다본다. "전부 돌아오고 있는 거지, 그렇지?"

"뭐가?" 케이트가 롭의 표정을 살피며 묻는다.

"당신의 그 뛰어난 머리 말이야."

"그림 그리는 것만 놓고 보면 전혀 아닌데."

"그게 무슨 말이야? 오늘 스트레치를 제대로 포착해냈으면서." 롭이 자동차 문을 연다. "역까지 같이 나갈래?"

"그냥 여기서 헤어지면 안 될까?" 케이트는 고개를 돌리며 말한다. 무언가 잘못된 것 같은 기분이 엄습한다. 또 시작이다.

"그럼." 롭은 뒷좌석에서 가방을 꺼내들고 몸을 숙여 작별 인사로 입을 맞춘다. 케이트는 눈을 감는다.

"전화할게." 롭이 말한다. "바르마 박사한테 진료 잘 받고."

롭이 기차역 쪽으로 걸어가는 동안 케이트는 목에 걸고 있는 목걸이에 달린 해변 유리돌을 만지작거린다. 롭이 기차역으로 들어가기 직전 케이트가 모르는 얼굴의 여자가 롭에게 다가선다. 두 사람은 서로 포옹한 다음 미소를 짓더니 웃음을 터트린다. 마치 말처럼 길쭉한 얼굴을 한 여자이다. 롭은 천성적으로 사교적인 사람이 아니라서 사람을 만나면 본능적으로 우선 피하고 본다. 하지만 지금 롭은 눈을 깜빡거리는 모습이 열심히 애를 쓰고 있는 것처럼 보인다. 어쩌면 이 여자는 투자자 중 한 사람일지도 모른다.

두 사람이 서로 이야기를 나누고 있는 모습을 지켜보다가 문득 롭의 런던 생활에 대해 자신이 아는 게 별로 없다는 데 생각이 미친다. 하지만 그다지 신경이 쓰이지는 않는다. 어쩌면 롭도 콘월에서 지내는 케이트의 생활에 대해 같은 말을 할 수 있을 것이다. 롭이 내려와 있지 않은 주중에 케이트는 마을에서 좋은 친구를 몇 명 사귀었다. 롭은 런던에서 어떤 사람들을 만나고 다닐까? 요즘 들어 자주 드나드는 듯 보이는 브르타뉴에서는 어떤 사람들을 만나고 다닐까? 케이트는 질투심이 심한 여자는 아니지만 자신이 쇼디치에 있는 롭의 아파트나 올드 스트리트에 있는 롭의 사무실에 한 번도 가보지 않았다는 사실을 벡스가 이상하게 여기고 있다는 것쯤은 잘 알고 있다.

"롭한테 우리가 얼마나 사랑하고 있는지 말을 해줘야겠어." 케이트는 자꾸만 머릿속에 침입하려 드는 불안한 생각들을 떨쳐내버리기로 마음먹고는 스트레치를 보고 말한다.

한쪽 팔로 개를 끌어안고 차에서 내린 다음 아직도 여자와 이야기를 나누고 있는 롭에게 성큼성큼 걸어간다. 롭은 케이트가 다가오는 걸 눈치채지 못한다. 그 다음 순간 롭이 몸을 돌린다.

"케이트! 무슨 일이야?" 롭이 묻는다.

그의 오른쪽에서 롭에게 다가가고 있던 케이트는 그 자리에 얼어붙은 듯이 멈추어 선다. 또다시 아까처럼 뇌 어딘가가 따끔거리는 느낌이 엄습하며 속이 메스꺼워진다. 이번에는 그 감각이 한층 세차게

덮쳐온다. 눈앞에 서 있는 이 남자가 롭이지만 또한 롭이 아니라는 당혹스러운 느낌. 익숙하지만 익숙하지 않고, 알아볼 수 있지만 처음 보는 듯 낯설다. 기시감이 아닌 미시감.

숨을 깊게 들이마시면서 기차역의 붉은 벽돌에, 무언가 실체가 있고 명확하며 고정되어 있는 것에 의식을 집중하려 애를 쓴다. 시야가 흐려지기 시작한다. 또다시 편두통 발작이 일어나는 것일까? 편두통과는 느낌이 다르다. 확실한 것은 지금 롭이 마치 케이트가 아예 모르는 사람인 양 낯설게 행동하고 있다는 것이다.

그는 내 인생을, 나, 당신, 집, 회사, 내가 이룬 모든 것, 내가 소중히 여기는 것들을 전부 차지하게 될 거야.

꿀꺽하고 침을 삼킨다. 롭과 좀 더 이야기를 나누었어야 했다. 롭이 자신의 도플갱어에게 느끼는 두려움에 대해 터놓고 이야기를 했어야 했다. 롭이 자신의 나약한 부분을 내보일 수 있도록 해주었어야 했다. 말 얼굴을 한 여자에게 고개를 돌린다. 그 뚜렷한 콧날이 불현 듯 아름답게 보인다. 롭이 이렇게 이상하게 행동하는 것은 그래서일까?

"나는 그저…." 케이트는 여자의 날씬한 체구를 훔쳐보며 머뭇거린다.

"잠시만 실례할게요." 롭이 여자에게 말한다.

"그럼요." 여자는 걱정스러운 눈길로 케이트를 본다. "기차에서 뵙죠."

"그저 작별 인사를 제대로 하고 싶어서." 케이트는 간신히 입을 연다. "우리 둘 다 말이야." 케이트는 팔에 안긴 스트레치를 향해 고개를 끄덕이며 덧붙인다.

"당신은 쉬어야 해." 롭이 케이트와 스트레치를 한꺼번에 껴안아주며 말한다. 여기에서 울음을 터트리면 안 된다. "그리고 바르마 박사하고 이야기해봐. 나는 지금 가봐야 해."

롭이 역 안으로 들어가는 모습을 지켜본다. 도대체 지금 케이트에게 무슨 일이 벌어지고 있는 것일까?

6장
케이트

"벡스, 정말 중요한 일이 아니면 이렇게 부탁하지도 않았을 거야."

케이트는 아직도 기차역 주차장에 세워둔 테슬라에 앉아 있다. 가장 친한 친구에게 전화를 걸고 있는 중이다.

"롭이 뭐 바람을 피운다든가 그렇다고 생각하는 거야?" 벡스가 묻는다.

"어쩌면." 케이트는 몸을 돌려 조수석에서 잠들어 있는 스트레치를 쓰다듬으며 대답한다.

"그래서 내가 정확히 뭘 어떻게 알아봐야 하는 건데?" 벡스가 묻는다.

벡스는 학교 교사이다. 랭커셔에서 나고 자란 토박이로 케이트의 가장 친한 친구이기도 한데, 그건 벡스가 케이트를 아주 너그럽게 봐준다는 뜻이다. 벡스는 사람들의 멍청함을 기꺼이 참아주는 성격이 아니기 때문이다. 둘이 윌트셔의 마을에서 살았을 무렵 케이트는 자주 벡스네 집에 놀러가 벡스와 함께 버터파이를 먹으면서 〈플리백〉

(충동적으로 살아가는 한 여성의 엉망진창 인생을 유쾌하게 그려낸 영국 드라마이다. _옮긴이)을 보았다. 그리고 지금 케이트는 그 친구에게 아주 무리한 부탁을 하고 있는 중이다.

"롭이 기차에서 내릴 때 누구랑 같이 있는지 봐줬으면 좋겠어. … 그리고 네가 보기에 롭이 어떤지도 얘기해줘." 케이트는 말을 하면서 자신의 말이 얼마나 이상하게 들릴 수 있는지 깨닫는다. "보기에 겉모습이 어떤지 말이야."

"그래서 뭐, 10점 만점에 몇 점인지 점수를 매기라고? 케이트, 롭 엄청 잘생겼어. 그건 우리 둘 다 이미 알고 있는 사실이잖아. 어느 모로 보나 10점이지. 크레이그도 동의할걸."

벡스는 왜 이렇게 귀찮다는 듯이 구는 것일까? 하긴 지금 벡스에게 패딩턴역에서 롭을 붙잡고 그가 어떻게 달라 보이는지 확인해달라고 부탁하고 있다는 점을 생각할 때 어쩌면 지극히 당연한 반응일지도 모른다.

"지금 방금 내가 아주 이상하게 굴었단 말이야." 케이트가 말한다. "작별 인사를 할 때 말이야."

벡스가 크게 웃음을 터트린다. "그건 너답지 않은 일인데."

"벡스, 나 심각해. 롭이 역에서 어떤 여자랑 마주쳤는데 갑자기 롭이 전혀 다른 사람처럼 느껴졌어. … 그게 어떤 느낌인지 잘 설명할 수가 없어. 하지만 그게 내 평생에 가장 이상한 순간이었다는 건 알아." 전 남자 친구인 제이크가 다른 여자와 함께 있는 모습을 보았던 순간도 굳이 꼽자면 순위에 들어갈 것이다.

"너가 이상하게 굴었다는 거야? 아니면 롭이 그랬다는 거야?"

벡스의 북부 억양은 남부에 내려와 오랫동안 사는 동안 조금 부드러워졌을지 몰라도 북부 특유의 직설적인 말버릇은 조금도 닳지 않았다.

"내가 무슨 생각을 하고 있는지 말하면 너 분명 비웃을 거야." 케이트가 말한다.

"내가 또 언제 너를 비웃은 적이 있다고 그래? 펍에서 네가 패소도블레스페인 전통 춤의 일종를 추려고 했을 때도 나는 끽 소리도 내지 않았다고."

벡스는 거짓말을 하고 있다. 그날 밤 두 사람은 모두 깔깔거리며 크게 웃어댔다. 당시 제이크와의 관계가 엉망진창으로 흘러가고 있었기 때문에 케이트한테는 기분 전환이 필요했다.

"내 생각에는 롭이⋯." 케이트의 말끝이 흐려진다. 눈물이 흐르고 있다. 스트레치가 고개를 들어올린다.

"괜찮아?" 벡스가 바로 한결 누그러진 말투로 묻는다. "역에서 본 그 여자 때문에 그래?"

어디서부터 이야기를 해야 할지, 어떻게 설명을 해야 할지 망설이며 입술을 깨문다. "그게 아니야." 케이트는 눈물을 닦아내고 마음을 가다듬으려 애를 쓰며 입을 연다. "롭하고 나, 우리는 지난 주말에 서로 얘기를 했거든. 우리의 가장 큰 두려움에 대해서 말이야. 나는 사고 이후 다시 그림을 그릴 수 없게 될까봐 불안하다고 했어. 그리고 롭은 자기의 도플갱어를 만나게 되는 일이 두렵다고 말했어. 도플갱어가 뭔지 알지?"

"롭의 사악한 쌍둥이 동생?" 케이트는 벡스의 목소리에서 재미있어 하는 기색을 읽을 수 있다.

"도플갱어는 불길한 징조라고 알려져 있어." 케이트가 말을 잇는다. "롭은 자기 도플갱어를 아주 오래전에 한 번 만난 적이 있대. 그리고 도플갱어를 다시 만나게 될까봐, 도플갱어에게 자기 삶을 빼앗기게 될까봐 두려워하고 있어. 그런데 지금 내가 바래다준 사람이 롭이 아니라 롭의 도플갱어였다는 생각이 들어. 농담이 아니야. 정신 나간 소리처럼 들린다는 거 아는데 정말 지랄맞게 무서웠단 말이야, 벡스."

"알겠어." 벡스가 조용한 목소리로 대답한다. 케이트가 느닷없이 감정을 쏟아낸 것에 깜짝 놀란 기색이 역력하다. 케이트는 좀처럼 욕설을 입에 담는 법이 없다. "어쩌면 롭이 그 여자하고 같이 있는 모습을 본 것 때문에 뭔가 마음에 묻어둔 감정이 터져나온 걸지도 몰라." 벡스가 말한다. "네가 겪은 일을 생각하면 별로 놀랄 일도 아니야."

벡스는 최근 몇 년 동안 케이트가 힘겨운 시기를 견딜 수 있도록 도와주었다. 벡스는 애초부터 제이크를 탐탁지 않게 여겼고 윌트셔에서 케이트가 제이크와 함께 물이 새는 거룻배에서 사는 일을 못마땅하게 생각했다. 그래서 케이트가 롭과 함께 새로운 삶을 시작할 때는 크게 응원해주었다. 벡스 말로는 케이트한테도 이제 좋은 일이 생길 때가 되었다고 한다. 그리고 스물아홉 먹은 연하의 기술 사업가는 그에 마침맞은 상대이다. *얘, 돈도 좀 봐야지.*

"지금 롭한테 전화해보지 그래? 기분 좀 나아지게." 벡스가 제안한다.

"이 문제에 대해서 롭한테 걱정을 끼치고 싶지 않아." 케이트가 대답한다. "그리고 사실은…." 케이트가 잠시 머뭇거린다. "내가 얘기하는 사람이 롭이 아닐 수도 있으니까."

맙소사. 정말로 정신 나간 사람이 하는 미친 소리 같다. 케이트는 벡스가 얼굴을 찌푸리는 모습을 떠올린다.

"그냥 네가 롭을 보고 나서 네 생각을 말해줬으면 좋겠어." 케이트가 덧붙인다. "롭이 다른 누군가로 바뀌지 않았다고 확인해줘. 내가 전혀 낯선 사람하고 하룻밤을 같이 보낸 게 아니라고 안심할 수 있게."

"롭이 탄 기차가 패딩턴역에 몇 시에 도착한다고?" 벡스가 묻는다.

케이트는 안도감에 휩싸여 눈을 감는다.

"지금부터 네 시간 후."

역시 벡스밖에 없다. 게다가 벡스는 케이트의 부탁을 들어줄 준비가 되어 있을 것이다. 케이트는 오늘 벡스가 어쨌든 런던 시내에 나갈 작정이었다는 걸 알고 있다. 벡스는 토요일이면 런던으로 나가 갤러리를 한 바퀴 쭉 둘러보기 때문이다. 예전에는 케이트도 같이 다녔다. 하지만 어찌 되었든 지금 무리한 부탁을 하고 있다는 사실은 변함없다.

"패딩턴에 나가는 기차를 좀 늦은 걸로 타지 뭐." 벡스가 말한다. "롭이 도착하는 시간에 맞춰서 말이야. 하지만 그 도플갱어 이야기는 이제 그만하는 게 좋겠어. 내가 부탁을 들어주는 건 너 마음 편하게 해주려는 거야. 만약 롭이 바람이라도 피우고 있다면 불알을 뜯어내 버릴 테니까. 당연한 일이야. 다 너를 위해서라고."

자신도 모르게 얼굴에 미소가 떠오른다. 벡스한테는 이렇게 신랄한 데가 있다. "벡스, 고마워. 정말이야. 근데 정말 우연인 것처럼 해줘. 네가 거기 간 거 말이야."

"어떻게 되는지 한번 보지 뭐. 너니까 이렇게까지 해주는 거야. 그리고 네가 크게 신세 갚을 걸 아니까. 롭의 멋진 요트를 타고 놀러가거나 해도 좋고."

"고마워." 케이트가 잠시 말을 멈춘다. "그런데 롭한테는 요트 같은 거 없어. 너도 알잖아. 하지만 피시앤칩스로 한 턱 낼게. 실은 너한테 전화해본다고 롭에게 말했어. 며칠만이라도 내려와서 시내시 않겠냐고 물어보겠다고 말이야."

"너도 그랬으면 좋겠어? 내가 며칠 내려가 있으면?"

"롭이 비행기 값은 내준다고 했어." 매번 롭은 벡스에게 끈질기게 제안한다.

"고맙지만 내 비행기 값은 내가 낼 수 있어." 그리고 매번 벡스는 끈질기게 거절한다.

"나는 진심이야. 네가 내려와 지낼 수 있으면 정말 좋을 거야." 케이트가 말한다.

벡스는 현재 남자 친구가 없다. 별로 흔히 있는 일은 아니다. 벡스는 첫눈에 반할 만큼 예쁘지는 않지만 자신이 가진 무기를 충분히 잘 활용할 줄 안다. 케이트는 남자들이 어떻게 벡스의 모습을, 그녀가 몸을 가누는 방식을 눈여겨보는지 익히 알고 있다. 케이트와 똑같이 서른세 살인 벡스는 역시 케이트와 마찬가지로 아직 자녀를 가질 계획이 없다. 두 사람이 가진 또 다른 공통점이다.

"실은 한번 마을 밖으로 나가보고 싶은 기분이었어." 벡스가 말한다. "폴다크(콘월을 배경으로 하는 영국 드라마 〈폴다크〉의 남자 주인공이다. _옮긴이) 같은 멋진 남자하고 만나게 될지, 누가 알겠어. 기차 시간이 어떻게 되는지 알아볼게."

"롭 만나자마자 전화해줄 거지?" 기분이 한결 가벼워진 케이트가 묻는다.

"그런데 내가 뭘 눈여겨봐야 하는지 어떻게 알아?" 벡스가 묻는다. "롭이 전하고 똑같이 보이는지만 확인하면 되는 거야?"

"보면 알 거야. 내 말만 믿어."

7장
케이트

트루로역에 롭을 내려주고 다시 마을로 돌아오니 기분이 한결 가볍다. 차를 몰고 콘월의 좁다란 골목길을 빠져나오는 데 시간이 꽤 걸렸다. 토요일은 마을의 관광객용 셋집에 손님들이 오고가는 날이기 때문이다. 또 집으로 오는 길에 스스로 기운을 북돋기 위해 좋아하는 빵집에 차를 세우고 시나몬롤을 한 개 샀다. 이곳의 시나몬롤은 멋들어지게 소용돌이를 그리는 빵에 고운 설탕 가루를 묻힌 걸작이다. 집의 진입도로로 들어서며 입술에 묻은 마지막 부스러기를 핥는다. 당혹스럽게도 박사는 이미 도착하여 현관문 옆에 서서 케이트를 기다리고 있다. 아무 데도 들르지 않고 곧장 집으로 돌아왔어야 했다.

"에이제이, 정말 죄송해요." 케이트는 현관문을 열고 집 안으로 박사를 안내하며 말한다. 바르마 박사의 요청에 따라 첫 면담 때부터 박사를 이름으로 불러왔다. 한편 롭은 박사를 공식적인 호칭으로 부른다. "시간이 이렇게 되었는지 미처 몰랐어요."

"괜찮습니다." 에이제이는 주방으로 들어와 탁자에 자리잡고 앉으며 미소를 짓는다. "약속 시간보다 일찍 와 있었어요."

박사는 거짓말을 하고 있다. 케이트는 제이크가 시간 약속을 안 지키는 일이 질색이었던 터라 예전부터 어떤 약속에도 늦지 않으려 노력한다.

"일부러 와주셔서 감사해요." 케이트가 말한다. "롭 말로는 주말 동안 여기 내려와 계신다고 하더라고요."

에이제이가 자상한 미소를 짓는다. 케이트는 정장을 입지 않은 박사의 모습이 낯설어 자신도 모르게 횡설수설하고 있다. 오늘 오후 박사는 면바지에 폴로셔츠를 입고 덱슈즈를 신고 있다. 여기에 일을 하러 왔다는 유일한 표식은 케이트가 익히 보아온 검은색 서류 가방뿐이다.

"뭐 마실 거라도 드릴까요?" 케이트가 주방 개수대 부근에서 서성이며 묻는다. "차 드실래요? 아니면 좀 더 강한 거라도?"

"뭐든 괜찮습니다."

에이제이는 바로 본론으로 들어가고 싶어하는 눈치이다. 케이트는 박사 맞은편에 앉은 다음 애써 마음을 가라앉히려 한다.

"롭이 하는 말로는 몸 상태가 좀 안 좋다고 하던데요." 박사가 말을 잇는다. "어쩌면 편두통일지도 모른다고."

케이트는 앉은 자리에서 몸을 들썩이며 이번 주말에 겪었던 이상한 증상들을 떠올린다. 에이제이라면 케이트가 하는 말을 귀담아들어 줄 것이다. 과학적인 태도로 분석해줄 것이다.

"실은 별일 아니었어요." 에이제이를 헛걸음하게 만든 것 같아 마음이 안 좋지만 지금 당장 속을 털어놓아야 한다면 박사보다는 차라리 벡스한테 말하고 싶다.

케이트가 불편해하는 것을 알아채자 에이제이는 그 살집 있는 얼굴에 상대를 안심시키는 미소를 가득 띤다. 박사가 환자를 얼마나 잘 다루는지 잊고 있었다. 박사는 절대 케이트를 재촉하지 않을 것이다. 이야기할 준비가 될 때까지 기꺼이 기다려줄 것이다.

"롭이 하는 말로는 당신이 크게 좋아지고 있다고 하더라고요." 박사는 얼굴 가득 미소를 띤 채 말을 잇는다. "어젯밤에 여기 도착했을 때 정말 큰 고비를 넘겼다고 생각하던데요."

"요즘 상태가 훨씬 좋아졌어요." 케이트는 박사가 서류 가방에서 휴대용 컴퓨터를 꺼내 식탁 위에 올려놓은 다음 컴퓨터를 켜는 모습을 지켜보며 대답한다. 박사는 또한 아까 롭이 케이트에게 씌웠던 헤드셋과 비슷해 보이는, 역시 전극으로 뒤덮여 있는 헤드셋을 꺼낸다.

"롭은 나한테 인식 검사를 몇 가지 해달라고 부탁했습니다. 사고 때 다친 뇌 부위가 완전히 회복되었는지 확인하는 검사들이죠."

"인식 검사라고요? 경찰에서 하던 일만큼이나 수상쩍게 들리는데요." 윌트셔 경찰에서 초인식자로 고용되기 전 면접을 볼 때 케이트는 거꾸로 된 얼굴 사진과 변형된 이미지들을 보고 얼굴을 기억해야 했다. 또한 해상도가 좋지 않은 유명 인사들의 어린 시절 사진을 보고 이들의 얼굴을 알아맞히는 '유명해지기 전의 연예인 얼굴 맞추기' 시험도 있었다.

에이제이가 빙그레 미소를 짓는다. 박사는 케이트가 다시는 경찰 일로 돌아가고 싶어하지 않는다는 건 이미 알고 있지만 사고 이후 거의 사라져 버린 케이트의 얼굴 인식 능력이 뇌의 전체적인 회복 정도를 파악하는 가장 좋은 척도가 된다는 롭의 의견에 동의하고 있다. 케이트를 수술한 외과의는 사고 때 방추상회가 있는 오른쪽 측두엽이 손상되었다는 이야기를 했다. 방추상회는 얼굴에 대한 정보를 처리하는 영역이다. 외과의는 그 결과 안면 인식 장애가 생길 가능성도 있다고 말했다. 케이트는 그보다 그림을 그릴 수 없게 될까봐, 특히 사람의 초상화를 그릴 수 없게 될까봐 그게 걱정이었다.

"지금부터 뇌전도 헤드셋을 이용하여 P3라고 부르는 뇌파를 관찰할 겁니다." 에이제이는 휴대용 컴퓨터를 확인하며 말한다.

"P3가 뭔데요?"

"얼굴을 인식하는 순간 몇 분의 몇 초 뒤에 뇌에서 발생하는 전기 활동입니다. 그 반응 극파는 초인식자의 뇌에서는 확연히 구분할 수 있을 정도로 뚜렷하게 나타나죠."

"자랑스럽게 생각해야 하는 건가요?" 케이트가 묻는다.

"하지만 정말 흥미로운 점은 이 반응이 자기 의지대로 일어나는 게 아니라는 것입니다. 누구도 P3 뇌파를 마음대로 멈출 수 없어요." 박사가 말한다. "그래서 거짓말 탐지에 이 뇌파를 이용합니다."

에이제이는 휴대용 컴퓨터 화면을 케이트 쪽으로 돌린 다음 이제 케이트가 두 개의 얼굴 이미지를 각각 5초 동안 보게 될 것이라고 설명한다. 그 다음에는 무작위적으로 선정된 얼굴 이미지를 RSVP, 즉 신속 순차 시각 제시라고 불리는 방식에 따라 1초에 열 장이 지나가는 속도로 수백 장을 보게 될 것이다. 그 수백 장의 이미지 중에는 처음 케이트가 보게 될 두 명의 얼굴 사진이 숨겨져 있다. 케이트의 얼굴 인식 능력이 제대로 기능하고 있다면 뇌의 깊은 곳에서 일어나는 인식 반응이 P3 뇌파를 일으킬 것이다.

"준비됐나요?" 박사가 묻는다.

박사가 컴퓨터를 전체 화면 모드로 조정하는 동안 케이트는 자세를 고쳐 앉으며 고개를 끄덕인다. 잠시 후 케이트는 화면에 떠오른 얼굴 사진을 각각 5초 동안 관찰한다. 처음 얼굴은 브루시, 그 다음 얼굴은 제프이다. 실없는 짓이라는 걸 알지만, 경찰에서 일할 당시에는 얼굴을 기억할 때 그때그때 연상되는 별명을 지어 불렀다. 턱이 길다면? 브루시 포사이스. 귀가 튀어나왔다면? 제프 골드브럼이다. 이렇게 별명을 지어놓으면 얼굴을 기억하기가 한층 쉬워진다.

브루시와 제프의 얼굴이 사라진 화면에 일련의 얼굴 사진들이 빠른 속도로 휙휙 지나가기 시작한다. 얼굴 하나하나를 자세히 들여다볼 시간은 없지만 그 사진들이 예전에 '더티샷'이라 부르던 사진이라는 사실은 금세 알 수 있다. 즉 얼굴이 부분적으로 가려져 있는 사진들이다.

30초가 지났을 뿐인데도 금세 피로해진다. 사진들이 휙휙 순식간에 넘어가는 와중에 케이트의 뇌는 필사적으로 각각의 얼굴을 분석하고 정보를 처리하여 기억 속의 얼굴과 일치하는지 확인하려 한다. 초인식자의 저주이다. 할머니가 펠만식 카드놀이라고 부르던 카드 짝짓기 놀이를 아주 빠른 속도로 하는 기분이다. 어렸을 무렵 케이트는 매번 할머니한테 이겼는데, 그건 어떤 특별한 재능이 있어서라기보다는 뇌가 젊었던 덕분이었다. 케이트가 자신한테 다른 이의 얼굴을 인식하는 재능이 있다는 사실을 깨달은 것은 고작 몇 년 전의 일이다. 물론 더 일찍 조짐을 알아차릴 수도 있었을 것이다. 텔레비전을 볼 때마다 다른 영화에도 등장했던, 배경으로 지나가는 단역들의 얼굴을 빠짐없이 알아볼 수 있었기 때문이다. 하지만 다른 사람들도 으레 다 그런 줄로만 생각했다.

검사가 얼마나 오래 지속되었는지 알 수 없다. 2분, 혹은 그보다 더 길게 걸렸을 수도 있다. 검사가 끝나자 케이트는 마침내 안도한다.

"어렵네요." 케이트가 볼을 부풀리며 말한다. 마치 시험을 치른 기분이다.

"긴장을 풀어야 해요." 에이제이가 스마트폰을 확인하며 대답한다. "이미지들이 스쳐지나가도록 내버려두어야 합니다. 뇌의 잠재의식이 알아서 하도록 놔두는 거죠."

"내가 찾아낸 것 같지 않은데요." 케이트가 말한다.

"찾아냈어요." 에이제이는 케이트가 볼 수 있도록 컴퓨터를 돌려준다. 화면에 뜬 그래프에서 두드러지게 솟구친 부분이 보인다. "이미지 번호 213번입니다."

제프다. "다른 한 명은요?"

"이번에는 극파가 그리 두드러지게 나타나지는 않았지만요." 박사는 그래프의 다른 부분으로 화면을 돌려 산봉우리라기보다는 언덕의 완만한 경사 같은 곡선을 보여준다. "하지만 그래도 인상적인 반응입니다."

케이트는 박사의 말에 설득되지 않는다. 브루시를 놓쳐버린 것이다.

에이제이는 잠시 말을 멈추고 고개를 흔든다. "아주 굉장한 능력이에요. 얼굴을 인식하는 능력이 회복되었다는 사실에는 의심의 여지가 없습니다. 뇌가 얼마나 손상되었었는지를 생각한다면 아주 고무적인 일입니다."

케이트가 얼마나 심하게 다쳤었는지를 굳이 상기시켜 줄 필요는 없다. 여섯 달 전 케이트는 직장에서 특히 힘겨웠던 하루를 보내고 집으로 돌아오는 길에 마을 어귀의 나무를 차로 들이받았다. 사고가 났던 상황을 기억하는 것은 아니다. 경찰은 케이트가 운전을 하다 깜빡 졸았다고 생각한다. 뇌를 크게 다쳤다는 점을 생각할 때 목숨을 건진 것이 천만다행이었다. 1969년산 나무패널식 자동차에는 에어백 같은 것은 없었다. 대대적인 조사 끝에 경찰은 이 사건을 그저 비극적인 사고였을 뿐이라고 결론지었다.

"그렇다면 그림을 그리는 능력 또한 돌아올 것이라는 말인가요?" 케이트는 이젤 위에 놓인 스트레치의 그림을 슬쩍 건너다보며 묻는다.

"그럴 겁니다. 시간은 걸릴 테지만요. 롭이 기뻐하겠네요." 에이제이가 헤드셋을 치우며 대답한다.

케이트는 마음 한편으로는 자신이 겪는 이 이상한 증상이 아직 방추상회가 손상되어 있기 때문이라고 생각하고 싶기도 했다. 하지만 지금 뇌가 회복되었다면, 뇌의 상처 때문에 이런 증상이 일어나는 것은 아닐 것이다. 어쩌면, 정말로 롭이 도플갱어로 뒤바뀌어 있었는지도 모르는 일이다.

8장

제이크

제이크는 휴대용 컴퓨터를 탁, 세게 닫은 다음 비좁고 갑갑한 거룻배 안을 둘러본다. 오늘은 글이 써지지 않을 모양이다. 자신에게 솔직하자면 글이 잘 써지는 날 같은 건 없다. 케이트가 떠난 이후 글을 더 많이 쓸 수 있게 될 것이라 생각했지만 그의 창작력은 더 떨어질 데가 없어 보이는 곳에서 한층 더 떨어졌을 뿐이다.

거룻배의 문을 잠그고 제방 위로 올라서서는 거룻배를 흘끗 돌아본다. 배의 지붕 한쪽 끝에는 겨울을 대비하여 말리고 있는 장작들이 쌓여 있고 다른 한쪽 끝에는 태양 전지판이 설치되어 있다. 이 배에서는 모든 생활을 에너지 독립형으로 꾸려나갈 수 있다. 이물^{배의 머리 쪽} 바닥에 놓인 화분에 물을 주어야 한다. 화분에서는 케이트가 심은 페튜니아가 서서히 말라죽어가고 있다.

얇고 가벼운 안개가 수면 위로 낮게 깔려 있는 오늘 아침 운하의 풍경은 어디서도 보기 힘들 만큼 아름답다. 제이크가 운하의 배 끄는 길을 따라 걸어내려가는 동안 쇠물닭 한 무리가 반대편 제방의 갈대숲 사이로 허둥지둥 달아난다. 길의 앞쪽으로는 제이크가 좋아하는, 붉은 벽돌로 완벽한 아치를 이루고 있는 다리가 수면 위에 비친 물그림자와 어우러져 아른거리는 원을 그리고 있다. 제이크가 계속 살아갈 수 있는 것은 바로 이런 풍경 때문이다. 제이크는 바로 이런 목가적인 피난처에서 물 위를 떠다니는 유목민처럼 살아가고 있다.

마을에 있는 우체국에서 소포가 와 있다는 문자를 받았다. 어쩌면 잊어버리고 있던 그가 쓴 책의 번역본이 와 있을지도 모른다는 생각에 자못 경쾌한 발걸음으로 가게 안으로 들어간다. 그리고 애써 크루아상을 쳐다보지 않으려고 고개를 돌린다. 집에서 직접 빵을 구워 먹을 연료값도 없는 형편이다.

"평소대로 드려요?" 빵집 계산대에 서 있는 여자가 말을 걸며 크루아상 하나를 종이 봉지에 밀어넣는다.

"오늘은 괜찮아요. 감사합니다." 제이크는 길게 자란 머리카락을 쓸어넘기며 말한다. 텅 빈 뱃속이 항의하듯 꼬르륵거린다. "소포가 하나 와 있다고 들었는데요."

"여기 있어요." 여자는 두툼하게 부푼 봉투 한 통을 건넨다.

책이 아니라는 것은 한눈에 알 수 있다. 너무 작다. 적어도 청구서는 아니다. 법정 소환장도 아닐 것이다. 요즘 들어 그 두 가지를 너무 많이 받았다. 밖으로 나가는 길에 잠시 발길을 멈추고 동네 광고판을 살펴본다. 10대 청소년들이 아기 돌보기나 잔디 깎기 아르바이트를 구하고 있다. 제이크도 그런 일쯤은 할 수 있다. 글 쓰는 일보다 쉬울 것이다. 어차피 제이크의 소설은 지금 핀란드 말고는 아무 데서도 출간되어 있지 않다.

햇살을 받으며 걷고 싶은 마음에 길을 건넌 다음 기차역을 통과하여 거룻배로 돌아가기로 한다. 기차역을 지나는데 사람이 북적북적한 플랫폼에서 케이트의 가장 친한 친구인 벡스의 모습이 눈에 들어온다. 크게 부풀린 머리를 하고 육중한 신발을 신고 있다. 벡스가 반가워하지 않을 걸 뻔히 알면서도 벡스하고 한번 얘기를 해보고 싶은 기분이 든다. 벡스는 케이트에게 이어지는 마지막 연결 고리 같은 존재이다. 벡스는 제이크가 케이트를 충분히 소중히 여기지 않았다고 생각한다. 사실 돈이 하나도 없는 빈털터리 처지에 상대를 소중히 여기기란 쉽지 않은 일이다. 케이트가 병원에서 퇴원한 이후로는 한 번도 케이트를 보지 못했다. 케이트가 백만장자 기술 사업가와 함께 살기 시작한 후로는 본 적이 없다.

"잘 지냈어?" 제이크가 다가가자 벡스가 먼저 입을 연다.

"휴가라도 가나 보지?" 제이크는 벡스가 바퀴 달린 슈트 케이트를 끌고 있는 모습을 보고 묻는다.

문득 디젤 엔진과 장작 연기 냄새가 밴 자신의 옷차림이 신경 쓰이면서 마치 시골뜨기가 된 기분에 사로잡힌다. 제이크도 바로 여기 이 플랫폼에서 매일 아침 정장을 차려입고 런던으로 출퇴근하던 시절이 있었다. 범죄 전문 기자로 활약할 무렵의 일이다. 케이트는 제이크가 점점 더 야생의 생활에 물들어간다면서 베스트셀러를 쓰는 일보다 수달 찾기 놀이에 더 열중한다고 매번 불평을 했다.

벡스가 어색한 태도로 고개를 끄덕인다.

케이트를 만나러 가는 것일까? "어디 좋은 데 가나봐." 제이크가 슬쩍 묻는다.

두 사람의 대화는 평소보다 훨씬 더 어색하다. 벡스보다 고작 두 살이 많을 뿐인데, 공통의 화제라고는 없이 뚝 단절되어버린 기분이다.

"런던에." 벡스가 별로 확신이 없는 말투로 대답한다. "친구의 친구 만나러." 그 말과 함께 벡스는 눈썹을 치켜올리더니 지금 막 역으로 들어오기 시작한 기차로 몸을 돌린다.

다시 거룻배로 돌아온 제이크는 큰 몸집을 구부정하게 구부리고 선실로 내려온다. 그리고 주방 탁자에서 봉투를 열어본다. 봉투 안에는 쪽지 한 장도 없이 그저 메모리 스틱 하나가 달랑 들어 있을 뿐이다. 인쇄하여 붙인 주소지를 다시 한번 확인한 다음 우체국 소인을 살핀다. 이스트런던의 소인이다.

아까 역에서 벡스는 왜 그렇게 이상하게 굴었던 걸까?

낡은 휴대용 컴퓨터의 USB 포트에 메모리 스틱을 끼워넣고 화면에 새로 뜬 아이콘을 클릭한다. 비디오 파일 하나가 나타난다. 화면 가까이 몸을 숙이고는 이미 재생되고 있는, 화질이 흐린 CCTV 영상을 들여다본다.

얼마 후에야 바에 앉아 있는 여자가 케이트라는 것을 알아볼 수 있다. 케이트는 혼자 앉아 휴대전화를 들여다보고 있다. 화면 오른쪽 하단부에 찍힌 날짜를 확인한다. 2월 14일 10:05PM. 제이크는 그날의 기억을 떠올리고는 몸서리친다. 화면의 왼쪽 하단부에는 '블루벨2'라고 쓰여 있다. 제이크가 아는 한 블루벨이라는 펍은 여기에서 스윈던으로 가는 길목에 있다. 바텐더가 다가오더니 케이트에게 말을 건다. 제이크는 그 자리에서 꼼짝없이 얼어붙은 채로 화면을 응시한다. 바텐더가 케이트에게 등을 돌리더니 밝은 주황색의 음료수를 만든 다음 케이트에게 건넨다. 아페롤 스프리츠, 케이트가 가장 좋아하는 칵테일이다.

화면이 흔들리면서 바뀌더니 이제 CCTV 화면은 케이트를 위에서 아래로 내려다보고 있다. 제이크는 같은 상황이 반복되는 모습을 이번에는 다른 각도에서 지켜본다. '블루벨3'. 마치 마술사의 숨은 비결을 몰래 훔쳐보고 있는 기분이다. 그 순간 그 모습을 발견한다. 바로 거기. 유리잔 위를 가로지르는 확실한 손의 움직임. 바텐더가 얼음을 넣기 직전의 일이다.

입이 바짝 마른 채로 뒤로 기대 앉아 다시 한번 봉투를 집어들고 혹시 안에 못 보고 지나친 다른 무언가가 들어 있지 않은지 살핀다. 봉투는 텅 비어 있다. 이걸 보낸 사람이 누구인지 모르지만 무언가를 발견했고 그걸 제이크에게도 보여주고 싶어했다. 왜 이제서야? 벌써 여섯 달이나 지났는데.

앉아 있던 책상에서 일어나 손목시계를 흘끗 내려다본다. 아무리 토요일이라지만 맥주를 마시기에는 시간이 너무 이르다. 그렇다고 배에 맥주가 있는 것도 아니다. 여기에 마실 것이라고는 배 한구석에서 발효되고 있는 콤부차밖에 없다. 제이크는 주전자를 불에 올려놓고 생각을 정리해보려 애를 쓴다.

밸런타인데이는 제이크가 영원히 잊을 수 없는 날이다. 그날 케이트는 늦게까지 일을 했고, 낭만적인 데이트를 준비할 수 없었던 제이크는 오히려 다행이라고 생각했다. 전화가 울렸을 때 케이트가 마지막 주문 시간에 맞춰 만나자고 말하고 싶어 전화를 건 것이라고만 생각했다. 그러나 그 대신 케이트는 바람을 피웠다며 제이크를 추궁했다. 경찰에서 일을 하며 최근 찍힌 CCTV 영상들을 샅샅이 뒤지고 있던 와중에 제이크가 쇼핑몰에서 다른 여자와 함께 있는 모습을 목격했다는 것이다. 운명의 장난이라기에는 잔인한 우연이었고 제이크는 사정을 제대로 설명할 기회조차 얻지 못했다.

그 전화를 끊고 한 시간 뒤 케이트는 모리스 마이너 트래블러를 몰고 집으로 돌아오는 길에 사고를 냈다. 제이크는 지금까지 내내 그 일이 단순한 사고였을 뿐이라고만 생각해 왔다.

지금은 그렇게 생각하지 않는다.

9장
케이트

에이제이가 돌아간 후 케이트는 스트레치의 그림을 완성해버리기로 마음먹고 이젤 앞에 앉는다. 돼지처럼 보이지 않게, 좀 더 개답게 그려보자. 인식 검사 결과를 들은 일이 도움이 되었다. 그림 실력이 다시 돌아올 것이라는 희망을 품게 되었다. 하지만 스트레치는 생각이 다른지 가만히 엎드려 있어주지 않는다. 태어난 지 여섯 달이 된 이 강아지는 벌써부터 매일 하루에 30분씩 산책을 나가고 싶어한다.

"그래, 네 맘대로 해라." 스트레치가 총총걸음으로 주방에서 빠져나가 집 뒤편으로 달려가버리자 그 등 뒤에 대고 말한다. 개가 사라진 방향을 잠시 쳐다보고 있으려니 문득 어디로 갔는지 걱정이 된다. 스트레치가 케이트의 시야 밖으로 사라져버리는 일은 좀처럼 없기 때문이다. 여전히 손에 붓을 든 채로 자리에서 일어나 스트레치의 뒤를 쫓아가는 길에 잠시 냉장고 앞에서 멈춰선다. 어제 아주 부드럽고 진한 콘월 특산의 야그 치즈를 사왔다. 냉장고 손잡이를 잡아당기지만 문이 열리지 않는다. 다시 한번 당겨보았지만 마찬가지이다.

"롭, 냉장고 문이 안 열려." 잠시 후 케이트는 롭에게 전화를 걸어 말한다. 몇 시간 전보다 마음이 한결 차분해져 있다. 롭은 여전히 런던으로 향하는 기차 안이다.

"미안. 냉장고가 아직 다이어트 모드로 되어 있나봐. 식사 시간 사이에 간식을 못 먹게 막는 거야."

"하지만 난 다이어트 안 하고 있는데." 가끔 케이트는 이 집과 소위 말하는 '스마트 기술'에 대한 롭의 애착에 두 손 두 발 다 들고 싶은 심정이 된다.

"내가 다이어트 중이잖아." 롭이 대답한다. "냉장고는 내가 주말 내내 집에 있을 거라고 알고 있는 모양이야. 지금 다시 열어봐."

"고마워." 믿을 수 없는 기분으로 고개를 절레절레 흔든다. 냉장고 문이 열린다. 롭은 애플리케이션 하나로 인생의 모든 것을 다 통제한다. 단 하나 케이트만이 유일한 예외이다.

"당신은 괜찮아?" 롭이 묻는다. "또 편두통이 나거나 하진 않았어?"

"배가 고플 뿐이야."

"바르마 박사하고 진료는 어떻게 됐어?"

"검사를 몇 가지 했어. 뇌가 잘 회복되어가는 중이라고 생각한대."

에이제이는 이미 검사 결과를 롭에게 보고했을 것이다. 롭은 그저 케이트에게 장단을 맞춰주고 있을 뿐이다.

"정말 잘 됐다." 롭이 말한다. "내가 그랬지? 당신 좋아지고 있다고."

"응, 그런 것 같아." 어쩐지 쓸쓸한 기분으로 반쯤 그리다 만 스트레치의 그림을 힐끗 돌아본다.

롭과 몇 마디 이야기를 나누고는 서둘러 전화를 끊는다. 롭이 케이트의 전화를 받기 위해 업무 전화를 대기시켜두었기 때문이다. 스트레치는 아직 돌아올 기미를 보이지 않는다. 야그 치즈 한 조각을 씹으면서 긴 복도를 따라 내려간다. 복도 끝에서 오른쪽으로는 벡스가 내려올 때마다 쓰는 넓은 손님용 침실이 있고 왼쪽으로는 창고방이 있다. 스트레치는 도대체 어디로 가버린 것일까?

발을 멈춘다. 창고방으로 통하는 문이 열려 있다. 처음 있는 일이다. 케이트가 이 집에서 살기 시작한 후로 이 방은 항상 잠겨 있었다. 롭은 컴퓨터와 휴대용 컴퓨터를 강박적으로 수집하는데, 케이트한테는 안전을 위해 이 창고방에 수집품을 보관하고 있다고 한번 말한 적이 있다. 실제로 이 집 전체는 아주 안전하다. 보안용 등과 카메라가 집 곳곳에 달려 있으며 밖으로 통하는 문들에는 삼중으로 잠금 장치가 달려 있다. 케이트가 그렇게까지 할 필요가 있느냐고 말했지만 롭은 케이트가 이곳에 이사 오자마자 보안 장치들을 설치했다. 롭은 케이트가 경찰에서 하던 일의 성격을 생각할 때 과거에 너무 안일하게 생활해왔다고 생각한다.

스트레치가 창고방의 문가에 나타난다.

"여기서 뭐하고 있니?" 케이트는 방에 무단으로 들어가는 것이 마치 스트레치의 생각인 양 말을 건다.

개의 뒤를 따라 방 안으로 들어간다. 검은색의 커다란 책상이 놓여 있고 그 뒤에 그림이 한 점 걸려 있는 모습이 창고방이라기보다는 마치 사무실처럼 보인다. 방의 한구석에는 적어도 열 대가 넘어 보이는 낡은 휴대용 컴퓨터들이 쌓여 있다. 방에는 창문이 하나도 없어서 어디에나 햇살이 넘쳐나는 집 전체의 분위기와는 사뭇 다른, 이질적인 느낌이 든다. 방의 뒤쪽 벽은 산허리에 붙어 있고 앞쪽의 벽은 손님용 침실에 면해 있다.

"생각했던 것보다 넓다. 그치?" 케이트는 방의 중앙 조명을 켜며 스트레치에게 말한다. "훨씬 더 넓은데."

책상 주위를 돌아보며 검은색 대리석의 매끄러운 표면을 손가락으로 어루만진다. 책상 위에는 컴퓨터 모니터가 놓여 있고 그 양옆으로 사운드스틱 스피커가 정렬해 있다. 그 중에서 케이트의 눈길을 끌어당기는 것은 카드와 포장지로 반쯤 가려진 채 벽에 기대어 있는 흑백의 그림이다.

그림을 들어올리고 먼지를 훅 불어서 날린 다음 빙빙 도는 머리로 그림을 한층 자세히 들여다본다. 라파엘 전파 양식으로 보이는 그림은 펜과 잉크, 붓으로 그려져 있다. 그림 모서리에는 'DGR'이라고 서명이 되어 있다. 단테이 게이브리얼 로세티이다. 중세풍의 옷을 입은 남녀가 숲속을 걷고 있다. 두 사람은 자신들의 도플갱어와 마주친 것처럼 보인다. 도플갱어들은 모든 면에서, 생김새와 중세풍의 옷차림, 모자 위에 달린 깃털까지 그들과 똑같아 보인다. 여자는 정신을 잃고, 두려움에 사로잡힌 남자는 자신의 도플갱어에 맞서 검을 뽑아들고는 상대의 흰자위가 드러난 눈을 응시하고 있다. 그들을 구분하는 유일한 차이점은 왼쪽의 남녀가 도플갱어인 것을 암시하는, 마치 저 세상의 것 같은 빛으로 둘러싸여 있다는 것뿐이다.

도플갱어를 구분하는 것이 그렇게 쉽기만 하다면.

케이트는 사무용 의자의 끝자락에 엉덩이를 걸치고 앉아 그림을 열심히 들여다본다. 남자 친구가 도플갱어로 뒤바뀐 것을 감별하는 법에 대해 혹시 어떤 실마리라도 있지 않을까 하는 기분으로 그림을 열심히 살피는 동안 심장이 세차게 두근거린다.

오랫동안 그림을 눈앞에 들어올린 자세 그대로 앉아 있다. 예전 경찰에서 일을 할 때 썼던 기술이나 요령 같은 것을 애써 기억해내는 중이다. 걸음걸이, 이목구비, 무심결에 나오는 행동. 케이트는 그런 것들은 한눈에 파악할 수 있었다. 케이트의 상관은 심지어 그녀가 행동 분석 수업을 들을 수 있도록 주선해주기도 했다. 케이트는 자신이 사람을 인식하는 데 솜씨가 뛰어났다는 사실을 떠올린다. 최고 중 하나였다. 절대 틀리는 법이 없었다.

그렇다면 롭의 어떤 점이 그토록 다르게 느껴지는 것일까?

가능한 한 냉정한 태도로 최근 겪었던 기이한 증상들을 사소한 부분까지 자세히 떠올린다. 롭의 어딘가가 달라졌다는 것은 확실하다. 그게 뭔지 딱 짚어 말하기 어렵지만 마치 롭이 자기 자신을 연기하고 있는 느낌이 든다. 눈을 깜빡거리거나 머리칼을 쓸어넘기는 사소한 습관을 지나치게 의식적으로 수행한다는 느낌이다. 겉모습만으로는 전과 똑같아 보이지만 무언가 다른 부분이 있다. 그 파란 눈일까? 그 안에 무언가 숨겨져 있는 것일까? 그 뭔지 모르는 무언가가 계속해서 케이트의 심기를 건드리고 있다.

그림을 다시 벽에 기대어놓은 다음 책 선반 쪽으로 걸어가 선반에 꽂힌 책의 제목을 훑어본다. 대부분 사업 투자에 대한 책들이다. 코딩에 대한 책이 몇 권 있고 건강, 신경 관련 기술, 생명 공학에 대한 책도 몇 권 있다. 삶과 죽음의 경계 영역을 탐험하는 의식을 다룬 책과 감금 증후군에 대한 책도 몇 권 보인다. 가장 아래쪽의 책 선반에는 문고본의 책들이 꽂혀 있다. 몸을 숙여 한 권을 뽑아낸다. 낡고 손때가 묻은 책은 표도르 도스토옙스키의 《분신》이다. 책 뒤표지에 적힌 소개글을 읽은 다음 책을 다시 꽂아 넣고 역시 표지가 낡은 다른 책 한 권을 꺼내든다. 제임스 호그의 《사면된 죄인의 사적 일기와 고백》, 1824년에 쓰인 도플갱어를 다룬 고딕풍의 소설이다.

도플갱어에 대한 이 모든 물건들에 대해 어떻게 생각해야 할지 알수가 없다. 롭은 케이트가 생각하는 것보다 훨씬 더 도플갱어에 대한생각에 얽매여 있는 것이 분명하다. 도플갱어와 관련된 물품들을 열쇠와 자물쇠로 꽁꽁 숨겨놓았을 정도이다.

하지만 그렇다고 해서 롭이 도플갱어로 뒤바뀌었다는 뜻은 아니다. 그랬을 리가 없다. 벡스의 말이 맞다. 이 문제에 대해서 이제 그만 생각해야 한다. 도플갱어라면 롭하고 완전히 똑같이 보여야 할 뿐만 아니라 그가 하는 사소한 버릇, 그가 하는 말투를 완벽하게 흉내내고 따라해야 할 것이다. 롭이 살아온 과거에 대해, 케이트에 대해모든 것을 알고 있어야만 할 것이다….

그런 생각들을 애써 마음 한쪽으로 치워둔다. 또다시 터무니없는생각을 떠올리고 있다. 한편으로는, 이렇게 생각하는 것이 지나칠지도 모르지만, 결국 창고방이 아니었던 이 방에 대해 속아넘어간 듯한기분이 들기도 한다. 이 방은 어느 모로 보나 롭의 물건들로 가득한그의 사무실이다. 어쩌면 케이트가 잠이 들면 롭은 이 방으로 와서일을 하는지도 모른다. 케이트는 롭이 와 있는 동안 혼자 잠들어 있을 때가 많다.

스트레치를 불러낸 다음 개가 나오자 밖으로 나와 문을 닫는다. 롭은 기차역으로 가는 길에 너무 서두르던 통에 이 방문을 잠그는 것을깜박한 것이 틀림없다. 잠시 후 다시 《사면된 죄인의 사적 일기와 고백》을 가지러 방으로 들어간다. 이 책을 다 읽고 돌려놓을 시간은 충분할 것이다. 하지만 책상으로 다가서기 전에 휴대전화가 울린다. 벡스에게 온 전화이다.

10장

케이트

"잠복근무하는 경찰이라도 된 기분이야." 벡스가 속삭이듯 말한다. "예전에 경찰에서 일할 때 너도 이런 식으로 일했던 거야?"

"지금 어딘데?" 케이트는 스트레치에게 리드줄을 매려 애를 쓰며 대답한다. 스트레치는 산책을 나가고 싶어 안달이 나 있다.

"패딩턴역에 있는 프레 타 망제(런던의 유명한 샌드위치 체인이다. _옮긴이). 롭이 탄 기차가 이제 1번 플랫폼으로 들어올 거야."

"롭하고 직접 만나서 인사할 생각이야?" 케이트는 현관문을 닫고 집을 나서면서 묻는다. 귀찮기 때문에 롭이 시키는 대로 현관문을 삼중으로 잠그지는 않는다. 보안 장치를 켜지 않은 지도 벌써 몇 주가 넘었다. 여기는 쇼디치가 아니라 콘월의 시골 마을인 것이다. 줄을 당겨대는 스트레치를 따라 집 아래로 펼쳐진 푸릇푸릇한 초록 벌판을 가로지른 다음 집 부지의 아래쪽 경계를 따라 이어진 해안 산책로로 들어선다. 헤링본 무늬의 석판을 붙인 벽이 부지 경계를 둘러싸고

71

있다.

"뭔가 이상한 기미가 보이면… 그때 가서 인사해 볼게…." 벡스의 목소리가 작아진다. "지금 구석 자리에 숨어 있어." 벡스가 말을 잇는다. "지나가는 사람들이 잘 보이는 자리야. 혹시 나를 알아보면 그때는 가서 인사를 해야겠지?"

케이트는 샌드위치 가게의 창문가에 앉아 있는 벡스의 모습을 머릿속에 그려본다. "벡스, 고마워."

벡스는 롭을 몰래 감시하는 임무를 완수하고 갤러리 몇 곳을 둘러본 다음 오늘 밤 트루로역에 도착하는 기차를 탈 예정이라고 설명한다.

벡스는 정말로 큰 수고를 하고 있다. 과연 이런 수고를 들일 필요가 있을까? 케이트는 롭의 눈에 떠올랐던 낯선 표정과 자신을 집어삼켰던 단절감을 필사적으로 떠올린다.

"어차피 이번 주말에는 별 계획이 없었어." 벡스가 덧붙인다. "오늘밤 '도살된 양' 펍에서 맨날 만나던 그 치들을 만나는 거 말고는. 그것도 네가 없으니 예전 같지 않아."

제이크와 헤어지기 얼마 전부터 케이트는 그 마을 술집의 단골이 되어 있었다. 제이크도 마찬가지였다. 당시 케이트의 주량은 날이 갈수록 점점 늘어만 갈 뿐이었다. 케이트는 제이크가 그립지 않다고, 그와 함께 지낸 폐소공포증을 일으킬 것 같던 생활이 전혀 그립지 않다고 자신을 타이른다. 특히 오늘처럼 눈앞으로 파란 하늘 아래 판유리처럼 잔잔한 바다가 펼쳐져 있고 소금기를 머금은 공기가 신선하게 느껴지는 날에는 전혀 아니다. 제이크하고는 대학에서 만난 후로 벌써 몇 년 동안이나 사귀었다. 어쩌면 종국에 헤어지게 된 것은 두 사람이 하는 일이 서로 맞지 않았기 때문이었는지도 모른다. 초상화 화가와 작가, 두 사람은 매일같이 좁디좁은 거룻배 안에서 서로 바짝 붙어 있다시피 하며 일도 하고 생활도 해야 했다. 어쩌면 두 사람이 아이를 가질 형편이 못 된다는 것이 헤어진 이유였을지도 모른다. 두 사람 모두 하는 일이 잘 되어가지 않았다는 것도 관계를 유지하는 데 도움이 되지 못했다. 케이트가 경찰에서 일을 하게 된 것도 결국은 그 때문이었다. 두 사람 중 누군가는 돈을 벌어야만 했던 것이다.

"잠깐, 지금 롭이 탄 기차가 들어오고 있어." 벡스가 말한다.

"제일 앞쪽 칸에 타고 있을 거야. 1등석."

"물론 그렇겠지."

잠시 동안 두 사람은 입을 다물고 기다린다. 케이트는 플랫폼으로 사람들이 쏟아져내리는 광경을 상상할 수 있다. 휴가에서 돌아온 사람들도 있을 테고 시내로 쇼핑을 나온 사람들도 있을 것이다. 경찰에서 일을 할 때는 용의자의 얼굴을 찾아 군중 속의 사람들을 관찰하는 동안 그 사람들이 과연 무슨 일을 하며 살아가는지 상상하면서 오랜 시간을 보냈다. 지나치게 오랜 시간이었다.

"롭이 보여?" 케이트가 묻는다. 왜 이렇게 초조한 기분이 드는 걸까?

"아직이야."

"롭이 어떻게 생겼는지는 기억하지?"

"케이트, 진정해. 내가 알아서 할게."

"미안, 나는 그냥….

"괜찮아, 알아." 벡스가 잠시 말을 멈춘다. "아직 롭은 안 나왔어."

어쩌면 롭의 심기 불편한 투자자가 런던에 있는 게 아니라서 롭은 리딩역에서 이미 내렸을지도 모른다. 벡스의 침묵이 영원처럼 길게 이어진다. 해안 산책로를 따라 이어진 높은 산울타리 주위로 꿀벌들이 윙윙거린다. 머리 위로는 갈매기들이 상승 기류에 몸을 싣고 하늘 높이 날아오른다. 그때 최근 몇 주 동안 몇 차례나 들었던, 귀에 익은 소리가 들려온다. 쾌청한 하늘을 올려다보니 저 멀리 후미 쪽에 나가 있는 드론 한 대가 눈에 들어온다. 드론은 케이트 쪽을 향해 날아오고 있다.

"저기 온다." 벡스가 불쑥 말한다. "내가 기억하는 것보다 훨씬 잘 생겼네."

"다른 사람이랑 같이 있어?" 드론이 다가오는 모습을 지켜보며 케이트가 묻는다. 해변의 평온한 공기를 어지럽히는 드론의 소리와 모습이 불쾌하게 느껴진다. 최근 롭은 새로 드론 택배 배송 사업을 시작했다. 그래서 콘월에 내려와 있는 동안에도 드론 장비들을 이것저것 시험해본다. 저 드론도 혹시 롭의 것일까? 그럴 리가 없다. 롭은 지금 런던에 있다.

"혼자야."

"다행이다."

"케이트, 내가 보기에는 이상한 데라고는 전혀 없어. 그거 말고는 할 수 있는 말이 없네. 흠 잡을 데 없이 잘 빠진 놈이야. 그렇지? 게다가 엄청 어리잖아! 그래서 롭이 몇 살이라고?"

"스물아홉 살." 드론은 이제 케이트의 머리 위까지 다가와 해안 산책로 위쪽의 하늘 높은 곳에서 맴돌고 있다.

"건방지네. 한쪽 어깨에 완전 끝내주는 가방을 매고 있어. 맞는 것 같아?"

"응, 맞아. 걷는 모습은 어때 보여?" 사람이 어떻게 걷는지만 잘 관찰해도 그 사람에 대해 많은 것을 알 수 있다.

"뭔가 딴 생각하고 있는 것 같은데." 벡스가 말한다. "지금 막 휴대전화를 꺼냈어."

케이트 자신의 휴대전화가 번쩍이며 롭에게 전화가 오고 있다는 것을 표시하고 있다. "나한테 전화를 걸고 있나봐." 케이트는 안심해야 할지 겁을 먹어야 할지 확신하지 못한 채 대답한다.

"그 전화 받을 거야?"

"아니." 전화가 음성 사서함으로 넘어가도록 내버려둔다. 다시 움직이기 시작한 드론이 바다 쪽으로 멀어진다.

"지금 플랫폼 중간에 멈춰섰어. 주위를 둘러보고 있어." 벡스가 말을 잇는다. "멋진 미소인데? 너한테 길고 애정이 듬뿍 담긴 음성 메시지를 남기고 있는 모양이야." 벡스가 말을 멈춘다. "잠깐 있어봐."

"뭔데?" 벡스가 뭔가 알아차리기라도 한 것일까?

"젠장, 이쪽으로 오고 있어."

"뭐라고 할 건데?"

"끊어야겠어."

"그냥 사실대로 말해. 나 보러 내려오는 길이라고. 기차를 기다리고 있었다고." 케이트가 서둘러 말해보지만 전화는 이미 끊어져 있다.

11장

케이트

케이트는 해안 산책로를 걷다 발을 멈추고는 자연석을 그대로 쌓아올려 만든 담벼락에 기대선다. 여기에서 런던은 너무나 멀게 느껴진다. 적어도 벡스에게는 왜 런던에 나와 있는지에 대한 핑곗거리가 있다. 롭은 케이트가 벡스한테 내려오라고 부탁했다는 걸 알고 있다. 게다가 벡스는 말을 둘러대는 재주가 훌륭하다. 케이트는 두 사람이 무슨 이야기를 나누게 될지 상상한다. 아마 롭은 케이트가 조금 걱정된다고 솔직하게 털어놓을 테지만 자세한 사정을 시시콜콜 얘기하지는 않을 것이다. 아무렇지도 않게 이말 저말 떠들어대기에는 지나치게 예의가 바르기 때문이다. 그리고 벡스는 롭에게 은근히 호감을 내비치며 어깨에 붙은 먼지를 떼어준다든가 할 것이다. 롭은 얼굴을 붉히고 눈을 깜빡거릴 것이다.

"산책 계속 할까?" 케이트는 다시 리드줄을 끌어당기고 있는 스트레치에게 말을 건다. "우리도 뭔가 바쁘게 하고 있자."

고개를 돌리고 맑은 바다의 공기를 한껏 들이마신다. 이미 드론의 모습은 어디에서도 보이지 않는다. 해안 산책로의 맞은편에서 두 사람이 케이트 쪽을 향해 걸어오고 있다. 산책로 아래로 펼쳐진 바다에서는 소형 범선 한 척이 후미 입구를 향해 나아가고 있다. 아지랑이 같은 푸른빛의 바다를 가로지르는 하얗게 빛나는 작은 칼날 같다. 그리고 바다를 가로질러 후미의 맞은편에는 케이트가 제이크와 함께 여름에 캠핑을 했던 들판이 있다. 그 들판이 내려다보이는 곳에서 살게 되었는데 제이크와 함께 있지 않다니 참으로 얄궂은 일이 아닐 수 없다. 그곳에서 캠핑을 하던 일주일 내내 비가 내렸다. 두 사람은 계속 다투었다. 제이크는 배를 타고 바다로 나가고 싶어했고 케이트는 그게 마음에 들지 않았기 때문이다. 하지만 여전히 가슴이 아릴 정도로 그 시절이 그립다. 가장 그리운 것은 제이크의 웃음이다. 그 마음 든든한 존재감도 그립기는 마찬가지이다. 벡스가 맨날 하던 말처럼 케이트는 제이크를 그저 아버지를 대체하는 존재로 생각했던 것일까? 케이트는 웨스트엔드의 배우였던 어머니 손에 자랐다. 아버지는 케이트가 태어나기도 전에 세상을 떠났다.

산책로에서 옆을 지나치는 남녀에게 희미하게 미소를 지어 보이고는 두 사람이 데리고 나온 검은 래브라도가 스트레치의 냄새를 맡도록 기다려 준다. 10분쯤 뒤, 마을 어귀로 들어설 무렵 휴대전화가 울린다.

뒷주머니에서 휴대전화를 서둘러 꺼내다가 하마터면 떨어뜨릴 뻔한다.

"롭이 네 걱정을 하더라. 내가 내려가게 돼서 다행이래." 벡스가 말한다. "나한테 꼭 잊지 말고 집 문을 삼중으로 잘 잠그고 보안 장치를 켜놓으라고 신신당부했어."

롭이 할 법한 이야기이다. "뭔가 이상한 점은 못 느꼈어?" 케이트가 숨을 죽이고 묻는다. "뭔가 달라 보이는 부분은 없었어?"

"케이트, 정말 이렇다 할 만한 건 아무것도 없었어. 물론 고환을 움켜쥔 다음 기침을 해보라고까지는 못했지만 그보다 더 자세히 살펴볼 수는 없었을 거야. 아마 나를 완전히 이상한 사람이라고 생각했을걸. 코앞에 바짝 붙어서 빤히 쳐다보고 있었거든."

"차비를 내준다는 말은 안 했어?"

"물론 했지. 그런데 내가 사양했어. 그래도 커피는 얻어 마셨지만."

갑자기 어떤 불순한 생각이 문득 머릿속에 떠오른다. "뭐 마셨는데?" 케이트가 묻는다.

"카푸치노. 왜?"

"롭은?"

"이거 뭐야, 스무 고개야?"

"대답해줘. 중요한 문제야."

케이트의 생각은 이미 급하게 달려나가고 있다.

"플랫화이트 마신 것 같아." 벡스가 대답한다.

"롭이 플랫화이트를 주문했다고?" 갑자기 머리가 어지러워지는 바람에 시간을 벌기 위해 벡스의 말을 그대로 되풀이한다.

"라떼 같은 거 있잖아. 우유 거품이 좀 덜 들은 거. 그걸 무슨 맛으로 먹는지는 모르겠지만."

"플랫화이트가 뭔지는 알아." 케이트가 날카로운 어투로 대답한다. 여기서 벡스한테 짜증을 낼 필요는 없다. 벡스는 이미 케이트를 돕기 위해 큰 수고를 아끼지 않았다. 다만 플랫화이트는 보통 케이트가 마시는 커피인 것이다.

"롭은 맨날 에스프레소밖에 안 마시는데." 케이트가 말한다. "그것도 매번 더블 에스프레소로. 롭은 좀 심하다 싶을 정도로 습관에 목매는 사람이잖아."

케이트는 매번 롭이 틀에 박힌 대로만 행동한다고 놀려대면서 좀 더 자주 스스럼없이 굴 필요가 있다고 잔소리를 한다. 하지만 실은 내심 롭의 자제력을 부러워하고 있다. 케이트 자신은 자동차 사고 이후로 무언가 하나에 제대로 집중하기가 어렵기 때문이다.

"오늘은 그저 다른 걸 마셔보고 싶었나 보지. 난 잘 모르겠는데." 벡스가 말한다. "케이트, 그저 별것도 아닌 커피 한 잔일 뿐이잖아."

하지만 벡스가 말은 그렇게 하면서도 완전히 확신하지 못한다는 걸 느낄 수 있다. 벡스는 롭의 주문에 당황한 것이 틀림없다. 케이트 도 벡스와 마찬가지의 심정이다.

12장
사일러스

"이렇게 수고를 들일 만한 일이어야 할 거야." 카페에 앉아 있던 사일러스 하트 경위는 제이크가 탁자 맞은편에 앉는 것을 기다렸다 입을 연다. 주말에는 되도록이면 일을 안 하려 하지만 스윈던의 범죄수사과에서 지금 사일러스가 맡고 있는 미결 사건들 때문에 그게 좀처럼 뜻대로 되지 않는다.

"늦어서 죄송해요." 제이크가 말한다. "말버러에서 오는 버스가 연착되서요."

"아니, 무슨 베스트셀러 작가가 버스를 타고 다녀?" 사일러스가 묻는다.

허리 아래를 치는 비겁한 일격이다. 몇 년 전 제이크가 처음으로 연락을 해왔을 무렵만 해도 사일러스는 스윈던의 모스 경감(콜린 덱스터가 쓴 추리 소설 시리즈의 주인공이다. _옮긴이)이 될 것이라는 꿈에 부풀어 기꺼운 마음으로 제이크가 책을 쓰는 일을 도왔다. 하지만 나중에 판명된 바에 따르면 제이크가 쓰는 스릴러 소설들은 결코 베스트셀러 근처에도 가지 못했다. 심지어 영국에서는 출간되어 있지도 않다.

제이크가 작고 두툼한 봉투 한 통을 꺼내고 있는데 종업원이 다가와 뭔가 주문을 하겠냐고 묻는다. 사일러스는 이미 베이컨 샌드위치를 반쯤 먹어치운 참이다.

"감사하지만 괜찮아요." 제이크가 종업원에게 말한다.

이 친구, 완전히 무일푼이다. 최근에는 얼마 동안 만나지 못했는데, 요즘 들어서는 설사 만난다 해도 경찰서의 업무 절차에 대해 이야기하기보다는 희귀한 새에 대해 토론하는 데 시간을 다 쓴다.

"여기 차하고 베이컨 샌드위치 주세요." 사일러스는 제이크에게 몸을 돌린다. "내가 사는 거야."

"고맙습니다." 제이크는 부끄러워하며 인사를 하고는 봉투 안에서 작은 메모리 스틱 하나를 꺼낸다. 체격이 큰 데다 길게 기른 머리카락과 듬성듬성 난 수염 탓에 다소 거친 남자처럼 보이기도 한다. 이런 사람이 그 좁은 거룻배에서 어떻게 살고 있는지가 사일러스에게는 도통 수수께끼이다.

"거긴 뭐가 들었는데?" 사일러스가 묻는다.

제이크는 가방을 앞으로 돌리더니 책과 낡은 신문들이 엉망으로 섞여 있는 가방 안에서 낡아빠진 휴대용 컴퓨터를 꺼낸다. 디젤유 냄새가 훅 풍겨온다.

"공공장소에서 봐도 괜찮은 내용이야?" 사일러스는 카페를 둘러보며 묻는다. 이곳은 사일러스가 마음에 들어 하는 단골 대중식당이다. 시내 중심가에 위치했을 뿐더러 법원하고도 가깝다. 이번 주에는 인신매매단의 재판 때문에 거의 법원에서 시간을 보냈다. 최근까지만 해도 스윈던의 네일샵이란 사일러스하고는 전혀 상관없는 곳이었다. 하지만 이제 사일러스는 네일샵에 대해 속속들이 알고 있다. 손톱 연장이라든가 덧씌우기라든가.

"소리는 안 나요." 그래도 제이크는 카페 한복판에서는 보이지 않도록 금이 간 컴퓨터 화면을 슬그머니 이쪽으로 돌려놓는다. 제이크가 보낸 문자에서는 어떤 영상 하나를 받았는데 전 여자 친구의 자동차 사고하고 관련이 있어 보인다는 언급밖에 없었다. 보통이라면 스윈던의 범죄수사과에서 교통사고에 관여할 일은 없겠지만 제이크의 전 여자 친구인 케이트는 일반적인 경우가 아니다. 자동차 사고를 당하기 전 1년 동안 케이트는 사일러스 밑에서 초인식자로 일을 하면서 법원이 속도를 따라잡기 어려울 만큼 수많은 범죄자들을 찾아냈다.

"록본에 있는 블루벨 펍이에요."

블루벨이라는 이름에 번쩍 고개를 들고 제이크의 얼굴을 살핀다. 이 술집은 최근 헤로인 마약 조직이 이용하는 지방 마약 밀매 판로로 찍힌 참이다. 컴퓨터 화면을 좀 더 자세히 들여다본다. 제이크는 어떻게 이 술집의 CCTV 영상을 손에 넣었을까? 여기에서 케이트는 도대체 뭘 하고 있었던 것일까?

"여기를 자세히 보세요." 바텐더가 음료수를 만드는 장면에서 제이크가 말한다. "이 사람이 뭘 하는지요. 얼음 넣기 바로 전에요."

사일러스는 베이컨 샌드위치를 한입 베어문다.

"다시 한번 자세히 보세요. 이쪽 각도에서 더 분명하게 보여요." 제이크가 화면을 조정한다.

종이 냅킨으로 입에 묻은 케첩을 닦아내며 고개를 화면 가까이 가져간다.

"바로 여기요."

사일러스의 눈에도 잘 보인다. 얼음을 넣기 전 무언가 음료수 안으로 들어간다. 하지만 결정적인 증거라고는 볼 수 없다.

"그때 케이트는 완전히 지쳐 있었어." 사일러스가 말한다. "이 문제에 대해서는 전에도 얘기했었잖아." 일부러 케이트의 교통사고 보고서를 꼼꼼하게 살펴도 보았고, 사일러스 자신이 따로 조사도 해보았다. 사일러스는 그날 밤 케이트가 얼마나 지쳐 있었는지, 자신이 케이트를 얼마나 혹사시켰는지에 대해서는 깊이 생각하지 않으려 애썼다. 당시에 자신이 초인식자팀에 있던 팀원 전원을 얼마나 몰아붙이며 고되게 일을 시켰는지에 대해서는 생각하고 싶지 않았다. "게다가 술까지 마셨잖아. 한계에 다다랐던 거야."

"경찰에서 다른 원인이 있었는지 조사하지 않았던 게 잘못이에요." 제이크가 말한다. "혹시 진정제 같은 걸 먹었는지 말이에요. 누가 케이트의 술에 약을 탄 것이 틀림없어요. 그렇게밖에 설명할 수 없어요. 운전을 하다 잠이 들어버린 것도 그렇게라면 납득이 가요."

사일러스는 납득이 가지 않는다. 아직은 아니다. 지금은 이 메모리 스틱이 어디에서 났는지가 더 궁금하다. "이건 누가 보냈어?" 사일러스가 묻는다.

"전혀 모르겠어요." 제이크가 봉투를 뒤집어 보며 대답한다. "오늘 아침에 도착했어요."

"그럼 봉투에 당신 지문이 덕지덕지 묻어 있겠군." 마치 물고기를 꼬리만 잡고 들어올리듯 봉투의 모퉁이 끝자락을 잡고 봉투를 들어올린다. 누가 보냈는지 모르지만 주소를 마을 우체국 전교로 적을 만큼 사정을 잘 아는 사람이다.

"처음 받았을 때는 이게 뭔지 몰랐어요." 제이크가 말한다.

"우리가 한번 살펴볼게. 이걸 우리한테 넘겨주는 게 괜찮다면 말이야."

"물론이에요. 복사본을 만들어 두었으니까."

제이크가 컴퓨터에서 스틱을 뽑아 사일러스가 내밀고 있는 봉투 안에 떨어뜨릴 때까지 기다린다. "케이트한테는 소식은 좀 듣고 있어?" 사일러스가 묻는다.

"전혀요." 제이크는 차가 든 머그잔을 내려다본다. "지금 어디 사는지도 몰라요."

케이트가 건강을 잘 회복할지 개인적으로 관심이 있었기 때문에 그녀가 스윈턴의 그레이트웨스턴 병원에 입원해 있을 무렵 사일러스는 게이블크로스 경찰서로 출퇴근하는 길에 거의 매일같이 병원에 들렀다. 퇴원한 후에도 계속 소식을 듣고 싶었지만 케이트는 사일러스와도, 자신이 하던 일과도, 경찰하고도 완전히 손을 끊고 싶어했다. 보아하니 제이크하고도 완전히 연락을 끊은 모양이다. 마지막으로 들은 소식에 따르면 케이트는 콘월의 남쪽 어딘가에 있는 해변가의 멋들어진 집에서 기술 사업 분야에서 뛰어난 활약을 펼치고 있는 부유한 사업가와 함께 살고 있다고 했다.

"경찰서에서도 다들 케이트를 보고 싶어해." 별로 위로가 되지 않을 것을 알면서도 말한다.

"나도 마찬가지입니다."

"정말 대단한 여자였지. 재능이 넘치고."

두 사람 사이에 침묵이 흐른다. 오늘은 입 밖에 나오는 말마다 다이상하다. 제이크의 책이 잘 팔리지 않은 것을 용서해줄 마음이 들었던 것은 오직 케이트 덕분이었다. 맨 처음 케이트를 소개해주고 경찰이 그녀의 뛰어난 재능을 눈여겨볼 기회를 마련해준 사람이 제이크였기 때문이다.

"영상은 확인해볼게." 사일러스는 종업원이 제이크 앞으로 가져온 베이컨 샌드위치를 부러운 눈으로 쳐다보며 말한다. 작년에 자신이 잠깐이나마 비건으로 지낸 적이 있다는 사실이 스스로도 놀랍다. "뭘 찾게 되면 알려주고."

"만약 단순한 사고가 아니었다면… 누가 케이트를 해치려고 한 거였다면…?" 그 생각만으로도 눈시울을 붉힌 채 제이크가 잠시 머뭇거린다. "케이트가 경찰에 있을 때 당신 밑에서 했던 그 일 때문일까요? 어제도 그 얘기가 뉴스에 나오던데요."

입을 열기 전 잠시 망설인다. 스스로도 똑같은 질문을 몇 번이고 물어봤다. 특히 지난주 내내 법원에 앉아 인신매매단의 조직원들이 전부 합쳐 33년 형을 선고 받는 모습을 지켜보는 동안 그랬다. 그 놈들을 처음 체포한 것은 사일러스의 팀이 세운 공적이었고, 그런 공을 세울 수 있었던 것은 거의 전적으로 케이트가 펼친 뛰어난 활약 덕분이었다. 케이트가 사고를 당했을 때 사고를 둘러싼 정황에 대해 사일러스가 일부러 수고를 들여 자세하게 확인한 것도 그런 이유에서였다.

"너무 앞서 나가지는 말자고." 말은 이렇게 하지만 사고 당일 케이트가 블루벨 술집에 갔다는 사실이 마음에 걸린다. 당시 사일러스가 지휘하는 수사팀은 인신매매단과 이 지역의 원정 마약 밀매 조직이 연계되었을지 모를 가능성에 대해 조사하고 있었다. 블루벨 술집은 밀매 조직의 판로로 의심을 받고 있었지만 그 연관성을 증명할 만한 확실한 증거는 없었다.

베이컨 샌드위치를 게걸스럽게 먹어치우고 있는 제이크를 쳐다본다. 누군가 케이트를, 우연히 초인 같은 재능을 지니고 있을 뿐 평범하고 착하기 그지없는 사람을 노리고 있을지도 모른다고 생각하니 등골이 오싹해진다.

13장
케이트

마을의 단골 카페에서 마시는 플랫화이트는 평소 같은 맛이 나지 않는다. 커피 자체에 문제가 있는 것도, 커피를 준비하는 예술에 가까운 솜씨가 잘못된 것도 아니다. 해변과 항구가 내려다보이는 야외 좌석에 대해서도 불평할 여지가 없다. 다만 롭이 플랫화이트를 주문했다는 사실이 머릿속에서 떠나지 않는 탓이다. 벡스 말대로 그저 별것도 아닌 커피 한 잔일 뿐이라는 걸 알고는 있지만 롭은 케이트와 함께 지내는 동안에는 단 한 번도 플랫화이트를 마신 적이 없다. 왜 이제 와서 갑자기 플랫화이트를 마시기 시작한 것일까?

휴대전화를 꺼내들고 롭이 보낸 음성 메시지에 귀를 기울인다.

"그저 당신 괜찮은지 확인하러 전화해봤어. 지금 패딩턴역에 도착했고 이제 사무실로 가려고. 그냥 콘월에서 당신하고 있었으면 좋았을 텐데. 바르마 박사하고 한 검사 결과가 좋다니 나도 기분이 좋네. 걱정하지마. 당신 그림이 국립 초상화 미술관에 걸리게 될 날이 머지 않았으니까. 내가 장담해. 몸조심하고. 아, 그리고 갑자기 올라와버려서 미안. 나중에 보상해줄게. 약속해."

언제나처럼 조심하라고 잔소리하고 케이트의 그림에 대해 낙관적이기만 한 것이 딱 롭답다. 혼자 빙그레 미소를 지으면서 야외에 앉아 있는 다른 손님들을 슬쩍 훑어본다. 카페의 야외에는 마치 바처럼 길쭉한 나무로 된 탁자가 하나 있는데, 여기에 앉으면 사람으로 붐비는 해변 풍경을 내려다볼 수 있다. 이제 걱정은 좀 접어둘 필요가 있다. 즐겁게 여길 일들이 이렇게나 많은 것이다. 탁자의 반대편 끝에는 바다 풍경을, 혹은 해변을 뒹굴고 있는 그을린 나체를 감상하라고 카페에서 비치해둔 쌍안경이 놓여 있다. 롭은 그걸 '변태경'이라고 부른다. 다른 손님들은 다들 크롬 도금을 한 높은 의자에 앉아 있고 스트레치는 다리에 리드줄을 감은 채 케이트의 발밑에 엎드려 있다. 갑자기 배가 고파온다. 벡스는 항상 케이트가 마치 말처럼 잘 먹으면서도 전혀 살이 찌지 않는다며 한탄한다. 아마 신진대사가 빠른 덕분일 것이다. 옆자리에 앉은 남자를 흘끗 쳐다본 다음 스트레치와 반쯤 마신 커피를 자리에 그대로 둔 채 카페 안으로 들어가 팬케이크를 주문한다.

케이트가 돌아왔을 때 스트레치는 낑낑거리고 있고 옆자리의 남자는 가버리고 없다. 팬케이크를 잘게 잘라 스트레치한테 주고, 남은 커피를 다 마셔버린 다음 자리에서 일어난다. 카페에서 나오는 길에 카운터석에 앉아 있는 사람들과 잠시 이야기를 나눈다.

"오래 걸리지는 않을 거예요." 케이트는 카페 바로 옆의 모퉁이에서 갤러리를 운영하고 있는 친구 마크에게 말한다. 마크 또한 개를 키우고 있으며, 케이트가 수영을 하러 갈 때마다 스트레치와 휴대전화를 맡아준다. 청바지 아래 수영복을 입고 있다. 해변으로 내려가서

겉옷을 벗어버린 다음 사람으로 북적이는 파도 속으로 뛰어든다. 케이트는 해변에서 50미터 정도 떨어진 곳에 떠 있는 플랫폼까지 헤엄쳐나가길 좋아한다. 롭이 권하는 대로 매일같이 수영을 하고 있다. 수영은 예술처럼 몸을 회복시키는 또 다른 치유제이다.

물장난을 하고 있는 가족들 옆을 지나 더 깊고 고요한 물속으로 헤엄쳐나가면서 지금 옆에 롭이 있었으면 좋겠다고 생각한다. 지난 주말 비밀 해변으로 수영을 하러 갔을 때는 참으로 즐거웠다. 의심이 피어오르기 전의 행복한 나날들이었다. 어쩌면 고작 커피 한 잔을 가지고 모든 일을 너무 지나치게 생각하고 있는지도 모른다. 바다로 나오니 기분이 좋다. 수정처럼 맑고 투명한 바다 아래로 은빛 물고기들이 떼 지어 헤엄친다. 물고기들이 이리저리 움직일 때마다 수면 아래 비스듬히 비쳐드는 햇살의 파편을 맞아 반짝거린다. 물고기떼 아래로는 반투명한 해파리들이 마치 최면을 걸듯 율동적으로 움직이고 있다.

그 순간 종아리 근육이 죄어들기 시작한다. 젠장, 다리에 쥐가 난 것이다.

앞으로 플랫폼까지는 20미터밖에 남지 않았다. 발차기를 너무 세게 하지 않으려 하며 조심스럽게 헤엄친다. 전에도 이런 적이 있었다. 긴장을 풀고 스트레칭만 잘 하면 별일 아니다. 하지만 한번 경련이 일어난 다리는 좀처럼 풀리지 않는다. 선 자세로 헤엄치면서 몸을 구부리고 쥐가 난 근육을 주물러 풀어주려 한다. 그때 왼쪽 다리에 급격한 경련이 일어나 자신도 모르게 입을 벌려 소리를 지르면서 바닷물을 삼킨다. 기침을 하며 어떻게든 숨을 쉬려고 애써보지만 마음속에서 공포가 피어오른다. 다음 순간 오른쪽 다리에까지 경련이 일어나면서 격심한 고통에 그만 몸을 웅크리고 만다. 큰일이다. 이렇게 심하게 경련이 일어난 적은 처음이다.

어떻게든 소리를 질러 플랫폼 위에서 서로를 밀어내며 놀고 있는 구릿빛 피부의 10대들의 관심을 끌어보려 한다. 하지만 숨을 쉬기조차 어렵고 숨이 막힐 듯한 기침이 멈추지 않는다. 10대들은 케이트가 부르는 소리를 듣지 못한 것처럼 보인다. 다시 한번 10대들의 시선을 끌기 위해 소리를 지르며 물속에서 마구 발버둥친다. 숨을 쉴 수가 없다. 머리가 물에 잠겨들 때마다 점점 더 깊이 가라앉는다. 어떻게든 수면 위로 다시 떠오르려 하지만 이번에는 너무 깊이 가라앉았다. 의식이 점점 멀어지면서 다시는 수면 위로 올라갈 수가 없다는 사실을 깨닫는다. 그저 바닷속으로, 점점 더 깊이 빠져내려갈 뿐이다.

그 순간 케이트의 머릿속에 떠오르는 것은 비 내리는 텐트 안에서 차를 우리고 있는 제이크의 모습뿐이다.

14장

제이크

스윈던에서 하트 경위를 만나고 돌아오는 버스에서 제이크는 버스 운전사에게 오그본 세인트 조지 정류장에서 내려달라고 부탁한다. 버스에서 내리고 5분 후에는 리지웨이(영국 남부 지방에 있는 '영국의 가장 오래된 길'이라 알려진 트레킹 코스이다. _옮긴이)를 걷고 있다. 황조롱이 한 마리가 따스한 상승 기류를 타고 머리 위 하늘을 맴돈다. 목적지는 여기에서 동쪽으로 3킬로미터 떨어진 록번 마을에 있는 블루벨 술집이다. 제이크는 자동차 사고가 일어난 밤 케이트가 술을 한잔 마시기 위해 이 술집에 들렀다고 생각한다. 술집의 웹사이트에 올라 있는 바의 사진은 CCTV 영상에서 본 내부의 모습과 일치했다.

노스 웨식스 다운즈에서도 가장 인적이 드문 지역을 관통하는 이 고대의 길을 다시 걸으니 기분이 좋다. 케이트와 사귀기 시작했을 무렵 제이크는 케이트의 오랜 친구들과 함께 리지웨이 140킬로미터를 완주했다. 코스를 쪼개어 매 주말마다 와서 길을 걸었다. 광대한 하늘 아래 펼쳐진 백악질의 구릉 지대, 철기 시대 때부터 남아 있던 요새의 폐허와 활발한 대화. 제이크가 가장 그리운 것은 바로 케이트와 나누던 대화이다. 케이트는 다른 사람의 이야기를 잘 들어주는 사람이었다.

빠른 속도로 걸음을 옮기기 시작하자 긴 머리카락이 바람이 나부낀다. 종점에서는 맥주 한 잔이 기다리고 있다. 파인트 한 잔을 사 마실 수 있는 돈이 겨우 있다. 이 술집에 대해서는 하트 경위에게 맡겨두는 편이 좋다고 생각하면서도 바텐더와 직접 이야기를 해보고 싶은 마음을 억누를 수가 없다. 케이트가 집으로 돌아오는 길에 들렀던 장소를 직접 자신의 눈으로 보아두고 싶다. 그 마지막 밤에 대해서는 생각하고 또 생각했다. 케이트가 사고를 당한 일에 대해, 애초에 경찰의 일자리를 소개해준 것에 대해 스스로를 자책하고 또 자책했다. 자신이 작가로서 제대로 돈을 벌기만 했어도 케이트는 초상화가로 남을 수 있었을 것이다. 게다가 거기에 더해 카메라에 잡힌 밀회 사건도 있었다.

제이크는 자신이 받은 영상에 대해 곰곰이 생각한다. 이 영상이 누군가 케이트를 해치려 했다는 증거가 될 수 있을까? 경찰은 자동차 충돌이 단순한 사고였을 뿐이라고 주장했다. 초인식자로 일을 하기 시작했을 무렵 케이트는 언론 인터뷰 같은 것에는 나가지 않았어야 했다. 세간의 눈을 피해 조용히 지냈어야 했다. 하지만 케이트의 능력은 좋은 이야깃거리가 되었다. 〈어떤 얼굴도 잊지 않는 여성〉. 케이트가 자신의 능력을 발휘하여 수없이 많은 범죄자들을 잡아내기 시작했을 때 경찰에서는 이토록 좋은 홍보 기회를 외면할 수 없었을 것이다. 이번 주에도 경찰은 똑같은 짓거리를 하고 있다. 신문에 실린 재판 기사에 케이트의 이름이 언급되지 않은 것이 그나마 다행이다.

30분 후, 제이크는 록본 마을에 있는 블루벨 술집의 텅 비어 있는 바에서 파인트 한 잔을 손에 들고 앉아 있다. 쓸데없는 것이라고는 하나 없는 전통적인 양식의 술집이다. 낮게 대들보가 가로지르는 천장에 바 뒤에는 맥주통이 놓여 있고 나무로 된 바닥에 벽에는 칠판이 붙어 있는 데다 허튼 소리는 용납하지 않은 여주인까지 있다. 아주 오래 전 케이트의 친구들과 함께 리지웨이를 걸었을 무렵 분명히 이 술집에 와본 적이 있다. 그때와는 분위기가 많이 달라져 있다. 게다가 하필이면 오늘 근무 중인 바텐더는 CCTV 영상에서 봤던 그 사람이 아니다.

"지난번에 내 친구가 여기 왔었는데, 혹시 기억하지 못하겠지요?" 제이크는 케이트의 사진을 꺼내들고 바텐더에게 묻는다.

"전혀 모릅니다." 바텐더는 고개를 흔들며 대답한다.

여주인이 다가와서 사진을 들여다본다.

"이런 여자는 한 번도 못 봤어요." 여주인이 뿌리치듯 말한다.

제이크가 확실히 기억하기로 도보 여행 중에 들렀을 때는 이렇게까지 불친절한 곳은 아니었다.

"누군데 그런 걸 묻는 겁니까?" 여주인이 뒤쪽으로 사라지는 모습을 쳐다보며 바텐더가 묻는다.

그의 말투가 한층 딱딱해진 것을 감지한다. "내 오랜 친구라서요. 그게 답니다."

"당신 혼자 남겨두고 떠난 거요?" 바텐더가 이를 드러내고 웃는다. 과히 보기 좋은 치아는 아니다.

"그렇게 말할 수도 있고요."

이 남자한테 어떻게 된 일인지 따져 묻고 싶은 강렬한 충동이 밀려든다. 케이트의 술에 약을 탄 일에 대해, 그 끔찍한 결과에 대해 다그치고 싶다. 이 남자는 영상에 나온 그 바텐더는 아니지만 뭔가를 알고 있는 것이 분명하다.

무언가 터무니없는 짓을 저지르기 전에 파인트 잔을 들고 구석에 놓인 탁자로 자리를 옮긴다. 케이트는 일을 끝내고 돌아오는 길에 긴장을 풀기 위해 이곳에 들렀던 것이 틀림없다. 제이크가 기다리는 거룻배로 돌아오기 전에 기분 전환을 하고 싶었을 것이다. 헤어지기 얼마 전부터 케이트는 술을 무척 많이 마시고 있었다. 제이크도 마찬가지였다. 어쩌면 케이트가 여기 온 것이 처음이 아닐지도 모른다.

술집 안을 쭉 둘러보니 문 위에 카메라가 달려 있다. 바 뒤쪽의 술 분량기 옆에도 카메라가 하나 더 붙어 있다. 한적한 시골 술집치고는 보안이 삼엄하다. 생각해 보면 케이트가 혼자 올 만한 장소는 아니다.

이제 막 자리에서 일어나려는데 바텐더가 오더니 옆의 탁자를 행주로 훔친다. 그 다음 제이크의 탁자 쪽으로 와서 먼지 하나 없는 탁자 표면을 괜스레 닦는다.

"혹시 기자라면 당장 꺼지쇼." 바텐더가 계속 손을 놀리며 속삭이듯이 말한다.

"기자가 아닌데요." 제이크가 맥주잔을 훌쩍이며 대답한다. "그리고 어디로든 꺼질 생각도 없습니다."

갑자기 아드레날린이 솟구쳐 오른다. 아직 초짜 범죄 기자였을 무렵 제이크의 상관은 항상 처음 기회가 왔을 때 밀어붙여야 한다고 말했다.

"그럼 누군데 그래?" 바텐더가 묻는다.

"책을 씁니다. 범죄 스릴러 소설이죠."

"혹시 내가 당신 이름을 들어봤을까?"

잠시 망설인 끝에 이름을 말해준다. "핀란드에서는 엄청나게 인기입니다." 분위기를 가볍게 하기 위해 덧붙인다.

이름을 밝힌 것이 실수였을까? 요즘 들어 허리 주위에 살이 좀 붙었지만 자기 몸 하나쯤은 충분히 지킬 수 있다.

바텐더는 마지막으로 한차례 탁자를 훔친 다음 제이크의 눈을 똑바로 쳐다본다.

"그럼 제이크, 핀란드로 꺼져버리쇼."

15장

케이트

의식이 돌아오자 정면으로 태양이 올려다보이고 몸 전체가 좌우로
흔들리고 있다. 여러 얼굴들이 케이트를 내려다본다. 착해 보이는 10
대 청소년들의 얼굴에는 두려움과 걱정이 가득하다. 머리가 지끈거
린다. 시간이 얼마 지나고 나서야 케이트는 자신이 바다 한복판에 있
는 플랫폼에 등을 대고 누워 있다는 사실을 깨닫는다.

"정신이 들었어요." 자신을 내려다보던 얼굴 중 하나가 마치 주전
자 물이 끓는다는 사실을 알리듯 말한다. 케이트는 아이들과 아이 특
유의 사실적인 태도를 좋아한다.

"구명정이 왔어요." 다른 얼굴이 말한다.

구명정이라고? 나 때문에? 다시 눈을 감는다. 해변과 카페에 있는
모든 사람들이 케이트의 모습을 지켜보게 될 것이다. 케이트는 다른
사람을 관찰하는 것을 좋아하지만 자신이 관심의 대상이 되는 것은
그리 좋아하지 않는다.

"나 괜찮아요." 케이트는 자리에서 일어나려 애쓰며 말한다. 하지만 머리가 쿵쿵 울리고 다리가 후들거리는 바람에 다시 누울 수밖에 없다.

"괜찮아요." 10대 소녀 중 하나가 말한다. "도와줄 사람을 불렀어요."

"어떻게 된 거에요?" 케이트가 속삭이듯 묻는다. 기억나는 것은 자신이 플랫폼을 향해 헤엄을 치고 있었다는 것뿐이다. 머리는 왜 이렇게 깨질 듯이 아픈 것일까?

"다리에 경련이 일어났던 것 같아요. 물에 빠져서 하마터면 못 나올 뻔 했어요." 한 여자아이가 옆에 서 있는 소년을 감탄하는 표정으로 쳐다보며 말한다. "네드가 물속으로 뛰어들어서 플랫폼으로 데려왔어요. 인명 구조법 수업을 들었거든요."

네드, 잘했어. 나중에라도 몸에 힘이 돌아오면 네드에게 제대로 고맙다는 인사를 해야겠다고 생각한다. 이 이야기를 전해 들으면 롭은 자신을 죽이려 들 것이다. 벡스도 마찬가지이다. 몇 시간 후면 벡스는 여기에 도착해서는 케이트가 절대 혼자 내버려둘 수 없는 사고뭉치가 되어버렸다고 얘기할 것이다. 케이트는 절대 사고를 잘 내고 다니는 사람은 아니었지만 요즘 들어 기록이 그리 좋지 않다. 여섯 달 동안 사고를 두 차례나 겪었다. 적어도 이번에는 그저 다리에 경련이 일어났을 뿐이다.

항구 쪽으로 고개를 돌리니 해안용 구명정이 플랫폼 옆에 나란히 몸체를 붙이고 있는 모습이 보인다. 친절한 사람들의 시간을 낭비하고 있다는 기분을 떨칠 수가 없다. 아침부터 너무 피곤했다. 수영을 하러 나오는 것이 아니었다. 지금쯤 스트레치도 어찌할 바를 모른 채 케이트를 찾고 있을 것이다.

걱정했던 대로 해변에서는 무슨 일인지 구경하고 싶은 사람들이 호기심에 목을 길게 빼고 구조 현장을 지켜보고 있다. 해변 위쪽의 카페에서는 혼자 온 한 남자가 쌍안경으로 케이트 쪽을 유심히 지켜보고 있다.

16장

사일러스

"이 새로운 안면 인식 소프트웨어 말인데요, 공식적으로 말해서 형편없는 쓰레기입니다. 경위님." 스트로버 순경이 자기 자리에 앉은 채 몸을 뒤로 젖히며 말을 꺼낸다. "가동 준비가 금세 될 것 같지는 않은데요."

"그거 참 자네답지 않은 말인데." 사일러스는 아직 어린 티가 가시지 않은 부하를 힐끗 쳐다보며 대답한다.

지금 두 사람은 게이블크로스 경찰서의 널찍한 퍼레이드실에 자리 잡은 범죄수사과 자리에 앉아 있다. 스트로버 순경은 컴퓨터와 관련된 것이라면 뭐든지 잘 아는 컴퓨터 전문가이자 디지털로 이루어진 모든 것의 숭배자이다. 사일러스는 이 순경에게 소셜 미디어를 이용하지 않는다며 매번 면박을 듣는다.

"그리고 '경위님'이라고 좀 부르지 말라니까. '선배'라고 부르든가 '보스'라고 하든가. 그 '님' 소리 좀 하지 말라고. 학교 선생님이라도 된 것 같잖아. 나는 학교라면 질색이야."

사일러스가 부하 직원으로 스트로버를 채용한 것이 벌써 18개월 전의 일이다. 아직도 '경위님'이라는 존칭을 쓰는 습관을 버리지 못하는 것을 제외하고 스트로버는 일머리를 빨리 익혔고, 작년 연쇄살인마를 체포했을 때는 자신이 귀중한 인력임을 스스로 증명했다. 스트로버가 상관 앞에서도 자기 속마음을 솔직하게 말할 수 있을 만큼 자신감이 붙은 지금, 사일러스는 그녀의 유머 감각도 좋아한다.

"나는 '딥 러닝(컴퓨터가 사람처럼 학습할 수 있도록 만들기 위한 기계 학습 기술이다. _옮긴이)'의 열렬한 팬입니다. 오해하지는 마세요, 보스." 스트로버가 억센 브리스톨 억양으로 마지막 말에 힘을 주어 말한다. "다만 컴퓨터가 인간의 얼굴을 제대로 이해하는 날이 올 거라고는 생각하지 않는 것뿐입니다."

"지금 말하는 품새가 위험할 정도로 나랑 비슷한데." 사일러스가 말한다. 이 여자가 과학 기술에 대해 험담을 하다니, 전에는 한 번도 없던 일이다.

"공항에서 쓰는 안면 인식기만 해도 그래요. 깔끔하고 선명한 얼굴 정면, 통제된 환경에서는 잘 굴러갑니다. 하지만 마구 돌아다니는 인파 속에서라면…." 사일러스는 불쑥 장광설을 쏟아내는 스트로버에게 더 말해 보라는 듯이 고개를 끄덕인다. "됐다 그래요. 어두운 조명, 잘못된 각도, 거친 화질, 목도리, 턱수염, 뭐든지 말만 해보세요. 이 프로그램을 실제로 적용해야 하는 이 난잡한 현실 세계는 얘가 훈련 받았던 깔끔하고 정돈된 이미지에 비하면 너무 변수가 많거든요. 내 말은, 이것 좀 보시라고요."

스트로버가 용의자의 얼굴을 출력한 사진 한 장을 건넨다. "이 소프트웨어가 블루벨 술집에 있는 우리 바텐더하고 일치한다고 내놓은 사진입니다." 스트로버는 사일러스가 사진을 살필 시간을 주기 위해 잠시 말을 멈춘다. "근데 우리집 고양이 엉덩이하고 더 닮았겠어요."

사일러스는 사진을 내려놓고 뒤로 기대앉아 빙그레 미소를 짓는다. 안면 인식 소프트웨어에 대해서라면 스트로버의 말이 맞다. 자신의 극심한 러다이트(산업 혁명 당시 신기술 도입에 반대하여 기계를 파괴하는 운동을 이끈 직공의 이름으로 러다이트 운동은 신기술에 반대하는 운동을 말한다. _옮긴이) 공포가 사실로 증명된 셈이다. CCTV 영상에 찍힌 바텐더와 얼굴이 일치하는 사람이 있는지 소프트웨어를 돌려 보았지만 컴퓨터는 현재 영국경찰데이터베이스에 저장되어 있는 2,100만 장의 얼굴 사진 중에서 그와 일치하는 얼굴을 찾는 데 참담하게 실패했다. 스트로버가 먼저 관련 메타데이터를 이용하여 검색 범위를 좁혀준 후의 일이다. 왜 쓸데없이 소프트웨어를 돌릴 생각을 했는지부터가 의문이다. 2~3년 전 사우스웨일스 지방경찰청에서 새로 안면 인식 소프트웨어를 도입했을 당시 카디프의 인파를 대상으로 시험 가동을 한 결과 소프트웨어가 찾아낸 결과의 92퍼센트가 오류로 나타났다. 사일러스가 전에 일하던 런던경찰청에서 노팅힐 축제 때 안면 인식 소프트웨어를 사용하지 않은 데에는 다 이유가 있었다.

"벌써 몇 주 째 경감님한테 초인식자팀을 다시 구동할 생각이 있는지 계속 물어보고 있는 중이야." 사일러스가 말한다.

"그런데요?"

"케이트가 돌아오지 않으면 안 된대. 그리고 우리는 그 문제의 답을 이미 알고 있잖아."

18개월 전 사일러스는 스윈던의 방대한 CCTV 영상 데이터베이스를 이용하여 범죄자를 찾아내기 위한 소수정예의 정보팀을 꾸렸다.

스윈던은 지자체에서 공인한 CCTV 카메라만 600대 넘게 설치되어 있는 곳으로 런던을 제외하고는 영국 전역에서 감시 체계가 가장 잘 갖춰진 도시이다. 하지만 사일러스의 팀은 새로운 소프트웨어를 이용하지 않았다. 대신 사람을 이용했다. 이 팀은 지방경찰관들과 민간인 한 명, 총 여섯 명의 '초인식자'로 구성되어 있었고 팀의 유일한 민간인이 바로 케이트였다. 팀의 전원은 전부 사람 얼굴을 인식하는 초인적인 능력으로 선발된 이들이었다.

선발 과정에서 케이트가 보여준 능력은 평가 과정을 감독한 심리학 교수의 말에 따르면 '기준을 훌쩍 뛰어넘는 것'이었다. 교수는 케이트 같은 사람은 한 번도 본 적이 없다고 말했다. 케이트가 일을 시작한 지 처음 6개월 동안 수백 시간 분량의 CCTV 영상을 살펴보면서 거친 화질의 이미지와 용의자 사진만으로도 수십 명의 범죄자들을 찾아내는 성과를 올리자 사일러스는 쾌재를 불렀다. 케이트는 현장에서도 강한 면모를 보이며 대규모의 축구 관중 속에서 말썽을 일으키는 사람들을 찾아냈고 쇼핑센터에서 소매치기를 잡아냈다. 이제 와서 돌이켜 생각해보면 사일러스는 케이트가 얼마나 무리하며 일을 하고 있었는지 짐작했어야만 했다. 하지만 당시에는 다들 케이트가 올리는 성과에 눈에 어두워져 있었다.

"우리가 케이트를 찾아가보면 어떨까요? 케이트를 이곳에 불러오는 대신에요." 스트로버가 말한다. "이 사건은 케이트하고 관련이 있으니 어쩌면 케이트가 도와줄 마음이 들지도 몰라요."

사일러스도 같은 생각을 떠올리기는 했다. 케이트라면 수많은 사진 중에서 바텐더의 얼굴을 찾아낼 수 있을 것이다. 켄타우로스라는 이름이 붙은 이 새로운 소프트웨어는 애초부터 글러먹었다. 스윈던 경찰에서 이 소프트웨어를 사용한다는 수익성 높은 계약이 체결된 것은 초인식자팀이 해체된 지 한 달 후의 일이었다. 하지만 공정하게 말해서 이 소프트웨어가 상용화되기까지는 아직 갈 길이 한참 남아 있다.

"문제는 경감님이야." 사일러스가 대답한다. "나도 콘월에 가 보고 싶은 마음이야 굴뚝같지만 우리한테는 우리를 부르고 있는 스윈던의 네일숍들이 있잖아."

"케이트는 6주 동안 병원에 입원해 있었어요." 스트로버가 자기 손톱을 내려다보며 조용한 목소리로 말한다. 손톱에 뭔가 반짝이는 것을 바른 모양이다. "만약 그게 고의적인 사고였다면요…."

실제로 누군가가 케이트를 노리고 있었을지 모른다는 가능성에 대해 다시 한번 곰곰이 생각해 본다. 카페에서 제이크를 만나고 온 후로 그 생각이 머릿속에서 계속 맴돌고 있다. 자동차 사고가 있은 후 제이크와 케이트에게는 초인식자의 말 한마디로 범죄자가 기소되거나 체포되는 일은 있을 수 없다고 안심시켜두었다. 하지만 지금 교도소에 수감되어 있는 피도 눈물도 없는 조직폭력배들을 체포할 수 있었던 것은 처음 케이트가 그들의 신원을 밝혀냈기 때문이라는 사실을 부인할 수 없다. 게다가 지금 막, 차 사고가 일어났던 밤 케이트가 같은 조직이 선을 대고 있을지도 모를 마약 밀매 술집에 들렀다는 사실까지 알게 된 참이다.

CCTV 영상의 스틸 사진을 가만히 들여다본다. "오늘 오후 블루벨에 가서 바텐더하고 얘기를 해봐야겠어." 스트로버의 컴퓨터 화면을 흘끗 쳐다본다. "뭐 좀 찾아냈어?"

"케이트는 로즈랜드 반도에 있는 한 시골 마을의 외곽에서 살고 있는 것으로 보입니다." 스트로버가 대답한다. "트루로역에서 남쪽으로 내려간 곳에 있는 마을입니다."

사일러스는 케이트가 콘월에 살고 있다는 것만 알았지 어디에 살고 있는지 알아볼 생각은 하지 못했다.

"'컴퍼니스 하우스(영국에서 회사 등기를 관리하는 기관이다. _옮긴이)'에 따르면 케이트가 새로 만나고 있는 남자 친구가 운영하는 회사들은 전부 이 똑같은 주소에 등록되어 있습니다." 스트로버가 말을 잇는다. "런던에는 따로 등록된 주소가 없고요."

스트로버는 사일러스가 여러 회사들의 사이트를 볼 수 있도록 컴퓨터 화면을 돌려놓는다. 화면에는 새로운 남자 친구의 사진도 떠 있다. 케이트는 적어도 사랑을 찾은 것처럼 보인다. 그것도 연하의 남자이다. 그리고 보아하니 돈도 찾은 것 같다.

"내일 아침이라도 내려가볼 수 있는데요." 스트로버가 말한다.

스트로버 쪽을 흘끗 쳐다본다. 차가 밀리는 A303 도로에서 정체에 시달린 끝에 점심으로 콘월식 파이를 먹는다라. 딱히 주말에 하고 싶은 일은 아니지만 그밖에 달리 할일이 있는 것도, 집에서 누가 기다리고 있는 것도 아니다. 전 아내는 그와 다시는 얼굴을 마주하고 싶어하지 않고 스물한 살 먹은 하나뿐인 아들은 지금 집을 나간 채 소식이 없다. 케이트를 복귀시켜 다시 초인식자팀을 꾸리고 팀을 운영할 수 있게 된다면, 그보다 더 좋은 일도 없을 것이다. 그렇게만 된다면 이번에는 케이트를 절대 무리시키지 않을 작정이다. 한편으로 블루벨 술집에 대해 케이트한테 물어보고 싶은 것도 있다. 거기에서 도대체 뭘 하고 있었는지 알고 싶다. 하지만 사일러스의 상관은 근무 시간에 시간을 내서 콘월까지 다녀오는 일을 절대 허락하지 않을 것이다.

"350킬로미터. 세 시간 반쯤 걸리겠네요." 스트로버가 한마디 덧붙인다. "사이렌을 울리고 가면 좀 더 빨리 갈 수 있을지도 모르고요."

17장
케이트

"무슨 일이 있었던 건지 정확하게 말해봐." 롭이 차분하지만 걱정 가득한 목소리로 말한다.

"별일 아닌데 다들 야단을 피운 거야." 케이트가 대답한다.

케이트는 집으로 돌아와 침대에 누운 채로 롭과 통화를 하고 있다. 두 사람이 평소 자주 하는 영상 통화가 아니고 예전 방식대로 소리로만 하는 통화이다. 케이트가 영상 통화가 아닌 일반 통화로 전화를 걸었을 때 롭은 서로 얼굴을 보지 못한다는 점에는 별로 신경 쓰지 않는 듯 보였고 이유를 묻지도 않았다. 케이트도 굳이 따로 설명하지 않았다.

지금 당장은 그와 얼굴을 마주하고 싶지 않다. 하지만 그의 목소리를 들으니 기분이 한결 나아지며 마음이 놓인다. 목소리만 들으면 그는 자신이 잘 알고 사랑하고 있는 롭이 맞는 것처럼 느껴진다. 해변에서 당한 사고 때문에 마음이 약해진 상태여서 벡스가 어서 도착하기만을 기다리고 있다. 원래는 트루로역까지 벡스를 마중 나갈 작정이었지만 지금 집에도 겨우 돌아온 참이다. 항구 카페 옆에 있는 배 올리는 길에서 구급대원에게 검사를 받고 움직여도 좋다는 허가를 받은 것이 방금 전의 일이다.

"우리가 맨날 하던 대로 오늘도 수영을 하러 나갔어." 케이트가 말을 잇는다. "플랫폼까지 헤엄쳐서 가려고 했지."

"그 다음에는?"

"다리에 쥐가 났어. 그게 다야." 오늘 일어난 사고를 별일 아닌 듯 가볍게 말하는 것은 케이트 자신을 위해서이기도 하지만 롭을 위해서이기도 하다. 어떻게 죽을 고비를 넘겼는지 구구절절 늘어놓고 싶지는 않다.

"그리고 하마터면 물에 빠져 죽을 뻔했잖아. 그런 일을 겪고도 아무렇지도 않아?" 롭이 묻는다.

물론 무서워서 죽을 지경이다. 하지만 그렇다고 롭에게 솔직하게 털어놓는다면 그는 지금 당장이라도 케이트를 만나러 내려올 것이다. 지금은 롭을 상대할 만한 기운이 없다.

"아직 충격이 가시지 않았나 봐." 그리고 종아리 근육이 당겨서 걷기가 어려울 지경이다.

"수영하기 전에는 뭘 했는데?" 롭이 묻는다.

"커피 마셨어. 우리가 항상 하던 것처럼."

"뭐 마셨는데?"

이건 좀 이상하다. 롭이 무슨 커피를 마셨냐고 따져 묻다니. 지금이 롭이 주문했다는 커피에 대해 물어볼 절호의 기회처럼 보인다. 하지만 도무지 입이 떨어지지 않는다. 문득 너무 사소한 일처럼 느껴진다.

"플랫화이트." 케이트는 잠시 망설인다. 그 다음 순간 말이 저절로 나와버린다. "마셔본 적 있어?"

"가끔 마셔. 당신이 그리울 때마다." 이번에는 롭이 잠시 망설일 차례이다. "입 안에서 당신을 맛보는 듯한 기분이 들거든."

케이트의 얼굴이 확 달아오른다. 완전히 바보가 된 기분이다. 롭이 패딩턴역에서 플랫화이트를 마신 것은 케이트가 그리웠기 때문이었다.

"팬케이크도 먹었어." 별안간 마음속에서 솟아오르는 롭에 대한 애정에 푹 잠긴 채 대답한다. "배가 고팠거든. 점심을 안 먹어서."

"카페에서 누구랑 같이 있었어?

"마을에 숨겨둔 남자하고 같이 있었지. 당신이 없을 때 우리는 맨날 꼭 붙어다니거든."

"나 지금 농담할 기분 아니야."

"롭, 왜 그러는 거야?" 갑자기 짜증스러운 기분이 밀려온다. 사고를 당한 충격이 이런 식으로 나타나는 것이 틀림없다. "뭘 그렇게 따져 묻는 건데?" 롭은 다시 입을 열기 전에 잠시 망설이는 기색이다. "오늘 신문 못 봤어?"

"아직." 오늘 아침 배달된 〈파이낸셜 타임스〉의 주말판은 아직 사람 손을 타지 않은 채, 분홍색 침대보처럼 빳빳하게 접혀 현관 복도의 의자 위에 놓여 있을 것이다.

"스윈던에서 큰 재판이 있었어. 현대판 노예, 인신매매 사건이었지. 어제 그 인신매매단이 최종 판결을 받았어."

"그래서 뭐?" 하지만 이미 롭이 뭐라고 대답할지 알고 있다.

"판사는 판결문에서 이들을 처음 체포하게 된 데는 윌트셔지방경찰청의 초인식자팀이 수행한 신원 판독의 공이 크다고 언급했어. 경찰의 공을 치하하기 위해 굳이 그 부분을 짚어 말한 거야."

"이름도 나왔어?"

"아니."

그나마 다행이다. 그 사건을 수사하는 일은 중독적일 만큼 매력적이었지만 한편으로 특히 기운을 소모시키는 일이기도 했다. 곧 그 사건에 대한 재판이 열린다는 걸 알고는 있었지만 애써 생각하지 않으려 했다. 기억에서 아예 지워버리려 했다. 그 세계는 이미 뒤에 남겨두고 떠나온, 과거의 일부일 뿐이다.

침대에서 한쪽 팔꿈치를 짚고 몸을 일으키고는 카페 옆자리에 앉아 있던 남자를 떠올린다. 그 남자는 얼굴이 안 보이도록 고개를 돌리고 있었다. 갑자기 불안감이 엄습한다. 그저 경련이 일어났을 뿐, 별일이 아니었다고 애써 스스로를 타이른다.

"옆자리에 어떤 남자가 앉아 있었거든." 케이트가 천천히 말을 잇는다. "누군지 얼굴을 제대로 못 봤어. 그저 휴가를 보내러 온 관광객일 거라고만 생각했어."

"어떻게 생겼는데?"

남자의 옆얼굴이 초점을 맞추듯 선명하게 떠오른다. "넓은 이마에 사선을 그리는 짙은 눈썹. 머리가 벗어지고 있었어. 40대 후반, 어쩌면 50대 초반."

"아는 얼굴이야?"

"잘 모르겠어."

예전에는 언제나 확신에 차 있었다.

"케이트, 오늘 일은 어딘가 앞뒤가 맞지 않아. 나는 다만 그 점을 말하고 싶을 뿐이야." 롭이 말한다.

"그게 무슨 뜻이야?"

"당신은 수영을 잘 하잖아. 수영하기 전에 뭔가 먹기도 했어. 그런데 느닷없이 다리에 경련이 난 거야. 얼마나 심했는지 거의 익사할 뻔했고."

"전에도 다리에 쥐가 난 적은 있었잖아." 케이트가 말한다. 하지만 이렇게까지 경련이 심한 적은 없었다는 사실을 두 사람 모두 잘 알고 있다. 케이트는 아직도 방금 겪은 일의 심각성을 애써 외면하려 하고 있다.

롭이 다시 입을 열기까지 몇 초가 지난다. "혹시 커피를 두고 자리를 비우기도 했어?"

맙소사. 두려움이 케이트를 집어삼킨다. 누군가 내 커피에 독을 탄 것일까? 케이트의 불안을 느낀 스트레치가 침대 위로 뛰어오르려 애쓴다. 스트레치를 안아올려 가슴에 꼭 껴안는다. 스트레치는 아까 갤러리의 마크가 집까지 데려다준 이후로 내내 흥분을 가라앉히지 못하고 있다. 스트레치의 불안한 마음이 케이트에게까지 전염되고 있다.

"팬케이크를 주문하러 안으로 들어갔었어." 케이트는 얌전하게 대답한다. 롭이 여기에서 무슨 결론을 이끌어낼지 두렵다. "마시다 만 커피를 두고 갔어. 1분 정도, 그보다는 길지 않았을 거야."

침묵이 흐른다. 롭은 화를 내고 있다. 케이트는 느낄 수 있다. 지금 롭은 눈을 감은 채 애써 화를 가라앉히려 노력하고 있을 것이다. 다시 한번 카페에서의 상황을 떠올린다. 이 평화로운 콘월에서 누군가 자신의 커피에 약을 탔을지도 모른다고 생각하니 불쑥 겁이 난다.

"당신은 좀 더 조심할 필요가 있어." 롭이 한층 부드러운 말투로 입을 연다. "내가 다시 내려갈게. 오늘 밤에."

"안 내려와도 괜찮아. 정말이야." 다시 한번 엄습하는, 아까와는 다른 불안감을 애써 감추려 하며 케이트가 대답한다. 아직 롭하고 직접 마주할 마음의 준비가 되지 않았다. 벡스와 같이 얘기를 하면서, 아니면 혼자 있으면서 지금 무슨 일이 벌어지고 있는 건지 차분하게 생각할 시간을 갖고 싶을 뿐이다. 벡스한테 경련이 일어난 일에 대해 얘기하고 벡스가 그 일을 어떻게 생각하는지, 롭이 편집증적으로 굴고 있는 게 맞는지 벡스의 의견을 듣고 싶다.

"차 몰고 내려갈 수 있어." 롭이 제안한다.

"진심이야, 나는 괜찮아."

케이트는 롭이 천성적으로 걱정이 많고 안전을 중시하는 성격이라 지금 이렇게 유난스레 걱정을 하는 것이라고 애써 자신을 타이른다. 재산이 많은 것이 싫은 이유 중 하나이다. 돈이 많으면 많을수록 사람들은 한층 두려움에 사로잡혀 스스로를 높은 벽과 잠긴 문 뒤에 가두고 살아간다.

하지만 롭이 걱정하는 데는 더 큰 이유가 있다는 사실도 알고 있다. 롭은 케이트가 경찰에서 일을 하며 신원을 밝혀낸 범죄자들이 케이트에게 위해를 가할 가능성이 있다고 생각한다. 예전에 하던 일에 대해 롭에게 자세히 털어놓은 것은 아니다. 말하는 것 자체가 금지되어 있다. 하지만 롭은 얼굴을 기억하는 케이트의 능력이 아주 위험한 인물들을 감옥에 잡아넣는 데 큰 역할을 했다는 것 정도는 알고 있다.

"정말로 누군가 내 커피에 약을 탔다고 생각해?" 실제로 그런 일이 벌어졌다고는 믿고 싶지 않은 마음으로 케이트가 묻는다.

"그랬을 가능성이 있다고 생각해."

"도대체 누가 왜 그런 짓을 하겠어?" 케이트가 신경질적으로 웃는다. 하지만 롭이 미처 대답을 하기 전에 집 밖에 차가 멈추어 서는 소리가 들린다.

"벡스 왔다." 케이트가 말한다. "이만 끊을게."

"문 잘 잠그고 있어." 롭이 말한다.

"항상 잘 잠그고 다녀." 케이트가 거짓말을 한다.

"보안 장치 켜는 거 잊지 말고."

"약속할게." 이번만큼은 거짓이 아닌 진심이다.

18장

제이크

휴대용 컴퓨터를 탁하고 닫은 다음 거룻배 안을 둘러보다가 배 끝자락에 자리잡은 침실로 시선이 향한다. 요즘에는 침실에 물건을 많이 두지 않는 편이다. 케이트가 떠난 후 대청소를 하며 물건들을 싹 치워버렸기 때문이다. 일종의 정화 작업이었다. 희미한 조명 아래에 아주 잠깐, 케이트가 침대에 누워 몰두하여 책을 읽는 모습이 보이는 듯한 착각에 사로잡힌다. 케이트는 배 안에 있을 때는 시끄러운 엔진소리를 피해 침실에 있기를 좋아했다. 처음 연애를 하기 시작했을 무렵 케이트는 항상 제이크가 쓰는 글의 첫 독자가 되어 주었고 쑥스러운 정사 장면들을 두고 정서 지능과 관련하여 날카로운 논평을 해주었다.

배 끄는 길의 뒤쪽으로 이어진 숲에서 수올빼미가 우는 소리가 들려온다. 제이크는 책상에서 일어나 선미 갑판으로 나간다. 별이 가득 흩어진 하늘에 문득문득 구름이 지나간다. 오늘밤 케이트도 이 하늘을 올려다보고 있을까? 여름이면 두 사람은 배 지붕에 등을 대고 누워 인공위성이 지구 주위를 도는 모습을 지켜보며 미래의 계획을 세우고 자신들의 꿈에 대해 이야기했다. 두 아이와 정원에 화실이 있는 작은 시골의 오두막 집. 제이크가 작가의 피난처로 삼을 수 있는 배 한 척. 그 꿈은 결코 현실에서는 이루어지지 못했다.

운하 아래에서 무슨 소리가 들린다. 금속성의, 독특한 소리이다. 이미 어둑해진 후라 주위를 제대로 분간하기가 어렵다. 그림자 하나가 수문 옆의 다리를 건넌다. 아마도 누가 펍에 갔다 오는 길인지도 모른다. 때늦게 개를 산책시키는 사람일 수도 있다. 제이크는 오늘 만난 바텐더에 대해, 그가 어떻게 자신을 위협했는지에 대해 생각한다. 케이트에 대해 알면서도 거짓말을 하고 있거나, 그게 아니면 그 술집에 다른 뭔가가 있어 기자들이 와서 파헤치기를 바라지 않거나 둘 중 하나일 것이다. 그 술집은 분위기가 좀 이상했다. 무슨 술집에 CCTV 카메라가 그렇게 많단 말인가.

다시 선실로 들어와서 휴대용 컴퓨터를 연다. 소설 한 장의 서두 부분이 그를 빤히 응시하고 있다. 요즘 들어서는 왜 이렇게 공을 들여 좋은 문장을 쓰려 노력하는지, 두운을 맞추기 위해 머리를 싸매는지 스스로도 알 수가 없다. 번역을 하면 문장의 맛이 다 사라져버리고 만다. 차라리 핀란드어를 배우는 편이 더 쉬울 것이다. 여러 사람의 시간을 크게 절약해줄 것이다.

다시 무슨 소리가, 이번에는 좀 더 가까운 곳에서 들린다. 근육을 잔뜩 긴장시킨 채 선미 갑판으로 나가서는 의자 위에 올라서서 어둠 속을 가만히 응시한다. 무슨 소리를 들었다고 착각하고 있는 것이다. 최근 들어 그런 일이 자주 있었다. 케이트가 없는 배 안은 마치 텅 빈 것처럼 느껴진다. 이따금 글을 쓰는 중간중간에 마치 케이트가 배의 주방에 있기라도 한 듯 말을 걸 때도 있다. 소설 속 대화의 단편들, 묘사 단락을 부분부분 소리내어 읽어 주기도 한다. 그날 밤 케이트가 CCTV 영상에서 본 모습에 대해 변명을 한다. 케이트는 그 일에 대해 제대로 설명할 기회조차 주지 않았다.

다시 선실로 내려와서는 컴퓨터 화면에 케이트의 새로운 남자 친구인 롭의 사진을 불러온다. 가슴이 죄어드는 듯한 불안을 애써 지우려 한다. 해가 저문 후의 운하에서는 항상 무슨 소리가 들려오기 마련이다. 컴퓨터의 키보드 위에 손가락을 올린다. 손가락이 부들부들 떨리고 있다. 롭이 정말 꼴도 보기 싫을 만큼 싫은데, 그런 마음을 품고 있는 자신이 더 증오스럽다. 자신이 더 나은 사람이었다면 케이트가 다음에 사귄 새 남자 친구와도 사이좋게 지낼 수 있었을 것이다. 지금도 여전히 사랑하고 있는 여자에게 행복을 가져다준 남자. 제이크 자신은 케이트를 그렇게 행복하게 해줄 수 없었다. 정말 케이트를 위한다면 기뻐해주어야 할 것이다. 이 남자에게 호감을 가질 이유는 넌더리가 날 정도로 충분하다. 성공을 거둔 사업가로 예술에 대한 애정을 품고 있을 뿐만 아니라 샌님 같은 면에 기업가다운 면모가 독특하게 뒤섞인 매력도 있다. 게다가 빌어먹을 박애주의자로 자선 사업도 펼치고 있다. 이 남자의 장점들을 냉정하게 인정해주어야 한다는 걸 알면서도 너무도 강렬한 질투심에 마음이 먹혀 버려 스스로가 두려울 지경이다.

밖에서 다시 한번 무슨 소리가 들려온다. 이번에는 밖으로 나가 보고 싶은 마음을 억누르고 가만히 앉아 귀를 기울인다. 아무 소리도 들리지 않는다. 이따금 먼 곳에서 암올빼미가 응답하며 우는 소리만이 간간히 들려올 뿐이다. 호흡이 한층 가빠진다.

다만 롭에 대해서 다른 무엇보다도 마음에 걸리는 점이 한 가지 있다. 제이크가 그를 처음 만난 것은, 케이트가 그를 처음 만난 것은 케이트가 입원한 병원의 병실에서였다. 케이트와 롭은 예술에 대해 깊은 대화를 나누고 있었다. 제이크가 전에 병원으로 찾아갔을 때 케이트는 제이크에게 둘 사이는 이미 끝났고 제이크가 병원에 찾아오는 일이 전혀 반갑지 않고 방해만 될 뿐이라고 분명하게 말했었다. 하지만 마음에 걸리는 점은 그게 아니다. 병원에서 마주치기 몇 주 전에 어디선가 롭을 본 적이 있는 것 같은 느낌이 강하게 들었던 것이다. 자동차 사고가 일어나기 전의 일이었다.

그 이후로 그 느낌에 대해 몇 번이나 곱씹어 생각해보았다. 케이트처럼 사람 얼굴을 잘 기억하는 능력이 있었으면 좋겠다고 생각했다. 하지만 롭과 도대체 어디에서 마주쳤었는지 도무지 기억이 나지 않는다. 이 마을에 있는 술집인 '도살된 양'에서였을까? 예전 기자 시절의 솜씨를 발휘하여 롭이 운영하는 각종 회사들과 세간의 이목을 끌고 있는 롭의 인생에 대해 인터넷을 통해 여러 가지로 조사를 해보기도 했다. 하지만 별 성과는 없었다. 어쩌면 전에 롭을 본 적이 있다고 해도 무슨 문제가 되는 것은 아닐지도 모른다. 그저 케이트와 롭의 운명적인 첫 만남에서 우연적인 색채를 조금 바래게 만들 수 있을 뿐이다.

배 바깥에서 또다시 무슨 소리가 들려온다. 이번에는 조금 뒤 배가 시소처럼 양 옆으로 흔들린다. 이번만큼은 착각이 아니다. 누군가 배에 올라탔거나 내린 것이다. 서둘러 선미 갑판으로 나가자 그림자 하나가 배 끄는 길의 어둠 속으로 사라지는 모습이 보인다. 그 뒤에 대고 목 깊은 곳에서 우러나오는 목소리로 크게 고함을 지른다. 대답은 돌아오지 않는다. 다음 순간 강한 휘발유 냄새가 코를 찌른다. 성냥에 불을 붙이는 소리가 들린다.

어둠 속에서 불 한 줄기가 화르르 타오르더니 배 끄는 길을 따라 마치 불타는 뱀처럼 제이크를 향해 날아온다. 불줄기는 배를 묶어놓은 밧줄을 타고 미끄러져 내려와 배의 이물에 닿더니 펑 하고 큰 불덩어리로 터지며 어두운 밤하늘을 밝힌다.

갑작스레 열기가 치솟는 바람에 얼굴을 보호하기 위해 양팔을 들어올린 채 뒤로 물러난다. 본능적으로 선미 좌석 아래 있는 사물함에서 녹이 슬어버린 소화기를 꺼내들고 너무 낡아 벌써 망가진 것은 아니기를 바라면서 불이 붙은 앞 갑판으로 다가가려 한다. 하지만 그래봤자 소용없다는 사실을 이미 알고 있다. 불길은 그 탐욕스러운 불꽃으로 제이크의 낡은 나무배를 아주 빠른 속도로 집어삼키고 있다. 배지붕에 장작을 너무 많이 말려둔 자신에게 저주를 퍼붓는다.

다음 순간 운하에 매어놓은 다른 배들에서 이쪽을 향해 뛰어오는 사람들의 모습이 보인다. 제이크의 이름을 부르는 사람들도 있고 배에서 내리라고 손짓하는 사람들도 있다. 하지만 이 낡은 배를 포기하기에는 아직 이르다. 한번 싸워보지도 않고 침몰되도록 놔두기에는 이 배와 너무 오랜 시간을 함께했다.

"양동이!" 제이크는 소화액이 다 떨어지자 소리친다. "양동이 좀 주세요!"

제이크는 짙은 검은 연기가 소용돌이치는 선실 안으로 물러난다. 어떻게든 숨을 쉬려고 애쓰며 개수대 밑에서 녹슨 양동이 하나를 꺼내들고 다시 밖으로 나온다. 열기는 한층 강렬하게 피어오르고, 배를 부두에 묶어놓았던 밧줄이 불타버린 탓에 배의 이물이 점점 부두에서 멀어지고 있다. 제이크는 고물에 몸을 기댄 채 자신이 사랑해 마지않는 배를 구해내기 위해 안간힘을 다해 운하의 물을 양동이로 퍼서 불길 쪽으로 끼얹는다.

부두에 서 있는 다른 사람들이 제이크처럼 양동이에 물을 채워 불길 쪽으로 끼얹기 시작한다. 그 모습을 보자 마음이 놓인다. 물을 끼얹는 사람들이 인간 사슬처럼 늘어서고 제이크의 마음속에도 희망의 불이 켜진다.

"양동이를 더 주세요." 기운을 얻은 제이크가 열기를 무시한 채 소리친다. 불길을 잡을 수 있다. 배를 구할 수 있다. 하지만 그 순간 한 남자가 두툼한 팔을 선미 갑판으로 내민다. 제이크는 그 손을 잡고 부두로 끌려나온다.

"또 누가 배에 타고 있습니까?" 남자는 제이크의 어깨에 팔을 두르더니 귀에 입을 가까이 붙이고 묻는다. 소방관이다. "사람이나 키우는 동물은요?"

제이크는 배 전체가 옆으로 기운 채 운하 한복판으로 떠내려가는 모습을 지켜보며 고개를 흔든다. 배는 마치 고대의 화공선처럼 연기와 불길에 휩싸여 있다. 케이트에게 이 소식을 전해야만 한다.

19장

케이트

"받지 마." 케이트의 휴대전화가 위잉하고 울리자 벡스가 말한다. 전화를 건 사람은 제이크이다.

벡스와 케이트는 테라스의 고리버들 의자에 나란히 앉아 마치 윤을 낸 백동화처럼 반짝이는 달이 수평선에서 떠오르는 모습을 지켜보고 있다. 두 사람 사이에 놓인 유리 탁자 위에 케이트의 휴대전화가 놓여 있다.

"무시해." 휴대전화가 다시 진동하기 시작하자 벡스가 강경하게 말한다. 벡스의 말투가 마치 스트레치를 훈련시킬 때 말투 같다. "나는 주말을 위해 휴대전화를 꺼놨거든. 너도 그렇게 해. 이 사람 원래 이렇게 자주 전화해?"

"최근 한두 달 동안은 한 번도 전화한 적 없어." 케이트가 대답한다.

이따금 현실적인 문제 때문에 간결한 문자를 교환한 적은 있다. 연체된 책을 도서관에 대신 반납해줄 수 있는가. 일주일에 한 번 우편

물을 새 주소로 전송해줄 수 있는가. 하지만 몇 달 동안 제대로 된 대화를 나눈 적은 없다. 케이트는 제이크에게 여전히 화가 나 있다.

"그런데 왜 이제 와서 갑자기 전화하는 거래?" 벡스가 묻는다. "그것도 밤 열한 시에 말이야."

"전혀 모르겠어. 그래서 받아보고 싶은 거야."

"글쎄, 받지 말래도. 바람이나 피우는 썩을…"

"벡스, 그만 해."

제이크가 전화를 걸어온 데는 뭔가 중요한 이유가 있을 것이다. 병원에서 퇴원하고 일주일쯤 지나 케이트가 엄마 집에서 지내고 있을 무렵 제이크가 전화를 걸어온 적이 있었다. 밤늦은 시간이었고 제이크는 술집에서 한바탕 술을 마시고 술에 취한 채 배로 돌아가는 길이었다. 제이크는 돌아와 달라고, 자신의 설명을 들어 달라고, 한번 더 기회를 달라고 애원했다. 그때 케이트는 다시는 전화하지 말라고 딱 잘라 말했다.

"제이크가 아직도 전화하는 거 롭도 알아?" 벡스가 묻는다.

"말했잖아, 한동안 전화 안 했다니까."

휴대전화가 세 번째로 위잉거리며 울리기 시작한다. 휴대전화를 집어들려 손을 뻗는 순간 벡스가 재빨리 전화기를 가로채더니 전원을 꺼버린다. 벡스의 말이 맞다는 것은 알고 있다. 제이크는 그녀의 과거에 속한 사람이고 지금은 앞으로 나아가야만 하는 시기이다.

"오늘 있었던 일부터 말해봐." 벡스가 말한다. "무슨 일이었는데?"

케이트는 별일 아니라는 태도로 플랫폼까지 헤엄쳐 가려 했는데 다리에 경련이 났고 네드라는 이름의 잘생긴 십대 소년이 자신을 구해주었다고 이야기한다. 하지만 머릿속에서는 온통 제이크 생각뿐이다. 이토록 늦은 시간에 이렇게까지 끈질기게 전화를 하다니, 도대체 무슨 일인지 궁금하다. 뭔가 잘못된 것이 틀림없다. 제이크는 이렇게 계속해서 전화를 걸어댈 사람이 아니다. 그런 점에서 케이트는 제이크를 잘 알고 있다. 어쩌면 제이크의 나이든 아버지가 세상을 떠났을지도 모른다. 케이트는 제이크의 아버지와는 가깝게 지냈기 때문에 요즘에도 아버지를 뵈러 가고 싶을 때가 있다. 만약 나쁜 소식이 있다면 제이크는 케이트에게도 알려주고 싶어할 것이다.

"너 진짜 가끔씩 사람을 놀라게 한다니까." 벡스가 말한다. "인생에서 걱정하는 문제만 봐도 그래. 오늘 물에 빠져죽을 뻔한 일보다 롭이 무슨 커피를 마셨는지를 두고 더 심란해하잖아."

"아까 롭하고 통화했는데 우리가 같이 있지 않을 때는 플랫화이트를 마신다고 하더라. 그 맛이 나를 생각나게 한다면서." 통화를 하면서 느꼈던 안도감이 새삼스레 다시 떠오른다.

"그럼 문제 해결이네. 나도 패딩턴역에서 내 귀중한 시간을 낭비한 일에 대해서는 더는 생각하지 않으려 노력할게."

"시간 낭비는 아니었어. 그리고 정말 고맙게 생각하고 있어."

"케이트, 누구를 좀 만나봐야 하는 거 아니야? 너의 그 매력적인 바르마 박사라든가."

"오늘 아까 만나러 왔어."

"아까는 그런 말 안 했잖아. 그럼 좀 더 이른 기차를 타고 올 걸."

"벡스, 에이제이는 결혼했어."

벡스는 에이제이와 한 번 만난 적이 있는데, 박사에게 어찌나 추파를 던지던지 케이트가 다 민망할 지경이었다. 박사는 그런 벡스를 전혀 상대하지 않았다.

"박사님한테 롭에 대해 이야기했어? 네가 그런 생각이 든다고 말이야…." 벡스가 잠시 망설인다. "롭이 도플갱어로 뒤바뀐 것 같은 느낌이 든다고. 실은 기차를 타고 오면서 거기에 대해서 생각을 해 봤거든. 케이트, 그건 정상적인 사고방식이 아니야. 도저히 정상이라고는 볼 수가 없어."

"다음에 말할게. 다음 주 주말 즈음에 다시 만나기로 했거든."

"그러면 오늘은 얘기 안 했다는 거네."

지금도 제이크는 계속 자신에게 전화를 걸고 있을 것이다. 케이트는 그걸 느낄 수 있다.

"너 괜찮아?" 케이트가 자리에서 일어나자 벡스가 묻는다.

재판 사건에 대해, 롭이 누군가 케이트의 커피에 약을 탔다고 생각한다는 것에 대해 벡스한테 다 털어놓아야 한다는 걸 알고 있지만 지금은 그보다 먼저 제이크와 이야기를 해보고 싶다.

"화장실 갔다 올게. 금세 올 거야."

테라스에서 주방으로 들어온 다음 마치 도둑처럼 날쌘 손길로 찬장에 놓인 무선전화기를 슬쩍 집어든다. 화장실에 가서 문을 잠근 다음 가능한 한 소리가 나지 않도록 가만히 버튼을 눌러 제이크에게 전화를 건다. 제이크의 전화는 통화 중이다. 다시 한번 전화를 건다. 여전히 통화 중이다.

"너 지금 괜찮은 거야?" 벡스가 화장실 문밖에 와 있다.

"괜찮아. 금방 나갈게."

케이트는 벡스를 정말 사랑하고 자신을 염려해주는 마음도 고맙게 생각하지만 가끔은 좀 숨 쉴 틈을 주었으면 하는 생각이 들 때가 있다.

"거기에서 또 경련을 일으키면 안 돼." 벡스가 말한다.

"나 괜찮아. 정말이야."

잠시 기다린 끝에 벡스가 다시 테라스로 돌아갔다는 확신이 들자 다시 제이크의 전화번호를 누른다. 이번에는 신호가 간다.

"케이트." 제이크가 전화를 받는다.

목소리를 듣자마자 뭔가 크게 잘못되었다는 것을 바로 알 수 있다. "무슨 일이야?" 케이트가 속삭이듯 묻는다.

"배가 불타버렸어."

한순간 제이크가 술에 취해서는 배의 엔진에 대해 불평을 하고 있는 것이라고만 생각한다. 그 배의 엔진은 계속 손을 봐 주어야 했고 그때마다 제이크는 엔진실 안으로 머리를 들이민 채 케이트한테 스패너를 건네 달라고 부탁했다. 그럴 때마다 케이트는 아예 배를 바꾸는 편이 낫다고 대꾸했다. 이렇게 매번 엔진이 멈추지 않고 물이 새지 않고 끊임없이 디젤유 냄새를 풍기지 않는 배로 바꾸어야 한다고 말이다. 어차피 제이크가 절대 그러지 못하리라는 사실도 잘 알고 있었다. 제이크는 그 배를 무척이나 사랑했다. 어쩌면 케이트를 사랑한 것보다 더 많이 사랑했을지도 모른다.

"그게 무슨 말이야?" 케이트가 묻는다.

"오늘밤 누가 배에 불을 질렀어. 배가 불타버렸어. 완전히 망가져 버렸어."

"당신은 괜찮아?" 케이트는 제이크가 무슨 말을 하는지 이해하려 애쓰며 묻는다.

"그 놈이 불을 질렀을 때 배에 타고 있었는데, 간신히 늦지 않게 빠져 나올 수 있었어. 전부 다 불타버렸어. 당신 물건들까지 전부."

그 배에 물건이 많이 남아 있던 것은 아니다. 언젠가 날을 잡아 가지러 갈 생각이었던 낡은 옷가지들과 책 몇 권이 전부였다. 그렇다고 마음이 아프지 않은 건 아니다. 그 물건들이 소중한 것이라서가 아니라 케이트 자신도 알지 못하는 마음의 한구석에서 일부러 그 배에 남겨둔 물건들이었기 때문이다.

"제이크, 정말로 유감이야." 케이트가 눈물을 닦아내며 말한다. "그래도 당신이 무사해서 다행이야."

"난 괜찮아. 그런데 왜 속삭이면서 말해?"

"지금 전화 끊어야 해. 내일 다시 전화할게. 어디 머물 곳은 있어?" 케이트가 서둘러 덧붙인다.

"다른 배에서 오늘밤 와서 자도 좋다고 했어. 브루스랑 수 기억해?"

물론 기억한다. 어떻게 잊을 수가 있겠는가? 두 사람은 그 운하에서 12년 동안 함께 살면서 멋진 친구들을 많이 만났다. 운하에서 이웃들은 늘 서로를 도우며 살아간다.

"몸 조심해." 케이트가 속삭이듯 말한다.

"롭이 거기 있어?"

대답을 하기 전 잠시 망설인다. "여기 왔었는데, 다시 런던으로 올라갔어."

"일 때문에?"

"응." 지금 제이크에게 왜 이런 이야기까지 하고 있는지 알 수가 없다. "평소에는 주말 내내 내려와 지내거든."

"목소리 들으니 좋다." 제이크가 말한다.

케이트는 전화를 끊는다.

다시 테라스 자리로 돌아와서는 벡스의 옆자리에 앉아 터지는 울음을 꾹 눌러 참는다. 두 사람은 나란히 앉아 먹물처럼 까만 바다의 어둠을 응시한다. 따스한 바람이 불어오고 네어헤드 근처의 바다에서 점점이 흩어져 있는 고기잡이배들의 불빛이 반짝거린다.

"제이크한테 전화했지?" 벡스가 묻는다. "집 전화로."

"응." 케이트가 코를 훌쩍이며 대답한다.

"미안해. 전화 못 받게 해서. 내가 네 엄마도 아니고 말이야. 나는 그냥 걱정이 되어서…."

"괜찮아." 케이트가 힘겹게 울음을 삼키며 대답한다. "그것 때문에 그러는 거 아니야."

더는 터져 나오는 울음을 참을 수가 없다.

"케이티, 무슨 일인데 그래?" 벡스가 다가와 옆에 무릎을 꿇고 앉더니 케이트의 어깨에 한 손을 올린다.

케이트는 그만 벡스한테 몸을 기대고는 그 품에 안긴 채로 흑흑 흐느껴 운다. 울음이 잦아들 때까지 시간이 좀 걸린다.

"뭔가 이상하다고 생각했어." 케이트가 입을 연다. "몇 달 동안이나 전화 한 통 하지 않았거든. 정말이야. 그래서 무슨 일인지 전화를 받아보고 싶었던 거야."

"뭔데?" 벡스가 묻는다. "무슨 일이 있었는데 그래?"

"그 사람 배, 우리가 같이 살던 배에 불이 났대. 오늘밤에. 죄다 불에 타서 없어져버렸대. 제이크 말로는 누가 일부러 불을 질렀다고 했어."

"세상에, 맙소사. 제이크는 괜찮아?"

"그 사람은 안 다쳤대. 근데 많이 놀란 것 같아. 벡스, 도대체 누가 그런 짓을 할까? 오래되고 아름다운 배에 일부러 불을 지르다니! 안에 사람이 타고 있는 걸 뻔히 알면서!"

"나도 잘 모르겠어." 벡스가 자신의 휴대전화를 찾아 전원을 켠다. "어떡하면 좋아." 휴대전화가 켜지자마자 연달아 문자가 오는 소리가 울린다. "마을 사람들이 다들 그 사고에 대해 계속 문자를 보내 주고 있어. 전화를 끄지 말 걸 그랬나 봐."

"사람들이 뭐래?" 케이트는 지금 운하에서 벌어지고 있는 상황을 머릿속에 그리려고 애쓰며 묻는다. 그 마을은 이웃끼리 우애가 두터운 마을이었다.

"너랑 같아. 다들 방화라고 생각하고 있어." 벡스는 화면을 내리면서 문자를 몇 통 더 확인한다. "수문에서 금속으로 된 기름통을 찾았다나 봐." 벡스가 문자를 읽으며 말한다. "소방대가 운하 아래까지 내려오는 데 15분이 걸렸어. 그때는 배를 구하기에는 이미 늦어 있었대. 정말 유감이야."

"하지만 다친 사람은 없지?" 케이트가 묻는다.

"응, 없어." 벡스가 잠시 말을 멈춘다. "젠장. 오늘 만났을 때 정말 쌀쌀맞게 대했는데."

"누구한테 말이야?"

"제이크. 마을 기차역에서 마주쳤거든. 네 소중한 롭을 감시하러 런던으로 올라가는 길에. 가엾어서 어떡하니."

"그런 말은 안했잖아."

벡스가 케이트를 보며 눈썹을 치켜 올린다. "말할 필요는 없다고 생각했어."

"제이크는 이제 어디에서 살게 될까?" 케이트가 묻는다.

"펍에서 지내지 않을까? 며칠 동안은 재워 줄 거야. 그런 면에서 마음씨가 좋으니까. 게다가 몇 년 동안 단골로 다니면서 제이크가 거기서 쓴 돈이 얼만데. 그게 안 된다면 우리 집에 와 있어도 좋고."

"너네 집?"

벡스가 고개를 끄덕인다.

케이트는 벡스의 제안에 그만 깜짝 놀란다. 두 사람이 아직 사귀고 있을 무렵에도 벡스는 제이크에게 호의를 보여 준 적이 단 한 번도 없었다.

"안 될 이유도 없지. 지금 비어 있는데."

"벡스, 고마워."

두 사람 사이에 어색한 침묵이 흐른다.

"케이티, 친구야, 무슨 일인데 그래?" 벡스가 조용한 목소리로 묻는다. 벡스는 케이트를 너무나 잘 알고 있다. 케이트가 무언가 숨기고 있다는 사실을 놓치지 않는다.

"롭은 오늘 누가 내 커피에 약을 탔다고 생각해. 내가 수영을 하러 가기 전에 말이야."

"약을 탔다고? 젠장, 케이트, 도대체 누가?"

케이트는 벡스에게 지난 주 열린 재판에 대해, 그 사건에서 자신이 무슨 역할을 했는지에 대해 설명한다. 그 당시에는 그 일로 인해 자신이 개인적인 위험에 처하게 되는 일은 결코 없을 것이라는 다짐을 받았다고 이야기한다. 처음부터 제이크는 차 사고가 결코 단순 사고가 아니라고 확신했지만 케이트 자신은 사고가 더 일찍 일어나지 않은 것이 놀라웠을 뿐이다. 당시에 술을 마신 채 음주운전을 하고 다녔기 때문이다. 그 전까지만 해도 그런 짓은 절대 하지 않았다. 그 무렵에는 경찰에서 하던 일에도, 제이크와 함께 하는 공허한 삶에도 완전히 질린 채 폐인처럼 살아가고 있었다.

"내 생각은 그래. 경찰에서 일하는 건 재미도 있었고 다 좋았겠지만 너하고는 정말 맞지 않았어." 벡스가 말한다. "지금은 그 일에서 완전히 벗어났으니까 된 거야."

하지만 케이트는 과연 그 일에서 완전히 벗어날 수 있을지 확신할 수가 없다.

20장
사일러스

저 앞으로 정차해 있는 소방차가 보인다. 파란색의 사이렌 불빛이 강가의 풀밭 위를 번쩍이며 스쳐 지나더니 어두운 운하의 수면 위에 반사되어 비친다. 사일러스는 할 수 있는 한 현장에 가까운 곳에 차를 대놓았다. 소방차가 어떻게 더 가까이 올 수 있었는지 의문이다.

"꼭 나올 필요는 없었는데 말이야." 배 끄는 길을 따라 걸으면서 옆에서 걷고 있던 스트로버에게 말한다. 이 시간에 여기까지 나오다니 대단한 일이라고 생각한다.

"상관한테 온 문자를 무시하는 게 그렇게 쉬운 일이 아니어서요." 스트로버가 대답한다.

"곧 요령을 알게 될 거야."

손전등까지는 필요 없다. 맑은 밤이다. 적어도 제이크의 배에서 솟구쳐 오른 검은 연기 기둥이 창공을 얼룩지게 만들기 전까지는 그랬다. 다행히 사상자는 없었지만 작가 선생이 이 일에 어떻게 대처할지 걱정이다. 배에 보험을 들어놓기나 했는지 모르겠다.

"방화라고 생각하십니까?" 스트로버가 묻는다.

"어디 두고 보자고. 오늘 제이크가 CCTV 영상을 가져오지 않았다면 여기 와보지도 않았을 거야. 너무 때맞춰 일이 벌어진 게 좀 마음에 걸려."

두 사람은 입을 다물고는 다 타버리고 껍데기만 남은 선체 쪽을 향해 걸어간다. 마치 폭탄을 맞은 잠수함처럼 물에 반쯤 가라앉은 배에서는 아직도 연기가 피어오르고 있다. 부두와 배 끄는 길 주위로 경찰 저지선이 둘러쳐져 있다. 아직 사람들이 모여 있지만 이윽고 하나둘씩 흩어지기 시작한다. 소방대 한 팀도 현장을 떠날 준비를 하고 있다. 다시 여기 운하를 찾으니 기분이 묘하다. 마지막으로 이곳을 찾은 것은 1년 전으로 당시 사일러스는 무장경찰팀이 출동한 사건을 맡고 있었다. 이런 시간에는 침대에 편안하게 누워 있는 것이 가장 좋겠지만 라디오에서 이 지역에 사는 작가 소유의 배에 화재가 일어났다는 소식을 들었을 때 사일러스는 굳이 상황실에 연락을 해서는 자신이 현장에 한번 나가보겠다고 말했다. 상황실 사람들은 깜짝 놀라는 눈치였다.

"와주셔서 감사합니다." 제이크가 사일러스와 스트로버 쪽으로 걸어오며 말한다.

"진술은 했어?" 사일러스는 현장에 나와 있는 두 명의 제복 순경을 향해 고갯짓을 하며 묻는다.

"아직요."

"여기 스트로버 순경이 진술을 받을 거야."

스트로버가 때맞추어 수첩과 펜을 꺼내든다.

"방화였어요." 사일러스에서 스트로버 쪽으로 고개를 돌리며 제이크가 말한다. "불이 붙고 나서 바로 누가 도망가는 걸 봤거든요."

"무엇을 목격했는지는 조금 있다 여기 있는 스트로버에게 전부 말하면 돼. 하지만 나는 우선 우리가 점심에 만난 후로 당신이 뭘 했는지 알고 싶군."

"나 말입니까?" 제이크의 얼굴이 뭔가 잘못을 저지른 학생처럼 창백해진다.

사일러스는 그 즉시 자신의 짐작이 들어맞았다고 생각한다. 오늘 오후 블루벨 펍에 찾아갔을 때부터 왠지 그런 느낌이 들었다. CCTV 영상에 나왔던 바텐더는 술집에 없었다. 비협조적인 태도의 여주인 말에 따르면 그 바텐더는 약 6개월 전, 그러니까 누가 케이트의 술에 약을 탔을 무렵에 일을 그만두었다고 했다. 또한 조금 밀어붙였더니 여주인은 좀 전에 누가 와서 똑같은 질문을 했다는 사실까지 털어놓았다.

"술집에 있던 사람들하고 얘기를 했어?" 사일러스가 묻는다.

"그 일이 방화하고 상관이 있다고 생각해요?" 제이크가 사일러스의 질문을 못 들은 척하며 되묻는다.

"거기 사람들하고 얘기를 했어?" 사일러스가 되풀이해서 묻는다. 물론 제이크의 배가 불타버린 것은 참으로 유감이지만 한편으로 그에게 조금 짜증이 나기도 한다.

"여주인하고 바텐더한테 뭘 좀 물어봤습니다. 영상에 나왔던 그 사람은 아니었지만요." 제이크가 대답한다.

"당신을 보고 반가워하던가?"

"두 손 들어 환영하는 분위기는 아니었습니다." 제이크가 자기 발끝을 내려다본다.

사일러스는 고개를 절레절레 흔들며 등 뒤에 있는 거룻배의 잔해를 슬쩍 돌아본다. 마치 술에 취한 것처럼 삐딱하게 기울어진 선체는 아까보다 한층 더 가라앉은 듯 보인다. "그곳은 그저 아늑하기만 한 시골 술집이 아닐 수도 있어." 사일러스가 입을 연다. "생맥주보다 마약을 더 많이 팔지도 모른다고." 여기에서 말을 너무 많이 하고 싶지는 않다.

"마약 밀매 판로입니까?" 제이크가 묻는다.

작가가 되기 전에 제이크가 범죄 전문 기자였다는 사실을 기억해 내며 고개를 끄덕인다. 아마도 영국 전역의 사정이 똑같겠지만 현재 지방에서 이루어지는 원정 마약 밀매 문제는 윌트셔 지방경찰청이 전 경찰력을 동원하여 해결하려 하는 최우선순위 과제이다. 런던과 맨체스터의 마약 조직들은 새로운 헤로인 판로를 개척하기 위해 안달이 난 나머지 스윈던 같은 도시에까지 손을 뻗고 있으며 2차 판로를 뚫어 도시 주위의 시골 마을들까지 표적으로 삼고 있다.

"당신이 거길 가는 게 아니었어." 사일러스가 말한다. "우리한테 맡겨두었어야지. 잘못된 곰을 들쑤신 거야." 사일러스는 다시 제이크의 배를 돌아본다.

"그럼 케이트는 거기에서 도대체 뭘 하고 있었던 겁니까?" 제이크가 묻는다.

"나도 그걸 좀 알고 싶군."

케이트가 블루벨 술집을 찾아간 것이 결코 우연이 아니라는 불길한 생각을 떨칠 수가 없다. 케이트는 경찰에서 자신이 하는 일에 완전히 몰입해 있었고 범죄자의 신원을 밝혀내는 자신의 능력에 도취되어 있었다. 사일러스도 마찬가지였다. 마치 스테로이드를 맞고 범죄 수사를 하는 기분이었다. 하지만 초인식자팀은 한 번에 한 가지 사건에만 집중해야 했고 그 당시 해결해야 할 최우선순위 과제는 현대판 인신매매 사건이었다. 사일러스가 자신이 수사하고 있는 인신매매단이 어쩌면 스윈던 외곽에서 활동하는 새로운 헤로인 조직과 관련이 있을지도 모른다고 의심하기 시작했을 무렵 사일러스의 상관은 그를 불러 맡은 사건이나 잘 해결하고 원정 마약 밀매 문제는 마약 전담의 사전대책팀에게 맡겨놓으라는 지시를 내렸다. 사일러스는 물론 초인식자팀에게 답답한 시기였다. 특히 명령받은 대로 움직이는 일에 익숙하지 않은 케이트는 유독 견디기 어려워했다.

"이번 주에 있었던 재판은 어때요?" 제이크가 묻는다. 목소리에 피곤이 묻어난다. 그 안에는 절박함도 숨어 있다. "내가 영상을 받아 본 것은 그 재판 때문이 아닙니까?"

"그건 아직 모르는 일이야." 사일러스가 대답한다. 그걸 알 수 있다면야 일이 쉬울 것이다.

제이크가 몸을 돌려 배를 쳐다보다 다시 사일러스의 얼굴을 정면으로 마주한다. 그는 마치 비극에 나오는 인물처럼 보인다. "이 사고가 오늘 내가 그 술집에 찾아갔던 일과 관련이 있다고 생각하고 있죠, 그렇지 않나요?" 제이크가 묻는다. "그렇지 않다면 한밤중에 여기까지 나왔을 리가 없지 않습니까?"

순간 몹시 부끄러운 기분이 엄습한다. 정말 그렇게 속마음이 환히 들여다보이고 있을까? "블루벨 술집을 찾아간 게 잘못이야." 그게 잘못인 건 케이트도 마찬가지였다.

"기름통이 바로 저기서 발견되었어요." 제이크가 갑자기 화제를 돌리며 배 끄는 길 아래쪽을 손으로 가리킨다. 그리고 잠시 말을 멈춘다. 침착함을 잃지 않으려 안간힘을 쓰고 있는 것이 빤히 보인다. "만약 내가 깨어 있지 않았더라면… 불은 우리가 자는 침실에서 처음 시작되었어요. 내 말은 내가 자는 침실 말이에요."

"스트로버 순경에게 진술해." 사일러스가 말한다. "오늘밤 어디 머물 곳은 있어?"

제이크가 눈을 깜빡거리며 고개를 끄덕인다. 사태의 심각성을 이제 막 깨달은 것처럼 보인다.

"불이 났다는 얘기, 케이트한테도 했어?" 사일러스가 묻는다.

제이크가 다시 한번 고개를 끄덕인다.

"어떻게 받아들이던가?" 이 방화 사건에 케이트가 관련되었을 가능성은 매우 낮지만 그래도 조사 대상에서 그녀를 배제해 둘 필요가 있다.

"내가 무사해서 다행이래요."

"지금도 그 새로운 남자하고 같이 있대?" 이런 질문은 하는 게 아니다. 사일러스가 상관할 바가 아닌 것이다.

"피치 못할 일이 있어 런던으로 돌아갔대요. 원래는 주말마다 내려와서 지내지만요."

제이크는 아직도 케이트를 사랑하고 있는 모양이다. 참으로 안된 일이다. 사일러스가 전 아내인 멜과 헤어졌을 때는 적어도 쌍방이 같은 마음이었다. 더 이상 싸울 거리도 남아 있지 않았고 그저 서로 함께할 수 있는 일이 하나도 남아 있지 않다는 사실을 무거운 마음으로 인정하기만 하면 되었다.

"여기서부터는 우리한테 맡겨놔, 알겠어?" 사일러스가 제이크의 어깨에 한 손을 올리며 말한다. "그리고 잠을 좀 자두도록 해."

21장
케이트

제이크와 그렇게 통화를 하고 난 후로 잠을 이룰 수가 없다. 제이크에게 다시 전화를 걸어 그가 오늘 일어난 일에 대해 조금이나마 고민을 토해낼 수 있도록 이야기를 들어주고 싶다. 하지만 제이크의 문제는 더 이상 케이트가 상관할 바가 아니다. 제이크가 다치지 않았다는 것을 안 이상 여기에서 걱정을 접어야 한다. 하지만 제이크에게 하룻밤 잠자리를 마련해준 브루스와 수가 아무리 마음씨가 좋더라도 동이 틀 때까지 제이크의 이야기를 들어주지는 않을 것이라는 생각을 떨칠 수가 없다. 제이크는 할 말을 마음속에 담아두지 못하는 성미이다. 어떤 문제가 있으면 그 문제에 대해 온갖 각도에서 면밀하게 분석이 될 때까지 이야기를 해야 직성이 풀린다. 제이크가 그런 성격이었기 때문에 케이트는 그날 밤 CCTV 영상에서 봤던 광경에 대해 제이크가 자신의 입장을 해명할 기회를 아예 주지 않았다. 그 문제에 대해 서로 이야기를 나눈 끝에 제이크가 바람을 피운 일이 어떤 식으로든 용서할 만한 일, 그냥 넘어가도 좋은 일로 치부되도록 만들고 싶지 않았다.

벡스는 테라스에서 케이트와 좀 더 이야기를 한 다음 자기 방으로 자러 들어갔다. 케이트는 널찍하게 트인 거실에 있는 소파에 자리를 잡고 앉아 거실에 있는 홈 시네마용의 거대한 화면으로 늦은 밤의 텔레비전 프로그램을 한번 둘러볼 생각이다. 도대체 텔레비전이 이렇게 클 필요가 어디 있느냐고 물었을 때 롭은 업무에 필요하다고 대답했다. 하지만 지금까지 롭은 이 텔레비전으로 테니스 시합 말고 다른 프로그램을 본 적이 없다.

TV를 켜자 눈이 동그랗게 커진다. 벌거벗은 남녀가 체육관의 벤치프레스 기구 위에서 정사를 벌이고 있다. 여자는 벤치프레스 기구 위에 등을 대고 누워서는 기구 끄트머리 너머로 머리를 뒤로 젖힌 아주 불편해 보이는 자세로 그 앞에 서 있는 남자의 성기를 입으로 애무하고 있다. 눈앞에 보이는 외설적인 정사 장면에 충격을 받은 케이트는 자신도 모르게 채널을 돌려버린다. 그다음 다시 방금 전의 그 채널로 돌아와 고개를 90도로 기울이고는 화면 속 힘겨워 보이는 여자의 얼굴을 가만히 들여다본다. 남녀가 연기하는 장면에서 성욕을 자극하는 요소라고는 전혀 없다. 두 사람 모두 서로에게 쾌감을 주기보다는 자세를 유지하는 데 더 신경에 쏠려 있는 듯하다. 그보다 왜 텔레비전이 포르노 채널에 맞춰져 있는지에 더 마음이 쓰인다. 어젯밤 케이트가 잠들고 난 다음 롭이 여기에 내려왔을까? 케이트와의 잠자리가 만족스럽지 않았을까?

그 후 채널을 이리저리 돌리며 엉성한 영화들이나 다트 경기, 홈쇼핑 프로그램을 둘러보면서 실망스럽고 상처 입은 기분을 애써 떨쳐내려 한다. 롭은 케이트와 자면서도 포르노가 필요한 걸까? 제이크가 가끔 포르노를 봤다는 건 알고 있었지만 그건 두 사람이 섹스를 안 하기 시작한 이후의 일이다. 그 순간 지금까지 애써 머릿속에서 떨쳐내려 했던 생각이 문득 다시 떠오른다. 이건 롭이 할 법한 일이 아니다. 한밤중에 몰래 침대에서 빠져나가 다른 사람들이 섹스를 하는 모습을 지켜보다니. 코딩을 할 수도 있고 어쩌면 이메일에 답장을 쓸 수도 있고 심지어 백핸드를 연습할지도 모르지만 포르노를 보다니, 전혀 롭답지 않다. 지금 같아서는 롭의 일과에는 포르노를 볼 시간 같은 것은 없는 것이다.

그 생각을 애써 머리 한편으로 밀어두고는 프랑스 뉴스 채널인 프랑스24에 채널을 고정시키고 노란 조끼 시위가 한차례 더 일어났다는 소식에 건성으로 귀를 기울인다. 그 다음 뉴스로는 프랑스에서 기술 부문 산업이 부상하고 있으며 파리 13지구에 있는 세계에서 가장 규모가 큰 창업 지구인 스테이션F가 크게 성장하고 있다는 소식이 나온다. 다시 채널을 돌리려던 순간 느닷없이 뉴스 영상 화면에 롭의 모습이 등장한다. 브레스트에서 브르타뉴 서부 지역의 '풍부한 디지털 생태계'에 대해 이야기하고 있다. 프랑스어를 아주 능숙하게 구사하고 있다.

케이트는 손으로 입을 틀어막고는 도무지 믿을 수 없는 기분으로 화면을 응시한다. 롭은 프랑스어가 무척이나 서투르다. 최근 프랑스어 교습을 받기 시작한 것도 그 때문이다. 케이트는 새로운 언어를 손쉽게 습득하는 편이라서 프랑스어와 스페인어를 상당한 솜씨로 구사할 수 있었고 그래서 롭한테 프랑스어를 가르쳐주기도 했다. 그때는 학교에서 배운 것을 어떻게 이렇게 다 잊어먹을 수 있는지 깜짝 놀랐다. 화면에 좀 더 가까이 다가가 이 남자의 입에서 흘러나오는 단어들에 귀를 기울인다. 겉모습은, 눈을 깜빡거리는 습관과 수줍은 미소와 호리호리한 체격은 완전히 롭처럼 보이지만 이 남자는 롭이 아니다. 케이트는 확신할 수 있다. 이 남자가 롭일 리가 없다. "맙소사." 케이트가 나직하게 내뱉는다. 사회자가 뭐라고 말을 하고 있지만 무슨 말을 하는지 케이트의 귀에는 전혀 들어오지 않는다.

롭의 사무실 맞은편에 있는 벡스의 침실로 뛰어가 문을 벌컥 연다. "벡스, 자고 있어? 벡스?" 목소리에 묻어나는 다급함을 숨길 수가 없다.

벡스가 얼마나 깊이 잠이 드는지 그만 깜빡 잊고 있었다.

"벡스?" 벡스의 어깨를 흔들며 다시 벡스의 이름을 부른다.

"지금 몇 신데?" 벡스가 아직 잠이 덜 깬 눈을 뜨고 묻는다.

"미안." 케이트가 대답한다. "지금 당장 네가 꼭 봐야 하는 게 있어."

"케이트, 지금 새벽 한 시 반이잖아." 벡스는 침대 옆 탁자에 놓인 휴대전화를 들여다보더니 다음 순간 끙하는 소리와 함께 다시 베개 위로 누워버린다.

"알아, 정말 미안해. 중요한 일이라서 그래."

벡스가 케이트의 고민을 들어주는 것이 오늘만 해도 벌써 두 번째이다. 벡스가 없었다면 이 모든 일을 혼자 어떻게 감당했을지 알 수가 없다.

"언제는 안 중요했어?." 벡스가 대꾸한다.

5분 후 두 사람은 거실 소파에 나란히 앉아 있다. 스트레치도 어리둥절한 채로 두 사람의 발치에 앉아 있다. 벡스가 프랑스24 채널을 보는 동안 케이트는 휴대용 컴퓨터에서 방금 보았던, 롭이 나온 뉴스 영상을 찾는다.

"방금 전에 뉴스에 나왔어." 이 모든 일들이 전부 그저 자신의 상상에 불과한 것은 아닌지 걱정이 되기 시작한다. "프랑스의 기술 산업에 대한 뉴스였어. 롭은 브레스트에서 인터뷰를 하고 있었는데, 하늘에 맹세코 그 남자는 롭이 아니었어. 그 남자는 프랑스어를 아주 유창하게 했단 말이야. 롭은 외국어 실력이 정말 형편없거든."

"롭이 브레스트에는 언제 갔는데?" 벡스가 묻는다.

"나도 잘 몰라. 브레스트에 갔었는지도 몰랐어."

직접 영상을 보지 않고는 벡스도 케이트의 말을 순순히 믿을 수는 없을 것이다. 그 영상은 도대체 어디 있는 걸까? 다음 순간 케이트는 그 뉴스 영상을 찾는다. 다시 봐도 여전히 충격적이다.

"여기." 케이트는 벡스가 볼 수 있도록 컴퓨터 화면을 돌린다. "이것 좀 봐."

두 사람은 나란히 앉아 프랑스24 채널 사이트에 올라와 있는 뉴스 영상을 함께 지켜본다. 케이트는 롭이 하는 프랑스어를 그때그때 대강 통역해준다.

"롭은 지금 자기 회사가 어떻게 프랑스의 이 지역에 주목하게 되었는지 이야기하고 있어. … 이곳은 최근에 프랑스의 열세 개 군 중에서 '프랑스의 기술 수도' 비슷한 곳으로 지정되었는데 … 군대의 디지털 전문 지식이 쌓여온 역사가 있고 건강 기술 분야에 투자가 이루어졌기 때문이래." 케이트는 더 이상 말을 잇지 못하고 입을 다문다. 두 사람은 나란히 앉아 신경 네트워크와 머신러닝을 개발하기에 브레스트가 얼마나 완벽한 환경인지에 대해 롭이 이야기하는 모습을 지켜본다. 아주 복잡하고 기술적인 프랑스어가 필요한 말이다.

"Brest est la culture parfaite pour nous alors que nous cherchons à développer des réseaux de neurones profonds et un apprentissage automatique."

"내가 무슨 말 하는지 알겠어?" 케이트가 벡스의 기색을 살피며 묻는다.

벡스는 케이트를 흘끗 쳐다보더니 다시 컴퓨터 화면으로 눈을 돌린다. "케이트, 나는 이 사람이 그냥 롭인 것 같은데." 벡스가 화면에서 눈을 떼지 않은 채 나직한 목소리로 말한다. "그냥 완전히 롭이잖아. 내가 어제 패딩턴역에서 만났던 사람. 그 전에 몇 차례 만난 적이 있던 사람. 너의 몸 좋은 새 남자 친구잖아. 이 운 좋은 여자야."

"하지만 이렇게 별안간 프랑스어를 유창하게 잘하게 되었다고?"

"좋은 선생님을 만났나 보지. 프랑스어 교습을 받는다며."

"벡스, 롭은 진짜 형편없었어." 케이트가 말한다. "내 말은 정말 완전히 엉망진창이었다니까. 바로 얼마 전만 해도 내가 과외를 해줬는걸."

두 사람 모두 영상이 끝날 때까지 그대로 입을 다문 채 앉아 있다. 벡스의 얼굴에 이 영상이 신경 쓰이는 듯한 표정이 아주 잠시나마 스친 것 같은 기분이 든다.

"얼마 전이라고?" 벡스가 묻는다.

"아마 2주 쯤 되었을 거야."

벡스가 몸을 굽히더니 스트레치를 쓰다듬는다. 스트레치는 불현듯 두 사람 사이에 피어오른 긴장된 분위기를 감지한 눈치이다. "케이트. 이제 좀 그만하자." 벡스가 입을 연다.

"나도 알아." 케이트가 말한다. "미안해. 시간이 너무 늦었지. 뉴스를 봤는데, 너무 피곤하고, 생각이 마구 앞서나가버렸나 봐."

"그건 괜찮아." 벡스가 케이트의 몸에 팔을 두르며 말한다. "롭은 엄청나게 머리가 좋잖아. 외국어쯤은 마음만 먹으면 금세 습득할 수 있을 거야."

어쩌면 벡스 말이 맞을지도 모른다. 롭은 마음만 먹었다 하면 무슨 일이든 잘 해낼 수 있다. 이제 보니 프랑스어도 예외가 아닌 모양이다. 하지만 케이트는 여전히 납득할 수가 없다.

"이제 너를 어떻게 하면 좋지?" 벡스가 묻는다.

"그저 그런 생각이 들었어. 어쩌면 누군가 롭의 자리를 빼앗았을지도 모른다고 말이야…." 그랬을지도 모른다는 생각이 다시 떠오르자 아랫입술이 떨리기 시작해 입을 다문다.

"케이티, 이 문제에 대해서는 누군가한테 도움을 청해야 해." 벡스가 여전히 케이트를 꼭 안은 채로 말한다. "그 훌륭하신 바르마 박사님은 다음에 언제 너를 만나러 오신다고 했지?"

"다음 주 주말에." 크게 심호흡을 하니 조금이나마 평정심이 되돌아온다. "벡스, 나한테 무슨 일이 일어나고 있는 걸까? 누가 나한테 이런 짓을 하는 걸까? 나 정신이 어떻게 되고 있는 것 같아."

"너한테 무슨 짓을 하는 사람은 아무도 없어." 벡스가 말한다. "그리고 너 정신이 어떻게 되고 있지도 않고. 그저 좀 쉴 필요가 있을 뿐이야."

"내가 잘 버틸 수 있을지 모르겠어." 케이트가 말한다. "갑자기 롭이 뉴스에서 나와서 유창하게 프랑스어를 하다니. 롭이 나한테 거짓말을 하고 있거나 비밀을 숨기고 있다고는 생각하지 않아. 롭이 유창하게 프랑스어를 하는 롭의 도플갱어로 뒤바뀌었다고만 생각이 들어."

"하지만 그건 롭의 도플갱어가 아니었어. 그렇지, 케이트?" 벡스가 다시 한번 되풀이한다. "그 사람은 롭이었어. 그렇지?"

"하지만 그런 일이 있을 수도 있어." 케이트가 말한다. "서로 혈연관계가 아닌데도 완전히 똑같이 생긴 사람이 있을 수 있단 말이야."

"물론 그럴 수도 있지. 내 여동생은 신기할 정도로 릴리 알렌이랑 닮았잖아. 앰버 허드는 스칼렛 조핸슨하고 완전히 쌍둥이처럼 똑같

이 생겼고. 하지만 아까 그 사람은 텔레비전에 나온 롭이었을 뿐이
야. 프랑스어를 잘 한다는 걸 우리가 알게 된 롭 말이야. 롭을 닮은
다른 누군가가 아니었어."

벡스가 거실 문을 나서면서 케이트를 돌아본다. "너도 이리 와."
벡스가 스스로도 별로 확신이 없는 목소리로 말한다. "잠 잘 시간이
야."

"그건 롭이 유일하게 두려워하는 거야." 케이트는 여전히 소파에서
일어나지 않은 채 말한다. "그의 도플갱어 말이야."

그를 다시 만나게 된다면 그날로 나는 끝장이 나고 말 거야.

일
요
일

22장

제이크

제이크는 수문 끝에 기대선 채 기다란 나뭇가지로 물에 떠 있는 마지막 옷가지를 건져낸다. 케이트가 입던 낡은 원피스이다. 주황색 원피스는 천 아래 갇힌 공기 방울 때문에 이상한 모양으로 부풀어 있다. 어제까지만 해도 자신이 속세에서 갖고 있던 물건들을 물에 뜨는 것과 가라앉는 것으로 구분해야 할 필요가 전혀 없었다. 앞으로 살면서 다시는 그래야 할 일이 없기를 바라면서 물에서 건진 다른 물건들이 이미 쭉 널려 있는 잔디 위에 흠뻑 젖은 주황색 원피스를 던져놓는다.

길고 힘겨웠던 밤이었다. 스트로버 순경이 진술을 받아간 후에 브루스와 수는 제이크를 위로하기 위해 최선을 다했지만 제이크는 도무지 잠을 이룰 수가 없었다.

"이걸 다 어떻게 할 작정입니까?" 마을 사람 중 하나가 무더기로 쌓인 젖은 옷가지며 망가진 책들을 손짓으로 가리키며 묻는다. 케이트는 항상 배가 수상 도서관 같다며 불평을 했다.

"내다 버릴 거예요." 제이크는 차분한 목소리로 대답한다. 케이트의 주황색 원피스만 빼고는 전부 다 버릴 작정이다. 이 옷만은 가지고 있을 생각이다. 케이트는 이곳에서 가장 가까운 곳에서 열리는 축제인 월드 오브 뮤직 아트 앤 댄스 축제에 갈 때면 이 옷을 입었다. 더 이상 축제 같은 데를 찾아다닐 여유가 없어지기 전의 일이다.

원피스를 집어들고 수문을 빙 돌아 배 끄는 길과 배 쪽으로 걸어오면서 중간에 옷의 물기를 짠다. 밤새 완전히 가라앉아버린 배는 지금 운하의 진흙 바닥 위에 내려앉아 수면 위로는 부서지고 남은 지붕의 잔재만을 빼꼼히 내밀고 있다. 얼마 되지 않은 소지품들은 여전히 배 안에 갇혀 있다. 아침 내내 옷가지며, 장작이며, 주전자며, 플라스틱 컵이며, 수면 위로 떠오른 물건들을 건져내느라 정신이 없었다. 친절한 마을 사람들과 운하 거주민들의 도움을 받았다. 플라스틱 케이스에 밀봉되어 있던 여권을 찾기도 했다. 이웃들의 친절한 마음이 뼈에 사무치게 고마웠다. 심지어 케이트마저도 제이크를 걱정해주었다. 하지만 어제 케이트에게 전화를 걸었던 것은 온당치 못한 일이었다. 지금 제이크가 가장 원치 않는 일은 사람들이 자신을 동정하는 것이다.

여기에서 가능한 한 서둘러 뒷정리를 마무리한 다음 마을에서 멀리 벗어날 계획이다. 이 부근을 계속 어슬렁거리고 다니는 것은 안전하지 않다. 누군가 고의적으로 그의 배에 불을 지른 것이다. 지난 밤 하트 경위 또한 방화라는 것을 인정하는 분위기였다. 게다가 여기에는 제이크를 위한 그 무엇도 남아 있지 않다. 배도 사라져버렸고 쓰고 있던 책도 전부 날아가버렸다. 여자 친구도 없다. 마치 그의 거룻배처럼 제이크의 인생 또한 여기에서 바닥을 찍었다고 해도 과언이 아닐 것이다. 그리고 정말 솔직하게 말하자면 달리 어떻게도 생각할 수 없는 지금 이 상황이 이상하리만치 자유롭게 느껴진다. 지금 이 순간 인생을 새롭게 시작하지 못한다면 앞으로도 영원히 그럴 기회가 없을 것이다.

원피스를 둘둘 말아 비닐 가방에 넣고는 마지막으로 한번 침몰한 배를 돌아본 다음 배 끄는 길을 따라 발걸음을 옮긴다. 마을에서 멀리 떨어질 생각이다. 주머니에는 여권을 단단히 챙겨 넣고 있다. 길을 멀리 돌아갈 테지만 거룻배들이 나란히 정박되어 있는 부둣길은 피해갈 작정이다. 더 이상 정중한 대화는 사양하고 싶다. 젠장, 지금 당장 맥주 한 잔만 마셨으면 소원이 없겠다. 케이트가 차 사고를 당했을 무렵 제이크는 매일같이 술을 퍼마시다시피 했지만 그 이후로는 술을 딱 줄이고 다시는 술독에 빠지지 않기로 굳게 마음먹었다. 설사 술을 사 마실 돈이 생긴다 해도 말이다.

술을 줄이려는 결심은 아주 소소하고 엉뚱한 믿음에서 비롯된, 자신의 인생을 재정비하려는 노력의 일환이었다. 그러니까 만약 제이크가 처음 케이트를 만났을 무렵의 모습으로 돌아갈 수만 있다면 다시 케이트를 되찾을 수 있을 거라는, 그런 믿음이었다. 제이크도 성공 가도를 달리던 시절이 있었다. 책을 출간한 작가로서 물이 새지 않는 거룻배에서 아름다운 초상화가와 함께 보헤미안적인 삶을 구가하던 시절이었다. 어디에서부터 잘못된 걸까? 두 사람이 공유하던 이상주의적인 삶은 어디에 부딪쳐 방향이 틀어지게 된 걸까?

제이크는 계속해서 걸음을 옮기며 기찻길을 뒤로 하고 들판을 향해 나아간다. 지금까지 일어난 일들을 곱씹어 생각하고 정리하느라 머릿속이 복잡하다. 가장 마음에 걸리는 것은 만약 제이크가 술집을 찾아갔다는 이유로 일부러 그의 배에 불을 지른 게 확실하다면 그날 밤 케이트의 술에 약을 탄 무리가 아주 위험한 부류의 사람들일 것이라는 사실이다. 그들이 또다시 케이트를 노릴 가능성이 있을까? 어제 하트 경위가 슬쩍 내비친 것처럼 그 술집이 인신매매단과 관련이 있다면 아직 검거되지 않은 인신매매단의 일당들이 자신의 동료들이 받은 무거운 형벌에 대해 복수를 할 기회를 노리고 있을지도 모른다. 결국 그 범죄자들을 교도소에 처넣은 것은 케이트의 뛰어난 얼굴 인식 능력이었다 해도 과언이 아닌 것이다.

다음 번 수문에 가까워질 무렵 제이크가 얼굴을 잘 모르는, 상당히 매력이 넘치는 한 여자가 검은 비밀 가방을 손에 들고 어디선가 홀연히 나타난다.

"여분 옷을 좀 가져왔어요." 여자가 말한다. "전남편이 입던 옷들이에요. 집을 나갈 때 그냥 두고 갔거든요. 무슨 일이 있었는지 소식 들었어요. 혹시 이 옷가지들이 도움이 될까 싶어서요. 마침 전남편하고 체격도 비슷하고 해서."

"관리 안 한 몸이라는 말이죠." 제이크가 싱긋 웃으며 대답한다. "친절하게 가져와 주셔서 고맙습니다."

"오고 가며 얼굴을 보기는 했는데, 우리 정식으로 인사를 한 적은 없죠." 여자가 미소를 지으며 말한다.

제이크는 뜻밖의 관심에 기분이 좋아져서는 여자를 보고 미소를 짓는다. 어쩌면 세상에서 일어나는 모든 일에는 좋은 점이 적어도 한 가지쯤은 있는지도 모른다. 문득 지역 보건의로 일했던 아버지 주위를 맴돌던 간호사가 기억난다. 어머니가 세상을 떠났을 때 그 간호사는 아직 장례식도 치르지 않은 집으로 찾아와 대뜸 자신의 마음을 고백했다. 그 성급함은 상황에 걸맞지 않았지만 아버지는 그 사건으로 인해 미래에 대한 기대를 되찾고 앞으로 살아갈 인생을 생각하게 되었다. 이번에는 누구도 죽지 않았지만 지금 여기에서 일어나고 있는 일은 바로 그와 같은 일인지도 모른다.

"쓰신 책을 한 권 읽었거든요." 여자가 햇살에 눈을 가늘게 뜨며 말한다.

"정말입니까?" 최근 들어 들었던 중에 가장 좋은 소식이다.

"네. 중고 가게에서 10펜스에 사 왔어요." 어이쿠 맙소사. "오늘밤 어디 지내실 곳은 있나요?"

"네, 괜찮습니다." 제이크는 거짓말을 한다. 여자에 대한 관심이 완전히 사그라진다. 도대체 뭘 기대했던 건지 알 수가 없다. 빌어먹을 *중고 가게에서 10펜스에 사 왔다고?*

대강 생각해 둔 계획으로는 콘월까지 자동차를 얻어 타고 간 다음 케이트와 함께 놀러간 적이 있는 캠핑장에 텐트를 치고 지낼 작정이다. 이맘때면 항상 사람이 붐비지만 캠핑장 주인은 매번 두 사람을 위해서 어떻게든 자리를 마련해주었다. 텐트는 마침 마을 친구에게 빌려주었던 덕분에 제이크의 소지품 중 유일하게 배에 실려 있지 않았던 물건이다. 언제 떠날 수 있을지는 경찰이나 운하 및 강 보호관리 위원회에서 배의 인양에 대한 논의를 오늘 안에 끝내주는지에 달려 있다.

"그럼 다음에 또 봐요." 여자는 다시 한번 미소를 지은 다음 몸을 돌려 배 끄는 길을 따라 멀어진다.

여자를 다시 불러 세워 이름을 물어본 다음 괜찮다면 나중에 술이나 한잔 하러 가지 않을지 물어보려는 순간 휴대전화가 위잉 하고 울린다. 벡스가 보낸 문자이다. 제이크가 얼마나 비루하고 절망적인 삶을 살고 있는지에 대해 재차 유감의 뜻을 표현하려는 것이 분명하다. 하지만 예상은 크게 빗나간다.

방금 화재가 났다는 소식 들었어. 무사해서 다행이야. 내 집에서 지내도 좋아. 1층에 손님용 침실이 있거든. 열쇠는 뒷문에 있는 화분 밑에 있어. 벡스.

23장
케이트

"벡스는 어디 있어?" 스피커폰을 통해 롭이 묻는다. 케이트는 롭이 가르쳐 준 레시피대로 과일 스무디를 만드는 중이다. 블루베리에 아보카도를 넣고 치아 씨를 넣는다. 뇌를 위한 슈퍼푸드이다. 처음에 롭은 영상 통화로 전화를 걸어 왔지만 케이트는 계속해서 연결을 끊었다. 이곳 인터넷 속도가 영상 통화를 할 만큼 충분히 빠르지 않다고 롭이 생각해주길 바라는 심산이었다. 이곳 콘월에서는 인터넷 접속이 원활하지 않을 때가 자주 있어서 롭은 불만이 많지만 지금 케이트에게는 참으로 다행이다. 오늘 아침에 기분이 한결 나아졌지만 여전히 롭과 얼굴을 마주할 자신이 없다.

"자고 있어." 케이트가 대답한다. "어제 늦게까지 놀았거든."

"많이 마셨어?"

롭은 케이트가 요즘에는 술을 거의 마시지 않는다는 걸 잘 알고 있다. 사고가 난 이후로는 잘 마시지 않게 되었다. 롭도 술은 별로 안 마시는 편이다. 지금 롭이 걱정하는 상대는 벡스이다. 벡스는 그야말로 부대에 부어대듯 술을 마실 수 있다.

"완전히 많이 마셨지." 케이트가 별로 열의가 실리지 않은 어조로 대답한다. "나 알잖아."

어젯밤 프랑스24 채널에서 본 뉴스에 대해 롭에게 물어볼 용기를 끌어모으려 애쓰는 중이다. 어떻게 그렇게 별안간 프랑스어를 유창하게 잘할 수 있게 되었는지 묻고 싶다.

"하지만 지금 같이 있는 거지?" 롭이 묻는다. "집에 말이야."

"응, 벡스 여기 있어. 걱정하지 마."

"내가 당신 옆에 있어 줘야 하는데. 다만 이 회의들이 계속 있어서 말이지…."

"정말로 나는 괜찮아."

"일이 끝나면 얼른 내려갈게. 약속해."

지금 롭은 쇼디치에 있는 자기 아파트에 있다. 적어도 케이트는 그럴 것이라고 생각한다. 어쩌면 벌써 사무실에 나와 있는지도 모른다. 서로 얼굴을 보지 않고 하는 통화의 단 한 가지 단점이다. 오늘 아침 롭이 어찌나 미안해하는지 우스울 지경이다. 아침 일찍 어떤 여자가 전화를 걸어서는 오늘 하루 종일 집에 있을 계획인지 물었다. 배달할 꽃이 있다고 했다. 꽃을 보낸 사람이 롭이라는 것은 잘 알고 있다. 전에도 그런 적이 있었다. 이 집으로 이사 온 다음 처음으로 혼자 지내게 되었을 무렵 롭은 일주일에 두세 차례씩 꽃을 보내 주었다. 그 후로는 약간 뜸해졌지만 그래도 뭔가 케이트에게 미안하게 생각하는 일이 생길 때마다 꽃이 배달되어 왔다. 마지막으로 꽃을 받았을 때는 누가 먼저 전화하거나 하지 않았다. 그저 어느 날 아침 현관문 앞에 거대한 하얀 백합 다발이 놓여 있었을 뿐이다. 마치 밤새 내린 눈이 그곳에만 소복이 쌓여 있는 것만 같았다.

"거기에는 별일 없지?" 롭이 묻는다.

커다란 창문 너머 펼쳐진 아름다운 풍경을 바라본다. 구릉이 있는 들판이 달려 내려온 끝자락에 잔잔한 코발트빛 바다가 펼쳐져 있다. 뚜렷한 지평선 위로 몬트레이 소나무들이 드문드문 늘어서 있다. 하지만 이토록 아름다운 콘월의 풍경도 오늘만큼은 TV에 나와 유창하게 프랑스어를 하던 롭의 모습과 목소리가 어른거리는 바람에 한층 빛이 바래 보인다.

"어젯밤 뉴스에서 당신을 봤어." 생각한 것만큼 말이 자연스럽게 나오지 않는다. "프랑스24 채널. 당신이 또 브르타뉴에 갔었는지는 몰랐네."

프랑스어에 대해서는 도저히 묻지 못하겠다. 아직은 아니다.

"지난주에 휙하고 날아갔지." 롭이 쾌활한 목소리로 대답한다. "브레스트에 새로 회사를 여는 계획이 통과됐어. 내가 직접 갈 필요는 없었는데. 나 대신 다른 사람을 보낼 걸 그랬나 봐."

롭은 항상 브르타뉴가 얼마나 좋은 곳인지, 콘월과 비슷한 점이 얼마나 많은지에 대해 입이 닳도록 이야기한다. 브르타뉴에도 널찍한 해변과 깎아지른 듯한 절벽, 그리고 후미 들이 있다고 한다. 브르타뉴에서 쓰는 브르통어와 콘월어도 비슷한 데가 많다. 이를테면 mor 는 두 언어 모두에서 바다를 뜻한다. 브르타뉴에는 심지어 코르누아이라고 불리는 지역이 있는데, 이곳은 반도 특유의 독특한 빛 때문에 예술가들 사이에서 아주 유명하다고 한다. 말만 들어도 콘월과 아주 비슷한 느낌이다. 롭은 언젠가 케이트의 몸이 완전히 회복되고 나면 함께 브르타뉴에 가자고 약속했다. 그곳에서 케이트는 '야외의 빛' 아래에서 마음껏 그림을 그리고 파이 대신 크레페를 실컷 먹을 수 있을 것이라고 했다.

"나도 같이 갔으면 좋았을 텐데." 케이트는 일련의 질문 세례가 시시한 질투심의 발현으로 포장되길 바라는 마음으로 짐짓 수줍은 체하며 덧붙인다. "당신도 감시할 겸해서."

"별로 재미없었을 거야." 롭이 말한다. "당일치기로 급하게 다녀온 거고, 처음부터 끝까지 회의만 하다 왔는걸. 놀 시간은 전혀 없었어. 좀 더 시간에 여유가 있을 때 같이 가자. 약속해. 지금은 신규 상장 때문에 런던 사무실에서 할 일이 많아서 정신이 없어. 가끔은 내가 동시에 두 곳에 있는 듯한 기분이 들어. 그런데 왜 갑자기 프랑스 TV를 볼 생각을 했어?"

"잠이 안 와서."

가끔은 내가 동시에 두 곳에 있는 듯한 기분이 들어.

지금 롭이 케이트를, 그녀의 편집증적인 생각을 비웃고 있는 것일까?

"나한테 전화하지 그랬어." 롭이 다른 데 정신이 팔린 듯한 목소리로 말한다. 롭이 휴대전화로 다른 일을 하기 시작했다는 것을 알 수 있다. 이메일을 읽거나 앱스토어에 들어가 회사 제품의 순위를 확인하고 있을지도 모른다.

"너무 늦은 시간이어서." 어젯밤 느닷없이 마주친 외설적인 정사 장면이 떠오른다. 여기에 대해서도 한번 물어봐야 할까? 정말 충격적이고 참으로 롭답지 않은 일이었다. 맙소사, 지금 하는 짓이 마치 질투심에 휩싸인 아내 같다. 남편의 출장과 포르노를 보는 습관에 대해서 꼬치꼬치 캐묻고 있다.

케이트는 그만 입을 다물고는 롭의 이야기에 귀를 기울인다. 롭은 밤이든 낮이든 상관없이 언제든지 자신에게 전화해도 좋다고 말한다. 케이트가 너무 피곤하지 않은지, 너무 스스로를 몰아붙이는 게 아닌지 걱정이 된다고 말한다. 마음을 편안하게 해주는 롭의 목소리를 들으며 눈을 감는다. 그의 얼굴을 보지 못하니 삶이 이토록 단순하다. 왜 나는 그저 긴장을 풀고 마음을 편하게 먹지 못하는 것일까? 벡스가 말하는 대로 내가 정말 운 좋은 여자라는 사실에 그저 감사하지 못하는 것일까? 그녀의 옆에는 온화하고 배려심 넘치는 남자가 있고 그녀의 인생은 그야말로 새로 시작된 참이다.

그 순간 머릿속에 다시 프랑스 채널의 뉴스가 떠오른다. 롭에게 물어봐야 한다. 설명을 들어야만 한다. 케이트가 알아 왔고 사랑하고 있는 남자, 지금 전화로 케이트와 이야기하고 있는 남자와 롭의 자리를 빼앗았을지도 모를 사기꾼이 어떻게 다른지를 명명백백하게 밝혀내야 한다.

"롭?"

"응?"

케이트는 눈을 감는다. "그때 TV에서 프랑스어로 말하고 있었어. 아주 잘 하던데?"

"그거 들었어?" 롭이 아무렇지도 않은 듯이 되묻는다. "나쁘지 않았지, 그치? 기자가 영어로도 말하고 프랑스어로도 말해야 한다고 시켰거든. 한참을 연습했다니까. 내 프랑스어 실력을 잘 알잖아. 다음번에 당신이랑 같이 브르타뉴에 가게 되면 당신이 내 통역을 해주면 되겠다."

어떻게 생각해야 할지 알 수가 없다. 안도해야 하겠지만 그게 그렇게 뜻대로 되지 않는다.

"그거 좋겠다." 케이트가 간신히 말한다.

"당신 괜찮아?" 롭이 묻는다.

괜찮지 않다. 전혀 괜찮지 않다. 다시 입을 열기까지 조금 시간이 걸린다. "당신한테 물어볼 게 있어." 잠시 주저하며 어떻게든 말을 입 밖으로 꺼내려고 애를 쓴다. "당신이 나한테 얘기했던 거 기억해…?"

도저히 못 하겠다. 그의 도플갱어에 대해서 물어볼 수가 없다. 케이트는 그대로 전화를 끊어버린다.

24장

제이크

  기찻길 옆으로 펼쳐진 들판을 가로지르며 계속해서 걸음을 옮긴
다. 여자가 건네준 옷이 담긴 검은 비닐 가방을 마치 딕 휘팅턴이라
도 된 기분으로 어깨 너머로 둘러매고 있다. 다시 한번 벡스가 보낸
문자를 확인한다. 그녀의 랭커셔 억양이 마치 귀에 들리는 듯하다.
예전부터 벡스는 제이크를 하루 종일 침대에서 '빌붙어 지내는' 남자
라며 못마땅하게 여겨왔다. 그런데 지금 자기 집에 머물러도 좋다고
말하고 있다. 벡스는 케이트하고 같이 있는 것이 분명하다. 확실하
다. 어제 기차역 플랫폼에서 만났을 때 벡스는 케이트를 만나러 가는
길이었을 것이다.

  휴대전화를 넣어두고 고개를 드니 들판 앞쪽으로 한 남자가 서 있
는 모습이 눈에 들어온다. 들판 저쪽에 있는 기찻길의 건널목 옆에
서 있다. 하지만 기찻길을 건널 생각은 없어 보인다. 그저 그 자리에
서 주위를 두리번거리며 엉거주춤한 자세로 서 있을 뿐이다.

뱃속이 꽉 조이는 듯한 기분이 엄습한다. 남자는 노숙자처럼 보인다. 머리는 온통 기름기로 뭉쳐져 있고 바지는 찢어진 데가 있으며 상의는 너덜너덜하다. 제이크도 지금 정신을 바짝 차리지 않으면 불과 며칠 만에 저런 몰골이 될 것이다. 하지만 뭔가 이상하다. 기찻길 너머 들판에 있는 양떼가 마치 한 마리인 양 동시에 고개를 들어올린다. 아침 공기가 무척이나 고요하다.

어깨에 둘러맨 비닐 가방을 다시 고쳐매고는 속도를 올려 한층 빨리 걸음을 옮기기 시작한다. 걸으면서 주위를 둘러본다. 오늘 아침 유독 공기는 한층 더 깨끗하고 나무의 초록빛 잎들은 수분을 듬뿍 머금어 한층 더 짙푸르게 보인다. 정신도 한층 맑고 감각도 또렷하다. 지난 밤 화재 이후 삶의 순간들이 한층 생생하게 다가온다. 매 순간순간이 소중하게 여겨진다.

잠시 후 가방을 땅에 던져버리고는 전속력으로 달리기 시작한다. 오른쪽으로 800미터쯤 뒤에서 도시간 급행열차가 속도를 올리며 모습을 나타냈기 때문이다. 기차는 구부러진 기찻길을 돌아 건널목을 향해 돌진하기 시작한다. 그리고 이번만큼은 아무것도 하지 않고 손을 놓고만 있지는 않을 작정이다.

"그만둬요!" 제이크는 남자에게 크게 소리를 지른다. "그만둬!"

남자는 제이크가 부르는 소리를 듣지 못했거나 혹은 무시하기로 마음먹은 듯 보인다. 건널목으로 나가는 철제 회전문 안으로 들어가더니 철로 옆에 쌓인 자갈 위에 멈춰 선다. 제이크는 숨이 턱까지 차오를 만큼 전속력으로 달리고 있지만 남자와는 아직 10미터나 떨어져 있다. 기차가 거의 건널목 가까이 다가온다. 그 다음 순간 회전문에 도착한 제이크는 문을 통과한 다음 남자가 한걸음 앞으로 발을 내딛는 찰나 남자에게 돌진한다.

남자가 빙글 몸을 돌리고 그 충혈된 눈으로 제이크를 쏘아본다. 눈빛이 분노와 두려움으로 가득 차 있다. 어쩌면 감사하는 마음이 조금은 섞여 있는지도 모른다.

"제발요." 제이크는 숨 가쁘게 말하면서 남자의 팔을 움켜쥔다.

10년 전 런던의 사우스올 역에서 제이크는 어딘가 문제가 있어 보이는 여자가 플랫폼 끝자락에 서 있는 모습을 보고도 아무런 행동도 하지 않았다. 1분 뒤 여자는 달리는 기차 앞에 몸을 던졌고 그 이후 그 광경과 그 소리는 마치 제이크에게 달라붙은 듯 뇌리에 내내 남아 있었다. 제이크는 남자가 몸부림치며 빠져나갈 것에 대비하여 몸에 힘을 주지만 남자는 저항하지 않는다. 급행열차가 아주 빠른 속도로 옆을 지나치는 순간 두 사람 모두 움찔하며 몸을 움츠린다. 객차가 차례차례 지나간 후에 소용돌이치는 공기 속에서 기차의 기적 소리가 점점 멀어진다.

25장
케이트

케이트는 자기 바구니 안에 들어가 앉아 있는 스트레치의 시선을 받으며 주방을 이리저리 서성인다. 롭에게 다시 전화가 연결되기를 기다리고 있는 중이다. 벡스가 일어나 주면 좋겠다. 벡스와 의논하고 싶다. 지금 롭한테 도플갱어에 대해 따져 묻는 일이 과연 잘하는 일인지 판단해주었으면 좋겠다. 하지만 어제에 이어 또다시 벡스의 미인이 되기 위한 숙면을 방해할 수는 없는 노릇이다.

"꼬맹아, 도대체 이게 무슨 일인지 모르겠어." 케이트는 스트레치에게 말을 건다. "너는 절대 도플갱어 같은 걸로 바뀌지 않겠다고 약속해줘."

그저 확인을 하고 싶은 마음에 고개를 한쪽으로 기울인 채 스트레치를 빤히 쳐다본다. 그 순간 갑자기 뒤쪽에서 삐빅하는 전자음이 들려온다. 몸을 돌리자 눈앞에 놓인 가스레인지의 화구 네 곳에서 푸른 불꽃이 밝게 타오르고 있다. 몇 초 동안 믿을 수 없는 기분으로 가스레인지를 멍하니 쳐다보다 서둘러 달려가 레인지의 스위치를 돌려 불을 끈다. 맙소사. 그 위에 무엇이라도 올려놓았다면 어떻게 되었을까? 행주라도 올려두었다면? 이런 일이 벌어진 게 벌써 두 번째이다. 롭의 자부심과 기쁨으로 지어진 이 집, 스마트 기술로 운용되는 이 집은 언젠가 스스로를 홀랑 태워먹고 말 것이다.

휴대전화가 울린다. 롭이다. 영상 통화인 걸 깨닫기 전에 이미 연결 버튼을 누르고 만다. 되돌리기에는 이미 너무 늦었다.

"방금 무슨 일이었어?" 롭이 묻는다.

목소리는 크고 분명하게 들리지만 영상이 선명하지 않다. 정말 다행이다. 휴대전화 화면에 메시지가 뜬다. '신호가 약합니다.'

"전화가 끊어졌어." 케이트는 거짓말을 한다.

"지금 내 모습 보여?" 롭이 묻는다.

"아니, 그런데 소리는 잘 들려." 가스레인지를 흘낏 쳐다보면서 목소리에 묻어나는 안도감을 애써 감추려 한다. 인터넷 속도가 느린 것이 참으로 다행이다.

"그 집 인터넷 좀 손 봐야겠다." 롭이 말한다. "정말 창피한 일이야. 〈코니시맨〉(콘월 지역에서 발행되는 주간지이다. _옮긴이)에서 이 사실을 알기라도 해봐. '기술 제국의 이사, 자택에서 광대역 회선을 쓰지 못하다'라고 기사가 날 걸."

쾌활한 목소리가 케이트가 잘 알고 있는 롭이다.

"가스레인지도 좀 손을 봐 줘야 할 것 같아." 휴대전화 화면을 들여다보며 케이트가 말한다. 롭의 모습은 흐릿한 그림자인 채로 멈추어 있다. 화면의 남자는 다른 어떤 사람일 수도 있다. "지금 방금 저절로 불이 켜졌어."

"그게 정말이야?" 롭의 목소리에 불현듯 걱정스러운 기색이 드리운다.

"지금은 괜찮아." 뭐라고 불평할 수는 없다. 이 주방은 바랄 수 있는 것들이 모두 갖춰져 있는, 꿈에서나 볼 수 있는 주방이다. "그저 가끔 좀 무서워질 뿐이야. 마치 영혼이라도 갖고 있는 것 같잖아." 지난주에는 수도꼭지에서 갑자기 뜨거운 물이 나오는 바람에 설거지를 하다가 손을 데었다.

이 집의 모든 가정 기기들은 런던에 있는 롭의 아파트에서 조종할 수 있다. 케이트는 그런 기기들이 제멋대로 고장나는 일에 익숙해져 있다. 고장난 물건들의 인터넷에 오신 것을 환영합니다.

"또 이런 일이 일어나면 꼭 말해줘야 해." 롭이 여전히 걱정스러운 목소리로 말한다.

"무슨 문제라도 있어?"

"이런 일이 일어나서는 안 되는 거라서. 그 뿐이야." 롭이 대답한다. "방화벽을 확인해봐야겠어."

"누가 집을 해킹했다고 생각해?"

말도 안 되는 소리처럼 들리지만 롭은 전에 한번 그럴 수 있는 가능성에 대해 이야기한 적이 있다.

"그런데 나한테 뭔가 물어보려 하지 않았어?" 롭은 케이트의 질문을 못 들은 체하며 화제를 돌린다. "아까 전화가 끊기기 전에 말이야."

집에 대해 좀 더 물어보고 싶지만 지금은 적절한 시기가 아니다. TV에서 본 모습에 대해 이야기해보는 일이 한층 더 중요하다. "어젯밤 잠을 못 잔 이유가 있어." 케이트가 입을 연다.

"내가 그리워서?"

롭이 케이트를 놀리기 위해 하는 말이라는 건 안다. 하지만 롭 자신도 그 말이 얼마나 정확하게 들어맞는지 알지 못할 것이다. 케이트는 자신이 알던 롭이 몹시 그리웠다.

"나한테 당신 도플갱어에 대해서 얘기했던 일 기억해?"

"그 얘기는 끝난 줄 알았는데." 롭이 별일 아니라는 듯 가벼운 말투로 대답한다. 지금 다른 무슨 일을 하고 있는지 대답이 건성이다.

"알아. 하지만 그게 너무 신경 쓰여서 그래. 당신이 그 얘기를 한 다음부터 쭉 신경 쓰였어."

"들어 봐. 그건 그저 옛날에 있었던 공포증에 불과해. 별로 대단한 일도 아니었어. 10대 무렵에 고딕풍 소설을 너무 많이 읽은 거지."

"하지만 지금도 그렇게 될까봐 두려워하고 있지 않아?" 케이트가 이번에는 좀 더 단호한 어조로 묻는다. "도플갱어를 다시 만나게 될까봐. 그가 당신을 찾아낼까봐. 그에게 인생을 빼앗겨버릴까봐."

"나보다 당신이 더 걱정인 것 같은데?" 롭은 케이트의 질문을 별것 아닌 듯 가볍게 넘기며 대답한다. "당신이 이렇게 신경 쓸 줄 알았으면 그 얘기는 안 했을 거야. 내가 혼자였을 무렵에는 그런 온갖 종류의 두려움을 다 끌어안고 살았어. 외로운 괴짜 천재, 내 방에서 혼자 코딩을 하고 모탈65 컴뱃 게임을 지나치게 많이 했지. 하지만 케이트, 지금 나는 혼자가 아니야. 여전히 괴짜 천재일지는 모르지만 외롭지 않다는 건 분명해. 전부 다 당신 덕분이지."

"나는 그저 당신이 걱정이 되서 그래. 그뿐이야." 케이트는 감정에 휩쓸리지 않으려 애쓰며 말한다.

"당신은 걱정이 너무 많아. 그거 알아?" 롭이 잠시 망설인다. "그래서 당신을 사랑하는 거지만."

"오늘 집 안에서 스트레치를 잃어버렸지 뭐야." 갑작스러운 애정 표현에 당황한 나머지 서둘러 화제를 돌린다. "당신 사무실에 들어가 있는 걸 찾았어."

"내 사무실?"

"문이 열려 있던데?"

"어제 너무 서둘러 나왔나 보다." 롭이 말한다. "그리고 지금 여기 외부에서는 문을 잠글 수가 없는 것 같아. 초기 단계 문제가 여기 또 있네. 그 안에는 아주 귀중한 물건들이 많이 있는데. 대부분이 컴퓨터지만."

"그 그림도 상당히 가치 있어 보이던데." 케이트가 말한다. "당신 책상 뒤에 있는 그림 말이야. 로제티의 도플갱어 그림."

잠시 침묵이 흐른다. "〈그들은 어떻게 자기 자신과 만났는가〉?"

"그 그림에 대해서는 얘기한 적 없잖아. 그거 진품이야?" 케이트는 롭이 병원에서 자선 전시회를 여는 한편으로 개인적으로 미술 작품을 수집하고 있다는 것은 알고 있다.

"몇 년 전에 경매에서 샀어. 우리가 만나기 아주 오래 전에. 투자용이야. 로제티는 그 그림을 네 점 그렸지. 다른 세 점은 공공 미술관에 걸려 있어."

아마도 엄청나게 비싼 값을 치렀을 것이다. "나는 우리가 서로 솔직했으면 좋겠어. 그뿐이야." 케이트는 다시 한번 두 사람이 서로를 안 지 얼마 되지 않았다는 사실을 새삼 실감한다. 회오리바람처럼 몰아친 연애였다. 케이트가 병원 침대에 단단히 묶여 있는 처지가 아니었다면 아마 거센 바람에 휩쓸려 날아가버리고 말았을 것이다. 누군가를 향해 이토록 갑작스럽고 강렬한 끌림을 느껴본 것은 아주 오랜만의 일이었다. 롭이 케이트한테 콘월로 이사 오라고 제안했을 때, 케이트는 전혀 주저하지 않았다. 콘월로 이사 오는 일은 케이트에게도, 롭에게도 옳은 일처럼 느껴졌다. 롭이 하는 사업에도 도움이 되었다. 롭은 트루로 기술 단지에 지역 사무소를 열 계획이라고 얘기했었다. 콘월에서 지금 한창 움트고 있는 디지털 산업 지평, '커나우포니아'의 일부가 될 것이라고 했다. 하지만 그 계획은 생각대로 굴러가지 않았다. 그 대신 롭은 콘월의 켈트족 쌍둥이인 브르타뉴에 더 관심을 쏟게 되었다. 브레스트가 자체적으로 보유한 기술 허브에 마음이 끌린 것이다.

"나는 그저 당신이 나한테 말을 해주었으면 좋겠어. 그 있잖아… 지금도 그가 당신 인생에 다시 나타날까봐 걱정하고 있는지 말이야." 케이트가 말을 잇는다. "우리는 그런 일들에 대해서 서로에게 이야기해야 하는 거잖아."

케이트는 지금 자신이 표리부동하게 굴고 있다는 걸 잘 알고 있다. 롭이 도플갱어 이야기를 한 후로 케이트 자신도 그 문제에 대해 머리가 이상해질 만큼 걱정을 하고 있지만 그런 자신의 불안감을 롭에게 터놓고 얘기한 적은 없다. "아주 오래 전에 그를 한 번 만났다고 했지." 몸이 와들와들 떨리지만 마음을 다잡는다. "대체 무슨 일이 있었던 거야?"

"당신 말이 맞아." 롭이 말한다. "서로 비밀은 없어야 해. 태국에서였어. 해변에서. 나는 스물한 살이었고. 다른 시간, 다른 장소에서의 일이야." 롭이 잠시 말을 멈춘다. "하지만 걱정해줘서 고마워." 좀 더 캐묻고 싶지만 롭의 어조에는 마치 준비한 말을 다 했다는 듯, 더 이상 말을 붙이지 못하게 하는 데가 있다. "어제 무슨 일이 있었는지 벡스한테 얘기했어?" 롭이 이야기를 돌리며 묻는다. "수영하러 나갔을 때 말이야."

"응, 벡스도 내가 망신살 뻗친 이야기 다 들었어." 여러 사람이 보는 앞에서 구명정에 태워져 구조되었던 기억이 떠오르자 자신도 모르게 몸이 움츠러든다.

"벡스는 정말 좋은 친구야." 롭이 말한다.

케이트의 가장 좋은 친구이다. 벡스의 북부 출신다운 지혜는 케이트의 남부 출신다운 경박함을 눌러주는 완벽한 평형추가 되어 준다.

"벡스가 패딩턴역에서 나하고 마주쳤다는 얘기도 해?"

"응, 들었어."

갑작스레 눈물이 차오르기 시작한다. 롭에게 제이크의 배가 불타 버렸다는 소식을 전해야 할까? 케이트는 휴대전화 화면으로 몸을 숙이고 화면에 흐릿하게 떠 있는 사람의 윤곽을 들여다본다. 롭이 여기 자신의 옆에 있어 주었으면 좋겠다. 지금 롭은 자신이 잘 알고 있는 사람으로 돌아와 있다. 다정하고 무슨 일에나 흥미가 있으며 너그러운 마음씨를 지닌 남자, 마치 눈더미 같은 하얀 꽃다발을 보내주는 남자이다. 이런 식으로라면 얼마든지 잘 지낼 수 있다.

"다른 일이 있는데 말이야." 케이트가 입을 연다.

제이크의 배가 불타버렸다는 소식을 들으면 롭은 심란해하면서 돕겠다고 나설 것이다. 롭과 제이크는 서로 적개심을 불태우거나 한 적이 없다. 적어도 롭 쪽에서는 전혀 그렇지 않았다. 그건 롭의 너그러운 마음씨를 보여주는 증거이기도 하지만 또한 지난 다섯 달이라는 짧은 시간 동안 두 사람이 함께 쌓아올린 관계에 대한 자신감을 보여주는 증거이기도 하다. 그리고 케이트는 제이크 또한, 적어도 표면적으로는 이 상황에 만족하고 있다고 생각하고 싶다. 그건 한편으로 케이트와 제이크가 가졌던 것들이 더 이상 충분하지 못했다는 사실을 인정하는 일이기도 하다.

"무슨 일인데?" 롭이 묻는다.

그 순간 갑자기 인터넷 속도가 정상으로 돌아오면서 휴대전화의 화면이 한층 선명해진다. 롭은 카메라를 정면으로 응시하며 전에는 한 번도 보지 못했던 방식으로 미소를 짓고 있다. 윗입술이 약간 말려 올라가 마치 비웃는 것처럼, 이를 드러내고 야유하고 있는 것처럼 보인다. 이 또한 케이트의 상상에 불과할까? 또다시 머릿속 어딘가가 따끔거리는 느낌이 든다. 주위가 빙글빙글 돌면서 두피가 마치 누가 바늘로 찌르는 듯이 아프다.

"롭?" 롭은 지금 막 카메라 앞에 있다는 사실을 의식한 사람처럼 표정을 부드럽게 가다듬는다. 이내 케이트가 잘 알고 있는 표정으로 돌아오지만 이미 엎질러진 물이다. 케이트는 휴대전화를 낚아챈 다음 마치 병 안에 말벌을 가두는 것처럼 화면이 아래로 가게 하여 탁자 위에 탁하고 내려놓는다. 그리고 전화기를 그대로 둔 채 가쁘게 숨을 몰아쉰다.

26장

제이크

"고맙습니다." 남자가 말한다. "아까 저기에서….."

"별일 아니에요." 제이크가 남자의 말을 중간에서 가로막으며 대답한다. 아직도 충격이 가시지 않고 흥분이 가라앉지 않은 상태이다. 누군가의 생명을 구한다는 것이 매일같이 일어나는 일은 아닌 것이다. 게다가 불과 열두 시간 전에 자신의 목숨을 잃을 뻔한 직후의 일이다. 제이크가 철로에서 남자를 끌어낸 다음 남자에게 잠시 함께 걷지 않겠냐고 제안했을 때 남자는 별말 없이 그의 뒤를 따라왔다.

지금 두 사람은 철로 반대편에 있는 숲속의 긴 의자에 앉아 있다. 나무들 사이로 저 멀리 보이는 지평선 너머에서 핫스퍼하우스의 장대한 모습이 내려다보인다. 이 풍경은 아주 오래된 풍경으로 이 숲과 초원이 전부 케이퍼빌러티 브라운(18세기 영국의 조경사로 '영국의 가장 위대한 정원사'라는 별명으로 유명하다. _옮긴이)의 손에 의해 조성되었을 무렵의 유산이다. 의자 주위로는 운반되어 통나무로 켤 준비를 마친 목재 더미들이 곳곳에 쌓여 있다.

"정말로 끝까지 일을 저지를 작정이었어요?" 제이크가 묻는다. 당장 위험은 피했을지 모르지만 앞으로도 남자가 딴 생각을 하지 못하게 다짐을 두고 싶다.

"당연하잖아요." 남자가 거의 화를 내다시피 대답한다. 긴 의자에 앉은 두 사람 사이에 침묵이 흐른다. "어쩌면요." 남자가 한층 낮아진 목소리로 덧붙인다.

"무슨 일 때문에 그러는 거예요?" 제이크가 묻는다.

대답을 기다리는 마음이 기껍다. 사우스올 역에서 죽어버린 그 여자의 목숨을 되돌릴 수는 없겠지만 오늘 아침 일로 마침내 일종의 보상을 한 듯한 기분이다. 케이트도 이 얘기를 들으면 참 잘했다고 말해줄 것이다. 오늘따라 숲의 풍경이 참으로 아름답다. 따스한 봄날이면 자주 케이트와 함께 이 숲으로 소풍을 와서는 블루벨 꽃밭에 앉아 점심을 먹었다.

"그러고 보니 이름도 안 물어봤네요." 머릿속에서 어떤 생각이 점점 형체를 갖추기 시작한다. 남자는 대답하지 않는다.

"혹시 술을 마시나요?" 여전히 대답이 없다. "나는 제이크라고 합니다."

악수를 청하고 싶은 마음을 억누른다. 긴 의자에 나란히 앉은, 갈 데까지 간 부랑자 같은 남자 둘에게는 너무 과분한 격식이다. 이곳으로 온 것은 제이크의 생각이었다. 여기는 기찻길에서도 멀리 떨어져 있고 그의 배에서도 멀리 떨어져 있다. 나무 사이를 걷는 동안 남자한테 술 냄새가 풍긴다는 건 이미 알아채고 있었다. 숲속에는 파란 꽃들이 마치 융단처럼 피어 있었다.

블루벨.

"나도 술을 많이 마셔요." 제이크가 침묵을 깨기 위해 입을 연다. "괜찮은 시골 술집에서 파인트 한 잔, 도무지 참을 수가 있어야지요. 하지만 마약에는 손을 댄 적이 없습니다. 물론 아주 예전에 배에서 이상한 대마초 같은 걸 피워 본 적은 있지만 매번 두통밖에 남는 게 없더라고요. 음식이야말로 내 마약입니다. 요리하는 걸 좋아해요. 제대로 된 재료만 찾을 수 있다면요. 재료를 채집하는 것도 좋아하지요. 이 숲에서는 아주 훌륭한 살구버섯을 딸 수 있습니다. 달래도 있고요."

어쩌면 잘못 짚었는지도 모른다. 남자는 제이크가 공을 들여 꾸며 낸 미끼를 물지 않고 고집스레 입을 다물고 있다.

"혹시 마약해요?" 제이크는 남자의 혈색이 나쁜 피부와 푹 꺼져 들어간 눈을 흘끗 쳐다본다. 마을에도 술집이 문을 열기만을 기다리며 매일같이 술집 앞에 진을 치고 있는 알코올 중독자들이 있지만 그 누구도 이 남자 같은 몰골을 하고 있지는 않다. 남자는 마치 안쪽부터 썩어가고 있는 사람처럼 보인다.

남자는 몸을 앞으로 푹 수그리고는 고개를 떨군다. 깍지 낀 손에 얼마나 힘을 주고 있는지 관절이 하얗게 보일 지경이다. 남자의 태도가 다소 누그러진 듯한 기분이 들지만 여전히 대답은 돌아오지 않는다. 그래서 바로 핵심을 찔러 보기로, 마약 밀매 조직에 발을 들이고 있는지 대놓고 물어보기로 마음먹는다. 어쩌면 이 마을에 불쑥 나타난 데는 그런 이유가 있는지도 모른다.

"마약 팔러 원정 나온 거예요?" 제이크가 나직한 목소리로 묻는다.

남자는 제이크의 질문에 깜짝 놀란 듯이 고개를 들고 제이크를 쳐다보더니 다시 고개를 푹 숙여버린다. 제이크는 그대로 입을 다물고는 아주 사소한 반응이라도 보여 주길 바라는 마음으로 남자를 가만히 지켜본다. *이봐요. 나한테는 다 털어놔도 돼요. 지금 방금 빌어먹을 당신 목숨을 구해줬잖아요.* 영원 같은 시간이 흐른 끝에 남자가 고개를 끄덕인다.

제이크는 날카롭게 숨을 들이킨다. 남자의 불행을 안타깝게 여기던 마음이 숲속에서 만난 사슴처럼 잽싸게 사라지는 것이 느껴진다. 하지만 지금은 자신의 감정은 잠시 옆으로 제쳐둘 필요가 있다. 집중하자. 어쩌면 이 남자는 의외로 도움이 될지도 모른다. 술집에서 케이트의 술에 약을 탄 남자에 대해 뭔가 알고 있을지도 모른다. 마약 밀매 조직의 세계는 의외로 좁다. 적어도 제이크가 그 세계에 대해서 기사를 쓸 무렵만 해도 그랬다.

"달리 선택의 여지가 없었어요." 남자가 마침내 입을 연다. 여전히 땅을 내려다보고 있다.

헛소리 집어치워. 제이크의 경험에 따르면 선택의 여지는 언제나 존재한다. 남자는 마약 운반책을 하기에는 나이가 너무 많아 보인다. 하지만 제이크는 지방에서의 원정 마약 밀매가 어떤 식으로 이루어지는지 알고 있다. 조직에서는 이 남자의 나이 또래, 즉 20대 초반의 사람들을 이용하여 그보다 한층 어린 10대의 마약 밀매 *끄나풀들*을 조달하게 만든다.

"스윈던에서요?" 제이크가 묻는다.

남자가 자신의 발끝을 내려다보며 고개를 끄덕인다.

"블루벨 술집에서도 일한 적이 있어요?"

남자가 슬픈 기색이 싹 가시고 굳은 표정만이 남은 얼굴로 제이크를 올려다본다. 술집 이름을 언급한 것 때문에 분위기가 순식간에 바뀌었다. "몰라요." 남자가 자리에서 일어나며 대답한다.

"스윈던 외곽의 록본에 있는 술집이에요." 제이크가 남자가 걸어가기 시작하는 모습을 지켜보며 그 등 뒤에 대고 말한다. 대화는 이미 끝이 났다. 남자는 그 술집에 대해 무언가 알고 있는 것이 틀림없다. 그런 확신이 든다. 어쩌면 그날 밤 케이트에게 술을 내준 바텐더에 대해서도 무언가 알고 있을지도 모른다.

"경찰에 갈 수도 있었잖아요." 제이크가 남자의 등 뒤에 대고 말한다.

남자가 옆에다 침을 뱉는다. 그 다음 20미터쯤 떨어진 곳에서 발을 멈추더니 여전히 제이크에게 등을 돌린 채로 마치 이 숲과 고요한 여름 공기를 처음으로 알아챘다는 듯이 주위를 둘러본다. 제이크의 몸이 부들부들 떨린다. 너무 심하게 밀어붙인 것일까? 남자는 담배 한 개비를 꺼내더니 칙 소리를 내며 성냥을 그어 담배에 불을 붙이고는 그대로 걸어가버린다.

그 소리를 어디서 들어본 적이 있다.

27장

케이트

케이트는 휴대전화 전원이 꺼지며 화면이 완전히 어두워질 때까지 전화기를 물끄러미 내려다본다. 계속 이런 식으로 전화를 끊어버릴 수는 없는 노릇이다. 이 편집증적인 생각 때문에 머리가 어떻게 되어버릴 것만 같다. 서로 얼굴을 보지 않고 목소기만 들으며 이야기를 하는 것은 괜찮다. 하지만 롭의 얼굴을 보는 순간 그 기묘한 감각이 엄습한다. 메스껍고 속이 뒤틀리는 듯한 느낌, 롭이 겉모습만 똑같을 뿐, 전혀 다른 사람으로 뒤바뀌어 있다는 느낌이다.

잠시 후 케이트의 휴대용 컴퓨터를 통해 롭에게 영상 통화가 걸려온다. 컴퓨터를 탁하고 닫아버린 다음 주방 안을 둘러본다. *젠장.* 복도에 집 전화가 놓여 있다. 서둘러 복도로 달려가 전화기의 선을 벽의 단자에서 뽑아내버린다. 이제 롭이 케이트에게 연락을 취할 방법은 없다. 이 집은 완전히 고립되어 있다. 그제야 한결 마음이 놓인다.

벡스는 아직도 잠들어 있다. 복도를 내려가 손님용 침실의 문 앞에서 서성인다. 하지만 차마 또다시 벡스를 깨울 엄두가 나지 않는다. 간밤에 그렇게 난리를 쳤는데, 아침부터 또 그럴 수는 없는 노릇이다. 벡스는 케이트를 절대 용서해주지 않을 것이다. 그 대신이랄까, 롭의 사무실 문을 열고 안으로 들어간다. 다행히도 롭은 아직 외부에서 문을 잠그지 못하는 것처럼 보인다. 케이트가 무얼 하는지 궁금해서 따라온 스트레치도 케이트의 뒤를 쫓아 방 안으로 들어온다.

뭘 할 생각인지 스스로도 잘 알 수가 없다. 그저 케이트 자신이 잘 알지 못하는 롭에 대해서, 케이트를 만나기 전의 롭에 대해서 좀 더 알아보고 싶을 뿐이다. 롭의 책상으로 다가가 로제티의 그림을 들고 다시 한번 그 그림을, 그 두려움이 질린 표정을 물끄러미 쳐다본다. 〈그들은 어떻게 자기 자신과 만났는가〉. 지금은 이 그림의 제목을 알고 있다.

"여기는 뭐하는 데야?"

몸을 돌리자 잠옷을 입은 벡스가 아직 잠에서 덜 깬 표정으로 문가에 서 있다.

"롭 사무실." 케이트가 대답한다.

"콘월 남자의 동굴인가 보지?"

"잘 잤어?" 왠지 롭의 편을 들어 주어야 할 것 같은 마음에 벡스의 말을 못 들은 체 인사를 건넨다. 케이트가 벡스와 비슷한 말을 한 적이 있었는데, 그때 롭은 별로 마음에 들어 하지 않았다.

"응, 잘 잤지. 고마워. 나하고 제일 친한 어떤 정신 나간 친구가 오밤중에 두들겨 깨운 일만 빼면 아주 잘 잤다고 할 수 있지. 걔는 글쎄, 자기가 얼마나 운이 좋은지 모른다니까." 벡스가 몸을 숙이고 스트레치를 쓰다듬는다. 스트레치는 벡스의 발치에 딱 붙어 마치 망령난 자동차 와이퍼처럼 정신없이 꼬리를 흔들고 있다.

케이트는 벡스를 향해 미소를 짓는다. 벡스가 없었다면 자신이 어떻게 되었을지 알 수가 없다. "그건 참 미안해." 잠시 말을 멈추자 미소가 점점 사라진다. "방금 롭하고 통화했거든. TV에서 유창하게 프랑스어를 한 일에 대해 물어봤어."

"그랬더니 뭐래?" 벡스가 고개를 들어 케이트를 쳐다보며 묻는다.

"기자들이 촬영에 쓰려고 연습시켰대."

"그것 봐." 벡스가 말한다. 케이트는 롭이 해준 설명을 다시 곱씹어 생각하며 몸을 돌린다. "이런 일에는 항상 합리적으로 납득할 수 있는 설명이 있기 마련이라니까." 벡스가 덧붙인다.

"그런가 봐." 하지만 케이트 자신은 아직 완전히 납득한 것은 아니다.

"그런데 여기에서는 뭘 하고 있는 거야?" 벡스가 묻는다.

"이거 보고 있었어." 케이트는 등 뒤의 그림을 가리킨다.

"이런 미친. 이거 진짜 로제티 그림이야?" 벡스가 가까이 오더니 그림을 자세히 들여다본다.

"이 그림은 전부 네 점이 있다나 봐." 케이트가 말한다. "제목은 〈그들은 어떻게 자기 자신과 만났는가〉래. 여기 왼쪽에 있는 두 사람이 도플갱어들이야."

"완전히 '레디 브렉(빨간 상자에 들어 있는 시리얼의 한 종류. 상표명 주위로 하얀색 후광이 둘러 있다. _옮긴이)' 같은 후광으로 둘러싸여 있네."

두 사람은 침묵 속에서 한동안 그림을 감상한다.

"아침 먹을래?" 벡스를 이끌고 방에서 나오면서 케이트가 묻는다.

"그 전에 이 방을 좀 더 뒤져보고 싶은데." 벡스가 문가에서 머뭇거리며 말한다. "숨겨놓은 걸작이 어디 또 없나?"

벡스는 미술 작품을 아주 사랑한다. 두 사람이 이토록 좋은 친구로 지낼 수 있는 또 하나의 이유이다.

"롭은 다른 사람이 이 방에 들어오는 걸 그렇게 좋아하지 않아." 케이트는 방에서 나와 문을 닫으려 하며 말한다. 그때 문 옆의 선반에 꽂힌 책 한 권이 눈에 들어온다. 책을 뽑아 표지를 본다. 《Le Bouc émissaire》이다. 뒤표지를 살펴보는데 양손이 부들부들 떨리고 있다.

"그게 뭔데?" 벡스가 묻는다.

"대프니 듀 모리에의 《희생양》, 프랑스어 번역본이야." 케이트는 손때가 묻은 책장을 이리저리 넘겨보며 대답한다. "도플갱어에 대한 책이야."

책을 다시 선반에 꽂아두고는 그 책에 대해, 롭의 사무실에 그 책이 있다는 사실이 의미하는 바에 대해 너무 깊이 생각하지 않으려 애쓴다.

"차 마실래?" 복도를 지나 주방으로 돌아오자 케이트가 묻는다.

"아니, 커피를 마시고 싶어 죽을 지경이야." 케이트가 찬장을 여는 모습을 지켜보며 벡스가 대답한다. "케이트, 그냥 책 한 권일 뿐이잖아. 심지어 롭의 책이 아닐 수도 있어."

"벡스, 그건 프랑스어 번역본이었어." 케이트가 에스프레소 머신에 분쇄 커피 가루를 넣으며 대답한다. "도대체 왜 대프니 듀 모리에를 프랑스어로 읽겠어?"

"이 문제에 대해서는 이미 다 얘기했었잖아." 벡스가 말한다. "롭은 프랑스어를 배우고 있는 중이라고."

더 이상 견딜 수가 없어져서 벡스에게 보이지 않게 몸을 돌린다. 눈에서 눈물이 차오른다.

"케이티, 친구야." 벡스가 다가와 케이트를 달랜다.

"나 전화를 그냥 끊어버렸어." 케이트는 찬장에 몸을 기댄 채 말한다. 머리가 어찔어찔하다. "아침에 통화했을 때."

"왜 그랬는데?"

"휴대전화로 영상 통화하고 있었거든. 근데 인터넷 속도가 갑자기 빨라지면서 그 사람 얼굴이 또렷하게 보였어. 그런데…."

결국 크고 뜨거운 눈물방울을 떨어뜨리며 울음을 터트리고 만다. 지난 며칠간의 일들이 한꺼번에 몰려든 것이다.

"괜찮아." 벡스가 케이트를 끌어안은 채 나직한 목소리로 달랜다.

잠시 후 벡스의 품에서 빠져나와 그래놀라가 든 유리병을 꺼내 탁자 위에 올려놓는다. 기분을 전환하기 위해서는 몸을 움직이며 무언가를 하는 편이 좋다. 지금은 제대로 작동하고 있는 냉장고에서 요구르트병도 꺼내놓는다.

"웃고 있었어." 케이트가 말한다. "마치 나를 비웃는 듯한 표정이었어."

"바보 같은 소리 좀 하지 마. 롭이 절대 그럴 리가 없잖아."

"알아." 케이트가 잠시 주저한다. "그래서 걱정이 되는 거야."

두 사람의 눈이 잠시 마주친다. "롭이 화가 났을까?" 벡스가 눈길을 돌리며 묻는다. "전화를 그런 식으로 끊어버렸으니 말이야."

"롭은 화내는 법이 없어." 케이트는 포크와 숟가락을 꺼내 탁자에 늘어놓으며 말한다.

"너는 진짜 운 좋은 줄 알아. 하지만 조금 화를 낸다고 해서 그게 나쁘다는 건 아니야. 열정이 있다는 걸 보여주는 거니까." 벡스가 식탁의자에 앉아서는 탁자 위의 잡지를 대강 옆으로 치워두며 짐짓 눈썹을 치켜올린다. 그리고는 가장 위에 있는 〈와이어드〉지를 집어들고는 책장을 팔랑팔랑 넘긴다.

"생각해보니 나한테 한 번 화낸 적이 있었어." 케이트도 벡스의 맞은편에 앉으며 말한다. "처음 만나기 시작했을 무렵에, 엄마네 집에 나를 만나러 왔을 때 화를 냈던 것 같아."

"처가 식구들하고 지내는 게 좀 스트레스를 많이 받는 일이기는 하지."

"그런 게 아니었어."

케이트는 그때의 일을 좀 더 열심히 떠올려 본다. 병원에서 퇴원한 지 얼마 되지 않았을 무렵의 일이었다. 아직 콘월로 이사 오기 전, 엄마네 집에서 몇 주 정도 지내고 있을 때였다. 롭은 주말마다 놀러왔다. 뭔가 기억나는 게 있는지 물었었나? 그때는 아직 상처가 다 낫지 않아 진통제를 다량으로 복용하고 있었던 터라 그 무렵의 기억은 온통 흐릿하다.

"그럼 무슨 일이었는데?" 벡스가 묻는다.

"내가 일종의 인식 검사 같은 걸 잘 못했던 것 같아. 롭이 얼굴 사진을 몇 장 보여줬어."

당시의 정황이 조금씩 기억나기는 하지만 여전히 두꺼운 안개 너머에서 지켜보고 있는 듯한 기분이다. 엄마는 어딘가로 외출했고 두 사람은 엄마네 집의 주방 탁자에 앉아 있었다. 마치 카드 짝짓기 놀이를 하는 것처럼 탁자 위에 사진들이 가지런히 놓여 있었다.

"이 남자 얼굴을 알아보겠어?" 롭이 누군가를 가리키며 물었다. 의사였던 것으로 생각한다. 어쨌든 하얀 가운을 입고 있었다. 케이트가 고개를 흔들자 롭은 주먹으로 세게 식탁을 내리쳤다. 얼마나 그 기세가 사나웠던지 케이트가 마시던 허브차가 엎질러졌을 정도였다. 그 부분은 정확하게 기억난다. 그 다음 순간 롭은 갑자기 상냥해져서는 엎질러진 찻물을 닦아내고 미안하다고 사과를 한 다음 회사에서 힘든 일이 많았다고 말했다. 그리고는 헤드셋을 한번 써봐 달라고 부탁했다. 그 헤드셋을 써본 것이 그때가 처음이라 케이트는 무서웠지만 두려운 마음은 이내 약 기운으로 흐릿하게 무뎌져버렸다.

"너 괜찮아?" 벡스가 묻는다.

"응. 괜찮아." 그날의 기억을 마음속에서 몰아내려 애쓰며 케이트가 대답한다.

"롭은 그저 너를 도우려 하고 있는 거야." 벡스가 케이트의 손 위에 자신의 손을 포개며 말한다. "그리고 롭은 지금까지 그 일을 아주 잘해내고 있어. 내 생각이지만."

"네 말이 맞아."

케이트는 방금 기억난 일에 대해서는 벡스한테 얘기하지 말아야겠다고 생각하며 요구르트를 먹기 시작한다. 그 모든 일이 실제 있었던 일인지, 그저 자신이 상상한 일에 불과한지 스스로도 확신할 수가 없다.

"오늘 아침 제이크한테 문자를 보냈어." 벡스가 화제를 돌린다. "우리 집에 있어도 좋다고 말해줬지."

"와, 잘했어." 한편으로 놀랍기도 하다. 어쩌면 두 사람은 잘 어울리는 한 쌍이 될지도 모른다. 제이크를 정신 차리게 만드는 일이라면 벡스가 케이트보다 훨씬 솜씨 좋게 잘해낼 것이다.

"제이크 일은 정말 안됐지 뭐야." 벡스가 잠시 말을 멈춘다. "넌 롭한테 다시 전화를 걸어보는 게 좋겠어."

벡스의 말이 맞다. 휴대전화 전원을 켜자 음성 메시지가 한 개 와 있다. 하지만 음성 메시지를 미처 듣기도 전에 전화가 울리기 시작한다.

"잘 해보라고." 벡스는 커피잔을 들고 탁자에서 일어서며 말한다. "나는 씻으러 간다."

"'발신자 정보 없음'이라고 뜨는데?" 케이트가 말한다.

"받아 봐. 아마 롭일 거야."

케이트는 전화를 받는다. 전화를 건 사람은 롭이 아니다.

28장
사일러스

콘월에 살면서 차를 갖고 있는 사람들의 절반이 마을을 빠져나가려고 하는 듯 보인다. 사일러스는 차가 다 빠지기를 기다렸다가 부두로 향하는 1차선 도로를 타고 바닷가를 향해 내려간다. 부두 근처에 기적적으로 주차할 자리가 남아 있다. 눈앞에 모래 해변이 넓게 뻗어 있고 그 너머로 광활하게 펼쳐진 바다가 보인다.

사일러스는 그 자리에 잠시 앉아 스트로버와 함께 네어헤드가 바라보이는 풍광을 감상한다. 마찬가지로 형사였던 아버지는 1980년대 지방범죄수사대에 근무할 무렵 잠복근무를 했던 이야기를 들려준 적이 있다. 그 무렵에는 다들 잠복근무를 할 때 의자를 뒤로 젖혀 잠을 잘 수 있다는 이유로 마크2 복스홀 카발리어를 선호했다. 연합 잠복 작전이 있기 전까지만 해도 괜찮았지만 작전이 있을 때면 경찰력의 절반 정도가 같은 차를 타고 나타났기 때문에 큰일이었다.

"산이야, 바다야?" 사일러스는 여전히 바다에 시선을 두고 있는 스트로버에게 묻는다. 상당히 빨리 도착한 편이다. 스윈던에서 여기까지 세 시간이 걸렸다. M5 고속도로를 타고 신중한 판단 하에 정체 구간에서만 경찰 표식이 없는 차의 사이렌을 울리며 달려온 결과이다.

"뭐라고요, 보스?"

"산이 좋은지, 바다가 좋은지 물어본 거야. 사람들은 보통 산 아니면 바다, 그렇게 나뉘던데. 아프리카냐, 인도냐 하는 것과 같은 문제이지. 꼭 둘 중에 선호하는 대륙이 있다니까. 애든버러냐, 글래스고냐도 같은 문제고. 런던이냐, 뉴욕이냐, 산이냐, 바다냐."

"둘 다 별로예요." 스트로버가 영문을 알 수 없다는 표정으로 대답한다.

"그럼 휴가는 어디로 가는데?" 사일러스가 묻는다. 사일러스는 여행을 좋아한다.

"도시요."

그 대답에 동의하는 마음으로 고개를 끄덕인다. 그 자신도 재미있는 도시 여행을 좋아한다. 마지막으로 여행을 갔던 도시는 크라쿠프였다. 하지만 마음 깊은 곳에서 사일러스는 언제나 바다 사나이이다. 언제나 그랬다. 그것도 널찍한 모래 해변의 바다보다는 바위투성이의 해안과 숨겨진 후미를 좋아한다. 스코틀랜드의 아우터헤브리디즈 제도, 그리스의 펠리온 반도 같은 곳들이다.

"다시 한번 전화를 걸어볼까?" 사일러스가 묻는다. "지금도 집에 있을지 확인을 해봐야 하니까."

스트로버는 아까 게이블크로스 서를 떠나기 전에 케이트에게 전화를 걸었다. 브리스톨 억양을 한껏 과장해서는 일요일의 특별 꽃 배달이 있다고 설명하면서 오늘 하루 종일 집에 있을 예정인지 물었다. 스트로버가 얼마나 자연스럽게 연기를 잘 하던지 사일러스는 그만 깜짝 놀라서는 혹시 위장 근무를 해 볼 생각이 없는지 궁금해졌을 정도였다. 두 사람 모두 케이트를 이렇게 속여 넘기는 일이 마음 편하지는 않았지만 어떻게든 케이트와 이야기를 해봐야 했다. 그리고 제이크의 말에 따르면 케이트의 새로운 남자 친구는 피치 못할 사정으로 어쩔 수 없이 런던으로 돌아갔다고 했다. 그런 상황을 볼 때 꽃 배달이라고 한다면 설득력이 있을 것이다. 자신들이 간다고 미리 언질을 준다면 케이트가 아예 만나 주지 않을 가능성이 높았다.

"지금 다시 전화해볼게요." 사일러스는 스트로버의 대답을 들으며 차에서 내린다. "우리 걸어갑니까?" 스트로버가 깜짝 놀라 묻는다.

"무슨 맛 좋아해?"

"네?"

"아이스크림 사 오려고. 해변에 왔으니 아이스크림을 먹어야지."

"벌집 맛이요, 있으면요." 스트로버가 잠시 망설이다 대답한 다음 휴대전화를 귀로 가져간다.

재미있다. 스트로버라면 민트초코칩 맛을 좋아할 것이라고 단정짓고 있었다. 무슨 맛 아이스크림을 좋아하는지에 따라 그 사람에 대해서 많은 것을 알 수 있다.

"꽃도 사 오세요. 예쁜 꽃으로요." 스트로버가 사일러스의 등 뒤에 대고 말하더니 다시 브리스톨 출신의 꽃집 주인으로 돌아가 전화기에 대고 말을 하기 시작한다.

걸어가는 등 뒤로 스트로버의 말소리가 여름의 산들 바람을 타고 들려온다. "케이트님이신가요?" 스트로버가 묻는다. "꽃집입니다. 아까 전화 드렸었죠. … 지금 꽃 배달을 하려는데 집에 계신지 확인하려 연락 드렸어요. 한 10분쯤 후에 도착할 예정입니다." 혼자 빙긋 미소를 짓는다. 스트로버가 역할을 아주 잘 해주고 있다.

10분 후 두 사람은 케이트가 살고 있는 집 앞에 차를 세운다. 사일러스는 입술에 묻은 럼앤레이즌 아이스크림을 핥아먹는다. 어쨌든 주말인 것이다. 하지만 사실은 긴장을 하고 있다. 케이트가 병원에서 퇴원하고 경찰의 감시망에서 빠져나간 뒤로 벌써 다섯 달 가까이 케이트를 만난 적이 없다.

"〈그랜드 디자인〉(영국에서 방영되는 꿈의 집을 지어주는 리얼리티 쇼이다. _옮긴이)에서 만들어 준 집이구먼." 자동차에서 내린 사일러스는 집을 올려다보며 말한다. "그런 게 확실해."

단층 주택의 정면 전체가 유리로 되어 있다. 집의 내부는 블라인드에 가려 보이지 않는다. 왼쪽으로는 자동차를 두 대 주차할 수 있는 독립형 차고가 있고 그 앞에 세워진 전기차 충전기에는 번쩍거리는 테슬라 한 대가 연결되어 있다. 집을 맞게 찾아왔다는 생각이 든다. 주소도 스트로버가 찾아낸, 케이트의 남자 친구가 운영하는 회사 주소와 일치한다. 그리고 스트로버는 운전면허청 데이터베이스에서 롭의 소유로 되어 있는 유일한 자동차인 테슬라가 이 주소에 등록되어 있다는 사실을 이미 확인해두었다.

"색다른 집이네요." 스트로버가 현관문 앞에 서 있는 상관 옆으로 다가오며 말한다.

사일러스는 마을 꽃가게에서 구할 수 있는 가장 좋은 꽃인 카네이션을 큰 다발로 들고 있다. 케이트를 만날 수 있는 다른 방도가 있었다면 그 길을 택했을 것이다. 케이트를 겁먹게 만드는 일만은 어떻게든 피하고 싶다. 그러기에 케이트는 이미 너무 많은 일을 겪었다.

"내 취향은 아니야." 사일러스는 몸을 뒤로 젖혀 유리와 철로 이루어진 저택의 정면 모습을 감상하며 말한다. "토마토를 키우기에는 안성맞춤이긴 하겠어."

"나는 마음에 드는데요." 스트로버가 진입로를 슬쩍 돌아보며 대답한다. "그리고 테슬라 모델 S 퍼포먼스가 있잖아요. 정지 상태에서 속도가 시속 100킬로미터까지 가속되는 데 2.4초밖에 안 걸려요. 최대 충전시 586킬로미터까지 달릴 수 있고요. 최고 속도가 시속 250킬로미터까지 나오죠."

사일러스는 어리둥절해져서는 고개를 절레절레 흔든다. "정말 생각지도 못한 정보를 알고 있단 말이야."

"여자는 자동차에 대해 잘 알면 안 됩니까?"

"내가 언제 그런 말을 했어?"

스트로버는 미심쩍은 표정을 지우지 않은 채 몸을 숙여 초인종을 누르려 한다. "저런 자동차를 몰아보면 정말 미래에 앉아 있는 기분이 들 거예요." 그리고 다시 한번 테슬라를 돌아본다.

"잠깐 기다려." 사일러스가 보안용 카메라를 가리키며 말한다. 그리고 한걸음 앞으로 다가가 작은 카메라 렌즈 위로 카네이션 다발을 들어올려 카메라의 시야를 꽃으로 가린다.

29장
케이트

전화는 꽃집에서 걸려온 것이었다. 조금 전 통화에서 꽃집 여자는 10분 후에 꽃이 배달될 것이라고 알려주었다.

이번에도 백합일 것이다. 하얀 백합일 것이다. 롭은 어제 런던으로 일찍 돌아가야만 했던 일을 아직도 미안하게 생각하고 있는 것이 틀림없다. 제이크도 자주 꽃을 선물했지만 사서 준 적은 한 번도 없었다. 숲속을 거닐다가 꽃을 꺾어서 가져다주었다. 금은화, 개장미, 카우파슬리 같은 꽃들을 초지의 풀로 묶어 가져다주었다. 롭은 숲에서 손을 더럽히는 일에는 소질이 없다. 그 물이 새는 낡아빠진 거룻배에서라면 하룻밤도 채 버티지 못할 것이다. 모든 것이 집에서처럼 깨끗하고 제자리에 정리되어 있어야 한다. 그런 사람이 케이트에게 자기 집에 들어와 살면서 집을 엉망으로 만들도록 허락했다는 점에서 케이트에 대한 롭의 마음을 짐작할 수 있다.

벡스가 아직 샤워를 하는 동안 아침으로 먹은 음식을 건성으로 치운다. 문득 차를 몰고 런던으로 올라가고 싶은 충동이 밀려온다. 예전처럼 사랑받는 기분을 조금이라도 다시 느끼고 싶다. 처음 만난 날 병실로 걸어 들어오던 롭, 다정함과 호기심으로 눈을 반짝이던 롭을 되찾고 싶다. 주말에만 롭을 만나기 때문에 지금 이렇게 머리가 복잡하고 모든 것에서 단절되어 있는 기분이 드는지도 모른다. 런던으로 올라가 롭과 함께 지낼 필요가 있다. 롭의 아파트에서 머물면서 점심 때 사무실에서 만나 함께 식사를 하는 것이다. 평범하고 정상적인 연인이 되는 것이다.

반쯤 그리다 만 스트레치의 그림이 놓인 이젤 쪽으로 걸어간다. 이젤 뒤에 걸린 거울에는 처음 콘월에 내려왔을 무렵 롭과 함께 지내던 몇 주 동안 찍었던 롭과 케이트의 사진들이 끼워져 있다. 롭이 아직 콘월에서 일을 하고 있었을 무렵이었다. 거울을 향해 몸을 숙이고는 그의 모습을, 자신이 사랑하는 남자의 모습을 들여다본다. 서핑보드를 들고 파도 속에서 걸어 나오는 롭, 바위 웅덩이 근처에서 손에 게를 들고 케이트를 놀리는 롭, 해질녘 항구의 벽에 기댄 채 프로방스 로제 와인을 마시고 있는 롭.

사진 속의 남자들은 전부 진짜 롭처럼 보인다. 사진을 보고 있으니 여기에 처음 내려왔을 무렵 몇 주 동안의 추억이 떠오른다. 당시에는 아직 몸이 많이 불편한 상태였지만 이곳에서 새롭고 편안한 생활을 시작한 덕분에 몸의 아픔을 상당 부분 잊을 수 있었다. 제이크와 함께 살 때만 해도 두 사람은 돈이 많이 있을 필요도 없으니 그저 조금만 편안하게 생활할 수 있을 정도만 더 있었으면 좋겠다고 매일같이 말했었다. 롭과 함께 하는 생활이 바로 딱 그런 기분이다. 롭은 자신의 엄청난 재산에 휘둘리지 않는다. 두 사람은 마을의 펍에 가서 저녁을 먹는다. 케이트는 코코넛채소카레를 먹고 롭은 피시앤칩스를 먹는다. 계산서를 받았을 때 아무도 움찔하지 않는다는 점만 다를 뿐이다. 자동차가 언제 고장이 날지 마음을 졸이는 일도 없다.

최근에 찍은, 롭이 항구의 카페에 앉아 있는 모습의 사진이 시선을 잡아끈다. 그 사진을 찍은 순간을 잘 기억하고 있다. 롭은 '변태경'으로 아래쪽 해변에 누워 있는 햇살에 그을린 나체를 보고 있던 누군가를 향해 크게 미소를 짓고 있었다. 그 사진을 좀 더 자세하게 들여다본다. 기묘한 감각이 언제 엄습할지 걱정하지 않고 롭의 잘생긴 얼굴을 마음껏 감상할 수 있으니 좋다. 그 순간 케이트는 사진의 배경에서, 카페 계산대에 줄을 서 있는 남자의 얼굴을 알아본다. 어제 케이트가 수영을 하러 가기 전 카페에서 그녀의 옆자리에 앉아 있던 바로 그 남자이다. 사진에서 남자는 카메라를, 카메라를 들고 있던 케이트를 똑바로 쳐다보고 있다.

그 순간 현관문의 초인종이 울린다.

30장

사일러스

"안녕, 오랜만이야." 사일러스는 카네이션 다발을 내밀며 말한다. 케이트를 다시 보니 역시 반갑다.

"미쳤어요? 이게 무슨 짓이에요?" 케이트가 깜짝 놀란 기색이 역력한 표정으로 간신히 내뱉는다.

케이트한테 미리 찾아간다는 이야기를 했어야 했다. 케이트가 눈앞에서 문을 닫아버리려 할 경우를 대비하여 문틈으로 얼른 발을 끼워 넣을 수 있도록 발에 힘을 준다. 케이트는 아주 좋아 보인다. 아주 건강해 보여서 병원에서 마지막으로 봤을 때와 같은 사람인지 알아볼 수 없을 정도이다. 당시에는 온몸을 붕대로 칭칭 감고 몸에 각종 관들이 연결되어 있었다. 긴 갈색 머리를 틀어 올리고 있는데, 드러난 목덜미 부분의 머리칼을 바짝 밀었다. 아주 세련되고 멋져 보인다. 경찰에서 일을 했을 무렵에는 틀림없이 관습에 순응하느라 고생이 많았을 것이다.

"별일 아니야. 다시 같이 일하자고 부탁하러 찾아온 건 아니라고." 사일러스가 양 손바닥을 들어올리며 말한다. "사진을 한 장 보여주고 싶어서 왔어. 그게 다야."

"사진 한 장 때문에 여기까지 오다니, 너무 먼 길이잖아요." 케이트는 현관 앞에서 물러날 생각이 전혀 없다는 듯 버티고 선 채 대답한다.

"오직 사진 한 장만으로도 문제가 해결될 때가 많잖아. 잘 알면서."

"지금 재판하고 있는 사건하고 관련이 있는 거예요?" 케이트가 묻는다.

"좀 들어가서 이야기해도 될까?" 케이트의 어깨 너머로 널찍한 현관 복도를 들여다본다. 그 복도만 해도 올드 스윈턴에 있는 사일러스의 아파트보다 훨씬 넓어 보인다. "부탁 좀 할게."

"본업을 그렇게 쉽게 포기하지 마세요." 케이트가 스트로버를 보고 말한다. 그리고 한심하다는 눈길로 카네이션 다발을 보더니 현관문을 닫히기 일보 직전으로 내버려둔 채 몸을 돌려 집 안으로 들어가버린다.

케이트의 뒤를 따라 집으로 들어가는 길에 스트로버가 사일러스를 향해 눈썹을 치켜 올린다. 이렇게 차가운 대접을 받을 줄은 몰랐다.

"그렇게 전화한 건 미안해요." 케이트는 스트로버의 사과도 귀에 들어오지 않는 것처럼 보인다.

"아주 건강해 보이는걸." 화제를 돌리기 위해 사일러스가 서둘러 끼어든다. "정말 건강해 보여."

세 사람은 커다란 현대 미술 작품들이 걸려 있는 복도를 지나 주방으로 들어선다. 일단 주방에 들어오자 사일러스는 햇살 아래 자리를 잡고 앉는다. 케이트가 화를 내는 것도 충분히 이해가 가지만 어서 빨리 분위기를 바꾸고 싶다. 예전처럼 친숙하게 말장난을 주고받으며 케이트의 마음을 풀어줄 생각이다. 예전에 함께 일을 할 때 세 사람은 동료치고도 서로 사이가 좋았다. 좋은 팀이었다. 하지만 차 사고로 그 모든 게 끝장나버렸다. 사일러스는 케이트가 여전히 그 차 사고에 대해 사일러스와 경찰에서 하던 일을 탓하고 있다는 것을 잘 알고 있다. 케이트는 사일러스가 자신을 지나치게 과로시켰기 때문에 운전을 하다 잠이 들어버렸다고 생각하고 있다.

"아직 회복하는 중이에요." 케이트가 카네이션을 개수대에 내려놓고 물을 틀며 대답한다.

사일러스는 주방 안을 둘러보면서 스트로버에게도 어서 앉으라고 고갯짓을 한다. 집 안에 앉아 있지만 거의 야외에 앉아 있는 기분이다. 이 방은 마치 근처에 있는 에덴 프로젝트(콘월에 위치한 세계에서 가장 큰 온실이다. _옮긴이)의 일부를 뚝 떼어 옮겨 온 것처럼 보인다. 마치 열대 지방의 어딘가에 와 있는 것 같다. 아주 오래전, 아들이 아직 어렸을 무렵 코너를 데리고 에덴 프로젝트에 놀러간 적이 있었다. 큰 실수였다. 그곳이 동물원인 줄만 알았던 코너는 그 커다란 돔지붕 아래의 열대우림에 원숭이는 살지 않는다는 이야기를 듣고는 그곳을 돌아보는 내내 울음을 그치지 않았다.

"여기는 벡스예요." 케이트가 방금 주방으로 들어온 여자를 향해 미소를 지으며 말한다. 여자의 머리칼이 아직 젖어 있다. "월트셔에서 온 내 친구예요."

"실은 프레스턴 출신이지만요." 벡스가 말한다.

"벡스, 만나서 반가워요." 자리에서 일어나 벡스와 악수를 한다. 케이트한테 손님이 와 있을 것이라고는 생각지도 못했다. "친구분과 따로 좀 이야기를 해도 괜찮을까요?"

"물론이에요." 벡스는 케이트의 눈치를 보며 살짝 주저하듯 대답한다.

"업무상 이야기라서요." 사일러스가 덧붙인다. 그렇게 격식을 차리거나 무뚝뚝하게 굴 생각은 없었다.

벡스가 케이트에게 몸을 돌린다. "그래도 괜찮아?" 벡스가 묻는다.

갑자기 벡스의 랭커셔 억양이 강해지면서 말투가 한층 고집스럽게 들린다. 사일러스는 랭커셔를 좋아한다. 멜의 비위를 맞춰 주고 싶었을 무렵 보우랜드 숲에 있는 아주 멋진 펍에서 머문 적이 있었다. 통에서 따르는 생맥주와 훈제 청어를 먹었다.

"응, 괜찮아." 케이트가 대답한다.

"그럼 나는 스트레치를 데리고 산책이나 갔다올게." 벡스가 방 한구석에 놓인 방석 위에서 자그마한 강아지 한 마리를 들어 올리며 말한다. 사일러스는 개가 있는지도 몰랐다. 사일러스가 롤빵에 넣는 속 재료만 해도 이 개보다는 클 것이다.

벡스가 성큼성큼 복도로 나가 개에게 리드줄을 매고 현관문을 필요 이상으로 세게 닫고 나가는 동안 세 사람은 어색한 침묵 속에서 그 모습을 지켜본다.

"작별 인사를 하지도 않고 가버렸잖아." 사일러스가 케이트를 향해 몸을 돌리며 말한다. "병원에서 퇴원한다는 소식도 말해주지 않고. 월트셔를 떠난다는 말도 없었고."

마치 차인 남자 친구가 징징거리는 소리처럼 들릴 위험이 있지만 케이트가 아무 말도 없이 떠나버린 일에 사일러스가 크게 마음이 상했던 것은 사실이다. 두 사람은 몇백 시간 분량의 CCTV 영상을 함께 지켜보고 추운 날씨에 인파 속에서 함께 자리를 지키며 오랜 시간 더불어 일해 온 동료였다. 사일러스는 케이트가 입원한 병원에도 몇 번이고 계속 찾아가기도 했다. 물론 자동차 사고와 관련해서 진술을 받아야 하기도 했지만 한편으로는 케이트가 진심으로 염려되었기 때문이기도 했다. 팀 전체가 케이트를 걱정하고 있었다.

"나한테도 힘든 시기였어요." 케이트가 대답한다. "새롭게 시작할 필요가 있었어요. 과거와는 완전히 손을 끊고요."

"물론 그랬을 거야." 사일러스는 잠시 말을 멈추고 바다가 내려다보이는 풍경을 감상한다. 은퇴를 하면 이런 곳에서 살고 싶다. 다만 벽돌과 모르타르 같은 좀 더 전통적인 방식으로 지은 집이면 좋겠다. 항구가 내려다보이는 해안경비대의 낡은 오두막 같은 곳이 좋다. 그리고 작은 배를 한 척 두고 고등어 낚시를 하는 것이다. "그저 당신의 도움이 필요해서 그래."

"어디서 많이 들어본 소리네요." 케이트가 대답한다.

"사진 한 장이야. 그거면 돼."

"어젯밤 일어난 화재하고 뭔가 관련이 있는 건가요?" 케이트가 묻는다.

"화재가 났다는 걸 알아?"

"제이크가 전화했어요." 케이트가 대답한다.

"두 사람이 서로 연락하고 지내는지는 몰랐네."

"연락 안 해요." 케이트가 겸연쩍은 듯이 고개를 돌린다.

스트로버가 지금 뭐 하는 짓이냐고 묻는 듯이 눈썹을 치켜올린다. 그녀가 옳다. 케이트의 연애 생활에 대해 캐묻기 위해 이 먼 길을 달려온 것이 아니다. 이래서 사일러스는 스트로버와 함께 일하는 걸 좋아한다. 스트로버는 사일러스가 허튼 짓을 못하게 막아주는 한편 사일러스가 네일샵에 얼마나 오래 죽치고 앉아 있든 간에 절대 하지 못할 일들을 손쉽게 해낸다.

"무슨 사진인데요?" 케이트가 묻는다.

사일러스가 스트로버에게 고개를 돌리자 그녀가 가방에서 서류철 하나를 꺼낸다.

"자동차 사고가 났던 밤에요," 스트로버가 입을 연다. "케이트가 집으로 차를 몰고 돌아오는 길에….".

"사고에 대해서는 정말 아무것도 기억나지 않아요." 케이트가 스트로버의 말을 중간에 자르더니 사일러스 쪽을 흘끗 쳐다보며 말한다. "내가 아는 건 이미 다 얘기했어요."

"알겠어." 케이트가 불안해하는 기분, 그 사고를 다시 떠올리고 싶지 않은 마음은 충분히 이해가 간다. 병원에 입원하고 처음 한 달 동안 케이트는 사고에 대해서 말을 꺼낼 수조차 없는 상태였다. 나중에 사고에 대해 진술할 수 있을 만큼 건강이 회복된 후에도 별로 도움이 될 만한 정보를 말해주지 못했다. "새로운 정보가 밝혀졌어. 다른 건 없어."

"그날 밤 일에 대해서요?"

스트로버가 대화를 이끌고 나가 주었으면 하는 마음으로 그녀에게 고개를 돌린다. 그럼 사일러스는 케이트를 한층 주의 깊게 관찰하면서 그녀가 어떤 반응을 보이는지 자세히 읽어낼 수 있을 것이다.

"집으로 돌아가는 길에 술집에 들른 것으로 보여요." 스트로버가 다시 입을 연다.

케이트가 몸을 움찔한다. "이 얘기는 이미 다 했잖아요." 케이트가 말한다. "나는 아무것도 기억이 안 나요. 그날 밤 사무실을 나선 일조차 생각이 안 난다니까요. 완전히 거지같은 한 주였거든요."

그 무렵 사일러스는 케이트를 아주 호되게 부려먹고 있었다. 일을 맡기기만 하면 아주 빠른 속도로 성과를 척척 내주었기 때문이다. 그리고 그날 케이트는 CCTV 영상에서 제이크가 다른 여자와 함께 있는 모습을 목격했다. 케이트의 말 그대로 정말 거지같은 한 주였다.

"내가 어디를 갔다고요?" 케이트가 묻는다.

"록본에 있는 블루벨 술집이요." 스트로버가 말한다. "게이블크로스 서에서 운하로 돌아가는 길 중간쯤에 있는 술집이에요."

케이트는 놀란 듯한 표정으로 두 사람의 얼굴을 번갈아 쳐다본다. "그 무렵에 그 술집에 몇 번 간 적이 있어요. 머리를 좀 비우고 싶어서요." 케이트가 고개를 숙인다. "하지만 그날 밤에도 갔었는지는 기억이 안 나요."

케이트는 뭔가를 숨기고 있다. 사일러스는 확실하게 알 수 있다.

"아페롤 스프리츠를 주문했어요." 스트로버가 얘기를 계속 이어가도 좋은지 사일러스의 기색을 살피며 말을 잇는다.

사일러스는 고개를 끄덕여 준다.

"보세요, 사고가 나기 전에 내가 술을 마셨다는 거 이미 다 알고 있잖아요." 케이트가 말한다. "그리고 왜 내가 술을 마실 수밖에 없었는지도 다 알고 있죠."

케이트의 눈빛에는 그들을 향한 비난의 기색이 서려 있다. 사일러스는 시선을 피한다. 그 무렵에는 팀을 너무 호되게 몰아붙이며 일을 시켰다. 지금이라면 그 사실을 기꺼이 인정할 수 있다. 다시 고개를 들고 케이트와 얼굴을 마주한다.

"왜 굳이 블루벨 술집을 찾아간 거야?" 사일러스가 묻는다.

사일러스를 올려다보는 눈빛에 어딘가 켕기는 듯한 기색이 엿보인다. 맙소사, 사일러스의 의혹이 맞아 떨어진 것이다.

"그곳에 가지 않았어야 했어요." 케이트가 말한다. "정말 멍청한 생각이었어요. 마약 밀매 사건에서 밀려났을 때 답답해서 견딜 수가 없었어요. 우리가 수사하고 있던 인신매매단과의 연관성을 입증하고 싶었어요."

사일러스는 고개를 절레절레 흔들며 한숨을 내쉰다. 염려했던 대로 케이트는 그곳 사람들의 얼굴을 자신이 알아볼 수 있는지 확인하러 그 술집에 찾아간 것이다. 하지만 케이트는 형사도 아니고 멋대로 수사를 할 어떤 법적인 권한도 없는 일반 시민이었을 뿐이다. "그래서 범죄자를 찾아내러 거기에 갔단 말이야?"

"내가 할 일이 아니었다는 건 알지만…."

"당신이 할 일이 아니었다고?" 스트로버가 또다시 비난하는 표정으로 쳐다보고 있지만 이번에는 도저히 참을 수가 없다. "완전히 불법적인 행동을 저지른 거잖아. 엄청난 위험에 제 발로 뛰어드는 일이었다고."

"그렇게 위험할 거라고는 생각하지 않았어요." 케이트가 말한다. "그저 바에 앉아서 오고가는 사람들을 지켜봤을 뿐이에요. 그게 다예요. 그 술집이 어쩌면 마약 밀매 장소일지도 모른다고 경위님이 하는 이야기를 우연히 들어서요."

"얼마나 자주 갔었는데?" 사일러스는 한층 평정심을 되찾은 다음 묻는다. 케이트는 원래부터 충동적인 데가 있는 데다 규칙을 엄격하게 지키는 사람이 아니었다.

"두 번인가, 어쩌면 세 번인가요. 잘 기억이 안 나요."

"우리한테 그 얘기를 했었어야지."

사고 후 혈중 알코올 수치로 미루어 케이트가 돌아가는 길에 어딘가 들러 술을 마셨다는 것쯤은 이미 짐작하고 있었지만 그 술집이 어디인지는 알아낼 수 없었다. 스윈던에서 운하로 돌아가는 길에는 술집만 해도 수십 곳이 넘기 때문이다. 하지만 지금 케이트를 너무 심하게 몰아붙이면 안 된다. 사고로 거의 목숨을 잃을 뻔했고 회복하는

데만 몇 달이 걸렸다.

"나는 아무도 알아보지 못했어요." 케이트가 덧붙인다.

하지만 누군가가 케이트를 알아보았다. 사일러스는 스트로버가 서류철에서 A4 크기의 사진을 꺼내 탁자 위에 올려놓는 모습을 지켜본다.

"그렇다면 혹시 이 남자를 알아보겠어요?" 스트로버가 묻는다. "그날 밤 술집에서 당신한테 술을 만들어준 바텐더인데요."

사진을 집어드는 케이트의 얼굴에서 핏기가 가신다. 사일러스는 몸을 앞으로 내밀고는 케이트를 유심히 관찰한다.

"괜찮아요?" 스트로버가 케이트의 팔 위로 손을 올려놓으며 묻는다.

"왜 그래?" 사일러스가 묻는다. 무언가 아주 크게 잘못된 것이 틀림없다. "이 남자가 누군지 알아보겠어?"

케이트가 탁자 위에 사진을 내려놓는다.

"지금은 알아보겠어요."

"알겠다고?" 사일러스는 마찬가지로 깜짝 놀란 표정을 한 스트로버와 눈을 마주친다. 누구도 이런 결과를 기대하고 있지 않았다. 인신매매단 사건을 조사할 때 봤던 얼굴일까?

"이 사람을 어떻게 알아?" 스트로버가 수첩을 꺼내 드는 것과 동시에 사일러스가 묻는다.

"이 남자, 여기 이 마을에 있거든요." 케이트가 눈가에 눈물이 그렁그렁 고인 채 대답한다. "그리고 내 생각에는 이 남자가 어제 내 커피에 약을 탄 것 같아요."

31장
제이크

제이크는 벡스의 집 뒷문 옆에 놓인 화분 아래에서 열쇠를 찾아낸다. 마을 외곽에 있는 초가지붕을 한 작은 집이다. 처음 케이트와 사귀기 시작했을 무렵에는 케이트와 함께 이 집에 자주 놀러왔었다. 책계약이 무산된 후 돈을 제대로 벌지 못하는 일로 벡스가 자신을 못마땅하게 여기기 전의 일이다.

검은 고양이 한 마리가 다가와 다리에 몸을 비빈다. 벡스가 고양이를 키웠는지 기억이 나지 않는다. 몸을 굽혀 고양이를 쓰다듬는다. 지난 열두 시간 동안 겪은 일들로 생각보다 마음이 크게 동요한 모양이다.

숲에서는 애써 남자의 뒤를 쫓으려 하지 않았다. 제이크의 배나 화재에 대해 아는 것이 있는지 굳이 따져 묻지 않았다. 뭔가 어리석은 짓을 저지르지 않을 자신이 없었다. 성냥에 불을 붙이는 소리를 듣는 순간 마음속의 무언가가 터져버리면서 배 끄는 길을 따라 넘실거리던 불길의 기억이 생생하게 되살아났다. 물론 그 남자가 방화범일 리는 없었다. 지금 마을에 출동해 있는 경찰이 몇 명인데, 화재 다음날까지 현장 근처에서 어슬렁거리다니 너무 무모한 짓이다. 하지만 머릿속에서는 어디선가 한번 들었던, 방화범은 범죄 현장으로 다시 돌아오고 싶어한다는 이야기가 계속해서 맴돌고 있다.

열쇠로 문을 열고 집으로 들어온 다음 벡스한테 전화를 건다.

"이 고양이한테 밥 줘야 해?" 제이크가 묻는다. 뒷문으로 따라 들어오려 하기에 문을 닫아 두었다.

"내가 키우는 고양이 아니야." 벡스가 대답한다. "기분이 뭣하면 우유를 좀 주든가."

"그냥 고맙다고 말하고 싶어서 전화했어." 제이크가 좁은 주방을 한 바퀴 둘러보며 말한다. 거룻배에 있던 주방과 비교해서도 그리 크지 않다. 그리고 오븐의 시계가 잘못된 시간을 가리키고 있다. 나중에 고쳐야겠다. 얼마나 많은 친구들 집에 있는 오븐 시계가 잘못된 시간을 가리키고 있는지 모른다. 오븐 시계를 맞추고 다니는 일을 전업으로 삼을 수 있을 정도이다.

"그건 신경쓰지 않아도 돼." 벡스가 말한다. "좀 괜찮은 거야?"

"지금 케이트하고 같이 있어?" 제이크가 벡스의 질문을 못 들은 체하며 되묻는다. 이렇게 갑자기 친절하게 대해주니 마음이 불편하다. 한 손으로 냉장고를 열고 플라스틱병에 담긴 우유를 꺼낸 다음 주방 안을 두리번거린다. 식기 건조대에서 그릇 하나를 꺼내고는 우유를 붓는다.

벡스는 대답하기 전에 잠시 망설인다. "지금은 같이 안 있어."

"하지만 케이트 만나러 콘월에 내려갔잖아." 제이크는 우유 그릇을 바닥에 내려놓으며 말한다. 뒷문을 열어주자 고양이가 얼른 들어온다.

"어제 얘기하려고 했는데, 역에서 만났을 때 말이야…."

기차역 플랫폼에서의 쌀쌀했던 만남이 떠오른다. "그때 그래서 나하고 얘기하고 싶지 않았구나."

"서두르던 길이었어."

"네가 뭘 하는지 캐묻고 싶은 생각은 없어. 케이트한테도 마찬가지고. 이제 내가 상관할 바가 아니니까. 그저, 어젯밤 케이트하고 통화를 했어. 벌써 몇 달 째 서로한테 말 한 마디 안하고 지냈는데 말이지. 그런데 그런 다음에 오늘 아침 네가 문자를 보내 준 거야."

"케이트가 걱정했어." 벡스가 말한다. "우리 둘 다 걱정했지."

"그럼 지금 롭은 거기 없나 보네?"

"롭은 왔다갔다해." 벡스가 말한다. "바쁜 남자지. 엄청 열심히 일해. 롭 말이야."

벡스의 말에 숨은, 제이크 자신은 게으른 남자라는 가시를 짐짓 알아듣지 못한 척한다. "지금 어디야?" 전화 너머로 바람 소리가 들리자 제이크가 묻는다.

"케이트네 미쳐 날뛰는 개를 데리고 해안길을 산책하고 있는 중이야."

"케이트가 개를 키우는지는 몰랐네." 불현듯 슬픔이 넘칠 듯이 솟아오른다. 케이트는 항상 개를 키우고 싶어했지만 제이크가 별로 내켜하지 않았다. 자동차에서 개의 젖은 털 냄새가 진동하는 친구들이 너무 많았기 때문이다. 지금 케이트의 새로운 인생에는 제이크가 모르는 것들이 너무나 많다.

"얘는 못 보고 지나치기 쉽지." 벡스가 말한다.

"그럼 케이트는 어디 있는데?"

"경찰하고 같이 있어. 예전 직장 상사인 하트 경위하고 여자 순경한 명이 와 있거든. 그 사람들이 내려오는 거, 몰랐어?"

"전혀." 제이크는 깜짝 놀란다. 어제 진술을 받을 때만 해도 그런 이야기는 전혀 없었는데, 이상하다. "어젯밤에 두 사람하고 같이 있었는데. 운하에서. 화재를 조사하러 나왔더라."

"그러면 어쩌면 화재 때문에 물어볼 게 있어서 여기 내려왔는지도 모르겠다. 나한테 잠깐 자리 좀 비켜 달라고 해서 왜 왔는지 물어볼 시간이 없었어."

"케이트가 한 짓이라고 생각하는 건 아니겠지?"

"무슨 당연한 소리를 해. 케이트라고? 걔가 그 배를 얼마나 아꼈는데."

"그랬대? 막판에는 그 배를 꼴도 보기 싫어했다고만 생각했어."

경찰은 CCTV 영상에 대해 케이트에게 알려주고, 그날 밤 있었던 일에 대해 혹시 기억나는 일이 있는지 물어보기 위해 콘월까지 내려간 것이 틀림없다. 케이트는 경찰이 불쑥 들이닥치는 일이 결코 달갑지 않았을 것이다. 과거의 삶과 다시는 엮이고 싶어하지 않는다. 제이크하고도 다시는 엮이고 싶어하지 않는다.

"다 괜찮은 거야? 케이트 말이야." 제이크가 묻는다. "네 목소리가 좀⋯."

"다 괜찮아."

벡스가 잠시 망설인다. 무언가 잘못된 것이 틀림없다. 이렇게 갑자기 벡스가 제이크한테 잘해주는 것은 어쩌면 그 때문인지도 모른다. 벡스가 먼저 입을 열 때까지 섣불리 입을 열지 않고 침묵을 지키며 기다린다.

"혹시 케이트가 도플갱어 같은 이야기 한 적 없어?" 마침내 벡스가 입을 연다.

"도플갱어라고? 내가 기억하기로는 없어. 술집에서 내가 더블을 너무 많이 주문할 때만 빼면."(도플갱어는 영어로 더블이라고도 한다. _옮긴이)

제이크는 탈리스커(스코틀랜드산의 싱글몰트 위스키. _옮긴이)라면 사족을 못 쓴다. 살림살이에 도움이 되지 않는 사치스러운 습관이다.

"제이크, 나 지금 농담하는 거 아니야. 여기 콘월에서 케이트는 완전히 도플갱어에 집착하고 있단 말이야. 롭이 그렇게 되었을지도 모른다면서…."

"롭이 어떻게 되었는데?" 도대체 벡스가 무슨 말을 꺼내려 하는지 전혀 짐작이 되지 않는다.

"케이트는 롭이 도플갱어로 바뀌었을지도 모른다고 생각하고 있어." 벡스가 말을 잇는다. "롭이 거기에 대해서 한번 얘기를 한 적이 있대. 도플갱어를 만나게 될까봐, 도플갱어가 자신의 인생을 빼앗아 갈까봐 두렵다고 말이야. 케이트가 정말 미칠 듯이 걱정을 하는 부분이 뭐냐면 롭이 어렸을 때, 태국의 한 해변에서 롭하고 완전히 똑같이 생긴 사람을 실제로 만난 적이 있다는 거야. 도플갱어를 한 번 만나게 되면 불운이 닥친다고 알려져 있어. 두 번째 만나게 되면 인생이 끝장난다고 해. 그 이후로 케이트는 그 생각을 도무지 떨쳐낼 수가 없는 것 같아."

"그건 케이트답지 않은 일인데." 제이크가 말한다.

"나도 알아. 그리고 어젯밤 케이트는 프랑스 TV에서 이 뉴스를 본 거야. 롭이 브르타뉴인가 어딘가에서 새로운 기술 회사를 차린다는 인터뷰가 나오는 뉴스였어. 케이트는 새벽 한 시 반에 나를 두들겨 깨워서는 그 뉴스를 보게 하더니 뉴스에 나온 사람이 롭이 아니라고 우기는 거야. 정말 이상하게 굴었다니까. 들어보니, 롭은 프랑스어를 한 마디도 제대로 못한다는 것 같아. 그래서 케이트가 프랑스어를 가르쳐 주고 있었어. 그런데 뉴스에 나온 남자는 프랑스어를 아주 유창하게 했거든. 그다음에는 또 롭의 사무실에서 프랑스어로 된 책을 한권 발견했어. 나는 롭이 그저 외국어를 빨리 배우는 사람일 것이라고 말했지만 케이트는 지금 걱정이 이만저만이 아니야. 자기 머리가 어떻게 되었다고 생각하고 있어."

제이크는 잠시 입을 다물고 방금 벡스가 케이트에 대해 털어놓은 이야기를 제대로 이해하려고 애쓴다. "혹시 〈외계의 침입자〉라는 영화 본 적 있어?" 제이크가 묻는다. "1950년대에 나온 공상과학 공포 영화인데, 외계인 복제 인간이 나와."

배에서 살 때 케이트와는 셀 수 없이 많은 영화들을 함께 보았다. 특히 배에서 처음으로 함께 살기 시작했을 무렵에는 같이 영화를 보면서 기나긴 겨울밤을 보냈다. 하지만 이 영화만은 혼자 봤다. 케이트가 공포 영화를 그리 좋아하지 않기 때문이다.

"맙소사, 아주 오래 전에 본 것 같아." 벡스가 대답한다. "도널드 서덜랜드가 마지막 장면에서 비명을 지르지 않아?"

"그건 70년대 리메이크판이고. 지금 내가 생각하고 있는 것은 원작이야. 원작에서는 케빈 매카시가 의사로 나와서 사람들이 카그라스 증후군에 걸린 것이 틀림없다고 진단을 내려. 하지만 실제로 그 사람들은 '껍데기 인간'인 것으로 밝혀지지. 외계 생명체가 인간의 모습을 흉내낸 도플갱어들로 감정을 전혀 느끼지 못하는 존재들이야."

"카그라스증후군이 뭔데?"

"사실 그것 때문에 그 영화 생각이 떠올랐어. 카그라스증후군은 현실에도 존재하는 실제의 망상증인데, 여기에는 공상과학적인 데라고는 하나도 없어. 그 영화를 보고 나서 카그라스증후군에 대한 글을 읽었거든. 이 망상증에 걸리면 자신과 가장 가까운 사람, 즉 연인이나 가족이 도플갱어로 뒤바뀌었다고 확신하게 돼."

침묵이 흐른다. 다시 벡스가 입을 열었을 때 그 목소리가 아주 조용하다. "케이트가 그런 망상증에 걸린 거라고 생각해?"

"내가 전문가는 아니지만 그럴 가능성이 있다고 봐. 롭이 프랑스어를 잘 하는 도플갱어로 뒤바뀌었다는 것보다는 훨씬 더 가능성이 높아 보여."

32장

케이트

국립 해안경비대 오두막을 등지고 서서 경비대에서 빌린 쌍안경으로 해변을 훑어본다. 손이 부들부들 떨리는 것이 느껴진다. 여기 해안 경비대의 오두막은 바위투성이 곶의 끝자락에 자리잡고 있어 한쪽으로는 마을까지 쭉 이어진 해변이 한눈에 들어오고 곶 너머로는 네어헤드가 보인다. 산책을 할 때면 자주 이곳에 들러 경비대와 이야기를 나눈다. 누군가 경비 근무를 서고 있을 때면 오두막 위에는 유니언잭 깃발이 세워진다.

"이런 짓을 더는 하고 싶지 않아서 콘월로 내려왔단 말이에요." 케이트는 쌍안경의 초점을 조절하면서 해변의 사람들을 차례대로 한 사람씩 유심히 살핀다. 햇볕에 몸을 그을리는 사람들, 아이들과 약식 크리켓을 하는 아빠들, 파도 속에서 친구들끼리 프리스비를 던지고 노는 사람들. 해변 위쪽의 오솔길에는 시크릿색 앞으로 점심을 먹으려는 사람들이 길게 줄지어 서 있다. 시크릿색은 케이트가 무척 마음에 들어하는 식당으로 콘월에서 가장 맛있는 해산물 차우더를 파는 곳이다.

케이트는 아직도 사일러스와 스트로버가 가져온 바텐더의 사진을 본 충격에서 벗어나지 못하고 있다. 두 사람은 사진을 보여준 다음 그 바텐더가 그날 술집에서 케이트의 술에 약을 탔다는 의혹에 대해 이야기했다. 어제 수영을 하러 가기 전 카페에서 마주친 남자와 같은 남자가 확실하다. 같은 사람이라면 한눈에 알 수 있다. 그 남자는 또한 케이트가 롭을 찍은 사진의 배경에도 나와 있다. 그것은 곧 그 남자가 오래전부터 케이트를 감시해왔다는 뜻이며, 물에 빠져 죽을 뻔한 것도 단순한 경련 때문이 아니었다는 뜻이다.

"그 남자를 알아볼 수 있을 거라고 장담할 수는 없어요." 케이트가 말한다.

하트 경위는 사고를 당한 이후 케이트가 사람 얼굴을 인식하는 능력을 잃어버렸다는 사실을 잘 알고 있다. 다만 경위는 바르마 박사가 지금 케이트의 얼굴 인식 능력이 돌아오고 있다고 생각한다는 사실을 모른다. 케이트 자신은 그저 사람을 그릴 수 있는 능력이 되돌아오기만을 바랄 뿐이다.

"천천히 해요." 등 뒤에서 스트로버가 말한다.

꽃 배달 일로 거짓말을 한 것 때문에 아직도 가책을 느끼고 있는 게 분명하다. 당연한 일이다. 오랫동안 연락 한 번 하지 않다가 집에 들어오기 위해 거짓말을 하다니. 감시 카메라에 보이는 것이라고는 카네이션 다발뿐이었는데 왜 그냥 문을 열어줬을까? 그때 이미 눈치를 챘어야 했다. 롭은 백합 말고 다른 꽃은 보낸 적이 없다. 마음 한편에서는 그 사람들 얼굴 앞에서 현관문을 쾅 닫아버리고 싶었지만 그 세 사람 사이에는 케이트도 마냥 모른 척할 수는 없는, 몇 달 동안 함께 고생하며 일을 한 사람들 사이에만 생기는 유대감이 있다. 그 유대감은 앞으로 무슨 일이 생긴다 해도 결코 사라지지 않으리라. 초인식자팀이 한창 활동을 하고 있을 무렵 세 사람은 매일같이 서로의 옆에 붙어살다시피 하며 서로에게 의지하는 법을 배웠다.

"못 찾겠어요." 케이트가 쌍안경을 눈에서 떼며 말한다. "지금 이렇게 무서운 기분이 드는 게 맞는 건지 얘기 좀 해주세요."

어제 항구의 카페에서 커피를 마신 다음 무슨 일이 벌어졌는지에 대해서는 벌써 이야기했다. 두 사람 모두 그게 단순한 경련이었다고는 생각하지 않았다.

"그때 술집에서도 그랬지만 어제 카페에서도 누가 당신 음료수에 약을 탔다는 결정적인 증거는 없어." 하트 경위가 케이트의 손에서 쌍안경을 받아들면서 말한다. 경위는 먼 바다에서 해수면을 향해 수직 강하하는 새들에게 초점을 맞춘다. "하지만 보아하니 일이 그렇게 돌아간 것 같아. 어쨌든 조심해야 해. 절대로 충동적으로 행동하면 안 돼."

경위가 케이트를 의미심장한 눈으로 쳐다본다. 허락을 받지도 않고 제멋대로 블루벨 술집을 찾아간 일을 말하고 있는 것이다. 좀 더 일찍 경위에게 사정을 털어놓아야 했겠지만 그 술집에 혼자 찾아간 일 자체가 이미 선을 넘은 행동이었다. 그건 그 당시 케이트의 심리 상태가 어땠는지를 상징적으로 보여주는 행동이었다. 계속된 과로 때문에 뼛속까지 지쳐 있었고 그날은 특히 제이크가 다른 여자와 있는 모습을 본 후로 망연자실한 상태였다. 누군가 자신을 알아볼 것이라고는 꿈에도 생각하지 못했다. 하지만 바텐더는 케이트가 누구인지 정확하게 알고 있었던 듯싶다. 그리고 그녀를 죽이려 했다.

그리고 지금 그 남자가 여기 어딘가에 있다.

"부비새야." 여전히 쌍안경을 눈에 댄 채 하트 경위가 말한다.

스트로버가 케이트를 보며 눈을 굴린다. 함께 일을 하는 동안 케이트는 스트로버라는 사람에 대해서도 잘 알게 되었다. 기술 분야의 전문 지식에 감탄하는 한편 이렇게 남자들만 득실거리는 직장 환경에서 자기 자리를 꾸준히 지켜내 왔다는 것이 참으로 대단하다고 생각했다. 한편 하트 경위는 스트로버의 뒤를 밀어주고 종종 그녀의 입장을 지켜주기 위해 대신 나서주기도 했다. 그래서 케이트는 하트 경위를 미워할 수가 없다. 경위 또한 그저 자신들이 하던 일에, 그 놀라운 성공에 휩쓸려버렸을 뿐이다. 그때는 그들 모두가 그랬다.

그 순간 해변 반대편 끝자락에서 혼자 서성이고 있는 한 남자가 눈에 들어온다. 얼굴을 제대로 알아보기에는 너무 멀리 떨어져 있지만 그 걸음걸이나 옆모습이 불쾌할 정도로 눈에 익다.

"쌍안경 좀 주실래요?" 케이트는 사무적인 말투로 들리기를 바라며 말한다.

하트 경위는 여전히 부비새에 정신이 팔려 있다. 스트로버가 그를 쿡쿡 찌른다. "보스?"

경위가 쌍안경을 건넨다. 자신을 죽이려 하는 남자에게 쌍안경의 초점을 맞추는 동안 손이 다시 한번 부들부들 떨린다.

"그 사람이에요." 케이트는 어제 남자가 자신에게 애써 숨기려 했던 얼굴의 이목구비를 자세히 들여다보며 말한다. 이마가 넓은 것이 〈몬스터 가족〉에 나오는 허먼 같다. 머릿속 어딘가에서 사고가 있던 밤 블루벨 술집에서 봤던 모습을 기억하는 것일까? 아니면 어제 카페와 오늘 사진에서 본 모습만으로 그를 알아보는 것일까?

하트 경위에게 다시 쌍안경을 건네준다. "계단 오른쪽에 있어요." 케이트가 말한다. "모래 해변이 끝나는 곳에요."

하트가 쌍안경의 초점을 맞춘다. "못생긴 녀석이군. 안 그래?"

"이 남자가 확실해요." 케이트는 스트로버가 CCTV 영상의 사진을 꺼내 건네자 그 사진을 확인한 다음 말한다. 사진을 확인하니 확신이 한층 깊어진다. 얼굴이 일치하는 사람을 찾아내는 순간의 충족감, 이 기분이 그리웠다. 충족감이 두려움을 압도한다. 케이트의 능력을 검사한 교수는 초인식자의 능력이 30대 중반에 최고조에 이른다고 말했다. 케이트는 지금 한창 그 시기를 지나고 있는 것이 틀림없다.

"어디 한번 저 녀석하고 잠깐 얘기를 해보자고." 하트 경위가 스트로버에게 말한다. "블루벨 술집에서 일한 적이 있는지 물어봐야지."

세 사람은 근무를 서고 있던 해안 경비대의 자원 봉사자에게 쌍안경을 돌려준 다음 절벽 꼭대기에서 아래로 이어지는 오솔길을 따라 해변으로 내려가기 시작한다. 허먼은 아직 그곳에 있지만 한 자리에 붙어있지 않고 어슬렁거리고 있기 때문에 서둘러 발걸음을 재촉한다. 하트 경위가 앞장서 걷고 있다. 그 남자가 있는 곳까지 족히 10분은 걸릴 것이다.

"뭐 좀 물어봐도 돼요?" 케이트는 해변에서 눈을 떼지 않은 채 자신의 옆에서 걷고 있는 스트로버를 보고 묻는다. "얼굴 인식 소프트웨어에 관한 건데요."

"지금 별로 얘기하고 싶은 주제는 아닌데요." 스트로버가 대답한다.

"정말이에요?" 케이트는 깜짝 놀란다. 예전에 함께 일할 때만 해도 스트로버는 과학 기술이라면 사족을 못 쓰는 사람이었다.

"그 소프트웨어는 계속 실수만 저지르거든요."

"당신이 기술 전문가인 줄만 알았어요."

"그게 다 상대적으로 그렇게 보이는 거예요." 스트로버가 앞에서 걷고 있는 하트 경위에게 고갯짓을 하며 대답한다.

"다 들리거든." 하트 경위가 말한다.

"다른 건 아니고 자신의 도플갱어를 찾는 일이 얼마나 어려운지 알고 싶어서요. 왜 있잖아요, 나하고 똑같이 생긴 사람 말이에요."

"그런 걸 할 수 있는 앱이 있지 않았던가?" 하트 경위가 끼어든다. "'내 도플갱어를 찾아라'였던가?"

지금 스트로버와 진지하게 이야기를 나누려 하는데 하트 경위는 전혀 도움이 되고 있지 않다. 지금 굳이 이런 이야기를 하는 것은 저 앞에서 기다리고 있는 허먼에 대한 걱정을 떨치기 위한 방편이다.

"이론적으로만 본다면 그리 어렵지는 않을 거예요." 스트로버가 대답한다. "알다시피 소프트웨어는 이목구비의 수치에 기반을 두고 얼굴을 찾거든요. 눈과 눈 사이의 거리, 귀와 귀 사이의 거리 같은 거요. 그리고 데이터베이스가 있죠. 데이터베이스가 크면 클수록 더 좋고요. 하지만 앱에서는 오직 한정된 숫자의 사진밖에 이용할 수가 없을 거예요. 반면 법집행기관이라면 수백만 장이 넘는 사진 데이터베이스에 접속할 수가 있죠. 영국 경찰 데이터베이스는 실제로 매일같이 확장되고 있는 중이고요."

"하지만 실제로도 정말 그렇게 쉬울까요?" 케이트가 묻는다.

"대략 얼굴이 비슷해 보이는 사람은 찾을 수는 있겠지만 오래전 헤어진 쌍둥이 형제를 반드시 찾아낼 수 있다는 보장은 없어요. 겉으로 똑같아 보이는 사람들이라 해도 이목구비의 수치가 실제로는 같지 않을 수도 있거든요."

"그래서 우리는 당신 같은 사람들에게 눈을 돌린 거야." 하트 경위가 다시 끼어든다. "얼굴은 독특할 정도로 인간적인 특징이거든. 사람 얼굴이란 감정적으로, 직관적으로 해석될 필요가 있는 거야. 단순히 수치로 측정되는 것이 아니라. 적어도 나는 경감님한테 그렇게 이야기했지."

"부탁 하나만 해도 될까요?" 케이트가 묻는다. "사진 일을 도와준데 대한 보답으로요."

"무슨 부탁인지에 따라 다르지." 하트 경위가 대답한다.

"롭하고 얼굴이 똑같은 사람이 있는지 확인해주었으면 좋겠어요. 롭은 내 남자 친구예요."

"그런 거 좀 이상한 일이지 않아?" 하트 경위가 묻는다.

스트로버가 나무라는 듯한 표정으로 경위를 쳐다본다.

"롭한테는 예전에 일종의 공포증 같은 게 있었어요. 자신의 도플갱어를 만나게 되는 일을 두려워하는 공포증이요." 케이트가 말한다. "롭을 안심시켜주고 싶어서 그래요. 눈과 눈 사이의 거리가 그와 똑같은 사람은 이 세상에 존재하지 않는다는 사실을 확인시켜주고 싶어서요."

완전히 솔직하게 터놓고 말하지 않았다는 걸 스트로버와 하트 경위가 눈치챘을지는 모르지만 두 사람 모두 그런 기색은 내비치지 않는다.

"만약 똑같은 사람이 있다고 하면 어떻게 할 건데요?" 스트로버가 묻는다. "누구한테나 다 도플갱어가 있기 마련이잖아요. 그렇지 않나요?"

케이트가 막 대답하려는 순간 하트 경위가 말을 가로막는다. "잠깐 기다려." 경위가 말한다. "우리 표적이 움직이고 있어."

세 사람 모두 해안가 끝자락에 위치한, 모래 해변과 해안 산책로를 연결하는 가파른 계단을 뚫어지게 쳐다본다. 지금 허먼은 그 계단을 한 번에 두 단씩 뛰어오르고 있다. 이쪽의 존재를 알아차린 걸까? 계단을 다 오른 허먼은 몸을 돌리더니 후미 이쪽 편을 쳐다본다. 그 다음 순간 그는 달리기 시작한다.

33장

제이크

제이크는 주방 옆에 붙은 작은 방에서 벡스의 데스크톱 컴퓨터로 프랑스 채널의 뉴스 영상을 지켜보고 있다. 컴퓨터는 책장에 붙박이식으로 넣고 뺄 수 있게 되어 있는 책상 위에 놓여 있다. 벡스는 컴퓨터를 써도 좋다고 말했다. 휴대전화의 데이터가 하나도 남아 있지 않은 처지였기 때문에 참으로 고마운 제안이다. 제이크가 아는 바에 따르면 영상에서 인터뷰를 하는 샌님 같은 녀석이 롭이다. 영상을 지켜보고 있자니 마음이 괴로워진다. 영상에서 롭은 성공을 거둔 사업가이자 지적이고 매력이 넘치는 남자처럼 보인다. 그리고 아주 유창한 프랑스어로 말하고 있다. 얼굴을 좀 더 화면 가까이 들이대고 그 얼굴을 빤히 쳐다본다. 제이크가 병원에서 잠깐 만나봤던 롭하고 완전히 똑같아 보인다. 하지만 제이크가 롭의 얼굴을 잘 기억한다고는 말할 수 없다.

카그라스증후군에 대한 정보를 정리해놓은 메모장 화면을 불러온다. 아까 벡스와 통화한 후로 내내 이 망상증에 대해 조사를 하고 있는데, 아주 중요한 사실을 발견했다는 생각이 든다.

제이크는 휴대전화로 벡스에게 전화를 건다. 기묘한 일이다. 지난 여섯 달 동안 같은 마을에 살면서도 벡스는 노상 제이크를 피해 다녔다. 그런데 지금 두 사람은 마치 절친한 친구라도 된 양 케이트가 카그라스증후군에 걸렸을 수도 있다는 가능성에 대해 의논하며 친목을 다지고 있다.

"잠깐만 기다려." 벡스가 전화를 받더니 말한다.

벡스가 케이트가 키운다는 닥스훈트인 스트레치에게 뭐라고 이야기하는 소리가 들린다. "케이트하고 같이 있어?" 제이크가 묻는다. 이 얘기는 벡스가 혼자 있을 때 해야만 한다.

"케이트는 아직 경찰이랑 같이 있어."

"예전에 하던 일로 돌아가는 건 아니겠지, 그렇지?"

경찰 일은 초상화를 그리는 일과 전혀 거리가 멀었지만 그래도 경찰에서 일을 한 덕분에 케이트는 조금이나마 독립적으로 생활할 수 있었고 돈도 벌 수 있었다. 애초에 하트 경위에게 케이트를 소개해준 사람이 제이크였다.

"말이 되는 소리를 해." 벡스가 말한다. "여기서 케이트가 어떤 집에 사는지 본 적 있어? 지금 어떻게 살고 있는지 알고 있어?"

제이크는 입을 다문다. 종종 찾아가보고 싶은 생각이 들기는 했다. 찾아가서 케이트와 이야기를 해보고 싶었다. 하지만 지금껏 내내 거리를 두고 있었다.

"미안." 벡스가 말한다. "말이 너무 심했지. 뭘 알아냈는지 말해 줄래?"

"들어봐." 제이크가 입을 연다. "카그라스증후군은 치매부터 망상성 정신분열증에 이르기까지 다양한 원인에 의해 발병하는 정신 질환이야."

"그런데 왜 케이트가 그런 병에 걸린다는 거야?"

"얘기를 끝까지 들어봐." 화면에 띄워놓은 메모장을 다시 한번 확인한 다음 방금 인터넷에서 찾아낸 학술 논문을 화면에 불러온다. "내가 조사한 바에 따르면 케이트 같은 초인식자는 방추상회가 한층 더 잘 발달해 있어."

"도대체 그게 뭔데?"

"얼굴 정보를 처리하는 뇌의 영역이야. 케이트는 차 사고 때 방추상회 부분을 크게 다쳤어."

"그게 카그라스증후군하고 무슨 상관인데?" 벡스가 묻는다. 벡스의 인내심이 다해가고 있다.

"카그라스증후군은 한편으로 외상성 뇌손상으로도 발병될 수 있거든. 특히 방추상회 영역을 다치게 되면."

"이런 젠장. 그럼 케이트는 카그라스증후군에 걸린 게 틀림없어. 그럼 모든 게 다 설명이 돼."

벡스의 목소리에 짙은 안도감이 묻어난다. "이 병이 극히 드물고 아주 희귀한 정신 질환이라는 사실을 제외한다면 그렇지." 제이크는 논문 내용을 다시 한차례 읽어보며 대답한다.

"하지만 그런 병에 걸리는 사람이 실제로 존재하기는 하는 거잖아."

제이크 자신은 아직은 확신할 수 없다. "이 질환은 오직 시각 정보를 처리하는 대뇌 피질에만 영향을 미치고 청각 정보를 처리하는 부분에는 전혀 영향을 끼치지 않아."

"그 부분, 다시 한번 말해봐." 갑자기 호기심에 불이 붙은 목소리로 벡스가 말한다.

"카그라스증후군에 걸린 사람은 오직 얼굴을 마주할 때만이 자신이 사랑하는 사람이 도플갱어로 뒤바뀌었다고 생각해." 제이크가 계속해서 설명한다. "목소리만 들을 때는 그런 증상은 나타나지 않아."

"말하자면, 전화로 이야기를 할 때처럼?"

"아마 그렇겠지. 왜 그러는데?"

"케이트는 휴대전화로 롭하고 이야기를 할 때는 아무렇지도 않대. 그런데 영상 통화처럼 실제로 얼굴을 보면서 얘기를 할 때면 기겁을 하고 말거든."

제이크는 바로 의자에서 몸을 일으킨다. 벡스가 지금 방금 한 이야기를 제대로 이해하려고 애쓴다. "맙소사, 케이트한테 꼭 이 병 이야기를 해봐." 지금까지만 해도 케이트가 카그라스증후군에 걸렸을지도 모른다는 가설은 흥미롭기는 했지만 다소 비현실적인 영역에 속해 있었다. 지금은 케이트가 초인식자였다는 점을 고려할 때 무언가 중요한 사실을 포착했다는 생각이 든다. 한때 얼굴 인식에 초인적인 능력을 발휘하게 해주었던 성능 좋은 방추상회 때문에 지금에 와서 도플갱어를 본다는 착각을 하게 되다니, 정말 잔혹하고 얄궂은 일이 아닐 수 없다.

"케이트는 신경정신과 의사한테 정기적으로 진료를 받고 있어." 벡스가 말한다. "롭이 그 비용을 지불하고 있고. 이 병에 대해서 그 의사한테 물어보라고 할게. 의사한테는 도플갱어가 보인다는 얘기는 아직 안 한 것 같아."

제이크는 전화를 끊은 다음 카그라스증후군에 대해 좀 더 많은 정보를 알아내기 위해 인터넷을 검색하기 시작한다. 카그라스증후군에 대한 사례 연구도 있고 프레골리증후군_{실제로 전혀 다른 사람들을 같은 사람이 외양}

만 바꾸는 것이라고 생각하는 질환처럼 비슷한 망상증에 대한 정보도 있다. 하지만 롭에 관한 무언가가 계속 마음에 걸린다. 다만 그게 무엇인지 확실히 짚어낼 수가 없을 뿐이다. 구글 검색창에 롭의 이름을 입력한다. 최근 몇 달 동안 몇 번이나 해 온 일이다. 코크시 근교의 더글러스에서 두 의사의 손에 자란 롭은 스물세 살이 되었을 때 〈선데이 타임스〉에서 선정한 아일랜드 자산가 명단에 이름을 올렸다. 항상 혼자서 활동하는 독불장군으로 여겨져 왔다. 잠시 후에는 컴퍼니스 하우스 사이트로 들어가 롭이 중역으로 있는 회사 목록을 들여다본다. 대부분 의학 관련 기술 분야의 신생 회사들이다. 인터넷 상에서 운영하는 미술 갤러리도 한 곳 있다. 예전에도 여러 차례 확인해 본 적이 있었지만 별달리 의심스러운 곳은 눈에 띄지 않았다. 딱 한 가지 논란이 될 만한 부분은 롭이 한때 개를 훈련하기 위한 목적으로 전기 충격을 가하는 개목걸이를 만드는 회사를 잠시나마 운영한 적이 있다는 사실이다. 이 제품은 시장에 나오기도 전에 판매 금지 처분을 받았다.

이번에 보니 새로운 회사가 명단에 올라 있다. 롭이 뉴스 영상에서 언급했던 바로 그 회사이다. 따로 구글 검색창을 띄운 다음 회사 이름을 입력하고 회사 사이트로 들어가 '회사에 대해서'를 클릭한다. 이 회사는 '직접 신경 인터페이스'라고 하는 기술을 전문으로 개발하는 곳인 듯 보인다. 현재 이 회사에서는 인공팔다리를 움직이고 간질 발작을 제어하기 위해 뇌에 전극을 이식하는 기술을 개발하기 위한 자본을 모으고 있는 중이다.

윈도우 창에서 쿠키 설정을 허용하겠는지 묻는다. '예'를 클릭한 다음 사이트를 좀 더 살펴보려는데 벡스의 컴퓨터에서 카메라 바로 오른쪽에 붙어 있는 초록색의 작은 불이 켜져 있는 모습이 눈에 들어온다. 확신하지만 방금 전까지만 해도 그 불은 켜져 있지 않았다. 가장 먼저 드는 생각은 어쩌면 벡스가 영상 통화를 많이 하는 사람일지도 모른다는 생각이다. 누군가 지금 벡스한테 전화를 걸고 있는 것인지도 모른다. 하지만 페이스타임 프로그램은 열려 있지 않다. 회사 사이트 창을 닫은 다음 크롬을 종료시키고 컴퓨터 앞에서 물러난다. 카메라 옆의 불은 여전히 켜져 있으며 카메라는 계속 그를 지켜보고 있다.

34장

케이트

"먼저들 가." 하트 경위가 뒤에서 말한다. "어디로 가는지 잘 봐두라고."

케이트와 스트로버가 어깨를 나란히 한 채 빠른 걸음으로 걷고 있다. 곁눈질로 서로를 살핀 두 사람은 누가 먼저랄 것 없이 뛰다시피속도를 올린다. 하트 경위의 거친 숨소리가 등 뒤로 멀어진다.

"이런 건 정말 콘월 은퇴 계획에는 들어 있지 않은 일이거든요." 해변 산책로를 향해 성큼성큼 발걸음을 옮기며 케이트가 말한다.

"신원 확인만 해줘요. 나머지는 우리가 알아서 할게요." 스트로버가 말한다. "예전에 하던 것처럼 말이에요."

이곳에 내려온 이후로 체력을 단련해두었던 것이 다행이다. 매일같이 수영을 하는 한편으로 일주일에 두세 차례는 지금 두 사람이 달음질치고 있는 여기 해안 산책로를 달리려고 노력했다. 스트로버도체력에서는 밀리지 않는 듯 보이지만 차림새가 달리기에는 적합하지 않다. 얇은 바지를 입고 누가 봐도 딱 평복 차림의 경찰이 신을 법한 실용적인 검은 구두를 신고 있다.

"놓쳤어요." 스트로버가 발을 멈추며 말한다. "지금 그 남자 어디 있는지 알겠어요?"

지금 두 사람의 앞에서 해안 산책로는 양들이 다니는 길이 등성이를 이루는 탁 트인 풀밭으로 이어진다. 산책하는 사람이 한두 명 있기는 하지만 사람들은 대부분 산책로 아래쪽의 해변에서 바다와 모래를 즐기고 있다. 이렇게 날씨가 맑고 화창한 날에는 케이트도 형사와 어깨를 나란히 하고 계속 자기를 죽이려 드는 남자의 뒤를 쫓는 대신 바다와 모래를 즐기는 편이 좋았을 것이다. 풀밭이 끝나는 곳에 해변에서 올라오는 계단과 만나는 지점이 있고 그 너머로는 가시금작화 덤불 사이로 난 오솔길이 이어져 있다. 한순간 허먼의 모습을 놓쳐버리지만 잠시 후 덤불 뒤에서 나타나는 그의 모습이 눈에 들어온다. 마을로 들어가는 길과 가까운 곳이다.

"가장 첫 번째 집 근처까지 올라갔어요." 케이트가 숨을 돌리며 말한다.

"차를 가져 왔다면 우리는 더 쫓아갈 수가 없어요." 스트로버가 말한다.

5분 뒤 두 사람은 마을 안을 빠른 걸음으로 누비며 남자의 모습을 찾아 옆길과 샛길을 한 곳씩 살펴보고 있다. 스트로버는 이미 하트 경위에게 전화해서 상황을 보고한 참이다. 두 사람은 의자와 삽과 양동이를 한가득 들고 해변에서 올라오는 휴가객들의 시선을 끌지 않으려고 애써 태연한 척 행동하고 있다.

"그 남자는 지금 어디에라도 가 있을 수 있을 거예요." 케이트가 말한다.

"문제는 말이죠, 우리가 여기 공식적인 업무로 온 게 아니라는 거예요." 스트로버가 말한다. "그렇지 않다면 지원을 요청할 수 있었을 텐데."

"그게 무슨 말이에요?" 케이트는 스트로버를 빤히 쳐다본다.

"오늘 쉬는 날이거든요."

당혹스러운 표정으로 스트로버를 쳐다본다. 당연히 공적인 일 때문에 여기까지 내려온 것이라고만 생각했다.

"슬픈 일이죠. 알아요." 스트로버가 말한다. "주말에 직장 상사하고 해변으로 당일치기 여행이 웬 말이냐고요. 내 사회생활이라는 것이 지금 이 모양 이 꼴입니다."

"그럼 여기는 도대체 왜 내려온 거예요?"

스트로버가 잠시 고개를 돌려 바다를 바라본다. 그 다음 여기까지 달려온 탓에 붉게 상기된 자그맣고 단정한 얼굴을 케이트에게 돌린다. "당신이 다쳤을 때 경위님은 완전히 망연자실한 상태였어요. 팀원 전체가 그랬죠. 어제 그날 밤 술집의 CCTV 영상에서 당신 모습을 보고 나서는 경위님은 조사를 해봐야 한다고 생각한 거예요. 개인 시간을 희생해서라도요."

"경감님이라면 절대 수사를 승인해주지 않을 테니까요?"

스트로버가 고개를 끄덕인다. 케이트도 경감이 어떤 사람이었는지 잘 기억하고 있다. 초인식자팀이 올린 눈부신 성과에도 불구하고 팀을 인정해 주지 않았고 케이트가 사고를 당하자마자 팀을 해체해버렸다.

"그런데 왜 이제 와서 이러는 거예요?" 케이트가 묻는다. "그 CCTV 영상은 갑자기 어디서 난 건데요?"

딱히 스트로버의 대답을 기대하지는 않는다. 사건과 관련된 작전

상의 세부 사항에 대해서는 일반인에 불과한 자신이 알아서는 안 된다는 사실을 일찍부터 터득했기 때문이다.

"그럼 제이크가 그 얘기는 안 했나 보네요." 스트로버가 말한다.

"제이크가요?"

"그 영상을 받아 본 사람이 바로 제이크였거든요."

도대체 왜 제이크가 그날 밤 케이트의 모습이 찍힌 술집 CCTV 영상을 받아본단 말인가? "누가 보낸 거예요?" 머리가 핑글핑글 도는 듯한 기분으로 묻는다.

"몰라요."

"언제 받았는데요?"

"어제요."

"그러고 나서 누군가 어젯밤 제이크의 배에 불을 질렀군요." 분명히 어디에선가 연결되어 있는 것이 틀림없다. 케이트는 스트로버가 두 사건의 연관성을 스스로 깨닫기 바라는 마음으로 일부러 말을 끝맺지 않고 내버려 둔다.

"더 이상은 말해줄 수가 없어요. 미안합니다." 스트로버가 말한다. "나를 믿어주세요. 우리가 지금 조사하고 있는 중입니다."

발걸음을 서둘러 마을 안으로 들어가는 도중에 길의 맞은편에서 아이들이 무리지어 걸어오자 두 사람은 인도에서 차도로 내려서며 길을 비켜 준다. 아이들은 다들 아이스크림을 먹으면서 작은 해변용 양동이 안을 들여다보고 있다. 케이트가 이 마을을 사랑하는 것은 바로 이런 풍경 때문이다. 이런 모습을 보고 있자면 바위 사이의 물웅덩이에서 놀고 모래성을 쌓던 자신의 천진난만했던 어린 시절이 떠오른다. 이제 와서 과거에 발목이 붙잡히지 않기를 바랄 뿐이다. 약을 탄 커피, 제이크의 화재, 그날 밤 술집에서 케이트의 모습이 찍힌

CCTV 영상. 그리고 롭이 도플갱어로 뒤바뀌어 있을지도 모른다는 터무니없지만 도저히 떨쳐낼 수 없는 망상. 불과 하룻밤 사이에 콘월에서의 목가적인 생활은 악몽으로 탈바꿈해버렸다.

"상어라도 잡았니?" 케이트는 아이들의 옆을 지날 때 양동이 안을 흘끔 쳐다보며 묻는다.

"게 잡았어요." 한 아이가 케이트가 잘 볼 수 있게 양동이를 내밀어 보이며 대답한다.

스트로버도 어린 아이들에게 미소를 지으며 양동이 안을 들여다본다. 양동이 안에는 등껍질이 채 7센티미터가 될까 말까 한 소박한 게 한 마리가 들어 있을 뿐이다.

"엄청 크죠, 그죠?" 또 다른 아이가 말한다. "이 엄청 큰 집게발로 나를 물려고 했어요."

자동차 소리를 먼저 들은 것은 케이트이다. 아이들은 인도 위에 있고 두 사람은 여전히 차도 아래에 내려와 있는 상태이다. 다음 순간 케이트는 스트로버가 자신을 향해 소리를 지르고 있다는 사실을 알아차린다. 목소리가 어찌나 큰지 머릿속 안에서 울려오는 것 같다.

"조심해요!"

몸을 돌린 케이트의 눈에 자동차 한 대가 마을을 빠져나오면서 언덕을 올라오는 모습이 보인다. 속도가 너무 빠르다. 속도를 줄이거나 길의 다른 쪽으로 비켜가기는커녕 자동차는 속도를 올리며 케이트와 스트로버를 향해 곧장 돌진해 달려온다. 먼저 몸을 움직인 스트로버가 간신히 늦지 않게 케이트를 도로에서 끌어낸다. 끌려가기 전, 고개를 돌려 케이트를 노려보던 운전사의 얼굴이 똑똑히 눈에 들어온다. 아까와 같은 이마, 같은 남자이다. 허먼이다.

차가 인도에서 채 몇 센티미터 떨어지지 않은 곳을 빠른 속도로 스쳐지나간다.

"에밋!" 길 건너편에서 누군가가 소리를 지른다.

"번호판을 확인해요!" 스트로버가 인도로 뛰어오를 때 뜻하지 않게 부딪쳐 넘어뜨린 아이를 일으켜 세우며 말한다.

번호판과 자동차의 생김새를 머릿속에 새긴다. BMW이다. 원래는 차에 대해서는 전혀 문외한이지만 어쩌다 보니 그 자동차만은 잘 알고 있다. 가장 돈이 궁하던 시절 제이크가 그의 꿈속에서 갖고 싶어 하던 자동차이기 때문이다.

"방금 누구였어요?" 한 아이가 묻는다.

"어떤 화가 난 어부 아저씨." 케이트가 급한 대로 말을 꾸며내어 대답한다. 아드레날린이 뿜어져나오며 가슴이 터질 것 같다. 숨을 제대로 쉴 수 없을 정도이다.

"왜 저렇게 화가 났대요?" 또 다른 아이가 묻는다.

애써 마음을 진정시킨다. 다리가 아직도 후들거린다.

"잡고 싶은 물고기를 못 잡았대." 케이트는 신경을 다른 곳으로 돌리기 위해 양동이 안을 다시 한번 들여다보면서 가까스로 대답한다. 양동이 가장자리를 잡은 손이 부들부들 떨리며 안에 담긴 물 위에 잔물결이 일어난다. 그걸 알아차린 아이가 고개를 들여 케이트의 얼굴을 올려다본다. 안간힘을 다해 치밀어 오르는 구역질을 삼키며 간신히 미소를 지어 보인다. 그 차는 케이트를 치려고 했다. 어쩌면 아이들을 죽일 수도 있었다.

"이 엄청 큰 게가 부러웠던 게 틀림없어." 케이트가 말한다.

35장

사일러스

"애들이 다 괜찮은 거 확실해?" 사일러스는 에스프레소를 홀짝이며 스트로버에게 묻는다. 항구의 카페는 선글라스를 쓰고 물이 뚝뚝 떨어지는 수영복을 입은 가족들로 북적인다. 선크림과 소금물 냄새가 물씬 풍긴다.

"다 무사합니다. 내가 깔아뭉갠 애만 빼고요." 스트로버가 대답한다. "걔도 죽지는 않을 거예요."

케이트는 스트로버와 함께 오래 이야기를 나눈 끝에 집으로 돌아갔다. 일촉즉발로 간신히 죽을 위험을 피했다는 사실에 상당히 충격을 받은 것처럼 보였다. 마을에서 나가는 길에 다시 케이트네 집에 들러 그녀의 상태가 괜찮은지 확인해볼 작정이다.

차가 속도를 내며 지나갔을 때 사일러스는 언덕을 달음질치며 내려오던 중이었다. 차 번호판을 외워 두었고 그 번호는 케이트가 기억해 둔 번호와 일치했다. 잠시 후 인도에서 스트로버와 케이트를 만나

둘 다 무사하다는 것을 확인하고 나서야 아무도 다치지 않았다는 사실에 안도할 수 있었다.

"우리가 경찰인 걸 알아챘다면 차를 버리겠지. 아니면 번호판을 떼어버리든가." 스트로버는 이미 게이블크로스 서의 동료에게 전화를 걸어 그 번호의 자동차가 도난 신고가 되어 있다는 사실을 확인한 참이다. 그 다음 사일러스는 데번 및 콘월 지방경찰청 관할의 종합상황실에 전화를 연결하여 방금 일어난 사고의 자초지종을 보고했다.

"그거 맛있어요?" 스트로버가 사일러스의 에스프레소 옆에 놓인 반쯤 먹다 남긴 타르트를 고갯짓으로 가리키며 묻는다.

"아주 각별한 맛이야."

이 포르투갈식 타르트는 아까 해안 산책로를 따라 뜀박질을 한 격심한 활동에 대한 보상이다. 사일러스도 체력이 떨어지는 편은 아니다. 최근 들어 체육관에 다니고 있다. 스트로버와 케이트가 유달리 체력이 좋은 것뿐이다.

"완전히 우리를 노리고 직진으로 돌진해 왔어요." 스트로버가 분위기를 바꾸어 한층 진지한 말투로 말한다.

"위협을 하려는 것 같았어? 아니면 아예 죽이려 드는 것 같았어?"

"케이트를 죽이려는 것 같았어요. 내가 아니라요. 그랬길 바라요." 스트로버가 잠시 주저한다. "실은 어느 쪽이었는지 잘 모르겠어요. 애들이 있는 걸 보고 겁을 먹었던 것 같기도 하고요."

사일러스는 금속 의자에 뒤로 기대앉은 채 아래쪽의 해변에서 아버지가 아들과 함께 모래로 배를 만드는 모습을 지켜본다. 코너하고도 자주 저렇게 놀았다. 코너는 파도가 밀려와 자기 주위의 모래를 다 씻어 내릴 때마다 신이 나서 소리를 질렀다. 앞으로 코너의 얼굴을 다시 볼 수나 있을지 모르겠다. 영국 실종자 수색국을 비롯하여 영국 전역의 모든 지방경찰청에서는 코너의 실종 소식과 인상착의를 알고 있다.

"그놈이 케이트를 노린 것이 벌써 세 번째야." 사일러스가 말한다. "케이트의 수영 이야기를 믿는다면 말이지만."

"케이트가 한 얘기를 안 믿어요?" 스트로버가 묻는다.

믿는다고 생각한다. 사일러스는 함께 일을 하던 무렵에는 목숨이라도 내맡길 수 있을 정도로 케이트를 신뢰했다. 블루벨 술집에 갔던 일을 미리 얘기해주지 않은 것이 좀 짜증이 나기도 하지만 지금 마음에 걸리는 것은 뭔가 다른 것이다. 케이트는 항구의 카페에서 그 남자가 자신의 커피에 약을 탔다고 말했다. 케이트의 입장에서 떠올리기에는 다소 비약적이고 지나치게 구체적인 주장이다. 그때는 6개월 전에 누가 케이트의 술에 약을 탔을지도 모른다는 의혹에 대해 말하기 전이었기 때문에 특히 더 미심쩍다.

어쩌면 별일은 아닐지도 모른다.

"지금은 케이트 말을 믿어." 사일러스가 대답한다.

다른 무엇보다도 케이트에 대한 자책감이 분노와 뒤섞여 마음이 무겁다. 사일러스는 자신이 눈앞의 사실을 회피하려 하고 있었다는 사실을 깨닫는다. 제이크가 가져온 술집의 영상을 심각하게 받아들일 마음의 준비가 되어 있지 않았다. 빈 접시를 밀어내고 자리에서 일어난다. 그 차를 운전한 남자를 찾아야만 한다.

"우리한테는 한 가지 문제가 있어." 사일러스가 덧붙인다.

"경감님 말인가요?" 스트로버도 자리에서 일어나며 묻는다.

사일러스는 고개를 끄덕인다.

"쉬는 날 우리가 여기에 내려와 봤다는 걸 전혀 마음에 들어 하지 않을 거야." 사일러스가 말한다. "애초에 초인식자팀을 전혀 마음에 들어 하지 않았던 양반이니 케이트에 대해서는 그 어떤 얘기라도 단한 마디도 들으려 하지 않을 테지. 얼굴 인식 소프트웨어만이 최고라고 생각하는 사람이니까."

사일러스는 배를 끌어올리는 길을 건너 주차장을 향해 걸음을 옮기기 시작한다.

"하지만 이번 일이 지난 주 있었던 재판과 관련이 있다는 사실을 우리가 증명해 낼 수 있다면요?" 스트로버가 그의 뒤를 따라붙으며 묻는다.

"그 사건은 이미 해결됐어. 적어도 경감님은 그렇게 생각해. 인신 매매단이 판결을 받았으니 우리 할 일은 끝난 거야. 33년 형이 바로 우리가 올린 성과야. 전국지에도 실렸을 정도니까."

"그럼 이제 어떻게 합니까?"

마을 광장 한복판에서 걸음을 멈추고 스트로버와 마주 서서는 혹시 누가 듣고 있는 사람은 없는지 주위를 두리번거린다.

"우리는 이 일이 사전대책팀에서 현재 수사하고 있는 지방 원정 마약 밀매 사건과 연관되어 있다는 사실을 증명한다. 경감님은 그 수사를 전폭적으로 밀어주고 있거든. 그 사건이라면 환장을 하지."

재판 결과가 나온 지 하루 만에 누군가 케이트를 노렸다는 사실 하나만 놓고 생각해 볼 때 사일러스는 지금 교도소에 수감된 현대판 인신매매단이 새로 부상하고 있는 지방 원정 마약 밀매단과 관련이 있다는 사실을 거의 확신하고 있다. 그 마약 밀매 조직은 스윈던을 기점으로 삼아 주변 마을들로 침투해 들어가고 있다. 원래부터 마약은 질색이었지만 코너가 마약에 찌들어가는 모습을 바로 옆에서 지켜본 이후로 사일러스는 마약이라면 끔찍하게 싫어하게 되었다. 그리고 지방에서 마약 밀매를 하는 마약 조직원들은 아이들을 아주 어릴 때부터, 어떤 경우는 열 살 때부터 제 말을 듣도록 길들여 이용해먹는다. 아동성추행자들보다 하등 나을 게 없는 인간들이다.

"하지만 우리는 아직 누가 제이크한테 영상을 보냈는지 모르는데요." 사일러스가 결심을 굳히고 한층 빠른 속도로 다시 한번 걸음을 옮기기 시작하자 스트로버가 말한다. 사일러스와 발을 맞추기 위해 거의 뛰다시피 걷고 있다.

"두 조직이 서로 연관되어 있다는 사실을 우리한테 알려주고 싶은 사람일 테지." 사일러스는 리모컨으로 차 문을 열며 대답한다.

"또 다른 조직일까요?" 스트로버가 조수석 쪽으로 돌아가며 묻는다.

미처 대답하기 전에 휴대전화가 울린다. 전화를 받으며 스트로버를 향해 한 손을 들어 보인다.

"고맙습니다." 사일러스는 잠시 동안 전화에 귀를 기울인 끝에 말한다.

"보험 회사에서 걸려온 전화야." 사일러스가 스트로버를 보며 말한다. "우리 친구 제이크 말인데… 나흘 전에 배에 새로운 보험을 들어놓은 모양이야."

36장
케이트

"나 술 한잔 해야겠어." 케이트는 미친 듯한 기세로 주방의 찬장 문을 하나씩 열어젖히며 말한다.

"도대체 무슨 일인데 그래?" 등 뒤에서 벡스가 묻는다.

"왜 이 집구석에는 빌어먹을 술이 하나도 없는 거야?" 또 다른 찬장 문을 열어젖힌다. 안에는 전부 똑같이 생긴 일리 이탈리아 커피가 든 양철통들이 가득 들어차 있다 족히 스무 개는 되어 보인다. 롭이 마시는 커피이다. 양철통을 옆으로 밀어 혹시 그 뒤에 병에 든 무언가가 숨겨져 있지는 않은지 확인한다. 무익한 시도라는 것은 잘 알고 있다.

"왜냐하면 자동차 사고가 난 이후로 네가 실망스러울 정도로 분별 있는 사람이 되었기 때문에?" 벡스가 대답한다.

벡스와 케이트는 예전부터 모든 문장마다 끝을 올려 말하는 사람들을 질색했다. 그런데 지금 벡스가 똑같이 그러고 있다.

"더는 안 그럴래." 마지막 찬장의 문을 쾅하고 닫은 다음 양손을 식

기대 위에 올리고 고개를 푹 꺾는다.

"내 방에 진이 조금 있어." 벡스가 조용한 목소리로 말한다.

"어젯밤에 전부 마셔버린 거 아니었어?" 케이트는 고개를 들고 벡스가 주방에서 나가 자신의 방으로 걸어가는 모습을 지켜보며 말한다.

"비상용으로 남겨둔 게 있어." 벡스가 어깨 너머로 대답한다.

2분 후 두 사람은 주방 탁자에 앉아 오후 세 시부터 독한 진토닉을 마시고 있다. 제이크와의 사이가 더는 나빠질 수 없을 만큼 악화되었을 무렵 케이트는 종종 점심시간부터 술을 마셨다. 민트만 있다면 술 냄새를 숨길 수 있다고 스스로에게 거짓말을 했다. 케이트가 하트 경위, 스트로버와 함께 밖에 나가 있는 동안 벡스와 함께 오랫동안 산책을 하고 돌아온 스트레치는 완전히 녹초가 되어 자기 잠자리에 엎드려 있다.

"예비 보급품 없이 여행하는 걸 좋아하지 않거든." 벡스가 작고 네모진 병을 돌려 장인다운 분위기를 풍기는 상표를 들여다보며 말한다. 상표에는 '랭커셔 드라이진'이라고 쓰여 있다. "특히 여기 금주 저택으로 내려올 때는 말이지."

"그거 고맙네." 케이트는 알코올이 스며들며 몸이 훈훈해지는 느낌을 음미하며 대답한다.

"독은 독으로 다스리는 법이야." 벡스가 케이트와 잔을 부딪치며 말한다.

"나는 상관없는 일이야."

어젯밤에는 벡스가 혼자 술을 마시게 내버려 두었다. 말 잘 듣는 착한 아이처럼 행동하고 있었다. 의사들은 하나같이 뇌의 회복을 방해할 수 있는 요소는 그 어떤 것이라도 피하는 것이 좋다고 말했다. 그 중에는 술도 있었다. 롭도 항상 의사들이 하는 말을 되풀이한다.

경찰에서 일을 할 때도 상황이 비슷했다. 정신을 집중해야 하는 얼굴 인식 업무와 숙취는 서로 어울리지 않았기 때문이다. 그렇다고 케이트가 술에서 손을 떼었던 것은 아니다. 당시에는 이미 일이 어떻게 되든 상관없다는 심정이었다.

"그래서 지금 무슨 일이 있었는데 그래?" 벡스가 묻는다.

케이트는 벡스에게 어제 카페에서 옆자리에 앉았던 남자가 방금 거리에서 자신을 거의 치어 죽일 뻔했다는 이야기를 들려준다. 제이크가 우편으로 받은 술집 CCTV 영상에 같은 남자가 나온다는 부분을 얘기하고 있을 무렵 현관문 초인종이 울린다.

"내가 나가볼게." 케이트가 말한다.

"혹시 나 필요하면 불러." 벡스가 자기 방으로 걸어 들어가며 말한다.

문득 두려움이 밀려드는 바람에 현관문 앞에서 잠시 머뭇거린다. 아까 분출된 아드레날린 탓일 것이다. 감시 카메라 화면을 클릭한 다음 안도감에 웃음을 터트릴 뻔한다. 화면에 비친 사람은 마크이다. 마을에서 갤러리를 운영하면서 케이트가 수영을 하러 갈 때마다 스트레치를 맡아주는 남자이다. 마크는 그가 키우는 개, 트루디와 함께 와 있다. 케이트는 현관문을 연다.

"혹시 나한테 스트레치 산책을 부탁하고 싶은지 궁금해서요." 마크가 그 너그러운 얼굴에 가득 미소를 띠고 말한다.

"마음 써줘서 고마워요." 케이트는 혹시나 숨결에서 진 냄새가 날까봐 한 걸음 뒤로 물러서서 대답한다. 정말 좋은 남자이다. 항상 주위 사람들을 보살펴준다.

"스트레치를 산책시킬 기운이 없을지도 모른다는 생각이 들었거든요." 마크가 말한다. "어제 그런 일이 있었으니까."

"아, 그 일이요." 케이트는 자신이 수영하다 당한 사고에 대해 일부러 별일 아니라는 듯이 가볍게 받아넘긴다. 걱정했던 대로 마을 안에 그 소문이 쫙 퍼졌다. 외지인이 헤엄치는 법을 잊어버리고는 구명정에 의해 구조를 당했다는 소문이다. 적어도 마크는 케이트가 오늘 차에 치일 뻔한 일은 아직 모르고 있다. 하지만 오늘 케이트가 당한 사고에 대해서도 얼마 지나지 않아 마을 안에 소문이 쫙 퍼지게 될 것이다. "지금은 몸 상태가 괜찮아졌어요." 케이트가 덧붙여 말한다. "스트레치도 괜찮고요. 내 친구 벡스가 아까 산책을 시켜줬거든요. 하지만 정말 고마워요."

"뭘요." 마크가 대답하며 몸을 돌린다. 그러다 잠시 발을 멈춘다. "혹시 방금 내가 본 사람이 롭인가요?"

케이트의 심장이 쿵하고 내려앉는다.

"롭이요? 그럴 리가요." 케이트가 가까스로 가냘픈 미소를 지으며 대답한다. "일이 있어서 어제 런던으로 돌아갔는데요."

"나도 그렇게 생각했어요."

어제 불운한 사고로 끝나버린 수영을 하러 가기 전 스트레치를 맡기러 갤러리에 들렀을 때 마크에게 그런 사정을 이미 이야기해두었다.

"롭을 어디에서 봤는데요?" 별일 아닌 듯이 물으려 하지만 뜻대로 되지 않는다.

"다른 사람을 착각했나 봐요. 차를 타고 가기에 롭이라고만 생각했거든요. 마을 윗동네에서요. 인사를 하려고 손을 흔들었죠."

"테슬라를 타고 있었나요? 이 차와 똑같은?" 케이트가 주차장에 세워진 차를 향해 고개를 끄덕이며 묻는다.

"네. 모델 S. 이 차하고 똑같은 차였어요."

마크는 전기 자동차에 대해 잘 안다. 마을에서 거의 처음으로 전기차를 구입한 사람 중 한 명이기도 하다. 다만 테슬라는 아니었다. 이 마을에 테슬라를 몰고 다니는 사람은 달리 없다. 휴가철에도 마찬가지이다. 그리고 케이트의 자동차는 오늘 하루 종일 집 앞에 주차되어 있었다. 적어도 케이트가 아는 한에서는 그랬다. 하트 경위, 스트로버와 함께 몇 시간 동안 집을 비운 끝에 돌아왔을 때에도 차는 어제 트루로역에서 돌아와 주차시켜놓은 그 자리에 그대로 서 있었다. 다만 최근 들어 롭이 언젠가 테슬라를 한 대 더 구입할 생각이라고 말한 적이 있기 때문에 걱정이 된다. 지금 이 차와 하나부터 열까지 똑같은 차를 사서 런던에서 타고 다닐 생각이라고 했다. 롭은 그런 성격이다. 무언가 자신한테 딱 맞는 것을 발견하면 그것만 고집한다. 자동차도, 운동화도, 테니스채도, 이탈리아 커피도 예외가 아니다. 롭한테 와인 저장고가 있다면 아마도 전부 같은 종류의 와인으로만 채워져 있을 것이다.

"그게 언제였는데요?" 케이트가 묻는다.

"한 시간쯤 전에요." 마크가 대답한다. "있잖아요, 내가 잘못 본 게 틀림없어요. 롭은 항상 손을 마주 흔들어주거든요. 이 남자는 속도를 올리더니 그냥 지나가버렸어요. 그래서 혹시 차가 도난당한 게 아닐까 싶어 번호판을 적어두었어요. 내 성격 알잖아요."

마크가 건네는 종이쪽지를 받아들고 현관문을 닫으면서 스스로에게 침착하라고 타이른다. 롭은 런던에 있다. 아까 통화도 했다. 마크 말이 맞다. 그저 잘못 본 것뿐이다. 마크는 마을 방범단의 일원이라 무슨 일이든지 지나치게 조심하는 경향이 있다. 하지만 그 순간 트루로역에서 롭에게 다가서던 여자의 모습이 떠오른다.

"무슨 일 있는 건 아니지?" 방에서 나온 벡스가 복도를 걸어오며 묻는다.

"술을 한 잔 더 마셔야겠어."

37장

제이크

제이크는 몸을 숙이고는 컴퓨터 화면 위에 위치한 카메라 렌즈 위에 반창고를 붙인다. 컴퓨터 카메라의 불이 들어오자마자 벡스에게 전화를 걸어보았지만 벡스는 전화를 받지 않았고 그렇다고 굳이 음성 메시지까지는 남기지 않았다. 벡스가 컴퓨터를 어떻게 설정해놓는지는 제이크가 이래라저래라 할 문제가 아니기 때문이다. 게다가 롭의 새로운 회사 사이트에 들어갔을 때 카메라에 불이 들어온 것인지, 아니면 원래부터 불이 켜져 있었는지 지금은 확신할 수가 없다.

롭이 벌이는 사업에 대해 혹시 다른 정보를 찾을 수 있을지 다시 한번 구글창을 열어보려는 참에 휴대전화가 울린다.

"나한테 전화했었어?"

벡스이다.

"주머니에 넣어놨는데, 버튼이 잘못 눌렸나 봐. 미안."

"거짓말 하지마."

벡스는 제이크를 너무나 잘 알고 있다.

"사실은 카메라가 저절로 켜져서." 할 수 없이 솔직하게 털어놓는다. "컴퓨터에 있는 카메라 말이야."

"쌍방향 음란 채팅용 카메라 말이지?" 벡스가 묻는다.

제이크가 침을 꿀꺽하고 삼킨다. 실은 아까 잠깐이지만 인터넷에서 포르노를 찾아보고 싶다는 생각을 했다. 휴대전화의 데이터가 다 떨어진 지 벌써 한참이 지났다. 하지만 고양이가 경멸하는 듯한 눈초리로 빤히 쳐다보고 있는 바람에 그런 생각은 얼른 접어두었다.

"그거 지금 농담이지?" 제이크가 묻는다.

"아마 엄마하고 영상 통화한 다음 카메라를 안 끈 모양이야." 벡스의 대답에 살짝 실망한다.

제이크는 눈을 감는다. "카그라스증후군에 대해 케이트하고 얘기해 봤어?"

"아직 못했어." 벡스의 목소리에 기운이 없다. "지금 그 얘기를 하면 더 난리칠 것 같아서. 너 망상증이야, 하고 얘기하는 거잖아. 때를 잘 보면서 말을 꺼낼 필요가 있어."

"케이트는 잘 지내고 있지?"

대답하기 전에 벡스는 잠시 망설인다. "잘 지낸다고 볼 수 있지. … 오늘 누가 길에서 케이트를 차로 치어 죽이려 했던 걸 생각한다면 말이야."

"그게 무슨 말이야?"

"케이트는 무사해." 벡스가 서둘러 덧붙인다. "좀 열 받은 거 같지만 다친 데는 없어."

벡스는 케이트가 오늘 어떻게 아슬아슬하게 차에 치일 뻔했는지 얘기하더니 더 큰 폭탄을 떨어뜨린다. 오늘 그 차를 운전했던 남자가 어제는 케이트의 커피에 약을 타는 바람에 케이트가 거의 물에 빠져 죽을 뻔했다는 것이다.

"왜 좀 더 일찍 얘기해주지 않은 거야?" 제이크는 이 모든 상황을 제대로 이해하려고 애쓰며 묻는다. 그리고 케이트는 어제 전화했을 때 왜 이런 이야기를 하지 않은 것일까? 케이트다운 일이기는 하다. 자신이 죽을 뻔한 고비를 넘긴 일보다는 제이크와 배에 난 불에 대해 더 마음을 쓴다.

"왜냐하면 제이크, 당신은 이제 케이트랑 상관없는 사람이니까."

냉혹한 사실이다. "그럼 지금은 왜 얘기하는 건데?" 제이크가 조용하게 묻는다. 벡스 말이 맞다는 건 알고 있다. 케이트에게 제이크는 이미 지나간 과거일 뿐이다.

"상황이 한층 심각해졌거든. 어제 케이트의 커피에 약을 탄 그 남자가 말이야…." 벡스가 이야기를 꺼내기 곤란해하고 있다. 벡스는 평소 같으면 피도 눈물도 없어 보일 만큼 냉철한 사람인데. "케이트가 사고를 당한 밤에 케이트의 술에 약을 탄 그 남자야. 당신이 받은 영상을 보고 케이트가 그 남자 얼굴을 알아봤어."

"그게 정말이야? 네가 그 일을 어떻게 다 알고 있어?"

하지만 벡스가 미처 대답하기 전에 제이크의 휴대전화에 또 다른 전화가 걸려온다는 표시가 뜬다.

"이만 끊어야겠다." 제이크가 말한다. "하트 경위가 지금 전화를 걸어오고 있어."

벡스의 전화를 끊은 다음 컴퓨터 앞에 놓인 의자에서 몸을 바로 세우고 앉아 방금 들은 이야기를 제대로 이해하려고 애쓴다. 하트 경위는 왜 전화를 하는 것일까? 배에 불을 낸 방화범에 대한 소식이라도 있는 걸까? 어쩌면 술집 영상에 대해 새로운 사실이 밝혀졌는지도 모른다. 경위가 콘월까지 내려간 것은 분명히 이 영상에 대해 케이트에게 알려주기 위해서였을 것이다. 그리고 아마 케이트는 벡스에게 영상 이야기를 했을 것이다.

"새로운 소식이 있나요?" 제이크가 묻는다.

"당신이 얘기해보시든지."

그 말투가 전혀 마음에 들지 않는다. 이 사람은 한순간 아주 붙임성 있게 굴다가도 다음 순간 아주 무섭게 변할 수 있다. "그게 무슨 말이에요?" 제이크는 의자 위에서 우물쭈물 고쳐 앉으며 묻는다.

"최근 보험 든 거 있어?"

제이크는 안도의 한숨을 내쉰다. "네. 드디어 제대로 된 보상을 받을 수 있도록 보험 등급을 올릴 수 있었어요." 제이크가 대답한다. "정말 다행이죠."

지금까지는 아주 기본적인 제3자 보상보험밖에 없었다. 수문이나 다른 배의 손상만을 보상해주는 것으로, 운하 및 강 보호관리위원회에서 배 면허를 받으려면 의무적으로 가입해야 하는 보험이다.

"나흘 전에 말이지." 하트 경위가 말한다. "배가 불타버리기 사흘 전에."

맙소사, 제이크는 자신이 너무 세상 물정을 모른다는 사실을 깨닫는다. 화재가 난 일을 생각할 때 불이 나기 직전에 보험을 든 일이 세간에 어떻게 보일 수 있는지 한 번도 생각해보지 못했다. 실물배상보험으로 등급을 올릴 궁리를 해온 지가 벌써 몇 달이 넘었기 때문이다. 보험을 드는 일 말고도 개인종합자산관리계좌를 만들고, 추첨 채권을 구입하고, 이번만큼은 미리부터 소득 신고를 하려고 단단히 계획하고 있었다. 전부 정신을 차리고 인생을 제대로 살아가기 위해 세운 계획의 일환이었다.

"그게 문제가 됩니까?" 제이크가 묻는다.

"어떤 식으로 보일 수 있는지 알잖아." 하트 경위가 말한다. "내일 전화할게."

전화가 뚝 끊어진다. 잠시 후 고양이가 제이크의 무릎 위로 뛰어오르더니 앞발로 키보드를 건드린다. 컴퓨터 화면에 불이 들어오면서 브레스트에 있는 롭의 얼굴이 제이크를 빤히 쳐다보고 있다.

38장
사일러스

"우리는 이제 윌트셔로 돌아갈 생각이야." 오늘만 벌써 두 번째로 케이트네 집 현관문 앞에 서 있다. 이번에는 초인종을 누른 다음 보안 카메라를 향해 한껏 미소를 지어 보였다. 카네이션 다발 같은 것은 필요 없었다. 길을 나서기 전에 잠깐 크림티 한 잔을 마시고 싶었지만 일요일 저녁의 교통체증을 피하려면 서둘러 출발해야 한다.

"운전 조심히 하세요." 케이트가 말한다. "그리고 또 그것도 조심하세요. 그거 말이에요…." 사일러스 앞에서 말을 버벅대는 케이트의 몸이 가볍게 휘청거린다.

혹시 술에 취한 걸까? 아직 오후 네 시밖에 되지 않았다.

"정말 몸은 괜찮은 거야?" 사일러스가 스트로버를 흘끗 쳐다보며 묻는다. 아까 스트로버는 분명히 케이트가 차에 치일 뻔했지만 몸은 다치지 않았다고 말했다. 하지만 지금 케이트는 평소의 모습과는 전혀 딴판으로 보인다.

"물론 괜찮죠." 케이트가 대답하지만 별로 설득력이 없다.

케이트의 친구인 벡스가 케이트의 어깨 옆에 나타나더니 사일러스와 스트로버를 향해 환하게 웃어 보인다. 맙소사, 두 사람 모두 술에 취해 있다.

"콘월하고 데번 경계에 있는 과속 감시 카메라를 조심하라고 말하려고 했거든요." 케이트가 손가락으로 허공을 가리키며 말한다. "언덕 아래에 항상 몰래 숨어 있는 경찰차가 있어요. 롭은 맨날 거기에서 과속으로 걸려요. 근데 당신들이 경찰이라는 게 생각났어요. 그래서…."

벡스가 손으로 입을 막고 소리 죽여 키득거린다.

"조심할게." 사일러스가 대답한다. "참고로 그 자동차는 도난당한 거였어. 당신을 치려고 했던 그 자동차 말이야. 그 차를 찾게 되면 연락하지. 그 남자를 찾아도 연락하고. 이곳 경찰한테 자세한 상황을 얘기해두었어."

"알겠어요." 케이트가 말한다. 케이트의 숨결에서 술 냄새가 풍긴다.

"내 동료한테 당신 남자 친구랑 똑같이 생긴 사람이 있는지 찾아봐달라고 부탁해놓았어요." 스트로버가 덧붙인다.

그 순간 케이트는 바로 술이 확 깬 것처럼 보인다. "그래서요?" 케이트가 묻는다.

"뭔가 새로운 소식이 있으면 연락할게요."

"나한테도요. 똑같은 사람 찾으면요." 벡스가 끼어든다. "그럼 우리 둘이 똑같은 남자를 각각 한 명씩 데리고 놀 수 있을 테니까요."

케이트가 팔꿈치로 친구의 옆구리를 찌른다. 잠깐 인사하러 들른 일이 후회되기 시작한다. 하지만 케이트를 만나러 온 이유가 하나 더 남아 있다는 사실을 잊지 않았다.

"부탁하고 싶은 일이 하나 더 있어." 사일러스가 입을 연다.

"나는 돌아갈 생각이 전혀 없어요." 케이트가 반격하듯 바로 대꾸한다.

"그건 알아." 사일러스는 잠시 망설인다. 그 문제에 대해서라면 케이트는 이미 자신의 입장을 확실하게 밝혔다. "실은 내 아들 일이야. 코너 말이야. 지금 실종된 지 6주가 지났어. 어디에 있는지 전혀 알 수가 없어."

생각했던 것보다 말을 꺼내기가 힘들다. 케이트와 스트로버는 모두 코너가 마약 중독이며 노숙 생활을 했다는 걸 이미 알고 있지만 그래도 사일러스 자신이 그 사실을 입 밖에 내어 이야기하려니 입이 잘 떨어지지 않는다.

"예전에 콘월 이 부근에서 자주 휴가를 보냈거든. 코너가 아직 어렸을 때 말이야." 사일러스가 말을 잇는다. "잘 모르겠어. 별로 가능성이 없는 일이기는 해. 하지만 혹시라도 콘월에 내려와 있을지도 몰라. 많이 와봐서 친숙한 데다 행복했던 기억이 있는 곳이니까."

더 바보 같은 말이 나오기 전에 얼른 입을 다문다. 그 다음 A4 크기의 종이 한 장을 꺼내 케이트에게 내민다. 실종자 포스터이다. 포스터에는 몇 년 전 코너가 아직 집에서 부모와 함께 살고 있을 무렵, 비교적 상태가 안정적일 때 찍은 사진이 들어가 있다.

"마을에 포스터를 붙여줄까요?" 케이트가 묻는다. 방금 전까지 키득거리는 모습은 온데간데없다.

"그럴 필요는 없어." 사일러스가 대답한다. "그저 조금만 신경써서 얘를 좀 찾아봐줘. 이 얼굴을 기억해줘. 혹시 이 부근을 지나갈지도 모르니까. 사람 많은 데서 누구 찾는 거 잘하잖아. 아주 잘하지."

"그렇게 할게요." 케이트가 사진을 내려다보며 대답한다.

사일러스가 코너의 모습을 마지막으로 봤을 때 코너는 스윈던 한복판에 있는 주차 건물에서 노숙 생활을 하고 있었다.

얼마 동안 아무도 입을 열지 않는 어색한 침묵이 흐른다. 마침내 사일러스는 몸을 돌려 발걸음을 옮기기 시작한다.

"뭐 좀 확인해줄 수 있나요?" 케이트가 등 뒤에 대고 부른다. "롭에 대한 일이에요."

사일러스는 깜짝 놀라 발길을 멈춘다. 이제 서로 주고받을 빚이 없어졌다고 생각했기 때문이다. 자신들은 데이터베이스에서 롭의 도플갱어를 찾아봐주고 그 대신 케이트는 코너를 찾아봐주는 것이다.

"내 생각에 롭한테 테슬라가 한 대 더 있는 것 같아요. 이 차랑 똑같은 차로요." 케이트가 주차장에 서 있는 차를 가리키며 말한다.

주차된 차를 슬쩍 쳐다본 다음 다시 케이트에게 시선을 돌린다. "정말 운 좋은 남자구먼." 사일러스는 억지웃음을 띠며 말한다. 벌써 몇 년째 다른 사람의 재산을 질투하지 않으려고 애쓰고 있다. 사일러스 자신의 경험에 비추어볼 때 돈이 행복을 가져오는 경우는 극히 드물기 때문이다. 하지만 9만 파운드(한화 기준 약 1억 4천만 원 정도이다. _옮긴이)짜리 전기 자동차를 보니 자신도 모르게 부러운 마음에 가슴이 뜨끔하다.

"롭이 테슬라를 한 대 더 샀다면 그 차는 아마 런던에 있을 거예요." 케이트가 계속 말을 잇는다. "롭이 가지고 있겠죠. 하지만 오늘 아침에 누가 마을에서 롭을 본 것 같대요."

"그래서?" 사일러스가 묻는다. 마지막으로 확인했을 때 자신은 월트셔 범죄수사과 소속이었지 빌어먹을 관계개선과에서 일하고 있지 않았다.

"혹시 확인해줄 수 있나요? 자동차 번호판 말이에요. 어떤 번호판의 차가 롭이 새로 산 차가 맞는지 알아봐줄 수 있나요?"

"차가 도난당했다면 롭이 직접 도난 사실을 신고해야 할 텐데." 사일러스가 말한다.

"도난당한 것 같지는 않아요."

도대체 케이트는 어떻게 하려는 작정일까? 기분이 아주 언짢고 마음이 불편해 보인다. "그냥 롭한테 직접 물어보지 그래?" 사일러스가 묻는다.

"그럴 수가 없어서 그래요." 케이트가 우물쭈물하며 시선을 떨어뜨리며 대답한다.

"번호판 번호를 알려주면 한번 찾아볼게요." 이미 몸을 돌리고 있는 사일러스를 흘끗 쳐다보며 스트로버가 끼어든다. 스트로버한테는 그렇게 말할 권한이 없다. 하지만 이미 말은 입 밖으로 떨어진 후이다.

"금방 올게요." 케이트가 주방 한 구석으로 가더니 종이쪽지를 찾아 가져온다. "마을 사람 중 하나가 번호판을 보고 적어 두었어요."

"고마워요." 스트로버가 쪽지를 받아들며 말한다.

스트로버한테 나중에 한마디 해두어야겠다.

39장

케이트

"그냥 롭한테 직접 물어보라니까." 벡스가 하트 경위가 주방 탁자 위에 놓아두고 간 실종자 포스터를 내려다보며 말한다. "오늘 아침 새로 산 차를 타고 마을에 내려왔었는지 대놓고 솔직하게 물어봐. 그럼 얘기 끝이야. 네 정신 건강을 위해서도 그게 좋아."

벡스 말이 맞다. 하트 경위와 스트로버가 작별 인사를 하러 들렀을 무렵 안 그래도 롭한테 전화를 걸려던 참이었다. 하트 경위 일은 참 안됐다. 지난 몇 년 동안 아들 때문에 무던히 속을 썩혔다. 도움이 될지 모르겠지만 앞으로 신경 써서 찾아볼 생각이다. 해변에 모여드는 여름 휴가객들을 유심히 살펴보자. 오래된 습관을 버리기란 여간 어려운 일이 아니다.

"너도 같이 롭하고 얘기해볼래?" 케이트가 묻는다.

"기꺼이 그러지." 벡스가 말한다. "롭한테 내 마음의 일부를 전해 줘야지."

케이트도 롭에게 화가 나 있다. 아까까지 두 사람은 진에 흠뻑 취한 채 잔뜩 흥분해서는 롭이 케이트한테 말도 하지 않고 콘월로 돌아왔을지 모를 가능성에 대해 이야기를 나누었다. 트루로역에서 봤던 여자를 만나기 위해서였을까? 그렇다면 롭이 마크를 아는 체하지 않고 지나간 것도 설명이 된다. 그렇지만 마음 한편에서 겁이 나기도 한다. 여전히 술기운이 남아 있지만 편집증을 떨치는 데는 전혀 도움이 되지 않는다. 혹시라도 차에 있던 사람이 롭이 아니었다면 도대체 누구였을까?

"오늘 뭐하며 지냈는지 물어보면서 말을 꺼낼 생각이야. 물론 지나가는 말처럼 아무렇지도 않게 말이야." 굳이 이런 설명을 하는 것은 벡스에게 들려주기 위해서이기도 하지만 스스로 마음의 준비를 하고 싶기 때문이기도 하다. "하지만 우리는 롭이 어디에서 전화를 받는지도 유심히 살펴봐야 해."

차에서 전화를 받는다면 오늘 아침 마크가 차를 타고 지나가는 그의 모습을 봤다는 이야기를 솔직히 털어놓은 다음 어떻게 된 일인지 따져 물을 작정이다. 그 말은 곧 아까 통화할 때도 런던 아파트에 있지 않았다는 뜻이기 때문이다. 아까 영상 통화를 할 때는 전화하는 내내 화면에는 그저 뿌연 그림자밖에 보이지 않았다.

"영상 통화할 거야?" 벡스가 묻는다.

"내 휴대용 컴퓨터로. 옆방에 있는 큰 TV 화면에 연결해서 걸 거야."

벡스가 영문을 알 수 없다는 표정으로 케이트를 본다. "정말?"

"그렇게 해야 배경을 제대로 볼 수 있어. 어디서 전화를 받는지 확인해야지."

10분 후 두 사람은 거실에서 모든 채비를 마친 채 대기하고 있다.

케이트는 자신의 휴대용 컴퓨터를 거대한 TV 화면에 연결해두었다. 이 화면에서 롭은 실제 모습보다 훨씬 더 크게 보이게 될 것이다. 어제 프랑스 채널에 등장했을 때만큼 커다랗게 보일 것이다. 이렇게 큰 화면에서라면 혹시 그 사람이 롭이 아닌 경우 금세 알아차릴 수 있을 것이다. 적어도 이론상으로는 그렇다.

두 사람이 소파에 자리를 잡고 앉은 후 케이트는 페이스타임을 실행시킨다. 컴퓨터 화면이 커다란 TV 화면에 그대로 비친다.

"케이트, 이거 정말 기분이 이상해." 벡스가 말한다.

"넌 롭을 집중적으로 살펴봐. 내가 배경을 맡을게."

아직도 스스로 이런 짓을 감당할 수 있을지 확신이 없다. 롭이 커다란 화면에 나타나는 순간 전처럼 기묘한 감각에 휩싸여 대화를 더 이어가지 못하게 될까봐 겁이 난다. 혼란스러운 감각, 자신이 사랑하는 남자가 낯선 누군가로 바뀌치기 되었다는 느낌이 또다시 자신을 삼켜버린다면, 더는 견딜 수가 없을 것이다. 그건 마치 누가 발밑의 깔개를 갑자기 세게 잡아당기는 바람에 별안간 몸이 거꾸로 빙글 돌아가는 듯한 느낌이다. 한편 케이트는 사람을 보면 얼굴부터 쳐다보도록 훈련을 받아 왔다. 코를 제일 먼저 본 다음 얼굴의 나머지 부분을 전체적으로 파악하면서 어딘가 닮은 데가 있는지 분석하는 방식이다. 전체론적 얼굴 인식법이다. 늦지 않게 롭의 얼굴에서 시선을 피할 수 있을까?

페이스타임 앱에서 롭의 전화번호를 누른다. 롭은 신호가 가자마자 바로 전화를 받는다. 커다란 화면에 이미지가 깜빡이며 살아 움직이기 시작한다. 도저히 견딜 수가 없다. 애써 화면에서 시선을 피하며 자리에서 일어나 거실 문가로 물러난 다음 그 근처에서 서성인다.

벡스가 걱정스러운 표정으로 케이트를 지켜보다 화면으로 고개를 돌린다.

"벡스구나, 안녕! 케이트는 뭐하고 있어?" 롭이 묻는다. "거기 아래에는 별일 없지?"

목소리만으로는 완전히 케이트가 잘 알고 있는 롭처럼 들린다. 그리고 차가 아닌 실내에서 이야기를 하는 것 같다. 거실 곳곳의 바닥에 붙박이로 설치된 여러 대의 보즈 스피커 덕분에 크고 분명한 목소리가 사방에서 울려 들린다. 적어도 롭은 콘월에 내려와 트루로역에서 본 어떤 헤픈 여자를 만나고 있지는 않은 것처럼 보인다.

"롭, 안녕?" 벡스가 이제 어떻게 하냐는 표정으로 케이트 쪽을 슬쩍 돌아보며 말한다.

지금 서 있는 곳에서는 롭의 모습은 보이지 않고 목소리만 들린다.

"케이트… 여기 있었는데…." 벡스가 말끝을 흐린다. 케이트는 계속 이야기를 이어나가라고, 어떤 식으로든 말을 꾸며내라고 격려하듯이 양손을 빙빙 돌린다. 몸짓 놀이라면 일가견이 있다. "그런데 누가 집 밖에 찾아와서." 벡스가 말을 잇는다. "막 전화를 걸고 있던 참에 초인종이 울렸어."

케이트는 벡스에게 잘 하고 있다는 신호로 양 엄지손가락을 치켜올린다.

"그곳 마을 사람들은 참 사이가 좋단 말이야." 롭이 말한다. "항상 집에 오가며 지내지. 여기 쇼디치에서는 우리집 문을 두드리는 사람은 아무도 없는데."

살금살금 발끝으로 걸어 화면이 눈에 들어오는 곳까지 다가간다. 화면에서 롭은 눈을 내리깐 채 무언가 다른 일을 하고 있는 것처럼 보인다. 억지로 그의 얼굴에서 시선을 잡아떼고 움직임을 알아볼 수는 있지만 표정이 자세히는 보이지 않는 곳에 시선을 고정시킨다. 지금은 배경을 집중해서 살펴보아야 한다. 배경의 모습은 아까 아파트에서 전화한다고 말했을 때와 완전히 똑같아 보인다.

마음을 굳게 가다듬고 벡스가 앉아 있는 소파의 뒤쪽으로 다가간다.

"자기야, 안녕." 케이트는 벡스의 어깨 너머, 두 사람 앞 탁자 위에 놓인 휴대용 컴퓨터의 카메라 쪽으로 몸을 숙이며 인사한다. 컴퓨터 화면과 TV 화면에 비치는 롭의 모습을 보지 않으려 시선을 다른 곳에 고정시키고 있다. 예전에도 롭과 영상 통화를 하는 중에 자주 다른 일을 했었다. 요리를 하기도 했고 요가를 하거나 그림을 그리기도 했다. 그러니까 케이트가 카메라를 정면으로 쳐다보지 않고 영상 통화를 한다고 해서 롭이 이상하게 생각하지는 않을 것이다.

"누가 왔었어?" 롭이 묻는다.

"응, 갤러리의 마크." 케이트가 짐짓 활기찬 목소리로 대답한다. "혹시 스트레치한테 산책 시켜줄까 물어보더라."

롭이 미소를 짓고 있다는 걸 알 수 있다.

"가고 나서 현관문 잘 잠갔지?" 롭이 묻는다.

"당연하지." 케이트는 거짓말을 한다.

벡스가 케이트를 가볍게 찌르며 주의를 끈 다음 방금 무언가 끄적거려둔 종이를 롭이 눈치채지 못하게 살며시 가리킨다.

이건 미친 짓이야! 롭이 확실하잖아. 게다가 엄청 잘생겼네.

벡스 말처럼 정말 미친 짓이 맞을지도 모르지만 어딘가 여전히 신경에 거슬리는 데가 있다.

"그럼 두 사람 그냥 얘기나 하려고 전화한 거야? 뭐 다른 일이 있어서 한 건 아니고?" 롭이 묻는다.

"우리랑 노는 게 싫어?" 벡스가 카메라 쪽으로 몸을 숙이고는 애교를 부리듯이 말한다. 벡스도 아직 술기운이 한참 남아 있다.

"나야 너무 좋지. 벡스." 롭이 대답한다. "그런데 다른 사람하고 통화를 하고 있던 중이어서. 회사에 아주 작은 문제가 생긴 모양이야."

"우린 괜찮아." 케이트가 불쑥 끼어든다. 롭은 회사 일로 바쁘다. 언제나 그렇다. "그냥 수영장에 대해서 물어보고 싶어서 전화했어. 수영장 바닥을 청소하던 자동 진공청소기가 갑자기 멈춰버렸거든." 이번에는 케이트가 이야기를 꾸며낼 차례이다.

"그런 문제라면 나한테 맡겨줘." 롭이 대답한다.

하루 종일 수영장 바닥을 왔다갔다하며 청소하는 로봇 진공청소기가 오늘 아까 점점 속도가 느려지더니 그만 멈춰버리고 말았다. 더 큰 일이 일어날 수도 있었다. 몇 주 전에는 케이트가 수영장에서 수영을 하고 있을 때 수영장 덮개가 저절로 덮이기 시작하면서 케이트의 뒤를 쫓아온 적이 있었다. 덮개가 완전히 덮이기 전에 간신히 수영장에서 빠져나올 수 있었지만 그때는 정말 무서웠다. 나중에 롭에게 이야기하니 롭은 별일 아니라는 듯 덮개의 센서가 수영장 안에 사람이 있다는 걸 감지하고 그 전에 멈추었을 것이라고 대답했다. 하지만 케이트는 그 일 이후로 수영장에 들어갈 엄두를 내지 못하고 있다.

케이트는 크게 심호흡을 하면서 롭은 지금 런던에 있고 자신이 지금 쓸데없는 걱정을 하고 있는 것이라고 스스로를 타이른다. 별로 효과가 없다.

"롭," 케이트가 입을 연다. "뭐 좀 물어볼 게 있어."

"응." 롭이 대답한다. "마음껏 물어봐."

"마크에 대해서야." 케이트가 떨리는 목소리로 말을 꺼낸다.

"마크는 잘 지내고 있지?"

"응. 별일 없어."

롭은 케이트만큼 마크를 잘 알지는 못하지만 지난 몇 달 동안 마크의 갤러리에서 그림 몇 점을 구입한 적이 있다.

"실은 마크가 테슬라를 타고 있는 자기를 봤대."

"언제?"

롭의 목소리가 경계하는 기색을 띠며 희미하게 굳어지는 것이 느껴진다. 벡스는 몸을 잔뜩 긴장시킨 채 전부 다 쓸데없는 짓이라는 듯이 고개를 절레절레 흔들고 있다.

"두 시간 쯤 전에." 케이트가 대답한다.

"그건 무리야." 롭은 근거 없는 추궁에도 전혀 흐트러짐 없이 담담하게 대답한다. 롭의 반응이 어떤지 제대로 알기 위해서는 그 얼굴을 똑바로 쳐다봐야 하겠지만 도저히 롭과 눈을 마주칠 엄두가 나지 않는다. "아무리 테슬라라고 해도 말이야. 나는 지금 500킬로미터나 떨어진 곳에 있는걸. 게다가 차는 당신한테 있잖아? 안 그래? 혹시 누가 훔쳐간 건 아닌지 확인은 해봤어?"

롭의 질문에 대답을 한 다음 혹시 테슬라를 한 대 더 사지 않았는지 물어보려는데 군용 제트기가 집 위를 지나가는 소리가 들린다. 제트기가 낮게 날며 굉음을 일으키는 바람에 벡스는 무의식적으로 몸을 굽힌다. 케이트는 그 소리에 익숙해져 있다. 요즘 들어 공군이 이 근처에서 훈련을 자주 했기 때문이다. 다음 순간 다른 제트기 한 대가 역시 굉음을 일으키며 집 위를 지나간다.

더는 참을 수가 없다. 고개를 들어 큰 화면에 비친 롭의 얼굴을 똑바로 쳐다본다. 역시 케이트와 벡스를 똑바로 쳐다보고 있는 롭의 얼굴에는 케이트가 전에 한 번도 본 적이 없는 두려운 표정이 떠올라 있다. 마치 자신의 정체가 이제 곧 발각되리라는 것을 예상하고 있는 사람의 표정이다. 이 사람은 롭이 아니다. 앞으로 뛰어나가 휴대용 컴퓨터의 화면을 닫으려는 순간 그 소리가 다시 들린다. 제트기가 굉음을 일으키며 지나가는 소리, 그 뒤를 이어 다른 제트기가 한 대 더 지나가는 소리이다. 아까와 다른 점은 이번에는 제트기 소리가 그들을 둘러싸고 있는 보즈 스피커에서 들려온다는 점이다.

믿을 수 없는 기분으로 벡스와 눈을 마주친다. "롭이 지금 콘월에 있나 봐."

40장

제이크

카그라스증후군에 대해 정보를 더 많이 조사하기 위해 벡스의 컴퓨터 앞에 앉는다. 조금 전 운하에 들렀다 돌아온 참이다. 물 위로 떠오른 흠뻑 젖은 물건 몇 가지를 더 건져냈다. 기분이 우울해지는 광경이었다. 사람들은 친절하게 대해주었지만 그 때문에 기분은 한층 바닥으로 가라앉을 뿐이었다.

제이크가 조사한 바에 따르면 카그라스증후군은 뇌의 물리적 혹은 인지적 변화에 의해 유발되는 질환이다. 케이트가 뇌의 방추상회 영역을 다쳤던 것은 확실하다. 사고가 있은 지 얼마 후 의사들한테 그런 얘기를 들었던 것이 기억난다. 하지만 왜 여섯 달이나 지난 지금에 와서 갑자기 카그라스증후군이 발병하게 된 것일까? 어쩌면 롭의 도플갱어 이야기 같은 무서운 이야기를 들은 일이 심리적 원인으로 작용했을지도 모른다. 케이트가 아직 사고에서 미처 회복하지 못하고 단절감으로 힘겨워하고 있는 상태에서 도플갱어 같은 이야기는 머리를 혼란스럽게 만들기에 충분했을 것이다. 단절감은 카그라스증후군의 발병을 예고하는 전조 증상 중 하나이다. 벡스도 분명히 케이트의 상태가 정상이 아니라며 걱정을 하고 있다.

벡스가 해준 이야기를 떠올린다. 롭이 스물한 살 때 태국에서 자신의 도플갱어를 처음 만났고 그 이후 또다시 그와 마주치지 않을까 하는 두려움 속에서 살고 있다는 이야기였다. 롭이 처음 자신의 도플갱어와 만났을 때 도대체 무슨 일이 있었던 것일까? 왜 롭은 케이트에게 그 이야기를 털어놓고 싶어하지 않는 것일까? 제이크는 페이스북을 실행시킨 다음 케이트의 계정으로 로그인을 한다. 나쁜 짓을 저지르고 있다는 생각을 하면서도 이게 다 케이트를 위한 일이라고 자신을 애써 합리화한다. 예상대로 케이트는 이메일 아이디나 암호를 바꾸지 않았다. 최근 페이스북에 새로 올린 글도 없다. 케이트는 항상 페이스북과는 애증의 관계를 유지했다. 지금은 페이스북을 멀리하는 시기인 것이 틀림없다. 서둘러 친구 목록을 살펴본다. 제이크 자신은 케이트가 병원에서 퇴원한 지 얼마 안 있어 친구 목록에서 삭제되었다. 목록에서 롭의 이름을 발견한다.

제이크가 인터넷에서 찾은 언론 기사에서는 전부 롭의 스물아홉이라는 젊은 나이를 언급하면서 롭이 채 서른이 되기도 전에 어떻게 그 많은 성공을 이루어냈는지에 대해 이야기하고 있었다. 롭의 계정으로 들어가 생년월일을 확인한다. 롭은 열흘 뒤면 서른 살이 된다. 비교적 큰 의미가 있는 생일이다. 제이크 자신은 올해 서른다섯 살이 되지만 생일을 모른 체하고 넘어갈 작정이다. 롭의 생일에 케이트는 당연히 롭을 위해 무언가 근사한 요리를 할 것이다. 예전에도 제이크를 위해서 항상 깜짝 생일 선물을 준비해주었다. 아무튼 사귀기 시작한 초반에는 그랬었다. 제이크가 서른 살을 맞았을 때는 파리로 데려가

주었는데, 파리에서는 몽마르트르 언덕의 사크레 쾨르 대성당의 계단에서 서른 명의 친구들이 그를 맞이해주었다. 한편 케이트는 항상 일을 미루면서 마지막 순간에 임박해서야 계획을 세우는 습관이 있다.

롭의 페이스북 프로필을 훑어본다. 페이스북 친구가 많아 보이지 않고 올린 글도 별로 없다. 그저 페이스북 계정이 있다는 정도로 시늉만 하는, 의례적으로 만들어 둔 계정처럼 보인다. 어쩌면 롭은 인스타그램이나 직접 만든 최신 유행의 메시지 애플리케이션으로 자신의 기술 분야 친구들과 소통하는 것을 더 좋아하는지도 모른다.

제이크가 원하는 것을 찾는 데는 그리 오래 걸리지 않는다. 제이크가 찾는 것은 바로 롭의 오래된 페이스북 친구, 오랫동안 롭과 알고 지낸 사람이다. 커비라는 인물이 바로 그런 기준에 맞아떨어지는 듯 보인다. 커비는 미국 출신으로 롭이 사업을 시작했을 무렵 롭과 함께 일을 했었다. 바로 롭이 태국을 방문했을 무렵이다. 한번 시도해볼 가치가 있다. 커비는 틀림없이 롭에 대해 잘 아는 사람일 것이다. 어쩌면 그 당시 무슨 일이 있었는지 실마리를 던져 줄 수 있을지도 모른다. 커비의 프로필에 따르면 그는 여행을 좋아하고 자기소개 글에는 동남아시아에 대한 언급도 있다. 대화 탭을 클릭한 다음 커비의 이름을 입력하고 새로운 대화 창을 연다. 케이트가 페이스북을 통해서는 커비와 한 번도 대화한 적이 없는 터라 일이 한층 쉬워진다. 다만 두 사람이 현실 세계에서 아직 서로 만나보지 않았기만을 바랄 뿐이다. 제이크는 이판사판 도박을 거는 심정으로 키보드를 두드리기 시작한다.

안녕, 나는 케이트에요. 롭한테 깜짝 생일 파티를 해주려고 몇 가지 아이디어를 모으고 있어요. 그 중요한 서른 번째 생일이 이제 곧 다가오고 있으니까요! 롭한테는 아무 말 하지 말아 줘요. 뭔가 좋은 이야깃거리 있으면 말해주세요! 예전에 있었던 재미있는 일화 같은 거요?! 케이트.

의자 등받이에 기대앉아 다시 메시지를 읽어본다. 케이트의 열성적인 태도를 지나치게 과장했을까? 지금 나쁜 짓을 하고 있다는 것도, 케이트가 이 일을 알게 되면 자신을 혐오하게 될 것이라는 사실도 잘 알고 있지만 그래도 보내기 버튼을 누른다.

41장

사일러스

"아까 그건 선을 넘은 행동이야." 사일러스는 A30 국도를 타기 위해 마을 바깥쪽으로 차를 몰면서 말한다.

"죄송합니다." 스트로버가 말한다. "하지만 그저 번호를 받아온 것뿐이에요. 꼭 확인해볼 필요는 없어요."

스트로버가 침묵 속에서 마음을 졸이도록 일부러 입을 꾹 다문 채 좁디좁은 골목길 사이로 조심스럽게 차를 몬다. 사일러스는 콘월의 골목길을 좋아한다. 특히 지금처럼 꽃들이 활짝 만개하여 야생화들이 높다란 자연석 벽들을 온통 뒤덮고 있을 무렵에는 더할 나위가 없다. 하지만 캠핑카를 뒤에 매달고 이 좁다란 골목길을 달렸을 때는 별로 재미가 없었다. 더구나 그때는 다섯 살짜리 코너가 뒷좌석에서 떼를 부리고 있었고 조수석에 앉은 멜은 낡은 도로 지도를 들여다보며 골머리를 앓고 있었다.

"우리는 1년 동안이나 함께 일했어요." 스트로버가 침묵을 깨고 입을 연다. "나는 케이트가 좋아요."

"안 그런 사람이 어디 있어. 그렇다고 해서 케이트가 새로 사귄 연하 남자 친구의 자동차 번호판을 일일이 확인해줄 필요는 없잖아. 아무리 남자가 바람을 피우고 있을지도 모른다고 해도 말이야."

사실 말은 이렇게 엄하게 하고 있지만 스트로버가 케이트에게 한 약속에 대해 그렇게 크게 신경을 쓰고 있는 것도 아니다. 다만 여기에서 스트로버에게 확실히 선을 그어두고 누가 책임자인지를 분명하게 해두고 싶을 뿐이다.

"남자가 바람을 피우고 있을까봐 부탁한 게 아니에요." 스트로버가 말한다.

사일러스는 그 말에 깜짝 놀라 스트로버 쪽을 쳐다본다. 자신이 무언가를 놓쳤을까? 여자의 직감이 다시 한번 작용한 모양이다. "그럼 왜 그런 부탁을 하는 건데?"

"케이트가 우리에게 부탁한 건 두 가지에요." 스트로버가 대답한다. "롭하고 똑같이 생긴 사람이 있는지 찾아봐달라는 것. 그리고 런던에 있어야 하는 롭이 콘월에서 차를 몰고 돌아다니지 않았는지 확인해달라는 것이죠. 도플갱어에 대해 걱정하는 사람이 롭 뿐만이 아닌 거예요. 케이트도 도플갱어에 대해 걱정하고 있어요."

"그래서?"

"그저 그 문제를 확인해줘야 한다고 생각한 것뿐이에요. 다른 생각은 없어요. 지난 24시간 동안 케이트가 겪었던 일을 생각해본다면 말이에요."

사일러스의 휴대전화가 자동차 내부 스피커를 통해 울리기 시작한다.

"호랑이도 제 말하면 온다더니." 사일러스가 디스플레이 화면을 힐

곳 확인하며 말한다. 데번 및 콘월 지방경찰청의 종합상황실이다.

"무슨 소식이 있습니까?" 사일러스가 묻는다.

아직 기회가 남아 있을 때 콘월 지방으로 전근을 요청하는 것이 좋을지도 모른다.

"찾으시던 BMW가 발견되었습니다." 차에 대한 정보를 알려주려고 종합상황실에 전화를 걸었을 때 사일러스의 설명을 들었던 그 직원이다. "해안을 따라 몇 킬로미터 올라간 곳인 네어헤드 뒤쪽에 있는 주차장에서 발견되었습니다."

"운전자의 흔적은요?" 사일러스가 묻는다.

"아무것도 남아 있지 않습니다."

"감식반에서 좀 살펴보도록 조치할 수 있습니까? 지문을 채취한다든가요."

잠시 침묵이 흐른 후 직원이 목청을 가다듬으며 다시 입을 연다. "여기는 스윈던이 아니라 콘월입니다. 그리고 일요일 오후라고요. 여기 경찰 전체를 통틀어서 감식반이 몇 명밖에 안 되는지 아십니까?"

인력 부족에 대한 논쟁에는 휘말려들고 싶지 않다. 눈 깜짝할 사이에 지는 싸움이 될 것이 뻔하기 때문이다.

"그 자동차는 도난당한 차량이고, 그 운전사는 우리 경찰관 중 한 명을 차로 치려고 했습니다." 사일러스가 반박한다.

"우리가 그 주위를 이미 샅샅이 살펴봤습니다. 사람의 흔적이라고는 전혀 눈에 띄지 않았습니다."

이 논쟁에서 사일러스에게는 승기가 보이지 않는다. 적어도 자동차를 찾았으니 그것으로 만족해야 한다. "협조에 감사드립니다." 사일러스는 인사를 하고 전화를 끊는다.

"도난당한 자동차를 버리기에는 좀 이상한 곳인데요." 스트로버가 휴대전화의 지도를 켜고 위치를 찾아보며 말한다. "외딴 곳이거든요."

사일러스도 같은 생각을 하고 있다. 해안 절벽 근처에 버려진 자동차가 있다는 것은 보통 단 한 가지를 의미한다. 자살이다. 전혀 말이 되지 않는다. 한 시간 전까지만 해도 그 남자는 케이트를 차로 치어 죽이려 했다. 그 전날에는 거의 물에 빠트려 죽일 뻔했다.

"디지털 감식반에 있는 그 자네 친구한테 롭을 찾아보라고 부탁해봐." 사일러스가 말한다. "얼굴이 똑같은 사람이 있는지 확인해보라고."

스트로버가 깜짝 놀란 표정으로 사일러스를 쳐다본다. "진심입니까?"

"안 될 이유도 없지." 사일러스는 방어적으로 대답한다. 디지털 수사관인 스트로버의 친구는 솜씨가 좋다. 이전의 사건들에서도 크게 도움을 받았다.

"이건 선을 넘는 게 아닙니까?" 스트로버가 묻는다.

그럴지도 모른다. 하지만 오늘 두 사람은 케이트의 새로운 인생에 막무가내로 쳐들어가서는 케이트가 애써 잊고 싶어하는 과거를 떠올리게 만들었다. 스트로버 말이 맞다. 예전 동료를 위해서라면 적어도 이 정도 일은 해줄 수도 있다.

"그 번호판도 확인해보고." 스트로버의 놀란 표정을 짐짓 못 본 체하며 말한다. "롭이 정말 바람을 피우고 있는지 확인해보자고."

42장

제이크

제이크가 보낸 페이스북 메시지에 커비는 거의 즉각적으로 답변을 보낸다. 커비는 실리콘밸리 어딘가의 기술 회사에서 일을 하고 있다. 분명 컴퓨터 관련 신생 회사로 빈백을 의자로 쓰고 소셜 미디어에 항시 접속하고 있는 것이 업무의 일환인 곳일 것이다.

케이트! 당신에 대해 얘기 많이 들었어요. 지금까지는 모두 멋진 얘기뿐 이었죠. ☺ 아주 좋은 생각이에요. 무슨 이야기를 듣고 싶은가요? 정말 많 은 이야기들이 있거든요! 그 멋진 파티는 언제인가요?!

제이크는 의자에 뒤로 기대어 앉는다. 대화를 시작하자마자 대뜸 도플갱어 이야기를 꺼낼 수는 없는 노릇이다. 하지만 케이트의 계정을 사용하고 있기 때문에 페이스북에 너무 오랫동안 접속하고 있는 것도 마음이 불편하다. 케이트의 계정으로 로그인한 지 벌써 30분이 지났다. 이건 케이트를 배신하는 짓이라는 생각이 점점 커지기 시작한 참이다. 답변을 입력하려는 순간 화면에 새로운 대화창이 뜬다.

제이크의 몸이 얼어붙는다. 롭에게 온 메시지이다.

안녕?! 여름 동안에는 페북 안 하는 줄 알았는데???? 전화해줄래?? 계속 다시 전화해보던 중. 페이스타임은 어떻게 된 거야? 거기 아래 인터넷 좀 손 봐야겠다. 집 전화도 안 돼. 괜찮은 거지? xx

모른 체 무시해야 할까? 답을 한다면 모든 것이 들통날지도 모른다. 실수를 할 가능성이 너무 크다. 게다가 무슨 이유에서인지 모르지만 케이트는 지금 당장 롭하고 이야기를 하고 싶지 않은 것처럼 보인다.

롭에게 아무런 답을 하지 않은 채 로그아웃한다. 커비는 좀 기다려야 할 것이다.

43장

케이트

　오늘이 해변 청소가 있는 날이라는 사실을 까맣게 잊고 있었다. 이 동네에서는 해변 청소를 꼭 나가야 하는 것은 아니다. 다들 자신이 할 몫을 제대로 해내고 있다. 해변을 달리는 사람들, 개를 산책시키는 사람들, 심지어 관광객들까지 자신이 어지른 자리는 깨끗이 치우고 다닌다. 하지만 오늘밤에는 청소 모임에 나가고 싶다. 나가서 이번 주말에 있었던 모든 일들을 잠시나마 좀 잊고 싶다.

　"너도 올 거지?" 케이트는 소파에 스트레치와 함께 앉아 있는 벡스에게 묻는다.

　"그럼." 벡스는 평소보다 기분이 좀 가라앉아 보인다. 대낮부터 진을 마셔댔기 때문이다. 케이트 자신도 숙취가 가시지 않았다. 그리고 여전히 충격에서 벗어나지 못하고 있다.

　지금까지 두 사람은 군용 제트기 소리에 대해 길고 열띤 토론을 벌였다. 큰 화면에 비친 롭의 표정을 보고 스피커에서 제트기 소리가 들리자마자 케이트는 재빨리 영상 통화를 끊고 컴퓨터를 닫아버렸다. 다시 휴대전화 전원을 꺼버리고 벡스한테도 전원을 끄라고 시켰다. 집 전화는 아침에 롭과 통화한 이후 내내 끊어진 상태이다.

두 사람 모두 제트기 소리가 들렸다는 사실이 무엇을 의미하는지 확신하지 못하고 있다. 롭이 케이트한테 말도 없이 몰래 콘월에 내려와 있을지도 모른다. 그게 아니라면 아까 화면에 비친 사람이 롭이 아닌, 지금 콘월에 있는 그의 도플갱어일지도 모른다. 케이트의 눈에는 롭처럼 보이지 않았지만 벡스는 그 남자가 롭이 맞다고 확신한다. 그렇다면 제트기 소리는 물론 롭의 얼굴에 떠오른 어딘가 켕기는 듯한 표정 역시 그저 케이트의 상상에 불과했던 것일까?

차라리 그랬으면 좋겠다. 해변 청소가 끝나면 롭한테 전화를 걸어볼 작정이다. 페이스타임 말고 평범한 전화 말이다. 지금처럼 전화를 걸었다가 끊어버리는 짓을 계속 반복할 수는 없는 노릇이다. 롭은 여기 콘월의 인터넷 상태가 형편없다는 사실에 이미 익숙해졌을 테지만 그래도 혹시 무슨 일이 생긴 건 아닌지 걱정을 하며 계속 전화를 걸어보려 할 것이다.

오늘밤에 펜도워 해변에는 스무 명 남짓의 꽤나 많은 사람들이 모였다. 전부 롭 덕분이다. 케이트는 롭에게 환경 보호를 위해 좀 더 많은 일을 하라고 계속해서 이야기한다. 롭 자신도 의욕은 넘치지만 옆에서 계속 가르쳐줄 사람이 있어야 한다. 디젤 연료를 길에다 뿌리고 다니는 사륜구동 자동차 말고 전기 차를 구입하라고 권하는 일처럼 말이다. 지난 몇 달 동안 롭의 회사에서는 이 지역의 해변 청소를 후원하고 있다. 자원봉사자들이 입는 셔츠 구입 비용을 지불하고 봉사자들을 해변까지 데려다주는 마을 승합차의 연료비를 지원한다. 요즘 케이트는 전기 미니버스의 구입비용을 마련하기 위해 롭을 설득하고 있는 중이다. 후원의 가장 핵심적인 부분은 청소가 끝난 후 청소에 참가한 모든 사람들이 술집에 가서 한잔할 수 있도록 술집에 돈을 맡겨두는 일이다.

"런던에도 제트기가 다녀." 밀물이 차오르는 경계선에서 바다 방향으로 청소를 시작하며 벡스가 입을 연다. 벡스 스스로도 자신이 하는 말에 확신이 없어 보인다. 케이트는 굳이 대답하지 않는다.

스트레치가 두 사람 앞에서 이리저리 냄새를 맡으며 돌아다닌다. 썰물 때라 물이 다 빠져나간 뒤라 청소를 하기에는 딱 좋다. 저 멀리 보이는 세인트모스 성 너머로 해가 넘어가는 동안에도 두 사람 뒤쪽으로는 여전히 몇몇 가족들이 해변에 남아 오늘의 마지막 햇살을 한껏 즐기고 있다. 다들 끝나지 않기를 바라는, 구름 한 점 없는 전형적인 콘월의 하루였다. 모래에도, 햇볕에 그을어 붉게 상기된 뺨에도 아직 여름의 열기가 그대로 남아 있다.

"너도 롭의 그 표정을 봤잖아." 케이트가 말한다. "정체가 발각된 사람의 얼굴이었다고." 롭이 자신한테 한 마디 말도 없이 콘월에 내려왔을 리가 없다고 믿고 싶다. 그렇기 때문에 더더욱 이 남자와 직면하여 도대체 정체가 무엇인지, 왜 콘월에 와 있는지 밝혀내야 한다. "시차가 길어봐야 2초밖에 안 났어." 케이트는 해초와 뒤엉킨 주황색 낚싯줄 뭉치를 집어들며 말한다. "여기에서 얼마 멀지 않은 곳에 있었던 게 틀림없어."

롭의 회사 이름이 큼지막하게 박혀 있는 콜라 캔을 집어 양동이에 던져 넣는다. 그리고 고개를 들고는 해변 위쪽의 마을과 주위를 둘러싼 자연의 풍광을 찬찬히 둘러본다. 롭의 도플갱어가 정말로 지금 여기 어딘가에 있을까? 자신들을 지켜보고 있을까? 케이트의 롭에게 무슨 짓을 저지른 것일까? 지난 다섯 달 동안 케이트를 지극정성으로 보살펴주고 그토록 다정하게 사랑해준 롭에게 무슨 일이 생긴 것일까?

"이 모든 일을 설명할 수 있는 또 다른 가설이 있어."

"이미 말했잖아. 롭한테는 쌍둥이 형제 같은 건 없다니까."

"그 얘기가 아니야." 벡스가 해변 주위를 두리번거리며 잠시 망설인다. "혹시 카그라스증후군이라고 들어본 적 있어?"

"아니. 그게 왜?" 케이트가 묻는다. 다만 프랑스어처럼 들리기는 한다. 리비에라에 있는 휴양지 이름 같다. "내가 들어봤어야 하는 거야?"

"어제 제이크가 나한테 그 얘기를 해줬거든. 그게 말이지…" 벡스가 다시 머뭇거린다. 평소답지 않게 말을 주의 깊게 고르고 있다. "어떤 심리 상태인데, 그 상태에서는 자신이 사랑하는 사람이 그 사람인 척하는 사기꾼, 도플갱어로 바꿔치기 되었다고 생각하게 된대."

"어떤 심리 상태라고?" 케이트가 묻는다. 지금 벡스는 솔직하게 터놓고 이야기를 하지 않고 있다. 그보다 더 심각한 일처럼 들린다. 게다가 벡스가 자신의 문제를 두고 제이크와 함께 이야기를 했다는 사실 자체만으로 마음이 불안하게 술렁인다.

"알겠어. 그건 질병이야." 벡스가 말한다. "망상증이래."

"벡스, 나는 망상에 사로잡힌 게 아니야." 케이트는 앞서 걸어 나가며 날카롭게 대꾸한다. 하지만 한편으로는 좀 더 이야기를 들어보고 싶은 마음도 있다.

"그 병은 누군가를 눈으로 직접 보고 있을 때만 증상이 나타나." 벡스가 케이트의 등 뒤에 대고 말한다. "그냥 전화로만 이야기할 때는 상대가 도플갱어라는 생각이 들지 않는데."

걸음을 멈추고 몸을 돌려 벡스를 쳐다본다. 지금 벡스가 뭐라고 말한 것일까? 휴대전화로 전화를 걸었을 때 롭과 나눈 대화가 머릿속에 떠오른다. 그때 롭의 목소리가 얼마나 친밀하고 마음 든든하게 들렸던가.

"그게 정말이야?" 케이트가 묻는다.

벡스가 케이트의 심정을 충분히 이해한다는 표정으로 미소를 지으며 고개를 끄덕인다. "너는 차 사고 때 머리를 다쳤잖아. 뇌에서 네가 다친 그 영역에 손상이 가면 이런 질환이 발병할 수도 있대."

"알겠어." 이 모든 정보를 제대로 이해하려고 애를 쓰는 중이다. "미안해. 말을 그렇게 할 생각은 아니었어….”

"그건 괜찮아." 벡스가 케이트의 말을 가로막으며 말한다. "하지만 바르마 박사님한테 한번 물어보는 게 좋을 것 같아. 다음 번 진료를 받을 때 말이야. 별일 아닐 수도 있으니까."

별일 아닌 것처럼은 보이지 않는다. 하지만 마음 한편에서는 이미 기분이 한결 나아지고 있다. 머리 부상으로 인해 어떤 특정한 질환에 걸렸다는 것이 지금처럼 정신이 어떻게 되어버린 것이 아닐까 걱정하는 것보다 훨씬 더 안심이 된다. 정말 케이트가 그런 병에 걸렸다면 지금처럼 롭하고 전화 통화를 할 때는 아무렇지도 않지만 얼굴을 마주보고 이야기를 할 때면 그 기이한 감각이 되살아나는 현상을 설명할 수 있을지도 모른다.

하지만 그렇다 해도 제트기 소리 문제는 여전히 해결되지 않는다. 지금 이 순간에도 먼 바다에서 제트기가 지나가는 소리가 들린다. 어쩌면 지금 들리는 소리 역시 케이트가 머릿속에서 상상으로 만들어낸 것일지도 모른다.

5분 뒤 케이트와 벡스는 다른 자원봉사자들 무리에서 떨어져 나와 입을 꾹 다문 채로 밀물이 차오르는 경계선 근처를 살펴보고 있다. 두 사람이 가는 곳마다 바닷새 무리가 황급히 흩어지며 날아오른다. 제이크라면 이 바닷새의 이름을 알지도 모른다. *꼬까도요야.* 케이트의 머릿속에서 제이크가 속삭인다.

"스트레치는 어디로 가버린 걸까?" 벡스가 고개를 들고 묻는다.

"근처 어딘가에 있을 거야." 케이트가 대답한다.

스트레치가 멀리 가버리거나 길을 잃을까봐 걱정한 적은 없다. 여기 해변은 반려동물 친화적인 곳으로 이곳 마을 사람들은 서로의 반려동물을 보살펴 준다. 다음 순간 50미터 앞쪽, 모래사장이 사라지고 바위투성이 해변이 시작되는 곳에서 스트레치의 모습을 발견한다. 보통은 그렇게까지 멀리 가지는 않는다. 그곳은 뒤로 솟은 절벽 그늘에 가려 항상 습하고 인기척이 없는 곳이다. 근처에서 꼬까도요 한 무리가 신경질적으로 모래를 쪼아대고 있다. 스트레치는 새 떼 너머의 만조 경계선 부근에서 무엇인가의 냄새를 맡고 있다. 여기서는 바위에 가려 잘 보이지 않는, 해초가 잔뜩 뒤엉킨 커다란 뭉치이다. 스트레치가 멍멍하고 짖기 시작한다.

"저기 있네." 벡스가 말한다. "뭘 찾은 거지?"

케이트는 대답하지 않는다. 그 대신 스트레치를 향해 걸음을 옮기기 시작한다. 걸음을 재촉할수록 속이 조이듯이 답답해진다. 스트레치는 평소에 이렇게 짖는 일이 없다.

"케이트, 무슨 일이야?" 등 뒤에서 벡스가 부르는 소리가 들린다. 목소리가 두려움으로 가득 차 있다. "스트레치가 뭘 보고 짖는 거야?"

케이트는 스트레치가 발견한 것에서 시선을 떼지 못한 채 계속 앞으로 걸어 나간다.

"꼬맹이야, 거기에서 나와." 3미터 정도 거리를 두고 서서히 걸음을 멈춘 다음 나직한 목소리로 스트레치를 부른다. "그래, 착하지."

이제 곧 토할 것만 같다.

"하느님 맙소사." 지금 막 케이트의 옆으로 다가온 벡스가 한 손으로 입을 막는다.

"경찰에 신고하는 게 좋겠어." 케이트가 간신히 말한다.

44장

제이크

다시 벡스의 컴퓨터 앞에 앉는다. 충분히 오랫동안 기다렸다. 커비와 대화를 할 기회를 이렇게 놓쳐버릴 수는 없다. 커비 또한 갑자기 케이트가 어디로 사라져버렸는지 궁금해하고 있을 것이다.

제이크는 케이트의 계정으로 로그인을 한 다음 신속하게 행동한다. 서둘러 대화 창을 둘러보고 롭이 접속하고 있지 않다는 사실을 확인한다. 그 다음 커비와의 대화 창을 열고는 자신이 지금 케이트의 입장에서 글을 쓰고 있다는 사실을 스스로 되새긴다.

미안, 잠깐 나갔다 왔어요. 뭐든 좋아요. 완전히 옛날이야기는 어때요? 같이 학교 다닐 때 얘기도 좋고 여행 다닐 때 얘기도 좋고요. 태국에도 갔었다면서요?

태국이라는 말을 너무 빨리 꺼낸 것일까? 어쩌면 좀 더 일반적인 주제로 이야기를 시작해야 했는지도 모른다. 하지만 롭이 나타나기 전까지 페이스북에 얼마나 오래 머물 수 있을지 장담할 수 없다. 어쩌면 벡스가 나타날지도 모른다. 화면 오른쪽에 있는 케이트의 친구 목록을 위아래로 스크롤하면서 롭의 이름 옆에 '접속 중' 상태를 나타내는 초록색 아이콘이 나타나는지를 살핀다.

태국에서 롭한테 있었던 일은 알려고 하지 마세요.

제이크는 화면을 가만히 응시한다. 얼굴에서 핏기가 빠져나가는 것이 느껴진다. 이제는 상황을 돌이킬 수 없다. 벡스가 뭐라고 얘기를 했는지, 롭이 얼마나 입이 무거웠는지를 정확하게 기억해내야 한다.

왜요? 한번 지나가는 말처럼 얘기한 적은 있어요. 어떻게 해변에서 도플갱어를 만났는지에 대해서요. 심란해 보였어요. 롭을 돕고 싶어요. 그 얘기를 좀 더 털어놓을 수 있게 해주고 싶어요.

커비는 즉시 답변을 보낸다.

전화해도 될까요?

뜻밖의 제안에 크게 당황한다. 커비가 케이트의 휴대전화 번호를 알고 있을까?

여기 콘월에서는 전화 수신 상태가 별로라서요. 메시지가 나을 거예요.

다시 한번 정체가 탄로난 게 아닌지 고민한다. 커비의 대답이 돌아오기까지 시간이 오래, 너무 오래 걸린다.

내가 이렇게 얘기해도 좋을지….

즉시 답변을 입력한다. 케이트다운 말이 제이크의 안에서 자연스럽게 흘러나온다.

나는 롭을 정말 사랑해요. 고작 몇 달이었지만 그는 내 인생을 완전히 바꿔주었어요.

그리고 케이트는 롭을 정말로 행복하게 해줬고요. 롭도 당신을 많이 사랑해요.

더이상 이런 말을 이어갈 자신이 없다. 다시 오랫동안의 침묵이 흐른다.

잠시만 기다려줘요. 얘기할 게 정말 많거든요.

다시 커비가 답변을 입력할 때까지 10분이라는 긴 시간이 흐른다. 그동안 제이크는 마치 딱 붙은 것처럼 자리에 앉아 대화 창에서 눈을 떼지 못하고 있다. 한편 친구 목록을 위아래로 올렸다 내렸다 하며 롭의 이름 옆에 초록색의 '접속 중' 아이콘이 나타나는지도 계속 살핀다. 잠시지만 케이트가 롭하고 한 대화들을 조금 훔쳐보고 싶은 충동에 휩쓸린다. 하지만 읽어봤자 고통스럽기만 할 것이 뻔한 데다 지금은 그런 짓을 하러 여기 들어와 있는 것이 아니다. 다음 순간 커비의 기다란 답변이 화면이 떠오른다. 오래 기다린 보람이 있다.

우리는 태국에 있으면서 로버트의 스물한 번째 생일을 축하하기 위해 해변에서 파티를 벌였어요. 케이트도 잘 알겠지만 최근 몇 년 동안 롭은 약에는 손을 댄 적이 없지요. 그때 우리는 어렸다고만 말해둘게요. 밤이 늦은 시간이었어요. 별이 반짝이고 있었고요. 다들 멋들어진 모습이었습니다. 그리고 완전히 취해 있었지요.

그날 밤 다들 로버트와 어울리고 싶어 안달을 냈습니다. 그의 생일과 놀라운 성공을 축하하며 축배를 들었죠. 처음으로 개발한 앱 두 가지가 이미 대단한 성공을 거두고 있었으니까요. 앱스토어에서 1, 2위를 다투고 있었죠. 롭은 전 세계 시장을 교란시키면서 생애 첫 백만 파운드를 벌어들이고 있었습니다. 그렇게 젊은 나이에 대단한 일이었어요. 롭은 술을 엄청나게 마셔대면서 뭔지 알 수 없는 이상한 약을 입안에 털어 넣었습니다. 그게 뭐였는지는 지금도 잘 모르겠어요. 그러다 어느 틈엔가 롭은 해변의 어둠 속으로 걸어가더니 어디론가 사라져버렸습니다.

다시 돌아왔을 때 롭은 어딘가 당혹스러워 보였습니다. 솔직히 말하자면 죽은 사람 같은 몰골이었어요. 그러더니 다소 횡설수설하는 말투로 언젠가 제대로 성공을 거두기 위해서는 스스로를 바꾸어야 한다는 기분이 든다고 말했어요. 롭이 진심으로 존경하고 있던 기술 사업 분야의 온갖 거물들의 이름을 들먹이며 농담을 했습니다. 그들 또한 성공을 이루기 위해 규칙을 지키지 않았다면서요. 세금을 착실하게 내지 않았고, 다른 사람들의 '착상'을 빌려썼고, 개인 정보를 유용했고, 직원들을 혹사시켰다는 겁니다. 그런 비슷한 이야기예요. 물론 다 허튼 소리였지만 롭은 진심으로 그렇게 생각하는 것 같았어요. 그 문제가 신경쓰여 어쩔 줄 모르는 것처럼 보였죠. 인생의 기로에 서 있었던 거예요. 그 나이 또래 우리 모두가 그랬던 것처럼요. 롭에게는 실로 중요한 순간이었죠. 케이트도 잘 알지만 요즘 롭은 좋은 일에 앞장서고 있잖아요. 온갖 종류의 의학 기술을 개발하고 자선 사업을 벌이면서요. 그때 롭은 일종의 갈등을 겪었던 겁니다. 그때까지 이루어놓은 성취에 대해서, 앞으로 자신이 실제로 얼마나 먼 길을 갈 수 있는지에 대해서 고민을 했던 거죠. 사업에서 크게 성공을 거두면서도 여전히 좋은 사람으로 남을 수 있는지에 대한 문제를 두고 씨름을 하고 있었던 겁니다.

나중에 가서야 나는 왜 그렇게 걸어가버렸는지 물었습니다. 롭은 갑자기 입을 다물더니 아까 파티에서 초대받지 않은 손님을 본 것 같은 기분이 들었다고 말했어요. 그 남자는 로버트하고 기묘할 정도로 닮았다는 것 같았어요. 그래서 로버트는 그 남자를 찾고 싶었대요. 여기저기를 다 찾아본 끝에 롭은 해변의 반대편 끝자락에서 그 남자를 발견한 겁니다.

제이크는 의자에서 몸을 바로 세우고 앉는다.

그 남자를 따라잡은 순간 로버트는 살면서 그렇게 놀란 적이 없었답니다. 그 남자는 그저 비슷하게 닮기만 한 것이 아니라 로버트와 완전히 똑같이 생겼기 때문이에요. 내 말은 완벽하게 똑같았다는 겁니다.

45장
사일러스

사일러스는 저녁 해가 뿌리는 마지막 햇살을 받으며 붉게 빛나는 스톤헨지를 멍하니 쳐다보고 있다. A303 국도에는 도로 정체 때문에 가만히 멈춰 있기에 지금 여기보다 훨씬 풍경이 안 좋은 곳도 많을 것이다. M5와 M4 고속도로를 타고 스윈던으로 돌아갈 생각이었지만 문득 돌아가는 길에 제이크한테 들러보고 싶은 마음이 들었다. 거룻배의 보험에 대해 묻고 싶은 게 있다. 화재는 불운한 사고였을지 모르지만 시기가 너무 딱 들어맞는 것이 여전히 마음에 걸린다.

조수석에 앉은 스트로버는 방금 케이트가 부탁한 자동차 번호판에 대한 조사 결과를 알려주는 전화를 받았다. 사일러스는 스트로버가 자신한테 상의도 없이 덥석 콘월에 있던 차에 대해 조사해주겠다고 나선 일에 대해 여전히 기분이 언짢은 상태이다. 하지만 스트로버 말이 맞다. 케이트를 우리 편에 두어야 한다. 스트로버의 보고에 따르면 그 테슬라는 롭의 차가 아니다. 그 테슬라의 소유주는 길모어 마

269

틴이라는 사람으로 운전면허청에 등록된 주소는 런던 N1 지역의 '전교' 주소이다. '전교' 주소는 운전면허청에서 자동차의 소유주가 해외에 있거나 고정된 거주지가 없을 경우 사용하는 주소 체계로 그런 사람은 친구의 집이나 가족의 집을 '전교' 주소로 사용할 수 있다. 적어도 원칙적으로는 그렇다. 하지만 범죄자들 또한 이 주소 체계를 한껏 악용하고 있다.

"길모어 마틴이 누굴까요?" 스트로버가 묻는다.

"롭은 아닌 걸로 충분하잖아. 우리가 알아야 할 것은 그게 다야." 사일러스가 날카로운 말투로 대꾸한다. "케이트가 알아야 하는 것도 그게 다고. 케이트는 마음을 놓을 수 있겠지. 남자 친구가 바람을 피우는 게 아니니 말이야. 남녀 관계 상담은 이걸로 끝이야. 다음 문제로 넘어가자고."

사일러스는 지금 부당하게 신경질을 부리고 있다. 전 아내인 멜은 사일러스가 이럴 때마다 '뾰족하게 군다'라고 표현했다. 실은 코너가 집을 나가 자취를 감춘 이후로 내내 그런 상태이다. 돌처럼 단단한 침묵 속에서 차는 느릿느릿 앞으로 나아간다. 앞에서 2차선이 1차선으로 합쳐지고 있다. 스트로버에게 또 다른 전화 한 통이 걸려온다. 디지털 감식반에 있는 친구가 롭과 이목구비의 수치가 들어맞는 사람들을 전부 일곱 명 찾아냈다는 소식이다. 이름과 신원은 아직 알아내지 못했고 단지 얼굴 사진만 찾아냈다고 한다. 좀 더 자세한 정보는 나중에 가서 전해 듣기로 한다. 사일러스는 이 소식을 듣고 케이트가 마음을 놓게 될지, 한층 더 무서워하게 될지 짐작도 가지 않는다.

"그것 참 기묘한 생각이야, 그렇지 않아?" 사일러스는 운전대를 톡톡 두드리며 입을 연다.

"뭐가요?"

"우리하고 똑같이 생긴 사람들이 이 세상 어딘가에 존재하고 있다는 생각 말이야."

전 아내와 똑같이 생긴 사람이 일곱 명이나 있다면. 생각해볼 만한 문제이다.

"지구도 비슷하지 않을까?" 사일러스는 지금 방금 떠올린 즉흥적인 생각에 열중하여 말을 잇는다. "저 우주 어딘가에 우리 지구하고 완전히 똑같은 행성들이 존재하고 있을 게 틀림없어."

"아셔야 할 일이 있어요." 스트로버가 이제 사일러스가 완전히 익숙해진 말투로 입을 연다. 그 말투는 지금부터 스트로버가 무언가 솔직하게 털어놓을 것이라는 신호이다.

"말해봐." 사일러스는 차의 앞쪽을 똑바로 쳐다보며 대답한다. 그 디지털 수사관이 단순한 친구 이상이라는 사실을 고백하려는 것일까? 그렇대도 별로 상관은 없다. 다들 각기 나름의 취향이 있는 법이다. 만약 그렇다면 작년에 스트로버가 술집에서 음모론을 퍼트리는 션과 오래 연애를 하지 못한 일도 납득이 간다.

"우리가 보유한 경찰 데이터베이스와 유로폴, 인터폴의 자료들은 전부 유용하긴 하지만 이 세상에는 그보다 훨씬 거대한 데이터베이스들이 있어요." 스트로버가 조심스럽게 입을 연다. "합법적인 것들도, 불법적인 것들도 있죠. 다크 웹 같은 곳에요."

"그래서 자네 친구가 거기에 접속했다는 거야?"

스트로버가 고개를 끄덕인다. 사일러스는 입을 다물고 계속 운전을 한다. 지난 몇 년 동안 기술 발달로 인해 경찰 업무의 양상이 크게 바뀌면서 사일러스 같은 보수적인 성향의 형사들이 시대에 뒤쳐져버린 것은 사실이다. 사일러스는 컴퓨터를 다루는 업무에는 아무 짝에도 쓸모가 없을지도 모르지만 그래도 경찰이 기술을 이용하여 무슨 일을 할 수 있는지에 대해서는 이해하고 있을 필요가 있다.

"보스가 들어본 적이 있는 모든 소셜 미디어에서 모아놓은 얼굴 이미지들이 있어요." 스트로버가 계속 설명한다. "그리고 보스가 한 번도 들어본 적이 없을 소셜 미디어들도 잔뜩 있어요. 중국의 웨이보와 유쿠, 러시아의 VK와 오드노클라스니키 같은 곳이에요. 페이스앱처럼 나이를 변환시켜 주는 앱들에서도 얼굴 이미지가 대량으로 생성되고 있어요. 사람들이 자신이 아흔 살이 되었을 때 어떤 얼굴이 되는지, 그 사진들을 공유하고 있거든요."

"고맙지만 나는 별로 알고 싶지 않은데." 사일러스가 대꾸한다.

"자오에서도 같은 일이 벌어지고 있어요. 중국에서 만든 얼굴 합성 앱인데, 자신의 얼굴을 영화배우의 얼굴로 바꾸어 줘요. 이렇게 온라인상에 올라 있는 모든 얼굴 이미지에다가 전 세계 법집행기관, 정보기관에서 사용하는 데이터베이스를 합치면 아주 거대한 데이터세트가 만들어져요." 스트로버가 말을 잇는다. "셀 수 없이 많은 얼굴 사진들로 이루어진 데이터베이스예요. 아마도 10억 개가 넘을 겁니다."

셀카 사진의 복수로군. 사일러스는 사진 전경에 자신의 웃는 모습을 크게 보이게 넣어 좋은 사진을 망쳐버리는 충동에 대해서는 도무지 이해할 수가 없다.

"그렇게 많은 얼굴들을 도대체 어떻게 검색하는 거야?" 사일러스가 묻는다.

"잘 짜인 알고리듬과 퍼지 이론, 논리 확률론을 이용하는 거죠. 이 분야에서는 러시아의 프로그래머들이 선두를 달리고 있어요. SearchFace.ru라고 하는 검색 사이트에서는 VK에 올라온 5억 장의 얼굴 사진을 뒤져 불과 몇 초 만에 똑같은 얼굴을 찾아낼 수 있습니다. 물론 제대로 작동하려면 아직 갈 길이 멀어요."

스트로버의 디지털 수사관 친구의 도움을 받았던 마지막 사건이 떠오른다. 그때 사일러스는 스트로버가 컴퓨터 전문가라고 생각했다. 이 여자는 그야말로 뛰어난 실력을 발휘했고 대칭키 블록 암호, 삼중 데이터 암호화 알고리듬 같은 이야기로 사일러스의 혼을 쏙 빼놓았다. 사일러스는 나중에 가서 그 용어들이 무슨 뜻인지 찾아보아야 했다.

"자네 친구가 롭의 도플갱어를 고작 일곱 명밖에 못 찾아냈다는 게 오히려 더 놀라운데."

"아직 그 일곱이 어디 사는 누구인지는 정확하게 알 수 없어요." 스트로버가 휴대전화 화면을 읽으며 말한다. "한 명은 8년 전에 아일랜드에서 마지막으로 목격되었습니다. 두 사람은 어쩌면 호주에 있을지도 모르고 다른 한 사람은 태국에 있을 가능성이 높아요. 태국에 있는 이 사람이 롭하고는 제일 비슷하게 생겼답니다. 나머지 세 사람은 10년도 훨씬 전에 북아메리카 대륙에서 마이스페이스와 비보에서 마지막으로 포착되었고요."

도로 정체가 점차 풀리기 시작할 무렵 차 스피커에 연결된 사일러스의 휴대전화로 다시 전화가 걸려온다. 이번에도 또 데번및콘월지방경찰청의 종합상황실이다.

"찾으시던 자동차 운전사의 소재를 파악했습니다." 남자가 말한다.

대번에 나쁜 소식이라는 사실을 직감한다. '소재를 파악했다'는 말이 결코 좋은 뜻으로 사용될 리가 없다.

"해변을 청소하던 자원봉사자들이 오늘밤 그 남자의 시체를 발견했습니다. 한 30분쯤 전입니다. 차가 주차된 곳에서 그리 멀지 않은 펜도워 해변에서입니다."

"자살입니까?" 케이트가 이 소식을 이미 들었을지 궁금해진다.

"살인 사건으로 보고 수사를 시작하려 합니다. 남자는 머리에 총을 맞은 것처럼 보입니다."

46장
제이크

해변 파티에 나타났다는 롭과 똑같이 생긴 그 남자에 대해 좀 더 많은 것을 알고 싶은 마음이 굴뚝같다. 하지만 무슨 이유에서인지 커비가 갑자기 조용하다. 여전히 접속을 한 상태이지만 대화 창에서 아무 말도 하지 않는다. 또 다른 메시지를 보내 대답을 재촉한다.

좀 더 얘기해줄래요?

오랜 기다림 끝에 커비는 다시 한차례 장문의 글을 올린다. 이야기가 계속 이어진다.

나는 그 남자를 직접 보지 못했어요. 길, 그게 그 남자의 이름이었다고 생각해요. 그날 밤 해변에는 수백 명의 사람들이 모여 있었어요. 서핑하는 사람들, 컴퓨터 전문가들, 로버트와 함께 일하고 싶어하는 추종자들까지요. 그 남자 이야기를 들은 것은 나중의 일이었어요. 롭은 그 남자가 마치 자신의 쌍둥이 같았다고 말했어요. 하지만 로버트한테는 쌍둥이 형제가 없어요. 그리고 얘기를 들어보니 그 길이라는 남자는 사람만 놓고 보면 로버트의 발밑에도 미치지 못하는 인간이었어요. 완전히 인간쓰레기에 마약에 찌든 부랑아였죠.

그날 밤 늦게 로버트는 해변에서 길하고 무슨 일이 있었는지 좀 더 자세하게 얘기해줬어요. 휴대전화로 찍은 영상도 보여줬어요. 영상을 보고 한 순간은 그 사람이 로버트인 줄만 알았어요. 영상에서 길이라는 남자는 권총을 들고 있었어요. 카메라를 향해 권총을 흔들어대면서 위협하고 있었죠. 그야말로 분노로 가득 차 있는 것처럼 보였어요. 로버트하고는 전혀 달랐죠. 영상에서 길은 로버트한테 실제로 성공하기 위한 자질이 부족하다고 얘기했어요. 너무 마음씨가 좋고 빌어먹을 정도로 착하다면서요! 어두운 충동을 한 곳으로 집중할 필요가 있다고 말했어요. 그런 얘기를 하는 내내 그 무시무시한 권총을 마구 흔들어대고 있었죠. 정말 무서운 광경이었어요.

롭은 자칫 두 걸음만 잘못 내딛으면 자신도 바로 이 남자 같은 노숙자처지로 떨어질 수 있다며 걱정을 하고 있었어요. 나는 그 남자가 정말로 롭의 신경을 건드렸다고 생각해요. 일이 조금이라도 잘못되면 인생이 어떻게 나락으로 떨어질 수 있는지를 실제로 보여준 거죠. 길이 롭의 성공을 질투했던 것은 분명해요. 그의 마지막 말이 가장 무서웠어요. 길은 롭이 전 세계적인 거물이 될 때까지 기다리겠다고 말했어요. 그 인생을 빼앗을 가치가 생길 때까지 기다리겠다고요. 그 다음 롭이 어디에 있든 그를 찾아나설 것이라고 했어요. 끝까지 추적해서 찾아낼 거고, 그리고 롭을 찾아내면 … 그의 영혼을 훔칠 것이라고 했어요.

도무지 믿을 수 없는 기분으로 고개를 흔들며 화면을 빤히 응시한다. 이 이야기를 벡스에게, 케이트에게 해줘야 한다.

얘기해줘서 고마워요. 나에게, 롭에게, 그리고 우리에게 정말로 큰 도움이 될 거예요. 롭은 정말 좋은 친구가 있군요.

노력은 하고 있죠. 하지만 생일 파티에는 좀 더 가벼운 이야기가 어울릴 거예요! 어쨌든 지금 롭은 잘 해내고 있으니까요, 그렇죠? 규칙을 잘 지키면서도요. 게다가 이렇게 멋진 여자 친구도 있고. 세상을 위해 좋은 일을 하고 있죠. 그리고 아직 길이 나타났다는 소식은 듣지 못했어요. 내가 아는 한에서는요….

롭은 정말 훌륭한 일들을 하고 있어요.

제이크는 억지로 글을 쥐어짜낸다.

그래서 내가 롭을 사랑하는 거예요.

그 순간 대화 창에 롭의 이름이 나타난다. 다시 페이스북에 접속한 것이다. 제이크는 재빨리 커비에게 마지막으로 인사를 남긴다. 커다란 손의 손가락이 부들부들 떨리고 있다.

정말 고마워요. 우리가 얘기했다는 거 롭한테는 비밀이에요. 깜짝 놀라게 해줘야 하니까요! 이제 가봐야겠어요. xx

그리고 커비가 미처 대답을 하기도 전에 대화 전체를 삭제한 다음 로그아웃한다.

47장
케이트

"나 런던으로 가고 싶어." 케이트는 항구에 있는 카페의 바로 위쪽, 마을 중심가에 있는 술집의 문밖에 서 있다. 벡스와 다른 자원봉사자들은 모두 오늘밤 일어난 일에 대한 두려움을 술로 잠재우기 위해 술집에 들어가 있다. 펜도워 해변에서 시체가 발견되었다는 소식은 마을 안에 발 빠르게 퍼져나갔고 술집은 무더운 여름밤인 것치고도 평소보다 훨씬 더 많은 사람들로 붐비고 있다. 마을 사람들과 휴가객들은 다들 야외에 놓인 탁자에 둘러앉기도 하고 이리저리 기웃거리기도 하며 활발하게 이 사건에 대한 자신의 견해를 피력하고 있다. 마을 전체가 충격에 휩싸여 있다.

"그 마음 이해해." 롭이 대답한다.

케이트는 오늘 하트 경위와 스트로버가 뜻밖의 방문을 한 일에 대해, 술집의 CCTV 영상에 대해, 자동차에 치여 죽을 뻔한 일에 대해, 그리고 마지막으로 스트레치가 해변에서 시체를 발견한 일에 대해 전부 롭에게 털어놓고 이야기했다. 그 죽은 남자의 얼굴을 알아보았다는 사실까지 빼놓지 않았다. 바로 블루벨 술집의 바텐더, 어제 항구 카페에서 옆자리에 앉아 케이트의 커피에 약을 탄 남자였다. 하지만 어떻게 경찰이 블루벨 술집의 CCTV 영상을 손에 넣었는지에 대해서는 굳이 설명하지 않았다. 이 모든 일들에 제이크를 끌어들일 필요가 없어 보였기 때문이다. 그리고 벡스가 언급했던 카그라스증후군에 대해서도 역시 말하지 않았다. 벡스한테 그 이야기를 해준 사람도 역시 제이크일 것이다.

"바르마 박사를 만나봐야겠어."

5분 간격을 두고 벌써 두 차례에 걸쳐 이야기를 나누는 중이다. 술집 안에서 전화를 걸었을 때는 너무 시끄러워서 이야기를 제대로 할 수가 없었다. 바르마 박사를 만나보라는 것은 벡스의 생각이다. 벡스는 케이트가 자제심을 잃어가고 있다고 생각한다. 그러니까 평소보다 훨씬 더 말이다.

"박사는 지금 런던으로 돌아와 있는데." 롭이 말한다. "하지만 주말에는 다시 내려갈 거야. 그러니까…."

"그렇게 오래 기다릴 수는 없어." 케이트가 롭의 말을 중간에 뚝 자르며 말한다. 목소리가 떨리고 있다.

"알겠어." 롭이 조용하게 말한다. 처음 만나기 시작했을 때, 케이트의 건강이 매우 안 좋았을 무렵 롭이 자주 쓰던 따스하면서도 침착한 말투이다. "내가 전화해볼게. 좀 더 일찍 보러 와줄 수 있는지 확인해볼게."

"만약 내일 내가 올라가면…."

"그 문제는 나한테 맡겨줘." 롭이 잠시 말을 멈춘다. "지금 그 아래 사람들 전부 진짜 힘들겠다. 당신이 그걸 찾고 난 다음에 말이야."

롭의 말이 맞다. 경찰이 신속하게 도착하여 모래사장 한쪽 끝을 봉쇄했지만 자원봉사자들이 이미 그 시체의 모습을, 처참하게 망가진 얼굴에 떠오른 놀란 듯이 입을 딱 벌린 표정을 다 본 후의 일이다. 케이트와 벡스는 뒤에 남아 어떻게 시체를 발견하게 되었는지 경찰에게 진술해야 했다. 케이트는 그 남자가 누군지 알아보았다는 말은 하지 않았다. 그저 월트셔 경찰의 하트 경위한테 연락을 해보라는 말만 했을 뿐이다. 잠시 후 하트 경위는 케이트에게 전화를 걸어 곧 다시 연락을 해주겠다고 말했다. 또한 그날 아침에 콘월을 돌아다니던 차가 롭의 이름으로 등록된 차가 아니라는 사실도 알려주었다.

"지금 다들 어떻게 하고 있어?" 롭이 묻는다. "술집에 있어?"

"나만 혼자 밖에 나와 있어."

"이럴 때 내가 옆에 있어줘야 하는데. 나 진짜 오늘밤 돌아갈 수 있어."

'돌아간다'는 것이 어제 런던으로 올라간 후 돌아간다는 것일까? 아니면 오늘 아침 몰래 비행기로 콘월에 내려왔다가 돌아간다는 것일까? 지금은 그 생각은 그만두기로 한다. 케이트는 눈을 감고는 술집 바깥쪽 벽에 기대선다. 해변에서 죽은 남자에 대해서 생각하지 않으려 애쓰는 중이다. 낮에 받은 열기를 머금은 벽이 따스하다. 그 남자를 보는 순간 한눈에 그가 자신을 죽이려 하던 남자, 허먼이라는 걸 알았다. 이마 아래쪽에 총알이 관통한 듯한 상처가 있었다. 경찰에서 일할 무렵에 끔찍한 범죄 현장 사진을 많이 접해본 터라 그 정도는 알 수 있었다. 총알 상처 때문에 이마만으로는 누군지 알아보기 어려웠지만 그 유난스러운 눈썹 모양은 확연히 눈에 들어왔다.

아까 통화할 때 콘월에 있지 않았는지 롭에게 물어봐야 한다. 벡스는 물론 케이트가 마음의 평온을 되찾기 위해서 꼭 확인해봐야 하는 일이다. 지금 이 문제를 마지막으로 확실하게 짚고 넘어가야 한다. 마크가 본 차는 롭이 운전하는 차가 아니었을지도 모르지만 제트기 소리 문제는 여전히 계속 마음에 걸려 있다.

"오늘 페이스타임으로 통화할 때 있잖아. 집 위로 공군 제트기 두 대가 낮게 날아갔어." 케이트가 마음을 굳게 가다듬고 입을 연다.

"벡스 지금 같이 있어?" 롭이 묻는다. 지금 케이트가 하는 말을 제대로 듣고 있는지 확신이 들지 않는다. "술집에서 말이야."

"그리고 2초쯤 있다가 당신 쪽에서 제트기 소리가 들렸어." 케이트는 롭의 말을 무시하고 고집스럽게 말을 잇는다. 입술을 너무 세게 깨문 나머지 피가 흐르고 있다. "스피커에서 똑같은 소리가 들렸어. 그 말은 곧 당신이 콘월 집에서 그리 멀지 않은 곳에서 전화를 하고 있었다는 거야. 롭, 콘월에 있었다는 뜻이잖아."

"지금 무슨 말을 하는지 전혀 모르겠는데." 롭이 대답한다.

"제발 부탁이야. 오늘 아침 여기 내려왔었다면 그렇다고 말해줘." 목소리를 높이지 않은 채 할 수 있는 한 가장 단호한 목소리로 말한다. 눈물이 흘러내리고 있다. 누가 근처에서 보고 있지 않은지 주위를 둘러본다. 마을 광장 저편에서 한 남자가 케이트 쪽을 힐끔거리고 있다.

"케이트, 이 얘기는 벌써 수도 없이 했잖아. 나는 여기 런던에 있었다니까. 아파트에 있다가 사무실에 갔어. 하루 종일 회의를 했어. IPO가 바로 다음 주야. 지금 상황이 아주 정신없이 돌아가고 있단 말이야."

익숙한 느낌이 든다. 눈물을 닦아낸 다음 눈을 감고 롭의 말을 가만히 음미한다. 케이트는 얼굴을 마주하고 있지 않더라도 누군가가 거짓말을 하면 금세 알아챌 수 있다. 그리고 지금 이 순간 롭이 거짓말을 하고 있지 않다는 결론을 내린다. 그 즉시 안도감이 물밀듯이 밀려오고 긴장이 눈 녹듯이 사라진다. 케이트 자신을 위해서도, 벡스를 위해서도, 롭을 위해서도, 롭이 진실을 말하고 있다고 생각하는 편이 훨씬 더 쉽다. 자신이 카그라스증후군이라는 병에 걸려 망상에 사로잡혀 있다고 생각하는 편이 훨씬 더 쉽다.

"그럼 왜 제트기 소리가 두 번이나 들린 걸까?" 모든 의혹이 사라진 지금 편안한 마음으로 묻는다. 롭이 무언가 기술적으로 합리적인 설명을 해줄 것을, 오늘밤 편히 잠들 수 있을 만큼 납득이 가는 설명을 해줄 것을 기대하고 있다.

"오늘따라 인터넷이 엄청 느렸잖아." 롭이 말한다. "거기 아래 인터넷 속도가 어떤지 알지. 완전히 악몽 같다니까."

콘월 집의 느려터진 광대역 회선 때문에 롭은 그답지 않게 그동안 내내 마음고생을 해 왔다. 마을만 해도 인터넷이 잘 되지만 무슨 이유에서인지 절벽 가까이 오면 인터넷 속도가 확 떨어져버리고 만다. 휴대전화 신호도 가장 잘 될 때조차 약하기 짝이 없다. 이제껏 아무리 돈을 쏟아붓고 머리를 짜내보아도 그 문제를 해결할 수 없었다.

"어쩌면 소리가 스피커를 통해 다시 울려 들린 것일 수도 있어." 롭이 계속 이야기한다. "당신 목소리도 다시 들렸어?"

그랬었나? 휴대전화로 통화할 때 자기 목소리가 몇 초 뒤에 다시 울려서 들려오는 일은 종종 있다. 맙소사. 정말로 이 모든 일들이 케이트가 머릿속에서 혼자 펼치는 망상에 불과했던 것이다.

"안으로 들어올 거야?"

벡스가 파인트 잔을 들고 술집 문 앞에 서 있다. 벡스는 케이트가 그녀를 알고 지낸 후로 술집에서는 언제나 맥주를 마신다. 벡스를 향해 고개를 끄덕이고는 입 모양으로만 "잠시만"이라고 말한다. 케이트가 울고 있었다는 걸 눈치챈 벡스가 잠시 머뭇거린다. 억지로 미소를 지어보이자 그제서야 벡스는 다시 안으로 들어간다.

"그래도 역시 런던에 올라가고 싶어." 케이트가 롭에게 말한다. "내일 당장. 여기 있으려니 무섭단 말이야. 어떤 남자가 나를 죽이려고 했는데 지금은 그 남자가 머리에 총을 맞고 죽어버렸어. 그렇다고 마음을 놓을 수 있느냐 하면 절대 그렇지도 않아."

"알아." 롭이 말한다. "이해해."

오늘 밤 당장이라도 침대칸 기차를 타고 올라가거나 차를 몰고 올라갈 수 있겠지만 내일 아침까지는 기꺼운 마음으로 기다릴 작정이다. 어쨌든 지금은 벡스가 옆에 있으니 괜찮다. 내일이면 런던으로 갈 것이다. 런던에서 에이제이를 만나서는 그에게 카그라스증후군에 대해 물어볼 것이다. 롭과의 문제도 잘 해결할 수 있을 것이다. 런던에 올라가면 롭의 보살핌을 기쁜 마음으로 한껏 누릴 작정이다. 마음껏 응석을 부리고 사랑받는 기분을 한껏 음미할 것이다. 지금 케이트한테는 그런 일이 필요하다.

"당신이 타는 기차가 패딩턴역에 몇 시에 도착하는지 알려줘, 마중 나갈게." 롭이 말한다.

따스한 여름 공기를 한껏 들이마신다. 벌써부터 기분이 한결 나아진다.

"미안해." 롭의 배려심에 고맙다는 생각이 든다. "내내 당신한테 이상하게 굴었지."

"그건 괜찮아. 나한테는 언제든지 이상하게 굴어도 좋아. 그런데 오늘밤 내가 내려가지 않아도 정말 괜찮겠어?"

"응. 벡스가 여기 있잖아. 자기야, 사랑해."

"응, 나도 사랑해. 그리고 참, 당신 여권 챙겨 와."

"내 여권? 그건 왜?"

"아직 확실하게 약속은 할 수 없지만. 어쩌면 우리 드디어 브르타뉴에 함께 갈 수 있을지도 몰라."

케이트가 대답하려는 순간 마크가 술집 밖으로 나온다.

"어서 빨리 들어오는 게 좋아요." 마크가 말한다. "당신의 훌륭한 남자 친구인 롭이 또다시 모두한테 술을 한 차례 돌리고 있거든요."

머리가 핑글핑글 돌기 시작한다. 아주 잠시지만 마크의 말을 듣고 지금 롭이 실제로 술집에 와 있다는 생각이 든다. 하지만 다음 순간 바로 기억이 돌아온다. 해변 청소를 할 때마다 롭은 자원봉사자들이 술을 한 잔씩 마실 수 있도록 돈을 술집에 맡겨둔다. 오늘밤에는 그 끔찍했던 사건 때문에 평소보다 훨씬 더 넉넉하게 돈을 맡겨두었다.

"정말 잘했어." 케이트는 아직 전화를 끊지 않은 롭에게 말한다. "모두한테 술을 후하게 사주는 일 말이야."

"최소한 그 정도는 해야지." 롭이 말한다. "오늘 워낙 무서운 일이 있었으니까."

"나도 이제 가볼게." 케이트가 말한다. "브르타뉴에 가다니, 정말 멋진데."

벌써 오랫동안 프랑스에 가보지 못했다. 제이크의 서른 번째 생일에 그와 함께 파리에 갔던 것이 마지막이었다. 그리고 롭은 항상 브르타뉴에 대해서 이야기를 하면서 케이트가 그곳에 꼭 가봐야 한다고 말해 왔다.

"그리고 보니 오늘 오후에 페이스북에서 당신을 봤어." 롭이 말한다. "혹시 당신이…."

"나 페이스북 안 들어갔는데." 케이트가 롭의 말을 가로챈다. 뭔가 착각을 한 것이 틀림없다.

"하지만 분명 접속하고 있었는데."

"그게 언제야?" 방금 전까지의 긴장감이 다시 돌아오는 것을 느끼며 케이트가 묻는다.

"한 시간 쯤 전인가?"

"그거 나 아니었어."

케이트는 시기에 따라 소셜 미디어를 바꾼다. 지금은 인스타그램을 하는 시기이다. 페이스북은 지나치게 과거의 삶과 얽혀 있다. 벌써 몇 달 째 페이스북에 들어간 적이 없다.

"어쩌면 암호를 다시 바꿔야 할지도 모르겠다." 롭이 말한다. "예전에 쓰던 암호는 바꾼 게 맞지?"

케이트가 처음 자신이 쓰는 암호가 기억하기 쉬운 단순한 이름으로 되어 있다는 얘기를 했을 때 롭은 못마땅해 하면서 특수 기호와 숫자를 잔뜩 집어넣어 암호를 바꾸어야 한다고 잔소리를 했다. 하지만 그렇게 하면 도대체 어떻게 자기 암호를 기억한단 말인가?

"당연하지." 케이트가 거짓말을 한다. "내 계정이 해킹되었다고 생각해?"

"그럴지도 몰라." 롭이 말한다.

케이트 말고 그녀의 사용자 암호를 아는 사람은 제이크밖에 없다.

48장

사일러스

사일러스가 사무실에 들어섰을 무렵 게이블크로스 서의 퍼레이드 실에 남아 있는 사람은 손에 꼽을 정도이다. 정복 경찰이 두어 명, 범죄수사과가 위치한 안쪽 구석에 사복형사가 한두 명 있는 정도이다. 이 생긴 지 얼마 되지 않는, 칸막이 없이 탁 트인 공간에서 책상을 공동으로 사용하는 사무실 체계에는 아직도 익숙해지지 못했다.

스트로버를 시내에 있는 집에 내려주고는 곧장 사무실로 돌아온 참이다. 지금 당장 해결해야 할 살인 사건이 코앞에 들이닥친 것이다. 물론 일요일 밤이라면 응당 집에서 쉬어야 마땅하다는 사실을 모르는 것은 아니다. 하지만 최근 몇 달 동안 사일러스의 생활은 균형추를 잃어버린 채 이리저리 흔들리고 있다. 일을 하고 있지 않을 때에는 스윈던의 빈민가를 돌아다니며 코너의 흔적을 찾거나, 실종자 수색국에 연락을 하거나, 소용없을 걸 뻔히 알면서도 어떻게든 코너의 엄마이자 전 아내인 멜과의 공통점을 찾기 위해 헛되이 애쓰며 시간을 보낸다.

케이트와 이미 이야기를 했지만 상황을 전부 설명할 수는 없었다. 케이트의 술에 약을 타고 차로 치어 죽이려 했던 남자는 마약 조직들의 다툼에 휘말려 살해되었을 가능성이 높다. 하지만 도대체 누가 그 남자를 죽였는지에 대해서는 도무지 짐작조차 되지 않는다. 적어도 지금 당장 케이트가 위해를 당할 위험은 사라진 셈이다.

휴대용 컴퓨터의 전원을 연결하고는 컴퓨터가 켜지기를 기다린다. 사일러스의 상관은 사일러스가 비번일 때 멋대로 콘월로 내려가 용의자를 조사한 일을 아주 못마땅하게 생각할 것이다. 그 용의자가 살인 사건의 피해자가 되어버렸다는 사실을 알게 되면 한층 더 못마땅해 할 것이다. 데번 및 콘월 지방경찰청과 긴밀하게 연락을 취할 생각이긴 하지만 그래도 관할 구역 밖에서 벌어진 사건은 언제나 골치가 아프기 마련이다. 정보의 공유가 제대로 이루어지는 일 같은 건 결코 없다. 대대적으로 시작을 알린 서머싯 및 에이번 지방경찰청, 글로스터셔 지방경찰청, 월트셔 지방경찰청이 연합한 대망의 3주 연합공동체조차 채 얼마 버티지 못하고 완전히 와해되어버리고 말았다.

막 이메일을 확인하려는 참에 사일러스의 휴대전화가 울린다.

"하트 경위입니다." 사일러스는 뒤로 기대앉으며 말한다.

노팅엄 경찰서의 형사에게 걸려온 전화이다. 몇 달 전에 그 형사에게 한 차례 상담을 해준 적이 있다. 그 형사는 스윈던 팀의 전례를 따라 초인식자 팀을 시험적으로 구성하고 있던 중이었고 사일러스에게 초인식자의 고용 문제와 업무 처리 방식에 대한 조언을 구했다.

"일은 잘 되어가고 있습니까?" 하트는 늘 받아오던 통상적인 질문을 예상하며 묻는다. 노팅엄 경찰서 말고도 얼굴 인식 소프트웨어의 실패율에 환멸을 느낀 끝에 초인식자팀을 구성한 지방경찰서가 많았고 그런 곳에서는 거의 대부분 사일러스에게 조언을 구했다.

"사흘 전에 그 질문을 들었으면 좋았겠다는 생각이 드는군요." 형사가 말한다. "우리 초인식자들은 정말 놀라운 성과를 올리고 있었거든요. DNA, 지문 분석과 거의 맞먹는 수준이었죠."

"그런데 무슨 일이 있었습니까?" 사일러스는 팀이 해체되었다는 소식을 듣게 될 것이라 예상하며 묻는다. 상부에서 새로운 얼굴 인식 소프트웨어를 도입하기로 결정을 내린 끝에 팀이 서에서 쫓겨나버렸다는 익숙한 이야기이다. 하지만 돌아오는 대답은 전혀 예상과 다르다.

"우리 초인식자팀을 이끄는 핵심 인력 한 명이 갑자기 실종되어버렸습니다. 정말 뛰어난 능력을 지닌 남자인데, 갑자기 완전히 종적을 감추어버렸습니다."

"일반 시민입니까?" 사일러스가 펜과 종이를 꺼내들며 묻는다.

"지원경찰(영국의 지원경찰은 우리나라의 시민경찰처럼 경찰청에 고용되어 경찰 업무를 보조하는 역할을 하지만 신분은 경찰이 아닌 민간인으로 구분된다. _옮긴이)입니다. 우리와 오랫동안 함께 일을 해온 직원으로 항상 사람을 잘 찾아내는 재주가 있었죠."

"가족은요?"

"완전히 당혹스러워 하고 있습니다. 아내 말로는 절대 이럴 사람이 아니랍니다. 습관에 맞춰 규칙적으로 생활하는 사람이거든요. 우리 모두 걱정이 돼서 속을 까맣게 태우고 있습니다."

자리에서 일어나 창문가로 걸어가 거의 텅 비어 있는 주차장을 내려다본다. 오늘밤 출근한 사람은 많지 않다. 다들 어디론가 놀러가 이 여름을 한껏 즐기고 있다. 사일러스도 그랬어야만 했다.

"최근에 뭔가 심각한 범죄 사건을 다룬 적이 있습니까?" 사일러스가 묻는다.

"대단한 건 없어요. 공연음란 사건이 있었고 폭행 사건 몇 건에, 소매치기 사건이 한 건 있었습니다. 그건 왜 묻습니까?"

케이트가 올렸던 수많은 실적을 다시 한번 떠올린다. 케이트한테도 사소한 범죄사건만 맡겼어야 했을까? 하지만 당시에는 현대판 인신매매단과 조직 폭력단 사건을 해결해야 한다는 압박감이 너무 컸다. "별일은 아니고 우리가 예전에 같이 일하던 초인식자한테도 사고가 생겼거든요."

"무슨 일이 있었습니까?"

스윈던의 초인식자팀이 인정사정없이 내쫓겼다는 소식은 지방경찰청 사이에서 익히 잘 알려져 있다. 런던경찰청의 초인식자팀 또한 마찬가지로 문을 닫았지만 그곳에서는 여전히 초인식자들을 고용하고 있다. 하지만 케이트에 대해서, 누가 케이트를 죽이려 한다는 사실에 대해서 아는 사람은 아무도 없다.

"우리 팀에서도 실력이 최고인 초인식자는 일반 시민이었는데, 자동차 사고를 당하는 바람에 크게 다쳤습니다." 사일러스가 입을 연다. "그 다음에는 잘 아시는 바대로 팀이 해체되어버렸죠. 그런데 지금 와서 보니 그 차 사고가 단순한 사고가 아니었을지도 모른다는 의혹이 떠올라서요. 누군가 고의적으로 그녀를 해치려 했을 가능성이 있습니다. 그녀가 교도소에 처넣은 조직폭력단 놈들 중에서요."

"그게 최근의 일입니까?" 형사가 깜짝 놀라 묻는다.

"그럴 가능성이 있다는 걸 알아낸 게 바로 오늘입니다. 아직 아무것도 확인된 게 없어요. 하지만 보아하니 일이 그렇게 돌아간 것처럼 보입니다. 그쪽 지원경찰 직원은 홍보 활동을 좀 했습니까? 언론 인터뷰 같은 거 말입니다."

"우리는 그 사람이 세상의 이목을 받지 못하게 꼭꼭 감춰두고 있었어요. 우리의 비밀 병기였으니까요."

케이트한테도 그렇게 해주었어야 했다. 언론의 관심에 그렇게 노출시키는 게 아니었다. 게다가 사일러스가 케이트를 대중 앞에 자랑스럽게 내보인 것은 다른 무엇보다도 사일러스의 상관인 경감을 엿먹이기 위해서였다. 치졸하기 짝이 없었다.

"최근 유죄 판결이 내려진 사건들을 다시 한번 확인해보겠습니다." 형사가 말한다. "그한테 책임이 있을 법한 사건에 대해서요. 하지만 그한테 화풀이를 해댈 만한 사람은 딱히 없을 텐데요."

사일러스 자신도 케이트에 대해서 이 형사와 똑같은 생각을 했었다. 그런데 지금 케이트가 무슨 일을 당했는지 봐라. "그쪽 초인식자가 혹시 돌아오면 연락해주세요." 사일러스가 말한다. "그 사람 실력은 얼마나 좋았습니까?"

"실력이 얼마나 좋았냐고요? 완전 귀신같았죠. 작년 한 해 동안만 해도 무려 백 명이 넘는 사람들의 신원을 밝혀냈습니다. 형사님에 대해서는 잘 모르겠지만 나는 지금 형사로 일한 지가 20년이 되었는데 내가 얼굴을 보고 신원을 알아낸 사람은 한 손으로 꼽을 정도밖에 안 되거든요."

사일러스 자신의 기록도 별반 다르지 않다. 그래도 아마 두 손은 필요할 것이다. "전에는 한 번도 모습을 감추거나 한 적은 없고요?" 사일러스가 묻는다.

"전혀요. 자기가 하는 일을 좋아하는 사람입니다. 가족을 무척이나 사랑하고요. 이렇게 사라지다니, 전혀 그 사람답지 않은 일이에요."

49장

제이크

커비와 온라인으로 이야기를 나눈 지도 벌써 한 시간이 지났지만 여전히 롭의 옛 동료가 털어놓은 이야기를 제대로 소화하기가 어렵다. 배 상태를 확인하러 운하에 내려갔다 오는 길에 배 끄는 길 근처에서 달래를 좀 뜯어왔다. 그리고 지금 벡스의 주방에서 이것저것 재료를 그러모아 음식을 만드는 중이다. 요리는 언제나 스트레스를 해소하는 제이크만의 방법이다.

나무로 된 도마를 꺼내놓고 찬장에서 찾아낸 샬롯을 몇 개 썰기 시작한다. 그러면서 다시 한번 커비가 해준 이야기를 곰곰이 생각해 본다. 대화 내용을 삭제해야 했기 때문에 다시 곱씹어 읽어볼 재료가 전혀 남아 있지 않다. 그 대화가 실제로 일어났다는 증거도 없다. 태국에서의 해변 파티라니, 대화 내용 자체도 완전히 비현실적이다. 시간과 공간에서 너무 멀리 동떨어져 있다.

케이트에게 전화를 걸어야 할까? 그녀의 페이스북 계정으로 로그인해서 새 남자 친구의 옛 친구를 찾아 이야기를 해봤다고 자백해야 할까? 그럴 수는 없다. 케이트는 아마 그를 죽이려들 것이다. 하지만 한편으로 케이트가 지금 도플갱어에 대해 완전히 집착하고 있다는 걸 생각하면 제이크가 알아낸 정보를 반가워할지도 모른다.

어떻게 해야 할지 미처 결정을 내리기 전에 휴대전화가 울린다. 케이트다. *젠장.* 페이스북에 대해 벌써 눈치챈 것이 틀림없다. 페이스북에서 케이트가 접속하고 있는 모습을 본 롭이 케이트에게 물어본 것이 틀림없다. 전화가 혼자 울리다 끊어지도록 내버려 둔다. 하지만 케이트는 또다시 전화를 걸어온다. 항상 그랬다. 제이크가 언제 일부러 전화를 받지 않는지를 정확하게 알고 있다. 지금 전화를 받지 않으면 제이크가 결국 포기하고 전화를 받을 때까지 끈질기게 계속 전화를 걸어올 것이다.

"케이트?" 제이크가 머뭇거리며 전화를 받는다.

"내 페이스북 계정으로 로그인했었어?" 케이트는 불을 뿜을 듯한 기세로 화를 내고 있다. 자동차 사고가 일어났던 날에도 이랬다.

"아니." 제이크가 그게 무슨 소리냐는 듯 말한다. 휴대전화를 꺼두었어야 했다. "무슨 일인데? 별 일 없어?"

"거짓말 하지마."

케이트와 벡스는 매번 어떻게 그렇게 잘 알아차리는 것일까?

"알겠어. 맞아. 내가 실수로 당신 계정으로 로그인했어. 내 계정인 줄만 알았지 뭐야."

"그렇게 계속 거짓말만 할 거야?"

케이트도 계속 화만 내고 있으면서.

침묵이 흐른다. 케이트는 제이크가 실토하길 기다리고 있다.

"제이크?" 간신히, 아주 조금 화가 누그러진 목소리로 케이트가 제이크의 이름을 부른다.

"나 여기 있어."

제이크는 눈을 감는다. 아직 폭풍이 가라앉지 않았다는 걸, 최악의 상황이 이제 곧 닥치리라는 걸 잘 알고 있다. 버섯을 한 줌 집어들고 가늘게 채썰기 시작한다.

"도대체 왜 내 계정으로 로그인했어?" 케이트가 묻는다.

더이상 빠져나갈 구멍이 없다. "당신 개인적인 대화는 하나도 안 읽었어." 제이크가 대답한다.

"아, 그래? 그럼 괜찮아?" 케이트는 다시 머리끝까지 화를 내고 있다. "제이크, 도대체 무슨 말이 듣고 싶은 거야? 내 페이스북 계정을 해킹해서 들어와놓고는 개인적인 대화는 하나도 안 읽었으니까 괜찮아? 맙소사, 그런데도 내가 왜 당신이랑 헤어지고 싶었는지 모르지?"

잠시 동안 두 사람 모두 입을 열지 못한다. 함께 했던 그 오랜 시간들이 기진맥진한 침묵 속에서 부글부글 끓고 있다. 어쩌면 두 사람은 헤어지는 편이 서로에게 최선이었는지도 모른다. 문득 공허한 기분에 휩싸인다. 더이상 말할 것도, 해줄 것도 남아 있지 않다. 제이크는 달래를 잘게 다지기 시작한다.

"지금 뭐하고 있어?" 케이트가 조용한 목소리로 묻는다.

"음식 만들어." 제이크가 잠시 망설인다. "달래 카르보나라." 케이트가 좋아하는 음식 중 하나였다.

"오늘밤 여기 해변에서 끔찍한 일이 있었어." 케이트가 침묵을 깨트리며 나직한 목소리로 입을 연다. 금방이라도 울음을 터트릴 것만 같다.

"나한테 말해봐. 무슨 일이었는데?"

케이트는 죽은 바텐더에 대해 설명한다.

"그 남자가 머리에 총을 맞았다고?"

맙소사, 케이트가 정말 안됐다. 경찰 일과 그 세계에서 벗어나기 위해 콘월까지 내려갔는데. 정말 끔찍한 일이다. 케이트가 이렇게 화를 내는 것도 이해가 된다. 아직 그 사건의 충격에서 벗어나지 못한 것이 틀림없다.

"그런 것처럼 보였어." 케이트가 말한다. "하트 경위 말로는 마약 관련 사건이래."

그 남자가 블루벨의 바텐더가 맞다면 그럴 만도 하다. "그 남자를 발견하게 된 게 하필 당신이었다니, 정말 유감이야." 제이크가 말한다.

"사실 발견한 건 스트레치였어. 내가 키우는 개. 가엾은 녀석. 그래도 벡스가 옆에 있었던 게 참으로 다행이야."

스트레치라는 친구는 아직 만나보지 못했다.

"오늘 아까 벡스하고 통화했어." 제이크가 화제를 돌린다. "당신이 롭에 대해서 걱정하고 있다고 하더라. 롭이 예전에 태국에서 도플갱어하고 만났던 일 때문에 걱정이 많다면서."

"벡스가 안 해야 될 말을 막 했네." 케이트가 말한다. "걔는 지금 내가 망상에 빠졌다고도 생각해."

"벡스는 그저 당신 걱정을 하는 것뿐이야. 나도 그렇고."

벡스가 이미 케이트에게 카그라스증후군에 대한 이야기를 한 것이 틀림없다. 제이크는 나무 도마 위에 놓인 재료들을 칼을 이용해 한곳으로 그러모은다.

"사실 당신 페이스북에 들어간 건 그것 때문이었어." 제이크가 말을 잇는다.

"그게 무슨 말이야?"

"롭의 예전 친구 중 누군가가 태국에서 실제로 무슨 일이 있었는지 혹시 알고 있지나 않을까 확인해보고 싶었어. 다른 이유는 없었어."
케이트의 반응을 예상하며 마음을 굳게 먹는다. "그래서 롭의 친구
중 한 사람한테 연락했어."

"연락했다고? 어떻게?"

뜨거운 프라이팬에 샬롯과 달래, 버섯을 던져넣고 한걸음 물러나
재료들이 탁탁 튀는 기름에서 익어가기를 기다린다.

"당신인 척했어."

그리고 얼굴이 일그러질 만큼 눈을 꼭 감고는 다가올 분노의 폭발
을 기다린다.

"나인 척했다고? 당신 미쳤어? 이 새끼야, 미쳤냐고! 누군데, 누구
한테 연락했는데! 어떻게 그런 짓을 할 수가 있어!"

케이트가 화를 누그러뜨릴 때까지 프라이팬을 흔들면서 기다린다.
그 다음 커비가 자신에게 한 이야기를 하나도 빠짐없이 케이트에게 들
려준다. 태국의 해변 파티에 나타난 길이라는 이름의 도플갱어에 대해
서 기억이 나는 한 자세하게 전해준다. 대화 창을 삭제하지 말 걸 그랬
다. 그러면 케이트가 대화 내용을 직접 읽어볼 수 있었을 텐데.

"혹시 도움이 될지도 모른다고 생각했어." 제이크가 마지막으로 덧
붙인다. "미안해. 정말 상식에서 벗어난 행동이었어. 완전히 내가 잘
못한 거야. 그건 나도 알아."

케이트가 다시 입을 열기까지 시간이 좀 걸린다. 다시 입을 열었
을 때는 한층 마음을 가라앉히고 차분해져 있다. "롭이 겉으로 내보
이는 것보다 더 심각한 일이라고는 생각하고 있었어. 하지만 롭은 절
대…." 케이트가 주저하더니 입을 다물어버린다.

제이크는 안도의 한숨을 내쉰다. 케이트는 더이상 소리를 지르
고 있지 않다. 찬장에서 파스타를 찾아내 끓는 물에 넣는다. 두 사람

은 문제가 생길 때마다 종국에는 항상 대화를 나누었다. 비효율적일지는 모르지만 그들 나름대로 문제를 해결하는 방식이었다. 다만 CCTV 영상을 통해 제이크가 다른 여자와 함께 있는 모습을 케이트에게 들켰을 때만은 예외였다. 두 사람은 그 일에 대해서는 한 번도 이야기를 나누지 않았다.

"롭이 절대 뭘 안 하는데?" 제이크는 자신이 대답을 듣고 싶어하는지조차 확신하지 못한 채 묻는다.

"무슨 일이든 나한테 부담을 주려 하지 않아." 케이트가 작은 목소리로 대답한다. "그래서 롭한테 무슨 일이 벌어지고 있는지 이해하기가 어려워."

케이트가 다시 망설이고 있다. 제이크는 프라이팬에 정신을 집중한다.

"제이크?" 케이트가 조용하게 부른다.

"나 계속 여기 있어."

"롭이 혹시라도… 도플갱어로 바뀌었을 수도 있다고 생각해? 그 길이었나? 태국에 있던 남자로 말이야."

"아니, 케이트. 나는 그렇게 생각하지 않아." 이런 케이트의 목소리를 들으니 덜컥 겁이 난다. 도무지 케이트답지 않은 행동이다. 잠시 말을 멈추고는 크게 심호흡을 한다. "혹시 벡스가 카그라스증후군이라는 병에 대해 얘기하지 않았어? 그 병은 말이지…."

"벡스가 얘기해줬어." 케이트가 제이크의 말을 가로막으며 말한다.

침묵이 흐른다. 자신이 망상에 사로잡혀 있다는 말을 듣고 싶은 사람이 어디 있겠는가?

"그래서 어떻게 생각하는데?" 제이크가 묻는다.

"바르마 박사님하고 상담해보려고."

"그게 누군데?"

"신경정신과 의사야. 우리나라에서 최고로 손꼽히는. 롭이 진료비용을 내주고 있어."

물론 그럴 것이다. 롭이 얼마나 재산이 많은지에 대해 굳이 상기시켜줄 필요는 없다. 혹은 제이크 자신이 어떻게 케이트를 먹여 살릴 수도 없었는지를 굳이 떠올리고 싶지 않다.

"그거 참 고마운 일이네." 생각보다 말투가 빈정거리는 것처럼 나온다. 벡스가 정신과 의사에 대해 무슨 말을 했던 것도 같다.

"그게 어떤 느낌인지 당신한테 설명할 수 있었으면 좋겠어." 케이트가 말한다. "한순간은 롭이 아주 친숙하게 느껴져. 내가 잘 알고 있고 사랑하고 있는 롭이 맞는 것처럼. 그러다가 갑자기 다음 순간 완전히 낯선 사람으로 보이는 거야." 이제 케이트가 잠시 주저할 차례이다. "제이크, 차라리 내가 카그라스증후군이라면 정말 마음이 놓일 것 같아. 적어도 내가 어딘가 미쳐버린 게 아닌가 하는 걱정은 그만둘 수 있잖아."

케이트의 목소리가 갈라진다. 지금 당장 그녀의 옆에 있어줄 수 있었으면, 옆에서 위로해줄 수 있었으면 좋겠다. 사실 케이트한테는 항상 조금 미친 게 아닐까 싶은 구석이 있었다. 성격 자체에 충동적인 기질이 있는 것이다. 동성 결혼이 합법화되었던 날도 그랬다. 케이트는 거룻배의 외관을 온통 무지갯빛으로 칠해놓았다. 제이크와 알고 지낸 이후로 케이트는 머리카락을 줄곧 무지개에서나 볼 수 있을 법한 색깔들로 물들이고 다녔다. 보수적인 밤색으로 정착한 것은 경찰에서 일을 하기 시작한 후의 일이다. 지금 케이트의 머리칼은 무슨 색일까? 갑자기 궁금해진다.

"그 바르마 박사라는 사람하고 얘기해봐." 제이크가 말한다. "그

의사하고는 언제 만나는데?"

"내일. 내일 런던으로 올라가. 기차로."

케이트가 콘월로 이사한 후로 런던에 올라오기도 하는지 몰랐다. 하지만 제이크가 뭘 알겠는가? 지금 두 사람은 서로 상관없는 각자의 인생을 살고 있다.

"잊지 말고 손흔들어줘." 제이크가 말한다. 팬잰스역에서 패딩턴역으로 향하는 기차는 운하와 나란히 달리며 마을 한복판을 지난다.

"그럴게."

두 사람 모두 입을 다물지만 전화를 끊지는 않는다.

"정말 내 개인적인 대화는 하나도 안 읽었어?" 케이트가 마침내 입을 연다. "롭하고 한 대화 말이야."

"안 읽었어."

"고마워."

월
요
일

50장
케이트

    콘월에서 런던으로 향하는 기차에 앉아 윌트셔의 시골 풍경이 창문 밖으로 스쳐 지나가는 모습을 바라본다. 오늘 아침 벡스와 스트레치가 트루로역까지 케이트를 배웅해주었다. 두 사람 모두 늦잠을 잤기 때문에 원래 계획보다 시간이 훨씬 늦어 있었다. 어젯밤 해변에서 일어난 일에 대해 이야기를 하느라 늦게까지 잠자리에 들지 못했다. 벡스는 며칠 동안 스트레치와 함께 콘월의 집에 머물면서 테슬라를 타고 놀러다닐 계획이다.

    이제 곧 기차는 케이트가 예전에 살던 동네, 제이크와 오랜 시간을 함께해온 그 마을을 지나치게 될 것이다. 혹시 예전에 살던 배의 모습을, 그 불타고 남은 잔해의 모습을 볼 수 있을지도 모른다. 그 모습을 보고 싶은지, 보고 싶지 않은지 아직 마음을 정하지 못했다.

    케이트는 자신의 페이스북 계정에 함부로 들어갔던 일에 대해 여전히 제이크에게 화가 나 있다. 하지만 어젯밤 제이크와 카그라스증후군 이야기를 할 수 있어서 다행이었다. 커비가 온라인으로 제이크에게 털어놓은, 아니 '케이트'에게 털어놓은 이야기를 들을 수 있어서 다행이었다. 이야기를 들은 사람이 케이트 자신이라는 점을 명심하고 있어야 한다. 태국에서 롭이 길과 만난 이야기는 롭이 케이트 자신에게 들려준 이야기, 도플갱어에게 발견될까봐 두렵다는 이야기와 맞아떨어진다. 하지만 제이크 말이 맞다. 설사 그렇다고 해도 롭과 얼굴을 마주할 때마다 그가 길이라는 사람으로 뒤바뀌었다고 의심이 드는 현상을 설명할 수는 없다. 그런 의심을 품다니, 어떤 측면에서 생각해보아도 도무지 말이 되지 않는다. 케이트와 롭이 해변에 갔을 때 발견한 유리돌만 해도 그렇다. 9년 전에 롭이 만났다는 그 길이라는 남자가 어떻게 그 유리돌에 대해 알고 있을 수 있단 말인가? 유리돌의 존재에 대해 알지도 못하는 상태에서 어떻게 목걸이로 만들어 선물할 수 있단 말인가? 정말 말도 안 되는 일이다. 케이트는 카그라스증후군을 앓고 있는 것이 틀림없다. 바르마 박사라면 알 수 있을 것이다. 오늘 오후에 박사가 케이트를 만나러 오도록 롭이 약속을 잡아두었다.

휴대전화가 울린다.

"너 괜찮아?"

벡스이다. 트루로역에서 작별 인사를 한 후로 벌써 세 번째로 전화를 걸고 있다.

"지금 막 기차가 마을로 들어서고 있어." 케이트는 기차의 유리창에 얼굴을 댄 채 대답한다.

"나 대신 마을에 손을 흔들어줘." 벡스가 어젯밤 제이크가 했던 말을 그대로 되풀이하며 말한다. "그런데 있지, 과속 단속에 걸린 것 같아. 미안."

"그게 정말이야?"

롭이 싫어할 것이다. 테슬라를 빌려주는 일에 대해 미리 롭과 상의했을 때 롭은 벡스가 과속 단속에 걸리지 않도록 조심한다는 조건으로 테슬라의 보험에 벡스를 포함시키는 일에 동의했다.

"스트레치가 무릎에 앉아 있었으니, 스트레치한테 벌점을 물릴 수 있을 거야." 벡스가 대답한다.

벡스는 농담을 하고 있다. 농담인 게 당연하다. 자동차 사고를 당한 이후 유머 감각을 아예 잃어버린 것은 아닌지 걱정이 된다.

"그런데 이 차 정말 로켓처럼 빨리 달리는 느낌이야. 그치?" 벡스가 말한다. "게다가 자율 주행도 돼. 주차도 대신 해주고. 심지어는 드라이어로 머리칼도 예쁘게 말려준다니까."

두 사람은 이런저런 일에 대해 좀 더 수다를 떤다. 평소처럼 놀려대는 듯한 벡스의 말투에서 걱정하는 기색이 느껴진다. 어제는 시체를 발견한 일로 두 사람 모두 겁에 질렸다. 벡스가 케이트를 혼자 런던으로 보내놓고 태산같이 걱정을 하고 있다는 건 알고 있다. 어제 커비와 태국 이야기를 듣고 난 후 벡스는 입을 완전히 다물어버렸다. 실은 제이크의 만행에 벡스가 불같이 화를 낼 것이라고만 생각했기 때문에 그런 반응은 뜻밖이었다. 오늘 아침 역의 플랫폼에서 헤어지는 순간 벡스는 케이트를 아주 오랫동안 꼭 껴안아주었다.

마을 역 가까이 다가서면서 케이트가 탄 기차가 서서히 속도를 줄이기 시작한다. 콘월과 런던을 오가는 기차는 대부분 이 마을에서 정차하지 않지만 늦잠을 자고 일어난 탓에 완행열차를 탈 수밖에 없었다. 기차가 역의 플랫폼 가까이 다가설 무렵 나란히 늘어선 포플러 나무 사이로 예전 케이트의 집이었던 낡은 배의 모습이, 그 불타고 남은 잔해가 언뜻 눈에 들어온다. 배는 운하의 수면 아래 반쯤 가라앉아 있다. 주변의 배 끄는 길은 화재로 인해 거멓게 그을어 있고 배 주위는 경찰이 놓아둔 원뿔형 접근 금지 표지와 경찰용 테이프로 가로막혀 있다. 그 모습을 보자 숨이 멎을 것만 같다. 완전히 망가진 배의 모습이 너무도 쓸쓸해 보인다. 그리고 다음 순간 이쪽을 향해 걸어오는 한 남자의 모습이 눈에 들어온다. 구부정한 어깨에 희망이라고는 없어 보이는 걸음걸이, 제이크이다.

무언가에 이끌린 듯 머리 위 시렁에서 가방을 꺼내어 움켜쥔 다음 문 앞에 서서 문이 열리기만을 초조하게 기다린다. 케이트가 탄 객차의 반대편 끝의 문 앞에서도 또 다른 승객 한 명이 내릴 준비를 하고 있다. 플랫폼에 사람들이 몇 명 모여 있지만 그 얼굴을 알아볼 수가 없다. 문이 열리기까지 시간이 지연되자 혹시 안내 방송을 잘못 들은 게 아닌지 걱정이 되기 시작한다. 자신도 모르게 문을 마구 두드리기 시작한 순간 문이 옆으로 밀리며 열린다. 신선한 공기가 얼굴로 밀려 들어온다. 케이트는 플랫폼으로 뛰어내린 다음 운하를 향해 달리기 시작한다.

다음 순간 그 자리에서 우뚝 멈추어 선다. 이건 정신 나간 짓이다. 지금 여기에서 뭘하고 있는 걸까? 제이크와 거룻배, 이 마을. 전부 예전의 자신, 여기 남겨두고 떠난 과거의 삶에 속한 것들이다. 지금은 앞으로 나아가야 할 때이다. 런던으로, 롭에게로 가야 한다. 케이트 말고 이 마을에서 내린 유일한 다른 승객이 케이트의 옆을 지나친다. 같은 객차에 탔던 그 여자이다. 마치 카라 델러바인처럼 눈썹이 짙다. 케이트를 정신 나간 여자라고 생각하고 있는 게 틀림없다. 기차의 문은 아직 열려 있다. 케이트는 플랫폼을 위아래로 두리번거리다 플랫폼 끝에 안전요원이 있는 것을 확인하고는 천천히 기차를 향해 뒷걸음질치기 시작한다.

안전요원이 소리를 지른다. "뒤로 물러나세요!"

이윽고 기차의 문이 닫힌다. 케이트는 아직 플랫폼에 남아 있다.

케이트를 태우지 않은 기차가 남은 여정을 계속하기 위해 발차하는 동안 케이트는 그 반짝이는 표면에 비치는 자신의 모습을 멍한 기분으로 바라본다. 방금 자신이 망설였다는 걸 알고 있다. 마음만 먹었다면 기차에 다시 올라탈 시간은 충분했다. 기차의 모습이 완전히 사라지고 케이트만이 역에 홀로 남겨진다. 햇살이 따갑게 내리쬔다. 너무 더운 나머지 새조차도 지저귀지 않는다. 이 마을에 살았던 일이 바로 어제 일처럼 느껴지기도 하고 한편으로는 아주 오래 전의 일처럼 느껴지기도 한다.

막 몸을 돌리려는 순간 맞은편 플랫폼에 있는 간이 대피소의 문가에서 누군가 움직이는 모습이 보인다. 그 대피소에는 창문 같은 건 달려 있지 않다. 아주 단순하게 지어진 나무 오두막으로 밤마다 10대 무리들이 모여 사과주 캔을 마시는 곳이다. 오두막 안쪽에는 마구잡이로 낙서가 되어 있고 고약한 오줌 냄새가 풍긴다.

다시 한번 기찻길 너머에 있는 대피소의 어두컴컴한 내부를 들여다본다. 누군가 그 어두운 그늘 안쪽, 금속으로 된 긴 의자에 앉아 있다. 안까지는 햇살이 닿지 않아 어두컴컴한 데다 남자가 비니 모자를 깊게 눌러쓰고 있어 얼굴이 제대로 보이지 않는다. 하지만 케이트에게는 그 정도만으로도 충분하다. 전에 이 남자를 본 적이 있다. 그때 이 남자는 실종자 포스터 안의 사진에서 케이트를 응시하고 있었다.

51장

사일러스

사일러스의 상관은 예상대로 불같이 화를 내며 자신이 왜 300킬로미터나 떨어진 콘월에서 일어난 살인 사건을 수사하는 데 시간을 낭비하도록 허가해주어야 하는지 그 이유를 묻고 있다.

"현대판 인신매매단 수사와 관련이 있을 수 있다는 사실을 말씀드렸는데도요?" 스트로버가 묻는다.

사일러스는 고개를 흔든다. 두 사람은 게이블크로스 서의 구내식당에 앉아 있다. 상관에게 20분 동안 들볶이고 온 이야기를 스트로버에게 보고하고 있는 중이다. 어젯밤 늦게 사일러스는 데번 및 콘월 지방경찰청의 관할에서 일어난 살인 사건 수사에 협력하게 해달라는 이메일을 보냈고 사일러스의 상관은 메일을 받은 오늘 아침 당장 사일러스를 호출했다.

"강력범죄과에 맡겨두래." 사일러스는 플라스틱 컵에 담긴 차가운 커피를 홀짝거리며 대답한다. "경감은 그 남자가 시골 사람들한테 마약을 팔러 콘월에 내려갔다고 생각하고 있어. 스윈던의 마약 밀매 판로를 확장하려고 말이야."

"그럼 경감님 생각에는 누가 그 남자를 죽였답니까?" 스트로버가 묻는다.

"북런던의 토트넘에서 트루로역을 통해 마약을 공급하는 경쟁 마약 조직의 짓이라고 생각하는 것 같아. 들어보니 이 녀석은 스윈던에서도 몇 주 동안 감시를 받고 있었던 모양이야. 그런데 사전대책팀의 감시를 따돌린 다음 서쪽으로 튀어버린 거지."

"케이트에 대해서는요?" 스트로버가 묻는다. "그 사고에 대해서는요? 물에 빠져 죽을 뻔한 일에 대해서는요?"

"경감은 그런 얘기 하나도 믿지 않아. 상황 증거밖에 없다는 거야."

"그 남자는 우리를 차로 치어 죽이려 했다고요." 스트로버가 항의한다. "술집 영상은 보여 드렸습니까?" 스트로버가 구내식당을 두리번거리며 묻는다.

"그런 거에는 관심도 없다는군." 사일러스가 다시 커피를 한 모금 마신다. "우리한테는 다시 네일샵 업무가 떨어졌어."

억지로 미소를 지어보려는 노력조차 관둔다. 전혀 재미가 없다. 지난번 사일러스가 마지막 사건을 멋들어지게 해결하고 난 후 여섯 달 동안은 신나는 기분으로 상관의 칭찬을 만끽했다. 실수를 할 겨를조차 없었다. 하지만 다시 일상 업무가 재개되자 사일러스는 훌륭한 형사이지만 동료들과 함께 협력하며 일하는 법을 배워야만 하는 사람이 되었다. 조직 안에서 순응해라. 그 말은 곧 다른 지방경찰청의 일에 참견하지 말라는 뜻이다. 도움을 주는 것은 좋지만 수사를 주도하려들어선 안 된다.

이따가 30분 뒤에 사일러스는 라트비아에서 온 어떤 가엾은 여자와 면담을 하고 있을 것이다. 영국에 오면 새로운 인생을 시작할 수 있으리라 생각했겠지만 지금 하루에 열여덟 시간 동안 손톱에 아크릴을 덧씌우는 일이나 하고 있는 처지에 빠진 여자이다. 구내식당 안을 둘러본다. 정복을 입은 경찰 한 무리가 음식을 사기 위해 줄을 서서 배식대에 있는 여자를 상대로 농담을 하고 있다. 문득 런던경찰청의 대응팀에서 일하던 시절이 그리워진다.

"간밤에 케이트가 언론에서 했던 인터뷰를 몇 가지 좀 찾아봤어요." 스트로버가 말한다. "실제로 인터뷰에서 무슨 말을 했는지 확인해보려고요."

"그래서?"

스트로버까지 가책을 느낄 필요는 없다. 언론의 조명 아래 케이트를 내몬 것은 바로 사일러스의 생각이었다. 스트로버가 그 말을 꺼내기를 기다린다. 하지만 그녀는 직속상관의 잘못을 대놓고 지적할 만큼 배짱이 좋지 않다.

"그건 실수였어." 사일러스가 스트로버 대신 말을 꺼낸다. "내가 저지른 실수였지."

"그 인신매매단 조직은 어떻게든 케이트를 찾아냈을 거예요. 케이트를 해치려고 마음을 먹었다면 말이에요." 스트로버가 말한다. "언론에 노출이 되었든 안 되었든 말이죠."

"정말로 그렇게 생각해?"

두 사람 모두 별로 납득한 표정이 아니다.

"케이트의 인터뷰 말고도 다른 뭔가를 좀 찾아냈습니다. 다른 초인식자팀에서도 언론 인터뷰를 했는지 찾던 중에요." 스트로버가 말을 잇는다.

"런던 경찰청에서도 인터뷰를 했었지. 런던 폭동 당시 어떻게 성공을 거두었는지에 대해 실제로 들어주는 사람만 있으면 계속 떠들어 댔어."

2011년 런던 소요 사태 이후 런던 경찰청에서는 20만 시간 분량의 CCTV 영상을 확보했지만 얼굴 인식 소프트웨어는 시시한 범죄자 한 명의 신원을 밝혀냈을 뿐이다. 그 후 영상 자료가 초인식자팀에게 넘어가자 초인식자 단 한 명이 무려 190명의 범죄자를 찾아냈다. 재미있는 점은 런던경찰청의 초인식자팀이 러시아 정보총국의 첩보원 두 명의 신원을 밝혀냈을 때는 언론 인터뷰를 전혀 하지 않았다는 사실이다. 생화학무기 노비촉으로 세르게이 스크리팔을 독살하는 임무를 띠고 솔즈베리까지 찾아온 이들이었다.

"호주에서도 인터뷰를 했어요." 스트로버가 말한다. "독일에서도요. 다들 자신들이 거둔 성공에 대해서 입을 다물고 있지만은 않았어요."

"어젯밤에 아주 바빴겠는데."

"잠이 안 와서요."

스트로버는 윗옷 주머니에서 종이 한 장을 꺼낸다. 어떤 기사를 인쇄한 종이이다.

"지금 이게 관련이 있을지는 잘 모르겠지만, 그래도 보스가 한번 보고 싶어할 것 같아서요."

사일러스는 종이를 받아들고 기사를 읽기 시작한다. 월트셔와 비슷한 시기에 아일랜드의 더블린에서 설립된 초인식자팀에 대한 기사이다. 하지만 지금 사일러스의 눈길을 사로잡은 것은 기사에 붙은 사람의 얼굴 사진이다.

"아직도 실종 중이에요." 스트로버가 말하지만 사일러스의 귀에는 들어오지 않는다. "팀에서도 실력이 최고인 초인식자였대요. 케이트보다 두 살 어려요. 한 달 전에 갑자기 사라져버렸답니다."

사일러스는 빠른 속도로 기사를 읽어내린다. 여자는 어느 늦은 밤 직장에서 차를 타고 집으로 돌아오는 길에 자취를 감추어버렸다. 케이트와 똑같이 그 여자도 얼굴을 인식하는 업무에 뛰어난 능력을 발휘했고 하찮은 범죄자들을 몇 명 체포하는 데 일익을 담당했다. 그 여자가 찾아낸 사람 중에 중범죄자는 없었다. 다만 더블린의 아비바 스타디움에서 축구 경기가 열릴 당시 그 여자가 얼굴을 알아본 덕분에 체포된 용의자가 나중에 살인죄를 선고받은 일이 있었을 뿐이다.

"검색 범위를 확장해야겠어." 사일러스의 목소리가 갑자기 급박해진다. "혹시 다른 초인식자팀에서도 실종된 사람이 있는지 확인해봐. 더블린만의 일이 아니야."

스트로버에게 어젯밤 노팅엄 경찰서의 형사가 전화를 걸어온 일에 대해 설명한다. 스트로버는 충격을 받은 듯 보이는 한편으로 눈에 반짝하고 불이 켜진다. 두 개의 작은 점이 지금 막 연결된 것이다. 사일러스가 경찰 일을 하면서 가장 마음에 드는 순간이다. 바로 점점 모습을 드러내는 큰 그림을 포착하는 순간이다.

"먼저 영국 내에서 찾아봐. 그 다음에 유럽 전역을 확인해보고." 사일러스가 말한다. "실종된 초인식자들이 있다는 사실을 알고 있는지 유로폴에도 한번 확인해봐."

사일러스가 아는 바에 따르면 유럽 내 대부분의 경찰 조직에서는 조직 내의 초인식자팀을 이미 꾸려 운영하고 있거나 혹은 팀을 꾸리기 위한 준비 단계를 밟고 있다. 얼굴 인식 소프트웨어가 계속해서 오류를 낸다는 사실을 생각할 때 전혀 놀랄 일이 아니다. 지난 2주 동안만 해도 독일에 있는 두 도시에서 초인식자팀의 운영에 대한 조언을 구하기 위해 각각 사일러스에게 연락을 해왔다.

더블린과 노팅엄에서 실종된 이들과 케이트의 사고가 어떤 식으로도 연관되어 있지 않을지도 모른다는 사실은 잘 알고 있다. 그 지역에서 초인식자에게 원한을 품은 범죄자들이 각각 따로따로 초인식자들을 노렸을 가능성도 있다. 하지만 세 사람 모두 초인식자라는 사실, 그것도 팀에서 가장 뛰어난 실력을 발휘하던 사람들이라는 사실을 그냥 보아 넘길 수는 없다. 그리고 이 일련의 실종 사건들이 계획적으로 이루어진 한층 커다란 음모의 일부라는 느낌을 떨칠 수가 없다. 분명히 더 큰 그림이 존재할 것이다.

"경감님한테 보고할 겁니까?" 스트로버가 묻는다.

"아직은 아니야. 자네의 그 친구한테 다크웹을 좀 검색해보라고 부탁해봐. 무슨 이야기가 나돌고 있을지도 모르니까. 그리고 술집 CCTV 영상도 감식반 친구들한테 분석해달라고 맡겨두고. 아직도 누가 그 영상을 빼돌렸는지 알 수 없으니까 말이지. 그걸 왜 제이크한테 보냈는지도 모르고."

52장
케이트

"아뇨, 확신할 수는 없어요." 케이트는 기차역을 나선 후 운하를 향해 걸어가는 중이다. "하지만 그 사람처럼 보였어요. 눈이 똑같았거든요."

하트 경위에게 현장에서 사람을 어떻게 '포착'했는지 다시 이야기하게 되다니 기분이 묘하다. 예전에는 매일같이 하던 일이었다. 하지만 이번에는 경위의 개인적인 부탁이라는 점이 다르다. 케이트가 방금 포착한 사람이 하트 경위의 실종된 아들인 코너일지도 모르는 것이다. 그리고 케이트가 정말 코너를 찾아낸 것이라면 얼굴 인식 능력이 회복하고 있다는 또 다른 증거가 될 수 있다. 기술적으로 봤을 때전형적인 '더티 스팟'이었다. 어두운 조명 아래 얼굴의 일부만 보이는 경우. 가장 알아보기 어려운 부류이다.

"서쪽 방면의 플랫폼에 있었다고 말했지?" 하트 경위가 말한다.

"내가 있던 플랫폼의 맞은편에 있던 대합실 안이었어요. 나는 런던으로 가던 길이었거든요."

경위한테는 제이크한테 할 이야기가 있어 전에 살던 마을에서 잠깐 내렸다고 설명했다. 경위는 깜짝 놀란 기색을 전혀 감추지 못했다. 별일 아니라는 듯한 케이트의 말투도, 원래부터 그렇게 할 작정이었다는 거짓말도 전혀 믿지 않는 눈치이다. 실은 케이트 자신이 제일 놀랐다.

"우울해 보이던가?" 하트 경위가 묻는다. "자살을 할 것 같은 분위기는 아니었어?"

하느님 맙소사. 그런 생각은 떠올리지도 못했다. 코너가 그렇게까지 안 좋은 상황에 몰려 있는지 미처 알지 못했다. "그것까지는 잘 못 봤어요." 케이트가 대답한다. "죄송해요. 하지만 플랫폼 끝에 나와 있지도 않았고, 그런 기색은 없었어요."

"기차역의 보안 카메라를 한번 살펴보도록 할게."

"시체에 대해서는 뭔가 밝혀진 게 없나요?" 케이트가 묻는다.

"아직이야. 소식이 있으면 바로 알려줄게."

사일러스가 잠시 망설인다. 케이트는 지금쯤이면 좀 더 많은 사실이 밝혀졌을 것이라고, 콘월에서 살해당한 남자에 대해 공식적인 발표가 있을 것이라고만 생각했다.

"그 남자를 발견한 사람이 하필 당신이라니, 참으로 유감이야." 사일러스가 덧붙인다.

케이트도 유감이다. 경위와 전화를 끊은 다음 죽은 남자의 처참하게 망가져버린 얼굴을 애써 머릿속에서 지우려 하며 배 끄는 길을 따라 걸어내려간다. 경위의 시간을 낭비하게 한 것은 아닌지 걱정이 된다. 다시 역으로 돌아가 지금 그 남자가 무사한지 확인해봐야 할까? 하지만 그 사람이 정말 경위의 아들이라면 이미 어디론가 가버렸을

지도 모른다. 하긴 케이트가 기억하는 대로라면 마을의 10대들은 매일 어디에도 가지 않고 하루 종일 그 대합실에서 노닥거리며 지냈다.

제이크를 발견하기 전에 먼저 배의 모습이 눈에 들어온다. 한쪽으로 삐딱하게 기운 채 절반 넘게 물에 가라앉아 있다. 지난 12년 동안 두 사람의 보금자리였던 그 배는 이제 그저 다 부서지고 남은 잔해에 지나지 않는다. 완전히 망가져버렸다. 아까 기차에서는 나무들 사이로 언뜻 그 모습을 보았을 뿐이다. 지금 바로 가까이에서 보니 그 광경은 한층 충격적으로 다가온다. 제이크와 함께 했던 모든 것들이 이제 돌이킬 수 없이 끝장나버렸다는 사실을 새삼 확인시켜 주는 듯싶다. 마치 그런 일이 필요하기라도 한 것처럼.

다음 순간 제이크의 모습이 눈에 들어온다. 배 끄는 길 뒤편의 풀밭에 홀로 앉아 있다. 양팔을 뒤로 뻗어 상체를 지탱한 채 나무줄기처럼 두터운 다리를 앞으로 쭉 뻗고 있다. 마치 쓰러져버린 거인 같다. 제이크는 배 쪽을 쳐다보고 있기 때문에 아직 케이트가 온 것을 눈치채지 못했다. 잠시 동안 그 자리에 가만히 서서 지금이라도 조용히 이곳을 벗어나 런던으로 가는 다음 기차를 타야 할지 고민한다. 하지만 이미 이만큼이나 와버렸다. 케이트는 제이크와 이야기를 해봐야 한다.

53장

사일러스

이미 텅 비어 있는 플랫폼을 이리저리 두리번거린다. 마을에는 원래 걸리는 시간보다 훨씬 더 빨리 도착했다. 사이렌을 켠 채로 몇 번이나 빨간 불을 무시하고 내달렸다. 차를 몰고 오는 내내 코너가 고속열차 앞으로 몸을 내던지는 모습이 눈앞에 아른거렸다. 마을 기차역 플랫폼의 보안 카메라에 접속할 수 없다는 걸 알게 된 순간, 모든 것을 내팽개치고 이곳으로 달려왔다. 마을 기차역의 보안 카메라는 전부 먹통이었다.

아주 오랜만에 담배 한 개비를 꺼내 불을 붙인다. 그리고 다시 한 번 확인해보기 위해 대피소 안으로 들어가 본다. 만약 코너가 여기 있었다 해도 지금은 아무런 흔적도 남아 있지 않다. 대피소 안에는 한쪽 구석에 함부로 버려둔 음료수 캔 말고는 아무것도 없다. 한때 코너는 밤마다 집 정원 아래쪽에 있는 헛간에 몰래 숨어들어 자고 갔다. 그때마다 나무로 된 헛간에서 마리화나 냄새가 풍겼기 때문에 코너가 왔다갔다는 걸 금세 알 수 있었다. 어쩌면 코너는 서쪽으로 향하는 기차를 탔을지도 모른다. 시골 지방의 자연 속으로 숨어버렸을지도 모른다. 사일러스는 언덕 위로 펼쳐진 숲을 올려다보며 혹시 코너가 그 숲 어딘가에 숨어 있지나 않을까 생각한다.

휴대전화로 케이트한테 전화를 걸어 아직도 마을에 있는지 물어보려는 참에 마침 스트로버에게 전화가 걸려온다.

"찾았습니까?" 스트로버가 묻는다.

일부러 물어봐주다니 참으로 고마운 일이지만 사일러스는 스트로버가 그의 실종된 아들의 안부를 물으려 전화한 것이 아니라는 사실을 이미 알고 있다.

"자네는 뭘 찾았는데?" 사일러스가 묻는다.

"보스가 경감님한테 다시 한번 말씀을 드려야 할 것 같습니다."

스트로버는 사일러스에게 자세한 사정을 전해준다. 걱정했던 것보다 상황이 훨씬 더 안 좋다. 다른 세 지역의 초인식자팀에서도 팀의 가장 주된 인력이 실종되었다. 4개월 전에 마드리드에서 한 명이 사라졌고 지난달에는 암스테르담에서 한 명이 사라졌다. 세 번째 초인식자는 함부르크에서 2주 전에 실종되었다. 세 지역의 경찰 모두 언론의 관심이 초인식자팀에게 쏠리지 않도록 신경을 썼기 때문에 세 사람 모두 언론에 노출된 적이 없다. 아직까지 세 사건이 서로 연관되어 있다는 사실을 알아차린 사람은 없다.

"일반 시민이야, 경찰이야?" 사일러스가 묻는다.

"전부 일반 시민입니다."

스트로버는 실종된 사람들의 가족들이 실종자를 찾기 위해 어떻게 노력하고 있는지 설명한다. 아직까지는 경찰 업무나 초인식자팀에 대한 특별한 언급은 없다. 실종된 이유가 그들이 하던 일과 관련되어 있을지도 모른다고 생각하는 사람도 없다. 그런 탓에 세 건의 실종 사건은 아직까지 어느 누구의 감시망에도 걸려들지 않았다.

스트로버에게 전화해줘서 고맙다고 인사를 한 다음 사일러스는 차로 돌아가기 위해 서둘러 몸을 돌린다. 좀 더 많은 점들이 나타났다. 초인식자 핵심 인력들의 실종 사건은 시간이 지날수록 한층 커다란 계획의 일부처럼 보이기 시작한다. 지금은 케이트를 만나러 갈 시간이 없다.

54장

케이트

제이크는 자리에서 일어나지 않는다. 케이트가 아무 말도 없이 다가가 그의 옆 풀밭 위에 앉는 동안 그저 미소를 지으며 가만히 지켜볼 뿐이다. 두 사람은 나란히 앉은 채 가라앉은 배의 잔해를 가만히 바라본다. 그 모습을 지켜보고 있으려니 불현듯 온갖 감정이 밀려들어온다. 그 배는 두 사람의 보금자리였다. 케이트는 제이크가 보지 못하게 고개를 돌리고 눈물을 닦아낸다. 배 끄는 길은 텅 비어 있고 근처에 정박해 있는 배가 단 한 척도 없다. 배려하는 마음에서인지 다른 이유에서인지 모르겠지만 사람들은 거리를 두고 있다. 불에 대한 두려움은 전염성이 높다.

"기차를 타고 지나가는데 배가 보였어." 마침내 케이트가 입을 연다. "그리고 기차가 멈췄는데, 그래서 나는⋯."

"이렇게 들러줘서 정말 고마워." 제이크가 케이트의 말을 가로막으며 대답한다.

"제이크, 정말 유감이야."

"당신 물건들을 몇 가지 건질 수 있었어…."

"나, 런던으로 올라가던 길이었어. 롭을 만나려고." 케이트가 말한다. "롭한테 전화를 걸어줘야 해."

이렇게 불쑥 롭의 얘기를 꺼내야 하는 이유는 전혀 없다. 별안간 롭에 대한 죄책감이 밀려들어 숨이 막힐 듯한 기분이다. 기차에서 내렸다는 이야기를 아직 롭한테는 하지 못했다. 롭은 패딩턴역으로 마중 나올 예정이었다.

"당신 괜찮겠어?" 제이크가 여전히 시선을 배에서 떼지 않은 채 묻는다. "롭을 직접 만나도 말이야."

"안 괜찮을 건 또 뭔데?" 케이트는 처음으로 제이크를 향해 고개를 돌리며 말한다.

제이크는 굳이 대답하지 않는다. 그럴 필요가 없는 것이다. 그는 케이트에 대해, 케이트가 언제 이렇게 성급하게 대답하는지에 대해 너무나 잘 알고 있다. 실은 롭하고 만나는 일이 불안하다. 패딩턴역의 붐비는 인파 사이에서 롭과 얼굴을 마주하게 되는 일이 못내 불안하다. 이렇게 대책 없이 기차에서 뛰어내려버린 것은 어쩌면 그 때문인지도 모른다. 마음 한편에서는 롭이 예전의 롭으로 보일 것이라고, 양팔로 자신을 꼭 안아줄 것이라고 믿고 싶다. 그렇게 되길 바라고 있다. 그렇게만 된다면 지난 이틀 동안 일어난 모든 일들을 그저 나쁜 꿈이었던 양 전부 잊을 수 있을 것이다. 하지만 한편으로는 아무리 애를 써도 걱정하는 마음을 지울 수가 없다. 만약 케이트의 머릿속에서 또다시 그가 도플갱어라고 느껴진다면 어떻게 해야 할까? 그런 상황이 닥쳤을 때 잘 대처할 수 있을지 전혀 자신이 없다. 아직은 무리이다. 아마도 자신이 카그라증후군에 걸렸을지 모른다는 사실을, 단지 일시적인 증상에 불과할 것이라는 사실을 계속해서 열심히 되새겨야 할 것이다. 하지만 쉽지는 않을 것이다.

"차라도 한 잔 할래?" 제이크가 묻는다.

얼굴에 간신히 미소를 떠올린다. 예전부터 제이크는 두 사람 사이에 일어나는 모든 문제를 차 한 잔을 사이에 두고 해결할 수 있다고 믿었다. 실제로 오랜 시간 동안 두 사람은 그렇게 해왔다. 상황이 돌이킬 수 없을 만큼 악화되기 전까지는 그랬다.

"벡스네 집으로 갈까?" 제이크가 다시 묻는다.

10분 후 케이트는 벡스네 집 주방에 앉아 길고양이를 무릎에 앉힌 채 다른 방으로 간 제이크가 돌아오기를 기다리고 있다. 벡스네 집에서 제이크를 보니 기분이 이상하다. 바로 이 집에서 아주 오랜 시간 동안 케이트는 벡스를 상대로 제이크와의 점점 망가져가는 관계에 대해 불만을 토해냈다.

운하에서 벡스네 집으로 걸어오는 길에 제이크에게 기차역에서 하트 경위의 실종된 아들로 추정되는 사람을 봤다는 말을 했다. 하지만 굳이 자세한 사정을 설명하지는 않았다. 두 사람은 또한 콘월에서 죽은 남자에 대해, 그 남자를 누가 죽였는지에 대해서도 이야기를 나누었다. 제이크는 그 일이 마약과 관련되어 있고 조직 간의 알력 다툼에서 불거진 사건일 것이라는 하트 경위의 생각에 동조하는 분위기이다. 제이크가 신문 기자로 일할 무렵 조직범죄 사건을 전문으로 다루었다는 사실을 그만 잊고 있었다. 소설을 쓰기 위해 모든 일을 때려치우기 전의 일이다.

"할 수 있을 만큼 잘 헹구기는 했는데, 그래도 한번은 제대로 세탁할 필요가 있을 것 같아." 제이크가 낡은 주황색 원피스를 들고 주방으로 들어오며 말한다. 예전부터 제이크는 케이트가 그 옷을 입는 걸 좋아했다. 케이트가 그 옷을 여기 남겨둔 데는 그런 이유도 있었다.

"디젤유 냄새가 나는데." 케이트가 옷의 냄새를 맡는다. 그 냄새를 맡으니 옛날 생각이 저절로 떠오른다. 예전에는 케이트의 모든 옷가지에 디젤유 냄새가 배어 있었다. "고마워. 이 옷을 구해줘서."

"롭한테 전화를 걸어줘야지." 제이크가 차를 따르며 지나가는 말처럼 가벼운 말투로 말한다. "얼른 전화해서 좀 늦는다고 말해줘."

"그렇게 할게." 제이크가 냉장고에서 우유를 꺼내는 동안 그의 모습을 재빨리 훑어본다. 살이 좀 빠진 것 같고 머리카락의 양옆을 깔끔하게 다듬은 모습이 마치 처음 만났을 때 같다. 옷차림도 케이트가 기억하는 것보다 훨씬 깔끔해 보인다. 노력을 하고 있는 모양인데, 케이트를 위해서는 아닐 것이다. 제이크는 케이트가 자신을 찾아온다는 걸 몰랐기 때문이다. 제이크의 인생에도 누군가 새로운 사람이 나타나 주었으면 좋겠다.

"병원에서 만났을 때 롭을 마음에 들어 했잖아." 케이트가 말한다. "진짜 롭 말이야."

"'마음에 들어 했다'는 건 좀 너무 과한 표현 같은데." 제이크가 탁자 맞은편에 앉으며 말한다.

제이크는 턱수염도 말끔하게 다듬고 있다. 제이크가 변화한 모습을 보니 마음이 기쁘다. 다만 눈매가 피곤해 보일 뿐이다. 어쩌면 배에 불이 난 일이 의외로 좋은 결과를 이끌어낼지도 모르겠다. 제이크가 억지로라도 새로운 일을 시작할 수 있는, 더 나은 삶을 살 수 있는 계기가 될지도 모른다. 다만 케이트는 두 사람의 관계가 끝났다는 걸 제이크가 제대로 받아들였는지에 대해서는 확신할 수가 없다.

"롭은 정말 좋은 사람이야." 케이트는 자신을 위해서, 또 그를 위해서 이렇게 말한다. "배려심이 깊고 마음이 너그러워."

제이크가 몸을 숙여 고양이를 쓰다듬는다. 제이크 또한 배려심이 깊고 마음이 너그러운 사람이었지만 결국에는 그것만으로는 충분하지 않았다.

"그랬던 사람한테 무슨 일이 일어난 건지 모르겠어." 케이트가 덧붙인다. "그는 어디로 사라져버린 걸까?"

여기에서 울면 안 된다고 마음을 굳게 먹는다. 특히 제이크 앞에서 울다니, 절대 안 될 일이다.

"당신도 알겠지만 누군가를 흉내낸다는 건 상당히 어려운 일이야." 제이크가 앉은 자리에서 몸을 똑바로 세우더니 탁자 위에 놓인 케이트의 손에 자신의 손을 포갠다. "어느 누구도 다른 사람의 인생을 그렇게 간단히 차지할 수는 없어. 누군가의 신분을 갈취한 다음 아무 일도 없다는 듯이 그 사람으로 살아가다니, 말처럼 쉬운 일이 아니야. 거의 불가능에 가까운 일이지. 일란성 쌍둥이라면 혹시 가능할 수도 있겠지만. 하지만 롭한테는 쌍둥이 형제 같은 건 없어. 그렇지 않아?"

케이트는 고개를 흔들고는 왜 처음 손이 잡혔을 때 얼른 손을 빼지 않았는지 생각하며 손을 탁자에서 내린다.

"바르마 박사님이라면 좀 더 잘 아실 테지." 제이크가 말한다. "나는 전문가는 아니지만 지금 당신이 겪고 있는 일을 들어보니 카그라스증후군과 놀랄 정도로 맞아 떨어지는 점들이 많아 보여. 도플갱어를 둘러싼 이 모든 일들이 말이야. 전부 당신 머릿속에서만 일어나는 현상일 거야. 그게 틀림없어."

케이트는 고개를 돌린다. 두 사람이 해결하지 못했던 과거의 문제들이 처음으로 메아리가 되어 되돌아오는 기분이다. 예전에 제이크는 케이트가 온갖 일을 온통 나쁘게만 상상한다고 생각했다. 돈이 부족한 것도, 배의 창문에서 물이 새는 것도, 케이트가 불행한 것도 전부 케이트의 머릿속에서 일어나는 상상에 불과하다고 생각했다. 어쩌면 제이크가 바람을 피운 일도 케이트의 상상에 불과하다고 생각했을지도 모른다. 케이트가 카메라를 통해 그 자신의 눈으로 직접 목격한 일인데도.

"그럼 9년 전에 롭이 태국 해변에서 만났다는, 롭하고 닮았다는 그 남자는 어떻게 된 거야? 그 남자의 존재도 내가 혼자 상상해낸 거야? 당신이 말해봐. 커비가 마음을 털어놓은 상대는 바로 당신이잖아."

불쑥 화가 치밀어 오르는 바람에 목소리를 낮추고 차분하기 얘기하기가 어렵다. 한 걸음만 잘못 내딛어도 두 사람은 너무나 쉽게 과거의 나쁜 관계로 되돌아가버리는 듯싶다.

"나는 그저 이 모든 일을 단순하게 설명할 수 있는 방법이 있다는 얘기를 하는 것뿐이야. 다른 뜻은 없어."

제이크는 절대 화를 받아치며 목소리를 높이는 사람이 아니다. 그보다는 갈등에서 회피하는 길을 택하는 쪽이다. 싸울 때마다 고래고래 소리를 지르는 사람은 언제나 케이트였다.

"여기 오는 게 아니었어." 케이트가 말한다. 너무나 많은 기억들이 물밀듯이 밀려온다. 그게 다 전부 좋은 기억들만은 아니다.

"그럼 기차에서는 왜 내린 거야?" 제이크가 고개를 들고 케이트를 똑바로 쳐다보며 묻는다.

두 사람은 침묵 속에서 서로를 가만히 응시한다. 다음 순간 제이크가 다른 방에서 무언가라도 본 것처럼 시선을 돌린다.

"무슨 일이야?" 케이트는 제이크가 벡스의 컴퓨터를 확인하러 가는 모습을 지켜보며 묻는다.

"아마 별일은 아닐 거야." 다시 주방으로 돌아와서는 제이크가 등 뒤에서 문을 닫는다. "컴퓨터 화면이 갑자기 켜져서. 그게 다야."

하지만 케이트는 제이크가 무언가 걱정하고 있다는 걸 알 수 있다.

"기차역까지 같이 걸어가 줄래?" 케이트가 묻는다.

이제 롭을 만나러 갈 시간이다.

55장

사일러스

  차를 몰고 기차역을 빠져나가는 길에 마을을 걷고 있는 케이트와 제이크를 발견한다. 두 사람은 지금은 영업을 하지 않고 판자로 입구를 막아놓은 채식 카페 앞을 지나고 있다. 자동차 속도를 줄이면서 창문을 연다. 두 사람은 잘 어울리는 한 쌍이었다. 두 사람 관계가 그런 식으로 끝나버려서 참으로 유감이다. 유감스러운 마음에는 스스로에 대한 자책감도 어느 정도 섞여 있다.

  "전화할 작정이었는데. 스윈던으로 돌아가야 할 일이 생겼어." 사일러스는 케이트에게 말을 건다. 케이트 옆에 선 제이크가 살짝 난처해하는 듯 보인다. 마지막으로 제이크하고 이야기했을 때 사일러스는 제이크가 섣불리 배의 보험을 든 일에 대해 추궁했었다.

  "찾았어요?" 케이트가 묻는다.

  "아니, 못 찾았어." 사일러스는 잠시 주저한다. "어쨌든 전화해줘서 고마워. 마치 예전으로 돌아간 것 같은 기분이었어. 그렇지 않아?"

케이트가 고개를 돌린다. 그런 말을 꺼낸 것이 당장 후회된다. 스트로버가 옆에 있었다면 말조심을 시켜주었을 것이다. 전 세계 곳곳에서 찾아낸 롭과 똑같이 생긴 사람들에 대해서는 스트로버가 나중에 케이트한테 전화를 걸어 이야기할 예정이다.

"우리가 이것 좀 가져가서 마을에 붙여줄까요?" 케이트가 조수석에 쌓여 있는 코팅된 실종자 포스터 더미를 향해 고갯짓을 하며 묻는다. 기차역의 금속 난간에 이미 한 장을 묶어두고 오는 길이다.

"그래주겠어?" 사일러스가 대답한다. "내가 지금 시간이 없어서."

"물론이에요." 케이트가 포스터를 두 장 집어들더니 한 장을 제이크에게 건넨다.

"아마 술집에 붙이면 될 거야. 우체국도 괜찮고." 사일러스가 말을 하는 동안에도 제이크는 코너의 사진을 계속 뚫어지게 내려다보고 있다.

"나 이 사람 만나봤어요." 제이크가 말한다. "어제, 여기 마을에서요. 강변의 목초지 근처에서 만났어요."

"그게 정말이야?" 사일러스는 케이트 쪽을 힐끗 쳐다본다. 코너를 목격했다는 케이트의 말이 갑자기 한층 신빙성 있게 여겨지기 시작한다.

제이크는 솔직하게 털어놓아도 좋을지 고민하는 표정으로 사일러스를 쳐다본다. "기찻길 건널목에서요." 제이크가 입을 연다. "기차를 기다리고 있었어요."

"그래서 무슨 일이 있었는데?" 사일러스는 질문을 하면서도 그 대답을 감당할 수 있을지 자신이 없다.

"기차가 왔을 때 이 남자를 철도에서 끌어냈습니다." 제이크는 자신이 한 일의 영웅적인 면모를 강조하는 기색이라고는 없이 차분하게 대답한다.

"나한테는 그런 얘기 안 했잖아." 케이트가 제이크를 향해 몸을 돌리고 말한다.

제이크는 어깨를 으쓱할 뿐이다. "그 다음에 이 사람과 같이 숲 속으로 잠깐 산책을 하러 갔습니다. 그리고 거기서 헤어졌어요." 제이크는 말을 멈추더니 사진을 다시 물끄러미 들여다본다. "이 사람이 정말 당신 아들입니까?"

사일러스는 고개를 끄덕인다.

"우리 얘기를 좀 해야 할 것 같아요."

56장

케이트

"배가 그렇게 되서 정말 유감이야." 기차가 플랫폼으로 미끄러져 들어오기 시작하자 케이트는 제이크를 보고 말한다. 두 사람은 제이크가 앞으로 어디에서 살게 될지에 대해서는 이야기하지 않았다. 서로 이야기하지 못한 일이 여전히 많이 남아 있다.

"이렇게 와줘서 고마워." 제이크가 케이트와 눈을 마주치지 않으려 하며 말한다.

"옷을 구해줘서 고마워." 케이트가 말한다.

그 옷은 따로 개어 플라스틱 가방에 넣어두었다. 다른 옷에 디젤유 냄새가 배게 만들고 싶지 않았기 때문이다.

"바르마 박사님을 만나 보면 기분이 훨씬 나아질 거야." 제이크가 케이트를 똑바로 쳐다보며 말한다.

"그 전에 먼저 롭부터 만나고." 명랑한 목소리로 들리기를 바라며 케이트가 말한다.

마을 중심가에서 하트 경위를 만난 뒤 롭한테 전화를 걸어 엑서터에서 기차를 잘못 갈아타는 바람에 앞으로 한 시간 뒤에나 런던에 도착하게 될 것이라고 말해두었다. 롭도 그 편이 더 좋다고 말해주었다. 예상대로 업무가 지연되고 있었기 때문이다.

"다 괜찮을 거야." 제이크가 말한다. "그리고 그 태국 해변에 있던 길이라는 부랑자 녀석? 지금은 전혀 롭하고 닮아 보이지 않을 거야."

제이크는 언제나 모든 일에 낙천적이다. 두 사람의 관계가 망가진 것은 어쩌면 그 때문인지도 모른다. 너무 낙천적인 나머지 두 사람이 처한 상황의 심각성을 제때 직시하지 못한 것이다.

"잠깐 기다려. 물에서 건져 낸 것이 하나 더 있어." 케이트가 기차에 올라탈 때 제이크가 말한다. 그 커다란 손에는 작은 그림용 붓이 한 자루 쥐어져 있다. 담비털로 만들어진 붓이다. 케이트가 도무지 잘 안 그려지는 초상화 한 점을 두고 고심하고 있을 무렵 제이크가 준 선물이었다. 그때 케이트는 자신들이 이렇게 비싼 붓을 살 형편이 안 된다고 생각했기 때문에 제이크한테 화를 냈다.

"당신이 다시 그림을 그렸으면 좋겠어." 제이크가 말한다.

"지금도 그리고 있어." 케이트는 문이 닫히기 직전 붓을 받아들고 문이 닫힌 후 입 모양으로만 말한다. "고마워."

하지만 제이크는 다른 곳에 정신이 팔려 고개를 돌려 플랫폼 아래쪽을 바라보고 있다. 케이트는 다시 버튼을 눌러 문을 연다.

"무슨 일이야?" 케이트가 문밖으로 고개를 내밀며 묻는다.

"아, 늦게 온 승객이 지금 간신히 기차에 올라탔어." 제이크가 말한다. "예전에 당신도 맨날 그랬는데."

제이크도 기차를 타고 통근할 무렵 매일같이 마지막 순간까지 버티다가 배 끄는 길을 달려 내려가며 기차 운전기사에게 기다려달라며 손을 흔들었다.

두 사람이 마주 보며 미소를 짓는 순간 기차의 문이 닫힌다.

57장
사일러스

"바로 저기 철제 회전문 옆에 서 있었어요." 제이크가 강변 목초지 너머 기찻길을 가리키며 말한다.

사일러스는 주위 풍경을 돌아보면서 코너가 기차가 오기를 기다리는 동안 머릿속에서 무슨 생각을 하고 있었을지 상상해보려 한다. 아들의 머릿속은 사일러스에 대한 화로 가득 차 있었을까? 어쩌면 죄책감 같은 것도 있었을까? 지금도 사일러스는 순전히 자기 본위대로만 생각하고 있다. 마약으로 찌들어버린 코너의 머릿속에 코너 자신 말고 다른 누군가가 있었다면 그것은 코너의 엄마였을 것이다. 코너는 항상 엄마와는 가깝게 지냈다. 그런 아내에게 사일러스는 두 사람의 유일한 아들이 스스로 목숨을 끊으려 했다는 사실을 전해야만 한다. 아내는 그것조차 전부 사일러스의 탓으로 돌릴 것이다.

"고마워." 사일러스는 입을 연다. "어, 그 아들을 구해줘서 말이야."

"솔직히 말해서 죽을 결심이 그렇게 확고했다고는 생각하지 않아요." 제이크가 말한다. "그 후에 그 일에 대해서 잠깐 얘기를 해봤거든요. 내가 이런 일에 전문가는 아니지만 그저 '나를 좀 도와달라는 구조 요청'이었던 것 같아요."

그리고 제이크는 그 요청에 응답했다. 사일러스는 방금 전까지만 해도 곧장 게이블크로스 서로 돌아가 스트로버가 찾아낸 실종된 초인식자들에 대해 그녀와 의논할 작정이었지만 지금은 생각을 바꾸어 마을에 좀 더 있어보기로 했다. 그리고 제이크가 케이트를 기차역까지 배웅하기를 기다린 끝에 지금 이곳에 함께 온 것이다.

"그리고 또 무슨 이야기를 했어?" 강변 목초지를 가로질러 기찻길을 향해 걷는 동안 제이크에게 묻는다. 제이크는 아까 사일러스가 알아야 할 것이 있다는 식으로 말을 했었다.

"내가 상관할 바는 아니지만, 코너 상태가 … 별로 안 좋아 보이더라고요."

"걔한테 문제가 좀 있지." 사일러스가 대답한다. "마약 문제야."

그 문제는 대학교에서의 마리화나에서 시작하여 정신 질환, 대학 중퇴, 노숙 생활, 그리고 헤로인 투약으로까지 이어져왔다.

"아까도 말했듯이 정말로 내가 이래라저래라 상관할 바는 아니지만요. 하지만 내 생각에는 마약 거래에도 손을 대고 있는 것 같아요." 제이크가 말을 잇는다. "어쩌면 지방 원정 마약 밀매에까지 얽혀들었을지도 모르겠어요."

기찻길까지 걸어가는 동안 등 뒤로 햇살이 따스하게 내리쬐고 있다. 하지만 제이크의 말을 듣는 순간 등골이 오싹해진다. 제이크의 말은 구역질이 날 정도로 설득력이 있다. "왜 그렇게 생각하게 되었는데?" 사일러스가 묻는다.

"한번 질러보자 하는 심정으로 블루벨 술집에 대해 물어봤거든요.

당신이 거기가 마약을 파는 술집이라고 얘기했잖아요."

"걔도 그걸 알고 있던가?" 사일러스가 묻는다.

"말은 모른다고 했지만 거짓말이라고 생각해요."

"그게 거짓말이라는 건 어떻게 알았지?" 사일러스가 재차 묻는다. 하지만 그리 놀랍지도 않다. 언제나 거짓말로 둘러대는 것은 코너에게 이제 제2의 천성으로 자리 잡은 듯 보인다.

"마약 팔러 원정 나왔는지 다시 물어봤거든요. 부인하지 않더라고요. 그저 달리 선택의 여지가 없었다는 말만 했어요. 스윈던 외곽에서 활동한다고 했고요. 내 생각에는 블루벨 술집이 얽혀 있는 곳과 동일한 마약 밀매 조직인 것 같아요. 그럼 말이 되거든요."

두 사람은 스물네 시간 전에 코너가 스스로 목숨을 끊을 생각을 했던 철제 회전문에 도착한다. 사일러스는 곡선으로 구부러진 철제 난간에 손을 올리고 눈을 감는다. 이보다 상황이 더 나쁠 수는 없다. 코너가 지방 원정 마약 밀매 조직에 연루되었다면 곧 체포당할 수밖에 없고 그럼 사일러스는 대대적으로 망신을 당할 것이다. 형사로서의 생명이 끝날 수도 있다.

"왜 여기였을까?" 사일러스가 강변 목초지 너머 마을 쪽을 돌아보며 묻는다. "왜 이 마을이어야 했을까?"

"당신한테 얘기하고 싶은 게 한 가지 더 있어요."

고개를 돌려 제이크의 얼굴을 쳐다본다. 더이상 이곳에서 일어났을지도 모를 일을 상상하며 기찻길을 멍하니 쳐다보며 서 있고 싶지 않다. 그런 일이 일어난 결과는 전에 한번 본 적이 있다.

"확신은 없어요." 제이크가 주저하면서 입을 연다. "하지만 어쩌면 내 배에 불을 지른 범인이 그 사람일지도 모른다는 생각이 듭니다."

두 남자는 서로의 얼굴을 빤히 응시한다. 사일러스는 웃어야 할지

울어야 할지 알 수가 없다. 제이크의 말을 듣는 순간 그의 말대로 일이 벌어졌다는 것을 직감한다. 제이크는 그날 블루벨 술집에서 서투르게 질문을 해댔고, 바로 그날 밤 제이크의 배에 불이 났다. 지방 마약 밀매 조직을 운영하는 조직 두목들은 지저분한 일을 처리하는 데 다른 사람을 이용한다. 코너처럼 쓰고 버릴 수 있는 똘마니 말이다.

"세상에, 맙소사." 사일러스가 입을 연다. "정말 미안하게 됐어."

"경위님 잘못이 아닌데요." 제이크는 별일 아닌 듯 굴려고 애쓰며 대답한다.

하지만 사일러스는 제이크가 이해할 수 있는 것보다 훨씬 더 큰 관점에서 전부 자신의 잘못이라는 사실을 알고 있다. 코너가 아직 어린 소년이었을 무렵에는, 해변과 공원에서 아장거리며 걸어다니는 어린아이였을 무렵에는 사일러스는 아들과 아주 가깝게 지냈다. 그 당시에는 그게 참으로 쉬웠다. 함께 모래성을 쌓고 연을 날린다. '저기 새로 아빠가 된 남자 좀 봐. 정말 좋은 아빠야. 아들하고 엄청 친하네!' 문제는 코너가 10대에 들어섰을 무렵부터 시작되었다. 사일러스가 일하는 시간이 점점 늘어나면서 코너는 점점 내향적인 성격으로 변해갔다. 서로 만나는 시간이 줄면서 두 사람은 그저 멀어질 뿐이었다. 서로 함께 이야기할 수 있는 화제도, 공통된 관심사도 전혀 남아 있지 않았다.

"그저 그런 느낌이 들었을 뿐이에요." 제이크가 말한다. "어쩌면 내가 완전히 잘못 생각하고 있는지도 몰라요. 하지만 이 마을 부근에서 전에는 한 번도 본 적이 없는 사람이었어요. 그런데 화재가 난 다음날 마을을 어슬렁거리고 있었고, 성냥으로 담배에 불을 붙였어요. 요즘에는 다들 라이터를 쓰잖아요. 실은 배에 불이 나기 직전에 누가 성냥에 불을 붙이는 소리를 들었거든요."

"화재에 대해서라면 조사를 하고 있는 중이야." 사일러스가 말한다. "만약 그 사건에 코너가 관련되어 있다면 당연히 그를 불러서 조사를 해봐야겠지."

왜 이런 이야기를 하는지 스스로도 이유를 알 수가 없다. 제이크를 위해서이지만 한편으로는 자기 자신을 위해서이기도 하다. 실제로 화재에 대한 수사는 막다른 골목에 막혀 있다. 버려진 기름병에는 지문이 남아 있지 않았다. 목격자도 없다. 게다가 그것 말고도 해결해야 할 한층 심각한 범죄 사건들이 산더미처럼 쌓여 있다. 그리고 지금 제이크의 직감은 설득력 있는 증거라고 보기 힘들다. 마치 성냥개비마냥 부러지기 쉽다.

몸을 돌려 운하로 돌아가려는 참에 휴대전화가 울린다. 처음 보는 낯선 번호이다. 잠시 동안 음성 사서함으로 넘어가게 내버려둘까 고민한다. 하지만 무언가에 떠밀리듯 전화를 받는다.

"하트 경위입니다." 사일러스가 말한다.

아무 말도 들리지 않는다. 하지만 사일러스는 전화기 반대편에 누군가가, 무언가 하고 싶은 말이 있는 누군가가 있다는 것을 잘 알고 있다. 이렇게 숨소리만 들려오는 전화를 받은 것이 처음이 아니다. 정보원, 증인, 밀고자들이 이런 식으로 전화를 걸어온다. 이럴 때는 그들이 마음의 준비가 될 때까지 가만히 기다려주기만 하면 된다. 저 앞에서 걸음을 멈추고 돌아본 제이크에게 잠시 기다리라고 손짓한다.

"무엇을 도와드릴까요?" 사일러스가 몸을 돌리며 말한다.

숨소리가 한층 커진다. 이번에는 귀에 익은 숨소리이다. 사일러스의 뱃속이 조이듯 답답해진다. 운하 너머로 펼쳐진 구릉들을 올려다본다. 그 다음 순간 아들의 목소리가 귀에 들려온다.

"아빠?"

58장

케이트

패딩턴역에 도착했을 때 롭은 마중 나와 있지 않다. 케이트가 탄 기차가 마을을 떠난 지 얼마 되지 않아 롭에게 전화가 걸려왔다. 롭은 회의가 너무 많이 남았고 시간이 충분치 않다고 말하며 계속해서 미안하다고 사과했다. 케이트가 기차에서 내리지 않고 예정대로 도착했다면 마중 나올 수 있었을 테지만 한 시간 넘게 늦은 지금 일정이 어그러졌고 그래서…. 케이트는 롭에게 걱정하지 말라고 말해주었다. 하지만 자신이 얼마나 안도했는지에 대해서는 말하지 않았다.

그 대신 롭은 운전사가 딸린 자동차를 보내줄 테니 쇼디치에 있는 아파트에 가서 자기가 돌아갈 때까지 집처럼 편안하게 있으라고 말했다. 케이트도 마침내 그 아파트를 직접 볼 수 있게 되어 마음이 두근거린다. 두 사람은 케이트가 런던에 와서 지내는 일에 대해 자주 이야기했지만 그때까지만 해도 케이트는 도시 생활을 감당할 자신이 없었다. 적어도 오늘까지는 그랬다.

패딩턴역의 넓은 광장을 가로지르니 프리드 거리에서 차 한 대가 케이트를 기다리고 있다. 런던은 온통 시간이 촉박한 사람들로 가득 차 있는 듯 보인다. 햇살을 보지 못해 창백한 얼굴들에 도시 생활의 분주함이 또렷이 새겨져 있다. 거의 손에 잡힐 듯이 공기 중에 떠다니는 스트레스들이 혀 뒤쪽에 안 좋은 맛을 남긴다. 어쩌면 그저 단순한 공기 오염일지도 모른다. 한편으로는 콘월의 안전하고 소소한 일상에서는 전혀 느낄 수 없던 자극적이고 혼재된 문화의 생동감이 고스란히 느껴진다. 적어도 콘월에서는 안전하다는 기분이 들었다. 물론 누군가가 자신을 죽이려들기 전까지, 그리고 죽은 남자의 시체가 집 바로 아래 있는 해변으로 떠밀려오기 전까지 그랬다는 말이다. 여기 런던에 오니 지난 사건들이 전부 현실이 아닌 것처럼, 마치 다른 세상의 일처럼 느껴진다.

케이트를 마중 나온 운전사는 다부진 체격에 송곳 같은 눈매를 한 남자로 말투에 약한 동유럽 억양이 섞여 있다. 그를 보자마자 대뜸 러시아 대통령인 블라디미르 푸틴이 떠오른다. 다만 러시아의 푸틴에게는 없는, 빡빡 깎은 옆머리에 흉터가 있을 뿐이다. 운전사는 케이트의 가방을 받아들더니 차의 뒷좌석 문을 열어 준다. 이런 배려를 받는 게 썩 마음 편하지만은 않다. 케이트가 차를 타기 위해 다가서자 운전사의 눈이 번쩍 빛난다. 그 순간 문득 주황색 원피스가 생각난다. 주위를 두리번거린 끝에 길 건너편의 쓰레기통을 발견한다.

"잠시만요." 케이트가 푸틴을 보고 말한다.

비닐 가방을 손에 들고 쓰레기통을 향해 걸어간다. 지금 당장 이 원피스를 버려야 한다는 걸 잘 알지만 차마 그럴 수가 없다. 제이크도, 그의 감상적인 태도도 모두 저주나 받았으면 좋겠다. 마을에 잠깐 들렀을 뿐이지만 스스로 예상했던 것보다 훨씬 여운이 짙게 남았다. 마을로 돌아가니 참 좋았다. 제이크를 다시 보니 참 좋았다. 자동차 사고가 있은 후 몇 달 동안 그 마을에서의 모든 추억들은, 거룻배에서의 추억들과 제이크와의 추억들은 모두 CCTV 영상에서 본, 그가 다른 여자와 입을 맞추는 모습으로 얼룩져 있었다. 하지만 오늘 마을에 들른 덕분에 사정이 바뀌었다. 두 사람은 서로를 비난하지 않고 이야기를 할 수 있었다. 어쩌면 제이크와는 좋은 친구로 남을 수 있을지도 모른다.

가방을 그대로 손에 든 채 다시 길을 건너서 돌아오는데, 어디서 본 듯한 익숙한 얼굴이 눈에 들어온다. 케이트와 함께 그 마을에서 내렸던 여자, 카라이다. 여자를 너무 빤히 쳐다보지 않으려 하며 애써 시선을 돌린다. 그 여자가 지금 여기에서 뭘 하고 있는 것일까? 기차의 그 여자가 확실하다. 그 짙은 눈썹을 착각할 리가 없다. 여자는 프리드 거리에서 버스를 기다리면서 케이트 쪽을 흘끔거리고 있다. 그 태도에는 어딘가 이상한 데가 있다.

당황한 나머지 허둥대지 않으려고 애쓰며 몸을 돌린다. 그 다음 다시 여자 쪽을 돌아본다. 미행일까? 예전 경찰에서 일할 무렵 동료들이 인파 속에서 용의자를 추적하는 모습을 본 적이 있다. 미행하는 사람은 특유의 흘끔거리는 시선 때문에 누군가를 미행하고 있다는 티가 나기 마련이다. 카라는 왜 케이트의 뒤를 쫓는 것일까? 마을에서 케이트와 같은 기차를 타고 온 것이 틀림없다. 늦게 온 승객. 케이트는 그때 제이크와 이야기를 하느라 정신이 다른 곳에 팔려 있었다.

30분 후 푸틴은 혹스턴과 쇼디치 사이의 나일스트리트에 위치한, 공장 건물을 개조하여 만든 아파트 앞에 차를 세운다. 이 아파트의 침실에서 영상 통화를 하면서 롭은 아파트 건물의 역사에 대해서 한 번 말해준 적이 있다. 그때는 아파트가 너무 커서 쑥스럽다며 침실 말고 다른 곳은 보여주려 하지 않았다. 이전에는 날염 공장이었던 이 건물은 1990년대 말 맨해튼의 로프트 아파트식으로 개조된 끝에 현대적인 창고형 아파트로 변모했다. 롭의 아파트는 물론 가장 꼭대기 층의 펜트하우스이다.

가방을 들어주려 하는 푸틴에게 괜찮다고 말하면서 직접 가방을 들고 건물의 정문 앞에 선다. 문을 밀어보지만 열리지 않는다. 푸틴이 초인종들이 들어선 금속판 위에 설치된 카메라를 가리킨다.

"웃으세요. 그럼 당신 얼굴을 알아볼 겁니다." 푸틴이 말한다.

펜트하우스의 번호를 누른 다음 기다린다. 잠시 후 문이 활짝 열리고 케이트는 푸틴에게 손을 흔들어준 다음 아파트의 로비 안으로 들어선다. 여기에 한 번도 와본 적이 없는데 카메라가 어떻게 케이트의 얼굴을 인식하는 것일까? 엘리베이터를 타고 3층으로 올라가서 현관 옆의 버튼을 누르고는 또 다른 카메라 앞에서 영화배우처럼 입을 삐죽 내밀어 보인다. 어린애 같은 짓이다. 불안할 때마다 나오는 케이트의 습관이다. 패딩턴역에서 카라는 왜 케이트를 지켜보고 있었을까? 다음 순간 케이트는 자신이 콘월의 집을 마치 헛간처럼 보이게 만들 만큼 널찍하고 탁 트인 공간에 서 있다는 사실을 깨닫는다.

이 집은 정말로 넓다! 폭이 거의 9미터 가까이 되는 데다 길이는 적어도 19미터가 되어 보인다. 한쪽 모퉁이에 주방이 있고 다른 모퉁이에 식당 공간이 있다. 바닥에는 전부 재생 나무가 깔려 있고 산업용 벽돌로 쌓은 벽에는 적재용 문들이 달려 있다. 당구대와 영화를 보는 곳이 있고 현관문에서 반대편 끝자락에 침실이 있다. 혹시 실수로 롭의 아파트가 아닌 사무실에 온 것은 아닌가, 다른 직원들이 다 밖에 나가 있는 것은 아닌가 하는 생각이 들 정도이다. 케이트가 생각했던 것하고는 비교도 할 수 없을 만큼 넓다. 어떻게 이게 한 사람이 사는 집이라는 걸까?

집 안을 어슬렁거리며 집에 걸린 예술 작품들을 감상한다. 거대한 캔버스의 그림들과 설치 미술 작품들이 있다. 한 작품은 케이트도 아는 작품이다. 3D 프린터로 제작된 얼굴 조각 작품으로 '데이터-마스크'라는 기괴한 이름이 붙어 있다. 롭이 이 작품을 한때 콘월의 집에 가져다놓았던 적이 있었는데, 케이트는 그때에도 이 작품이 어딘가 불온하다고 생각했다. 이 작품에 대해서 롭이 한번 설명해준 적이 있다. 이 작품의 작가인 스털링 크리스핀은 얼굴 인식 알고리듬을 역설계하여 기계에게 인간의 얼굴이 어떻게 보이는지를 표현하려 했다. 그 다음으로 자신의 그림이 세 점 걸려 있는 광경이 눈에 들어오자 케이트의 심장이 쿵하고 내려앉는다. 롭이 병원 전시회에서 전시했던 바로 그 그림들이다. 그때도 케이트는 자기 그림을 보고 기운을 낼 수 있었다.

케이트는 자신의 작품들 앞에 서서 그림을 가만히 응시한다. 물론 잘못된 부분들이 당장 눈에 들어오기 시작하지만 그리 나쁘지만은 않다. 이 그림을 그릴 당시 케이트의 목표는 양보가 없는, 날것처럼 생생한 초상화를 그리는 것이었다. 그리는 화가와 그려지는 대상 사이에 대결 구도를 생성하는 것이었다. 그림의 모델은 무언가 온당치 못한 일을 하다 걸린 사람처럼 놀란 표정으로 눈을 커다랗게 뜨고 있다. 운하에서 기름병과 석탄 주머니를 팔러 다니던 노인의 초상화를, 그 주름이 가득하고 세상일에 싫증난 표정을, 얼굴을 가까이 붙이고 자세히 들여다본다. 이 그림을 그릴 때의 기억이 생생하게 떠오른다. 모델인 노인과 차분한 말투로 이런저런 이야기를 나누는 한편 물감을 두껍게 칠하는 임파스토 기법으로 유화 물감을 나이프로 겹겹이 덧칠하고 덩어리진 색을 섞어 거칠고 질감이 살아 있는 육체를 창조

해냈다.

자신의 작품을 보자 행복감이 밀려들면서 울고 싶어진다. 다시 그림을 그리고 싶은 마음이 솟구친다. 당시 병원에서 이 그림을 봤을 때도 비슷한 반응을 보였다. 벽을 따라 조금 더 걸어가니 또 다른 초상화 한 점이 걸려 있다. 케이트가 흠모해마지않는, 지금은 세상을 떠난 새러 라파엘이 그린 초상화이다. 마치 보석 같고 강렬한 그 작품은 새러의 초기 작품으로 공감의 정서로 가득 차 있다. 새러와 같은 벽에 그림이 걸려 있다니 크나큰 영광이기도 하지만 한편으로 예술가로서의 자신의 한계를 자각하게 되기도 한다.

2층으로 올라가니 또 다른 침실과 습식 욕실, 그리고 널찍한 옥상 테라스가 있다. 테라스에는 진짜 잔디가 자리고 있고 야외용 바 주위로 버들세공 의자들이 흩어져 있다. 이른 저녁 햇살이 내리쬐는 런던의 풍광이 숨이 멎을 정도로 아름답다. 혹시 여기에서 롭의 사무실이 보일까? 롭의 사무실이 있는 올드스트리트 로터리는 이곳에서 그리 멀지 않을 것이다. 불현듯 몹시 롭이 보고 싶다. 콘월에서 갑자기 일이 이상하게 꼬여버리기 직전으로 돌아가 둘만의 관계를 다시 시작하고 싶다. 제이크 말이 맞다. 이 모든 일들은 카그라스증후군에 걸린 케이트의 머릿속에서 벌어지는 상상에 불과하다. 이제 얼마 안 있어 바르마 박사가 찾아올 것이다. 박사는 케이트가 카그라스증후군에 걸렸다고 확실하게 진단을 내려줄 것이다. 생각하면 생각할수록 지금 케이트가 겪는 모든 증상은 카그라스증후군의 증상처럼 보인다.

다시 한번 런던의 스카이라인을 바라본다. 롭도 자기 책상에 앉아 케이트 쪽을 보고 있을까? 마치 장난꾸러기 같은 기쁨에 휩싸여 손을 흔든다. 아래층의 벽에 걸린 자신의 그림을 떠올리며 들뜬 마음에 풀밭에서 옆돌기도 해본다. 그 다음 옥상을 둘러싼 벽 너머로 고개를 내밀고 아래의 거리를 내려다본다.

케이트를 데려다 준 자동차는 아파트 건물로 들어오는 정문 건너편에 주차되어 있다. 차의 일부는 가려서 보이지 않는다. 벽 너머로 몸을 좀 더 내미니 인도에 서 있는 푸틴의 모습이 보인다. 푸틴은 케이트가 얼굴을 알아볼 수 있는 사람과 이야기를 나누고 있다. 입안이 바짝 마르면서 기뻤던 마음이 온데간데없이 사라진다. 푸틴이 말하고 있는 상대는 바로 케이트와 같은 기차를 탔던, 그리고 패딩턴에서 봤던 그 여자, 카라이다.

59장
사일러스

풀이 길게 자란 공터가 나타날 때까지 숲속의 오솔길을 따라 걷는다. 공터에는 흐릿한 저녁 햇살이 내리쬐고 있고 여름벌레들이 낮게 날며 윙윙거리는 소리가 주위에 가득하다. 이곳은 풀만 제대로 베어내면 숲속에 숨은 훌륭한 크리켓 구장이 될 수 있을 듯 보인다. 공터의 반대편 끝에 서 있는 사냥터 관리인의 오두막은 소박하지만 선수 대기실 역할을 거뜬히 해낼 수 있을 듯싶다.

코너는 바로 이곳으로 만나러 와달라고 부탁했다. 다시 보니 코너를 만나기에 어울리는 장소처럼 보인다. 코너는 어렸을 때 크리켓 선수로 활약했다. 실력이 뛰어났지만 사일러스에게 공과 방망이는 외계인 같은 존재였기 때문에 아들의 시합에 아무런 관심을 보이지 않았다. 사일러스의 아버지도 오직 축구 시합에만 사일러스를 데리고 다녔다. 다시 기회가 주어진다면 코너가 출장하는 크리켓 시합은 한 경기도 빠짐없이 지켜볼 작정이다. 경기 기록을 도맡고 차도 끓여줄 것이다. 아버지 노릇을 톡톡히 해줄 것이다.

오두막으로 걸어가는 동안 주위에는 인기척이 전혀 느껴지지 않는다. 한쪽에는 큰 기계류 등을 보관하는 곳으로 보이는 지붕만 있는 광 같은 공간이 있다. 그리고 한쪽으로는 헛간이 있다. 코너는 전화에서는 말을 많이 하지 않고 그저 여기에서 만나고 싶다는 말만 했다. 여기 언덕 위의 숲에서 사일러스가 기찻길에 와 있는 모습을 지켜보고 있었던 것이 틀림없다.

"코너?" 사일러스가 소리 높여 부른다. "거기 있니?"

아무런 대답도 들리지 않는다. 공터의 반대편에서 붉은 솔개 한 마리가 하강하며 길게 자란 풀밭 위를 휩쓸고 지나갔다. 몸을 뒤집고 선회하며 썩은 고기를 찾는다. 오두막으로 다가가 문을 밀어본다. 오두막 안에는 통나무들과 꿩 사료 공급기들이 차곡차곡 쌓여 있다. 한쪽 모퉁이에는 하얀 플라스틱으로 만든 허수아비가 한 무더기 쌓여 있다. 코에 익숙한 마리화나 냄새가 풍긴다.

눈이 어둠에 익숙해지는 데 몇 초가 걸린다. 다음 순간 오두막 안쪽 벽에 등을 기대고 앉아 있는 코너의 모습이 보인다. 안도감에 다리가 풀린다. 지난 6주 동안 코너가 죽었을지도 모른다는 가능성을 염두에 두고 살았어야 했다. 그리고 지금 여기에 코너가 있다. 무릎을 세우고 앉아 양팔로 무릎을 감싸안은 채 마치 어린아이처럼 몸을 앞뒤로 흔들고 있다.

별로 좋아 보이는 모습은 아니다. 하지만 적어도 코너는 아직 살아 있다.

60장
케이트

아래층 어딘가에서 전화가 울리는 소리가 들리기 시작했기 때문에 옥상 테라스에서 아래층으로 되돌아간다. 처음에는 전화 소리가 어디에서 들리는지 알 수 없었지만 이내 소리가 침실에서 들려온다는 사실을 알아챈다. 전화벨 소리라기보다는 미래에서나 들을 법한 파동 소리처럼 들린다. 침실 문을 밀어서 열어보니 침대 옆에 놓인 전화기가 보인다. 잠시 망설인 끝에 전화를 받는다.

"전화를 받았다는 건 침실을 찾았다는 뜻이네." 롭이 말한다.

"전화가 울리는 소리가 들리길래, 받아야 한다고 생각했어." 케이트는 굳이 변명하듯이 말한다. 롭의 개인적인 공간에 들어와 있으려니 마치 침입자가 된 듯한 기분이 든다. 이 공간에 롭과 함께 있던 적이, 이 침대와 하얀 면의 침대보를 함께 썼던 적이 아직 한 번도 없는 탓이다. 침실의 한쪽 벽에는 두 사람이 함께 포스빈 해변에서 찍은 커다란 사진이 걸려 있다. 두 사람 모두 카메라를 향해 한껏 미소를 짓고 있다. 사진 속 케이트는 지친 중에도 행복해 보인다. 마음속으로는 내심 런던에서 롭이 케이트와 전혀 상관없는 생활을 하고 있다고만 생각해왔다. 하지만 콘월에서 두 사람이 함께 하는 시간과의 연결 고리가 바로 여기, 눈에 아주 잘 보이는 곳에 걸려 있다. 다시 한 번 행복감이 물밀듯이 밀려온다.

"잘했어. 당신더러 받으라고 전화를 건 거니까." 롭이 말한다. "당신 집인 것처럼 마음 편하게 있어. 마음에 들었으면 좋겠다."

"정말 멋진 집이야." 케이트는 더블 침대에 누우면서 대답한다. "게다가 완전히 넓잖아. 깜짝 놀랐어. 이 집을 그동안 내내 나한테 숨기고 있었다니, 믿어지지 않아."

"당신이 준비가 되기만을 기다리고 있었지. 이 집을 제대로 누릴 수 있을 만큼 충분히 건강해질 때까지."

베개들 사이에서 롭의 냄새가 풍긴다. 히스풀처럼 깨끗하고 상쾌한 냄새이다. 여기 있으니 정말 기분이 좋다. 보호받고 있는 기분, 마음껏 어리광을 부릴 수 있는 기분이다. 안심이 된다. 방금까지의 불안감이 시시각각 안개처럼 흩어져버린다.

"집에는 언제 돌아와?" 케이트가 묻는다.

"미안하지만 늦을 것 같아." 롭이 대답한다.

"걱정하지 마." 대답은 이렇게 하지만 실망감이 불쑥 밀려든다.

고개를 돌리자 침대 머리맡의 탁자에 놓인 사진이 눈에 들어온다. 비키니 수영복을 입고 파도 속에서 걸어나오는 케이트의 모습을 찍은 사진이다. 케이트가 바라는 것보다 조금 더 살이 쪄 보인다. 롭에게 카라에 대해 물어봐야 할까? 누가 자신을 미행하고 있는 것 같다고 이야기해야 할까? 롭이 도플갱어로 뒤바뀌었다는 생각만큼이나 편집증적으로 들린다. 어쩌면 이런 생각이 드는 것 또한 카그라스증후군의 또 다른 증상일지도 모른다.

"조금 있다 바르마 박사가 찾아갈 거야." 롭이 말한다.

"그거 잘 됐다." 케이트는 잠시 말을 멈춘다. 에이제이가 여기에 찾아온다니, 어색하기 짝이 없다. 롭한테는 오늘 에이제이를 만나려 하는 이유에 대해서 아직 얘기하지 못했다. 박사의 시간을 낭비하는 것은 아닌지 걱정이 된다. 전화로 이야기하니 롭은 예전의 그처럼 느껴진다. "당신이 돌아올 때면 나는 잠들어 있겠지?" 케이트가 묻는다.

"안 그랬으면 좋겠는데. 우리 둘이 밀린 일이 좀 있잖아."

"저녁 같이 먹게 음식 좀 준비해둘까?" 이따가 함께 하게 될지도 모를 일을 생각하자 미소가 떠오른다.

"냉장고에 저녁거리를 좀 넣어놨어." 롭이 대답한다. "당신 먼저 먹어. 미안해."

"정말이지, 괜찮아."

이번에는 목소리에서 실망감을 감추지 못한다. 진심으로 롭이 보고 싶고, 이 침대 위에서 당장 롭과 함께 하고 싶어 견딜 수가 없는 심정이다. 여기 롭의 아파트에서 두 사람이 함께 있는 일이 지금 케이트에게 절실하게 필요하다. 롭과 함께 하기 위해 처음으로 런던에 올라왔다. 두 사람의 관계에 새로운 막이 열린 것이다. 이 순간을 어서 빨리 축하하고 싶은 마음뿐이다. 과거의 생활과 예전에 살던 마을, 제이크를 완전히 마음속에서 떠나보냈고 자신의 두려움 또한 떨쳐낼 작정이다. 해변에서 죽은 남자나 카라, 롭의 도플갱어에 대해서도 더는 걱정하지 않을 것이다.

"바르마 박사를 만난 다음에는 뭘 할 계획이야?" 롭이 묻는다.

"잠깐 나가서 갤러리에 들러볼까 생각 중이었어." 케이트가 대답한다. "꽤 오랜만이니까."

"그거 좋다."

"그 다음 여기 아파트로 돌아와서 욕조에 몸을 완전히 담그고 촛불을 몇 개 켜놔야지. 준비하고 있을게." 케이트가 잠시 말을 멈춘다. "당신이 보고 싶어서 견딜 수가 없어."

"나도." 롭이 다시 입을 열기 전에 잠시 망설인다. 목소리가 살짝 자신 없게 들린다. "당신 옷을 몇 벌 사놨거든. 붙박이장 안에 넣어놨어. 이따 봐. 지금 가봐야 해."

롭이 전화를 끊는다.

잠시 동안 침대에 그대로 누워 혼자 미소를 짓는다. 그 다음 침대에서 빠져나와 마치 크리스마스를 맞은 어린이처럼 들뜬 마음으로 붙박이장의 문을 연다. 붙박이장 안에는 케이트의 몸에는 물론이고 케이트의 취향에도 딱 들어맞는 새 옷가지들이 가득 걸려 있다. 고스트에서 나온 보헤미안풍의 여름 원피스, 폴 스미스의 '루비나' 슬리퍼, 토스트에서 나온 카프칸 옷깃의 상의들이다. 잠옷도 몇 벌 있다. 화이트 컴퍼니의 얇은 면 잠옷이다. 롭은 케이트를 너무나 잘 알고 있다. 다시 전화를 걸어 고맙다는 인사를 해야 하겠지만 아까만 해도 롭은 몹시 바쁜 듯했다.

벽장의 옷들을 모두 살펴본 다음 옷가지를 하나씩 침대에 펼쳐놓고는 그 옆에 사진 액자를 손에 든 채 눕는다. 눈물이 흐르기 시작한다. 행복의 눈물이면서 슬픔의 눈물이기도 하다. 헤어지기 얼마 전 제이크가 화이트 컴퍼니의 잠옷을 사준 적이 있었다. 케이트는 잠옷을 돌려주면서 환불을 받아오라고 했다. 그리고 환불한 돈으로 거룻배의 물이 새는 창문을 고쳤다. 물론 당시 두 사람한테는 사치스러운 잠옷을 살 만한 여유가 없었지만 그래도 참으로 못된 행동이었다. 케이트가 그 잠옷을 좋아한다는 걸 알고 있던 제이크는 케이트의 행동을 이해하지 못했다. 케이트는 비닐 가방에서 주황색 원피스를 꺼내 벽장에 걸어놓는다.

사진 액자를 침대 옆 탁자로 돌려놓으려는데 무엇인가가 눈에 들어온다. 잘 보니 사진 뒤에 다른 사진이 한 장 숨겨져 있다. 사진의 한쪽 모퉁이가 삐죽이 고개를 내밀고 있다. 롭에게 다른 여자가 있는 것일까? 누가 아파트에 오는가에 따라 사진을 바꾸는 것일까? 스스로에게 진정하라고 타이르며 뒤에 숨겨진 사진을 빼낸다. 훨씬 젊었을 무렵 롭을 찍은 사진으로 롭의 뒤로는 이국적인 분위기의 해변이 펼쳐져 있다. 이곳은 태국일까? 해변에는 야자나무들이 서 있고 저 멀리 바다의 수평선에는 작은 섬들이 점점이 늘어서 있다. 카메라를 쳐다보는 롭의 표정에는 웃음기라고는 전혀 없다.

무언가 다른 실마리가 없는지 사진을 자세히 살핀다. 이 사람은 정말 롭이 맞을까? 겉모습만으로는 완전히 롭인 것처럼 보인다. 꽃무늬 셔츠를 입고 반바지에 끈이 달린 샌들을 신고 있다. 술에 취해 카메라를 향해 거의 추파를 던지고 있는 것처럼 보인다. 다음 순간 롭이 왼쪽 손목에 시계를 차고 있다는 사실을 알아챘다. 롭은 왼손잡이이다. 어쩌면 사진이 거울에 비친 것처럼 좌우가 반전되어 인쇄되었을 수도 있다. 롭은 보통 오른손에 손목시계를 찬다. 그렇지 않은가?

61장

제이크

휴대전화로 벡스한테 전화를 거는 동안 의자를 뒤로 밀고는 컴퓨터 화면을 가만히 응시한다. 컴퓨터가 아무래도 이상하다. 첫 번째로 어제는 아무런 조작을 하지 않았는데도 카메라가 제멋대로 켜졌다. 그다음 오늘은 케이트가 여기 와 있을 무렵 별다른 이유 없이 화면이 불쑥 켜졌다. 컴퓨터의 설정을 이미 확인해보았지만 특정 시간에 화면이 꺼지거나 켜지도록 예약되어 있지는 않았다. 그리고 지금 유심히 살펴보니 가끔씩 화면의 커서가 혼자 제멋대로 움직이는 것처럼 보인다. 그저 하드웨어의 오류일 수도 있지만 그래도 계속 신경이 쓰인다.

"기술 지원 센터입니다." 제이크는 전화에 대고 말한다. "최근 컴퓨터에 무슨 문제가 있지 않으셨나요?"

"케이트는 잘 있다 갔어?" 벡스는 제이크의 농담을 완전히 무시하고는 대뜸 묻는다.

마을에 황급히 들렀다 간 일에 대해 케이트가 이미 벡스한테 보고한 것이 틀림없다. 그리고 벡스는 그 사실이 전혀 마음에 들지 않는 것처럼 보인다.

"잘 있다 갔지." 제이크가 대답한다. "다시 기차에 태워 보냈어."

"둘이 어떻게 만난 거야?" 벡스는 다시 예전처럼, 퉁명스럽고 무시하는 듯한 태도로 제이크를 대하고 있다. 케이트에 대해 서로 친밀하게 이야기를 나누던 지난 며칠이 아예 없던 일처럼 느껴진다.

"서로 못했던 얘기를 할 수 있어서 좋았어." 제이크는 이 대화가 도대체 어디로 향하게 될지 확신하지 못한 채 대답한다. "카그라스증후군 이야기도 했어."

"그래서?"

"안심하는 것 같더라. 바르마 박사한테 거기에 대해서 물어볼 생각이래."

벡스는 대답하지 않는다.

"해변에서 발견한 시체에 대해서도 얘기했어." 제이크가 말을 잇는다. "그 일은 정말 유감이야."

"꼭 당신을 탓하려는 게 아니야. 그저 케이트가 그렇게 충동적으로 기차에서 내려버렸다니, 믿을 수가 없어서 그래." 벡스가 시체에 대한 제이크의 말에는 일언반구 대꾸도 없이 말한다. "케이트는 온통 런던에 갈 생각만 하고 있었단 말이야. 롭과 함께 있고 싶다면서."

"케이트는 배를 한번 보고 싶었던 거야." 제이크는 방어적인 태도로 대답한다. "지금 그 아래는 사정이 좀 어때?"

"케이트네 개 때문에 정신이 사납지만 그것만 빼고는 다 괜찮아. 물어봐줘서 고마워." 벡스가 잠시 말을 멈춘다. "사실 솔직히 말해 다 괜찮지만은 않아. 머릿속에서 시체의 모습을 떨쳐낼 수가 없어.

게다가 내가 시체를 처음 발견한 사람이다 보니 다들 나하고 그 얘기를 하고 싶어서 안달이야."

"속에 담아두는 것보다는 꺼내는 게 낫지." 제이크는 적절한 단어를 찾기 위해 머릿속을 뒤진다. "내 말은 그 일에 대해서 터놓고 얘기하는 편이 좋을 거란 말이야."

"그동안 좀 생각해봤는데." 벡스가 말한다. "마을로 돌아가는 편이 좋겠어. 여기, 이 해변에서 멀찌감치 떨어질 필요가 있어."

"오늘밤에?"

제이크는 벡스의 주방 쪽을 돌아본다. 얼른 청소를 하고 오늘밤 머물 곳도 찾아야겠다.

"롭 차로 운전해서 올라가려고." 벡스가 말한다. "내가 차 써도 좋다고 했거든. 개도 데려갈 생각이야."

"집에서 내가 나가줬으면 좋겠어?" 제이크가 묻는다.

벡스의 집에서 이제 겨우 자리를 잡은 참인데.

"바보 같은 소리 하지 마." 벡스가 잠시 주저한다. "사실은 지금 당장은 혼자 있고 싶지 않은 기분이야."

그런 말을 하다니, 전혀 벡스답지 않다. 벡스는 평소에는 아주 배짱이 좋은 편이다. 제이크는 거실 문을 열어본다. 거실에 있는 소파는 그리 크지 않다.

"케이트가 페이스북에 대해서 말해줬어." 벡스가 화제의 방향을 다시 돌리며 말한다. "태국 해변에 도플갱어가 있었다며. 이름이 길이라고 했고."

또다시 장황한 비난의 말을 들을 마음의 준비를 한다. 하지만 벡스는 케이트의 계정을 해킹한 일에 대해 제이크에게 화를 내고 있지 않다. 그것과는 전혀 거리가 멀다.

"케이트가 무슨 일에 말려든 건지 나는 이제 정말 모르겠어." 벡스가 말을 잇는다.

"롭하고 만나면서 말이야?" 제이크는 깜짝 놀라 묻는다. "넌 두 사람 관계를 인정해주는 줄만 알았는데."

"그랬지. 아직도 그래. 하지만… 하지만 진짜 이상한 일이잖아. 다시 돌아와서 롭의 인생을 빼앗겠다고 협박을 하다니. 아니, 어떤 종류의 미친놈이 그런 식으로 말을 해? 그런 얘기를 들으니 케이트가 정말 뭔가를 알아낸 건 아닐까 하는 생각이 들기도 해." 벡스가 다시 한번 주저한다. "실은 케이트가 카그라증후군 같은 건 걸리지 않았다는 생각도 들고."

"설사 카그라증후군이 아니라고 해도 케이트의 머릿속에서 일어나는 문제라는 건 변하지 않아." 제이크는 자신뿐만 아니라 벡스가 마음의 안정을 찾을 수 있도록 단호하게 말한다. "롭은 도플갱어로 뒤바뀌지 않았어. 그런 일은 절대 일어날 수가 없는 법이야. 그건 당신도 알고 나도 아는 사실이야."

제이크는 컴퓨터 앞으로 몸을 숙이고 롭의 페이스북 친구인 커비에 대해 구글에서 검색한 결과를 훑어본다. 강변 목초지에서 하트 경위와 헤어진 후로 저녁 내내 커비에 대해서 검색을 하고 있는 중이다. 형사의 아들에게 방화죄를 덮어씌우다니, 실수였을까? 게다가 증거 같은 것은 전혀 없는 것이다. 다시 한번 컴퓨터 화면을 들여다본다. 지금까지 커비의 프로필에 들어맞는 인물을 아무도 찾지 못했다. 이상한 일이다. 비슷해 보이는 사람조차 없었다.

"당신 말이 맞아." 벡스가 말한다. "나도 패딩턴역에서 롭을 직접 만나봤어. 여기에서는 영상 통화로 이야기를 하기도 했고. 도플갱어로 바뀌다니, 정말 말도 안 되는 생각이야."

하지만 그 목소리에는 확신이 없다. "그래서 뭐가 문제인데?" 제이크가 묻는다.

벡스는 입을 열기 전에 잠시 망설인다.

"불쑥 태국 이야기가 튀어나와서 상황이 바뀐 것뿐이야. 이런저런 생각이 들잖아. 정말로 롭처럼 생긴 사람이 두 사람이면 어떻게 해? 내가 런던에서 만난 사람하고 케이트가 여기 콘월에서 만난 사람이 따로 있다면? 롭하고 이 길이라는 남자하고 이렇게 두 사람이 있다면?"

"상황에 휩쓸리면 그렇게 생각하게 되기가 쉬울 거야." 제이크는 한심하게 여기는 말투로 들리지 않게 애쓰며 대답한다. 언론계에서 오랫동안 일한 경험을 통해 비판적인 사고가 몸에 익었지만 평소에는 그걸 자랑스럽게 여기지는 않는다. 하지만 그 덕분에 어느 때고 생각이 비이성적인 결론으로 치닫는 일은 없다.

그 후로 벡스가 토해내는 이야기에 귀를 기울인다. 벡스는 마음에서 쏟아내버릴 것들이 많아 보인다. 그중에는 롭과 영상 통화를 할 때 두 차례에 걸쳐 들렸던 제트기 소리 문제도 있다. 벡스는 그 소리가 롭이 콘월에 있었다는 증거라고 생각하는 듯싶다. 그 해변의 외딴집에서 상황은 벡스와 케이트가 통제할 수 없는 곳으로 굴러가버린 것처럼 보인다.

"케이트가 바르마 박사를 만난 다음 내가 전화를 해보려고 했거든." 제이크는 좀처럼 나타나지 않는 커비를 찾아내기 위해 새로운 검색어들을 입력하면서 말한다. "그런데 나보다는 당신이 전화해보는 게 더 낫겠어."

"그 일이라면 나한테 맡겨둬." 벡스가 말한다. "그리고 미안. 아까 퉁명스럽게 대한 거 말이야."

"그건 신경쓰지 마."

전화를 끊고 난 후 제이크는 컴퓨터 화면에 시선을 고정한 채 그 자리에서 얼음처럼 굳어진다. 마침내 제이크가 찾는 조건에 들어맞는 커비라는 사람을 발견한 것이다. 예전에 롭의 회사에서 일을 한 적이 있고 페이스북 프로필에 나온 사진과 똑같이 생긴 남자이다. 그리고 그 남자는 5년 전에 이미 사망했다.

믿을 수 없는 기분으로 눈을 커다랗게 뜬 채 자신이 찾아낸 정보를 다시 한번 읽어본다. 커비가 이미 이 세상 사람이 아니라는 것은 확실하다. 대화 창에서 커비와 나눈 대화를 되짚어 떠올리며 케이트에게 전화를 걸기 위해 휴대전화로 손을 뻗는다. 제이크가 커비와 이야기를 하고 있던 게 아니라면, 제이크의 질문에 답변을 해준 사람은 도대체 누구란 말인가?

62장
케이트

"롭의 말로는 당신이 나를 급하게 만나고 싶어했다고요." 에이제이는 두 사람이 주방 쪽으로 향하는 동안 아파트 안을 이리저리 두리번거리며 말한다.

박사가 전에도 이 아파트에 와본 적이 있는지 궁금하다. "이렇게 와주셔서 고맙습니다."

이게 정말 급한 일일까? 혹시 에이제이의 시간을 낭비하고 있는 것은 아닐까?

"뭘 좀 드릴까요? 차나 커피, 혹은 와인은 어떠세요?" 케이트는 박사가 높은 주방 의자에 어색한 몸짓으로 걸터앉는 모습을 지켜보며 묻는다.

"괜찮습니다. 고마워요." 박사가 미소를 지으며 대답한다. 그 다음 순간 표정이 한층 진지해진다. "당신이 콘월 해변에서 뭘 발견했는지 롭이 얘기해주더군요. 정말 유감입니다. 몹시 견디기 힘겨운 일이었을 거예요."

당연한 일이다. 에이제이는 케이트가 시체에 대해서 누군가에게 이야기를 털어놓고 싶어하기 때문에 자신이 여기에 왔다고 생각하고 있다. 어제 술집 앞에서 그렇게 흥분한 상태로 롭에게 전화를 했으니 롭은 당연히 박사한테 그런 식으로 얘기를 전했을 것이다. 물론 시체 때문에 마음이 뒤숭숭한 것은 사실이지만 지금 케이트가 상담하고 싶은 문제는 따로 있다.

"우리 두 사람 모두 엄청나게 충격을 받았어요. 시체를 발견했을 때 친구인 벡스하고 같이 있었거든요." 케이트는 어떻게 하면 대화의 방향을 돌려 카그라스증후군 이야기를 꺼낼 수 있을지 고민하면서 대답한다. 의사들은 아마 환자들이 이미 자가진단을 내리고 찾아오는 일이 질색일 것이다.

"그 일에 대해 좀 더 이야기해볼까요?" 박사가 묻는다. "기분이 어땠습니까?"

"사실은 다른 문제에 대해서 물어보고 싶은 게 있어요." 케이트가 주저주저하며 말을 꺼낸다. 에이제이는 계속 말을 해보라는 듯 격려하는 미소를 짓는다. "약간 미친 소리처럼 들릴 수도 있는데요."

"미친 소리요?"

케이트는 박사의 세계에서 그 말이 아주 깊은 의미를 지니는 단어라는 사실을 깨닫는다. 아마 박사 자신은 그 단어를 함부로 입에 올리지 않을 것이다.

"망상증이랄까요?" 케이트는 다른 말로 대신해본다.

"얘기해보세요." 박사가 말한다.

입을 열기 전 크게 심호흡을 한다. "롭을 만날 때마다 말인데요." 케이트는 주방 의자에서 자세를 고쳐 앉으며 말한다. "그때마다 그 사람이 롭이 아니라는 생각이 들어요."

맙소사. 정말로 미친 소리처럼 들린다. 완전히 정신 나간 사람이 할 법한 말이다. 에이제이는 눈도 깜빡이지 않고 마치 케이트가 이 세상에 존재하는 유일한 사람인 양 그녀를 가만히 바라보고 있다. 케이트는 박사의 이런 면을, 어디에도 한눈팔지 않고 자신에게만 관심을 집중해주는 태도를 좋아한다.

"그럼 누구라는 생각이 듭니까?" 박사가 차분한 목소리로 묻는다.

"롭인 척하는 사기꾼이요, 도플갱어요. 나도 잘 모르겠어요." 케이트가 대답한다. "그저 롭이 아니라는 생각이 들어요. 다른 누군가로 바꿔치기 된 것 같다는 생각이 들어요."

"이런 증상이 얼마나 오래 전부터 나타났습니까?" 박사가 묻는다.

케이트는 박사가 자신의 말을 진지하게 들어준다는 사실에 안도한다. 이 증상에 진단을 내릴 수 있다면 롭과 직접 마주하는 일이 훨씬 더 수월해질 것이다.

"지난 나흘 동안이요. 금요일에 롭이 나를 만나러 콘월에 내려왔을 때부터 그랬어요."

케이트는 그날 자신의 그림을 쳐다보던 그의 눈빛을 떠올린다. 콘크리트 바닥에 부딪쳐 산산조각이 났던 머그잔. 불쑥 찾아온, 자신이 전혀 낯선 사람과 이야기하고 있다는 갑작스러운 확신. 겁에 질려 도망가버렸던 스트레치의 모습. "나하고 가장 친한 친구인 벡스는 내가 혹시 카그라스증후군이라고 하는 병에 걸렸을지도 모른다고 생각해요."

에이제이가 머리를 들어 케이트를 보더니 고개를 갸웃한다.

"카그라증후군입니까? 흥미롭군요. 그건 아주 희귀한 병인데요."

"하지만 들어본 적 있으시죠?" 케이트는 박사가 병명의 마지막 's'

를 묶음으로 발음했다는 점을 눈치채며 묻는다. 선두적인 신경정신과 의사의 입에서 그 단어를 들으니 갑자기 이 모든 일들이 너무도 현실적으로 다가온다.

"물론입니다." 박사가 말한다. "의학적으로 카그라는 망상적 오인 증후군으로 분류됩니다. 아주 보기 힘든 희귀질환이죠." 박사는 잠시 말을 멈추더니 일종의 관찰자적인 태도로 케이트를 가만히 응시한다. 케이트는 그 태도가 의학적인 흥미에서 비롯되었다는 걸 알아차린다. 어쩌면 케이트가 이 병에 걸렸을 가능성이 그렇게 희박하지만은 않은지도 모른다. "그 병은 남자보다는 여자에게 더 흔하게 나타납니다." 박사가 덧붙여 말한다. "그리고 편두통과 병행하여 발생할 수 있어요."

케이트는 박사의 얼굴을 빤히 쳐다본다. 두 사람 모두 케이트가 자동차 사고 후 편두통에 시달렸다는 사실을 잘 알고 있다.

"그럼 이 병에 걸리면 그 사람을 보고 있을 때만 그가 다른 사람으로 바뀌었다는 생각이 든다는 게 정말인가요?" 케이트가 묻는다. "전화로 얘기할 때는 그런 생각이 들지 않고요."

"그 말이 맞습니다. 청각피질과 기억 사이의 연결은 손상되지 않는 것으로 보입니다. 실제로 청각 신호를 이용하여 환자가 상대 인물과 얼굴 사이의 연관성을 회복하도록 도울 수도 있습니다." 박사가 잠시 말을 멈춘다. "하지만 카그라증후군에 대해서는 우리가 아직 이해하지 못하는 부분들이 아주 많이 남아 있습니다. 그리고 현재로서는 알려진 치료법이 없어요. 몇몇 환자에서 관찰된 바에 따르면, 이를테면 뇌의 우반구에 생긴 병변으로 이 질환이 발생했을 경우 증상은 오직 왼쪽 시야에서만 나타나게 됩니다."

"그게 무슨 뜻이에요?" 케이트는 머리가 핑글핑글 돌기 시작하는 것을 느끼며 묻는다. 증상은 오직 왼쪽 시야에서만 나타나게 됩니다.

"상대가 환자의 왼쪽에 있을 경우에만 그 사람이 다른 사람으로 바뀌었다는 느낌이 든다는 뜻입니다."

케이트의 눈에 눈물이 차오르기 시작한다.

"아까도 말했다시피 이 병은 정말 희귀한 질환입니다." 케이트가 불안해하는 것을 알아채고 박사가 다시 한번 되풀이한다. "아주 보기 드문 병이에요."

기뻐해야 할지 무서워해야 할지 알 수가 없다. 카그라증후군에 알려진 치료법이 없다는 소식은 반갑지 않다. 남은 평생 동안 롭이 도플갱어로 뒤바뀌었다고 생각하며 살아야 한다는 전망도 마음에 들지 않는다. 하지만 카그라증후군이 맞다면 적어도 지금 자신에게 무슨 일이 일어나고 있는지를 설명할 수 있다. 차 사고를 당했을 때 뇌의 오른쪽 부분을 다쳤다. 왼쪽 눈을 포함하여 몸의 왼쪽을 통제하는 부분이다. 롭이 도플갱어라는 느낌이 들었을 때마다 롭이 시야의 왼쪽에 있었을까? 토요일 아침에 머그잔을 떨어뜨렸을 때 롭은 케이트의 왼편에 서 있었다. 그리고 트루로역에서 그 여자가 롭에게 다가왔을 때… 그때도 롭은 케이트의 왼편에 있었다.

63장

사일러스

숲 속의 오두막에서 사일러스는 아무 말도 하지 않은 채 아들의 옆
자리에 주저앉아 아들처럼 무릎을 세우고 양팔로 무릎을 감싸안는
다. 무릎에서 통증이 느껴져 얼굴을 찌푸린다. 이런 자세로 앉아본
것은 무려 40여 년도 더 전에 컵스카우트로 활동했을 때가 마지막이
었다. 그때는 컵스카우트 대장의 치마를 올려다보지 않으려고 무지
애를 썼다.

"난 그저 아빠하고 엄마하고 다시 합쳤으면 좋겠어." 잠시 후 코너
가 입을 연다.

사일러스가 눈을 감는다. "그게 그렇게 쉬운 일이 아니야."

그리고 사일러스는 자신이 멜과 다시 잘해보려 한다고 해도 코너
의 인생이 과연 어떻게 나아질 수 있을지 의심을 품고 있다. 코너는
그보다 한층 심각한 문제를 안고 있기 때문이다. 멜은 코너가 어릴
때부터 아들한테 엄격하게 굴지 못한 일에 대해 사일러스를 탓해왔

다. 아버지로서 옆에 있어주지 못했다는 사실에 가책을 느끼면서 아들에게 엄격하게 구는 일이 얼마나 어려운지 매번 설명하려고 했지만 멜은 한 번도 그의 말을 곧이들어주지 않았다.

"그러려고 노력은 해봤어?" 코너가 한층 격렬하게 몸을 흔들면서 묻는다.

아들의 겉모습 아래 숨겨진 분노가 느껴진다. 아들의 화를 더 돋울지도 모를 말이나 행동은 하고 싶지 않다.

"그러려면 우리 두 사람 모두 다시 합치길 원해야 하는데, 내 생각에 엄마는⋯."

"엄마는 다시 합치고 싶어해." 사일러스의 말을 가로채며 코너가 별안간 고함을 지른다. "엄마가 그랬어!"

"알겠다." 갑자기 터져 나온 감정의 폭발에 그만 깜짝 놀라고 만다. 주위에 듣는 사람이 아무도 없는 숲속에 있는 것이 참으로 다행이다. "그래, 엄마가 다시 합치고 싶어한다고."

두 사람 모두 입을 열지 않는다. 사일러스는 눈을 감는다. 근처에서 벌이 윙윙거리는 소리가 들려온다. 고개를 드니 오두막의 한구석, 녹색의 물결무늬 철제 지붕 아래에 말벌집이 매달려 있다. 벌집의 우아하고 아름다운 소용돌이무늬는 마치 코너가 어렸을 무렵 멜이 코너와 함께 자주 만들던 갈색의 커다란 설탕 머랭 과자 같다.

"엄마가 다시 합치고 싶다고 언제 그랬어?" 사일러스가 묻는다.

"어제." 코너가 대답한다. "엄마한테 작별 인사하러 전화했을 때."

기찻길에서다. 어제 멜한테 부재 중 전화가 걸려왔었다. 사일러스는 얼마나 가볍게 그 전화를 무시했던가. 멜은 코너하고 통화한 직후에 사일러스에게 전화를 걸어왔던 것일까?

"무슨 일이 있었는지 들었어." 사일러스가 말한다. "일이 그렇게 끝나지 않아서 참으로 다행이야."

"정말로 다행이라고 생각해?"

코너는 지금 한층 마음을 진정시키고는 깊은 생각에 잠긴 듯 보인다. 이제 몸을 흔들고 있지도 않다.

"그걸 말이라고 해. 당연히 그렇지." 사일러스가 대답한다. "도대체 왜 그런 짓을 하려고 했니?"

"아빠 때문에?" 코너가 말한다.

사일러스는 자신도 모르게 얼굴을 찌푸린다. 코너의 말이 갈비뼈 사이로 칼을 찔러넣은 것처럼 아프게 느껴진다. 하지만 마음 한구석에서는 이제라도 두 사람이 관계를 회복하기 위해서는 아들에게 직접 그 말을 들을 필요가 있었다는 사실을 잘 알고 있다.

"지금 내 인생이 완전히 엉망진창이기도 하고." 코너가 계속 말을 잇는다.

"뭔가 어려운 상황에 휘말려 있다면…."

"어려운 상황이라고?" 코너가 웃음을 터트린다. "아빠, 내가 아직도 어린애인 줄 알아?"

"언제 어디서든 빠져나올 방법은 있기 마련이야. 나는 그저 그 말을 하려는 거야."

"여기에는 없어. 빠져나갈 길이라곤 없어."

"거기가 어딘데?"

코너가 입을 다문다.

"나는 배에 난 화재에 대해서는 관심 없어." 사일러스는 혹시 자신이 가진 패를 과신하다 실수를 하지나 않을지 걱정하면서 말한다. 자신이 얼마나 알고 있는지 숨기는 방법은 잘 알고 있다. 적어도 용의자를 심문할 때는 그렇다. 하지만 지금 사일러스가 이야기하고 있는 상대는 자신의 아들이다.

"아빠는 경찰이잖아." 코너가 말한다. "당연히 배에 관심이 있겠지. 그래서 여기, 이 마을에 내려온 거잖아."

"오늘 여기 온 건 누가 너를 봤기 때문이야. 실종자 포스터를 보고 너를 알아본 사람이 있었어. 여기저기에 네 실종자 포스터를 붙여두었거든."

"거짓말하지 마. 이틀 밤 전에도 아빠를 봤어. 배 옆에서 소방대원이랑 같이 있었잖아."

역시 제이크의 짐작이 맞았다. 사일러스 자신의 아들이 방화범이었던 것이다. 사일러스는 그 사실이 마음에 제대로 새겨질 때까지 기다린다. 코너는 눈에 띄지 않을 만큼 멀리 떨어진 곳에서 배에 난 불이 어떻게 되는지 지켜보고 있었던 것이 틀림없다. 어쩌다 일이 이렇게까지 되었을까? 사일러스가 피와 살을 나눠 준 혈육이 방화를 저지른 것이다. 아무도 다치지 않았던 것이 천만다행이다.

"맞아. 그날 밤 여기 온 것은 화재 때문이었어." 사일러스가 말한다. "경찰로서 왔던 거야. 그 배 주인하고 아는 사이거든. 제이크라고, 지금 방금 기찻길 옆에서 나하고 얘기를 나누던 사람이야." 사일러스는 잠시 말을 멈춘다. "어제 네 목숨을 구해준 사람이 바로 제이크였어."

코너가 고개를 들어 사일러스의 얼굴을 쳐다본다. 뜻밖의 사실에 충격을 받은 표정이다. 지금 하는 말이 의미하는 바를 코너가 충분히 이해할 수 있도록 다시 입을 열기 전에 잠시 기다린다.

"하지만 오늘 여기 온 것은 아버지로서야. 내 아들을 찾으러온 거야. 엄마와 나는, 우리는… 네 걱정을 하느라 속이 까맣게 탔어. 너를 찾아 온갖 곳을 다 헤맸어. 엄마도, 나도."

이런 대화에는 소질이 없다. 자신의 감정을 터놓고 얘기하는 일은 도무지 잘 못하겠다. 그렇기 때문에 함께 상담을 받아보자는 멜의 요청을 내내 거절해왔다.

"그럼 어제는 왜 엄마한테 다시 전화 안 했어?" 코너가 조용한 목소리로 묻는다.

왜냐하면 아내는 사일러스에게 오직 슬픔만을 안겨주기 때문이다. 감당할 수 없을 만큼 크나큰 슬픔만을 안겨주기 때문이다. 코너는 어제 그 일이 있고 나서 엄마한테 다시 전화를 했었던 것이 틀림없다. 자신이 무사하다고, 더이상 죽고 싶다는 생각은 하지 않는다고 말했을 것이다.

"네 말이 맞아." 사일러스가 말한다. 더 이상 논쟁하는 것은 의미가 없다. "나는 멜한테 다시 전화를 했어야 했어."

"그랬다면 아빠 아들이 어제 스스로 목숨을 끊을 뻔했다는 걸 알았을 거 아니야."

사일러스가 눈을 감는다. "널 도울 방법을 찾을게." 그가 말한다. "네가 지금 어떤 어려운… 상황에 처해 있든 말이야."

코너가 담배를 찾으러 주머니에 손을 넣는다.

"여기 내 걸 피워라." 사일러스는 자신의 담뱃갑을 내민다.

코너는 잠시 망설인 끝에 사일러스와 눈을 마주치지 않으려고 조심하면서 담배 한 개비를 집는다.

"우리는 널 도울 수 있어." 사일러스는 조용한 목소리로 말한다. "나는 다만 그 말을 하고 싶은 거야."

"아빠는 이 사람들을 몰라." 코너가 성냥으로 담배에 불을 붙이며 말한다.

"아, 나라면 꼭 그럴 거라고 장담은 안 할 거다." 사일러스도 담배에 불을 붙인다. "몇 년 동안이나 별로 유쾌하지 못한 사람들을 많이 만나본 편이라서."

경찰 업무에 대해 이야기를 시작하니 기분이 한결 나아진다. 안전한 지대로 들어온 기분이다.

"아빠, 이 사람들은 런던에서 왔어. 세상에 무서울 게 없는 사람들이야. 실수를 한 번이라도 하면 바로 죽은 목숨이야."

사일러스는 코너의 말이 맞다는 걸 알고 있다. 지방 원정 마약 밀매 조직이 발판을 구축한 후로 흉기 관련 범죄 건수가 급증했다.

"그 사람들한테는 사람 목숨이 파리 목숨만도 못해." 코너가 말한다.

"그래서 그 사람들이 배에 불을 지르라고 지시했니?"

코너가 고개를 끄덕인다.

"그리고 불을 안 지르면 죽인다고 협박했고?"

코너가 다시 고개를 끄덕인다. "그 배에 살고 있던 사람이 무사히 빠져나오는지 확인하고 싶어서 근처에서 어슬렁거리고 있었어."

그렇게까지 마음을 쓰다니, 코너도 완전히 못 쓰게 변해버린 것은 아니다. "그럼 강압에 의한 행동이네. 네 잘못이 아니야." 사일러스가 말한다. "나는 그런 경우를 줄곧 봐왔어. 법원에서도 이해할 거야."

"법원이라고?" 코너가 고개를 든다. "지금 나를 체포하려는 거야?"

"그럴 리가 없잖아. 그저 모든 게 무조건 네 잘못이 되지는 않을 거라는 말을 하는 거야."

사일러스는 앉은 자리에서 일어나 코너에게 등을 돌린 채 오두막 문을 통해 바깥의 풀밭을 내다본다.

"그 치들을 위해서 애들을 모아주기도 하나 보던데." 사일러스는 아들이 이런 짓을 저지른다는 사실에 대한 혐오와 수치를 한꺼번에 묻어버리려 애를 쓰며 입을 연다. "마약 운반하는 애들 말이야. 아직 학교 다니는 애들."

"제이크가 그래?"

"제이크는 단지 2 더하기 2를 할 줄 알 뿐이야."

"그쪽 사람들은 제이크가 술집에서 그렇게 캐묻고 돌아다니는 걸 마음에 들어 하지 않았어."

"너한테 바로 그걸 물어보고 싶었어. 블루벨 술집에 대해서 말이야. 네 도움이 필요해."

별로 승산이 없어 보이기는 하지만 어쩌면 코너를 이용하여 이 마약 조직에 복수를 할 수도 있을 것 같다. 만약 바텐더가 케이트의 술에 약을 탄 날에 대해 좀 더 자세한 사정을 알아낼 수 있다면, 누가 그런 지시를 내렸는지 알아낼 수 있다면 지방 원정 마약 밀매 조직 전체를 무너뜨릴 수 있는 기회로 삼을 수 있을지도 모른다. 최근 법원 판결을 받아 교도소에 수감된 스윈던의 인신매매단과의 연관성을 밝혀낼 수 있을지도 모른다. 사일러스의 상관은 물론 마음에 들어 하지 않겠지만 지금 이 문제는 이제 사일러스 개인에게도 중요한 문제가 되었다. 한편 제이크에게 CCTV 영상을 보낸 사람의 정체도 밝혀내야 한다.

"내가 아빠를 돕는다고?" 코너가 말한다. "내가 왜 그래야 하는데?"

"그래야 나도 너를 도울 수 있으니까." 사일러스는 고개를 돌려 코너와 마주보며 대답한다.

일단 마약 조직을 와해시킨 다음이라면 코너가 경찰에 협조했다는 사실을 언급하며 코너에 대한 정상참작을 주장할 수 있을 것이다. 하지만 과연 그렇게 사일러스의 뜻대로 일이 풀려나갈까? 사일러스는 지금 그저 자기 자신을 속이려 하고 있는 것일까?

"난 빠질래." 코너가 작은 배낭을 집어들고 사일러스 옆을 스쳐지나며 말한다. 그리고 오두막 바깥의 저녁 햇살 아래로 걸어나간다.

"우선 누가 케이트를 노리라는 명령을 내렸는지 알아야 해. 케이트는 나하고 함께 일했던 초인식자였어." 사일러스는 저녁 햇살을 받으며 걸어가는 코너의 등을 향해 소리친다. "그리고 블루벨 술집에서 약을 타는 장면이 찍힌 CCTV 영상을 누가 보냈는지도 알아낼 필요가 있어."

서둘러 코너의 뒤를 따라 오두막 바깥으로 쫓아나가지만 코너는 벌써 공터의 풀밭을 성큼성큼 가로질러 10미터 이상 멀어져 있다. 멀리에서 꿩 한 마리가 깜짝 놀라 울어젖히는 소리가 들린다.

"그 CCTV 영상을 받은 사람이 바로 제이크야. 네가 불을 지른 배에 살고 있던 사람 말이야." 그 등에 대고 소리 높여 말한다. "어쩌면 술집 카메라가 해킹되었다는 걸 알고 있는 사람이 있을지도 몰라."

코너는 전혀 관심을 보이지 않는다. 사일러스는 달리 할 말을 찾기라도 하는 듯 숲속을 둘러본다. 아들의 관심을 끌 수 있는 말은 단 한 가지밖에 없다는 사실을 알고 있다.

"엄마하고 다시 노력해볼게." 사일러스가 소리를 지른다. 목소리가 나무들 사이에서 메아리친다. 메아리조차 그 말에 담긴 공허함을 비웃고 있는 것일까?

이제 30미터까지 멀어져 있던 코너가 그 자리에서 발을 멈추더니 몸을 돌린다.

"엄마하고 문제를 해결해보려고 노력할게." 길게 자란 풀숲 사이로 보이는 코너의 모습에서 시선을 떼지 않은 채 말한다. "필요하다면 상담도 받아볼게. 약속해."

64장
케이트

냉장고에 저녁거리를 조금 넣어두었다는 말은 실제와는 상당히 거리가 멸었다. 붙박이장에 옷을 몇 벌 사놨다고 말했던 것과 마찬가지이다. 지금 방금 아주 촉촉하고 살이 듬뿍 들어 있는 맛있는 가재 샐러드를 먹은 참이다. 롭은 케이트가 해산물 요리 중에서 가재 샐러드를 가장 좋아한다는 사실을 잘 알고 있다. 물론 미리 만들어진 음식을 사다놓은 것이다. 롭은 요리는 서툴기 짝이 없기 때문에 최고급 음식 배달 서비스를 통해 모든 끼니를 해결한다. 냉장고에는 또 상세르가 한 병 들어 있었기 때문에 스스로에게 한 잔 따라 주었다. 뭐 상관없을 것이다. 원래 술을 마시면 안 되는 것으로 되어 있지만 오늘 밤은 기분이 좀 다르다. 마치 한 차례 큰 고비를 넘긴 듯한 기분이다.

에이제이는 그리 오래 머물 수 없었지만 그래도 카그라증후군에 대해 좀 더 이야기를 나눌 시간은 있었다. 박사는 어쩌면 케이트가 카그라증후군을 앓고 있을지도 모른다는 가능성을 배제하지 않았다.

실제로 그 병에 대해 이야기를 나누면 나눌수록 박사는 그 가능성에 대해 좀 더 무게를 두고 생각하는 것처럼 보였다. 롭이 케이트의 왼쪽 시야에 있을 때만 그가 도플갱어로 바뀐 것 같은 느낌이 든다는 점을 케이트가 분명하게 밝힌 다음부터는 더욱 그랬다. 참으로 기이한 일이다. 청각피질에 관련된 카그라증후군의 증상 역시 롭과 전화통화를 할 때는 전혀 아무렇지도 않은 케이트의 경험과 맞아떨어지는 것처럼 보인다. 한편으로 에이제이는 그 기묘한 감각이 엄습할 경우의 대응 전략도 알려주었다. 혹시 롭이 다른 누군가로 뒤바뀐 것 같은 기분이 들기 시작하면 눈을 감고 롭의 목소리에 귀를 기울여야 한다. 그렇게 청각 신호에만 의식을 집중함으로써 케이트의 뇌가 롭의 얼굴과 케이트가 알고 있는 롭을 연결하는 신경 경로를 재생성하도록 유도하는 것이다.

에이제이가 낮이든 밤이든 상관없으니 언제든지 전화해도 좋다는 말을 남긴 채 집을 나선 후 케이트는 옥상 테라스로 올라가 스케치를 몇 장 그렸다. 아래층 벽에 걸린 자신의 작품을 보고 자극을 받은 덕분이었다. 이번만큼은 연필도 마음대로 술술 움직여주어서 상당히 마음에 드는 결과물이 나왔다. 사람의 모습이라고는 전혀 보이지 않는, 거대하고 거친 스카이라인을 그린 스케치들이다. 다시 초상화를 그리기 시작한다면 이번에는 배경이 좀 더 두드러지는 작품을 그리고 싶다. 배경이 그림의 모델과 서로 상호작용하며 인간의 미미함을 암시하도록 만드는 것이다. 케이트는 그림을 그리는 한편으로 아까 마을의 기차역에서 자신이 찾아낸 남자에 대해서도 계속 생각하고 있다. 하트 경위는 아까 문자를 보내 그 사람이 정말 자기 아들이 맞다는 것과 자신이 직접 아들을 만나보았다는 소식을 알려주었다. 고맙다는 인사를 하고 싶어 연락한다는 말과 함께 '현장에서의 더티샷'

을 훌륭하게 잡아낸 일을 축하한다고 전해왔다. 사람 얼굴을 인식하는 능력이 예전 수준으로 완전히 회복된 것이 틀림없다.

지금 케이트의 유일한 고민거리는 제이크뿐이다. 제이크는 저녁 내내 케이트한테 전화를 걸어오고 있다. 케이트는 일부러 전화를 받지 않고 있다. 물론 앞으로도 제이크를 사랑하는 마음에는 변함이 없을 테지만 두 사람은 이미 과거를 뒤로하고 앞으로 나아간 참이다. 두 사람이 다시 만날 가능성이 있다는 여지를 남겨두고 싶지 않다. 그건 제이크한테도 공정한 일이 아닐 것이다. 제이크는 또한 문자도 보냈지만 단 하나도 읽어보지 않았다. 그리고 지금은 휴대전화의 전원을 아예 꺼놓고 있는 상태이다. 몇 분 전에 롭이 집 전화로 전화를 걸어서는 자신이 밤 11시까지는 집에 돌아갈 것이라고 말했다.

그렇기 때문에 시내에서 보낼 수 있는 시간이 아직 몇 시간 남아 있다. 오늘밤 테이트 갤러리에서는 저녁 늦게까지 음악을 들으며 전시를 볼 수 있는 테이트 레이트 행사가 열린다. 갤러리를 둘러본 다음 롭이 돌아오는 시간에 맞춰 아파트로 돌아올 작정이다. 롭에 대해서, 롭의 과거에 대해서, 침대 옆의 사진에 대해서 이제 걱정은 그만하기로 마음먹었다. 젊었을 때 시계를 어느 쪽 손목에 찼었는지 그게 뭐가 중요하단 말인가? 커피 취향이 어떠하든, 침대의 어느 편에서 잠을 자든 그게 뭐가 중요하단 말인가? 한편으로는 에이제이의 충고를 바탕으로 롭이 돌아올 때를 대비하여 만반의 계획을 세워두었다. 카그라증후군이 발동하지 못하게 막을 수 있는 대비책이다.

케이트는 롭의 침실 거울에 자신의 모습을 비춰보며 진홍색 립스틱을 바른다. 침실과 욕실에는 남성용 화장품들이 상당히 많이 구비되어 있다. 케이트는 자기 관리를 잘하는 남자를 좋아한다. 하지만 실제로 그런 남자를 만난다는 것은 케이트에게는 여전히 새로운 경험이다. 손과 손톱만 보면 알 수 있다. 롭은 항상 손톱을 깔끔하게 다듬고 다닌다. 제이크의 기름때가 끼고 이로 물어뜯은 자국이 있는 손톱과는 천양지차이다.

침실을 한 바퀴 휙 둘러보며 나중을 위해 모든 것이 제대로 준비되어 있는지 확인한다. 오늘 밤 이곳에서 롭과 함께 할 것이다. 자신감이 넘치는 한편 좋은 예감이 든다. 케이트는 이 모든 걸 누릴 자격이, 새로운 남자와 함께 모든 것을 새로 시작할 자격이 충분하다. 행운의 기회이다. 벡스는 '얘, 돈도 좀 봐야지'라고 말했다. 그러지 않을 이유도 없다. 터무니없을 정도로 안락한 이 새로운 삶은 롭과의 관계에서 얻어진 운 좋은 결과일 뿐이지, 롭을 만나는 이유가 아니니까.

롭이 그녀를 위해 사다놓은 고스트 원피스를 입고 널찍한 거실에서 깡충뛰기를 한 다음 빙글빙글 돌아본다. 저녁에 이렇게 옷을 차려입고 외출을 하다니, 정말 오랜만의 일이다. 숄더백을 집어들고 현관문 손잡이를 당긴다.

문이 열리지 않는다.

이런 종류의 문은 늘 질색이었다. 문을 열기 위해서 잠금 해제 버튼을 먼저 눌러야 한다든가 하는 종류의 문 말이다. 찾아보니 오른쪽 벽에 잠금 해제 버튼이 있다. 보안에 집착하는 롭의 강박에 고개를 절레절레 흔들면서 버튼을 누른다. 만족스러운 딸깍 소리가 들린다. 다시 한번 손잡이를 잡아당겨 보지만 문은 여전히 열리지 않는다.

여러 차례 잠금 해제 버튼을 눌러보고 손잡이를 당겨본 끝에야 항복을 선언한다. 젠장, 가끔 기술이 정말 싫어질 때가 있다. 무언가 아주 당연한 부분을 놓치고 있는 것이 틀림없다. 일단 눈을 감은 다음 다시 눈을 뜬다. 자신이 지금 방금 이 문으로 다가온 지성인이라고 상상한다. 주위를 둘러본다. 잠금 해제 버튼을 누른다. 손잡이를 당긴다.

아무 일도 일어나지 않는다.

2분 후에는 다시 침실로 돌아와 집 전화로 롭의 사무실 직원과 통화하고 있다. 직원은 롭에게 전화를 연결해준다.

"나야, 방해해서 미안." 케이트가 말한다.

"별일 없는 거지?" 롭이 묻는다. 평소 롭의 목소리처럼 들린다. "외출한 줄만 알았는데."

"문제가 생겼어. 문이 안 열려."

케이트는 짐짓 '기술적 문제 같은 건 전혀 모르는 멍청한 여자'인 척 연기하며 잠금 해제 장치를 풀지 못하겠다고 설명한다. 오늘 밤만큼은 전혀 부끄럽지도 않다. 뭐가 되든 상관없다. 그저 이 새 옷을 입고 여름날의 저녁을 만끽하러 밖으로 나가고 싶을 뿐이다.

"내가 뭔가 너무 당연한 걸 놓치고 있나봐." 케이트가 말한다.

"처음에는 풀장 청소기더니, 그 다음에는 가스레인지가 말썽이고, 이번에는 이거네." 롭이 말한다. "정말 미안해. 아마 이쪽에 문제가 있어서 그럴 거야."

"그게 무슨 말이야?"

콘월의 풀장 청소기가 고장났던 일은 아무래도 상관없다. 어차피 수영을 하려면 바다 쪽이 좋다. 하지만 그때에도 롭은 재빨리 청소기를 수리해주었다. 가스레인지의 경우에도 마찬가지였다.

"두 집이 모두 같은 운영 체제로 운영되고 있거든." 롭이 말한다. "가장 최근에 업그레이드를 한 이후 몇 가지 문제들이 생기고 있어."

"롭, 이건 집이야. 빌어먹을 컴퓨터가 아니라고."

케이트, 지금 네 말투 좀 들어봐. 벡스라면 이렇게 말했을 것이다. 케이트 자신의 귀에도 완전히 응석받이 어린애처럼 들린다.

"알아, 알아." 롭이 말한다.

쇼디치에 있는 이토록 호화스러운 펜트하우스 아파트에 머무는 특권을 누리면서 현관문 작동 소프트웨어에 기술상의 작은 문제가 생겼다고 해서 어떻게 불평을 늘어놓을 수 있겠는가? 이 멋진 집에 살 수 있다는 것만으로도 이미 운이 좋은 것이다. 선진국 국민들만 겪는 불편에 대해 이야기해보라.

"그럼 나는 여기에서 어떻게 나갈 수 있어?" 케이트는 창문을 살펴보며 묻는다. 창문은 모두 고정식이다. 건물의 환기는 스마트 공기 순환 장치로 관리되고 있다. "두어 시간 정도 테이트에 갔다오고 싶은데. 당신이 돌아오기 전까지 말이야."

"10분만 기다리면 문제가 다 해결될 거야." 롭이 말한다. "정말 미안해."

케이트는 거실을 가로질러 계단을 올라 옥상 테라스로 나간다. 눈부시게 아름다운 저녁이다. 해가 뉘엿뉘엿 지면서 런던의 거칠고 삐죽삐죽한 스카이라인을 그 따스한 색으로 물들이고 있다. 현관문으로 나갈 방도가 없다면 여기 테라스에서는 어떨까? 건물 밖으로 나가는 길이 있지 않을까? 테라스를 둘러싼 벽 너머로 고개를 내밀어본다. 아래 거리까지는 30미터 넘게 곧장 수직으로 떨어지는 벽뿐이다. 여기에서 내려가는 일은 절대 불가능하다. 아래층에서 다시 전화가 울리기 시작한다.

"문을 고치는 데 어느 정도 시간이 걸릴 것 같습니다." 어떤 목소리가 말한다. 아까 전화로 이야기를 한 적이 있는, 롭의 사무실에서 일하는 짜증스러운 여자의 목소리이다.

"롭하고 얘기를 할 수 있을까요?" 케이트가 묻는다.

"지금은 회의에 들어가셔서 좀 바쁘신데요." 여자가 대답한다. "바로 다시 전화 주실 겁니다."

수화기를 탕하고 세게 내려놓고는 여자의 우스꽝스러운 목소리를 흉내낸다. *지금은 회의에 들어가셔서 좀 바쁘신데요.* 불현듯 이 널찍한 아파트에 공기가 부족한 것 같은 기분이 든다. 정말 웃기지도 않는 일이다. 현대 기술의 희생자가 되어 이 아파트에 꼼짝없이 갇혀버린 꼴이다. 다시 현관문으로 가서 주위를 살펴보다가 입구 오른쪽의 구석에서 작은 감시 카메라를 발견한다. 롭은 콘월의 집 안에도 감시 카메라를 설치하고 싶어했지만 케이트가 극구 반대했다. 그 대신 롭은 집 바깥 부지의 곳곳에 카메라를 여러 대 설치했다. 지금 이 카메라는 분명히 집 안쪽을 비추면서 케이트를 정면으로 겨냥하고 있다. 카메라 쪽으로 걸어가 그 어두운 렌즈 안을 들여다본다. 애써 무시해보지만 마음속에서 불안감이 점점 부풀어오른다.

65장

제이크

"아마 갤러리에 갔든지 다른 일 때문에 휴대전화를 꺼놨을 거야." 전화 너머에서 벡스가 차를 운전하며 통화를 하고 있다. 콘월에서 올라오는 도로가 막히지 않아 얼추 한 시간 뒤면 마을에 도착하게 될 것이라고 한다.

"저녁 내내 연락을 해보고 있었거든." 제이크가 포크와 나이프를 정리하며 대답한다. 이것만 끝내면 벡스가 도착하기 전에 집 정리는 이제 다 한 셈이다. "문자도 보내고, 전화도 걸고."

벡스가 무슨 생각을 하는지는 잘 알고 있다. 케이트가 런던에서 무엇을 하든, 왜 전화를 받지 않든 제이크가 상관할 바가 아니라는 것이다.

"오늘 둘이 싸웠어?" 벡스가 묻는다. "케이트가 마을에 들렀을 때 말이야."

"전혀 그렇지 않았는데."

오히려 정반대이다. 어쩌면 약간 지나칠 정도로 서로에게 잘 대해 주었다고 생각한다.

"어쩌면 마음의 가책을 느끼고 있는지도 몰라." 벡스가 말한다. "있잖아, 새로운 남자 친구하고 함께 있으려고 가는 길에 전 남자 친구를 만나러 들른 거잖아."

"그럴지도 모르지."

지금 제이크의 인생에는 새로운 누군가가 없다. 앞으로도 있을 것 같지 않다. 문득 처음 케이트와 함께 살기 시작한 지 몇 달이 지났을 무렵의 추억이 떠오른다. 12년 전의 어느 날이었다. 술에 잔뜩 취한 채 술집에서 걸어서 배로 돌아가는 길에 두 사람은 제이크의 낡은 싸구려 외투를 함께 몸에 두르고는 럼블 스트립스의 〈알람 클락Alarm Clock〉을 불렀다. 눈을 깜빡이며 추억의 상념을 떨쳐낸다. 이러다가는 금세 눈물을 흘리고 말 것이다.

"그래서 그렇게 급한 일이라는 게 뭔데?" 벡스가 묻는다.

제이크는 다른 방에 있는 컴퓨터 쪽을 흘끗 돌아본다. 벡스의 '쌍방향 포르노 카메라'의 불이 저절로 켜졌던 일, 커서가 제멋대로 움직였던 일을 다시 떠올린다. 아까 케이트가 여기 와 있을 때는 컴퓨터 화면이 저절로 켜지기도 했다. 컴퓨터에 내장된 마이크로폰이 두 사람의 대화를 엿듣고 있었던 것일까? 그럴 가능성도 없지 않다. 어느 쪽이든 벡스의 컴퓨터가 어떤 식으로든 해킹을 당했다는 확신은 한층 깊어질 뿐이다.

"내가 케이트의 계정으로 로그인해서 페이스북 메신저로 얘기를 나누었던 그 커비라는 친구 말이야." 컴퓨터에서 조금이라도 멀리 떨어지기 위해 뒷문을 열고 밤의 시원한 공기 속으로 걸어나온다. "그 친구 계정은 가짜 계정이었어. 그 '커비'라는 친구는 이미 5년 전에 죽었거든."

실은 케이트한테 가장 먼저 알려주고 싶었지만 지금 벡스한테 먼저 얘기한다 해도 별 탈은 없을 것이다.

"죽었다고?" 벡스는 충격을 감추지 못한 채 대답한다. "그럼 당신하고 대화했던 사람은 도대체 누구였던 건데?"

"그걸 나도 모르겠어."

그게 누구였는지 알아내기 위해 저녁 내내 이런저런 방법을 다 동원해보았다. 벡스의 컴퓨터에서 익명으로 접속하기 위한 방법으로 가상 개인 네트워크를 이용하여 페이스북에 케이트의 계정으로 로그인한 다음 롭의 친구 목록에 있는 스물다섯 명의 친구들에 대해 조사해보았다. 기술 사업의 선두를 이끄는 사람치고 친구가 많은 편은 아니지만 그 계정이 롭의 공식 계정이 아니라 개인 계정이라는 점을 생각하면 납득이 간다. 다만 롭의 친구 목록에 올라 있는 인물들 중 커비를 제외하고 현실 세계에서 존재하는 인물은 단 한 명도 찾을 수가 없었다. 그 말은 곧 롭의 친구로 등록된 계정들이 전부 가짜일 가능성이 높다는 뜻이다.

"이건 말이 안 돼." 제이크는 계속 설명한다. "커비가 이미 죽은 사람이라면, 그 태국에서 일어난 일에 대한 이야기도 전부 거짓말일 수 있다는 뜻이야."

하지만 그 이야기에는 제이크가 마냥 가짜로만 치부할 수 없는 무언가가 있다. 신문사에서 일할 때 제이크의 상사는 누군가 비현실의 경계에 가까운 이야기를 보고할 때마다 매번 유리로 된 낡은 와인잔을 들어올리고 잔을 가볍게 튕겨 보였다. "이 이야기에 진실의 울림이 들어 있는가?" 상사는 사무실에 유리잔 소리가 울려퍼지는 동안 물었다. 지금 제이크의 귀에는 그 소리가 명료하게 들리고 있다.

"어쩌면 당신이 얘기했던 상대가 롭은 아닐까?" 벡스가 한층 조용한 목소리로 묻는다.

제이크도 그 생각을 안 해 본 것은 아니다. "롭이 이런 장난을 치는 사람은 아니잖아." 제이크가 말한다. "없던 얘기를 꾸며내거나 하면서."

롭의 입장을 두둔하다니, 제이크 자신도 이 얄궂은 상황을 충분히 잘 인식하고 있다. "물론 롭이 케이트한테 겁을 주려고 일부러 그랬을지도 모르지." 한번 비꼬아 주고 싶은 마음을 참지 못하고 덧붙인다.

"롭은 절대 그런 짓을 할 사람이 아니야." 벡스가 발끈해서 대꾸한다. "제이크, 롭은 케이트를 사랑해. 당신이 그 말을 듣고 싶어하지 않는다는 건 알지만 그래도 롭은 진심으로 케이트를 사랑해."

"물론 그렇다는 건 잘 알아." *케이트를 소중히 여기지.* 이 이야기도 전에 지겹게 들었다.

캐나다기러기 한 무리가 때늦은 시간인데도 운하 위에서 낮게 원을 그리며 날고 있다. 무언가 기러기 떼를 놀라게 한 것이 틀림없다.

제이크가 '커비'와 나눈 대화를 설명할 수 있는 또 다른 방법이 있다. 그렇다면 상황은 완전히 뒤바뀌게 된다. "어쩌면 나는 이 길이라는 남자하고 대화를 했는지도 몰라. 그 해변에 나타난 도플갱어 말이야." 제이크가 입을 연다.

"길?" 벡스가 깜짝 놀라 대답한다. "당신은 이 모든 도플갱어를 둘러싼 소동에 대해서 '회의적'이라고만 생각했는데."

회의적인 건 맞다. 다만 전만큼 회의적이지 않을 뿐이다.

"하여튼 지금 우리가 확신할 수 있는 한 가지는," 제이크가 말을 꺼낸다. "커비가 아닌 누군가가 케이트한테 태국에서 일어났던 일에 대해 알려주고 싶어했다는 거야."

"하지만 그게 누구든 간에 어떻게 케이트가 난데없이 커비한테 연락을 할 것이라고 예상할 수 있었겠어? 케이트가 먼저 그 사람한테 연락을 한 거잖아. 실은 당신이었지만."

제이크도 그 부분에서 생각이 막히고 만다. 달빛을 받으며 벡스네 집 정원의 잔디를 가로지른다. 맨발에 닿는 젖은 풀의 감촉을 음미하며 잘 가꾸어놓은 화단을 내려다본다. 케이트도 예전에 마을 안에 있는 시민 농장 땅을 빌려 가꾼 적이 있었다.

"어디 한번 이 도플갱어 이야기가 사실이라고 생각해보자고. 나하고 대화를 한 사람이 커비인 척하는 길이었다고 가정해보는 거야." 제이크가 말한다. "길은 9년 만에 영국으로 돌아왔어. 롭에 대해서, 롭이 이루어낸 모든 일들에 대해 질투를 느끼고 있지. 이 세계에서 길에게 유리한 점은 단 한 가지, 그가 롭하고 완전히 똑같이 생겼다는 것뿐이야. 만약 누군가의 인생을 빼앗을 계획이라면, 그 사람으로 둔갑할 작정이라면, 소셜 미디어는 그 계획을 착수하기에 가장 적합한 곳일 거야. 그리고 길은 어쩌면 이미 행동에 돌입했는지도 몰라. 만약 롭의 페이스북 친구가 전부 다 가짜 계정으로 길의 관리하에 있다면 케이트가 누구한테 연락을 하든 전혀 문제가 되지 않았겠지."

"하느님 맙소사." 벡스가 말한다. "지금 완전히 내가 말하는 줄만 알았어. 진심으로 그런 식으로 일이 벌어졌을 것이라고 생각하는 거야?"

실은 커비가 이미 죽은 사람이라는 사실을 알게 된 후로 이제 그 어떤 일에도 확신을 할 수가 없다. "그럴 가능성도 고려해봐야 한다는 뜻이야."

"하지만 길은 왜 자신의 정체를 밝히면서까지 케이트한테 자신이 무슨 짓을 하려는지 알려주려 하는 걸까?" 벡스가 묻는다.

"롭한테 무언가 경고를 하기 위해서? 협박을 통해 사기를 치기 위해서? 그건 나도 잘 모르겠어, 벡스. 하지만 그 생일 파티 이야기가 사실이라면 길은 다른 사람을 위협하는 습벽이 있는 것 같아. 어쩌면 케이트가 언젠가는 자신에게 말을 걸 것이라 생각하고 느긋하게 기다리고 있었을지도 몰라."

지금 제이크는 마치 도살된 양 술집에 상주하는 음모론자 같은 말투로 얘기하고 있다. 전부 다 인터넷 탓이다. 도플갱어에 대한 자료를 너무 많이 읽었다. 게다가 인터넷에는 롭이 케이트한테 한 이야기가 사실이라는 증거가 넘쳐난다. 요즘에는 자신과 모습이 똑같이 생긴 사람을 찾는 일이 훨씬 쉬워진 것이다. 그리고 제이크는 롭을 볼 때마다 그가 롭과 닮았을 뿐인 전혀 다른 사람처럼 느껴진다는 말을 했을 때의 케이트의 말투를 잊을 수가 없다. 완전히 업무적인, 확신에 찬 말투였다. 예전 경찰에서 일을 하며 범죄자의 신원을 밝혀낼 무렵 케이트가 쓰던 말투였다.

"그게 누구였던 간에, 케이트는 커비가 이미 죽은 사람이라는 사실을 알아야만 해." 벡스가 말한다. "내가 전화 걸어볼게. 당신한테 뭐라 하는 건 아니지만 케이트는 내 전화라면 받을지도 몰라."

"잘 되었으면 좋겠다." 제이크가 말한다. "운전 조심하고."

"이 차는 스스로 알아서 운전한다니까."

벡스가 롭의 최고급 테슬라를 타고 있다는 사실을 그만 잊고 있었다.

"나는 이 모든 소동이 실은 별것 아닌 일로 밝혀질 거라고 생각해." 제이크는 스스로도 별로 확신하지 못하는 말투로 덧붙인다. "다만 혹시라도 다른 무슨 일이 있을까봐, 혹시라도 케이트가 위험에 처해 있을까봐 걱정이 되는 것뿐이야."

66장

케이트

접뚜껑이 달린 욕조에 길게 누워 기다란 발가락으로 뜨거운 물이 나오는 수도꼭지를 돌린다. 욕조에 들어온 지도 벌써 한 시간 가까이 지났고 발가락으로 물을 트는 일에도 상당히 능숙해졌다. 테이트 레이트에 가기로 한 계획은 재고의 여지도 없이 완벽하게 무산되었다. 롭은 현관문 문제를 해결하려고 최선을 다했지만 이번에는 얼굴 인식 소프트웨어가 말썽을 부리고 있다. 수리 기사는 연락이 닿지 않았고, 롭은 이따가 자신이 아파트에 돌아올 때에는 마스터 열쇠로 보안 시스템을 우회하여 집에 들어올 수 있을 것이라고 생각하고 있다.

두 사람은 케이트가 집 밖으로 나갈 수 있도록 여기 아파트까지 마스터 열쇠를 급배송하는 방법에 대해서도 논의를 했다. 하지만 지금 롭은 도시 반대편 끝에 있는 다른 사무실에 가 있는 중이기 때문에 열쇠가 배송될 무렵이면 롭 자신이 집으로 돌아올 시간이 될 것이다. 한편 롭은 마스터 열쇠를 낯선 사람한테 맡기는 일을 불안해했다. 그 심정도 충분히 이해가 된다. 케이트가 여자고 혼자 있기 때문에 아무나 불쑥 마음대로 집에 들어오게 만들고 싶지 않은 것이다.

케이트는 손을 뻗어 상세르를 한 모금 더 마신다. 오늘밤 이곳에서 일어난 소동을 어쩌면 다른 식으로 설명할 수 있다는 걸 알고 있다. 어쩌면 현관문을 좀 더 일찍 고칠 수 있었을지도 모른다. 다만 롭이 지나친 걱정 때문에 케이트를 과잉보호하고 있는 것이다. 롭은 스윈던에서 법원 판결이 난 지 얼마 되지도 않은 시기에 케이트가 혼자 런던의 거리를 돌아다니게 내버려두고 싶지 않은 것이다. 그게 정말 사실이라면 케이트는 머리끝까지 화를 낼 것이다. 어떻게 감히 롭이 케이트가 무엇을 할 수 있고 무엇을 할 수 없는지 결정을 내린단 말인가? 하지만 마음 한편에서 콘월에서 일어났던 일을 생각해볼 때, 누가 케이트의 커피에 약을 타고, 케이트가 거리에서 차에 치일 뻔하고, 해변에 죽은 남자의 시체가 나타난 일을 생각하면 롭이 케이트를 과잉보호한다고 해서 그에게 마냥 화를 낼 수만도 없는 노릇이다. 오히려 그렇게까지 자신을 염려해주는 사람이 있다는 사실을 행운으로 여겨야 할 것이다.

그런 여러 가지 사정을 고려할 때 외출하지 않고 집에 있는 것도 그리 나쁘지 않았던 밤이다. 넷플릭스에서 영화 한 편을 봤고, 와인을 좀 지나치다 싶을 만큼 많이 마셨고, 역시 롭이 케이트를 위해 사다놓은 페루산 다크초콜릿 한 개를 통째로 다 먹었다. 그래서인지 지금 약간 속이 안 좋다. 여전히 휴대전화를 켜지 않았고 제이크하고도 이야기하지 않았다. 쇼디치의 아파트에 있는 욕조에 누워 상세르 와인을 홀짝이고 있는 지금 두 사람의 세계는 더이상 멀어질 수 없을 만큼 멀어진 것처럼 느껴진다. 제이크가 지금 케이트의 모습을 보고 이곳에 있는 유일한 사기꾼은 케이트라고 생각한다 해도 그를 기꺼이 용서해줄 수 있는 심정이다.

집 전화가 울리며 술에 취한 공상을 방해한다. 손을 뻗어 수화기가 젖지 않도록 조심하면서 수화기를 집어든다. 또다시 롭이다.

"아직도 욕조에 있어?" 롭이 묻는다. 다정하고 마음이 놓이는 목소리, 귀에 익은 친숙한 목소리이다.

"그걸 어떻게 알았어?" 케이트는 롭이 지금 여기에 자신과 함께 있었으면 좋겠다고 생각하며 묻는다. 물론 케이트의 오른쪽에 있어야 할 것이다.

"미안해. 일이 이렇게 되기를 바라지 않았어." 롭이 수수께끼 같은 태도로 말한다.

"그럼 어떻게 되기를 바랐는데?" 얼굴에서 미소가 점점 사그라진다.

롭이 말하는 말투를 들으니 불쑥 겁이 나기 시작한다. 오늘밤 함께 보냈어야 했다는 말을 하는 걸까?

"일부러 안 자고 기다리지는 마." 롭이 이제 거의 울음을 터트릴 것 같은 목소리로 말한다. "사랑해."

"잠깐 기다려봐." 케이트는 몸을 일으키며 말한다.

전화 자체가 죽어버린다. 바로 그 순간 욕실 불이 나가면서 케이트는 어둠 속에 홀로 남겨진다. 목욕물이 갑자기 몹시 차갑게 느껴진다. 가능한 한 이성적으로 사고를 하려고 노력한다. 마치 흐르는 물처럼 물리 법칙에 순응하면서 가장 합리적이고 과학적인 설명을 찾는 것이다. 아마 현관문의 작동 오류와 어떤 식으로든 연관되어 집의 전기가 나간 것이 틀림없다. 이 집에는 필요 이상으로 복잡한 설비들이 많으니 고장날 수 있는 것들도 많을 것이다. 롭은 사무실에서 하던 일에 문제가 생겨 늦게까지 집에 돌아오지 못할 것이다. 롭이 전화를 끊어버린 것이 아니다. 전화선에 문제가 생긴 것이다.

몇 분 동안 그대로 어둠 속에 앉은 채 점점 더 빨리 뛰기 시작하는 심장 고동에 귀를 기울인다. 거실에서 무슨 소리가 들려온다. 위잉하는 소리가 자동으로 움직이는 기계음처럼 들린다. 어쩌면 집 전체가 정전된 것이 아니라 그저 조명에만 문제가 생긴 것인지도 모른다. 욕조 밖으로 나와 손을 더듬거리며 실내복을 찾는다. 와들와들 떨리는 몸을 부드러운 면옷으로 감싼다.

거실로 나온 케이트는 주위가 점점 어두워지는 모습을 공포에 질린 채 바라본다. 창문 안쪽에 달려 있던 보안용 철제 블라인드가 서서히 아래로 내려오면서 창문 밖 런던 스카이라인의 풍경을 뒤덮고 있다. 몇 초도 채 지나지 않아 블라인드는 도시를 감싸고 있던 마지막 햇살을 완전히 차단해버리고 케이트는 한 치 앞도 보이지 않는 어둠 속에 홀로 남겨진다. 아파트 전체가 외부와 완전히 차단되는 거대한 재난 대피소가 된 것일까? 롭이라면 이렇게 편집증적인 보안 장치를 충분히 설치하고도 남을 사람이다. 맙소사, 여기 쇼디치는 도대체 얼마나 위험한 곳이란 말인가?

문득 옥상 테라스의 존재를 기억해내고는 몸을 돌려 더듬거리며 계단 아래쪽으로 통하는 문을 찾는다. 문을 열자 계단 위쪽에 있는 테라스로 나가는 문을 통해 저녁 햇살이 쏟아져들어오고 있다. 그 모습을 보니 마음이 놓인다. 아까 테라스로 통하는 문을 열어둔 채 닫지 않았다. 마치 산소가 부족한 듯한 기분으로 서둘러 계단을 올라가서는 테라스의 풀밭으로 뛰쳐나간다. 그것만으로도 기분이 한결 나아진다.

밤공기가 상쾌하다. 런던은 그 도시에서 벌어지는 야단법석과 어울리지 않는 아른거리는 후광 같은 빛으로 둘러싸여 있다. 그 자리에서 잠시 멈추어 서서 숨을 돌린다. 쓸데없는 걱정은 그만하라고 스스로를 타이른다. 아까 통화할 때 롭은 왜 그런 식으로 말을 했을까? 목소리가 마치 깨질 듯이 연약하고 뭔가 크게 고민하고 있는 것처럼 들렸다.

불현듯 제이크한테 전화를 걸고 싶은 충동에 휩싸인다. 제이크라면 이 집에 무슨 일이 일어나고 있는지, 어디가 잘못되었는지 금세 알아낼 수 있을 것이다. 두꺼비집이 어디 있는지, 전원의 주 개폐기가 어디 있는지 그런 일들을 잘 알고 있다. 그런 면에서 참으로 실용적인 사람이다. 제이크와 함께 배에서 살고 있을 무렵에는 하루 중 해가 질 무렵의 이 시간을 가장 좋아했다. 여름이면 두 사람은 선미 좌석에 앉아 저녁 어스름의 빛 아래 이야기를 나누며 함께 웃었다. 한 손에는 와인잔을 들고 있었고 머릿속에는 온갖 꿈들과 무모한 계획들로 가득 차 있었다. 그런 순간에는 모든 일들이 다 가능할 것처럼 보였다.

주변의 다른 건물들을 둘러본다. 런던의 어스름 속에서 건물들은 환하게 불빛을 밝히고 있다. 어디에도 전기가 끊어진 곳은 없다. 오직 롭의 아파트뿐이다. 다음 순간 하늘에서 붉은 빛을 번쩍거리며 케이트를 향해 다가오고 있는 무언가를 발견한다. 잠시 동안 그 불빛의 정체를 알아차리지 못했지만 이내, 그 붕붕거리며 날아오는 소리를 알아듣는다. 드론이다.

문 쪽으로 한걸음 물러선 채 드론이 다가오는 모습을 지켜본다. 롭의 장난감 중 하나일까? 마스터 열쇠를 배달하러 온 것일까? 지금 롭이 드론 택배 배송 회사에 투자를 하고 있다는 점을 생각할 때, 롭이 할 법한 어린애 같은 장난이기는 하다. 하지만 작은 네 개의 프로펠러가 붕붕거리며 돌아가는 소리에서 장난스러운 기색이라고는 전혀 찾아볼 수 없다. 드론 아래에 매달려 그 어두운 렌즈로 케이트를 정면으로 겨냥하고 있는 카메라도 마찬가지이다.

드론은 이제 케이트의 눈높이까지 내려와 고작 몇 미터 떨어진 곳에서 붕붕거리며 날고 있다. 다음 순간 드론은 마치 케이트를 문 쪽으로 몰아넣기라도 하듯 케이트 쪽으로 다가오기 시작한다. 케이트가 뒷걸음질치자 드론은 계속해서 케이트를 쫓아온다. 맙소사, 드론이 실내로도 들어올 수 있을까? 프로펠러의 날개에 다칠까봐 겁을 먹은 나머지 미처 다른 생각을 하지 못한 채 집 안으로 몸을 피하고는 문을 쾅하고 닫아버리고 만다.

딸각하는 불길한 소리와 함께 유리문이 잠긴다. 케이트는 이제 무슨 일이 일어나게 될지 잘 알고 있다. 숨을 죽이고 아직도 문밖에서 맴돌고 있는 드론을 가만히 바라본다. 집에서 아직 내려오지 않고 있던 마지막 철제 블라인드가 가차 없는 기세로 유리문 위를 뒤덮고 있다.

67장

사일러스

서에 도착한 사일러스는 바로 퍼레이드실에 있는 범죄수사과 사무
실로 발길을 옮긴다. 책상에 앉아 있는 스트로버가 휴대전화로 누군
가와 심각하게 이야기를 나누고 있다. 또 시키지도 않았는데 밤늦게
까지 야근을 하고 있다. 스트로버한테 가족이 없다는 것이 그나마 다
행이다.

숲에서 코너와 헤어진 후에 바로 멜에게 전화를 걸어 방금 아들과
만났다고 보고했다. 또 함께 관계 상담을 받아보고 싶다고 선언했다.

"코너를 위해서 그러는 거야? 아니면 당신과 나를 위해서 그러는
거야?" 아내가 물었다.

"우리 세 사람 모두를 위해서."

멜은 한번 생각해보겠다고 말했다. 이것이 시작일 것이다.

지금 막 전화를 끊은 스트로버의 옆자리에 앉는다.

"트루로의 강력범죄과였어요." 스트로버가 입을 연다. "거기 책임

자가 계속 보스한테 연락을 하려고 했답니다."

숲에서는 아들한테 모든 관심을 집중하기 위한 때늦은 노력의 일환으로 휴대전화를 아예 꺼두었다. 그다음 차에 올라타 멜에게 전화를 걸었을 때는 멜에게 관심을 집중하기 위한 노력의 일환으로 사무실에서 걸려오는 모든 전화를 깡그리 무시했다.

"지방 원정 마약 밀매 협력수사본부에서는 그 죽은 남자가 스윈던 외곽에서 활동하는 마약 조직에 발을 들이고 있었다는 사실을 확인해주었습니다." 스트로버가 계속해서 설명한다. "여섯 달 전까지 블루벨 술집에서 일을 하고 있었어요. 하지만 협력수사본부에서는 그 남자가 콘월에 마약을 팔러 내려간 것은 아니라고 생각합니다."

"왜냐하면 케이트를 노리기 위해 갔으니까 말이지." 사일러스는 짜증스러움을 감추지 못하고 대꾸한다. 직접 이 사건을 맡아 수사를 이끌 수 있다면 훨씬 일이 수월할 것이다. 하지만 사일러스의 상관의 생각은 다르다. 이 사건의 책임을 맡은 곳은 데번 및 콘월 지방경찰청이고 사일러스에게 주어진 역할은 그저 그곳의 책임자와 긴밀하게 연락을 취하는 것뿐이다.

"그 얘기를 해줬습니다." 스트로버가 말한다.

"누가 그 남자를 죽였는지 짐작가는 데는 있대?"

"그래서 계속 전화를 했던 거예요."

사일러스가 고개를 든다.

"감식반의 탄도학 전문가가 피해자의 두개골에서 찾은 총알을 분석한 결과를 가지고 왔습니다."

"계속 얘기해봐."

스트로버는 자신의 수첩을 참고한다.

"국립 탄도학 정보기관에 따르면 태국에서 이 총알과 똑같은 강선 자국(강선은 총알을 정확하게 발사하기 위해 총신 내부에 나선형으로 파놓은 홈으로, 총마다 강선 모양이 다르기 때문에 총알에 남은 강선 자국을 조사하면 어떤 총에서 발사되었는지 알 수 있다. 그래서 강선 자국을 '총기의 지문'이라고도 부른다. _옮긴이)이 있는 총알이 발사된 적이 있다고 합니다. 9년 전의 일이에요"

사일러스는 자리에서 몸을 일으켜세운다. 국립 탄도학 정보기관은 영국 내에서 일어나는 총기 관련 범죄를 전문으로 다루는 기관이다. 해외에서 일어난 사건에 대해 자료를 가지고 있다는 것은 그 사건에 영국 시민이 어떤 식으로든 연루되었다는 뜻이다.

"왜 최근에 태국 이야기를 들은 적이 있는지 상기시켜주겠어?"

스트로버는 한심하다는 눈빛으로 그를 쳐다본다. 사일러스와는 다르게 스트로버는 그 어떤 사소한 일도 잊는 법이 없다. "케이트의 새로운 남자 친구와 똑같이 생긴 사람을 찾았을 때, 전 세계에 있던 일곱 명 중 한 명이 마지막으로 목격된 곳이 태국입니다. 그 일곱 명 중에서도 가장 닮은 사람이에요."

아마도 아무런 관련이 없을 가능성이 높지만, 여기 스윈던에 있는 사일러스의 책상에서 태국이라는 나라가 하루에 두 차례 이상 거론되는 일은 흔치 않다.

"자네 친구는 그 남자에 대해 아직 자세한 정보는 알아내지 못했어?" 사일러스가 묻는다. "이름만이라도 알아내면 좋을 텐데. 나이도 물론 유용할 테고."

스트로버가 휴대용 컴퓨터로 몸을 돌리고 키보드를 두드리기 시작한다.

"그리고 국립 탄도학 정보기관에서는 그밖에 다른 말은 없었어?" 사일러스는 스트로버를 지켜보며 묻는다.

"별 말은 없었어요." 스트로버가 대답한다. "보고서에 따르면 마약 관련 사건에서 총이 발사되었다고만 언급되어 있습니다. 그 이후 총의 행방은 밝혀지지 않았고요."

스트로버는 보고서에 나온, 태국에 있던 남자의 사진을 찾아낸 다음 사일러스가 사진을 볼 수 있도록 화면을 조정해준다.

"약간 흐릿해 보이는데." 사일러스가 평하는 동안 스트로버는 남자의 사진 옆에 케이트의 남자 친구인 롭의 사진을 띄워놓는다. "그렇지만 깜짝 놀랄 만큼 꼭 닮았어. 그렇지? 기분이 으스스할 정도야."

"지금 방금 이 남자에 대한 다른 정보가 들어왔어요." 스트로버가 컴퓨터 화면에 새로운 창을 띄우며 말한다. 다음 순간 손가락을 키보드 위 허공에 멈춘 채 그대로 굳어진다.

"왜 그래?" 사일러스가 묻는다.

"이 사람 이름이요."

"이름이?"

스트로버는 화면에 뜬 작은 활자로 된 문서의 한 줄을 가리킨다. "길모어 마틴이에요."

사일러스는 보고서의 이름을 가만히 응시한다. 사건 수사가 생명을 얻어 살아움직이기 시작하는 순간이다. 길모어 마틴이라는 이름은 갤러리를 운영한다는 케이트의 친구가 마을에서 목격한 테슬라의 소유주로 등록된 사람의 이름과 일치한다. 케이트는 런던에 있어야 할 롭이 혹시 콘월에 내려와 있는 것은 아닌지 걱정이 된다며 차 번호판을 확인해달라고 부탁했다. 다만 사일러스는 이 새로운 실마리가 의미하는 바가 무엇인지, 이로 인해 수사가 어느 방향으로 흘러가게 될지 확신할 수가 없다.

"지금 이 사람이 어디 있는지 알 수 있을까?" 사일러스는 눈을 가늘게 뜨며 묻는다. 길모어 마틴이라니, 흔히 들어볼 수 있는 이름은 아니다.

스트로버가 고개를 흔든다. "9년 전에 태국에서 목격된 것이 마지막입니다." 스트로버가 화면에 띄운 문서를 읽으며 대답한다. "해변 파티에서 벌어진 소란에 연루되었기 때문에 태국 경찰에서 사진을 찍었습니다. 그 후에 기소되지 않고 방면되었어요. 보고서에 따르면 사회의 낙오자 같은 사람이었나 봅니다."

"그리고 그 후로 소식이 들리지 않았어. 어제까지만 해도 말이지. 우리는 이 남자에 대해 알아낼 수 있는 한 모든 정보를 모을 필요가 있어. 그리고 그 자동차가 등록되어 있는 런던 북부의 '전교' 주소에 대해서도 다시 한번 확인해봐." 스트로버가 처음 말을 꺼냈을 때 신경질적으로 뾰족하게 구는 대신 먼저 확인해보았어야 했다.

"내게 접속이 허용된 데이터베이스를 전부 샅샅이 뒤져서 그 이름을 찾아보겠습니다." 스트로버가 대답한다.

그리고 어떤 데이터베이스는 접속이 허용되지 않는다. 하지만 사일러스는 이럴 때 너무 자세하게 캐묻지 않는 편이 좋다는 걸 이미 터득하고 있다. 스트로버가 이렇게 열의를 보이며 업무에 몰두하는 모습은 언제나 보기 좋다.

화면에 띄운 남자의 사진을 롭의 사진과 비교하여 좀 더 자세하게 살펴본다. "롭이 좀 더 젊었을 때 사진을 찾을 수 있을까?" 사일러스가 묻는다.

스트로버가 능숙하게 컴퓨터를 다루는 모습을 지켜보며 그 솜씨에 감탄을 금치 못한다. 스트로버는 롭이 아직 모험을 즐기는 젊은 사업가였을 무렵의 모습을 찍은 〈와이어드〉지의 표지를 찾아낸다. 사일러스 자신의 나이도 이렇게 손쉽게 되돌릴 수 있었으면 좋겠다. 어딘가 그런 일을 해주는 앱이 있을 것이다. 지금 가장 마음에 들지 않는 것은 축 늘어진 턱밑의 살이다.

스트로버가 태국에서 찍은 길모어 마틴의 용의자 사진과 롭이 젊었을 무렵의 사진을 나란히 놓는다. 완전히 같은 사람인 것처럼 보인다.

"케이트한테 연락은 했어?" 사일러스가 묻는다. "우리가 롭하고 똑같이 생긴 사람들을 찾아냈다고 말이야. 길모어 마틴에 대해서 알려 줘야 할 것 같은데."

"전화 연결이 안 돼요." 스트로버가 대답한다. "휴대전화에 메시지를 남겨놨습니다."

롭하고 완전히 똑같이 생긴 사람이 실제로 존재할 뿐만 아니라 바로 그 사람이 롭과 똑같은 테슬라를 타고 콘월의 거리를 돌아다녔다는 소식을 전했을 때 케이트가 어떤 반응을 보일지 전혀 짐작조차 되지 않는다.

68장
케이트

한 치 앞도 보이지 않는 어둠 속에서 옥상 테라스와 아래층을 잇는 계단을 더듬더듬 내려온다. 계단을 한 단씩 내려올 때마다 드론의 붕붕거리는 소리가 점점 멀어진다. 저 기계 덩어리는 마치 미쳐버린 곤충처럼 위협적이었다. 이제 어떻게 해야 할지 알고 있다. 롭이 돌아올 때를 대비하여 목욕을 하기 전에 침실에 향초를 몇 개 준비해놓았다. 오늘 밤, 카그라와 맞서 싸우기 위해 케이트가 세운 계획의 일환이었다.

손으로 벽을 더듬거리며 간신히 침실 문 안으로 들어선 다음 침대 옆의 탁자에서 향초를 찾아낸다. 잠시 후 성냥을 집어들고 초에 불을 붙이려 하지만 성냥개비가 맥없이 부러지고 만다. 다시 한번, 또다시 한번 부들부들 떨리는 손으로 성냥에 불을 붙이려 하지만 좀처럼 불이 붙지 않는다. 마침내 가까스로 성냥에 불을 붙일 수가 있다. 침실 안이 촛불의 가냘픈 불빛으로 밝아진다. 오늘밤 이런 처지에 빠지게 되리라고는 상상조차 하지 못했다. 롭과 함께 침대에 누워 와인을 마시고 사랑을 나눌 것이라고만 생각했다. 그저 평범한 남녀처럼 말이다. 그러나 상황은 점점 악몽처럼 변하고 있다.

초를 든 손이 너무 심하게 떨리는 바람에 바닥에 촛농을 조금 쏟고 만다. 촛불을 침대 옆의 탁자에 내려놓고 일부러 가방에 챙겨온 향초를 두 개 더 꺼내어 켠다. 콘월에서 사온 진정 효과가 있는 향초이다. *긴장을 푸세요.* 지금 여기에서 일어나는 모든 일들을 제대로 생각해볼 필요가 있다. 집의 전기가 나갔고, 전화가 갑자기 불통이 되었으며, 집의 블라인드가 내려왔다. 이 모든 현상을 합리적으로 설명할 수 있는 방법이 한 가지 있다. 이 모든 문제들이 전부 아파트의 소프트웨어 오류에서 비롯되었다는 것이다. 오늘 저녁 케이트를 외출하지 못하게 만든 바로 그 오류 말이다. 그 오류 자체는 우연한 사고일 수도 있고 롭이 케이트를 과잉보호하려는 수단일 수도 있다. 다만 드론에 대해서는 설명이 되지 않는다. 드론이 우연히 그렇게 움직였을 리는 없다. 어쩌면 드론이 나타난 일 자체는 우연에 불과할지도 모른다. 시기심에 불타는 이웃 사람들이 재미 삼아 펜트하우스에 사는 사람을 위협하여 집 안으로 쫓아보내고 있던 것인지도 모른다.

미안해. 일이 이렇게 되기를 바라지 않았어.

그 말은 도대체 무슨 의미였을까? 오늘 밤 롭이 돌아오기는 하는 것일까? 만약 그렇다면 어느 쪽의 롭이 돌아올 것인가? 해묵은 걱정들이 마치 문 밑의 틈으로 스며드는 연기처럼 되돌아와 케이트의 주위를 소용돌이치며 맴돈다. 아까 케이트와 통화를 했던 사람이 롭이었다는 건 확실하다. 지금 여기에 다른 사람이 나타난다면 도저히 견딜 자신이 없다. 롭인 척하는 사기꾼. 그의 도플갱어. 태국에서 온 남자.

케이트는 에이제이에게 전화를 걸기 위해 휴대전화를 찾는다. 이 모든 일들이 케이트의 다친 뇌가 부리는 농간에 불과하다는 사실을 에이제이한테 확인받고 싶다. 가장 먼저 롭에게 전화를 걸어 도대체 이게 다 무슨 일인지 물어봐야 한다는 것을 알고는 있지만 지금은 겁이 나서 도저히 롭과 이야기할 엄두가 나지 않는다.

주방의 식기대 위에 있는 휴대전화를 찾아낸다. 신호가 잡히지 않는다. 억지로 입술을 깨물고는 울음을 터트리지 않으려 애를 쓴다. 철제 블라인드가 휴대전화의 전파를 막고 있는 것이 틀림없다. 도대체 어떻게 되어먹은 보안 장치란 말인가? 휴대전화로 영업하는 성가신 사람들을 막기라도 하려는 걸까? 벡스와 스트레치와 함께 그냥 콘월에 남아 있을 걸 그랬다. 제이크라도 상관없다. 예전에 그랬듯이 비가 내리는 콘월의 언덕배기에서 캠핑을 하고 있었으면 싶다.

전화기의 배터리도 거의 남아 있지 않다. 어쩌면 집 전화가 다시 연결되었을지도 모른다. 욕실에서 수화기를 찾아낸다. 전화는 아직도 죽어 있다. 주위를 두리번거린다. 욕실 구석의 벽 위쪽에서 덜컹거리는 소리가 들린다. 벽에 달린 환풍기가 가벼운 바람을 맞아 느릿느릿 돌아가고 있다. 욕조의 가장자리를 밟고 올라서자 환풍기 날개 사이로 바깥세상의 저녁 불빛이 보인다. 이 집에서 유일하게 그곳만이 철제 블라인드로 막혀 있지 않다. 휴대전화를 환풍기 높이로 들어 올리고 화면을 확인한다. 막대기 하나만큼 전파 신호가 잡힌다. 조심스럽게 몸의 균형을 잡고는 에이제이의 번호로 전화를 건다. 통화 중이다.

그 순간 아파트 안에 커다란 소리가 울려퍼진다. 현관문이 열리는 소리이다. 잠시 동안 귀를 기울인다. 아무 소리도 들리지 않고 고요하다. 한순간의 충동에 이끌려 자신도 모르게 제이크의 전화번호를 누른다.

"거기 누구세요?" 전화가 연결되기를 기다리며 큰 소리로 말한다. 여전히 고요하다. "롭, 당신이야?"

다시 문 소리가 들린다. 누군가 아파트 안으로 들어와 현관문을 닫은 것이다.

"롭?" 케이트는 떨리는 목소리로 한층 소리 높여 부른다. "지금 당신이야?"

롭이라면 왜 아무 말도 하지 않는 것일까? 계속 아무 소리도 들리지 않자 덜컥 겁이 난다. 전화가 제이크에게 연결되는 순간 욕조에서 내려오다가 그만 촛불을 넘어뜨리고 만다.

"롭?" 케이트가 다시 한번 부른다.

상대는 대답하지 않는다. 롭이 아닌 다른 누군가인 것이 틀림없다.

69장

사일러스

"보스, 전화요."

퍼레이드실의 창문에서 몸을 돌리고 스트로버에게 휴대전화를 받아든다. 스트로버는 아무 말도 하지 않지만 화면을 보면 전화를 건 사람이 코너라는 것은 분명히 알 수 있다.

"너 괜찮니?" 사일러스는 사람이 없는 구석 쪽으로 걸어가며 묻는다.

"지금 방금 엄마하고 얘기했어." 코너가 말한다.

자신도 모르게 주위를 둘러본다. 말 소리가 들리는 거리에는 아무도 없지만 지금 하는 대화를 동료들한테 들려주고 싶지 않다. 스트로버한테조차 들려주고 싶은 종류의 대화는 아니다.

"그래서?"

"고마워요. 엄마한테 전화해준 거 말이야." 코너가 말한다. 목소리가 한층 침착하게 들리는 것이 상태가 한결 좋아진 것처럼 보인다. "상담받는다고 완전 좋아했어."

사일러스가 얘기했을 때는 별로 좋아하는 기색을 보이지 않았지만 어쨌든 조금이나마 진척이 있는 것 같아 기쁘다.

"나는 블루벨 술집에 갔다온 참이야. 이런저런 이야기를 좀 캐내고 다녔어." 코너가 말을 잇는다. "뒷방에서 하는 말을 몰래 엿들었다니까. 아빠를 위해서 이런 짓까지 하다니."

"위험한 상황에 발을 들이면 안 돼." 사일러스는 다시 한번 주위에서 듣고 있는 사람이 없는지 확인한 다음 말한다. 앞뒤가 맞지 않는 소리를 하고 있다는 건 안다. 블루벨 술집에서 뭔가 쓸 만한 정보를 캐내는 일은 당연히 위험할 것이다. 게다가 코너는 이미 큰 위험을 감수한 것처럼 보인다. 그것도 아빠를 위해서.

"문에서 엿듣고 있는 걸 하마터면 들킬 뻔했지 뭐야. 하지만 어떻게 잘 빠져나왔어." 코너가 말한다. "입막음 조로 누구한테 돈을 좀 쥐여줘야 했지만."

"얼마를 줬니?" 사일러스가 묻는다.

"돈 문제는 나중에 얘기해. 어쨌든 지금 거기는 온통 난리법석이야. 전에 바텐더였던 남자가 살해되었다는 거 알아? 몇 개월 전까지 거기에서 일하던 사람이래."

"응, 콘월에서 살해되었어." 사일러스가 한숨을 내쉬며 대답한다. "어제 일이야. 누가 그 남자를 쐈는지 혹시 아는 사람이 있어?"

"바로 그것 때문에 거기 사람들이 난리가 났어."

"사람들이 뭐라고 하는데?"

"그 남자는 6개월 전에 도망을 쳐야만 했나 봐. 아빠가 전에 얘기한 그 여자를 해치우라는 명령을 받았거든. 그 사람 얼굴 알아보는 솜씨가 끝내준다는 그 여자 말이야. 들어보니 그 여자 때문에 조직원들이 싹 다 잡혀들어간 모양이야."

다시 한번 케이트에 대한 죄책감이 엄습하며 마음이 따끔거린다. 그 여자를 해치우라는 명령을 받았거든. 애초에 좀 더 주의 깊게 행동했어야 했다. 지금 코너가 자신의 일을 돕고 있는 이 상황 또한 참으로 얄궂게만 느껴진다. 그동안 내내 아들이 아버지가 하는 일에 조금이라도 관심을 보여주기만을 바라왔다. 그리고 지금 그렇게 바랐던 것처럼 코너가 사일러스가 하는 일을 돕고 있지만 이 상황이 그리 마음에 들지 않는다.

"그래서 어쨌든 그날 밤 그 남자는 여자의 술에 약을 탄 다음 여자의 뒤를 쫓아가본 거야. 자기가 제대로 여자를 끝장냈는지 어쨌는지 확인을 해보려 했던 거지." 코너는 어설프게 흉내낸 런던 사투리를 섞어가며 계속 이야기를 이어나간다. 예전에는 아들이 그런 말투를 쓸 때마다 몹시 짜증이 났었다. 지금은 그런 것쯤은 아무렇지도 않게 넘길 수 있다. 적어도 지금 아들과 대화를 하고 있는 것이다. "그리고 아니나다를까 구부러진 길을 돌아가니 여자 차가 나무를 박고 서 있는 거야. 뭐, 일을 말끔하게 처리한 것도 아니고 사실 좆같은 일이지만 어쨌든 임무는 완수. 나는 오늘밤까지도 이런 좆같은 일이 있었는지 전혀 몰랐어. 그 남자는 피도 눈물도 없는 개자식이라 그냥 거기서 차에 시동을 끄고 앉아서는 여자가 죽어가는 모습을 지켜보며 대마초나 한 대 피울 생각이었어. 하지만 그 새끼는 여자가 정신을 잃기 전에 간신히 999에 전화를 했단 사실을 몰랐지 뭐야."

사일러스는 케이트의 고통스러워하는 목소리가 녹음된 신고 전화를 떠올린다. 전화에서 케이트는 말을 하기는커녕 제대로 숨도 쉬지 못하고 있었다.

"그 개자식이 이제 막 자리를 뜨려는 참에 사고가 난 여자 차 옆에 다른 차 한 대가 조용히 다가오는 모습을 본 거야." 코너가 계속 말을 잇는다. "그 차에서 어떤 남자가 내리더니 사고가 난 차의 운전자를 확인해봤대. 하지만 그 나중에 온 남자도 그 자리에서 할 일 없이 뭉개고 있지만은 않았어. 구급차가 오는 소리를 듣자마자 얼른 차를 몰고 내빼버렸대."

"혹시 그 차 종류가 뭐였는지는 알아?" 사일러스가 묻는다. 다른 차 한 대가 조용히 다가오는 모습을 본 거야.

"바텐더는 그 다른 남자가 혹시 자신을 쫓아온 걸까봐 똥을 지릴 정도로 겁을 집어먹었어." 코너는 아빠의 질문을 못 들은 체 이야기를 이어간다. "그날 저녁에 술집에서 똑같이 생긴 차를 본 것 같은 생각이 들었거든. 술집 주차장에서 말이야. 그래서 그 차가 간 반대 방향으로 줄행랑을 쳐버렸어. 그다음부터는 몸을 낮추고 숨어 지냈지. 꼬리를 말고 잠수를 탄 거야. 그리고 여섯 달이 지나고 공개 재판이 열리면서 여러 사람이 제대로 형량을 받고는 교도소에 들어가게 돼. 조직에 남아 있던 사람들은 기분이 안 좋아져서는 다시 바텐더를 콘월로 내려보내서 일을 제대로 끝내라고 시키지. 그곳에서 아빠네 여자가 건강을 회복하고 있었으니까. 그런데 거기에서 그 남자가 총을 맞고 죽어버린 거야."

"정말이지, 사건 해결에 크게 도움이 될 거다." 사일러스는 지나치게 사무적인 태도로 대답한다.

맙소사, 그는 지금 자신의 아들과 대화를 나누고 있는 중이다. 증인 진술을 받고 있는 게 아니다. 도대체 아버지로서 역할을 얼마나 못하게 된 걸까? 사일러스는 퍼레이드실을 이리저리 두리번거린다. 스트로버가 앉아 있는 쪽을 다시 한번 확인한다. 멜이 이 일에 대해 알게 된다면 사일러스를 죽이려들 것이다. 지금 아들이 처한 어려운 상황에서 아들을 빼내기 위해서는 그 마약 조직 전체를 무너뜨리는 것 말고는 다른 방법이 없다는 사실을 다시 한번 되새긴다. 그리고 그러기 위해서는 그 조직의 구조와 경쟁 상대에 대해 잘 알고 있어야만 한다.

"혹시라도 그 나중에 나타났다는 남자에 대해서 더 알아볼 방법이 없을까? 그 남자가 어떻게 생겼는지?" 사일러스가 재차 묻는다. "운전하던 차가 어떤 차였는지?"

침묵이 흐른다.

"아빠는 항상 나한테 더 많은 걸 원해. 그게 문제야." 코너가 마침내 입을 연다. "한 번도 나한테 만족한 적이 없어. 오늘 밤 나는 아빠를 위해 목숨을 걸었어. 두목 사무실 밖에 서서 문에 귀를 대고 엿들었다니까. 그러다 잡히면 죽을 수도 있었어."

사일러스가 턱에 난 짧은 수염을 문지른다. "미안하다."

코너가 하는 말에 틀린 데가 없다. 사일러스는 코너를 대할 때는 언제나 예외 없이 기본적으로 실망부터 하고 본다. 코너가 중등교육 자격시험에서 B와 C를 맞아 왔을 때도 그랬다. 코너가 난독증이라는 사실을 부부가 알게 된 것은 나중의 일이다.

"어쩌면 테슬라였을지도 몰라." 이 말을 마지막으로 코너는 전화를 끊는다.

70장

제이크

"맛있는 냄새가 나네." 벡스가 한 손으로는 슈트케이스를 끌고 다른 한 손으로는 작은 개를 안은 채 주방으로 들어서며 말한다.

"집으로 돌아온 걸 환영해." 제이크는 어색한 말투로 말한다. 갑자기 벡스의 집이 너무 좁게 느껴진다. "저녁을 좀 만들어놨어."

다시 한번 제이크는 자신이 집을 비워줄 수 있다고 말해보지만 벡스는 계속 집에 있으라고 고집을 부린다.

"그래서, 이 녀석이 케이트가 만나는 새로운 남자란 말이지?" 제이크는 개를 쳐다보며 말한다.

"스트레치하고 인사해." 벡스가 개를 바닥에 내려놓으며 말한다. "오는 내내 낑낑거리며 보채기는 했지만 그것 말고는 괜찮은 개야."

제이크는 몸을 구부리고 조그만 개의 귀 뒤를 긁어준다. 케이트가 개를 키우자고 말할 때마다 항상 덩치가 크고 냄새가 심한 종류의 개를 상상했다. 이 개는 몸집이 길고 날씬한 것이 꼭 거룻배를 닮았다.

벡스가 2층에 짐을 가져다놓고 돌아오자 그 앞에 저녁 식사를 차려준다.

"당신은 안 먹어?" 벡스는 돼지풀 뇨끼를 입안으로 밀어넣으며 묻는다. 제이크는 아까 돼지풀을 발견하고는 잎이 완전히 벌어지기 전에 따두었다.

"나한테는 좀 늦은 시간이라." 제이크가 대답한다. "거의 자정이 다 되어가잖아."

"일부러 일어나 있을 필요는 없었는데. 이거 맛있다. 아스파라거스 같아."

"케이트하고는 얘기 해봤어?" 제이크가 묻는다.

마지막으로 통화했을 때 벡스는 케이트가 바르마 박사를 만나고 난 다음 전화를 걸어보기로 했다.

"음성 메시지 남겼어. 롭한테도 전화를 걸어서 가볍게 지나가는 말처럼 메시지를 남겨두었어. 케이트한테 전해달라고 부탁해두었지. 시간 날 때 전화 좀 해달라고 말이야. 괜히 롭을 걱정시키고 싶지 않아서. 알잖아, 혹시라도 롭이…" 벡스가 말끝을 흐린다.

제이크는 고개를 든다. 벡스가 무슨 말을 하고 싶은지 잘 알고 있다. 혹시라도 롭이 도플갱어로 뒤바뀌었을지도 모르니까. 그 길이라는 남자로. 제이크는 생각이 다르다. 오늘 저녁 내내 다시 한번 롭의 과거에 대해, 롭이 벌이는 사업에 대해, 롭이 현재 브르타뉴에서 하고 있는 일에 대해 인터넷으로 조사를 해보았다. 전에도 이렇게 롭의 이름을 구글에서 검색하는 일에 매달려 있던 적이 있다. 케이트와 헤어진 직후의 일이다. 하지만 이번에는 무언가를 찾아냈다는 생각이 든다.

제이크는 벡스가 저녁을 다 먹기를 기다렸다가 자신이 인터넷에서 발견한 것을 보여주기 위해 벡스를 거실로 데려간다.

"표면적으로 볼 때 롭과 롭의 기술 제국, 영국에 있는 그의 '유니콘' 회사는 전부 '직접 신경 인터페이스' 기술을 다루고 있어." 제이크는 설명을 시작한다.

"우리말로 좀 말해줄래?" 제이크가 컴퓨터 화면에 뜬 여러 개의 창을 이리저리 움직이는 동안 벡스가 말한다.

"그건 인간 두뇌가 기계와 좀 더 효율적으로 상호작용할 수 있도록 해주는 기술이야." 제이크가 설명한다. "이를테면 대뇌피질에 어떤 장치를 이식해서 인공 팔다리를 조종할 수 있게 만드는 기술 같은 거지. 그밖에도 롭은 여러 가지 다양한 의학 기술을 개발하는 여러 곳의 신규 회사에 투자했어. 그중 한 곳은 뇌손상을 검사하는 휴대용 헤드셋을 만드는 회사야."

"케이트가 얼마나 잘 회복하고 있는지 검사할 때 롭이 그런 헤드셋을 사용했어." 벡스가 말한다.

"전부 인류의 건강을 증진시킬 수 있는 훌륭하고 이타적인 사업들이지."

"왜 당신이 진짜로는 그렇게 생각하지 않는다는 기분이 들까?" 벡스가 묻는다.

"최근 브르타뉴로 출장을 간 일이 마음에 걸려." 제이크는 엄지손톱을 물어뜯으며 대답한다. "브레스트는 프랑스에서도 기술 산업의 핵심 지역이야. 오래 전부터 군대용 암호와 통신 산업의 역사가 깊지. 프랑스에 있는 한 조사 사이트에서는 롭의 연구개발회사에 대해, 내일 롭이 시작하게 될 사업에 대해 조사를 해왔어. 그 사이트에서는 롭이 얼굴 인식 기술을 다루는 사업을 시작할 것이라고 생각하고 있어. 롭이 지금 무슨 일이든 해야 한다는 건 분명해. 롭의 회사는 엄청나게 과대평가되어 있는 상태거든. 그리고 롭이 프랑스에서 기술 사업을 시작한다는 걸 걱정하는 사람들이 있어."

"그게 무슨 문제가 된다는 거야?" 벡스가 하품을 하며 묻는다. "롭이 얼굴 인식 기술 사업을 시작한다는 게?" 아무리 테슬라를 타고 왔다고 해도 장시간의 운전 끝에 지쳐버린 것이 틀림없다.

"프랑스에서는 그런 종류의 사업에 대해 좀 더 깐깐하게 굴거든." 제이크가 대답한다. "여기 조사 사이트에서는 롭이 그곳에서 프랑스 정부의 묵인하에 어떤 비밀스러운 시스템을 만들고 있다고 생각해. 프랑스 정부가 테러 행위에 맞서는 일을 돕는 조건으로."

"그게 왜 문제가 되는지 아직도 잘 모르겠는데." 벡스가 말한다. "물론 다소 빅브라더 같은 일처럼 들리기는 하지만 말이야."

"너무 이상한 우연이라고 생각하지 않아?" 제이크가 묻는다. "케이트와의 관계를 생각해보면 말이야. 케이트는 전에 초인식자로 일을 했잖아."

"어쩌면 케이트를 만난 덕분에 얼굴 인식 기술에 관심이 생겼는지도 모르지. 케이트를 만나고 걔가 월트셔 경찰에서 했던 온갖 놀라운 일에 대해 듣고 난 다음에 말이야."

"나도 처음에는 그렇게 생각했어. 그런데 뭔가가 기억났어. 처음 병원에서 롭을 만났을 때의 일이."

속 편했던 만남은 아니었다. 병실에 들어가 롭이 케이트의 침대 옆에 앉아 그녀에게 관심과 정성을 쏟는 모습을 목격한 순간 제이크는 자신과 케이트의 사이가 끝났다는 걸 깨달았다.

"그때 롭을 처음 본 게 아니라는 기분이 들었거든." 제이크가 말을 잇는다.

"어째서 그랬을까?" 벡스가 이제 조금 흥미를 보이며 묻는다.

"게이블크로스 경찰서의 주차장에서 롭을 본 적이 있었던 거야."

"그게 확실해?"

"케이트가 사고를 당하기 전날이었어. 가장 최근에 쓰던 책 때문에 하트 경위한테 뭘 좀 물어보러 갔었거든."

결국에는 경찰 업무 절차보다는 겨울 철새들에 대한 이야기만 잔뜩 하고 돌아왔지만 말이다.

"롭이 테슬라를 운전하고 있었어?" 벡스가 묻는다.

"그건 기억이 안 나. 그저 경찰서 정문으로 걸어오는 모습을 봤을 뿐이야."

그리고 롭은 야구 모자를 쓰고 있었다. 그 사실을 분명하게 기억하고 있는 것은 그때 제이크도 이 나이에 야구 모자를 써도 괜찮을지 고민을 했기 때문이다. 아마도 괜찮지 않을 것이다.

"좋아, 당신은 전에 롭을 본 적이 있어. 하지만 그렇다고 해서 케이트도 전에 롭을 만난 적이 있다는 뜻은 아니잖아." 벡스가 말한다. "두 사람이 만나게 된 것은 케이트가 입원하고 있던 병원에서 우연히 롭이 미술 전시회를 열었기 때문이야."

"다들 그렇게 이야기하고 있다는 건 나도 알아. 정말 낭만적인 첫 만남이지. 그건 이해해. 하지만 혹시라도 롭이 케이트를 만나기 위해 일부러 그 병원을 찾아갔던 것이라면 어떨까? 그 어떤 얼굴 인식 소프트웨어도 능가하는 뛰어난 능력을 지닌 초인식자를 만나러 갔던 거라면?"

벡스가 한숨을 내쉰다. "제이크, 당신한테 쉬운 일이 아니라는 건 알아." 벡스가 주방 쪽으로 걸음을 옮기며 말한다. "하지만 롭은 지난 다섯 달 동안 지극정성으로 케이트를 돌봐줬어. 건강을 회복하도록 보살펴줬어. 왜지 알아? 롭이 케이트를 사랑하기 때문이야. 케이트의 예술 세계를 사랑하기 때문이야. 롭은 케이트가 다시 그림을 그릴 수 있게 되길 바라고 있어."

"당신 말이 맞았으면 좋겠다."

컴퓨터 앞에서 막 일어나려는데 휴대전화가 울린다.

케이트에게 걸려온 전화이다.

"제이크." 케이트가 조용하게 말한다.

통화 상태가 안 좋아 소리가 뚝뚝 끊어진다. 하지만 케이트의 목소리에서 그녀가 겁을 먹고 있다는 사실을 충분히 감지할 수 있다. 주방으로 간 벡스에게 돌아오라고 급하게 손짓하며 전화에 귀를 기울인다.

"당신 어디야?" 제이크는 벡스가 달려오는 동안 통화를 스피커폰으로 전환하며 묻는다.

"제이크, 내 말 들려?" 케이트가 이제 절박한 어조로 속삭이며 말한다.

케이트의 어조에 걱정이 된 나머지 커다란 손가락의 관절을 뚝뚝 꺾기 시작한다.

"케이트, 친구야, 너 지금 어디야?" 벡스가 휴대전화 쪽으로 몸을 숙이고 말한다. "왜 속삭이면서 말하는 거야?"

두 사람 모두 케이트가 무슨 말을 할지 잔뜩 긴장을 하고 귀를 기울인다. 어쩌면 롭의 아파트에서 무슨 일이 일어났을지도 모른다. 무슨 일인지는 알 수가 없다.

전화가 뚝 하고 끊어진다.

71장

사일러스

밤늦은 시간이다. 사일러스는 스윈턴의 텅 빈 거리를 차로 달려 스트로버를 집에 데려다주는 길이다. 가랑비가 거리를 씻어내린 끝에 도로는 빗물로 검게 물들어 번들거리고 있다. 두 사람은 오늘 밤 퍼레이드실에 마지막까지 남아 6개월 전의 자동차번호판 자동인식 기록을 살펴보고 오는 길이다. 국립 자동차번호판 자동인식 데이터센터에서 번호판 기록을 1년 동안 보관하고 있다는 것이 참으로 다행이었다. 케이트의 사고 현장에 또 다른 차가 있었고 그 차가 테슬라일지도 모른다는 코너의 증언으로 상황이 완전히 뒤바뀌었다. 그 테슬라를 운전하고 있던 사람이 롭이었다고 확신할 수는 없지만 드디어 사건의 앞뒤가 맞아떨어지기 시작하는 것처럼 보인다. 적어도 사일러스는 그렇게 생각한다.

"케이트한테 술집 CCTV 영상에서 따온 사진 보여줬을 때 혹시 기억나?" 사일러스가 묻는다.

"케이트가 바텐더 얼굴을 알아봤죠." 피곤에 지친 스트로버가 별로 관심이 없는 태도로 대답한다.

"우리가 이 남자를 어떻게 아는지 물어봤을 때 말이야." 사일러스가 말을 잇는다. "그 전날 그 남자가 항구 카페에서 자기 커피에 약을 탔다고 대답했잖아."

"맞아요. 케이트는 절대 사람 얼굴을 잊지 않아요." 스트로버가 여전히 회의적인 태도로 대답한다. "적어도 예전에는 그랬었죠."

"바로 그 말대로야. 하지만 그때 케이트는 그 남자 얼굴을 안다고 말하지 않았어. 그 남자가 자기 커피에 약을 탔다고 말했지. 누군가를 추궁하기에 상당히 구체적인 혐의라고 생각하지 않아?"

콘월에서 케이트가 그렇게 말한 후로 그 표현이 내내 마음에 걸렸다. 사일러스는 다섯 개의 작은 로터리들이 하나의 큰 원을 이루는 스윈던의 악명 높은 환상 교차로를 가로지른다.

"그게 어떻게 롭하고 연결이 되는지 잘 모르겠는데요." 스트로버가 창문 너머로 스윈던의 밤거리를 내다보며 대답한다.

"왜냐하면 나는 케이트한테 그 남자가 커피에 약을 탔을지도 모른다는 사실을 지적해준 사람이 바로 롭이라고 생각하거든."

"롭이라고요?" 스트로버가 고개를 돌려 사일러스를 쳐다본다.

"롭은 그 전에도 그런 광경을 본 적이 있었던 거야. 6개월 전 블루벨 술집에서."

"롭이 어떻게 그 일이 일어나는 광경을 볼 수 있었다는 겁니까?" 스트로버가 이제 조금 관심을 보이기 시작하며 묻는다. "그날 밤 블루벨 술집에 있지도 않았잖아요."

"하지만 만약 그 술집에 롭이 있었다면 어떨까." 차가 스트로버의 아파트가 있는 거리로 들어선다. 스윈던 역과 가까운 이 거리에는 빅토리아 중기 시대에 유행하던 테라스가 달린 집들이 나란히 늘어서 있다. "바텐더 말에 따르면 케이트의 사고 현장에는 테슬라가 한 대 있었어. 그리고 그는 그날 사고가 일어나기 전 술집 주차장에서 똑같은 차를 봤다고 생각하고 있어."

"하지만 그렇다고 해서 롭이 술집에 있었다고 단정할 수는 없어요." 스트로버가 대꾸한다.

"만약 롭이 구석에 앉아서 케이트를 지켜보고 있었다면." 사일러스는 차를 세우고 시동을 끈다. "롭은 바텐더가 케이트의 술에 무언가 수상한 짓을 하는 광경을 목격해. 케이트가 술집을 나서자 자신도 테슬라를 타고 케이트의 뒤를 따라나서지."

"보스 말을 들으니 롭이 케이트를 스토킹이라도 하던 것 같잖아요." 스트로버가 짜증을 애써 감추려 하며 대꾸한다.

"어쩌면 보호하고 있었을지도 몰라." 사일러스가 대답한다. "케이트가 초인식자로서 얼마나 성공을 거두었는지에 대해서는 유감스럽게도 언론에 쫙 깔려 있었으니까."

그저 사일러스의 직감에 지나지 않는다. 그날 밤 롭이 그 술집에 있었다는 사실을 증명할 수는 없다. 대부분의 CCTV 카메라는 한 달 동안만 영상을 보관한 다음 그 위에 덧씌워 다시 녹화를 한다.

"지금 우리가 아는 사실은 그날 밤 테슬라를 운전하는 누군가가 케이트를 지켜보고 있었다는 것뿐이야." 사일러스는 흥분을 가라앉히려 애를 쓰며 말을 잇는다. "그리고 그 사람은 사고가 난 다음에도 케이트를 살리기 위해 열심이었어."

때마침 옆 골목에서 구급차 한 대가 불을 번쩍이며 큰 거리로 접어들더니 근처에 있는 그레이트웨스턴 병원을 향해 달려간다. 사이렌 소리 없이 불만 번쩍이는 모습이 어쩐지 으스스하다. 오늘 같은 밤에는 굳이 사이렌을 울릴 필요가 없을 것이다.

"그리고 6개월이 지난 지금 누군가 다시 한번 케이트를 보호하고 있는 것처럼 보여." 사일러스가 말을 잇는다. "우리는 그 누군가가 혹시 롭일지도 모를 가능성을 고려해봐야만 해. 케이트의 수호천사. 어떤 남자가 케이트의 커피에 약을 타려 했고 그다음에는 거리에서 차로 치어 죽이려 했어. 그리고 지금 그 남자는 죽었지."

스트로버는 자리에 뒤로 기대앉아 볼을 부풀리고 있다. 스트로버가 이 모든 사실 관계를 충분히 이해할 때까지 기꺼이 기다려줄 작정이다. 롭이 자신의 손으로 직접 정의를 실현했다는 증거는 하나도 없다. 아직까지는 말이다.

"길모어 마틴은 어때요?" 스트로버가 묻는다. "그 사람일 수도 있잖아요. 내 말은, 왜 롭이 케이트를 만나기 전부터 그녀를 보호하기 위해 그토록 애를 썼느냐 말이에요."

"우리는 그 남자에 대해 우연히 롭하고 똑같이 생겼다는 것 말고는 아무것도 몰라."

"하지만 그 남자는 바텐더가 총을 맞아 사망했을 무렵 테슬라를 몰고 콘월 주위를 돌아다니는 모습이 목격되었어요. 바텐더는 태국에서 한 번 발사된 적이 있는, 보기 드문 종류의 총에 맞았어요. 태국은 길모어가 마지막으로 목격된 곳이에요. 케이트는 롭이 자신의 도플갱어에 대해 걱정하고 있다고 말했고요."

사일러스는 스트로버를 흘끗 쳐다본다. 길모어에 대한 스트로버의 집착은 마치 쿡쿡 쑤시는 이빨처럼 계속해서 신경이 쓰이고 있다. 케이트하고 이야기를 다시 해봐야겠다. 롭에게도 이야기를 들어볼 필요가 있다. 두 사람에게 롭의 기묘한 공포에 대해, 왜 롭이 자신의 도플갱어에게 해를 입을 것이라고 생각하는지에 대해 물어봐야 한다.

그 문제가 정말로 마음이 쓰였다면 롭은 왜 경찰에게 연락을 하지 않은 것일까? 왜 미리 보호를 요청하지 않은 것일까?

"콘월에 있는 롭의 집에 보안이 어떻게 되어 있는지 봤잖아." 사일러스가 말한다. "곳곳이 보안 카메라투성이였어. 나는 롭이 항상 케이트를 걱정하고 있었다고 생각해. 케이트가 신원을 밝혀낸 범죄자들에게 해를 당할까봐 걱정하고 있었던 거야. 그리고 어쩌면 다른 사람에게도."

72장

케이트

아파트 거실에 누군가 서 있는 모습이 보인다. 확실하다. 휴대전화를 실내복 주머니에 밀어넣는다. 제이크가 뭐라고 하는지 거의 알아들을 수 없었지만 그래도 제이크의 목소리를 다시 듣게 되어 다행이었다.

욕실 밖으로 나와 현관문 쪽을 가만히 쳐다본다. 얇은 실내복 아래에서 몸이 부들부들 떨리고 있다.

"누구세요?" 케이트가 부른다.

롭이라면 지금쯤 무슨 대답이라도 했을 것이다.

침실에서 흘러나오는 희미한 양초의 불빛으로 서서히 거실의 어둠이 조금씩 무디어진다. 거실에 서 있는 사람이 누구인지 알아보기 위해 눈에 온 신경을 집중한다. 누군가가 현관을 열고 집 안으로 들어온 것은 확실하다. 현관문이 달칵하고 닫히는 소리를 분명히 들었다. 하지만 그 후로 아무런 기척도 느껴지지 않는다.

"롭?" 케이트가 다시 한번 부른다. "당신이야?"

롭이라면 왜 지금까지 아무 말도 하지 않는 것일까? 숨을 쉴 엄두 조차 내지 못한 채 다시 욕실을 향해 뒷걸음치기 시작한다. 강도일 까? 침입자일까? 롭은 내내 런던이 얼마나 위험한 곳인지에 대해 끊 임없이 이야기했다. 그 순간 그 사람이 입을 연다. 귀에 익은 아일랜 드 남부 지역의 억양을 들으니 마음이 놓인다. 하지만 아무런 감정도 들어 있지 않은 말투에 다시 불안해진다.

"누구한테 전화하고 있었던 거야?" 롭이 묻는다.

"하느님 맙소사, 당신이었구나." 케이트는 롭이 묻는 말과 그 차갑 고 비난하는 듯한 말투를 애써 못 들은 체하며 말한다. 롭이 이런 말 투로 얘기하는 것은 딱 한 번밖에 들은 적이 없다. 업무 관련 전화를 하면서 누군가에게 새로운 고객을 위해 '바다를 끓일 것'을 명령했을 때이다. "나는 다른 사람인 줄만 알았어. … 지금 어디 있는 거야?" 케이트가 묻는다. "왜 좀 더 일찍 말하지 않은 거야? 당신이 어디 있 는지 잘 보이지가 않아."

현관문을 향해 앞으로 몇 발짝 걸어간다. 그곳에서는 희미한 윤곽 으로나마 롭의 모습이 보인다. 지금 롭은 케이트의 오른쪽에 있지만 롭의 얼굴을 분명하게 보는 위험을 감수하고 싶지는 않다.

"당신이 누구하고 얘기하는 소리를 들었어." 롭이 말한다.

두려움이 분노로 변한다. 방금 이 빌어먹을 아파트 때문에 지옥 같 은 시간을 보낸 참이다. 그런데 롭은 지금 거기 서서 할 수 있는 게 질문밖에 없단 말인가?

"롭, 집 전화는 끊어지고 전기는 안 들어오고, 나는 오늘밤 저 빌어 먹을 현관문 밖으로 나가보지도 못했어. 지금 당신 어디 있는 거야? 안 보인단 말이야. 무서워서 죽는 줄 알았어."

"나한테 전화를 했어야지." 롭이 말한다. 목소리에 서린 냉기가 조금 누그러지기 시작한다.

롭의 말이 맞다. 롭에게 전화를 했어야 했다. 하지만 위기의 순간이 닥쳤을 때 케이트는 제이크한테 전화를 걸려 했다. 왜 롭에게 다시 전화를 걸지 않았을까? 집 전화가 끊기기 전까지 저녁 내내 롭과 여러 차례에 걸쳐 전화를 하고 있었는데 말이다.

"너무 무서웠어." 케이트가 말한다. "전기는 나갔지, 보안 블라인드는 내려왔지. … 뭐가 잘못되었는지 제이크라면 알지도 모른다고 생각했어. 전기 문제 말이야. 배에서 살 때 제이크는 항상 그런 걸 고치는 솜씨가 좋았거든."

비웃는 듯한 코웃음 소리가 희미하게 들린다. 롭이 이런 식으로 누군가를 비웃는 모습은 거의 본 적이 없다. 롭은 항상 자기 자신에 대해서도, 두 사람의 관계에 대해서도 확신에 차 있다. 처음 롭에게 마음이 끌리게 된 것도 바로 그런 점 때문이었다. 남을 시기할 줄 모르는 조용하고 확실한 자신감. 롭은 지금까지 단 한 번도 케이트가 제이크와 함께 배에서 살던 무렵의 검소한 생활에 대해 안 좋은 소리를 한 적이 없었다.

"당신이 언제 돌아오게 될지 알 수 없었단 말이야." 케이트가 말을 잇는다. "그리고 당신은 너무 바쁜 것 같았어. 그런데 집 전화도 완전히 끊어지고 그다음 블라인드가 내려오더니, 이번에는 이 못돼 먹은 드론이…." 이제 더이상은 버틸 수가 없다.

"이리 와." 롭이 한층 다정하고 부드러운 목소리로 말한다. 잠시 후 롭의 팔이 케이트를 감싸안자 케이트는 롭의 어깨에 기대어 흐느낀다.

"미안해." 케이트가 말한다. "제이크한테 전화 걸어서."

참으로 이상한 일이다. 지금까지 서로의 전 애인을 두고 싸움을 벌인 적은 한 번도 없었다. 그런데 지금 여기, 전기가 나간 집 한복판에서 두 사람은 처음으로 언쟁을 벌이고 있다.

"나야말로 미안해." 롭이 말한다. "오늘 밤 여기서 일어난 일 전부다."

이렇게라면 괜찮다. 롭의 품에 안겨 그의 얼굴을 볼 수 없을 때라면 괜찮다. 온 세상이 다시 제자리로 돌아와 축을 기준으로 돌기 시작하는 기분이다. 도플갱어에 대한 온갖 걱정도 눈 녹듯이 스러진다. 처음 만났을 무렵, 콘월로 처음 내려갔을 무렵 서로의 육체에 황홀한 전율을 느끼던 시절로 돌아간 것 같다. 롭의 입술을 더듬어 찾아 입을 맞춘다. 어둠은 케이트의 편이다.

73장

제이크

"이렇게 늦은 시간에 전화해서 미안합니다." 제이크는 따뜻하게 데워진, 가죽으로 된 조수석 자리에 앉아서 말한다. 벡스는 롭의 테슬라를 운전하고 있고 스트레치는 제이크의 무릎 위에 엎드려 잠들어 있다.

"라플란드에는 아직 해가 지지 않았을 테니까." 하트 경위가 대답한다.

"어이쿠야." 벡스는 전방에서 시선을 떼지 않은 채 작게 속삭인다.

하트는 제이크의 책이 오직 핀란드에서만 출간되었다는 사실을 어떻게든 언급할 기회를 절대 놓치지 않는 사람이다.

"우리는 방금 케이트한테 전화를 받았어요." 제이크는 경위의 말에 돋친 숨은 가시를 못 들은 체하며 말을 잇는다. 두 사람은 지금 차를 몰고 런던으로 달려가고 있는 중이다. 두 사람 모두 쇼디치 어딘가라는 것 말고는 롭이 살고 있는 곳의 정확한 주소를 모르고 있다. "뭔가 곤란에 처한 것 같았어요."

"우리?" 하트 경위가 묻는다.

"지금 벡스하고 같이 있거든요." 제이크가 대답한다. "케이트 친구요."

이렇게 허공에 대고 이야기하려니 어색하기 짝이 없다. 케이트가 몰던 모리스 마이너에는 내장형 자동차 오디오 장치를 넣을 만한 공간이 아예 존재하지 않았다.

"벡스, 안녕하세요." 하트가 무미건조하게 인사를 건넨다.

"별일 없으시죠?" 벡스도 인사한다.

전부터 눈치채고 있었다. 벡스는 불안해할 때마다 랭커셔 억양이 한층 두드러지게 나타난다. 지금도 '별일'이란 말이 마치 '벼릴'으로 들린다.

"우리 콘월에서 만난 적이 있죠." 벡스가 제이크를 위해 설명을 덧붙인다.

"케이트가 어디에서 전화를 걸었는데?" 하트가 묻는다.

"런던에 있는 롭의 아파트인 것 같아요." 제이크가 대답한다.

"런던 쇼디치요." 벡스가 덧붙인다.

"지금 롭하고 같이 있다면 케이트는 무사해." 하트 경위는 거의 단정적인 말투로 말한다.

제이크는 벡스와 잠시 눈을 마주친다. 벡스 또한 하트 경위의 느긋한 대답에 제이크만큼이나 당황한 것처럼 보인다. "어떻게 그렇게 단정하죠?" 제이크가 묻는다.

"그냥 내 말을 믿어." 하트가 말한다.

"알겠어요." 제이크는 짜증스러움을 감추지 못한 채 대답한다. 예전에 케이트도 제이크가 경찰에서 하는 일에 대해 지나치게 꼬치꼬치 캐묻는다 싶으면 지금 하트 경위가 말하는 것과 비슷한 말투로 대답을 했다. "그저 케이트 목소리가 무슨 일이 있는 것처럼 들려서요. 그게 다예요. 물론 평소라면 경찰이 나설 일이 아니라는 건 알고 있지만 콘월에서 있었던 일을 생각할 때 혹시나 하는 생각이 들어서…."

"케이트가 전화를 한 게 언젠데?"

제이크가 벡스를 쳐다본다.

"10분쯤 전일 걸요?" 벡스가 대답한다.

케이트한테 온 전화를 받고나자마자 제이크와 벡스는 그 자리에서 바로 차를 타고 런던으로 올라가보자고 의견을 모았다. 롭이 어디 살고 있는지 정확한 주소를 모른다 해도 상관없었다. 그 전화를 받고 난 후 두 사람 모두 불안감을 떨칠 수 없었다.

"케이트가 정확하게 뭐라고 하던가?" 경위가 묻는다.

"전화 수신 상태가 좋지 않아서…." 제이크는 다시 한번 도움을 청하는 눈길로 벡스를 쳐다본다.

"롭의 아파트에 대해서 뭔가 말한 것 같아요." 벡스가 말한다. "케이트는 오늘밤 롭의 아파트에 가기로 되어 있었거든요."

"게다가 저녁 내내 전화를 받지 않았어요." 제이크가 덧붙여 설명한다. 지금 자신이 하는 말이 하트 경위한테 어떤 식으로 들릴지 충분히 짐작이 된다. 여자에게 차인 전 남자 친구가 이별을 받아들이지 못하고 슬퍼하는 것처럼 보일 것이다.

"최근 몇 달 동안 케이트가 범죄의 표적이 되었다는 사실은 의심할 여지가 없어." 하트 경위가 말한다. "그건, 참으로 유감스럽지만, 케이트가 우리를 위해 일을 해주었기 때문에 초래된 결과였어."

하트 경위가 그 사실을 인정하는 말을 하다니, 처음이다. 조금만 일찍, 이를테면 차 사고가 일어나기 전에 무슨 말이라도 해줬더라면 얼마나 좋았을까.

"하지만 우리는 이제 위험이 사라졌다고 판단하고 있어." 경위가 계속해서 말한다. "그리고 이미 말했지만 케이트가 롭하고 같이 있다면 전혀 걱정할 필요가 없어. 오히려 안심할 수 있지."

왜 이토록 갑자기 경위가 롭에 대해 경계심을 내려놓게 된 것일까?

"나는 롭이 케이트를 만난 것이 우연이라고 생각하지 않아요." 제이크가 말한다. 마치 이제 모든 것이 괜찮아졌다는 듯이 다들 케이트한테 관심을 끊는 이 상황이 전혀 마음에 들지 않는다. "병원에서 처음 만났을 때 말이에요." 다시 한번 자신이 하는 말이 어떻게 들릴지, 마치 케이트의 새 남자 친구에 대해 질투하는 것처럼 들리지 않을지 걱정이 된다. 하지만 경위의 말투가 달라진다.

"말해봐." 경위가 갑자기 관심을 보이며 말한다.

제이크는 가장 최근에 쓰던 책 때문에 경찰의 업무 절차에 대해 물어보러 하트 경위를 찾아갔을 때 게이블크로스 경찰서의 주차장에서 롭을 보았던 일을 설명한다.

"그게 언제였지?"

"케이트가 사고를 당하기 전날이에요. 그날 결국에는 고니 얘기만 하다 끝났죠."

"기억나." 하트 경위가 대답한다.

"그런데 롭은 한편으로 얼굴 인식 소프트웨어와 관련된 사업을 벌이고 있어요." 일단 경위의 관심을 끌게 되자 제이크는 설명을 덧붙인다. "모든 사항이 극비로 숨겨진 새로운 회사를 세워서요. 프랑스의 조사 사이트에 따르면 그 회사는 프랑스에 기반을 두고 있을 가능성이 높아요. 롭은 의학 관련 기술 사업으로 이름을 알렸지요. 그런데 나는 롭이 병원에서 케이트를 우연히 만난 것처럼 상황을 조작했다고 생각해요. 케이트가 경위님 밑에서 하고 있던 얼굴 인식 업무에 사업적으로 관심이 있었기 때문에요."

오랫동안 침묵이 이어지면서 하트 경위가 전화를 끊은 것은 아닌지 걱정이 된다. 스트레치마저 고개를 들고 이게 어떻게 된 일인지 살피는 기색이다. 자동차 오디오 장치의 볼륨을 올려본다. 벡스가 그런 제이크의 모습을 흘끗 쳐다본다.

"그리고 롭이 게이블크로스 서를 방문했다고 생각한다는 거지?" 경위가 마침내 입을 연다.

"그랬다고 생각해요."

"그 문제는 나한테 맡겨둬." 경위가 말한다. "내일 아침 일찍 전화할게."

"케이트는 어떻게 하고요?" 제이크는 경위가 전화를 끊어버릴까 봐 걱정이 되어 급히 묻는다. "우리는 그저 케이트가 괜찮은지 확인만 하고 싶을 뿐입니다. 만약 주소를 알려주면 우리가 가서…."

"우리도 지금 당장은 롭의 정확한 주소를 몰라." 하트 경위가 난처하다는 듯 대답한다. 롭의 주소를 알아내지 못한 것이 제이크만은 아닌 모양이다. "하지만 내 생각에 케이트한테는 별일 없을 거야."

74장

케이트

마치 롭과 케이트의 몸 안에 있는 어떤 스위치가 켜진 듯한 기분이다. 케이트가 알고 있던 예전의 롭이 돌아온 것이다. 지난 다섯 달 동안 케이트를 지극정성으로 보살펴 주던 잘생긴 아일랜드 청년. 케이트가 사랑하고 있는 남자. 방금 전까지의 두려움은 마치 썰물이 밀려나가듯 사라져버린다. 정전 때문에 롭의 얼굴을 볼 수는 없지만 지금이 목소리는 분명히 롭의 목소리이다. 이런 식으로라면 얼마든지 잘 지낼 수 있다. 케이트는 자신이 카그라증후군인 것이 틀림없다는 생각이 든다. 그게 아니라면 왜 매번 모습을 볼 때만 다르게 느껴지고 목소리는 이토록 익숙하게 들린단 말인가? 다만 에이제이의 말대로 이 증상이 일시적인 것이기만을 바랄 뿐이다. 롭과 함께 하는 남은 평생을 내내 어둠 속에서만 살 수는 없는 노릇이다.

"정전을 일으킨 원인을 확인하기 위해 노력하는 중이야." 롭이 여전히 양팔로 케이트를 꼭 껴안은 채 말한다. 두 사람은 아파트의 칠

흑 같은 어둠 속에서 서로의 몸을 바짝 붙이고 서 있다. "전기 계통이 전부 폐쇄되었어. 그리고 이 주변 지역도 정전되었고."

"당신은 여기 어떻게 들어왔어?" 케이트가 묻는다.

"아파트 현관문은 다른 전력원을 쓰거든. 건물 자체에 따로 있는 전력원이야."

기술에 대해 이야기를 할 때 롭은 가장 행복해 보인다. 반면 케이트가 두 사람의 관계에 대해서, 서로에 대한 감정에 대해서 이야기를 꺼내려 하면 언제나 곤란해한다.

"그럼 다른 사람들도 다 갇혀 있어?" 케이트가 묻는다.

"아마도 그럴걸."

롭의 말투에 별로 확신이 없다. 어쩌면 이 폐쇄 사태가 롭이 케이트의 안전을 염려한 나머지 연출한 상황일지 모른다는 생각이 다시 한번 머릿속을 스친다. "나한테 솔직하게 말해도 괜찮아. 알지?" 케이트가 말한다. "오늘밤 일 말이야. 나는 다 이해해."

"그게 무슨 뜻이야?"

계속 밀어붙여야 할까? 더 이상 롭에게 화를 내고 싶은 생각은 없다.

"오늘 '정전'이 우연히 일어난 사고가 아니라고 해도 이해한다는 뜻이야." 케이트가 덧붙인다.

지금 방금 자신을 안고 있는 롭의 팔이 잠시 느슨해진 걸까?

"다만 다음번에는 내가 위험하다는 생각이 들면 그냥 나한테 말해 줘. 나는 다 큰 성인이고 1년 동안 경찰에서 일을 한 적도 있어. 기억하지? 콘윌에서 누가 나를 죽이려 했어. 나도 무척 무서웠지만 당신한테도 참으로 무서운 일이었을 거야. 지금은 그 심정을 이해해. 하지만 그 사람은 죽었어. 이제 더 이상 걱정할 필요는 없어."

"나는 당신을 안전하게 지키기 위해서라면 무슨 짓이든 할 거야.

그건 당신도 알지." 롭이 한층 긴장이 풀린 듯한 목소리로 대답한다. "하지만 오늘밤 일어난 일은 정말 내가 일부러 그렇게 꾸민 게 아니야. 당신한테 솔직하게 말하지 못한 게 한 가지 있다면 그건 이 시스템이 아직 베타 테스트 중이라는 건데, 그건….."

"쉬잇." 케이트는 어둠 속에서 손가락으로 롭의 입술을 찾으며 말한다. 기술적인 문제에 대해서는 이미 하룻밤에 들을 만큼 충분히 들었다. 지금 롭이 솔직하게 말하고 있는지 아닌지 잘 모르겠다. 어느 쪽이든 이제 더 이상 상관없다. 지금 중요한 것은 케이트가 자신의 남자를 되찾았다는 사실뿐이다.

"침실에 촛불을 켜두었어." 케이트가 롭의 입 주위를 손가락으로 어루만지며 말한다.

"지금은 어두운 게 좋은데." 롭이 케이트의 실내복 안으로 손을 밀어 넣으며 말한다.

"나도."

왜냐하면 어둠 속에서는 그의 얼굴을 볼 수 없기 때문이다. 롭의 얼굴을 보고 싶은 생각도 없다. 오늘밤, 지금 이 순간만큼은 아니다.

"그래서 제이크한테 뭐라고 얘기했어?" 롭이 묻는다. "누구한테라도 불필요하게 걱정을 끼치고 싶지 않아서 그래."

"전화가 연결되지도 않았어." 케이트는 지금만큼은 제이크 말고 다른 이야기를 했으면 좋겠다고 생각하며 대답한다. "이 블라인드가 전파 신호를 막고 있나 봐."

"좀 과하지, 나도 알아. 하지만 이렇게 구성되어 나오는 제품이야. 내일 아침 전기가 들어오면 그때 고쳐놓을게."

"그런데 어째서 집 전체를 이렇게 폐쇄할 필요가 있는 거야?"

"조심해서 나쁠 건 없잖아." 롭이 대답한다.

두 사람은 전에도 보안에 대한 롭의 강박에 대해 이야기한 적이 있다. 그 문제는 두 사람의 의견이 서로 일치하지 않는 몇 안 되는 문제 중 하나이다. 그리고 지금은 또다시 언쟁을 시작하기에 적절한 시간이 아니다.

2분 후 두 사람은 침실에서 서로의 옷을 벗기고 있다. 촛불이 두 사람의 벗은 몸에 가냘픈 빛을 던진다. 케이트는 수줍음 때문이라고 롭이 생각해주길 바라면서 내내 눈길을 피하고 있다. 케이트가 예상했던 대로 촛불은 서로의 얼굴을 제대로 볼 수 있을 만큼 밝지 않지만 어떤 불안의 여지도 남겨두고 싶지 않다. 한편으로 롭이 케이트의 오른쪽에 오도록 계속해서 신경을 쓰고 있다.

"눈을 감아봐." 케이트는 롭의 몸에서 자신의 몸을 떼어내며 말한다. "깜짝 선물 시간이야."

"정말 흥분되는데." 롭이 속삭이듯 말한다.

침대 옆 서랍장에 손을 뻗어 롭이 그녀를 위해 사다 준 번트오렌지 빛깔의 실크 스카프를 꺼낸다. 아까, 정전이 되기 전에 서랍장에 스카프를 넣어두었다. 에이제이가 알려준 대응 전략의 일환이다. 눈을 가린 채 뇌의 청각 통로를 이용하여 롭의 얼굴과 롭의 존재와의 연관성을 회복하는 것이다. 하지만 케이트는 에이제이가 스카프를 염두에 두고 있었다고는 생각하지 않는다. 어쨌든 지금은 스카프로 눈을 가리고 머리 뒤에서 실크 천을 단단히 묶은 다음 침대에 눕는다. 정전이 되었는데 이렇게까지 할 필요가 있을까 하는 생각이 들지만 아무 경고 없이 불쑥 불이 들어오는 위험을 감수할 수는 없다.

"이제 눈 떠도 돼." 심장이 두근거리는 것을 느끼며 케이트가 말한다.

케이트의 귀에 숨을 훅하고 들이키는 소리가 들린다. 그 다음 롭은 케이트에게 다가와 몸을 굽히고 그녀의 목과 가슴과 배에 키스를 퍼붓는다. 이 사람은 롭이다. 그의 목소리와 그의 손길, 그의 냄새와 그의 맛. 모든 감각이 어둠에 의해 날카롭게 깨어난다. 몸의 긴장이 풀리기 시작한다.

두 사람의 손이 서로의 몸을 탐험하기 시작하면서 이곳저곳으로 뻗어지고 미끄러지고 탐색하고 애무한다. 눈가리개를 쓰는 일에 익숙해질 수 있을 것 같다. 무력한 동시에 힘을 얻은 기분이며 상처 받기 쉬운 동시에 주도권을 잡고 있는 기분이 든다. 롭도 눈가리개가 마음에 드는 것처럼 보인다. 그 젊은 육체는 마치 수영 선수의 몸처럼 탄탄하고 매끄럽고, 케이트의 눈 먼 손길에 단단하고 견고하게 느껴진다. 최근 들어 롭이 침실에서 좀 더 모험을 해보고 싶다는 마음을 살짝 비춘 적이 있었지만 지금 이 순간까지 그 마음에 부응해줄 기운이 없었다. 그 순간 입에 짠 맛이 느껴진다. 롭이 울고 있다는 사실을 깨닫는다. 롭은 이전에는 한 번도 케이트 앞에서 눈물을 흘린 적이 없다.

"왜 그래, 무슨 일이야?" 케이트는 몸을 뒤로 빼며 묻는다.

"아무것도 아니야." 롭이 말한다. "그저 이 순간이 끝나지 않았으면 좋겠어."

"이 순간이 끝날 필요는 없어." 케이트는 롭의 몸 위로 올라타며 속삭인다. 어둠이 짜릿하게 느껴진다. 롭의 몸을 느끼고 있으려니 마치 처음에 함께 하던 순간 같다. 육체적으로 상대에게 이끌리는 욕구가 얼마나 강렬할 수 있는지 그만 잊고 있었다. 제이크와의 잠자리는 완전히 습관이 되어서 아무런 느낌도 남아 있지 않았다. 어떤 강렬한 자극도 느껴지지 않았다. 몸을 숙이고 롭의 귓불을 살짝 깨물면서 그를 안으로 들어오게 한다. 숨을 훅하게 들이킨다. "당신이 오래 유지할 수 있다면 말이야."

그리고 롭은 처음에는 부드럽게, 그 다음에는 좀 더 다급하게 움직이며 케이트를 절정으로 몰아간다. 케이트는 절정에 오르며 느껴지는 강렬한 쾌감에 그만 크게 소리를 지른다. 동시에 오늘밤 있었던 힘든 일들과 도플갱어에 대한 근심을 전부 마음속에서 몰아내버린다. 제이크에 대한 생각 또한 다 쓸어내버린다. 최소한 이 순간만큼은 저 블라인드에도 쓸모가 있다. 이웃이 두 사람의 소리를 듣지 못하게 막아주는 것이다. 예전에 배에서 살 때는 거룻배 주위로 잔물결이 일어나기만 해도 이웃이 신경 쓰였다.

잠시 후 두 사람은 희미한 촛불 빛에 잠겨 침대에 나란히 누워 있다. 롭은 케이트의 오른쪽에 누워 있다. 케이트는 눈을 뜨지 않은 채 눈가리개를 푼다. 롭이 잠들기 전까지 시간이 얼마 남지 않았다는 걸 알고 있다. 9년 전 태국의 해변에서 무슨 일이 있었는지 지금 물어봐야 한다. 사랑을 나눈 후의 여운 속에서 롭이 자신의 질문에 대답을 해줄 것이라고 기대하고 있다.

"롭?" 케이트가 입을 연다.

"으음?"

롭은 이미 잠에 빠져들려 하고 있다. 하지만 케이트는 롭에게 고백해야 하는 일이 있다.

75장

제이크

"아무래도 차를 돌려 집으로 돌아가야겠지?" 런던으로 향하는 거의 텅 빈 고속도로의 차 안에서 벡스가 묻는다.

제이크는 벡스 쪽을 흘끗 쳐다본다. 운전석과 조수석 사이에 설치된 커다란 터치스크린의 불빛이 벡스의 얼굴에 으스스한 빛을 던지고 있다.

벡스의 말이 맞다는 건 이미 알고 있다. 두 사람은 하트 경위가 롭에 대해서 한 말에 대해 이미 이야기를 나누어본 참이다. 경위는 롭하고 같이 있으면 케이트가 안전할 것이라 장담했다. 왜 그렇게까지 확신하는지 이유는 말해주지 않았지만 그 다음에는 벡스의 휴대전화로 롭이 보낸 문자가 도착했다. 벡스가 아까 남긴 음성 메시지에 대한 답장이었다. 아까 벡스는 별일 아닌 것처럼 꾸며 롭에게 케이트한테 연락이 닿지 않는다는 음성 메시지를 남겨두었다.

무릎 위에서 꼼지락거리고 있는 스트레치를 쓰다듬으며 다시 한번 벡스의 휴대전화를 집어들고 롭이 보낸 문자를 읽는다.

안녕, 벡스. 방금 메시지 들었어. 아무 일 없어. 케이트는 아파트에서 자고 있어. 여기까지 오느라 기운을 다 썼나봐! 내일 케이트가 전화할 거야. 롭. x

"이 문자가 언제 왔다고 생각해?" 제이크가 휴대전화를 자동차 앞 선반에 돌려놓으며 묻는다. "케이트가 전화를 걸어오기 전이었을까?"

"오늘 저녁이면 언제든지 가능성이 있어. 아이폰 문자는 아무 때나 자기 편할 때 막 오는 것 같으니까."

"그럼 케이트가 우리한테 전화하기 전일 수도 있겠네?"

"그건 잘 모르겠어." 벡스는 도로 옆의 어둠 속에서 모습을 드러내는 도로 표지판을 확인한다. "달리 좋은 생각이 없으면 다음 분기점에서 빠져나가자."

제이크는 전화로 들었던 케이트의 목소리를 다시 한번 떠올린다. 지금 문제는 롭이 어디 살고 있는지 정확한 주소를 모른다는 것이다. 인터넷을 아무리 뒤져도 지금 콘월에 있는 집을 제외하고는 롭의 거주지 주소를 어디에서도 찾을 수가 없었다. 롭이 소유한 회사들도 전부 콘월의 주소에 등록되어 있었다. 밤새도록 쇼디치 근방을 차로 뒤지고 다닐 생각을 하니 힘이 빠진다.

"그렇게 해야겠지." 제이크가 말한다.

하지만 이대로 돌아가는 건 마치 케이트를 저버리는 기분이 들어 마음이 편치 않다. 신경을 다른 곳으로 돌리기 위해 터치스크린의 이런저런 기능을 살펴보기 시작한다. 머릿속에서는 케이트가 했던 말,

그 불안에 떨고 있던 목소리가 계속해서 울리고 있다. 게다가 롭이 케이트를 병원에서 우연히 만난 것이 아닐지 모른다는 생각을 떨쳐 낼 수가 없다.

"롭이 자기 차가 콘월에 있지 않다는 걸 알까?" 제이크가 여전히 터치스크린을 만지작거리며 묻는다. 화면이 배에 있던 낡은 TV보다 크다.

벡스가 제이크를 흘끗 쳐다보더니 터치스크린 화면으로 시선을 돌린다. "롭이 그걸 어떻게 알아?"

"벡스, 이 자동차는 바퀴 달린 컴퓨터나 마찬가지야. 그리고 여기 '경로 추적'이라는 기능이 있잖아." 제이크는 화면에 새로운 창을 띄운다. "이 차에 있는 기능은 하나부터 열까지 롭의 휴대전화에 있는 앱으로 작동시킬 수 있을 걸."

"젠장, 그게 정말이야?" 벡스가 불안한 눈길로 제이크를 쳐다본다.

두 사람이 입을 다물고 있는 동안 차는 어둠 속에서 버크셔 지방을 가로지른다. 자동차로 이렇게 빨리 달려 본 것은 정말 오랜만의 일이다. 또다시 나타난 도로 표지판에 따르면 800미터 앞에 다음 분기점이 있다.

"당신 집에 머물게 해줘서 고마워." 잠시 후 제이크가 입을 연다.

"도움이 되었다니 다행이야. 살고 있던 배가 불에 타버리는 사고가 매일같이 일어나는 건 아니니까."

배에 화재가 난 일은 이미 아주 오랜 과거의 일처럼 느껴진다.

벡스가 갑자기 불안해지기라도 한 듯이 운전대를 손가락으로 톡톡 두드리기 시작한다. "그런데 턱수염이 보기 좋네." 벡스가 입을 연다. "그렇게 다듬으니까 훨씬 낫잖아."

"고마워." 벡스가 제이크한테 칭찬을 다 하다니, 처음 있는 일이다.

케이트도 마음에 들어했을까? 그랬으면 좋겠다. 외모에 신경을 쓰기 시작했다는 걸 케이트가 눈치채주었으면 싶다. 케이트는 항상 제이크의 손을 보기 싫어했지만 손만큼은 어떻게 달리 할 수 있는 방법이 없다. 기름얼룩은 마치 피부에 깊이 배어든 것처럼 아무리 문질러 닦아도 없어지지 않는다.

"쇼디치에 가도 전혀 어색하지 않게 잘 어울릴 거야." 벡스가 한마디를 덧붙인다.

지금 벡스가 제이크를 칭찬하는 건지 비꼬는 건지 확신할 수가 없다. 제이크는 자신이 최신 유행을 따르는 도시 사람이라고 생각해본 적이 없다. 그보다 몸을 깨끗이 씻고 나온 시골뜨기처럼 보이지 않을까? 차 안에는 다시 침묵이 흐른다. 벡스가 앞의 분기점에서 빠져나가기 위해 방향 지시등을 켠다. 그 순간 어떤 생각이 떠오른다.

"잠깐 기다려봐." 제이크는 터치스크린 화면으로 몸을 숙이며 말한다.

"지금 뭐하는 거야?" 벡스가 제이크를 쳐다보며 묻는다.

"이건 롭이 콘월에서 타고 다니는 차야, 그렇지? 하지만 내 생각에 예전에 어느 시점인가 롭이 런던에서 이 차를 타고 다니던 시기가 있었을 거야."

"그렇다고 해도 이상하진 않지." 벡스가 말한다. "하지만 케이트가 그런 얘기를 하긴 했어. 롭이 런던에서 타고 다니려고 이 차와 똑같은 차를 구입할 생각을 하고 있었다고. 롭은 어떤 일이든 어중간하게 하는 걸 좋아하지 않거든."

구글로 쇼디치 중심가의 우편코드를 검색한 다음 차의 터치스크린에서 내비게이션 프로그램을 작동시킨다.

"내가 내비게이션에 '집'을 검색한다면…." 제이크는 화면에 문자를 입력하며 말한다. "… 콘월에 있는 집으로 안내를 시작하겠지. 알겠다." 제이크는 벡스의 휴대전화를 다시 들여다본다. "하지만 만약 내가 쇼디치의 우편코드를 입력한다면… N1… 찾았다."

제이크의 예상대로 자동 완성 기능이 발휘되어 쇼디치의 주소를 나타내는 우편코드 전체가 화면에 나타난다. 이는 곧 이 자동차의 내비게이션에 쇼디치의 주소가 적어도 한 번은 입력된 적이 있다는 뜻이다.

"내 생각엔 바로 여기에 롭이 살고 있는 게 틀림없어." 제이크가 경로 안내 시작 버튼을 누르며 말한다. "그리고 바로 여기에서 케이트가 전화를 했을 거야."

"그럼 우리 계속 가는 거야?" 벡스가 방향 지시등을 끄면서 묻는다.

"케이트를 위해서 이 정도는 해야지."

76장
케이트

"당신한테 고백할 게 있어." 케이트는 여전히 눈을 꼭 감은 채 침대 시트를 몸 위로 끌어올리며 입을 연다.

"아까 그거 연기한 거였어?" 롭이 거의 눈을 뜨지 않은 채 입 안으로만 웅얼거리며 대답한다.

팔꿈치로 롭의 옆구리를 찌른다. 방금 두 사람은 케이트가 기억하는 한 가장 멋진 섹스를 한 참이다.

"당신이 페이스북에서 나를 봤다고 했을 때, 내가 아니었다고 했잖아, 기억나?" 케이트가 묻는다.

"으음…?"

케이트는 크게 숨을 들이마신다.

"그게, 실은 나 맞았어."

"소셜 미디어에서는 그보다 질 나쁜 범죄도 얼마든지 일어나." 롭의 목소리는 이제 거의 들리지 않을 정도이다.

"실은 당신 옛날 친구 한 명하고 얘기를 하고 있었거든."

"누구하고?"

케이트의 말에 롭이 잠에서 깨어난다. 지금 큰 실수를 저지르고 있는 것일까?

"그건 말 안 할래." 케이트는 계속 말을 잇는다. "별로 중요한 문제가 아니니까. 나는 그저 깜짝 선물을 준비할 생각이었어." 제이크가 해준 이야기를 꼼꼼하게 되짚는다. 최대한 제이크의 이야기에 말을 맞춰야 한다. "이제 곧 당신 서른 번째 생일이잖아."

"내 나이를 떠올리는 일, 별로 안 좋아하는 거 알잖아. 깜짝 선물 같은 것도 별로고."

"그래서 지금 당신한테 털어놓는 거야." 케이트는 거짓말을 한다. "그리고 오늘밤엔 내 깜짝 선물을 좋아했으면서."

"그건 달라." 롭의 목소리가 다시 느려지고 있다. 시간이 얼마 없다.

"그 당신 친구가 태국에서 무슨 일이 있었는지 얘기해줬어." 케이트가 말을 꺼낸다. "해변에서 말이야." 긴장하고 있다는 걸 숨기려 해보지만 여전히 목소리가 떨리고 있다. "당신이 그 일에 대해 얘기하고 싶어하지 않는 건 알아." 케이트는 애써 말을 잇는다. "그저 당신이 알고 있었으면 좋겠어. … 내가 그 일을 알고 있다는 걸 말이야. 그리고 내가 당신을 이해한다는 것도. 정말 무서운 일이었을 거야."

롭이 입을 열기까지 시간이 걸린다. "전부 다 과거의 일이야." 롭이 말한다. "그리고 당신 말이 맞아. 나는 그 일에 대해서 얘기하고 싶지 않아."

여기에서 그만 이야기를 멈추어야 할 테지만 케이트는 도저히 자신을 억누를 수가 없다.

"왜?" 케이트가 묻는다. "그가 다시 돌아올까봐 걱정돼서 그래?"

침묵이 흐른다. 다시 롭이 입을 열었을 때는 그 목소리가 너무도 조용해서 무슨 말을 하는지 제대로 알아들을 수 없을 정도이다.

"매일 아침마다 나는 겁에 질려 잠에서 깨어나. 혹시 그가 나를 찾 아냈을지 두려워하면서."

그 자리에 누운 채 그대로 얼어붙는다. 혹시 롭이 케이트의 심장 소 리를 들을 수 있을까? 문득 심장이 뛰는 소리가 너무나 크게 들린다.

"그러니까 더더욱 그 일에 대해 서로 이야기를 해야 하지 않을까?"

케이트는 눈을 뜨고 간신히 입을 연다. 롭이 마침내 마음을 터놓기 시작했다는 사실에 안도감이 밀려온다. "이런 일은 서로 얘기를 해야 지."

하지만 안도감은 그리 오래 가지 않는다.

"내가 가장 두려운 게 뭔지 알아?" 롭이 계속 말을 잇는다. "어쩌면 그가 나보다 내 역할을 더 잘 할지도 모른다는 거야."

"그게 무슨 말이야?" 케이트는 입술이 바짝 마르는 것을 느끼며 속 삭이듯 말한다. "당신은 정말로 잘하고 있어. 당신이 이루어 낸 이 모 든 일을 생각해봐. 당신 말고 또 누가 이렇게 할 수 있겠어."

더 오랜 침묵이 흐른다. 오직 롭의 느릿한 숨소리만 들려올 뿐이다.

그 후로도 오랫동안 케이트는 자리에 누운 채 잠들지 못하고 롭이 한 말들을 되짚어 생각한다. 어떻게 다른 누군가가 롭보다 롭 역할을 더 잘 할 수 있단 말인가? 콘월 집에 있는 로제티의 그림, 선반에 가 득 꽂혀 있던 책들이 떠오른다. 그 중에는 드 모리에의 책도 있었다. 케이트를 당혹스럽게 했던, TV에서 유창하게 프랑스어를 하던 롭의 모습도 떠오른다.

이제 막 잠에 빠져들려는 참에 집의 전기가 다시 들어오면서 환한 불빛이 방 안을 가득 채운다.

케이트는 갑자기 밝아진 전등 아래에서 눈을 깜빡거린다. 롭은 케이트의 옆에서 몸을 돌린 채 깊이 잠들어 있다. 침대에서 몸을 굴려 일어난 다음 스카프를 완전히 벗어버리고 전등 스위치를 향해 걸어간다. 정전이 되었을 때 침실 불이 켜져 있던 것이 틀림없다. 하지만 불을 끄려고 들어올린 손을 잠시 멈칫한다. 그리고 롭이 잠든 침대 옆으로 살금살금 다가가 롭의 오른쪽 옆에 서서는 눈을 감는다. 점점 심하게 올라오는 구역질을 애써 삼킨다. 하나, 둘, 셋. 그 다음 눈을 뜨고 롭을 내려다보는 순간 짧게 숨을 들이킨다. 이번에는 순수한 두려움 때문이다.

이 사람이 정말 롭일까? 지금 용기를 내어 이 문제를 완전히 해결해 버려야 한다. 피어오르는 현기증을 참으며 잠들어 있는 롭의 옆에 간신히 무릎을 꿇고 앉는다. 가장 먼저 다리부터 살핀다. 머리 두피가 따끔거리기 시작한다. 롭은 그 매끄럽고 납작한 배 아래로 다리를 구부려 넣은 채 잠들어 있다. 그 다음 롭의 가슴과 뼈가 불거진 어깨, 그 긴 팔을 찬찬히 살핀다. 롭의 손을 양손으로 잡고는 섬세하고 깔끔한 손가락을 하나씩 만져보고 부드럽게 어루만진다. 롭은 지속적이고 규칙적인 숨소리를 내며 잠들어 있다. 그 다음 용기를 끌어모아 자신이 입을 맞추었던 도톰한 입술을 쳐다본다. 미동도 없는 눈꺼풀의 곡선과 움푹 들어간 볼을 쳐다본다. 초인식자로 훈련받은 대로 얼굴 전체를 한꺼번에 파악하려 하기보다는 이목구비 하나하나를 각각 주의 깊게 살핀다. 손을 뻗어 그 머리칼을 어루만진다. 이 사람이 정말 자신이 사랑하는 남자가 맞을까? 롭이 살짝 몸을 뒤척인다. 쿵쿵 뛰고 있는 케이트의 심장 소리를 들은 것일까? 케이트의 머릿속 생각을 듣기라도 한 걸까? 몸을 앞으로 숙이고 롭의 귓가에 입을 가까이 가져간다. *"Je sais qui tu es."* 케이트가 속삭이듯 말한다. *"Et je sais pourquoi tu es venu ici (나는 당신이 누구인지 알아. 여기 왜 왔는지도 알아).*"

그 순간 롭의 파란색 눈이 번쩍하고 떠진다. 두 사람은 그대로 서로를 빤히 마주본다. 남자의 얼굴에는 순수한 경악의 표정이 떠올라 있다. 이 사람은 롭이 아니다. 케이트는 그 자리에서 벌떡 일어나 한손으로 입을 틀어막고는 뒷걸음질치기 시작한다. 이건 다 자신의 상상에 불과하다고, 롭은 프랑스어 수업을 받았을 뿐이라고, 오늘밤 들었던 목소리는 롭의 목소리가 틀림없다고, 자신은 카그라증후군을 앓고 있다고 계속해서 스스로에게 되뇐다. 하지만 아무런 소용이 없다. 지금 방금 롭은 케이트의 오른쪽에 있었다. 어떻게 해도 그 사실을 부인할 수는 없다. 케이트는 카그라증후군에 걸린 것이 아니다. 침실 문 밖으로 나와 욕실로 뛰어 들어가자마자 변기를 붙잡고 토한다. 몇 번이고 구역질을 하며 토하는 동안 눈물이 얼굴을 타고 흘러내린다. 몸의 모든 감각들이 오늘밤 이곳에 돌아온 사람을 롭이라고 생각했다. 케이트의 가장 믿음직스러운 감각, 시각만 제외하고 말이다. 오늘밤 케이트는 자신의 눈이 모든 일을 망치지 못하도록 최선을 다해 눈을 가리고 있었다.

케이트는 정말로 이 사람이 롭이라고 믿고 싶었다. 자신이 미친 게 아니라는 걸 스스로에게 증명하고 싶었다. 하지만 지금 그 생각은 틀린 것처럼 보인다. 지금 침실에 있는 남자는 낯선 사람이다. 해묵은 의혹의 연기가 다시 돌아와 케이트의 주위를 소용돌이치며 숨통을 조인다. 침실로 돌아가 그 남자에게 해명을 요구해야 할까? 직접 대놓고 당신은 롭의 도플갱어가 아니냐고, 태국에서 온 길이 아니냐고 물어봐야 할까? 여기 롭의 인생을, 롭의 아파트를, 케이트를 빼앗으려 온 게 아니냐고 물어봐야 할까?

"케이트, 당신 괜찮아?"

등 뒤에서 롭의 목소리가 들린다. 몸을 지탱하기 위해 변기 몸체를 꽉 움켜쥔다. 어쩌면 몸이 떨리는 것을 멈추기 위해서인지도 모른다.

"괜찮아." 케이트는 여전히 그에게 등을 돌린 채 대답한다. 제발 더 이상 가까이 오지 마. "뭔가 먹은 게 좀 잘못되었나 봐." 서둘러 덧붙인다.

"이를 어쩌지? 혹시 가재 샐러드 때문은 아니었으면 좋겠다. 평소에는 정말 신선했는데."

"가재 샐러드는 아닐 거야." 케이트가 대답한다. "어쩌면 오늘밤 와인을 너무 많이 마셔서 그게 탈이 났는지도 몰라."

"뭘 좀 갖다 줄까?" 그가 묻는다.

지금 가까이 다가오려는 걸까? 하느님, 제발 저 사람을 저리 가게 해주세요. 이 상황을 더 이상 견딜 수가 없다.

"난 괜찮아. 잠깐만 여기에 좀 있을게. 혼자 있는 편이 좋겠어. 당신은 침대로 돌아가."

"정말이야?"

롭의 목소리, 롭이 걱정하는 말투이다. 나는 도대체 어떻게 되어버린 것일까? 고개를 돌려 롭의 얼굴을 확인해야 하겠지만 도무지 그럴 엄두가 나지 않는다.

"다른 침실에서 잘지도 몰라. 당신 잠을 깨우기는 싫으니까." 케이트는 간신히 대답한다.

"필요한 거 있으면 언제든 말해줘." 그는 다정한 목소리로 말한다.

그 남자가 침실로 돌아가는 발소리에 귀를 기울이며 눈을 감는다.

77장

제이크

"그 남자를 믿어?" 제이크는 런던으로 달려가는 자동차 안에서 벡스에게 묻는다.

"누구, 롭?" 벡스가 고속도로에서 홀로 달리고 있는 화물차를 추월하기 위해 차선을 바꾸며 되묻는다.

자리에서 고쳐 앉으며 고개를 끄덕인다. 기분 탓인지 차 안이 아까보다 한층 덥게 느껴진다.

"롭은 케이트한테 정말 지극정성을 다했어." 벡스가 말한다. "내가 아는 롭은 말이야. 진짜 롭."

"그래서 그 남자를 믿어?" 제이크가 재차 묻는다.

"그럼, 믿지." 벡스가 제이크를 흘끗 쳐다본다. 도대체 무슨 생각으로 그런 걸 묻는지 궁금해하는 표정이다. "케이트도 마찬가지야."

제이크는 고개를 돌려 창문 밖을 쳐다본다. 갓길에는 불을 깜빡이는 원뿔형 위험 표지물이 일렬로 늘어서 있고 그 안쪽에서는 빛을 반사하는 안전 작업복을 입은 일꾼들이 도로 공사를 하고 있다. 케이트와 함께 살던 무렵 막바지에 이르러서는 해가 진 후부터 해가 뜰 때까지 글을 썼다. 선천적으로 밤잠이 없는 사람이어서 그랬던 것은 아니다. 케이트가 두 사람의 침대에서 잠을 자고 있었기 때문이다. 케이트의 옆자리에 누운 채 외로움을 느끼는 일만은 도저히 견딜 수가 없었다.

"케이트는 당신도 믿었어." 벡스가 다시 입을 연다.

제이크는 마음이 불편해져서 자세를 바꿔 앉는다. 어느 시점에서는 제이크가 케이트와 헤어진 이유에 대해 벡스한테 털어놓을 수밖에 없다는 것을 알고 있었다. 그리고 지금은 그 이야기를 꺼내기에 좋은 기회처럼 보인다. 내비게이션에 따르면 쇼디치에 있는 롭의 아파트에 도착하기 전까지 족히 한 시간은 더 달려야 한다.

"믿었기 때문에 케이트는 더 힘들어 했어." 벡스가 말한다. "케이트한테 약간 경박한 데가 있다는 건 당신도, 나도 잘 알고 있잖아. 아무한테나 애교 부리고 그러는 거. 하지만 케이트는 절대 당신을 두고 바람을 피우거나 할 사람이 아니야. 백만 년이 지나도 어림없는 일이지."

"나도 알아." 제이크가 말한다. "우리 관계를 망친 건 바로 나야." 창문을 열고 싶다. 어쩌면 지금 차 안이 덥게 느껴지는 것은 부끄러운 마음에 몸이 타는 듯한 기분이 들어서인지도 모른다.

"그래서, 그 여자는 누구였어?" 벡스는 아무렇지도 않은 척 묻지만 전혀 그렇게 들리지 않는다. "케이트는 그 여자에 대해서는 한 마디도 안 하던데."

할 수만 있다면 그날 일에 대해서는 떠올리고 싶지 않다. 자랑스럽게 내세울 만한 일이 아니다. 실은 인생에서 최악의 순간 중 하나로 꼽을 수 있을 정도이다.

"케이트는 그날 일에 대해 묻지도 않았어." 제이크가 대답한다. "나도 케이트한테 아무 말도 안 했고." 잠시 주저한다. "실은 그 여자 이름도 몰라. 진짜 이름은."

"말도 안 돼." 벡스가 제이크를 보며 장난기 어린 미소를 던진다.

"나는 스윈던에서 술을 마시고 있었어." 제이크가 입을 연다. "암울했던 시기였어. 케이트하고 사이도 상당히 험악했고. 무슨 이유에서인지 모르겠지만 데이트 앱을 다운받아보려는 생각을 떠올린 거야. 전에는 그런 짓을 한다는 건 상상조차 못 해 봤는데도. 하지만 사실은 그런 생각을 할 필요가 없었던 거지. 그런데 온라인 데이트의 실정에 대한 기사를 읽고는 어쩌면 다음 책에 그런 내용을 넣을 수도 있다고 생각했어. 적어도, 나 자신한테는 그런 식으로 변명했지."

"조사라는 명목으로 못 할 일은 없으니까."

"바로 그거야. 그래서 나는 앱을 다운로드한 다음 내가 아는 가장 붐비는 장소로 향했어. 브루넬 쇼핑센터였어."

"낭만적이네."

제이크와 케이트는 쇼핑센터보다는 예전에 그레이트웨스턴레일웨이 공장이 있었던 디자이너 아울렛에서 쇼핑하기를 좋아했다. 그곳에서 제이크는 쇼핑에 싫증이 날 때면 케이트 몰래 빠져나와 증기 기관 열차를 구경했다.

"그리고 아무 조건 없이 섹스만을 원하는 사람들이 마구 연락을 해 왔어." 제이크가 말을 잇는다. "누가 알았겠어? 조용한 수면 아래 이렇게 난교가 벌어지는 현장이 있었다니."

"내 세계에 온 걸 환영해."

벡스는 자신이 데이트 앱을 쓴다는 사실을 비밀로 감춘 적이 없다.

사람들이 어떻게 데이트 앱을 이용하는지 궁금했다면 벡스한테 물어봤어야 했다. 그러기만 했다면 이 골치 아픈 문제들은 하나도 일어나지 않았을 것이다. 케이트와도 여전히 잘 만나고 있었을 것이다.

"그 중 한 여자가 좀 괜찮아 보였어. 자기는 뭐든 다 좋다고 했어. 그래서 만났는데, 다음 순간 그 여자가 대뜸 나한테 키스를 하는 거야." 제이크가 계속 말을 잇는다. "전혀 흥분되지 않았다고는 말할 수 없어. 12년 동안 케이트 말고 다른 여자와 키스를 한 게 그때가 처음이었으니까."

"그 말을 들으니 마음이 놓이네." 벡스가 말한다.

"그래서 같이 그 여자 방으로 갔는데 도저히 끝까지는 못 가겠더라. 서둘러 도망쳐 나왔어. 물론 중요한 건 그게 아니지. 이미 물은 엎질러진 뒤니까. 그 후로 그 여자하고 다시 만난 적도 없어. 하지만 케이트는 그 모습을 봤지. 우리가 만나는 모습이 CCTV에 찍히고 있었거든."

케이트가 그 일을 알게 된 경위에 대해서 제이크는 남은 평생 동안 후회하게 될 것이다. 케이트한테는 정말 충격적인 일이었을 것이다. 쇼핑센터에서 제이크가 다른 여자와 키스를 하고 있는 모습이 CCTV 카메라에 찍히고 그 영상을 케이트가 보게 될 확률은 어떻게 계산해 보아도 희박했지만 그 확률 낮은 일이 실제로 일어났다. 제이크는 그 사실을 껴안고 살아갈 수밖에 없다.

"어쩌면 그 일은 그저 그 동안의 묻혀 있던 문제를 터트리는 계기였는지도 몰라." 벡스가 말한다.

"설사 그렇다 하더라도 그런 식으로 끝나기를 바라지는 않았어."

중년의 위기에서 비롯된 한순간의 정신 나간 실수 때문에 모든 것이 망가져버렸다. 지금은 전부 과거의 일이 되어버렸지만 그렇다고 해서 케이트를 위하는 마음을, 그녀를 염려하는 마음을 단번에 잘라 버릴 수도 없는 노릇이다.

"지금 차 안이 엄청 덥지 않아? 아님 나만 그래?" 벡스가 묻는다.

"더운 거 맞아." 제이크는 자신만 그렇게 느끼는 게 아니라는 사실에 안도하며 대답한다.

차의 창문을 내리고 터치스크린에서 온도 조절 설정을 찾는다. "난방이 최대로 틀어져 있었어." 제이크는 난방 장치를 아예 완전히 꺼 버리며 말한다.

"나는 건드리지 않았는데." 벡스가 말한다.

잠시 후 차의 스피커에서 커다란 음악 소리가 울리기 시작한다. 데스 메탈 음악이다.

"그거 좀 꺼." 벡스가 아직도 터치스크린을 조작하고 있는 제이크를 보며 말한다.

"내가 튼 거 아니야. 정말이야." 제이크가 말한다.

겨우 음악을 껐다 싶었는데 다음 순간 다시 한번 음악 소리가 터져 나온다. 이번에는 귀청을 찢을 만큼 소리가 크다. 밴드의 보컬이 으르렁거리며 소리를 지르고 드럼 소리가 쉴 새 없이 몰아친다.

"차를 옆에 댈 테니까 그것 좀 어떻게 해결해봐." 벡스가 차의 속도를 줄이며 갓길로 접어든다. "이렇게 정신 사나운 소리 들으면서는 운전 못 해."

"지금 끄려고 노력하고 있어."

벡스가 안전한 정차 구역에 차를 세울 때까지 시끄러운 음악은 멈추지 않는다.

"이런 젠장, 어쩐지 좋은 일이 계속된다 했어." 제이크가 마침내 차의 스피커 장치를 완전히 꺼버리자 벡스가 말한다.

"무슨 일인데?"

벡스가 자리에 기대 앉아 고래를 절레절레 흔든다. "차가 움직이지 않아."

"그게 정말이야?"

벡스가 다시 한번 시동을 걸어보지만 터치스크린의 메시지는 분명하다. 이 차는 이제 어디로도 움직이지 않을 것이다. 두 사람은 입을 다물고 뜨거운 열기와 어둠 속에 가만히 앉아 앞만 바라본다. 벡스가 다시 한번 시동을 걸어본다. 그러자 터치스크린에서 타오르는 장작불 영상이 재생되기 시작한다.

"이게 도대체 무슨 일이야?" 제이크가 말한다.

또다시 시끄러운 데스 메탈 음악이 터져 나온다. 제이크는 문을 열어본다. 문은 열리지 않는다.

"젠장, 문이 잠겼어." 제이크는 공황 상태로 빠져들기 시작한다. "여기 안이 너무 더워."

그 순간 딸깍 소리가 나며 문의 잠금 장치가 풀린다. 제이크가 그렇게 한 것인지, 벡스인지, 다른 누군가인지 알 수 없다. 시원한 밤 공기가 자동차 안으로 흘러들어온다. 벡스와 제이크는 둘 다 영문을 알 수 없는 표정으로 서로를 마주본다.

"롭은 우리가 런던으로 차를 몰고 올라가는 게 마음에 들지 않은가 봐." 벡스가 말한다.

화
요
일

78장
사일러스

사일러스가 퍼레이드실에 도착했을 때 스트로버는 이미 출근해 있다. 사일러스는 손목시계를 내려다본다. 이제 겨우 아침 일곱 시이다. 사일러스 자신도 이곳을 나선 지 불과 여섯 시간밖에 지나지 않았다. 두 사람 모두 삶의 균형을 맞출 필요가 있다.

"벌써 한바탕 뛰고 왔다고는 말하지 말아줘." 사일러스는 스트로버의 옆자리에 앉으며 말한다.

새벽부터 가볍게 10킬로미터를 뛰고 샤워까지 하고 온 사람처럼 스트로버의 머리칼이 젖어 있다. 사일러스 자신의 건강 상태는 이보다 더 나빠질 수가 없을 지경이다. 아침에 침대 틀에 발을 걸고 윗몸 일으키기를 했더니 열다섯 번만에 현기증이 났다. 간밤에는 제이크가 한 말이 마음에 걸려 잠을 제대로 못 잤다. 롭은 왜 게이블크로스서를 찾아왔던 것일까? 그때는 그레이트웨스턴병원에서 케이트와 만나기도 전일 텐데.

447

어쩌면 어젯밤 케이트가 롭의 런던 아파트에 머문다는 사실에 대해 너무 느긋하게만 생각했는지도 모른다.

"태국에 연락을 하고 싶어서요." 스트로버가 말한다. "태국은 우리보다 여섯 시간이 빨라요."

"뭐, 흥미로운 정보라도 건졌어?" 사일러스는 스트로버에게 9년 전 마지막으로 태국에서 발포된 후 이번에 콘월에서 사용된 권총에 대해 자세하게 조사해보라고 지시했다. 그리고 태국 경찰이 가지고 있는 길모어 마틴에 대한 기록을 살펴보라고도 지시했다. 길모어 마틴은 최근 콘월에서 목격된 테슬라의 소유주로 등록되어 있는 인물이기도 하다. 우연으로 치고 넘어가기에는 너무 딱 들어맞는다. 물론 사일러스의 상관이 본다면 별로 중요하지도 않는 일일 테지만 말이다.

"길모어에 대해서 태국 경찰이 큰 도움이 될 것 같아요." 스트로버가 말한다.

좀 더 많은 정보를 끌어 모을 필요가 있다. 왕립 태국 경찰의 보고서는 실제로 정보가 상세하다고 말하기는 어려웠다.

"길모어가 파티에 난입한 뒤에 그를 심문했던 형사 중 한 사람에게 연락이 닿았어요." 스트로버가 자신의 수첩을 내려다보며 말한다. "마누 잽티안이라고 하는 경찰관이에요. 요즘에는 방켄 형사 훈련 학교라는 곳에서 형사 기술을 가르치는 일을 하고 있답니다."

그런 일을 하며 돈을 벌 수 있다니, 훌륭한 일자리이다. 사일러스도 자신이 아는 형사 기술을 가르치겠다고 자원해야 할지도 모르겠다. 태국으로 여행이라니, 마음이 끌린다.

"언제부터 출근해 있었던 거야?" 이런 사전 조사 작업이 얼마나 시간을 잡아먹는지 너무도 잘 알고 있다.

"잠이 오지 않아서요." 스트로버가 대답한다.

"그러다 쓰러진다니까." 사일러스는 스트로버가 매일 아침 사과를 하나 먹고 그걸 아침 식사라고 부른다는 사실을 잘 알고 있기 때문에 잔소리를 한다. 케이트도 너무 심하게 몰아붙이며 일을 시켰다. 스트로버도 같은 전철을 밟게 될까봐 염려스럽다.

"마누는 그 사건을 잘 기억하고 있는 모양이에요." 스트로버는 다시 한번 자신의 수첩을 확인하면서 말한다.

"길모어가 체포된 정확한 이유가 뭐였대?"

"코사무이 섬에서 열린 다른 사람의 사적인 파티에서 소란을 일으킨 혐의입니다. 섬의 북동쪽에 있는 차웽 해변에서요."

"그게 다야?" 사일러스가 묻는다.

"마약에 잔뜩 취해 있었던 모양입니다. 하지만 이게 중요해요. 길모어가 해변에서 권총을 휘두르고 있는 모습을 누군가 목격했습니다. 그래서 경찰이 신고를 받고 출동한 거죠."

사일러스가 고개를 든다.

"그게 무슨 종류의 총인지 알 수 있나?"

"마누의 말에 따르면 경찰에 체포될 당시에는 길모어는 총기를 소지하고 있지 않았답니다. 그래서 결국 그대로 풀어줄 수밖에 없었어요. 파티에 참석한 사람 누구도 진술을 하려 하지 않았거든요. 당시 길모어는 신분증도, 여권도 소지하고 있지 않았고 제대로 얘기를 나눌 수 있는 상태도 아니었습니다. 하지만 태국 경찰에서는 그가 영국인일 것이라고 추측했습니다."

"그 뒤로 그 남자는 어떻게 됐는데?" 사일러스는 다시 한번 태국 경찰에서 찍은 용의자 사진을 쳐다보며 묻는다. 머리가 바쁘게 돌아가고 있다.

"마누가 이 사건을 아직도 잘 기억하는 이유는 바로 그것 때문입니다." 스트로버가 말한다. "이틀 후 같은 해변에 머리에 총을 맞은 상처가 있는 시체 한 구가 떠밀려왔습니다. 경찰에서는 다시 길모어를 찾아 심문을 해보려 하지만 어디에서도 그를 찾을 수가 없었어요. 자취를 감추어버렸거든요."

"그래서 총알은?"

사일러스는 이미 그 답을 알고 있다.

"콘월에서 발사된 것과 같은 종류의 강선 자국이 남아 있었습니다."

하느님 맙소사. 사일러스의 상관이 알게 되면 좋아서 춤을 출 것이다.

"총에 맞아 죽은 사람은?" 사일러스가 묻는다.

"방콕에서 온 조무래기 마약상이었어요. 그래서 경찰은 크게 신경쓰지 않았답니다."

그 심정도 충분히 이해가 간다. 하지만 왕립 태국 경찰에서는 코사무이 섬의 사건에 대한 보고서에서 영국 시민으로 추정되는 길모어 마틴이 이 사건과 관련되어 있을 가능성을 언급했을 것이다. 실질적인 증거는 없었지만 국립 탄도학 정보기관에서 영국인이 관련된 사건으로 기록을 남겨두기에는 그것만으로 충분했을 것이다.

"현재 길모어의 소재에 대해 무슨 단서라도 있나?" 사일러스가 묻는다.

"내무성 기록에 따르면 지금 그 이름과 나이에 들어맞는 인물은 존재하지 않습니다." 스트로버가 휴대용 컴퓨터로 눈을 돌리며 대답한다. "다른 곳도 전부 뒤져보았지만 찾지 못했어요. 영국실종자수색국, 유로폴, 인터폴 전부요."

스트로버가 얼마나 철두철미하게 조사를 했는지에 대해서는 의심하지 않는다. 다만 이 사건에 매달려 얼마나 오랫동안 일을 해야 했는지에 대해서는 생각하고 싶지 않다.

"운전면허청은 어때?" 사일러스가 다시 묻는다. "런던의 '전교 주소'에 대해서는 뭐 나온 게 없나?"

"그 주소에 실제로 누가 살고 있는지 확인하는 중이에요." 스트로버가 대답한다. "그 주소에 다른 차량은 등록되어 있지 않습니다. 그 집은 케이맨제도에 있는 한 유령 회사가 소유하고 있는 것처럼 보입니다. 시간이 되면 직접 가서 한번 확인해보고 싶은데요."

"디지털 감식반에 있는 자네 친구한테 길모어에 대한 정보를 좀 찾아달라고 부탁해봐." 사일러스가 말한다.

"이미 한번 쭉 훑어보았어요. 소셜 미디어에 남긴 흔적 같은 건 전혀 없습니다. 하지만 한 가지 찾아낸 게 있습니다."

사일러스는 고개를 든다. 스트로버가 뭔가를 찾아냈을 때의 말투를 잘 알고 있기 때문이다.

"6개월 전에 길모어 마틴이라고 자칭하는 남자가 아일랜드 코크에서 비행기를 타고 스텐스테드 공항을 통해 영국으로 들어왔습니다. 영국 여권을 소지하고 있었어요." 스트로버가 말한다. "내무성에 그 나이의 길모어 마틴이라는 사람의 기록이 없다는 걸 생각하면 아마도 그 여권은 위조 여권일 겁니다."

사일러스도 잘 알고 있는 사실이지만 아일랜드에서 비행기를 타고 영국으로 들어오는 경우 원칙대로 여권을 자세히 확인하지 않을 때가 많다. 한편 최근 들어 진짜와 분간하기 어려운 위조 여권들이 점점 늘어가고 있다. 그리고 잘 만들어진 위조 여권은 대부분 방콕에서 흘러들어오고 있다.

"공항에서의 사진과 비행기 승객 명단을 구해보려 하고 있는데, 시간이 좀 걸릴 겁니다." 스트로버가 말한다.

"다만 경감한테는 무슨 일을 하고 있는지 보고하지는 말고." 사일러스가 말한다.

"그래도 케이트한테는 얘기를 해줘야 하지 않을까요? 우리한테 롭하고 똑같이 생긴 사람이 있는지 찾아달라고 부탁했잖아요. 케이트는 아직도 길모어 마틴에 대해 모르고 있어요."

사일러스는 이 소식이 케이트의 마음을 편하게 해줄 것이라고는 생각하지 않는다.

79장
케이트

케이트는 자신이 늦잠을 잤다는 걸 깨닫는다. 창문 밖에서 햇살이 내리쬔 덕분에 알게 된 것은 아니다. 철제 블라인드가 여전히 창문을 막고 있는 탓에 아파트 안은 어두컴컴하다. 오직 침실에서 가냘픈 불빛이 새어나오고 있을 뿐이다. 그저 느낌이 그랬다. 소파에서 일어나 앉자 간밤의 기억들이 한꺼번에 쏟아져 밀려온다. 여기 거실의 소파에서 담요를 덮고 자고 있는 이유는 어젯밤 토했기 때문이다. 또다시 롭이 도플갱어로 뒤바뀌었다는 생각이 들었기 때문이다. 아니, 생각이 든 게 아니다. 그 사실을 '알게 되었던' 것이다. 정말 그 남자가 케이트의 롭이었다면 그녀가 프랑스어로 한 말을 알아들었을 리가 없다. 그렇게 다 이해한 표정을 지었을 리가 없다. 지난 번 케이트가 프랑스어를 가르쳐 줄 때만 해도 롭은 프랑스어 단어 하나도 제대로 말하지 못했다. 케이트는 카그라증후군에 걸린 것이 아니다.

최소한 지금은 집에 전기가 들어와 있다. 소파에서 일어나 침실 쪽으로 걸어간다. 롭이 이미 아파트에서 나가고 없다는 것을 알 수 있다. 아파트 전체가 텅 빈 듯한 느낌이 든다. 아니나 다를까 침대보가 다시 덮여 있고 침대맡의 전등이 켜져 있다. 전등 아래에는 쪽지가 남겨져 있다. 케이트는 쪽지를 건드리지 않은 채 내용을 읽는다.

어젯밤 당신이 힘들어해서 유감이야. 지금은 몸이 좀 나아졌으면 좋겠다. 집에 전기는 들어오는데 블라인드는 여전히 작동이 안 되네. 오전 중에 전화할게. 오늘 아침 일찍 브르타뉴로 떠나야만 해. 당신이 어서 합류하기만을 기다리고 있을게. R. xxx

쪽지 아래에는 롭이 런던에 가져오라고 한 케이트의 여권이 놓여 있다. 브르타뉴 같은 데는 가고 싶지 않다. 어서 이 집에서 나가 월트셔로 돌아가고 싶은 마음뿐이다. 벡스네 집으로, 어딘가 마음을 놓을 수 있는 곳으로 가고 싶다. 어젯밤 있었던 일로 머리가 뒤죽박죽이 되어 뭐가 뭔지 알 수 없게 되어버렸다. 마치 아무 일도 없었다는 듯이 가벼운 말투로 쓰인 롭의 쪽지를 다시 읽어본다. 그 다음 순간 침대에 누워 있던 낯선 남자의 모습이 떠오른다. 그 순간 느꼈던 충격과 구토감이 떠오른다. 롭을 믿고 싶었기 때문에, 두 사람의 관계가 견고하다고 믿고 싶었기 때문에 열심히 노력했다. 하지만 너무 순진했다. 헛된 희망에 매달린 나머지 저녁 내내 롭의 얼굴을 마주보려하지 않았다. 케이트 자신의 가장 믿을 수 있는 감각인 시각을 외면해버렸다.

집 전화의 수화기를 들어본다. 적어도 신호음이 들린다. 제이크의 전화번호를 눌러보지만 전화는 연결되지 않는다. 벡스의 전화번호를 눌러봐도 마찬가지이다. 이쪽에서는 전화를 걸지 못하게 되어 있는 모양이다. 자신의 휴대전화를 찾아보지만 어디에서도 보이지 않는다. 그가 케이트의 휴대전화를 가져가버린 것일까?

10분 후 샤워를 하고 옷을 갈아입고 난 다음에도 불안감은 점점 깊어갈 뿐이다. 여전히 이 아파트에 갇힌 채 어디로도 갈 수 없는 처지이다. 아무리 케이트의 안전을 위해서라고 하지만 도무지 납득이 가지 않는다. 젖은 머리를 빗으려는 참에 현관문이 열리는 소리가 들린다. 온몸이 긴장으로 굳어진다. 마치 어젯밤의 일이 되풀이 되려는 것만 같다.

케이트는 살금살금 욕실에서 거실로 나와 불을 켠다. 불빛 아래 모습을 드러낸 사람은 … 에이제이이다. 그는 평소처럼 짙은 파란색 양복을 입고 서류 가방을 든 채 현관문 앞에 서 있다. 가방이 평소 들고 다니던 가방보다 조금 클 뿐이다.

"맙소사, 에이제이 당신이었어요? 정말 다행이에요." 케이트는 안도의 한숨을 내쉰다.

"죄송합니다. 알아서 문을 열고 들어가라는 말을 들었거든요." 에이제이는 케이트가 손에 쥐고 있는 빗을 쳐다보더니 정말 미안하다는 듯이 말한다.

"롭이 그러던가요?" 케이트가 묻는다.

에이제이는 고개를 끄덕이더니 주방 탁자를 향해 걸어간다. 롭이 어젯밤 케이트의 행동에 걱정이 된 나머지 에이제이에게 한번 케이트와 만나달라고 부탁한 것이 틀림없다.

"어젯밤에 전화하려 했었어요." 케이트는 에이제이가 주방 의자 옆에 가방을 내려놓는 모습을 지켜보며 말한다. 오늘은 어쩐지 에이제이의 기분이 가라앉아 보인다. 평소의 사근사근한 태도가 온데간데 없다. 무엇인가가 어긋나 있다. "통화 중이더라고요."

"미안합니다. 무슨 문제라도 있었나요?" 박사가 묻는다.

"네, 문제가 있었죠." 케이트는 어젯밤 있었던 일을 다시 떠올리지 않으려 애쓰며 대답한다. "나는 카그라증후군은 아닌 것 같아요."

"어제도 말했다고 생각하는데, 카그라증후군은 정말 보기 드문 희귀질환입니다. 케이트가 정말 카그라증후군에 걸렸다면 내가 더 놀랐을 겁니다…."

"다른 쪽에서 그를 봤거든요." 케이트는 박사의 말을 중간에 가로챈다. "그 사람이 내 왼쪽 시야가 아니라 오른쪽 시야에 있었을 때요. 그리고 그 사람은 롭이 아니었어요." 케이트는 자신의 말을 뒷받침하기 위해 고개를 이쪽저쪽으로 돌려 보인다. "만약 내가 정말 카그라라면 그 사람이 왼쪽에 있을 때만 그 사람이 롭이 아니라는 생각이 들어야 하잖아요? 그렇게 말하지 않았나요?"

에이제이는 케이트를 가만히 쳐다본다. 그 눈길에 담긴 것은 동정심일까? 한순간 어쩌면 공포심일지도 모른다는 생각이 든다.

"롭의 목소리는 어떻게 들렸습니까?" 에이제이는 케이트의 질문을 못 들은 체 넘기고는 서류 가방을 열며 묻는다. "눈을 감은 다음 그저 그의 목소리에 귀를 기울이려고 해봤나요?" 그리고 휴대용 컴퓨터와 기자용 수첩을 꺼내 탁자 위에 올려놓는다.

"목소리는 롭처럼 들렸어요." 케이트는 스카프를 떠올리며 나직한 목소리로 대답한다. 지금 생각해보니 정말 순진하기 짝이 없는 행동이었다. "하지만 결국 롭이 아니었어요. 그래서 무서워서 미칠 것만 같아요, 에이제이. 그리고 지금 이것도 롭이 할 만한 행동이 아니에요." 케이트는 블라인드를 향해 고갯짓하며 말한다. "나를 무슨 죄수라도 되는 양 여기에 가둬놓고 있잖아요."

"지금 어떤 심정일지 이해합니다." 에이제이는 그가 환자를 대할 때 쓰는 따스한 말투로 말한다. 처음 병원에 입원한 케이트를 찾아왔을 무렵에도 이런 말투로 말을 했었다.

"에이제이, 지금 무슨 일이 일어나고 있는 거죠?" 케이트는 개수대 쪽으로 걸어가며 묻는다. 샤워한 다음 머리칼을 제대로 말리지 않아 머리 모양이 엉망이다. 롭의 독신 남자용 침실에는 헤어드라이어가 없다. 케이트는 얼굴은 에이제이를 향한 채 머리를 개수대 쪽으로 기울이고는 머리칼을 빗어 내리기 시작한다.

"그게 무슨 뜻입니까?" 박사가 묻는다.

"당신한테는 현관문 열쇠가 있잖아요. 롭한테도 있고요. 하지만 이상하게도 나한테는 열쇠가 없거든요. 이거 어딘가 좀 이상하지 않은가요? 전혀 정상적인 상황이 아니잖아요." 엉킨 머리칼에 대고 짜증을 풀면서 말을 하려니 정말 미친 사람이 하는 말처럼 들린다.

"롭은 당신이 런던에 있는 걸 걱정하고 있어요." 에이제이가 말한다.

지금 머리를 너무 세게 빗어내리고 있다. "그렇대요?" 케이트는 미처 목소리에서 화를 숨기지 못한 채 묻는다. 그리고 다시 욕실로 걸어 들어가 욕실 거울에 머리 모양을 비춰본다. "에이제이, 나는 빌어먹을 서른세 살이라고요." 케이트는 거울에 비친 자신의 모습을 쳐다보며 열린 욕실 문을 통해 주방을 향해 소리를 지른다. 맙소사, 지금 이 모습은 완전히 폐인 같다. "어린애가 아니라고요."

에이제이에게 화풀이를 하고 싶은 마음은 없다. 상담을 할 때 두 사람은 보통 마음 가는 대로 편하게 이야기를 한다. 에이제이는 케이트가 몸을 회복하는 힘든 시기를 견뎌낼 수 있게 도와주고 친구가 되어 준 사람이다.

"이건 여기 왜 있는 거예요?" 다시 주방으로 돌아온 케이트는 휴대용 컴퓨터를 향해 고갯짓하며 묻는다.

"롭은 내가 최종적으로 인식 검사를 몇 가지 더 해보기를 바랍니다." 에이제이가 가까스로 일그러진 미소를 떠올리며 대답한다. "지난 주말에 했던 검사 결과가 희망적이어서요."

케이트는 절망적인 심정으로 고개를 흔든다. 지금은 너무 피곤하다. 게다가 혹시 에이제이가 이곳에 온 것은 여기에서 케이트를 빼져나가게 해주기 위해서일지 모른다고 몰래 희망을 품고 있던 참이다.

"나는 더 이상 어떤 검사도 안 받을 거예요." 케이트는 박사의 맞은편에 있는 의자에 앉으며 휴대용 컴퓨터를 흘끗 쳐다본다.

"이해합니다." 에이제이는 수첩에 무엇인가를 적으면서 대답한다. "롭은 아직도 당신이 신원을 밝혀낸 범죄자들에게 위해를 당할 위험에 처해 있다고 생각합니다." 박사가 말을 잇는다. "그래서 이 모든 게 필요한 거죠."

에이제이는 블라인드와 현관문을 향해 손짓한다. 에이제이의 시선을 따라가다 카메라를 발견한다. 카메라는 거실 안쪽까지 잘 비출 수 있는 각도로 고정되어 있다. 지금 에이제이는 케이트를 안심시키려는 걸까? 경고를 해주려는 걸까? 케이트에게 지금 자신들의 모습이 촬영되고 있다는 사실을 알려주려는 걸까? 박사는 한 손으로 휴대용 컴퓨터를 조정하여 화면이 케이트 쪽을 향하게 돌려놓는다. 박사의 다른 손은 수첩 위에 놓여 있다. 케이트는 박사가 수첩을 주의 깊게 자신의 앞으로 돌려놓는 모습을 가만히 지켜본다. 그리고 에이제이가 수첩에 적어놓은 글을 슬쩍 내려다본다.

제발 검사를 하세요. 나를 위해서이고, 당신을 위해서입니다. 그는 모든 것을 보고 모든 것을 들을 수 있습니다.

80장
사일러스

"사일러스, 어려운 일이라는 건 압니다. 케이트는 당신의 좋은 동료였을 뿐만 아니라 친구였어요. 케이트가 사고를 당한 일은 우리 모두가 유감으로 생각합니다. 그리고 초인식자팀을 해체하는 일은 결코 내가 가볍게 내린 결정이 아니었어요. 경위도 잘 알고 있겠지만요."

사일러스는 상관의 사무실에 있는 창문 밖을 내다본다. 이런 헛소리는 이제껏 한 번도 들어본 적이 없다.

"그래도 롭을 불러들여 신문을 해볼 필요가 있다고 생각합니다." 사일러스가 대답한다. "적어도 케이트가 사고를 당했던 밤에 무엇을 하고 있었는지는 물어봐야 합니다."

사일러스의 상관인 워드 경감은 사일러스보다 열 살이 어리지만 경찰서 내에서 그가 경정으로 진급할 수 있는지의 여부보다 과연 그 시기가 언제 올 것인가에 대해 이야기가 돌고 있는 인물이다. 사일러스는 항상 자신의 상관에 대해 호의적으로 생각하려고 노력해왔지만 오늘은 그 일이 참으로 어렵게 느껴진다.

"경위는 사고 현장에서 테슬라가 목격되었다고 주장하고 있지만 우리는 그 정보의 출처가 어디인지 살펴볼 필요가 있습니다." 경감이 말을 잇는다. "어떤 익명의 시골 마약상이 지금은 세상을 떠난 블루벨 술집의 바텐더에게 들은 이야기라니, 딱히 복음이라고 하기는 어렵군요. 그렇지 않습니까?"

그런 식의 표현을 들으니 워드 경감이 무슨 말을 하고 싶은지 잘 알 수 있다. 하지만 사일러스는 그 익명의 시골 마약상이 자기 아들인 코너라고 솔직하게 털어놓지 못했다. 도저히 입이 떨어지지 않았다.

"그리고 영국에서 테슬라를 운전하는 사람이 롭 한 명밖에 없는 것도 아니지 않습니까?" 경감이 한마디를 덧붙인다.

경감은 사일러스의 주장을 터무니없는 것으로 만들어버리려 하고 있다. 예전에는 사일러스에게 대학 학위가 없다는 사실이 전혀 문제가 되지 않았지만 요즘 들어서는 점점 더 걸림돌이 되어가고 있다. 사일러스의 상관이 옥스퍼드를 수석으로 졸업했기 때문만은 아니다. 요즘 경찰에 새로 들어오는 신입들은 전부 대학 졸업장을 가지고 있으며 사일러스가 그의 아버지 말마따나 "인생의 대학"에서 배운 것들에 도전하고 있다.

"하지만 롭은 병원에 입원해 있는 케이트를 찾아가 만났고 지금은 그녀의 애인이 되었습니다." 사일러스는 포기하지 않고 계속 말을 잇는다. "그 일이 설사 우연이라 하더라도 그날 밤 롭이 사고 현장에 있었는지에 대해서 조사해볼 만한 가치가 있다고 생각하지 않습니까?"

"우리는 그곳에 누가 있었는지 알 수 없습니다."

이 논쟁에서 이길 가능성은 없다. 콘월에서 발사된 권총이 태국에 있는 롭의 도플갱어인 길모어 마틴과 연관되어 있을지도 모른다는 가능성에 대해서는 아예 말도 꺼내지 않았다. 길모어 마틴이 또한 테슬라를 운전하는 모습이 목격되었다는 사실도 구태여 말하지 않았다. 이제 말을 꺼내볼 만한 것은 단 한 가지밖에 남아 있지 않다.

"나는 사고가 나기 전날 롭이 이곳을 찾아왔을지도 모른다고 생각합니다." 사일러스가 말한다.

"어디, 여기 게이블크로스 서에 말입니까?" 워드 경감은 차분한 목소리로 되묻는다. 하지만 사일러스는 상관의 말투가 아주 미묘하게 달라졌다는 사실을 알아차린다.

"롭은 경찰서 주차장에서 목격되었습니다." 사일러스가 말한다. "사고가 나기 전날에요."

이미 정확한 날짜를 확인해두었다. 2월 13일이다. 제이크는 자기가 책 이야기를 하러 찾아온 날 롭을 봤다고 말했다. 그 만남에 대해서는 사일러스 자신도 일지에 기록해두었다.

"롭이 누구를 만나러 왔는지는 알고 있습니까?" 워드 경감이 묻는다.

"모릅니다."

워드 경감은 그 말에 아무런 대꾸도 하지 않는다. 그 이상의 증거가 없으니 더 이상 말할 필요가 없다는 뜻이다. 경찰서의 방문객 명단에는 길모어나 롭의 이름이 남아 있지 않았다. 사일러스가 이미 확인해보았다. 이제 충분히 얘기했다.

"경감님, 트루로경찰의 강력범죄과에서는 수사의 실마리를 전혀 찾지 못하고 있습니다." 사일러스가 말한다. "나는 콘월에서 일어난 살인 사건이 단순히 마약 관련 사건이라고는 생각하지 않습니다. 그 사건을 내가 맡아 해결하고 싶습니다."

"그럴 거라고 생각하고 있었어요." 워드 경감이 대답한다. "그 문제는 나한테 맡겨두세요. 그곳의 책임자와 논의를 해보고 그가 뭘 원하는지 알아보겠습니다. 그리고 쓸데없이 롭을 귀찮게 하는 일이 없길 바랍니다. 롭은 스윈턴의 아주 좋은 친구라는 사실을 스스로 증명하고 있으니까 말이죠."

스윈턴의 아주 좋은 친구라고? 그게 도대체 무슨 뜻이란 말인가? 롭이 스윈턴에서 한 일이라고는 지역 병원에서 미술 전시회를 연 것뿐이다. 그 점에 대해 좀 더 물어보려 하는데 워드 경감은 마지막 질문을 던지며 사일러스의 숨통을 조인다.

"그런데 코너는 요즘 어떻게 지냅니까?" 경감이 이제 회의는 끝났다는 신호로 자리에서 일어나며 묻는다. "질이 좋지 않은 무리하고 어울려 다닌다고 들었는데요."

"잘 지냅니다. 감사합니다." 속에서 끓어오르는 고통을 간신히 삼키며 대답한다. "도움을 받고 있습니다."

"그 말을 들으니 안심이 됩니다. 그저 떠도는 소문일 뿐이려니 했거든요. 여기에서 소문이 얼마나 빨리 퍼지는지 경위도 잘 알고 있지요. 마치 들불처럼 퍼져나가죠."

개자식 같으니라고. 경감이 코너에 대해 얼마나 더 알고 있는 것일까? 한시바삐 경감에게서 한발이라도 멀어지고 싶은 마음에 쫓겨 사일러스는 상관의 사무실을 서둘러 나선다.

81장

케이트

"케이트도 알겠지만 지난 주말의 검사 결과는 정말 놀라웠어요."
에이제이는 주방 탁자 맞은편에 앉은 케이트의 얼굴을 쳐다보며 말
한다. 마치 카메라를 의식하고 연기를 하는 것처럼 태도가 부자연스
럽다. "사고가 일어나기 전의 능력을 거의 되찾은 것처럼 보입니다."

케이트는 지금 방금 에이제이가 수첩에 적어 준 말에 대해 너무 깊
이 생각하지 않으려 애쓰는 중이다. 에이제이는 평소처럼 아무렇지도
않게 행동하려 하고 있다. 케이트도 그에 장단을 맞추어야만 한다.

그는 모든 것을 보고 모든 것을 들을 수 있습니다.

여기 아파트의 곳곳에 마이크와 카메라가 숨겨져 있는 것이 틀림없
다. 콘월의 집에서도 마찬가지였을까? 롭은 케이트의 행동을 하나하
나 감시해왔을까? 이건 절대 케이트의 안전을 위한 조치가 아니다. 무

언가 다른 일이 벌어지고 있다.

"한 사람은 놓쳐버렸는데요." 콘월의 집에서 검사를 받을 때 보았던, 빠른 속도로 휙휙 지나가던 얼굴들을 떠올리며 대답한다. 제프는 찾아냈지만 브루시는 놓쳐버렸다.

"그건 정말 어려운 검사였습니다." 에이제이가 대답한다. "그 두 사람을 모두 찾아낸 사람은 지금까지 아무도 없었어요."

예전의 실력이라면 잡아낼 수 있었을 것이다. 그리고 지금 다시 한 번 예전의 실력을 발휘하고 싶은 기분이 든다. 에이제이는 케이트에게 10초 동안 한 사람의 사진을 보게 될 것이라고 설명한다. 그 다음 60분 분량의 실제 CCTV 영상을 보면서 인파 속에서 그 사람을 찾아내야 한다. CCTV 영상을 분석하는 일은 특히 진이 빠지는 일이었지만 케이트는 이 마지막 검사를 제대로 해 낼 작정이다. 에이제이를 위해서이기도 하지만 또한 자신을 위해서이기도 하다. 마을의 기차역에서 코너를 알아보는 데 성공한 일로 스스로도 깜짝 놀랄 만큼 전율을 느꼈다. 다시 능력을 되찾고 싶다. 하지만 이미 과거에 남겨두고 온 경찰 생활로는 돌아가지 않을 것이다. 케이트가 원하는 것은 그저 사람들의 초상을 다시 그리는 일뿐이다. 그 사람들의 진짜 모습을 꿰뚫어보는 일뿐이다.

"박사님이 내가 최근에 그린 그림을 살펴보면 혹시 도움이 되지 않을까요?" 케이트가 묻는다.

"물론입니다." 에이제이가 대답한다. "나도 꼭 보고 싶군요." 하지만 케이트는 에이제이가 그저 자신에게 장단을 맞춰주고 있다는 것쯤은 잘 알고 있다.

"그 다음에는요?" 케이트가 묻는다. "브르타뉴로 가야만 하나요?"

에이제이가 고개를 끄덕인다. 하지만 태도가 다시 한번 어색하다.

전혀 에이제이답지 않다. 그는 서류 가방을 들어 올려 휴대용 컴퓨터 옆에 놓더니 가방 안에서 동그란 고리처럼 생긴 일종의 전자장치 같은 것을 꺼낸다.

"롭은 이번 검사를 할 때 이걸 착용하길 원합니다." 에이제이는 회색빛 고무를 입힌 목걸이처럼 생긴 장치를 들어 올리며 말한다. 고무 목걸이의 표면에는 납작한 금속 단자 같은 것들이 점점이 박혀 있다. 박사는 컴퓨터 옆에 그 장치를 내려놓는다.

"이게 뭔데요?" 케이트는 롭의 회사가 개발한 또 다른 전자 운동 기구일 것이라고 생각하며 묻는다.

"가장 최신에 나온 착용 기술 기기입니다." 에이제이는 케이트와 눈을 마주치지 않으려 하며 대답한다. 짐짓 바쁜 듯이 컴퓨터 화면을 들여다보고 있다. "당신이 CCTV 영상을 분석하는 동안 몸에서 일어나는 다양한 생체 현상을 측정하는 겁니다. 경동맥으로 흐르는 혈류량 같은, 그런 종류의 반응을요."

박사는 자리에서 일어나더니 탁자를 돌아 케이트에게 다가온다.

"우선 이것을 벗어야 합니다." 에이제이는 해변에서 주운 유리돌로 만든 목걸이를 향해 고갯짓하며 말한다. "측정을 방해할 수도 있으니까요."

케이트는 턱을 들어 올려 목걸이를 풀어내고는 박사가 고무 장치를 목 주위에 채워줄 때까지 얌전히 앉아 기다린다. 그의 손은 따뜻하고 땀에 젖어 있다.

"불편하진 않으세요?" 박사가 묻는다.

박사의 말이 귀에 들어오지 않는다. 케이트는 에이제이의 컴퓨터 화면에 떠 있는, 목표 대상의 사진을 쳐다보고 있다. 화면에서 떠 있는 사진에서 카메라를 정면으로 쳐다보고 있는 사람은 롭이다. 적어도 케이트는 그 사람이 롭이라고 생각한다.

"준비가 되었나요?" 에이제이가 케이트의 시선을 확인하고 손목시계를 내려다보며 말한다. "10초입니다."

화면으로 몸을 숙이고 사진을 좀 더 자세히 들여다본다. 어떤 실마리라도 찾기 위해 사진 속 남자의 눈을 살핀다. 이제 더 이상 이 사람이 롭인지 아닌지 확신할 수가 없다.

"이 사람 롭 아니에요?" 고무 목걸이 안쪽으로 손가락으로 넣어 목걸이를 조금이라도 헐겁게 만들려고 애쓰며 묻는다. 이 장치는 너무 꽉 껴서 목이 조이는 듯하다.

"이 사람이 누구인지는 중요하지 않습니다." 에이제이가 대답한다. "당신은 그저 인파 속에서 그의 얼굴을 찾아내기만 하면 됩니다."

82장

사일러스

워드 경감과 이야기를 끝낸 사일러스는 퍼레이드실에서 휴대용 컴퓨터를 챙겨 들고 경찰서의 정문으로 향한다. 정문에 있는 안내소에서 일하는 직원들하고는 잘 아는 사이이다. 이 직원들이야말로 경찰의 최전선에서 일하고 있는 이들이다. 주정뱅이, 마약쟁이, 폭력을 휘두르는 사람들, 피해를 입은 사람들, 순찰대원이 거리에서 데려오는 사람들을 누구든지 다 상대한다.

"아직도 유명세에 시달리고 있어요?" 두 명의 안내 직원 중 '보디'를 향해 묻는다. 보디는 최근 게이블크로스 서의 일상을 찍은 TV 다큐멘터리에 출연했다. 그 직원의 본명은 아니지만 서의 모든 사람들이 그녀를 보디라고 부른다.

"이번 주에는 그레이엄 노튼 쇼에 나가고 다음 주에는 할리우드로 진출해요." 보디가 무미건조한 말투로 대답한다. "유명세가 어떤지 경위님도 잘 알잖아요."

정복 경찰 두 명이 젊은 노숙자를 데리고 안내소 앞을 지나간다. 그들이 정문 밖으로 나갈 때까지 일단 기다린다. 일이 조금만 어긋났다면 저 노숙자가 코너였을지도 모른다.

"주차장에 설치된 보안 카메라 영상을 확인하고 싶어서요." 그들이 정문을 나서는 걸 확인한 다음 사일러스가 입을 연다. "올해 2월 분량부터요."

"운이 좋으시네요." 보디가 말한다. "우리는 같이 곤도 마리에를 보고 있었거든요."

무슨 말인지 이해가 되지 않아 고개를 갸웃한다. 지금 무슨 얘기를 하고 있는 걸까?

"넷플릭스에서요." 보디는 몸을 돌려 등 뒤에 있는 벽장문을 열며 말한다. "일본의 정리 전문가인데 모르세요?"

"마리에는 양말을 수직으로 개어 정리하는 법을 가르쳐 주거든요." 다른 안내 직원인 '도일'이 말을 거든다. 이 두 사람을 누가 처음 보디와 도일이라고 부르기 시작했는지 기억하는 사람은 아무도 없다. 젊은 경찰관들은 아마 왜 그렇게 부르는지조차 알지 못할 것이다. 〈더 프로페셔널즈〉 (1977년~1983년에 방영된 영국 범죄 수사 드라마로, 보디와 도일은 드라마의 주요 등장인물이다. _옮긴이)는 이미 아주 오래 전의 이야기이다. "경위님도 언제 한번 꼭 해보세요."

사일러스는 양말을 개어놓기는커녕 맞는 짝을 찾기도 힘든 처지이다.

보디는 벽장을 뒤진 끝에 사일러스에게 작은 상자 하나를 건넨다. "여기 있어요." 그녀가 말한다. "날짜별로 깔끔하게 정리해두었어요. 지난주에 왔다면 아침나절 내내 찾아봐야 했을 거예요. 하지만 내가 해고당하는 꼴 보고 싶지 않거든 가져가면 안 돼요."

사일러스도 그 정도는 예상하고 있었다. 그래서 휴대용 컴퓨터를 챙겨 가지고 내려온 것이다.

"고마워요." 사일러스는 안내소의 옆에 붙은 작은 취조실 중 한 곳을 향해 고갯짓하며 대답한다. "나는 저기 안에 있을게요."

"오직 마음을 설레게 만드는 물건들만 남겨두세요." 사일러스가 상자를 들고 걸어가는 등 뒤에 대고 도일이 말한다.

"버리는 물건에 대해서 감사하는 마음을 가지고요." 보디도 한마디 거든다.

믿을 수 없는 기분으로 고개를 절레절레 흔들며 통풍이 잘 되지 않아 갑갑한 취조실의 문을 등 뒤에서 닫는다. 그 다음 방 안의 작은 책상에 앉아 상자 안에 들어 있는 USB 메모리 스틱들을 뒤지기 시작한다. 각각 메모리 스틱에는 촬영 연월이 쓰여 있다. 올해 2월의 메모리 스틱을 찾아 휴대용 컴퓨터에 꽂는 데는 그리 오랜 시간이 걸리지 않지만 2월 13일 9시 30분의 영상을 찾는 데는 그보다 훨씬 더 오랜 시간이 걸린다. 제이크가 그를 만나러 경찰서를 방문한 시간이다. 제이크는 한 시간 동안 얘기를 하고 밖으로 나가는 길에 롭을 목격했다고 말했다. 영상 시간을 10시 25분으로 조정한 다음 실시간으로 영상을 지켜보기 시작한다. CCTV 영상은 네 개의 화면으로 분할되어 있으며 위쪽의 두 화면은 공용 주차장을 비추고 있고 아래의 왼쪽 화면은 공용 주차장에 인접한 직원용 주차장을, 아래의 오른쪽 화면은 정문 앞을 비추고 있다.

영상의 10시 32분 부분에서 경찰서 정문에서 걸어 나가는 제이크의 건장한 체격을 발견한다. 영상에서는 카메라를 등지고 정문을 나서는 그의 뒷모습을 비추고 있다. 그 다음 컴퓨터로 고개를 숙이고 공용 주차장을 찍은 화면들을 주의 깊게 살핀다. 왼쪽 아래 화면에서 다시 모습을 나타낸 제이크는 파란색 모리스 마이너 트래블러를 향해 걸어간다. 사일러스는 케이트가 타던 그 차를 잘 기억하고 있다. 사고가 났을 때 완전히 찌그러져 망가진 채 트럭에 실려 갔었다. 제이크는 차 문을 열며 주차장 너머의 무언가를 보고 있다. 사일러스는 다른 화면으로 시선을 돌려 주의 깊게 살핀다. 그 다음 순간 발견한다. 주차장 구석, 거의 보이지 않는 끝에 테슬라 한 대가 주차되어 있다. 주차장에서 카메라가 제대로 포착하지 못하는 유일한 공간이다. 테슬라에서 걸어 나오는 남자의 모습을 보고 숨을 삼킨다. 남자는 야구 모자를 쓰고 있지만 그 얼굴을 똑똑히 알아볼 수 있다. 그 남자는 롭이다.

83장
케이트

CCTV 영상에서 그의 모습을 발견한 것은 영상을 보기 시작한 지 거의 45분 정도가 지난 후의 일이다. 롭은 마치 사람들의 시선을 피하려는 듯이 야구 모자를 눈 위로 깊이 눌러쓰고 고개를 숙이고 있다. 런던의 지하철역인 것처럼 보이는 곳의 개찰구로 다가가고 있다.

"저기, 저기에 그가 있어요." 케이트가 말한다.

에이제이는 영상을 멈춘 다음 다시 몇 초를 되감는다. 그 손이 부들부들 떨리고 있다.

롭이 개찰구로 다가가는 모습을 다시 한번 확인한다. "여기, 멈춰요." 케이트는 화면의 인물을 손가락으로 가리키며 말한다.

에이제이는 고개를 푹 숙이더니 잠시 뒤에야 고개를 들어 케이트를 마주본다. 평소라면 밝게 빛나고 있을 갈색 눈이 돌연한 슬픔으로 흐려져 있다.

"내가 틀렸나요?" 케이트는 실망해서 묻는다.

에이제이는 거의 울음을 터트릴 것 같은 얼굴을 하고 있다. "아니요, 틀리지 않았어요. 당신은 이제 준비가 되었습니다. 롭이 정말 기뻐하겠네요."

"그런데 왜 그렇게 어두운 표정을 하는 거예요?" 지난 45분 동안 집중하고 있던 끝에 이제야 온몸의 긴장이 풀리기 시작한다. '준비가 되었다'니 무슨 말일까?

침실에서 전화가 울리기 시작한다.

"정말 믿을 수 없을 만큼 놀라운 결과이기 때문입니다." 에이제이가 침실 쪽을 흘끗 쳐다보며 대답한다. "얼굴은 거의 10퍼센트, 아니 어쩌면 채 10퍼센트도 되지 않을 만큼 간신히 보일 정도입니다. 영상의 해상도도 낮고, 조명도 어둡고, 카메라 각도도 좋지 않아요. 얼굴 인식 소프트웨어였다면 절대 그를 찾아내지 못했을 겁니다."

또다시 더티샷을 찾아낸 것이다. 정말로 예전의 실력을 완전히 회복한 것이 틀림없다.

"전화를 받아보는 편이 좋을 겁니다." 에이제이가 수첩에 무엇인가를 적으며 말한다. "나는 내 물건들을 챙기고 있을게요."

에이제이의 침울한 태도를 이상하게 여기면서 침실로 가서 수화기를 들어올린다.

"기분은 어때? 좀 나아졌어?"

롭에게 걸려온 전화이다. 하지만 전혀 마음이 설레지 않는다. 콘월에서 롭의 전화를 받을 때와는 기분이 사뭇 다르다. 그때는 침대에 등을 대고 누워 케이트의 그림과 관련해 롭이 세우고 있는 계획에 대해, 런던에서 단독 전시회를 열 수 있는 가능성에 대해, 롭이 케이트를 얼마나 사랑하는지에 대해 롭이 하는 온갖 이야기에 귀를 기울였다. 지금은 더 이상 롭을 믿을 수가 없다. 지금 이 사람이 롭이라고 확신할 수가 없다.

"괜찮아." 케이트는 일부러 애매모호한 목소리로 대답한다. 잊고 있던 고무 목걸이가 다시 한번 목을 조이는 듯한 기분이 든다.

"어떻게 됐어?" 그가 묻는다. "최종 검사 결과는?"

이제 정말 롭의 목소리일까? 케이트는 이제 자기 자신조차 믿을 수가 없다.

"지금 방금 끝났어." 케이트는 그가 이미 검사 결과를 알고 있을 것이라 생각하며 대답한다. 걸쇠를 찾아 어떻게든 고무 목걸이를 풀어버리고 싶은 마음에 손가락으로 목걸이를 이리저리 만지작거린다. 이 장치의 데이터는 이미 에이제이의 휴대용 컴퓨터로 다운로드되었을 것이다.

"그를 찾아냈어?" 그가 묻는다.

그라고? 영상의 남자가 롭이 아니라는 걸까?

"롭, 이게 다 무슨 일이야. 블라인드가 아직도 내려와 있잖아."

"미안." 그가 잠시 말을 멈춘다. "간밤에 시스템에 문제가 생겼거든. 지금은 다 해결했어. 그리고 당신 말이 맞아. 블라인드는 이제 올라가 있어야 할 텐데."

"하지만 아직도 내려와 있다니까." 케이트는 다시 한번 어떻게든 고무 목걸이를 풀어내려 애를 쓰며 말한다.

그가 다시 입을 열기까지는 시간이 좀 걸린다.

"나는 아직도 누군가 당신을 해치려 한다고 생각해." 그의 목소리는 근심으로 가득 차 있다.

그의 말이 믿어지지 않는다. 에이제이가 쓴 쪽지를 읽고 난 지금은 믿을 수가 없다. 풀리지 않는 의문들이 너무나 많이 남아 있다. 왜 집 전화로 전화를 걸 수 없는가? 휴대전화는 어디로 사라져버렸단 말인가?

"누가 나를 해치려 하는데?" 케이트가 묻는다.

"예전하고 똑같아. 당신이 신원을 밝혀낸 범죄자들이지."

여전히 그의 말을 믿을 수가 없다.

"롭, 나는 혼자서도 충분히 잘 있을 수 있어." 케이트는 침실 문 너머로 에이제이를 흘끗 쳐다보며 말한다. 박사는 이미 물건들을 다 챙기고는 케이트를 기다리고 있다. "그리고 그 남자는 이미 죽었어. 콘월에서 나를 죽이려 했던 남자 말이야."

"그 남자 말고 다른 사람들도 있어." 그가 말한다.

케이트는 입을 열기 전 잠시 망설인다. 어쩌면 이 모든 일들을 너무 가볍게만 생각하고 있는지도 모른다. 어쩌면 저 밖에는 아직도 케이트를 해치고 싶어하는 범죄자들이 남아 있을지도 모른다. 그렇다면 그가 이렇게 케이트를 보호해주려 하는 마음을 고맙게 생각해야만 할 것이다. 만약 이 남자가 롭이 맞다면 말이다.

"그래서 나는 아직도 이 집 밖으로 나갈 수 없는 거야?" 케이트가 묻는다. "검사를 통과했잖아." 당신은 이제 준비가 되었습니다.

"조금만 더 참을성 있게 기다려줘."

"옥상 테라스에는 나가도 돼?" 그저 신선한 공기가 마시고 싶을 뿐이다. 그리고 어쩌면 테라스에는 건물 벽이 얼마나 높은 간에 어떻게든 바깥으로 빠져나갈 수 있는 길이 있을지도 모른다.

"지금 내 차가 아래층에서 당신을 기다리고 있어." 롭이 말한다. "어제하고 똑같은 운전사야. 당신이라면 그 사람을 알아볼 수 있을 거야." 푸틴이다. "여권이 어디 있는지 찾았을 거라고 생각해. 운전사가 당신하고 동행할 거야."

"롭, 이건 말도 안 돼. 나는 누가 나하고 동행해줄 필요가⋯."

"그 사람이 브르타뉴에 있는 집까지 당신을 데려다줄 거야." 롭이 케이트의 말을 가로챈다. "당신도 마음에 들 거야. 집에서 또 다른 집으로 향하는 여행이지. 좀 더 자세한 이야기는 그때 가서 해줄게."

"나한테 선택권이 있기나 해?" 케이트가 묻는다. "만약 내가 가고 싶지 않다면 어떻게 되는데?"

항상 브르타뉴에 가보고 싶었다. 그곳이 정말 콘월과 비슷한 곳인지 직접 확인하고 싶었다. 하지만 이런 상황에서는 절대 아니다.

"케이트, 당신 몸이 좋아져서 정말 기뻐." 그는 케이트가 마치 반항적인 십대라도 되는 듯이 케이트의 질문을 아예 무시하며 말을 잇는다. "지금 나는 당신 도움이 절실하게 필요하거든."

"내 도움이라고?" 이게 도대체 무슨 말일까? 그가 다시 입을 열기까지 시간이 좀 걸린다.

"내 생각에는 그가 여기 와 있는 것 같아." 그가 조용한 목소리로 말한다.

"누가?" 하지만 케이트는 대답을 이미 알고 있다.

"길, 태국에서 온 그 남자."

롭이 자신의 도플갱어에 대해 먼저 말을 꺼냈다는 사실에 대해, 자신의 불안감을 터놓고 이야기한다는 사실에 대해 기쁜 마음이 들어야 할 것이다. 항상 두 사람의 관계가 이렇게 진전되기만을 바라왔다. 서로 비밀을 두지 않기만을 바라왔다. 하지만 전혀 기쁘지 않다. 오히려 무섭기 짝이 없다. 케이트는 지금 자신이 누구와 이야기를 하고 있는지조차 확신할 수가 없다.

"그걸 어떻게 알아?" 케이트가 묻는다.

"오늘 아침에 지하철역에서 그의 모습이 목격되었어. 나는 그가 다음에 어디에서 나타날지 파악하고 있어야만 해. 그가 어디로 가고 있는지 알아내야만 해." 그가 잠시 말을 멈춘다. "케이트, 그는 나를 파멸시키기 위해 여기에 왔어. 내가 이룬 모든 것, 내 일, 당신과 함께 하는 새로운 인생을 전부 망가뜨리기 위해 여기 온 거야. 우리는 둘 다 위험에 처해 있어."

"그래서 지금 내가 당신을 도와야 한다는 거야?" 케이트는 방금 끝 마친 검사를 생각하고 사람 얼굴을 알아보는 자신의 능력을 떠올리며 묻는다. 지금 방금 지하철역의 영상에서 본 남자가 길이었을까? 케이트는 그 남자가 롭이 분명하다고 확신하고 있다.

"당신보다 더 뛰어난 사람은 없어." 롭이 말한다. "브르타뉴에서 당신이 오기만을 기다리고 있을게."

그가 전화를 끊는다. 케이트는 잠시 동안 수화기를 든 채 가만히 서 있다가 수화기를 내려놓는다. 잠시 롭이라는 남자에 대해 생각해 본다. 케이트가 입원한 병원 침대맡에 찾아와 예술에 대해 이야기하던 남자, 건강을 회복하도록 보살펴준 남자, 케이트가 언제나 꿈꿔왔던 사람이 될 수 있도록 도와준 남자.

여전히 탁자 옆에 서서 케이트를 기다리고 있는 에이제이에게 돌아간다. 눈앞이 빙글빙글 돌면서 토할 것 같은 기분이 든다.

"괜찮습니까?" 박사가 근심어린 시선으로 케이트를 보며 묻는다.

"물을 한 잔 마셔야겠어요." 개수대 쪽으로 걸어가 몸을 지탱한다. "당신도 브르타뉴에 가나요?" 케이트는 방금 롭이 해준 이야기를 제대로 이해하려고 애쓰며 에이제이에게 묻는다.

"나는 오늘 오전에 상담 약속이 몇 차례 더 남아 있습니다." 에이제이가 대답한다. "그리고 이곳의 문단속도 해야 합니다. 운전사가 아래층에서 당신을 기다리고 있어요."

"이걸 좀 벗겨줄 수 있나요?" 케이트가 고무 목걸이를 만지며 묻는다.

에이제이는 마치 부끄럽다는 듯이 눈을 아래로 내리깐다. "브르타뉴의 집에 도착하면 그때 롭이 풀어줄 겁니다."

"왜 지금은 안 되는데요?" 눈덩이처럼 커지는 불안감을 안고 케이트가 묻는다.

"롭이 데이터를 직접 다운로드 받고 싶어해서요." 에이제이가 말한다. "아직 개발 초기 단계인 제품이라 베타 테스트를 받고 있는 중입니다."

에이제이는 케이트가 자신의 말을 믿지 않는다는 걸 잘 알고 있는 표정으로 고개를 들어 그녀를 본다.

케이트는 천천히 고개를 젓는다. 불현듯 목의 전자 장치가 한층 더 갑갑하게 느껴진다. 이 목걸이는 무슨 꼬리표 같은 것일까? 범죄자들이 보석 시간 중에 차고 다니는 전자 발찌 같은 것일까? 위치를 추적하는 장치일까?

"롭은 잘 지냅니까?" 에이제이가 마음먹고 화제를 돌리려는 듯 묻는다.

"잘 지내요." 케이트는 여전히 한 손을 고무 목걸이에 댄 채 대답한다.

"그렇지만 목소리는 롭처럼 들렸죠?" 에이제이는 대답을 기다리며 케이트의 눈을 쳐다본다.

"그런 것 같아요."

실은 케이트도 이제 더 이상 알 수가 없다.

"프랑스에 가서 하면 좋은 운동들을 좀 적어봤습니다." 에이제이가 쪽지 한 장을 건네며 덧붙인다. 그는 현관문과 카메라에 등을 돌리고 서 있다. 케이트는 한순간 박사와 눈을 마주친 끝에 박사가 쪽지에 적은 글을 내려다본다. 한마디의 말에 밑줄이 그어져 있다.

도망쳐요.

84장

제이크

제이크는 기차의 문 옆에 서서 문이 열리기만을 기다린다. 벡스는 제이크의 등 뒤에 서 있고 주위에는 기차로 통근하는 사람들로 가득하다. 런던으로 가는 아침 기차를 타다니, 정말 오랜만이다. 오랜만에 기차를 타니 왜 기차를 타고 통근을 하지 않기로 했는지 그 이유가 기억난다. 기차는 연착된 데다 객차 안은 사람들로 발 디딜 틈도 없이 붐비고 있다. 자리에 앉을 수 있었던 것이 행운이었다.

"나, 커피가 필요해." 패딩턴역의 플랫폼에 내려서자 벡스가 말한다.

"나도 마찬가지야." 제이크가 맞장구친다.

간밤에 로열자동차클럽에서 제공하는 자동차 회수 차량의 앞자리에 끼어 앉아 벡스의 집으로 돌아온 것이 새벽 3시였다. 그리고 두 사람은 두어 시간 눈을 붙인 다음 아침 일찍 이웃집에 스트레치를 맡겨놓고는 런던으로 떠나는 첫 기차를 잡아탔다. 제이크는 멈춰버린 테슬라를 고속도로 갓길에 그냥 버려두고 걸어서 집으로 돌아오고 싶었다. 아마 두어 시간이면 집에 도착할 수 있었을 것이다. 하지만 벡스는 이제 1센티미터도 움직이려 하지 않는 그 차에 책임을 느끼고 있었다. 게다가 스트레치의 입장도 생각해주어야 했다.

롭이 원거리에서 테슬라를 움직이지 못하도록 조종한 것이 틀림없다는 확신이 들면서 더욱 걱정이 된다. 한시바삐 런던으로 올라가 케이트가 무사한지 확인해보고 싶은 마음이 한층 강해진다.

패딩턴역 광장에서 커피를 마신 다음 지하철을 타고 올드스트리트로 향한다. 런던에 오다니, 아주 오랜만의 일이다. 이제까지 그럴 만한 여유가 없었다. 통근하는 사람들로 가득한 지하철의 시끄러운 소음을 듣고 있으려니 벌써부터 윌트셔의 탁 트인 초원으로 돌아가고 싶은 마음뿐이다. 이곳에서 본 유일한 야생 동물이라고는 킹스크로스역에서 검게 변색된 지하철 통로 아래를 허둥지둥 달려가던 시궁쥐 한 마리뿐이다.

올드스트리트에서 나일스트리트까지는 걸어서 5분 정도 걸린다. 나일스트리트는 마치 하나의 거대한 공사장처럼 보인다. 거의 모든 부지들이 비계와 플라스틱 천으로 덮인 채 복원 공사 중이다. 안전모와 안전 작업복을 입은 공사 인부들이 거리 곳곳을 활보하고 여기저기에서 굴착기가 후진하고 대형 트럭이 도착하며 보행자들의 길목을 가로막는다. 테슬라의 내비게이션에서 제이크가 알아낸 우편코드는 이 거리 전체를 가리키고 있지만 벡스는 롭이 어디 사는지 찾아낼 수 있다고 장담하고 있다.

"롭이 사는 아파트가 일종의 개조한 공장 건물에 있다고 케이트가 얘기한 적이 있어." 벡스가 길 양편으로 늘어선 높다란 익명의 건물들을 올려다보며 말한다. 그 목소리에서 불안감이 짙게 묻어난다. 두 사람 모두 케이트에 대한 걱정으로 속이 까맣게 탈 지경이다.

"케이트가 전에 여기 와본 적 있어?" 제이크는 캐묻는 것처럼 보이지 않으려고 애쓰며 묻는다.

"아니." 벡스가 눈썹을 치켜 올린다. "그렇게 따로 떨어져 지내는 거 아니라고 그렇게 얘기를 했는데도. 케이트는 콘월에 푹 빠져서 도무지 올라올 생각이 없었고 롭은 일 때문에 프랑스를 오가면서 런던에 있어야 했어."

걸어온 거리를 다시 되짚어 돌아간다. 벡스는 한때 공장이었던 건물을 찾아내기 위해 주위를 열심히 살피고 있다. 그냥 케이트의 이름을 크게 부른 다음 누가 창문을 열지나 않는지 확인하고 싶은 충동이 밀려온다. 지금 마음을 짓누르는 압박감을 해소할 수 있다면 무슨 짓이든 저지르고 싶은 기분이다. 벡스의 소파에서 잠을 제대로 자지 못했다. 첫 기차를 타는 순간까지 1분 1초를 헤아리고 있었다.

"아마 이 건물인 것 같아." 벡스가 길모퉁이에 자리잡은 튼튼하게 지어진 건물 앞에 서서 말한다. 금속으로 창문을 만들던 시대에 세워진, 오래된 벽돌로 된 건물이다.

건물 정문 입구로 다가가 초인종들이 잔뜩 달린 금속판을 들여다본다. 어디에도 이름 같은 유용한 정보는 적혀 있지 않다.

"펜트하우스겠지?" 제이크는 한 발 물러나 건물의 높은 벽을 올려다보며 말한다. 작은 야자수들이 옥상 벽 너머로 삐죽이 가지를 내밀고 있다. 이곳의 집값은 아마도 몇 백만 파운드는 훌쩍 뛰어넘을 것이다.

"왜 그렇다고 생각했어?" 벡스가 묻는다.

"롭이 행복하다고 생각해?" 제이크가 되묻는다. "이렇게 돈이 많아서 말이야."

"당신도 항상 돈이 더 많았으면 하고 바라잖아." 벡스가 말한다.

"우선 건물 뒤쪽으로 돌아가 보자." 제이크가 말한다. "어쩌면 관리인들이 드나드는 뒷문이 있을지도 몰라."

두 사람은 건물 옆쪽으로 뻗은 좁다란 골목인 셰퍼디스워크를 따라 걸어가기 시작한다. 다시 한번 옥상 테라스를 올려다본다. 케이트는 런던에 산다고 하면 정원을 가꾸고 싶어할 것이다. 배에서 살 무렵에도 내내 시민 농장에서 무언가를 가꾸었다. 지금 저 위에 케이트가 있을까? 제이크는 어젯밤 정말로 심각한 문제가 있지 않았다면 케이트가 자신에게 전화했을 리가 없다고 확신하고 있다.

"여기 1층에 살면 볕은 잘 안 들겠다." 벡스는 역시 좁다란 뒷골목인 언더우드로우에 면한 건물 뒤쪽을 향해 다가가며 말한다. "지금 몇 시야?"

하지만 미처 제이크가 대답하기 전에 그의 휴대전화가 먼저 울린다. 하트 경위가 걸어온 전화이다.

"지금 케이트하고 같이 있어?" 경위가 걱정 가득한 목소리로 묻는다. 간밤에는 전혀 걱정하지 않는 것처럼 보이더니, 이상하다.

"지금 런던에 있는 롭의 아파트 바깥에 있어요." 제이크가 거리를 둘러보며 대답한다. "적어도 우리는 여기가 맞을 거라고 생각해요. 무슨 일입니까?"

휴대전화 소리를 스피커로 전환한 다음 함께 통화를 하기 위해 벡스를 부른다.

"케이트가 우리한테 이 세상 어디에 롭하고 똑같이 생긴 사람이 있지 않은지 찾아봐달라고 부탁했거든." 하트 경위가 말한다. "알잖아, 그 도플갱어라는 거. 롭은 그것 때문에 속을 끓이고 있던 모양이야. 케이트도 마찬가지고."

"그래서요?" 제이크는 면도를 하지 않은 턱을 어루만지며 경위의 말에 온 신경을 집중한다. 거리의 끝에서 대형 트럭이 후진하면서 경고음이 울려퍼진다.

"롭하고 똑같이 생긴 사람을 몇 명 찾아냈는데 말이지." 하트 경위가 계속해서 말을 잇는다. "그 중에 한 사람이 딱 들어맞아 보여서. 태국에 있던 사람인데."

제이크는 벡스와 눈을 마주친다. "혹시 그 사람 이름이 길이 아닙니까?" 제이크는 후진하는 트럭의 시끄러운 소음을 피하기 위해 트럭에 등을 돌린 채 묻는다.

하트 경위가 다시 입을 열기까지 시간이 좀 걸린다. "길모어 마틴이야. 6개월 전에 영국에 들어왔어. 그 이름은 어떻게 알고 있는 거야?"

"얘기가 길어요." 지금은 제이크가 어떻게 페이스북에서 케이트인 척 연기하며 롭의 죽은 친구인 커비와 이야기를 나누었는지에 대해 자세히 설명할 시간이 없다. 실제로 제이크가 대화한 상대가 길 자신이었을 가능성이 점점 커지고 있다. 길은 아마도 롭에게 자신이 그를 찾아가고 있다는 사실을 알려주고 싶었던 듯하다. 그리고 지금 길은 자신의 협박을 실제로 실행할 준비를 마친 채 여기 영국에 와 있다.

"길의 이름으로 등록된 테슬라 한 대가 지난 주말에 콘월을 돌아다니는 모습이 목격되었어." 하트가 말한다. "이 사실을 케이트가 알아야 한다고 생각해서 말이지. 그런데 휴대전화를 도통 받지 않아. 혹시 케이트를 만나면 내 말을 좀 전해줄 수 있을까?"

"케이트가 어디 있는지 알게 되면 그렇게 할게요." 제이크가 대답한다. "아직 롭이 어디 사는지 정확한 주소를 알아내지 못했습니다."

"우리도 롭의 주소를 알아내려고 애쓰고 있는 중이야." 하트 경위가 말한다. "롭은 모든 일에 콘월 주소를 사용하고 있는 모양이야. 회사도, 자동차도, 소득 신고 같은 것들도 전부 콘월 주소로 등록되어 있어. 그런데 롭은 도대체 뭘 그렇게 걱정했던 거야?"

"도플갱어는 죽음이 임박했다는 불길한 징조로 알려져 있어요." 제이크는 얼마나 자세히 설명해야 할지 확신하지 못한 채 입을 연다. "어떻게 보면 그림 형제 동화 같은 이야기처럼 들릴지도 모르겠지만요, 롭은 태국에서 열린 스물한 번째 생일 파티에서 자신의 도플갱어와 만났다고 생각해요. 그게 그 길이라 불리는 남자입니다. 그때 길은 언젠가 다시 롭을 찾아가서 그 인생을 파멸시키겠다고, 이루어놓은 모든 일을 망쳐놓겠다고 협박을 한 모양이에요."

"내가 다시 전화하지." 하트 경위가 전화를 끊는다.

제이크와 벡스는 이제 다시 셰퍼디스워크를 향해 되돌아가기 시작한다. 그러다 길모퉁이에서 그만 걸음을 멈추어 선다. 건물 정문 입구 앞에서 테슬라 한 대가 서서히 속도를 줄이고 있다. 그 테슬라는 건물 입구의 건너편 인도에 바퀴를 걸친 채 멈추어 선다. 뒷창문은 어둡게 칠해져 있다. 차에서는 아무도 내리지 않는다. 그 차는 어젯밤 고속도로 갓길에서 멈춰버린 롭의 차와 완전히 똑같아 보인다.

이 상황에 대해 도무지 좋은 예감이 들지 않는다. "여기에서 기다려보자." 제이크는 벡스가 앞으로 나서지 못하게 한 손을 들어올리며 말한다.

85장

사일러스

사일러스는 퍼레이드실에서 스트로버가 운전면허청의 데이터베이스에서 자동차 번호를 검색하는 모습을 지켜보고 있다. 게이블크로스 서의 주차장 CCTV에 찍힌 테슬라가 롭의 자동차로 판명될 것이라 확신하고 있다. 케이트는 롭이 테슬라를 한 대 더 구입할 생각을 하고 있었다는 이야기를 했다. 게다가 사일러스는 도플갱어 같은 이야기를 믿고 싶은 생각이 전혀 없다. 제이크가 뭐라고 했더라? 그림 형제 동화 같은 이야기처럼 들릴지도 모르겠지만요.

"뭐 좀 나온 게 있어?" 사일러스는 몸을 굽혀 스트로버의 컴퓨터 화면을 들여다보며 묻는다.

"이 번호, 어디에서 본 것 같다고 생각했어요." 스트로버는 컴퓨터 화면의 데이터 자료를 스크롤로 내리며 대답한다. "콘월에 있는 케이트의 갤러리 친구가 목격하고 적어준 자동차 번호와 같은 번호입니다. 등록된 소유주는 길모어 마틴, 주소는 N1의 '전교' 주소입니다."

"하느님 맙소사." 사일러스가 머리칼을 쓸어 넘기며 말한다. 이런 상황은 전혀 예상하지 못했다.

"시기도 딱 들어맞아요." 스트로버가 말한다. "길모어는 6개월 전에 스텐스테드 공항을 통해 영국에 들어왔습니다. 술집 CCTV 영상이 찍힌 2월 14일에서 딱 일주일 전입니다."

"이 '전교' 주소에 한번 찾아가볼 필요가 있겠어." 사일러스가 말한다. "그게 어디라고?"

"쇼디치의 나일스트리트입니다."

"쇼디치?" 사일러스는 번쩍 고개를 든다. 그리고 휴대전화를 꺼내 들고 제이크에게 전화를 건다. 제이크는 쇼디치 어딘가에서 롭이 사는 아파트를 찾고 있다는 얘기를 했다.

"롭이 어디 살고 있는지 찾았나?" 사일러스는 퍼레이드실을 두리번거리며 묻는다.

"거리 이름은 알고 있어요." 제이크가 대답한다. "나일스트리트입니다."

심장이 쿵하고 내려앉는다. 코너가 헤로인 과다 사용으로 침실 바닥에 의식을 잃고 쓰러져 있는 모습을 발견했을 때와 비슷한 심정이다. 롭이 자신이 소유한 차를 자신이 살고 있는 실 거주지 주소에 등록하면서 일부러 '전교' 주소를 사용했을 리가 없다. 하지만 길모어는, 그 사람이 누구인지 모르지만, 한 걸음 앞서 있다. 그리고 사일러스를 손바닥 위에서 가지고 놀고 있다. 롭도 가지고 놀고 있다. 그렇지 않다면 왜 굳이 롭의 주소를 사용한단 말인가? 뒤를 밟히고 싶지 않다면 운전면허청에 가짜 주소나 사서함 주소를 등록하여 자신의 흔적을 지울 수도 있었을 것이다. 고의적으로, 상대를 비웃기 위해 굳이 이런 짓을 벌인 것처럼 보인다.

제이크에게 길모어가 차를 등록해놓은 나일스트리트의 정확한 주소를 알려준 다음 자리에서 일어나 창문 너머로 경찰서의 주차장을 내려다본다. 여전히 비가 내리고 있다. 사일러스는 비를 좋아한다. 비가 내리고 있을 때는 햇살이 비치고 있을 때보다 한결 마음을 가다듬고 정신을 집중할 수 있다. 상황을 제대로 직시한다. 흩어진 점들을 연결한다. 길모어 마틴은 롭과 똑같이 생긴 사람으로 불법 위조 여권을 가지고 영국으로 들어왔다. 그리고 롭이 갖고 있는 차와 똑같은 테슬라를 구입하고 즉시 그 자동차를 롭이 살고 있는 런던 주소에 등록했다. 그 다음 케이트가 사고를 당하기 전날 게이블크로스 서의 주차장에서 목격되었다. 그렇다면 케이트의 자동차 사고 현장에 있던 사람 또한 롭이 아니라 길이었을까?

"제이크는 롭이 태국에서 만났던 자신의 도플갱어와 다시 만나게 될까봐 걱정하고 있다고 했어." 사일러스는 스트로버 쪽으로 몸을 돌리고 자신이 하는 말을 제대로 이해하려고 애쓰며 말한다. "롭은 그 도플갱어가 다시 돌아와 자신의 인생을 파멸시키려 할까봐 두려워하는 모양이야. 롭은 심지어 그 남자 이름도 언급했어. 길이었지. 혹시 도플갱어가 죽음의 징조로 여겨진다는 거 알고 있었어? 파멸의 전조라나."

스트로버는 신중한 눈길로 사일러스를 쳐다본다. "보스, 지금 그런 걸 다 믿는다는 건가요?"

"그런 말은 안 했어." 사일러스가 잠시 말을 멈춘다. "하지만 일단 한번 가정해보자고. 이 길모어는 롭의 인생을 망치기 위해 영국에 왔어. 그 이유가 무엇이든 간에 말이지. 그렇다면 길은 성공한 기술 사업가인 롭을 어떻게 무너뜨리려 할까?"

"사업 쪽을 공격할까요?" 스트로버가 제안한다. "잘은 모르지만 주가가 폭락하도록 무슨 짓을 벌이지 않을까요?"

"그럴지도 모르지. 혹은 롭을 모함하려고 시도할지도 몰라."

"어떻게 말입니까?"

"제이크 말에 따르면 롭의 회사는 지나치게 과대평가된 탓에 큰 압박을 받고 있어." 사일러스는 자신이 떠올린 가설에 열중하여 말을 잇는다. "한편 제이크는 롭이 얼굴 인식 소프트웨어 사업에 뛰어들 작정일지도 모른다는 말을 했어. 우리도 잘 알고 있지만 지금 한창 뜨고 있는 사업 분야지. 사람들 말로는 200억 달러가 걸린 시장이 될 거라고 하잖아. 다들 기를 쓰고 이 시장을 차지하려고 난리겠지. 전 세계의 법 집행기관에서는 다들 제대로 작동하는 얼굴 인식 시스템을 갖추고 싶어서 안달을 내고 있으니 말이야. 어쩌면 롭은 이 기회를 자신의 회사를 살릴 구명 밧줄이라고 생각했을지도 몰라. 그러면 여기에서 가장 큰 위협이 되는 요소는 무엇일까?"

"얼굴 인식 소프트웨어가 본질적으로 쓰레기라는 사실을 제외하고 말입니까?" 스트로버가 묻는다.

"그 사실은 제외하고." 사일러스의 얼굴에서 미소가 피어난다. 스트로버는 지금 사일러스의 러다이트 운동 동지가 될 위험에 빠져 있다.

"개인 정보 보호 법률인가요?" 스트로버가 제안한다. "잘못된 알고리듬에 대한 지나친 믿음?"

"그리고?" 사일러스가 말한다. "자네도 알고 나도 아는 것 중에 얼굴 인식 소프트웨어보다 훨씬 더 뛰어난 게 뭐가 있지?"

스트로버는 대답을 하기 전에 잠시 망설인다. "사람입니다." 그녀가 대답한다. "초인식자들이요."

사일러스가 고개를 끄덕인다. "전문가들은 얼굴 인식 소프트웨어가 초인식자의 능력을 따라잡으려면 족히 10년은 걸린다고 예측하고 있어."

"그리고 지난 6개월 동안 초인식자들이 여러 명 실종되고 있고요." 스트로버가 말한다.

"길모어 마틴이 영국에 들어온 이후부터지."

스트로버가 사일러스의 얼굴을 올려다본다. "그 사람 짓이라고 생각하세요?"

"그 가능성을 고려해봐야 해."

사일러스는 자신의 초인식자팀에 무슨 일이 일어났는지 되짚어 생각한다. 가장 뛰어난 실력자인 케이트가 차 사고를 당하면서 하마터면 목숨을 잃을 뻔했다. 그 사건으로 팀의 업무 능력은 물론 사기도 크게 떨어졌다. 그로부터 한 달 후 사일러스의 상관은 팀을 해체하고 아직 가동 준비도 되지 않은 새로운 얼굴 인식 소프트웨어인 켄타우로스와의 계약을 체결했다.

"하지만 왜 하필 테슬라일까요?" 스트로버가 묻는다. "누군가를 납치하는 데 쓰기에는 너무 고급스러운 차인데요."

"길모어가 롭에게 누명을 씌우려 한다면 꼭 그렇지만도 않아. 롭은 잘 알려진 기술 분야 사업가인데다가 이미 테슬라를 한 대 소유하고 있으니까."

"게다가 전기차이기도 해요." 스트로버가 말한다. "소음이 없이 조용하죠. 그리고 테슬라에는 '컴포트 모드'도 있어요. 스로틀 반응이 부드럽게 일어나도록 해주죠." 스트로버는 〈탑기어〉로 직장을 바꾸는 일을 진지하게 고려해봐야 할 것이다. "사람의 등 뒤에 바짝 따라붙어도 전혀 눈치채지 못할 겁니다."

"노팅엄의 초인식자팀한테 연락해봐." 새삼 다급해진 목소리로 사일러스가 말한다. 길모어는 롭이 하는 일을 망치려 하고 있을지도 모르지만 사일러스는 그가 자신이 하는 일을 망치도록 내버려두지는 않을 작정이다. "그 실력이 좋은 초인식자가 실종된 날 밤의 자동차 번호판 자동 인식 기록을 뒤져보라고 해. 그리고 그 중에 길모어 마틴의 이름으로 등록된 테슬라가 있었는지 찾아보라고 해. 그 다음에는 더블린, 마드리드, 함부르크에도 연락을 해봐."

86장

제이크

제이크는 셰퍼디스워크의 모퉁이에서 벡스와 어깨를 나란히 한 채 여전히 인도 위에 주차되어 있는 테슬라의 동향을 지켜보고 있다.

"이제 무슨 일이 벌어지려나 봐." 벡스가 말한다.

테슬라의 운전석에 타고 있던 남자가 차 밖으로 내려서더니 롭이 살고 있다는 사실이 확인된 아파트 건물의 정문으로 들어간다. 안으로 들어간 남자는 잠시 후 한 여자와 함께 정문 밖으로 걸어 나온다. 케이트이다. 남자는 케이트의 팔을 잡은 채 차를 향해 걸어간다. 지금 케이트가 자기 의지로 따라가고 있는 것일까? 혹시 몸이라도 안 좋은 것일까? 남자는 이제 케이트의 팔꿈치를 꽉 움켜쥐고 있다. 그녀를 부축하는 것인지, 끌고 가려는 것인지 확실치 않다.

"케이트야." 벡스가 말한다.

"케이트!" 길모퉁이에서 제이크는 크게 소리를 지르고는 케이트를 향해 뛰어가기 시작한다.

케이트가 두 사람 쪽으로 고개를 돌린다. 그 순간 제이크는 케이트가 자기 의지에 반해 억지로 끌려가고 있다고 확신한다. 케이트의 표정에는 온통 두려움이 가득하다. 바로 다음 순간 남자는 근처를 서성거리고 있던 다른 여자의 도움을 받아 케이트를 차 뒷좌석으로 밀어 넣는다. 여자는 케이트의 뒤를 이어 차에 오른다.

"기다려." 제이크는 계속 달려가며 소리를 지른다. 벡스가 바로 뒤에서 쫓아오고 있다.

하지만 자동차는 이미 소리도 없이 속도를 내며 멀어지고 있다.

"번호판을 봐둬." 제이크는 그 자신도 번호판을 외우며 말한다. "기억했지?"

"그런 것 같아." 숨이 턱까지 차오른 벡스가 대답한다.

두 사람은 각각 외워둔 자동차 번호를 맞춰 본다. 벡스가 손등에 자동차 번호를 써 두는 동안 제이크는 휴대전화로 하트 경위에게 전화를 걸어 방금 일어난 일을 보고한다.

"케이트는 절대 자기 의지로 따라간 게 아니었어요." 제이크가 말한다.

"자동차 번호는?" 경위가 묻는다.

벡스가 손등을 들어올린다. 제이크는 경위에게 자동차 번호를 불러주는 동안에도 계속해서 두리번거리며 주위를 살핀다. 아파트 정문에서 누군가 걸어 나오고 있다. 한 손에 서류 가방을 들고 있는, 키가 크고 품위 있어 보이는 아시아계 남자이다.

"바르마 박사님?" 벡스가 자신 없는 태도로 남자를 부른다. 남자는 확실히 벡스를 알아본 듯하지만 그녀를 못 본 체하며 서둘러 발길을 돌린다.

"끊어야겠어요." 제이크는 하트 경위에게 말하고 전화를 끊는다.

"바르마 박사님 아니세요?" 벡스가 마치 정치인을 따라다니는 기자처럼 남자의 뒤를 쫓으며 다시 묻는다. "케이트한테 무슨 일이 있는 건가요? 지금 방금 차를 타고 가는 걸 봤는데, 무슨 일이 있는 것처럼 표정이 안 좋아 보였어요."

"나는 지금 다른 상담 약속 시간에 늦었습니다." 남자는 거의 달려 나갈 듯한 기세로 걸음을 옮기며 대답한다.

벡스는 아랑곳 않고 박사의 팔을 잡는다. 박사는 예상치 못한 신체적 접촉에 충격을 받은 기색을 역력히 드러내며 발을 멈춘다. 벡스에게 잡힌 자신의 팔을 내려다보고 고개를 들어 지금 막 두 사람을 따라잡은 제이크를 쳐다본다. 벡스는 케이트가 상담을 받고 있다는 신경정신과 의사에 대해, 그 의사가 얼마나 실력이 뛰어난지에 대해 이야기한 적이 있다. 이 남자가 바로 그 의사인 것이 틀림없다. 제이크는 혹시라도 박사가 도망치려 할 경우를 대비하여 그의 앞을 가로막고 선다.

"도대체 무슨 일이 일어난 거예요?" 벡스가 묻는다. "케이트한테 말이에요. 케이트는 지금 어디로 간 거예요?"

바르마 박사는 거리를 두리번거리더니 안절부절못하며 자세를 바꾼다. 일부러 연기를 한다고 해도 이보다 더 뭔가 잘못한 게 있는 사람처럼 보이지는 않을 것이다.

"지금 아파트에 롭이 있어요?" 제이크는 뒤쪽에 있는 건물을 향해 손짓하며 묻는다.

바르마 박사는 고개를 흔든다.

"그럼 어디 있는데요?" 제이크가 묻는다.

"나는 아무것도 말할 수 없습니다." 바르마 박사는 여전히 고개를 숙인 채 인도를 내려다보며 대답한다. 그 다음 고개를 들어 벡스를 쳐다본다. "당신들은 지금 여기에서 누구와 상대하고 있는지 전혀 모르고 있어요. 지금 이렇게 당신들하고 말을 섞었다는 사실을 그가 알게 된다면 그는 바로⋯."

"누구 말입니까?" 제이크가 그의 말을 가로채며 묻는다. "지금 우리가 누구와 상대하고 있는데요?"

바르마 박사가 입술을 깨문다. "나는 아무것도 말할 수 없습니다. 미안합니다. 나한테는 아이가 둘이나 있습니다. 아내도 있고요."

제이크는 이제 더 이상 참을 수가 없다. 지금 주위에 아무도 없다는 사실을 확인하자마자 바르마 박사의 양복 상의 옷깃을 움켜쥐고 그를 벽으로 세게 밀어붙인다.

"제이크!" 벡스가 이게 무슨 짓이냐는 듯이 소리를 지르지만 지금 제이크의 귀에는 아무 소리도 들리지 않는다.

"지금 당장 케이트를 어디로 데려갔는지 말해!" 제이크는 박사의 얼굴에 자신의 얼굴을 바짝 들이밀며 말한다. 제이크는 결코 폭력적인 성향의 사람이 아니지만 지난 여섯 달 동안 꾹꾹 눌러왔던 모든 일들이 지금 한꺼번에 폭발해 나오는 기분이다. 스윈던에서 낯선 여자와 함께 했던 그날의 어리석은 자신에 대한 분노, 롭에 대한 증오, 불타버린 배에 대한 슬픔이 한꺼번에 터져 나온 것이다.

"제이크." 벡스가 제이크의 팔에 손을 얹고는 강한 어조로 말한다. 하지만 제이크는 벡스를 아예 무시해버린다. 바르마 박사는 두려움이 가득한 눈길로 벡스를 쳐다보다 다시 제이크를 보더니, 또다시 벡스에게 시선을 돌린다.

"케이트가 어디로 갔는지 말해." 제이크가 멱살을 쥔 손에 힘을 주면서 되풀이한다.

"말 못합니다." 박사가 숨을 헐떡이며 말한다.

"말 해!" 제이크는 박사의 발끝이 땅에서 떨어질 만큼 박사를 높이 쳐들어 올리며 말한다. "우리는 알아야겠어."

"제이크." 벡스가 다시 간청하듯 말한다.

마침내 박사의 멱살을 놓고는 마치 지겨워진 애인을 외면하듯 밀쳐낸다. 바르마 박사는 숨을 몰아쉬면서 헝클어진 넥타이를 바로잡는다. 양복 상의의 한쪽이 찢어져 있다.

"미안합니다." 이렇게 폭력적인 행동을 저지르다니, 제이크 스스로도 큰 충격을 받는다. 지금 저지른 짓에 대한 해명을 찾기라도 하는 것처럼 거리를 이리저리 두리번거린다. "케이트가 위험에 처해 있어요." 제이크가 말한다. "우리는 케이트를 도울 방도를 찾아야 합니다."

"압니다." 바르마 박사는 거의 들리지 않을 만큼 작은 목소리로 말한다.

"알지만, 케이트를 어디로 데리고 갔는지 말해줄 수 없다는 겁니까?"

"내가 입을 열면 그들은 나를 죽일 겁니다."

두 남자는 여전히 숨을 거칠게 몰아쉬며 서로의 얼굴을 가만히 응시한다. 제이크는 침묵 속에서도 간청하는 표정을 짓고 있는 박사의 얼굴을 찬찬히 살핀다. "알겠습니다." 손을 들어 양복 상의의 찢어진 데를 정리해준 다음 박사의 어깨를 두드린다. "괜찮아요." 이제 가야할 시간이다. 여기에서 할 수 있는 일은 다 했다. 이 남자한테는 생각해야 할 아내와 아이들이 있다. 억지로 물어본 게 잘못이었다. 박사는 가정에 충실한 남자이다. 그렇게 생각하는 순간 이 남자의 직업이 기억난다.

"첫째, 해를 끼치지 말라." 제이크는 바르마 박사의 눈을 똑바로 들여다보며 말한다. "*Primum non nocere.* 그건 당신들 의사가 모두 따라야 할 히포크라테스 선서가 아닙니까?" 제이크의 아버지도 의사였다. "우리한테 케이트가 어디로 간 건지 얘기해주지 않으면 케이트는 큰 해를 당하게 될 겁니다. 정말이에요. 그걸 막을 수 있는 사람은 오직 당신밖에 없습니다."

멀리에서 사이렌이 울리는 소리가 들린다. 바르마 박사가 입을 열기까지 오랜 시간이 흐른다.

"브르타뉴입니다." 거의 속삭이는 듯한 목소리로 박사가 말한다. "롭한테는 브르타뉴에 집이 있습니다. 브레스트를 지난 곳에요."

제이크는 믿을 수 없는 기분으로 박사의 얼굴을 쳐다보다 고개를 돌려 벡스와 시선을 마주친다.

"르 콩케의 북쪽, 일리엔의 서쪽입니다." 바르마 박사가 계속 말한다. "거기에는 그 집 한 채밖에 없습니다. 곶의 튀어나온 끝자락에 자리잡고 있죠."

박사는 잠시 주저하더니 서둘러 몸을 돌려 두 사람에게서 멀어진다.

"저 사람 겁에 질려 있었어." 벡스는 박사가 모퉁이를 돌아 사라지는 모습을 지켜보며 말한다.

"케이트도 겁에 질려 있었어." 제이크는 바르마 박사를 기다리고 있을지도 모를 운명에 대해서는 깊이 생각하지 않으려 애를 쓰며 말한다. "그런데 브르타뉴에는 어떻게 가지?"

87장

사일러스

"재차 확인해봤지만 롭이 가지고 있는 차는 테슬라 한 대밖에 없어요." 스트로버가 휴대전화 화면을 들여다보며 말한다. "콘월 주소에 등록된 그 자동차입니다."

"제이크한테 전화 걸어봐." 사일러스가 말한다. 지금 두 사람은 끝없이 이어지는 듯 보이는 도로 공사 현장을 뚫고 사이렌을 울리며 서둘러 런던으로 달려가고 있는 중이다. M4를 '스마트' 고속도로로 만든다는 것은 도대체 누구 머리에서 나온 생각이었을까? 10분 전에 제이크는 완전히 흥분한 상태로 전화를 걸어서는 쇼디치에 있는 롭의 아파트 앞에서 케이트가 차에 실려 갔다고 말했다. 다행히 차 번호판을 기억해 둘 만큼 정신을 차리고 있었고 사일러스는 그 차 번호를 듣자마자 길모어 마틴의 이름으로 등록된 차라는 사실을 알아차렸다.

"뭔가 알아냈습니까?" 전화가 연결되자마자 제이크가 묻는다.

"아직은 없어." 사일러스가 대답한다. "그 차 안에 롭이 안 타고 있었다는 게 확실해?"

"네. 운전하는 남자와 다른 여자 한 명뿐이었어요." 제이크가 대답한다. "케이트의 회복을 지켜봐 주던 신경정신과 의사와 잠깐 이야기를 했습니다. 에이제이 바르마 박사라는 사람이에요. 케이트가 아파트에서 나오고 얼마 지나지 않아 이 박사라는 사람이 그 아파트에서 나왔습니다."

스트로버를 보니 박사의 이름을 수첩에 받아 적고 있다.

"그 사람 말에 따르면 케이트는 브르타뉴로 향하고 있다고 합니다." 제이크가 말을 잇는다. "롭은 요즘에 브르타뉴의 브레스트에서 이런저런 사업을 벌이고 있거든요. 그 해안가에 집이 한 채 있답니다."

제이크가 집의 위치를 설명하자 스트로버가 역시 그 정보도 받아 적는다.

"케이트가 그저 휴가를 보내러 가는 게 아니었다는 게 확실해?" 사일러스가 묻는다.

"절대 아닙니다." 제이크가 잠시 말을 멈춘다. "어젯밤 당신이 롭하고 같이 있으면 케이트가 안전할 거라고 말하지 않았습니까?"

"그랬지." 사일러스는 그 다음 말을 어떻게 꺼내야 할지 고민한다. "단지 지금 케이트하고 같이 있는 사람이 진짜 롭이 맞는지 확신할 수가 없어서 말이야."

제이크가 다시 입을 열기까지 오랜 시간이 흐른다. "그 차는 도대체 누구 이름으로 등록되어 있습니까? 케이트를 데려간 그 차 말입니다."

제이크가 이미 대답을 알고 있으리라고 생각한다. "길모어 마틴이야. 우리는 이미 자동차번호판자동인식 시스템을 통해 그 차를 찾고 있는 중이야. 그리고 지금부터는 포츠머스, 풀, 플리머스를 떠나는 모든 배의 승객을 확인해볼 작정이고. 런던 주요 공항은 물론 유로스타도 확인해 볼게. 런던에서 브레스트 브르타뉴로 가는 직항편은 하루에 한 대밖에 없는데 오늘 비행기는 아침 일곱 시에 이미 사우스엔드 공항에서 출발했어. 하지만 어쩌면 파리를 경유해서 갈지도 모르지."

차를 달리는 내내 사일러스와 스트로버는 입을 꾹 다물고 있다. 꼭 필요한 순간에만 사이렌을 울린다. 사일러스는 케이트를 태운 차가 런던 시내를 지나간다면 그 테슬라를 찾는 것은 시간문제일 뿐이라고 확신하고 있다. 런던교통공사가 저공해 규제 지역과 정체 대책 요금 부과, 교통 감시를 위해 설치한 교통용 카메라를 런던경찰청이 이용할 수 있도록 허가해준 이후부터 런던 시내에는 자동차번호판자동인식 시스템의 눈을 피할 수 있는 곳은 남아 있지 않다. 지금 가장 우선순위는 케이트의 안전을 확보하는 일이다. 그리고 롭을 찾아내는 일이다. 혹시라도 정말 길모어가 롭을 파멸시키고 그 인생을 대신 차지하려고 하고 있다면 롭 역시 위험에 처해 있을 가능성이 높다.

20분 후 휴대전화가 울린다. 노팅엄의 번호라는 것을 한눈에 알아볼 수 있다. 노팅엄에서 초인식자팀을 운영하고 있는 형사가 걸어온 전화이다. 그 형사와는 전에도 한번 얘기한 적이 있다.

"이 길모어 마틴이란 사람은 도대체 누굽니까?" 형사가 말한다.

사일러스는 운전대를 고쳐 쥔다. 자동차번호판자동인식 시스템이 노팅엄에 있었던 길모어의 차를 찾아낸 것이 틀림없다. 사일러스의 생각이 맞아 떨어진 것이다. 핵심은 단지 행동 양식을 파악하는 것이다. 그리고 지금 서서히 모습을 드러내는 행동 양식을 보니 사일러스가 예상했던 것보다 사태가 훨씬 더 심각해 보인다.

"그 차가 포착된 것이 언제입니까?" 사일러스가 묻는다.

"우리 직원이 실종되기 하루 전입니다." 형사가 대답한다.

그 직원이란 케이트와 마찬가지로 노팅엄의 초인식자팀에서 가장 뛰어난 실력을 발휘하던 팀원이다.

"그 직원은 여전히 실종된 상태입니까?"

"아무런 소식도 없습니다. 가족들은 공개 수색을 바라고 있어요. 내일 전국적으로 실종자 수색 공고를 낼 작정입니다."

"길모어 마틴의 자동차는 어디에서 포착되었습니까?" 사일러스가 묻는다.

"이번에 번호판자동인식 카메라가 새로 설치된 플레처게이트와 시내의 빅토리아스트리트에서입니다. 도대체 무슨 일이 벌어지고 있는지 얘기 좀 해주세요."

이게 다 무슨 일인지 마땅히 이야기를 해주어야 할 테지만 사일러스는 지금 제대로 설명을 할 수 있을지 도무지 자신이 없다.

"우리 팀의 초인식자가 얼마 전 차 사고를 당해 크게 다쳤습니다. 우리는 길모어가 그 사건과 연관되어 있을 가능성을 염두에 두고 수사를 하고 있습니다." 사일러스가 말한다.

"그럼 지금 길모어가 우리 직원의 실종과도 관련이 있을 거라고 생각하는 겁니까?"

"그럴 가능성도 있습니다." 사일러스가 말한다. "뭔가 새로운 사실이 밝혀지면 바로 연락하겠습니다."

"우리 쪽에서는 이 길모어란 사람에 대해 아무것도 찾아내질 못해서 말입니다. 운전면허청에 등록한 '전교' 주소 말고는 정보가 전혀 없어요."

사일러스는 스트로버 쪽을 흘끗하고 쳐다본다. 길모어가 6개월 전 위조 여권을 들고 영국으로 들어왔다는 사실을 확인해 내다니, 확실히 능력이 뛰어나다.

"그리고 이쪽에서는 '전교' 주소라고 하면 대개 구린 데가 있기 마련이거든요." 형사가 말을 잇는다. "혹시 런던에 있는 이 주소에는 가 봤습니까? 나일스트리트에 있는 주소 말입니다."

"지금 가고 있는 중입니다."

"정말 그밖에 다른 건 아무것도 말해줄 수 없는 겁니까?" 형사가 말한다. "우리 직원은 정말 좋은 사람이었단 말입니다."

"아직은 확실히 말할 수 있는 게 아무것도 없어서요. 미안합니다."

사일러스는 전화를 끊는다. 아직은 아무에게도, 심지어 자신의 상관에게도 그 어떤 말도 할 수가 없다. 좀 더 증거를 확보하기 전까지는 안 된다. 잠시 후 다시 전화가 걸려온다. 이번에는 더블린의 번호이다. 이 길모어 마틴이란 작자는 참으로 부지런하게 돌아다녔던 것이 틀림없다.

88장

케이트

테슬라가 침묵 속에서 런던 시내의 교통 체증을 뚫고 속도를 내어 달린다. 케이트의 다리가 부들부들 떨리고 있다. 이 차는 콘월에 있는 테슬라와 완전히 똑같이 생겼다. 푸틴이 룸미러를 통해 케이트의 얼굴을 쏘아본다. 저 머리의 흉터는 어쩌다 생긴 것일까? 케이트는 그만 시선을 돌리고 만다. 아직도 심장이 두근거리고 머리는 온통 혼란스럽다. 숨도 제대로 쉬지 못할 지경이다. 지금 도대체 무슨 일이 벌어지고 있는 걸까? 롭은 지금 어디에 있는 걸까? 케이트의 옆자리에 앉은 여자는 차가 아파트를 떠난 이후 단 한 차례도 입을 열지 않았다. 카라이다. 마을에서 케이트와 같은 기차를 탔던 여자, 패딩턴역에서 케이트가 차에 올라타는 모습을 길 맞은편에서 지켜보고 있던 그 여자이다. 이 모든 일들이 그저 우연일 리는 없다. 누군가 심사숙고하여 계획을 세운 것이 틀림없다. 케이트는 입술을 꾹 다물고는 애써 용기를 끌어 모은다. 목에 채워진 고무 목걸이가 그 어느 때보

501

다도 갑갑하게 느껴진다.

차는 블랙프라이어 다리를 건너 남쪽을 향해 달리고 있다. 콘월에 그냥 있을 걸 그랬다. 제이크와 함께 있을 걸 그랬다. 아까 거리에서 벡스와 함께 있는 제이크를 보았을 때 크게 소리질러 그의 이름을 부르고 싶었지만 도저히 그럴 엄두가 나지 않았다. 불과 몇 분 전에 그런 일을 당한 다음이라 용기가 완전히 꺾여버렸다. 에이제이를 남겨 둔 채 롭의 아파트를 나설 때였다. 케이트는 현관문을 나와 푸틴이 기다리고 있는 엘리베이터를 향해 걸어가고 있었다. 푸틴은 어제 패딩턴역에서 만났을 때와는 다르게 미소를 짓고 있지 않았다. 그저 열려 있던 엘리베이터 문 옆에 가만히 서서 입을 굳게 다문 채 케이트가 그 안에 올라타기만을 기다리고 있을 뿐이었다. 케이트는 아파트 현관문 쪽을 한 번 돌아보고는 다음 순간 계단을 향해 달려 나갔다. 잘못된 판단이었다.

채 몇 발짝도 도망치지 못했다. 마치 총에 맞은 듯이 목덜미를 움켜쥐고 바닥에 쓰러져버렸다. 지금껏 살면서 이런 고통을 느껴본 적이 없었다. 목이 졸리는 동시에 전기에 감전되는 느낌이었다. 케이트는 자신이 소리를 질렀는지조차 확신할 수 없었다. 목구멍이 수축되어 막혀버렸기 때문에 아마 소리조차 내지 못했을 것이다. 고통은 몇 초 동안 계속된 끝에 사라졌다. 고통이 사라진 후에도 반들반들한 타일 바닥 위에 쓰러진 채, 망연자실하여 움직일 수조차 없었다. 멍한 와중에도 푸틴이 자신에게 다가오고 있다는 것과 에이제이가 아파트 현관문 밖으로 뛰쳐나와 큰 소리로 항의하고 있다는 것을 알 수 있었다.

"너무 세잖아요!" 에이제이가 소리를 질렀다. 에이제이가 이런 식으로 말하는 모습은 한 번도 본 적이 없었다. 분노로 인해 발작을 일으킬 듯한 목소리였다. "너무 지나치게 세요!"

"내가 시키는 대로만 하면 다시는 이런 일은 없을 거야." 푸틴은 에이제이를 완전히 무시해버리고는 케이트 옆에 무릎을 구부리고 앉더니 말했다. 케이트는 여전히 충격에 휩싸여 겁에 질린 채, 몸을 둥글게 말고 멍하니 앞을 바라보는 것 말고는 아무것도 할 수 없었다. "도망치려 하거나, 누구한테 말을 하려 하거나, 어떤 식으로든 말썽을 부리면 고통은 더 심해질 거야. 훨씬 더 심해지지."

푸틴이 내밀고 있는 손바닥이 눈에 들어왔다. 케이트에게 보여주기 위해 내민 손바닥 위에는 작은 리모컨이 놓여 있었다. 리모컨 다이얼은 1에서 10까지의 숫자 중에 3에 맞춰져 있었다.

그때도 푸틴은 웃지 않았고 서더크로 향하고 있는 지금도 그의 얼굴에서는 미소 같은 것이라고는 찾아볼 수 없다. 개를 훈련시키기 위해 전기 충격을 가하는 개목걸이에 대해 읽어본 적이 있다. 그리고 지금 케이트는 착용 기술 제품으로 위장한, 인간용 전기 충격 목걸이를 하고 있다. 에이제이가 이게 그런 물건이라는 걸 알면서도, 어떤 고통을 유발하게 될지 알면서도 이 목걸이를 케이트의 목에 채웠다는 사실을 도무지 믿을 수가 없다. 마치 동물 같은 취급을 받고 있다. 에이제이도 협박을 받고 있었던 것이 틀림없다. 그렇지 않다면 왜 케이트한테 도망치라는 말을 했겠는가? 왜 그토록 큰 소리로 항의를 했겠는가?

"지금 어디로 가고 있는 거예요?" 케이트는 대답을 기대하지 않은 채 푸틴에게 묻는다. 역시 대답은 돌아오지 않는다. 고무 목걸이를 조금이라도 느슨하게 풀기 위해 당겨본다. 푸틴이 케이트를 흘끗 쳐다보더니 조수석 위에 놓인 리모컨으로 시선을 던진다.

눈을 감고 극도로 곤두선 신경을 조금이라도 가라앉히려 애를 쓴다. 제이크가 여기 있어줬으면 좋겠다. 아까 아파트 앞에 제이크가

와 있었다. 어젯밤 욕실에서 케이트가 전화를 걸었을 때 무슨 소리를 들었던 것이 틀림없다. 그것 때문에 걱정이 되어 여기까지 케이트를 찾으러 와준 것이다. 벡스도 속을 태우고 있을 것이다. 벡스라면 아마 케이트가 실려간 차의 번호를 적어두었을 것이다. 벡스는 그런 면에서 참 침착하다. 하지만 아무도 이 차를 찾아내지 못한다면 두 사람이 케이트를 위해 할 수 있는 일은 달리 없다. 운전대 왼쪽에 달린 커다란 터치스크린에는 런던 지도가 나타나 있고 그 지도에는 자동차 번호판 자동인식 카메라의 위치가 분명하게 표시되어 있다. 푸틴은 카메라에 잡히지 않기 위해 이리저리 샛길을 찾아 길을 돌아가고 있다. 이제 케이트에게 남은 유일한 희망은 교통 카메라를 달고 돌아다니는 경찰 순찰차가 이 차를 발견해주는 것뿐이다.

케이트가 끌려가고 있는 목적지가 브르타뉴라는 사실을 제이크와 벡스가 알 수 있는 방도가 없다. 그곳에서 누구를 만나게 될지도 모를 것이다. 실은 케이트 자신도 확신할 수가 없다. 고무 목걸이를 만지작거리며 롭이 케이트를 위해 만들어준 유리돌 목걸이를 떠올린다. 에이제이가 풀어버린 그 목걸이이다. 그 순간 뒤쪽에서 경찰차의 사이렌 소리가 들린다. 사이렌 소리가 이렇게 반갑게 들린 적이 없다. 몸을 돌리니 뒤쪽에서 경찰 표식이 없는 경찰차가 차를 세우라고 신호를 보내고 있는 모습이 보인다.

"내 말 잘 들어." 푸틴이 리모컨을 집어들고 뒷좌석에 앉은 카라에게 건네며 말한다. "당신은 지금 프랑스에 있는 당신 남자 친구를 만나러 가는 길이야. 이름은 언급하지 마. 나는 그의 운전사고 이 사람은 당신의 안전을 위해 따라온 사람이야." 푸틴은 지금 리모컨을 손에 쥐고 있는 카라를 향해 고갯짓을 한다. "이 사람은 나만큼 관대하지가 못해."

푸틴은 차를 길가에 세우고 시동을 끈다. 케이트는 지금이 기회라는 것을 알고 있다. 용기를 내야만 한다. 도망쳐요. 하지만 아까는 견디기 힘들 만큼 고통스러웠다. 거의 죽을 것 같은 느낌이었다. 그리고 그때 다이얼은 고작 3에 맞춰져 있었을 뿐이다. 케이트는 손의 근육을 긴장시키면서 차문을 흘끗 쳐다본다.

카라가 몸을 돌리더니 그 무표정한 눈길로 케이트를 빤히 쳐다본다. 마치 케이트의 생각을 읽기라도 한 것 같다. 눈썹 하나 까딱하지 않은 채 카라가 리모컨의 다이얼을 돌린다.

케이트는 갑작스럽게 들이닥치는 고통에 앞으로 고꾸라질 듯 몸을 숙이고 목덜미를 움켜쥔다.

"알겠어요, 알겠어요." 케이트는 좌석 아래로 미끄러져 떨어지며 거의 제정신을 차리지 못한 채 애원하듯 말한다. "제발 좀…."

카라는 케이트를 내려다보며 미소를 지은 다음 고개를 돌린다.

89장

사일러스

사일러스는 내비게이션 화면을 쳐다본다. 나일스트리트에 도착하려면 아직 80분을 더 달려야 한다. 지금 제이크가 다시 전화를 걸어 케이트를 데려간 차를 추적하는 일에 무언가 새로운 소식이 없는지 묻고 있는 참이다.

"미안하지만 아직 소식이 없어." 사일러스가 말한다. 지금쯤이면 교통경찰이 차를 발견했으리라 기대하고 있었기에 그 자신도 실망스럽기 짝이 없다. "국경통제국에서도 아무 연락이 없었어."

케이트가 끌려간 지도 벌써 한 시간 가까이 지났다. 제이크는 지금 세인트팬크라스역에서 파리로 향하는 유로스타 기차를 타려는 참이다. 제이크는 먼저 파리에 도착한 다음 오늘 안에 파리에서 브레스트로 향하는 비행기를 탈 수 있게 되기를 바라고 있다. 그 집요한 끈기에 감탄한다. 케이트는 다시 제이크를 사랑하게 될 수 있을까? 멜은 다시 사일러스를 받아줄 수 있을까? 아까 멜이 전화를 했지만 받지 않고 음성 사서함으로 넘어가도록 내버려 두었다. 스트로버가 있는 데서 관계 상담 같은 이야기는 하고 싶지 않았기 때문이다. 코너 이야기도 하고 싶지 않았다. 두 사람의 사이가 멀어지게 된 것은 실은 코너 때문이었다. 코너의 정신 질환에 대한 스트레스가 종국에는 서로 감당할 수 없을 만큼 커져버렸기 때문이었다. 코너가 팔을 걷고 나선 끝에 사일러스와 멜이 다시 함께 살 수 있게 된다면 그것 또한 어울리는 결말일 것이다.

"그의 말을 믿을 수 있겠어요?" 사일러스가 통화를 끝내자 스트로버가 묻는다.

"누구, 제이크? 아주 예전부터 알던 친구인걸." 그리고 제이크는 그동안 사일러스에게 한 번도 거짓말을 한 적이 없다. 단 한 가지, 그의 책이 얼마나 팔리지 않는지에 대해 솔직히 말하지 않았을 뿐이다.

"그저 그런 생각이 들어서요. 제이크는 운하의 초라한 배에서 케이트하고 같이 살았단 말이에요. 그리고 지금 케이트는 쇼디치에 있는 수백만 파운드짜리 아파트에서 새로운 남자하고 같이 살고 있고요. 그 남자는 콘월과 브르타뉴에 별장도 있죠. 어쩌면 제이크의 입장에서는 신 포도였을 수도 있어요. 케이트가 아파트를 나설 때 별로 내키지 않아 보였다는 것 자체가 말이에요."

"어쩌면 그럴 수도 있지."

노팅엄과 더블린에서 실종된 초인식자에 대한 전화를 받은 후로 스트로버는 모든 사실을 모든 견지에서 분석하는 일을 멈추지 않고 있다. 두 사람 모두 의욕을 불태우고 있다. 길모어 마틴의 테슬라라는 초인식자가 실종된 두 도시에서 모두 실종 사건이 일어나기 하루 전에 목격되었다. 일련의 실종 사건들은 이제 연쇄 납치 사건으로 바뀌었다. 사일러스는 초인식자들이 실종된 유럽의 다른 도시들에서도 비슷한 소식이 들려올 것이라고 확신하고 있다.

다시 휴대전화가 울린다. 런던경찰청의 SCO15, 즉 교통운영본부의 경찰관이 자동차번호판자동인식 시스템에서 사일러스가 표식을 달아둔 차를 찾아낸 후에 전화를 걸어오고 있다. 그 차를 발견하면 우선 사일러스에게 연락을 취하라는 지시를 내려 두었다.

"형사님이 찾는 차를 세워 두었습니다." 교통경찰관이 말한다. "지금 가서 운전사와 얘기를 해볼 참입니다. 세금, 보험, 차량 검사 모두 확인했습니다. 이 차에서 내가 정확하게 무엇을 알아내야 하는 겁니까?"

사일러스는 교통경찰의 말투가 마음에 들지 않는다. 사일러스 자신의 경험에 따르면 교통경찰은 오직 교통 법규 위반 차량에만 관심이 있고 형사들이 범죄자를 잡기 위해 표식을 달아둔 차들은 그냥 무시하고 넘어가고 싶어한다. 그리고 지금 당장은 케이트가 의지에 반해 브르타뉴로 끌려가고 있다는 명백한 증거가 없다. 다만 가고 싶은 마음이 없어 보였다는 제이크의 말이 있을 뿐이다. 그리고 스트로버가 지적한 대로 제이크가 케이트와 헤어진 상처를 아직 잊지 못하는 전 남자 친구라는 사실을 고려해야만 한다. 도플갱어와 실종된 초인식자들, 똑같이 생긴 테슬라, 태국의 총 같은 것은 지금 이 단계에서는 별 의미가 없다. 적어도 지금 당장 케이트가 이동하고 있는 이 상황하고는 관련이 없다.

"그 차가 도난당했다는 혐의가 있습니다." 사일러스는 곧 결단을 내리고 대답한다. 아직 증거는 없지만 실제로 도난당했다 해도 놀랍지 않다. 그리고 지금은 어떻게든 교통경찰의 관심을 끌어야만 한다. "우리는 차에 누가 타고 있는지, 지금 어디로 가고 있는지 알아낼 필요가 있습니다."

90장
케이트

서류철을 들고 차에서 내린 푸틴은 서더크의 인도 위에서 경찰관과 이야기를 나누기 시작한다. 케이트가 앉은 창문의 바로 옆쪽이다. 지나가는 차들의 소음 때문에 두 사람이 무슨 이야기를 하는지는 잘 들리지 않는다. 하지만 경찰과 함께 서류를 훑어보는 푸틴의 태도는 마냥 느긋하기만 하다. 케이트의 옆에는 카라가 여전히 리모컨을 손에 쥔 채 앉아 있다. 방금 전 카라가 준 충격으로 아직도 목덜미가 욱신거린다. 지금이 기회일까? 유리창을 세게 두드리면서 목청껏 소리를 지른다면, 카라가 다시 리모컨을 누를 겨를을 주지 않고 한바탕 소란을 피운다면, 경찰에게 자신이 납치되고 있다는 사실을 말한다면….

"꿈도 꾸지 마." 카라가 교통경찰을 향해 고갯짓하며 말한다. "저 사람도 우리하고 한패니까."

카라를 똑바로 쳐다보기가 거북해져서 뒤로 기대앉는다. 이 여자가 케이트의 생각을 읽은 것이 벌써 두 번째이다. 여자는 경찰관에 대해서도 거짓말을 하고 있는 것일까? "롭은 어디 있어요?" 케이트가 묻는다.

잠시 후 창문을 두드리는 소리가 들리더니 경찰관이 케이트에게 차에서 내리라고 손짓한다. 무심코 카라 쪽을 보니 한순간 허를 찔린 듯한 표정을 짓고 있다. 그 다음 순간 카라는 고개를 끄덕인다.

"단지 몇 가지 사항을 확인하고 있는 중입니다." 케이트가 차에서 내리자 경찰관이 말한다. "이 차와 똑같은 테슬라가 최근 도난당한 것으로 신고 되어서요."

밖으로 나와 신선한 공기를 마시고 밝은 햇살을 쬐니 기분이 한결 나아진다. 누군가 실수를 한 것일까? 무심결에 손을 들어 고무 목걸이를 만지작거린다. 제대로 숨을 쉴 수가 없다. 케이트가 지금 해야하는 일은 그저 입을 열어 경찰관에게 무슨 일이 있었는지 이야기하는 것뿐이다. 이 경찰관이 정말 이들과 한패일까? 케이트의 시선이 차 안에서 케이트를 뚫어지게 쳐다보고 있는 카라에게 향한다. 고통의 기억이 생생하게 되살아난다.

"어디로 가는지 목적지를 물어도 되겠습니까?" 경찰이 묻는다.

푸틴을 슬쩍 쳐다본 다음 다시 경찰에게 시선을 돌린다. "프랑스예요. 남자 친구가 거기 있거든요." 케이트는 푸틴의 지시를 떠올리며 가까스로 대답한다. 이름은 언급하지 마.

"우리 사장님과 직접 얘기를 해보시겠어요?" 푸틴이 끼어들어 교통경찰관에게 휴대전화를 내민다. 푸틴은 어제 패딩턴역에서 케이트를 맞아주었을 때처럼 아주 호감이 넘치는 사람으로 변모해 있다. "지금 마침 사장님한테 전화가 왔거든요."

교통경찰관은 어떻게 해야 좋을지 가늠하듯 잠시 망설이더니 다음 순간 지겹지만 어쩔 수 없다는 태도로 휴대전화를 받아 든다. 이 모든 것이 케이트를 속여넘기기 위한 한바탕의 연극일까?

"테슬라 모델 S의 소유주인 길모어 마틴입니까?" 경찰관이 몸을 구부려 번호판을 읽으면서 사무적인 목소리로 묻는다.

길모어 마틴이라니, 도대체 누구일까? 태국에서 온 길일까? 케이트는 자신이 잘못 들은 것이기를 헛되이 바라며 눈을 감는다. 롭의 말이 맞았다. 길이 여기 와 있다. 롭을 파멸시키고, 케이트를 파멸시키고, 두 사람이 함께 하는 삶을 파멸시키기 위해 여기에 와 있다. 오늘 아침 전화를 건 사람이 롭이라고만 생각했다. 하지만 어쩌면 롭이 아니었는지도 모른다. 어젯밤 침실에 불이 들어왔을 때 침대에서 자고 있던 사람은 롭이 아닌 다른 사람이었다. 카그라증후군이든 아니든 그것만은 확실하다. 그 남자가 길이었을까? 어젯밤 전혀 알지 못하는 남자와 잠자리를 함께 한 것일까? 그때 용기를 내어 그와 상대했어야 했다. 그에게 대놓고 따져 물었어야 했다. 두 사람 사이의 친밀한 행위가 다시 한번 더럽혀진 생각이 들면서 토할 것만 같다.

케이트는 경찰이 전화 너머의 상대에게 생년월일과 주소를 묻는 동안 애써 침착함을 유지하려고 노력한다. 경찰은 자신의 휴대전화로 정보를 확인하더니 잠시 전화기에 귀를 기울인다. 마음 한편에서는 당장 휴대전화를 낚아채 길의 목소리를 듣고 롭에게 무슨 짓을 했는지 따져 묻고 싶은 충동이 솟구친다. 길은 롭하고 목소리마저 똑같은 것일까?

"세 사람입니다." 경찰관은 한숨을 쉬더니 케이트 쪽을 흘끗 쳐다본다. "여자 친구 분과 자동차 보험에 이름이 올라 있는 운전사, 그리고 역시 보험에 이름이 등록되어 있는 여자 승객이 한 명 더 있습니다." 이번에는 좀 더 긴 시간이 흐른다. "감사합니다."

케이트는 그 자리에서 그대로 굳어진 채 경찰이 다시 푸틴에게 휴대전화를 건네주는 모습을 지켜본다. 내 남자 친구 이름은 롭이지 길모어가 아니라고 항의하기 위해 막 입을 열려는 순간 푸틴이 그녀의 시선을 잡아챈다. 차 안쪽에서는 카라가 창문 너머로 여전히 케이트를 뚫어지게 노려보고 있다. 손에 들고 있는 리모컨이 보인다. *이름은 언급하지 마.*

"오늘 터널을 통과할 예정입니다." 푸틴이 자못 유쾌한 어투로 경찰에게 말한다. "사장님이 프랑스에서 차를 쓰실 일이 있어서요."

"조심해서 가십시오." 경찰관은 다시 경찰차로 돌아간다.

경찰관은 차에 올라탄 후에도 바로 떠나지 않고 차의 무전을 통해 누군가와 이야기를 나누고 있다. 주위에는 온통 바빠 보이는 런던 시민들이 하루 일과를 보내면서, 휴대전화에 대고 수다를 떨고, 커피를 사 들고 사무실로 돌아가고 있다. 그들 중 누구 하나라도 붙잡고 고무 목걸이에 대해 설명하고 싶다. 하지만 그럴 수 없다는 걸 잘 알고 있다. *도망쳐요.* 지금은 때가 아니다. 앞으로 기회를 엿보아야만 한다.

91장

제이크

"차를 멈출 수 없었다니, 그게 무슨 말입니까?" 제이크는 주위를 두리번거리며 묻는다. 세인트팬크라스 국제역에서 유로스타 기차를 타기 전, 기차의 플랫폼에서 하트 경위와 스피커폰으로 통화를 하고 있다. 옆에는 벡스가 서 있다.

"교통경찰 말에 따르면 케이트는 전혀 곤경에 처한 사람처럼 보이지 않았다는군." 하트 경위가 대답한다. "차로 도버까지 간 다음 유로터널을 통과하여 브레스트로 간다고 했어. 그곳까지 도착하는 데 한 10시간 정도 남은 셈이야."

"경위님은 안 옵니까?" 제이크는 절망에 빠져 묻는다. 경찰이 차를 세웠을 때 케이트는 왜 아무 말도 하지 않았을까? 왜 소란을 피우지 않았을까?

"프랑스 경찰하고 긴밀하게 연락을 주고받을 작정이야." 하트 경위가 대답한다. "하지만 좀 더 확실한 증거를 찾아내기 전까지는 우리가 할 수 있는 일이 별로 없어."

　옆에서 벡스가 이미 체념한 듯한 표정으로 고개를 절레절레 흔들고 있다. 벡스의 등 뒤로 세인트팬크라스역의 한쪽 벽에 설치된 트레이시 에민의 LED 작품이 반짝거리며 유럽으로 메시지를 보내고 있다. "I want my time with you." 당신과 함께 하고 싶어요. 케이트는 에민의 열렬한 팬이다. 유럽의 열렬한 팬이기도 하다. 제이크는 눈을 감고 눈물을 꾹 참는다. 제이크와 벡스 모두 경찰이 케이트를 위해 더 많은 일을 해주어야 한다고 생각한다. 제이크는 지금 벡스의 도움을 받아 자신이 할 수 있는 모든 일을 하고 있는 중이다. 한편 벡스는 파리로 가는 기차표를 끊어 주고 제이크의 휴대전화에 데이터를 충전해주었을 뿐만 아니라 당장 쓸 현금까지 찾아주었다. 하지만 제이크와 함께 프랑스에 갈 수는 없다. 여권을 윌트셔의 집에 두고 왔기 때문이다. 제이크는 불타버린 배에서 여권을 구해낸 이후 지난 사흘 내내 주머니에 여권을 넣어가지고 다녔다.

　"증거가 필요하면 바르마 박사하고 얘기를 해보세요." 제이크가 말한다. "박사는 우리와 얘기했을 때 완전히 겁에 질려 있었습니다. 케이트가 어디로 가는지 알아내기 위해 … 나는 그를 설득해야 했습니다." 길거리에서 박사를 상대로 자제력을 잃어버린 일에 대해서는 별로 이야기하고 싶지 않다.

　"그리고 당신도 길모어 마틴에 대해 뭘 알고 있는지 다 털어놔야해." 하트 경위가 말한다. "태국에 있던 롭의 도플갱어 이름이 길이라는 걸 도대체 어떻게 알게 된 거야?"

　"그 길이라는 사람은 찾았습니까?" 제이크가 묻는다. 경위 말에 따르면 길은 6개월 전 위조 여권을 가지고 영국으로 들어왔다고 했다.

　"아직 못 찾았어. 하지만 케이트가 탄 차를 세웠던 교통경찰이 길하고 통화를 해봤다는군. 그 경찰 말에 따르면 케이트는 브르타뉴에 있는 길을 만나러 프랑스로 가고 있는가봐."

"맙소사. 거기서 케이트를 붙잡았어야죠." 제이크는 지금 막 공황 발작을 일으킬 것 같은 심정이다. "태국에서 길모어는 롭의 인생을 파멸시켜버리겠다고 협박했습니다. 그래서 롭이 그토록 걱정을 했던 겁니다. 그래서 케이트한테 도플갱어에 대한 두려움을 털어놓은 것 이고요. 이제 보니 길은 케이트마저 노리고 있는 모양이에요."

"우리도 할 수 있는 일은 다 해볼 작정이야." 하트가 말한다. "국경 통제국에 연락해서 모든 국경 관문에 케이트에 대한 경계 요청을 전 달해두었어. 우리가 직접 케이트와 이야기해보기 전까지 출국을 지 연시킬 생각이야. 그리고 프랑스 경찰에 협력을 요청하여 브레스트 에 있는 롭의 집을 방문해달라고 부탁할 생각이야. 하지만 만약 케이 트가 그곳에서 잘 지내고 있다면 우리가 할 수 있는 일은 없어. 지금 무슨 일이 벌어지고 있는지 증명하기 전까지는 말이야."

"내 말 좀 들어요, 케이트는 절대 잘 있지 않다니까요." 제이크가 말한다. "바르마 박사한테 얘기를 들어보세요."

92장
케이트

　푸틴이 자신이 말한 대로 터널을 통과하여 프랑스로 갈 생각이 없다는 사실을 알아차리는 데는 그리 오랜 시간이 걸리지 않는다. 푸틴은 터치스크린에 나타난 지도를 참고하여 시내 곳곳에 자리한 교통 카메라를 이리저리 피하면서 템스 강의 남쪽 강변을 따라 서쪽으로 차를 달린다. 복스홀을 지나 멀리 빙 돌아온 끝에 차는 새로 생긴 미국 대사관 옆을 지난 후 배터시에서 다시 템스 강변을 향해 방향을 틀더니 마침내 런던 헬리포트에 도착한다.

　푸틴이 차에서 내리자 카라도 그 뒤를 따라 내리더니 푸틴에게 리모컨을 건네준 다음 이번에는 운전석 쪽으로 다시 차에 올라탄다. 푸틴이 케이트가 앉아 있는 쪽의 문을 연다. 다시 한번 도망쳐야겠다는 생각뿐이다. 여기에서 탈출할 수 있는 유일한 가능성은 케이트가 리모컨에서 얼마나 빨리 멀어질 수 있는가에 달려 있다. 리모컨이 작동하는 범위가 제한되어 있을 것이 분명하다. 하지만 그 범위가 얼마나 되는지 알 방법이 없다. 게다가 그 고통은⋯.

도망쳐요.

"내가 시키는 대로만 해." 푸틴은 주위를 살핀 다음 차에서 내리라고 손짓한다. 왜 굳이 헬리포트에서 헬리콥터를 타고 영국을 떠나는 방법을 선택했을까? 여기에서도 다른 공항에서처럼 신분 확인 절차를 밟아야 할 것이다. 그리고 케이트의 이름을 대면 분명히 무슨 조치가 취해질 것이다.

"내 여권이 필요한가요?" 케이트가 묻는다.

"필요 없어."

"왜 필요 없죠?"

푸틴은 대답하지 않는다.

20분 후 케이트는 발밑에서 런던 시내가 마치 집과 길을 얼기설기 엮어놓은 조각 이불처럼 작아지는 모습을 내려다보고 있다. 조각 이불의 한복판을 구불거리며 가로지르는 템스 강이 마치 반짝이는 실처럼 보인다. 탈출할 수 있는 가능성이 점점 희박해지고 있다. 저 아래 어딘가에서 제이크와 벡스는 지금 케이트를 찾아 헤매고 있을 것이다. 제이크는 하트 경위에게 연락했을까? 런던 헬리포트에는 국경통제국 직원 같은 사람은 전혀 보이지 않았고 마지막 순간에 경찰이 개입하는 일도 없었다. 케이트가 영국을 떠났다는 사실을 누군가 알아챈다 해도 이미 너무 늦은 일이 될 것이다.

브레스트에 도착하면 무슨 일을 당하게 될지, 그곳에서 누구를 만나게 될지 겁이 나서 죽을 지경이다. 공항은 마지막 탈출의 기회를 의미했다. 인파와 사람과 경찰. 일단 브레스트에 있는 롭의 집에 도착하면 아마도 케이트 홀로 남겨지게 될 것이다. 단지 케이트와 그리고⋯.

"길모어 마틴이 누구예요?" 케이트는 푸틴이 차를 세운 교통경찰에게 말한 내용을 떠올리며 푸틴에게 묻는다.

"질문하지 마. 이름도 언급하지 말고."

케이트는 그저 롭이 무사하기만을 기도할 뿐이다.

93장

사일러스

사일러스는 홀본 북쪽의 퀸스스퀘어에 차를 주차한다. 그리고 잠시 기다린다. 어느 정도 마음을 진정시킬 필요가 있다. 여기에는 퀸스스퀘어에서 개인 병원을 열고 있는 바르마 박사를 만나러 왔다.

"보스, 커피라도 드실래요?" 스트로버가 묻는다.

"커피보다 더 강한 게 필요해."

방금 전 국경통제국 직원에게 전화를 받았다. 국경통제국은 내무성 소속의 법집행사령부로 항공, 선박, 기차를 통해 영국을 드나드는 모든 국경 관문을 감독하는 임무를 맡은 기관이다. 직원은 아까 사일러스가 국경 관문에 전달한 케이트에 대한 경계 요청에 답을 해주기 위해 전화를 걸었다. 직원의 설명에 따르면 케이트는 약 90분 전에 배터시에 있는 런던 헬리포트에서 영국을 떠났다고 했다. 이 정보는 헬리콥터 조종사가 브레스트에 도착한 다음 제출한 일반비행보고서를 통해 방금 국경통제국에 전달되었다고 했다.

"그럼 헬리포트에는 국경통제국 직원이 없었다는 겁니까?" 사일러스가 수상쩍다는 듯이 물었다.

"그곳에는 직원이 상주하고 있지 않습니다." 직원이 대답했다. "국경 보안을 강화하는 시기에만 직원이 나가 있거든요."

"그것 참 다행이군요."

그 소식은 별로 마음의 위안이 되지 못했다. 그리고 차에서 내려 스트로버와 함께 퀸스스퀘어를 가로지르는 지금까지 사일러스의 마음을 괴롭히고 있다.

"이 바르마 박사라는 사람이 무슨 말을 할지 한번 들어보자고." 사일러스가 말한다.

2분 후 사일러스는 마치 표백한 듯이 깨끗한 대기실에서 스트로버의 옆자리에 앉아 반대편 벽에 걸려 있는 인간 두뇌 그림을 멍하니 바라보고 있다. 스트로버는 〈오토 익스프레스〉지를 이리저리 넘겨보는 중이다. 처음 초인식자팀을 꾸릴 무렵 사일러스는 신경학에 관심을 갖게 되었고 그때 뇌에서 사람의 얼굴을 인식하고 처리하는 부분인 방추상회에 대한 지식도 얻었다. 그림의 측두엽 부분을 좀 더 자세히 살펴보기 시작할 무렵 진료실에서 한 남자가 걸어 나온다. 사일러스와 스트로버는 박사와 만날 약속을 잡지 않았지만 접수처의 직원은 박사가 상담 시간 사이에 두 사람을 만나줄 것이라고 말했다. 사일러스는 자리에서 일어나 남자의 옆을 지나친다. 남자는 줄곧 얼굴이 보이지 않게 고개를 돌리고 있다.

"방금 그거 눈치 챘어?" 바르마 박사의 진료실 문을 두드리며 스트로버에게 말한다.

"아무한테도 자기 모습을 보이고 싶지 않은 것 같았어요." 스트로버가 대답한다.

두 사람은 잠시 기다려 보지만 문 뒤에서는 아무런 대답도 들리지 않는다. 문득 불안감이 엄습한다. 다시 문을 두드려 본 다음 텅 비어 있는 대기실을 둘러보며 조금 더 기다린다. 박사의 다음 예약 환자는 아직 오지 않은 것처럼 보인다.

"바르마 박사님?" 얼굴을 문 가까이에 붙이고 소리 높여 부른다. 뱃속이 꽉 조이는 듯한 기분이 든다. 스트로버의 얼굴을 한번 쳐다본 다음 깊게 심호흡을 하며 문을 벌컥 연다.

"하느님 맙소사." 눈앞에 펼쳐진 장면에 사일러스는 탄식한다. "서둘러. 앞쪽으로 나갔어." 사일러스의 말이 떨어진 순간 스트로버가 몸을 돌려 달려 나간다.

널찍한 진료실 안으로 들어간다. 바르마 박사로 추정되는 한 아시아계 남자가 진료실 한쪽 끝에 놓인 커다란 책상 뒤에 쓰러져 있다. 머리 뒤쪽의 벽에는 실처럼 가는 붉은 무늬가 흩뿌려져 있다. 한순간, 그 무늬가 정신과 의사들이 환자에게 보여주는 이상한 그림 중 하나라고 생각한다. 그 다음 순간에야 그것이 바르마 박사의 이마를 뚫고 지나간 총상에서 뿜어져 나온 피라는 사실을 알아챈다. 박사는 눈을 크게 뜬 채 마치 영원히 하늘을 경외하게 된 사람처럼 천장을 올려다보고 있다.

사일러스는 커다란 창문 너머로 바깥의 상황을 확인한다. 차 한 대가 속도를 올려 달려나가고 그 뒤를 스트로버가 쫓고 있다. 스트로버는 몇 미터 정도 차의 뒤를 쫓아가다 발을 멈춘다. 사일러스는 몸을 돌려 바르마 박사에게 다가가 맥박이 멈춘 것을 확인한 다음 현장 전체의 모습을 머릿속에 담는다. 그리고 어질러진 책상 위에 흐트러져 있는 종이 뭉치들을 살펴본다.

"너무 늦었어요. 죄송합니다, 보스." 스트로버가 진료실로 돌아와

보고한다.

"접수처에서 예약자 현황을 확인해봐." 사일러스는 여전히 바르마 박사의 옆에서 움직이지 않으며 지시한다. 잠시라도 혼자 있을 시간이 필요하다. "그 살인자가 예약을 했는지 살펴봐."

스트로버가 진료실 밖으로 나간 후 사일러스는 휴대전화를 꺼내 들고 아무것도 건드리지 않고 아무것도 옮기지 않으려 노력하면서 책상 위에 널려 있던 여러 가지 문서들의 사진을 찍는다. 책상의 한쪽에는 박사의 휴대용 컴퓨터가 박사가 앉아 있던 쪽을 향해 놓여 있다. 손수건을 꺼내 조심스럽게 스페이스바를 눌러 화면을 활성화시킨다. 그리고 닫힌 진료실 문을 흘끗거리며 컴퓨터로 가까이 다가가 화면에 떠 있는 문서를 읽기 시작한다.

화면의 문서를 다 읽은 다음 바르마 박사의 이마에 총알이 들어간 상처를 살핀다. 그 상처가 콘월에서 죽은 남자와 같은 종류의 총알로 생긴 것인지 궁금하다. 박사의 뒤쪽 벽에는 대기실보다 훨씬 더 큰, 19세기에 그려진 두뇌 그림이 걸려 있다. 몸을 똑바로 세우고 총알이 뇌의 어느 부분을 관통했는지 생각하며 그림을 살핀다. 그 순간 그림의 오른쪽 측두엽을 가로질러 점점이 흩뿌려진 하얀 덩어리들이 눈에 들어온다. 재빨리 손수건을 꺼내든다. 범죄 현장에서 토하다니, 정말 오랜만의 일이다.

94장

제이크

제이크는 혹시나 자신을 미행하는 승객이 있지나 않은지 유로스타의 객차 안을 이리저리 둘러본다. 지금 하트 경위와 통화를 하고 있는 중이다. 경위는 바르마 박사에게 일어난 비극적인 사건에 대해 알려주는 한편 제이크에게 몸조심하라는 말을 전하기 위해 전화를 걸었다. 케이트가 여기 있었으면 좋을 텐데. 케이트라면 금세 미행자를 알아낼 수 있을 뿐만 아니라 그들에게 재미있는 별명을 붙여줄 것이다. 무슨 이유에서인지 모르겠지만 나이든 부인네는 언제나 에셀이었고 머리가 벗어진 남자는 빌, 빨간 머리칼이라면 리치였다. 케이트는 '연쇄살인마'도 여럿 찾아냈다. 하여튼 조금이라도 위험해 보이는 사람을 그렇게 불렀다.

"어쩌면 바르마 박사는 케이트에게 뭔가 경고를 해주었을지도 몰라요." 제이크가 하트 경위에게 말한다.

"박사의 예약 일지에 따르면 박사는 아침 9시에 케이트와 상담 약속이 있었어." 경위가 말한다.

"오늘 아침에 우리는 아파트에서 나오는 박사와 마주쳤습니다."

"그래서 그때 박사가 프랑스에 있는 주소를 알려준 건가?" 경위가 묻는다.

"실은 정확하게 말하자면 박사가 자진해서 정보를 밝힌 것은 아닙니다." 제이크가 눈을 감는다. 벽에 박사를 밀어붙였을 때의 모습이 머릿속에 떠올랐다 사라진다. 그때 박사는 자신이 무슨 선택을 하고 있는지 잘 알고 있었던 것이 틀림없다. 케이트가 어디로 끌려갔는지 말해준 것은 박사가 자신의 목숨보다 히포크라테스 선서를 우선하기로 결심했기 때문이다.

다시 한번 객차 안을 두리번거린다. 방금 식당차에서 돌아온 남자가 수상쩍다는 듯이 얼굴을 찡그리며 제이크를 쳐다본다. 복도 건너편에 앉은 여자는 기차에 탄 이후로 내내 휴대전화에 대고 속삭이듯 이야기를 하고 있다.

"박사는 우리한테 자신은 아무것도 말할 수 없다고 했습니다." 제이크가 말을 잇는다. "아내와 아이들이 있다면서요. 우리가 누구와 상대하고 있는지 전혀 모른다고 했습니다."

"하지만 당신이 어떻게든 설득해서 박사한테 정보를 이끌어 낸 거군." 하트 경위가 말한다. 형사의 목소리에 비난하는 기색은 전혀 없다. 그저 제이크가 어떻게 말을 끌어냈는지 궁금해하고 있을 뿐이다. 하트 경위 역시 한창때에는 사람들을 설득하여 밝히고 싶지 않은 비밀을 털어놓도록 만든 적이 많았을 것이다.

"히포크라테스 선서를 떠올리게 만들었습니다." 제이크가 말한다.

"말을 무기로 쓰는 게 당신 직업이니까." 하트 경위가 말한다.

"박사의 가족을 보호해야 합니다."

"이미 하고 있어."

제이크는 그나마 안도한다. 바르마 박사를 잘 알지 못하지만 아직도 박사가 죽었다는 소식의 충격에서 벗어나지 못하고 있다. 벡스는 제이크보다 더 큰 충격을 받을 것이다. 벡스는 박사를 좋아했다. 케이트도 마찬가지였다. 지금 벡스는 윌트셔로 돌아가 이웃집에서 스트레치를 데려온 다음 다시 무언가 도울 일이 생길 때까지 몇 시간 정도 눈을 붙이고 있는 중이다. 오늘 아침에는 너무 새벽 일찍부터 움직였다. 제이크 자신도 지쳐 쓰러질 지경이지만 어떻게든 끝까지 버텨내야 한다.

"미안하지만 나쁜 소식이 또 있어." 하트가 말한다. "케이트는 이미 브르타뉴에 가 있어."

"말도 안 되는 소리 하지 마세요."

"나도 사실이 아니라면 좋겠어."

하트 경위는 케이트 일행이 유로 터널을 통과할 예정이라는 말로 경찰의 시선을 돌린 다음 어떻게 배터시에서 개인 헬리콥터를 타고 영국을 빠져나갔는지에 대해 설명한다. 케이트는 모든 사람의 눈앞에서 감쪽같이 모습을 감춘 것이다.

"그곳에서 케이트를 멈추는 사람이 아무도 없었답니까?" 제이크는 믿을 수 없다는 듯이 묻는다.

제이크 자신은 런던에서 이미 한 번 여권 검사를 받았고 파리북역에 도착하는 즉시 다시 한번 여권 검사를 받게 될 것이다. 얄궂은 일이지만 프랑스에 도착하면 얼굴까지 확인하게 될 것이다. 롭에 대한 정보를 모으기 위해 샅샅이 뒤졌던 프랑스의 조사 사이트에 따르면 파리의 유로스타 국제역은 프랑스 정부가 얼굴 인식 카메라의 사용을 허가해준 단 세 곳 중 하나이다. 다른 두 곳은 오를리 공항과 샤를

르 드골 공항이다.

"제발 몸조심하고." 하트 경위가 말한다. "그리고 계속 연락해. 바르마 박사의 살인 사건으로 유로폴에 경보를 내렸어. 유로폴에서는 아마도 길모어 마틴에 대한 체포 영장을 발부하게 될 거야."

경위와 전화를 끊고 난 후 다시 한번 프랑스의 조사 사이트에 들어가 본다. 벡스한테 전화하여 바르마 박사의 소식을 전하는 일은 조금 미루어 둘 작정이다. 벡스도 잠에서 깨어나자마자 그런 소식을 듣고 싶지는 않을 것이다. 하지만 바르마 박사가 살해당했다는 소식은 곧 뉴스에 나올 것이다. 박사의 죽음이 롭과 연관되어 있을 가능성에 대해 프랑스의 조사 사이트에 제보해야 할 필요가 있다는 생각을 떠올린다. 하지만 제이크는 그곳에서 프랑스의 초인식자 한 명이 실종되었다는 작은 기사를 발견한다. 기사에 따르면 그 여자는 노란 조끼 시위를 감시하기 위해 설립된 파리의 비밀감시조직의 일원이었다. 노란 조끼 시위란 얼마 전 경제 정의 구현을 요구하며 파리를 정체 상태로 빠트린 반정부 시위이다.

기사는 비밀감시조직이 실제로 존재한다는 사실에 대한 분노로 가득 차 있으며 이는 시민 자유의 옹호국이던 프랑스가 빅브라더 국가가 되어가고 있다는 또 다른 증거라고 주장하고 있다. 하지만 제이크는 기사의 논조보다 그 실종된 여자에게 더 관심이 있다. 그 여자는 겉모습은 케이트와 전혀 닮지 않았지만 케이트와 비슷한 또래였고 또한 케이트와 마찬가지로 팀에서 가장 능력이 뛰어난 실력자였다. 그리고 실종된 이후 다른 지역에서 목격된 적이 있다. 바로 브르타뉴에서이다.

95장

케이트

케이트를 태운 차는 만을 따라 이어지는 해안 도로를 따라 달리고 있다. 케이트는 다시 한번 고무 목걸이를 만지작거린다. 다른 상황이었다면 눈앞에 펼쳐진 풍경을 한층 제대로 감상할 수 있었을 것이다. 롭의 말이 맞았다. 브르타뉴와 콘월은 신기하리만치, 마치 쌍둥이처럼 닮았다. 후미에 숨겨진 모래 해안과 불쑥 튀어나오는 곳의 바위투성이 절벽, 높은 산울타리와 몬터레이 소나무, 풍력발전소의 날개와 여기저기 피어 있는 가시금작화. 금방이라도 눈물이 흐를 것만 같다. 롭은 브르타뉴가 사람이 붐비지 않는 콘월이라며 열변을 토했지만 정작 케이트는 제이크가 이곳을 참 좋아했을 것이라는 생각이 든다. 그리고 지금 다시는 제이크를 만나지 못할 것이라는 끔찍한 예감에 사로잡혀 있다.

브레스트 브르타뉴 공항에 도착했을 때도 여권 검사 같은 것은 받지 않았다. 고무 목걸이의 리모컨에서 멀리 도망칠 기회 같은 것은 전혀 없었다. 두 사람이 공항 직원의 신호에 따라 VIP 전용 통로를 통과하여 공항을 빠져나온 다음 푸틴은 주차장에 주차되어 있던 차를 찾았다. 롭은 매번 이런 방법으로 이 공항을 자주 드나들었던 것이 틀림없다. 하지만 최근 들어 브르타뉴에 함께 가자는 말을 꺼내기 전까지 롭은 자신이 브르타뉴에 자주 드나든다는 사실을 언급한적이 없다. 그리고 케이트는 마침내 브르타뉴에 온 지금 롭이 이곳에 있는지조차 알지 못한 채 마음을 끓이고 있다.

차의 내비게이션을 보고 판단할 때 차는 공항을 떠난 후 서쪽으로 달리고 있다. 브레스트를 북쪽으로 빙 돌아 지나친 다음 생르낭과 플로모귀르를 통과하여 해안가로 나왔다. 그리고 지금은 일리엔 북서쪽의 어딘가에서 곶의 끝자락을 향해 점점 좁아지는 도로를 달리고 있다.

"저 집인가요?" 케이트가 묻는다.

"질문은 하지 마." 푸틴이 말한다. "그가 다 설명할 거야."

그가 누구란 말인가? 차가 마지막 굽이처럼 보이는 곳을 돌아나가는 순간 케이트는 숨을 멈춘다. 주위의 시골 풍경은 그야말로 눈에 익다. 가로장으로 된 대문 틈새로 내다보이는 바다의 풍경, 소금기 어린 신선한 공기, 휴가의 약속. 하지만 이곳의 풍경에는 케이트의 마음을 놓이게 만드는 데라고는 하나도 없다. 그 순간 눈앞에 곧게 이어진 길이 나타난다. 눈앞에 펼쳐진 풍경을 있는 그대로 받아들이기가 어렵다. 마치 콘월에 있는 롭의 집으로 되돌아가고 있는 느낌이다. 집이 자리한 위치조차 콘월과 완전히 똑같다. 바다를 내려다보는 산허리 중간, 절벽을 깎아내린 곳에 콘월의 집과 똑같은, 유리와 오크나무와 콘크리트를 현대적으로 조합하여 만든 건물이 자리 잡고 있다.

열려 있던 높은 대문을 차가 통과하자 그 뒤에서 문이 닫힌다. 자갈이 깔린 진입로를 따라 집으로 내려간다. 한 남자와 한 여자가 집 앞에서 그들을 기다리고 있다. 남자는 롭처럼 보인다. 그리고 여자는… 마치 케이트처럼 보인다.

96장

사일러스

"처음에는 콘월이더니 이번에는 런던 시내입니까?" 휴대전화를 통해 워드 경감의 목소리가 들린다. 사일러스는 스트로버를 쳐다보며 눈을 굴린다. 두 사람은 지금 퀸스스퀘어에 있는 바르마 박사의 병원 건물 밖에 서 있다. "윌트셔주의 바깥에서 일어나는 살인 사건 현장을 쫓아다니는 습관이라도 생겼나 보죠?"

"경감님, 나는 이 두 사건이 서로 연관되어 있다고 생각합니다." 사일러스는 하얀 보호복을 입은 수사관들이 바르마 박사의 병원 안으로 들어가는 모습을 지켜보며 대꾸한다.

지금 퀸스스퀘어는 다른 차량이 들어오지 못하게 봉쇄되어 있으며 광장 안에는 경찰차만 몇 대 주차되어 있을 뿐이다. 그 중에는 중범죄수사용 이동식 지휘차량도 있다. 이런 지원을 받을 수 있다니 런던 경찰청에서 일하던 시절이 그리워질 지경이다.

"경위가 윌트셔 지방경찰청 소속이라는 사실을 굳이 상기시켜줄 필요는 없겠지요. 윌트셔주에서 범죄를 예방하는 소관을 맡아 세금으로 월급을 받는 사람이라는 걸 말입니다." 워드 경감이 계속해서 말하고 있다. "지금 방금 런던경찰청의 책임자와 전화 통화를 했습니다. 왜 스톤헨지의 머릿돌 역할을 하는 형사가 런던 한복판에서 벌어진 살인 사건 현장을 최초로 발견하게 되었는지 궁금해하더군요."

"경감님, 바르마 박사는 롭 밑에서 일을 했습니다." 사일러스는 지난 번 워드가 롭에 대해 한 말을 염두에 두고 입을 연다. 분명 '스윈던의 아주 좋은 친구'라고 했다. "바르마 박사는 그 동안 케이트의 회복 과정을 지켜보았습니다. 그리고 케이트는 과거에 초인식자로 일을 한 적이 있는 데다 현재 롭의 여자 친구이기도 합니다. 나는 누군가가 이 살인 사건에 대해서, 그리고 어쩌면 콘월에서 일어난 살인 사건에 대해서 롭에게 누명을 씌우려 한다고 생각합니다. 그리고 영국과 프랑스를 포함한 유럽 전역에서 일어난 일련의 초인식자 납치 사건에 대해서도 마찬가지고요."

방금 제이크가 전화를 걸어 프랑스의 한 조사 사이트에 실린 기사를 언급하며 파리에 있는 비밀감시조직에서 일하던 초인식자 한 명이 실종되었다는 소식을 전해주었다. 사일러스는 그런 조직이 존재하는지조차 알지 못하고 있었다. 프랑스에서는 그 나라 특유의 견고한 규제 체계 탓에 정부에서 초인식자를 고용하는 일 자체가 어려울 것이라고만 생각하고 있었다.

"사일러스, 이게 다 무슨 이야기입니까?" 워드 경감이 말한다. "경위는 다른 사람하고 정보를 공유하며 일을 할 필요가 있습니다. 특히 당신의 직속상관한테는 말입니다. 그래야 일이 제대로 돌아가기 마련이에요. 업무 협력을 더 잘해야 한다고 이미 한번 얘기한 적이 있다고 생각하는데요."

"지금까지는 대부분의 증거들이 그저 상황 증거에 불과했습니다. 게다가 경감님이 그런 걸 안 좋아하지 않습니까…?"

"누가 롭에게 누명을 씌우려 하는지 짐작이 가는 인물이 있습니까?" 워드 경감이 사일러스의 말을 싹둑 잘라버리고는 묻는다.

"가장 유력한 용의자는 길모어 마틴이라고 하는 남자입니다. 그는 신기할 정도로 롭하고 외모가 똑같이 닮은 것으로 보입니다."

"소위 말하는 롭의 '도플갱어'란 말인가요?" 워드가 말한다.

"그는 6개월 전에 위조 여권을 가지고 영국으로 들어왔습니다." 사일러스는 상관의 비꼬는 듯한 어조에는 아랑곳 않고 계속 설명을 이어나간다. "그리고 그가 롭에 대한 오래된 원한을 풀기 위해, 롭을 파멸시키기 위한 방법의 일환으로 롭의 대역을 연기하고 있다고 생각할 만한 충분한 근거가 있습니다. 그리고 그는 케이트 또한 해치려할 가능성이 있습니다. 케이트는 오늘 오전 영국을 떠났습니다. 우리는 케이트가 강압 하에 행동하고 있었다고 생각합니다."

"케이트가 떠나는 걸 목격한 사람이 있습니까?"

사일러스가 다시 한번 스트로버와 눈을 마주친다. "케이트의 전 남자 친구입니다." 워드 경감이 정보원의 신뢰성을 문제 삼지 않기만을 바란다. "케이트의 가장 친한 친구 또한 케이트가 떠나는 모습을 목격했습니다. 지금 케이트는 큰 위험에 처해 있을지도 모릅니다."

"케이트는 지금 어디 있습니까?" 워드 경감이 묻는다.

"브르타뉴입니다. 롭은 그곳에서 여러 사업체를 운영하고 있고 집도 한 채 가지고 있습니다. 이미 유로폴에 연락했습니다. 유로폴에서는 길모어 마틴에 대한 체포 영장 청구를 요청한 상태입니다."

"그건 알겠습니다." 워드 경감이 잠시 말을 멈춘다. "그래서 나한테 바라는 게 뭡니까?"

"스물네 시간만 주십시오. 스트로버와 저 말입니다."

"스윈던에서 사악한 인신매매단 조직이 활개를 치고 다니는 동안 스물네 시간이란 말입니까? 사일러스 당신 때문에 정말 골치가 아파 죽겠어요, 그거 알아요?"

지난 번 사일러스가 경감의 골치를 아프게 했을 때, 그는 연쇄살인 마를 체포했다. 하지만 지금은 그 일에 대해서는 아무 말도 하지 않는다.

"스물네 시간입니다." 워드 경감이 재차 확인한다. "더는 안 됩니다. 나도 롭이 어떤 식으로든 부당하게 누명을 쓰는 일을 바라지 않으니까요."

"감사합니다. 경감님." 사일러스는 스트로버에게 미소를 지으며 대답한다.

97장
케이트

이미 차는 멈추었지만 케이트는 자리에서 일어날 생각을 하지 못한 채 멍하니 앞만 쳐다보고 있다. 그 남자를, 그 여자를 도저히 똑바로 쳐다볼 수가 없다. 저 남자가 정말 롭일까? 그 얼굴을 보기 전에 목소리부터 들어볼 필요가 있다.

남자가 한 발 앞으로 다가오더니 케이트가 앉은 쪽의 문을 연다. 케이트는 눈을 감는다.

"여행은 어땠어?" 그가 묻는다.

목소리는 마치 케이트가 알고 있는 진짜 롭인 것처럼 들린다.

"충격적이었어." 케이트는 대답한 다음 고개를 돌려 남자의 얼굴을 쳐다본다.

이 남자는 롭이 아니다. 롭은 몸가짐이 어딘가 어색하며 잠시도 가만히 있지 못하는 데다 줄곧 전염성이 있는 따스한 기운을 내뿜는 사람이다. 이 남자는 목적의식이 뚜렷하고 내향적인 사람으로 감정이라고는 찾아볼 수 없는 눈빛을 하고 있다.

에어컨이 나오는 시원한 차에서 내려 프랑스 여름날의 따스한 온기 속으로 발을 내딛는다. 다리에 힘이 풀리지 않으면 좋겠다. 집 아래 어디선가 파도가 밀려와 부딪치는 소리가 들리고 하늘에서는 갈매기들이 우짖고 있다. 콘월에서 지내던 네 달 동안 그 소리들은 더할 나위 없이 행복한 생활의 배경 음악이 되어 주었다. 하지만 지금 여기에서 그 소리를 다시 듣게 되니 두려움밖에 느껴지지 않는다. 이 집은 내부조차 콘월의 집과 똑같이 되어 있을까?

가까스로 고개를 들어 남자의 얼굴을 쳐다본다. 남자의 얼굴을 쳐다보는 일이 아까보다는 한층 수월하게 느껴진다. 이 남자는 이제 더 이상 케이트가 전혀 알지 못하는 낯선 사기꾼, 롭이 아닌데 롭인 척하는 남자가 아니다. 그는 태국에서 온 길이다. 롭의 도플갱어인 길모어 마틴이다. 자신이 이 남자와 같이 잤다는 사실이 믿기지 않는다. 그 일을 떠올리니 혐오감이 밀려들며 머리가 어질어질하다. 더럽혀진 기억이다. 롭이 그렇게 걱정했던 일이 현실이 되었다. 롭과 케이트가 걱정했던 일이 현실이 되었다. 롭이 두려워하던 대로 그의 과거가 마침내 롭을 잡아챈 것이다. 케이트만의 진짜 롭이 어디에 있든, 이 남자한테 무슨 짓을 당했든 그가 아직 살아 있기만을 기도한다. 롭이 처음 도플갱어에 대한 두려움을 털어놓았을 때 조금만 더 롭을 밀어붙였더라면, 좀 더 이야기를 하도록 설득했더라면. 어떻게라도, 무슨 일이라도 할 수 있었을 텐데. 그를 돕고 두 사람 모두를 구할 수 있었을 텐데.

케이트는 여자를 향해 몸을 돌린다. 마치 거울 앞에 서 있는 기분이다. 땅 밑을 내려다본다. 정오를 지난 지 얼마 되지 않아 해가 높이 솟아 있다. 그림자는 어디에서도 보이지 않는다. 뱃속이 뒤집히는 듯한 기분이 든다. 이 여자는 케이트 자신의 도플갱어인 것이 틀림없다. 다시 한번 콘월 집의 롭의 사무실에 있던 로제티의 그림을 떠올린다. 두 사람의 남녀가 자신들의 도플갱어와 마주한다. 〈그들은 어떻게 자기 자신과 만났는가〉.

"카트린과 인사해." 남자가 말한다.

여자는 잔뜩 주눅이 들어 있는 데다 어딘가 고장난 사람처럼 보인다. 눈 아랫부분이 거뭇거뭇하게 변해 있다. 케이트는 자신의 모습이 이 여자만큼 초췌해 보이지 않기를 바란다. 카트린은 롭이 런던의 벽장에 걸어 둔 옷과 똑같은, 고스트의 여름 원피스를 입고 있다. 머리칼을 케이트처럼 틀어 올리고 그 아래 목덜미에는 케이트와 똑같은 고무 목걸이를 걸고 있다. 다른 사람은 전혀 눈치채지 못할 것이다. 전혀 무해할 뿐 아니라 오히려 발랄해 보이기까지 할 것이다. 케이트는 그 목걸이가 일으킬 수 있는 고통을 떠올리고 몸서리친다.

"카트린은 미소를 지으면 이곳의 생활이 한층 편해진다는 사실을 배웠지." 남자가 말한다. 그 아일랜드 억양이 차갑고 냉혹하게 들린다. 억양마저 꾸며낸 것이 틀림없다. 진짜 롭이었다면 벌써 케이트에게 입을 맞춘 다음 케이트를 품에 꼭 안은 채로 휴대전화를 확인하고 있을 것이다.

카트린은 눈물이 글썽한 채로 억지로 미소를 짓는다. 두 여자는 여전히 서로의 모습을 이해하려고 애쓰며 서로를 가만히 응시한다.

"이 여자는 핀란드에서 찾았어." 남자가 말한다. "이 디지털 시대에 도플갱어를 찾아내는 일이 얼마나 쉬운지 깜짝 놀랄 정도야."

가엾은 여자. 이 여자가 이미 겪었을 고통을 생각하니, 그리고 두 사람 앞에 예정되어 있는 고통을 생각하니 더 이상 견딜 수 없는 기분이 든다.

"그한테 무슨 짓을 한 거야?" 케이트가 조용한 말투로 묻는다.

"누구 말이지?" 남자는 푸틴에게서 자동차 열쇠와 리모컨을 받아들며 되묻는다.

"롭 말이야."

남자는 고개를 절레절레 흔들며 카트린에게 몸을 돌린다. "여기 케이트는 카그라증후군이라고 하는 희귀한 망상 질환을 앓고 있어." 남자가 카트린에게 말한다. "적어도 그 저명한 바르마 박사는 그렇게 생각했지."

생각했지라고? 남자가 과거 시제로 얘기한 것이 마음에 들지 않는다. 에이제이는 카그라증후군의 가능성을 언급하면서도 한편으로는 이 병이 정말로 보기 드문 희귀질환이라고 말하면서 의구심을 품고 있었다. 박사가 제대로 된 정식 진단을 내렸다고는 말하기 어려웠다. 런던의 아파트에서 에이제이와 나눈 대화 내용을 떠올린다. 케이트의 예상대로 아파트가 도청되고 있었거나 그게 아니라면 에이제이가 나중에 남자에게 보고를 한 것이 틀림없다.

"이 망상증에 걸린 사람은 자신이 인생에서 가장 사랑하는 사람이 다른 사람으로 뒤바뀌었다고 믿게 된대." 남자는 결백을 주장하듯이 양손을 들어 보이며 말을 잇는다.

"왜 우리가 이 목걸이를 하고 있는 거야?" 케이트는 목덜미를 슬쩍 만지며 묻는다. "롭은 절대 이런 짓을 할 사람이 아니야. 야만적이고 인간성을 무시하는 처사잖아."

케이트는 다시 남자의 얼굴을 똑바로 쳐다본다. 혹시라도 자신이 무언가 착각했을지도 모른다는 가능성에 매달려 그 파란색 눈에서 자신이 사랑했던 남자의 흔적을 찾아내려 한다.

"미안해." 남자가 말한다. "여기에서 내가 하려고 하는 일을 모든 사람이 다 이해해주지는 않을 거야⋯."

모든 사람이라고? 케이트는 주위를 둘러본다. 이 집은 외따로 떨어져 있는 데다 주위에는 아무도 없는 것처럼 전혀 인기척이 느껴지지 않는다. 본채의 뒤쪽으로 자갈길이 이어져 있고 곳을 따라 올라간, 절벽 허리를 깎아낸 곳에 건물이 한 채 더 있다. 그 건물은 집이라기보다는 오히려 공장이나 창고처럼 보인다. 콘월에 있는, 이곳과 똑같이 생긴 집을 떠올린다. 그곳에서는 이 별채 자리에 테니스 코트가 들어서 있다. 별채 건물 뒤로 홀로 서 있는 터빈의 날개가 가벼운 바닷바람을 맞아 느릿느릿 돌아가고 있다.

"⋯하지만 왜 그들이 선택되었는지 곧 분명해질 테지." 남자가 눈을 깜빡거리며 덧붙인다.

카트린이 어둡고 의미심장한 눈길로 케이트를 흘끗 쳐다본다.

"그러니까 정말이지, '도망치려고' 애써 봤자 소용없어." 남자가 말한다.

맙소사. 남자는 그 쪽지를 본 것이다. 에이제이가 케이트에게 경고를 해주려 했다는 사실을 이미 알고 있다. 케이트는 에이제이가 제발 무사하기만을 기도한다.

"당신 여권이 필요해." 남자가 말한다.

남자가 하는 말을 제대로 듣지 못한다. 적어도 무슨 말을 하는지 이해할 수가 없다. 남자는 다시 한번 같은 말을 되풀이한다. 케이트는 가방에서 여권을 꺼내 남자에게 건넨다.

"운전사가 주변을 안내해줄 거야." 남자는 케이트의 여권을 카트린에게 건네며 말한다. "우리는 이제 가봐야 해."

남자는 한걸음 다가와 케이트에게 입을 맞추려 한다. 케이트가 고개를 홱 돌리자 남자가 손목을 강하게 움켜쥔다. 남자의 다른 손에는 리모컨이 쥐어져 있다. 남자의 얼굴에 침이라도 뱉고 싶지만 남자는 억지로 키스하려 들지는 않는다.

"에이제이는 당신이 완전히 회복했다고 말했지." 남자는 케이트의 귀에 대고 속삭이듯 말한다. 남자의 목소리는 다시 한번 완전히 롭의 목소리처럼 들린다. 부드럽고 다정하다. 그 다음 순간 남자는 이번에는 유창한 프랑스어로 다시 입을 연다. "*Je n'ai jamais voulu tomber amoureux de toi.*"

몸 전체가 부들부들 떨리기 시작한다. 남자는 푸틴에게 리모컨을 던져준 다음 카트린과 함께 차에 오른다. 그는 케이트와 사랑에 빠질 생각은 없었다.

98장
사일러스

"이걸 좀 한번 읽어봐." 사일러스는 스트로버에게 그녀의 아이패드를 돌려주며 말한다. "바르마 박사의 책상 위에 놓여 있던 신문 기사야."

두 사람은 퀸스스퀘어의 바로 옆에 있는 카페에 마주 앉아 있다. 사일러스는 런던경찰청 소속 수사관에게 이미 진술을 했지만 사건 수사의 책임자는 잠시 후 사일러스를 직접 만나 이야기를 나누어보길 바라고 있다. 왜 저명한 신경정신과 의사가 런던 중심가에 있던 자신의 병원 진료실에서 냉혹하게 총을 맞고 살해당했는지 그 이유를 알고 싶은 것이다. 사일러스한테는 괜찮은 가설이 있다. 바르마 박사는 너무 많은 것을 알고 있었고 이미 입을 열기 시작했다. 제이크한테 케이트를 어디로 데려가는지 털어놓은 것이다. 지금 사일러스가 걱정이 되는 부분은 박사가 달리 무엇을 더 알고 있었는가 하는 문제이다.

스트로버가 아이패드에 띄워놓은 기사를 읽는 동안 그녀를 가만히 지켜본다. 바르마 박사의 책상 위에는 여러 가지 흥미로운 서류들이 있었지만 그 중에서도 특히 사일러스의 관심을 잡아끈 것은 두 가지 문서였다. 하나는 지난 주말 케이트가 실행한 인식 검사의 결과지로, 무언가 P3 뇌파와 관련된 내용이 나와 있었다. 다른 하나는 〈몸이 굳어진 중독자들〉이라는 제목이 붙은 신문 기사를 출력한 문서였다. 사일러스는 두 가지 문서 모두 아이폰으로 사진을 찍어두었고 지금 스트로버가 커피를 가지러 간 사이 그녀의 아이패드에서 신문 기사를 검색해 찾아둔 참이다.

"마약 중독자들이 마약을 하다 심각한 파킨슨병 증세를 일으킨 사건이지." 사일러스가 말한다.

"끔찍한 사건이네요." 스트로버가 기사를 아래로 내리며 대답한다.

끔찍하다는 표현만으로는 실제로 무슨 일이 일어났는지 설명하기에 한참 모자라다. 1982년 샌프란시스코만에서 여섯 명의 마약 중독자들이 불순물이 섞인 합성 헤로인을 주사한 끝에 살아 있는 조각상으로 변해버렸다. 몸이 뒤틀려 굳어버린 것이다. 나중에 가서야 헤로인에 섞여들어간 불순물이 MPTP라는 신경독성물질이라는 사실이 밝혀졌다. 이 물질이 중독자들의 몸의 움직임을 관장하는 뇌의 흑질에서 도파민을 생성하는 뉴런을 공격한 것이다. 그 결과는 참담했다. 중독자들은 파킨슨병 말기 환자 같은 증상을 일으켰다. 하지만 몸 전체가 긴장증을 일으켜 전혀 움직이지 못하는 와중에도 중독자들의 의식은 정상으로 남아 있었고, 중독자들은 완전히 정신이 깨어 있는 상태에서 주위에서 일어나는 일을 전부 인식했다.

"바르마 박사는 여러 교도소와 정신 병동에서 그 중독자들을 찾아낸 신경학자에 대한 내용에 표시를 해두었어." 사일러스가 말한다.

"기사에 따르면 그 신경학자는 레보도파라는 약물로 중독자들의 상태를 회복시킬 수 있었다는 것 같아."

"그리고 그 과정에서 파킨슨 병 치료에 대한 연구를 시작했고요." 스트로버가 기사를 다 읽고는 대답한다. 그리고 고개를 들고는 이 기사가 지금 자신들이 수사하고 있는 사건과 어떤 연관성이 있는지 설명을 바라는 표정으로 기다린다.

"이 기사가 지금 사건과 어떻게 관련이 있는지, 아직은 함부로 말할 수 없어." 사일러스가 말한다. "하지만 바르마 박사는 중독자들의 의식이 정상이었다는 부분에 표시를 해두었어. 그리고 박사의 휴대용 컴퓨터에 띄워져 있던 또 다른 기사가 있어." 스트로버가 고개를 번쩍 든다. 사일러스가 바르마 박사의 컴퓨터에 지문을 남기지는 않았는지 걱정하는 것이다. 하지만 상관에 대한 예의를 지키느라 대놓고 묻지 못하고 있다. 사일러스는 지문을 남기지 않았으니 상관없다. "그 기사는 감금증후군에 대한 내용이었어." 사일러스는 계속해서 말을 잇는다. "감금증후군이란 겉으로는 식물인간처럼 보이지만 환자가 의식만은 완전히 뚜렷한 상태를 유지하는 병이야. 어떤 의미에서는 감금증후군 환자들 또한 몸이 굳어져 움직이지 못하는 상태라고 말할 수 있지. 다만 이 환자들은 몸의 한 부분만은 뜻대로 움직일 수 있어. 바로 눈이야."

스트로버는 아이패드에 띄워진 몸이 굳어진 중독자들에 대한 기사를 내려다본다.

"방금도 말했지만 우리 사건하고는 전혀 관계가 없을 수도 있어." 사일러스는 그 다음 잠시 말을 멈춘다. 형사 생활을 시작한 지 처음으로 자신이 정말 이 단서들의 점을 연결하고 싶은지 확신할 수가 없다. 하지만 최종적으로 드러나게 될 그림이 아무리 끔찍한 것이라 해도 사일러스는 그 전말을 밝혀내야만 한다. "바르마 박사의 기록을 판단의 근거로 삼는다면 케이트의 P3 뇌파 결과는 참으로 대단한 성과라고 볼 수 있어. 케이트의 뇌가 거의 완벽하게 회복했다는 사실을 보여주지. 이 P3 뇌파는 어떤 사람의 얼굴을 알아볼 때 우리 뇌에서 발생하는 불수의적 반응이야. 그리고 이 뇌파는 초인식자의 뇌에서 훨씬 두드러지게 나타나. 케이트는 아주 빠른 속도로, 적어도 1초에 사진 10장이 지나가는 속도로 사진 수백 장을 봤어. 그리고 케이트의 뇌는 표적을 찾아냈지. '제프'야. 케이트는 예전의 얼굴 인식 능력을 완전히 되찾은 것이 틀림없어. 케이트의 눈이 다시 제대로 작동하기 시작한 거야."

스트로버는 이런 이야기를 통해 사일러스가 도대체 어떤 결론을 내리려 하는지 짐작조차 하지 못하고 있다. 그 표정만 봐도 알 수 있다. 이런 사실들이 어떻게 길모어가 롭에게 누명을 씌우려 하는 큰 그림과 연결되는지 이해하지 못하는 표정이다. 그 얼굴에 피로가 쌓여 있다. 두 사람 모두 몹시 지쳐 있다.

"롭이 최근에 벌이는 사업의 주제가 뭐지?" 사일러스는 스트로버가 점들이 그리는 무늬를 스스로 깨닫기를 바라는 마음으로 질문을 던진다. 스스로 해답을 찾는 순간의 기분을 잘 알기 때문이다.

"얼굴 인식 소프트웨어입니다." 스트로버가 대답한다.

"그리고 또 무슨 사업을 벌이고 있지?"

"의학 기술, 운동 보조 기구, 드론 택배, 자선 미술 전시회요."

"그리고?"

스트로버는 롭의 사업 제국에 대해 다방면으로 깊게 조사를 했었다. 아이패드에 열려 있던 창을 닫은 다음 다른 문서를 연다. "직접 신경 인터페이스 기술." 스트로버가 문서를 보고 읽는다. "인간과 기계의 융합."

그 눈이 커다랗게 벌어지면서 스트로버는 고개를 들어 사일러스를 쳐다본다. 그 표정에 공포가 서서히 드리운다.

"이 경우에는 인간 두뇌의 P3 극파와 얼굴 인식 소프트웨어의 융합이 될 테지." 사일러스가 말한다. "그 뇌가 초인식자의 뇌면 훨씬 더 좋을 테고. 어디서든 초인식자를 찾을 수만 있다면야 초인식자가 많으면 많을수록 좋겠지. 하지만 능력이 뛰어난 사람이어야만 할 거야. 노팅엄과 더블린, 함부르크, 파리, 스윈던…."

99장

제이크

"해안 근처까지 가면 다시 연락할게." 제이크는 브레스트 브르타뉴 공항에서 방금 빌려온 렌트카의 룸미러를 확인하며 말한다.

"몸 조심해." 벡스가 여전히 울먹이는 목소리로 대답한다. 제이크는 벡스에게 바르마 박사의 소식을 전해준 다음에도 몇 차례에 걸쳐 계속 전화를 걸어주고 있는 중이다. 처음에는 유로스타 기차 안에서 걸었고 파리에서 브레스트행 비행기를 기다리는 동안에도 전화를 걸었다. 박사의 죽음에 대해 전해들은 벡스는 역시 큰 충격을 받았고 박사가 살해당했다면 케이트 또한 더 큰 위험에 처해 있을 것이라며 걱정을 하고 있다. 제이크에 대해서도 걱정을 하고 있다.

"하트 경위가 유로폴에 길모어 마틴에 대해 경보를 내렸대." 제이크가 말한다.

"그럼 지금 롭이 어디 있는지는 아무도 모르는 거야?" 벡스가 묻는다.

"그 집에 가면 둘 중 한 명은 만날 수 있겠지." 제이크가 말한다.

"그리고 케이트도 찾아낼 수 있을 거야."

"제이크, 내 생각에 이 문제는 프랑스 경찰한테 맡겨두는 편이 좋을 것 같아."

제이크 자신도 그래야 하는 것은 아닌지 고민을 하고 있다. 바르마 박사의 죽음으로 상황이 급변하면서 경찰당국도 그 무거운 몸을 일으켜 세웠다. 하지만 지금 심정으로는 계속 프랑스에 있으면서 무슨 일이라도 하고 싶은 마음이다. 어젯밤 케이트는 분명히 어떤 곤란에 휘말려 제이크에게 전화를 걸었다. 그런데도 오늘 아침 아파트 앞에서 케이트가 납치되는 일을 막지 못했다.

"길모어는 경찰 고위층에 친구들이 있는 게 틀림없어." 제이크가 말한다. "그렇지 않다면 어떻게 그렇게 감쪽같이 아무도 모르게 케이트를 프랑스로 데려올 수 있었겠어?" 바르마 박사의 말이 여전히 귓속을 맴돌고 있다. *당신들은 지금 여기에서 누구와 상대하고 있는지 전혀 모르고 있어요.*

20분 후 제이크는 도로 공사가 한창인 생르낭에서 신호등이 바뀌길 기다리면서 별 생각 없이 길 맞은편에 있는 까르푸 슈퍼마켓을 쳐다보고 있다. 옆에 주유소가 함께 붙어 있는 슈퍼마켓이다. 눈앞의 신호등이 초록색으로 바뀌어 막 차를 출발시키려는 순간 주유소 앞마당에 있는 한 남자의 모습이 눈에 들어온다. 마치 롭처럼 보이는 남자가 차 옆에 서서 차에 기름을 넣고 있다. 차의 조수석에도 누군가 타고 있다. 여자이다.

바로 다음 교차로에서 차를 돌려 방금 그 주유소로 들어가서는 아까 봤던 차의 뒤쪽으로 차를 세운다. 롭은, 그 남자가 만약 롭이라면 말이지만, 돈을 지불하기 위해 가게 안으로 들어갔는지 차 안에는 여자가 혼자 앉아 있다. 제이크는 가게 안쪽의 계산대를 유심히 살피면서 차에서 내린 다음 얼굴을 주의 깊게 반대편으로 돌린 채 그 차를 향해 다가간다. 조수석 창문이 내려져 있고 여자는 선글라스를 낀 채 무표정하게 앞만 멍하니 쳐다보고 있다. 입 안이 바짝 마른다. 이 여자가 케이트일까?

"케이트." 제이크는 가게 안쪽의 계산대를 다시 한번 확인하며 속삭인다. 롭은 뭔가 사러 갔는지 모습이 보이지 않는다.

여자가 고개를 돌리지만 자신의 이름을 들은 사람처럼 반응이 빠르지는 않다. 이 여자가 정말 케이트일까? 얼굴이 피곤해 보이고 창백하다. 어쩌면 약을 한 것처럼 보이기도 한다.

제이크는 고개를 떨군다. 이 여자가 정말로 케이트인 것 같다.

"맙소사, 케이트, 도대체 무슨 일이야?" 제이크는 열린 창문 안으로 손을 뻗어 여자의 어깨를 가볍게 건드린다. "당신 괜찮은 거야?"

여자는 그의 손길이 닿자 마치 제이크가 부랑자라도 되는 듯이 움찔하며 몸을 움츠린다.

"제발, 나한테 말을 걸면 안 돼요." 여자가 말한다. "저리 가세요. 제발 부탁이에요."

믿을 수 없는 기분으로 여자를 빤히 쳐다본다. 이 여자는 겉모습은 완전히 케이트와 판박이처럼 보이지만 목소리는 전혀 다르다. 말투에 어디 억양인지 알 수 없는 억양이 가볍게 섞여 있다. 스칸디나비아일까?

"맙소사, 케이트는 어디 있습니까?" 제이크는 다시 한번 가게 안쪽의 계산대를 살피며 묻는다. 아까 봤던 그 남자가 계산대에서 돈을 지불하고 이제 막 밖으로 나오고 있다. 지금은 그 남자가 정말 롭이 맞는지 확신할 수가 없다. "그가 케이트한테 무슨 짓을 한 겁니까?"

"저리 가세요. 제발 부탁이에요." 여자는 이제 눈에 눈물이 그렁그렁 고인 채 신경질적으로 고무 목걸이를 만지작거리고 있다.

"케이트가 어디 있는지 말해주세요, 그럼 갈게요." 제이크는 한 걸음 물러선다. 그 남자가 자신을 보았을까? 남자는 쭉 뻗은 손에 자동차 전자 열쇠처럼 생긴 것을 쥐고 주유소를 성큼성큼 가로질러 다가오고 있다.

제이크는 서둘러 등을 돌리고 남자의 눈에 띄지 않게 몸을 숙이고는 자기 차의 뒷바퀴를 만지작거리며 타이어의 밸브 캡을 푸는 시늉을 한다.

"그녀는 집에 있어요." 여자가 말한다.

잠시 후 차가 출발하는 소리가 들린다. 제이크는 숨도 제대로 쉬지 못하는 상태로 자리에서 일어나 휴대전화를 꺼내든다.

"벡스, 정말 케이트인 줄만 알았어." 제이크가 전화에 대고 말하는 동안 화가 난 듯 보이는 주유소 직원이 제이크를 향해 다가온다. "하지만 케이트가 아니었어."

"Que faites-vous?" 주유소 직원은 험악한 기세로 기름을 넣든지 아니면 꺼지라는 몸짓을 한다.

"그 여자가 롭하고 같이 있었어?" 벡스가 묻는다.

"그 사람이 롭인지 아닌지 이제 더 이상 모르겠어." 제이크는 화가 난 직원을 진정시키기 위해 한 손을 들어올린다. "롭처럼 보이기는 했어. 하지만 틀림없이 길모어였을 거라고 생각해. 나는 지금 그 집으로 가 볼 생각이야."

"제이크, 도대체 무슨 일이 일어나고 있는 거야?"

"나도 그걸 좀 알았으면 좋겠어." 제이크는 차에 올라타며 대답한다. 주유소 직원은 여전히 화를 내고 있다. "그 여자가 누구인지 모르겠지만, 상태가 정말로 안 좋아 보였어." 제이크가 차를 출발시키며

말한다. "그리고 내 생각에는 지금 그 여자가 이 세계에서 케이트의
자리를 차지한 것 같아."

100장
케이트

"우리는 시간이 별로 없어." 푸틴이 집의 현관문을 열며 말한다. "왜 당신이 집 안을 봐야 하는지 모르겠단 말이야. 하지만 그가 그렇게 지시했으니까."

"누가요?" 케이트는 푸틴의 뒤를 따라 현관 복도로 들어서며 묻는다. 집 안으로 들어선 순간 깜짝 놀라 눈이 크게 떠진다. "누가 그렇게 지시했어요?"

"그는 여기 있을 때는 자기를 '길'이라 불러주는 걸 좋아해."

믿을 수 없는 기분으로 고개를 절레절레 흔들며 집 안을 둘러본다. 집 내부의 모습이 콘월에 있는 집과 완벽하게 똑같아 보인다. 심지어 현관 복도 의자에 깔끔하게 접혀 있는 〈파이낸셜 타임스〉까지 똑같다. 콘크리트 바닥에는 콘월과 똑같은 페르시아산 양탄자가 깔려 있고 하얀 백합이 똑같이 생긴 유리 꽃병에 꽂혀 있다. 그 다음 순간 다른 소리와 착각할 수 없는, 작은 발이 콩콩하고 뛰어오는 소리가 들린다. 주방에서 닥스훈트 한 마리가 두 사람을 맞으러 종종걸음으로 달려 나오더니 킁킁하고 푸틴의 다리 냄새를 맡는다.

"이 쥐새끼 같은 게." 푸틴이 개를 발로 걷어차면서 말한다.

얼굴이 저절로 찌푸려진다. 개를 품에 안아들고 싶은 마음이 간절하다. 그 개는 스트레치와 꼭 닮았다.

"저 개는 이름이 뭐예요?" 케이트는 몸을 숙이고 낑낑거리는 동물을 향해 손짓하며 묻는다. 하지만 개는 벌써 주방으로 도망쳐버린 후이다. 개를 탓할 수는 없다. 케이트도 할 수만 있다면 벌써 도망쳤을 것이다.

"이름 따위가 뭐가 중요해?" 푸틴은 옷가지가 들어 있는 듯한 슈퍼마켓의 비닐 가방을 집어 올리더니 케이트를 향해 던지며 말한다. "이걸로 갈아입어. 저 안에서." 푸틴은 침실을 향해 고갯짓을 하며 케이트의 눈앞에서 리모컨을 흔들어 보인다. 케이트는 비닐 가방 안을 들여다보고는 고개를 들어 푸틴을 쳐다본다. 가방 안에는 환자복이 들어 있다. 슬리퍼도 한 켤레 들어 있다.

침실 안쪽도 콘월의 침실과 똑같은 모습일 것이라고 예상하며 방으로 들어간다. 예상은 맞아 떨어진다. 심지어 벽에 걸려 있는 사진조차 똑같은 모습이다. 다만 이곳의 사진 속 남녀가 있는 곳은 콘월이 아니라 브르타뉴의 해변으로 보인다. 파도 속에서 걸어 나오고 있는 여자도 케이트가 아니라 카트린이다. 카트린 뒤에 있는 남자가 롭인지는 알 수 없다. 아마도 길모어일 것이다.

케이트는 침실 문을 닫은 후 문에 기대 선 채 가쁘게 숨을 몰아쉰다. 단지 몇 분이지만 마침내 혼자 있을 수 있게 되니 안도감이 밀려온다. 몸 전체가 땀으로 흠뻑 젖어 있다. 애써 마음을 가라앉히려 한다. 초인식자 훈련 과정에서 배웠던 것 중에 지금 상황에 도움이 될 만한 것은 없는지 찬찬히 생각해 본다. 전혀 아무것도 생각나는 게 없다. 옷을 벗고 환자복으로 갈아입으니 심장이 절망적으로 내려앉는다. 옷은 잘 맞지도 않는다. 환자복은 으레 그렇다. 병원에서 지내는 일은 정말 싫었다. 그 소독약 냄새도, 나일론으로 된 침대보도, 밤새 내내 침대 옆에서 불을 번쩍이던 기계들도 전부 질색이었다. 다만 의사와 간호사들만이 친절했다. 그리고 그날 케이트를 찾아와준 롭이 있었다. 왜 지금 다시 환자복을 입어야 하는 것일까? 마치 지난 여섯 달 동안의 시간이 전혀 없었던 일로 되어버리고 다시 병원으로 되돌아와 있는 기분이다.

케이트에게 무언가 끔찍한 일이 벌어지려 하고 있다. 그것만은 확실하다. 침대 끝자락에 걸터앉아 테라스과 그 너머의 바다를 가만히 바라본다. 브르타뉴는 콘월과 비슷해 보일지 모르지만 느낌이 전혀 다르다.

자리에서 일어나 테라스로 통하는 문을 열어본다. 잠겨 있다. 그렇게 놀랍지도 않다. 케이트를 여기까지 끌고 온 데에는 필시 무슨 이유가 있을 것이다. 지금까지는 롭이 자신의 도플갱어를 찾아내기 위해 케이트의 도움이 필요했기 때문에 이곳에 와야 했다고 생각했다. 하지만 그러기엔 이미 늦어버렸다. 길모어는 이미 이곳에 와 있다.

문을 두드리는 소리가 들린다. 케이트가 미처 대답하기도 전에 푸틴이 문을 열고 방으로 불쑥 들어온다.

"이제 가야 해." 푸틴은 케이트를 위아래로 훑어보며 말한다.

슬리퍼를 신고 푸틴의 뒤를 따라 탁 트인 주방을 가로지른다. 아직 완성하지 못한 스트레치의 그림이 이젤 위에 얹혀 있다. 그림까지 그릴 줄 아는 도플갱어를 찾으려면 일이 너무 복잡할 것이다. 주방은 콘월의 집보다 훨씬 깨끗하게 정리되어 있다는 점만 빼고는 콘월의 주방과 완전히 똑같아 보인다.

"그는 뭔가 마음에 들면 그것만 고집하거든." 푸틴이 케이트가 자신을 따라잡기를 기다렸다가 입을 연다. 환자복을 등 뒤에서 제대로 여미지 못했기 때문에 앞장서서 걷기가 꺼려진다. "집, 자동차, 여자도 말이야."

"당신하고도 똑같은 사람이 또 있나요?" 케이트가 묻는다.

"그가 찾고 있기는 하지." 푸틴은 머리의 흉터를 손으로 건드리며 대답한다. "하지만 이런 일에는 시간이 걸리기 마련이야. 그리고 나는 내가 특별하다고 생각하길 좋아해." 푸틴은 패딩턴역에 케이트를 마중 나왔을 때 이후 처음으로 그 작은 눈을 찡그리며 미소를 짓는다.

마주 웃어주고 싶은 생각은 전혀 없다. "무슨 일이 있었는데요?" 케이트는 흉터를 향해 고갯짓하며 묻는다.

"길 덕분에 건강해졌어. 나는 하루에 스무 번, 서른 번도 넘게 발작을 일으켰거든. 그런데 그가 내 머리에 신경탐침을 이식해준 거지."

"그래서 더 이상 발작이 없나요?"

푸틴은 다시 한번 활짝 웃으며 고개를 끄덕인다. "그리고 이전보다 남들의 고통을 한층 즐길 수 있게 된 것 같아. 생각지도 못했던 추가적인 보너스지."

케이트는 몸서리를 치며 고개를 돌려버린다. 롭은 예전에 한번 간질 환자들의 뇌에 전극을 이식하는 회사에 투자하고 있다는 이야기를 한 적이 있다.

"자, 물 좀 마시지 그래." 푸틴이 물병과 유리잔을 향해 손짓하며 말한다. 푸틴은 자신이 케이트보다 한층 빠르게 반응할 수 있다고 자신하고 있는 것이 틀림없다. 한순간 물병을 그의 얼굴을 향해 집어던진 다음 부엌 식칼을 집어들까 하고 고민한다. 어쨌든 여기 주방 물건들이 어디에 있는지는 마치 자신의 손바닥처럼 잘 알고 있는 것이다. 푸틴은 마치 케이트의 생각을 읽기라도 한 듯 손 안에 들고 있던 리모컨을 괜스레 한번 확인한다.

"나는 어디로 가는 거예요?" 케이트는 거실을 지나치면서 묻는다. 거실 안을 들여다보니 한쪽 벽에 커다란 TV가 설치되어 있다.

"거기는 아니야." 푸틴이 미소를 짓는다. "그 방은 그가 포르노를 보는 곳이거든."

콘월 집에서 늦은 밤 TV에서 마주쳤던 남녀의 모습이 떠오른다. 아직도 케이트가 알고 있는 롭과 포르노를 보는 습관을 연결 지어 생각하기가 어렵다.

푸틴은 주방의 뒷문을 열고 밖으로 나가더니 별채 건물로 이어지는 자갈길을 따라 걸어간다. 이번에는 케이트가 앞장서서 걸어가도록 기다린다.

"우리는 어디로 가는 거예요?" 케이트가 다시 묻는다.

"일하러." 푸틴이 별채 건물에 가까워질 무렵 대답한다.

지금이 여기에서 탈출할 마지막 기회일까? 이제 모든 것은 케이트에게 달려 있다. 제이크도, 벡스도, 롭도, 하트 경위도, 아무도 케이트를 구해줄 수 없다. 집의 정원 안쪽을 두리번거린다. 높다란 보안용 담장이 잔디가 깔린 정원을 둘러싸고 있고 담장 위에는 곳곳에 카메라가 달려 있다. 담장 안에는 또한 웃자란 채소들이 심어져 있는 채소밭과 자그마한 사과 과수원이 있다. 케이트는 그만 낙심하고 만다. 이곳에서 도망칠 수 있는 길이라고는 전혀 보이지 않는다.

바다 방향으로는 그저 깎아지른 듯한 절벽만이 있을 뿐이다. 이 집이 얼마나 외따로 떨어져 있는지 지금까지 알아채지 못했다. 양쪽을 아무리 둘러봐도 시야에 다른 집이라고는 전혀 보이지 않는다. 저 바다 안개 너머로 혹시 콘월 해안이 보이지나 않을까 생각하며 영국 해협을 내려다본다. 바다 공기를 한가득 들이마신다. 본채 쪽으로 몸을 돌리자 대문으로 다가오고 있는 배달 트럭이 눈에 들어온다. 트럭의 운전사가 차에서 내려서더니 인터콤에 대고 무언가 이야기를 하려 한다. 심장이 쿵쿵 뛰기 시작한다. 별채에서 이어진 자갈길은 본채 건물을 빙 둘러 대문의 진입로까지 이어져 있다. 지금이야말로 기회이다. 운전사가 있는 곳까지 뛰어가는 것보다 운전사에게 케이트의 목소리를 듣게 만드는 것이 더 중요하다. 감전이 되기 전까지 채 5미터도 못 뛰어갈 것이다.

케이트는 크게 숨을 들이마신 다음 달리기 시작한다.

"저기요!" 케이트는 목청이 찢어질 정도로 힘껏 소리를 지르며 오솔길을 달려 내려간다. 이제 곧 닥칠 고통을 두려워하면서 푸틴에게서 멀리 떨어지려 한다. "저기요! 도와주세요!"

예상보다는 훨씬 멀리까지 갔다. 거의 5미터 가까이나 뛰어간 것이다. 그 다음 전기 충격을 받아 땅 위에 나동그라진다. 아까보다 고통이 한층 더 심하게 느껴진다. 훨씬 더 심하다. 너무 고통스러운 나머지 비명을 지르지도, 소리를 내지도 못한다. 이번에는 정말 죽을 것 같은 기분이 든다.

"정말 멍청한 짓이야." 푸틴이 케이트를 향해 다가오며 말한다. "빌어먹게도 멍청한 짓이지." 미칠 듯이 화를 내고 있는 푸틴의 관자놀이에서 혈관이 불끈 솟아 있다.

"미안해요." 케이트가 숨을 헐떡거리며 말한다. 고통은 이미 멈추었지만 다음에 푸틴이 무슨 짓을 할지 두렵다.

푸틴은 주위를 둘러보며 케이트의 비명을 들을 사람이 아무도 없다는 사실을 확인한다. 그 다음 케이트의 배를 힘껏 걷어찬다. 그리고 다시 한번 이번에는 한층 더 세게 걷어찬다. 또다시 한 번.

"그만해요. 당신 미쳤어요?" 케이트의 의식이 멀어지는 사이 한 여자가 소리를 지른다. "그만두라니까요!"

101장

사일러스

사일러스는 옥상 벽 너머로 삐죽이 가지를 내밀고 있는 야자수들을 올려다본다. 펜트하우스에 들어가 볼 수 있을 것이라는 기대는 전혀 하지 않고 있다. 다만 이곳을 직접 둘러보면서 롭의 재산과 쇼디치에서 그가 영위하는 생활의 느낌을 조금이나마 가까이에서 느껴보고 싶을 뿐이다.

"이 거리의 부동산 평균 거래가가 얼마인지 아세요?" 스트로버가 말한다. "190만 파운드입니다."

"펜트하우스는 그보다 훨씬 더 비싸겠지." 사일러스가 말한다. "400만? 500만일까?"

바르마 박사의 살인 사건 수사를 지휘하는 책임자에게 이제 막 두 번째로 보고를 마친 참이다. 그에게는 앞으로 몇 시간 동안은 계속 런던에 있을 예정이라고 말해두었다. 바르마 박사의 살인 사건이 콘월 사건과 연관되어 있을 가능성에 대해서는 비교적 설명하기가 수

월했다. 국립 탄도학 정보기관에서는 모든 총의 강선 자료를 보유하고 있고 사일러스는 바르마 박사의 두개골을 뚫고 나간 총알의 강선 자국이 콘월 사건의 강선 자국과 일치할 것이라고 예상하고 있다. 하지만 사일러스가 바르마 박사의 죽음이 영국과 유럽 등지에 걸쳐 일어난 일련의 초인식자 실종 사건과 관련되어 있을 가능성에 대해 언급하자 수사 책임자는 머리를 긁적였다. 다만 한 가지 사실만은 분명해졌다. 런던경찰청에서 실로 긴급하게 롭과 길모어를 불러들여 조사를 할 필요가 있다는 사실이다. 사일러스는 이미 복잡한 사태를 한층 더 혼란스럽게 만들고 싶지 않았기 때문에 그 중 한 사람이 다른 사람에게 누명을 씌우려 한다는 이야기는 굳이 덧붙이지 않았다. 어쨌든 지금 당장은 두 사람의 행방을 알고 있는 사람이 없다.

사일러스의 휴대전화가 울린다. 사일러스의 상관인 워드 경감이 걸어온 전화이다.

"사과를 해야겠습니다." 워드 경감은 첫 마디부터 사일러스의 의표를 찌른다. 그의 상관은 절대 사과 같은 것은 하지 않는 사람이다. "당신 말이 맞았습니다. 누군가 롭을 파멸시키려 하고 있어요. 그리고 그 누군가는 당신이 추측한 대로 롭의 '도플갱어'인 것으로 보입니다. 아까 당신이 말한 가설에 대해 그토록 냉소적으로 반응했던 것은 미안합니다."

워드 경감이 뭔가 잘못 먹기라도 한 걸까? 사일러스는 경감이 이런 식으로 말하는 것을 단 한 번도 들어보지 못했다. "경감님, 그건 괜찮습니다." 사일러스가 말한다. "아주 복잡한 사건이니까요. 하지만 그 점이 어떻게 확실해졌는지 물어봐도 될까요?"

"롭이 와서 확인해주었습니다. 지금 방금 나를 만나러 왔다 갔거든요. 케이트도 함께 왔습니다. 기분 좋은 깜짝 방문이었죠. 케이트는 자동차 사고에서 완전히 건강을 회복한 것처럼 보이던데요."

사일러스는 지금 자신이 무슨 말을 듣고 있는 것인지 믿을 수가 없다. "죄송합니다만 경감님, 지금 방금 롭하고 케이트가 게이블크로스서에 와서 경감님을 만나고 갔다는 말씀입니까?"

휴대전화를 보고 있던 스트로버가 고개를 든다. 사일러스는 믿을 수 없는 기분으로 고개를 절레절레 흔든다.

"당신이 무슨 말을 하려는지 잘 압니다." 워드 경감이 말을 잇는다. "롭은 자신의 여권과 운전면허증을 가지고 왔습니다. 케이트도 자신의 여권을 가지고 왔고요. 내가 특별히 그 점을 확인해두었습니다."

경감이 하는 말을 이해하려고 애쓰는 동안 사일러스의 머리가 바쁘게 휙휙 돌아간다. 케이트는 오늘 분명히 헬리콥터를 타고 프랑스로 갔다. 국경통제국에 제출된 비행보고서가 그 사실을 확인해주었다.

"롭은 경찰서에 뭘 타고 왔습니까?" 사일러스가 묻는다.

"그 부분에 대해서는 따로 물어보진 않았습니다." 워드가 대답한다. "내가 보기에 롭은 얼마 전부터 자신이 품고 있던 두려움에 대해 우리에게 털어놓고 싶었던 모양입니다. 그리고 어제 롭은 자신이 소유하지 않은 자동차에 대한 과속 과태료 통지서를 받았습니다. 그래서 이 문제를 어서 해결해야겠다고 생각하게 되었죠. 바로 길모어 마틴의 이름으로 등록되어 있는 차였습니다. 9년 전에 태국에서 롭을 협박했던, 그와 판박이처럼 똑같이 생긴 남자 말입니다. 그리고 지금 롭을 위해 일하고 있던 바르마 박사가 살해당했습니다. 롭은 실제로 상당히 겁에 질려 있습니다. 나는 롭에게 런던경찰청에서 그와 이야기를 나누고 싶어한다는 점을 설명했고 롭은 지금 사건 수사 책임자와 면담을 하기 위해 런던으로 향하고 있는 중입니다. 두 사람은 또한 이 문제가 완전히 해결될 때까지 여권을 이곳에 맡겨두고 싶다고 제안했고 나도 그 제안에 동의했습니다."

사일러스는 어디서부터 말을 시작해야 할지 알지 못한 채 할 말을 잃는다. "롭한테 실종된 초인식자들에 대해 혹시 아는 것이 있는지 물어봤습니까?" 사일러스가 간신히 입을 연다.

"사일러스, 당신이 그들에 대해 좀 더 자세하게 설명해주었더라면 나도 그 부분에 대해 물어봤을 겁니다. 물론 롭은 적법한 절차에 따라 초인식자들이 실종된 것으로 보이는 시간에 어디에서 무엇을 하고 있었는지 진술해야 할 테지요. 롭은 어디로도 가지 않을 겁니다. 오늘밤 런던에 있는 아파트로 돌아가겠다고 말했거든요."

어떻게 이렇게 시간이 딱 맞아 떨어질 수 있는지 여전히 이해하기가 어렵다. 케이트는 프랑스에 도착하자마자 롭과 함께 개인 헬리콥터를 타고 다시 영국으로 돌아온 것이 틀림없다. 그리고 스윈던 근처의 어딘가에서 헬리콥터에서 내렸을 것이다. M4 고속도로를 타고 느릿느릿 기어가는 것보다 훨씬 빠를 것이다.

"하지만 전부 나쁜 소식만 있는 건 아닙니다." 워드 경감이 말을 잇는다. "롭은 오늘밤 켄타우로스가 작동을 시작할 것이라고 확언해주었습니다. 우리의 완전히 새로운 얼굴 인식 소프트웨어 말입니다. 인간과 기계가 완벽하게 화합하여 일을 시작하게 된 것입니다."

102장

케이트

"그런 짓을 해서는 안 되는 거였어요." 여자가 말을 하고 있다. "당신한테 상처를 입히면 절대 안 되는데. 얼마나 철저한 명령인데요. 그 사람 이제 큰일 난 거예요."

케이트는 가까스로 정신을 차린 끝에 집 안의 주방 탁자에 앉아 민트차를 마시고 있다. 간호사 같은 옷을 입은 여자는 젊고 예쁘다. 여자의 말투에서 외국 억양이 느껴지지만 어디 억양인지는 짐작할 수 없다. 어딘가 푸틴의 억양과 비슷하게 들리는 것이 슬라브 쪽일지도 모른다. 목덜미에도 여전히 얼얼한 느낌이 남아 있지만 지금 가장 고통스럽게 욱신거리는 곳은 갈비뼈 쪽이다. 심하게 멍이 든 것은 물론 어쩌면 뼈가 부러졌을지도 모른다. 허리 쪽도 아픔이 심하다.

"고마워요." 조금은 기운이 나는 것 같은 기분이 든다. "차를 주셔서요."

너무도 익숙한 모습의 주방에 이렇게 앉아 있으려니 기분이 참으로 이상하다. 방 안으로 온 방향에서 빛이 쏟아져 들어오고 있다. 왼쪽으로 보이는 이젤 위에는 반쯤 완성한 스트레치의 그림이 놓여 있다.

"당신 머리에 손가락 하나라도 댔으면 그는 죽은 목숨이었을 거예요." 여자가 별채로 가는 길로 통하는 주방 뒷문을 흘끗 쳐다보며 말한다.

"내 머리요?" 케이트는 푸틴에 대해, 그가 어떻게 오로지 자신의 몸만을 노리고 때렸는지에 대해 떠올리며 묻는다.

"당신 뇌 말이에요." 여자가 케이트의 찻잔을 향해 고개를 끄덕인다. "그거 얼른 마셔요."

케이트는 눈을 감는다. "저 밖에는 뭐가 있는 거예요?" 케이트가 묻는다. "창고 안에 말이에요."

여자는 시선을 아래로 떨어뜨리고는 입술을 꽉 다문다. "당신은 모르는 편이 좋아요." 여자가 말한다.

"말해줘요." 케이트는 동물적인 공포심으로 눈을 번득이며 거의 소리를 지르다시피 말한다.

"어떻게든 당신을 도울 방법이 있으면 좋을 텐데." 여자가 고개를 돌리며 말한다. "수영장에 처넣지 않은 걸 다행으로 생각해요. 나한테는 한번 그런 적이 있어요. 내가 수영을 못한다는 걸 알고 일부러 그랬죠. 당신은 수영 할 줄 알아요?"

"바다에서 수영하는 걸 더 좋아하지만요." 케이트는 콘월 집의 수영장에서 수영장 덮개 때문에 거의 질식해 죽을 뻔했던 일을 떠올리며 대답한다.

여자는 케이트를 잠시 동안 가만히 쳐다본다. "수영을 꽤 잘 하는 편인가요?"

"다리에 쥐가 나지 않으면 꽤 하는 편이에요. 그건 왜요?"

"아무것도 아니에요." 하지만 여자가 무언가를 숨기고 있다는 걸 느낄 수 있다. 여자는 다시 한번 주방 뒷문을 흘끗 쳐다본다. 케이트도 똑같이 따라한다.

"당신은 왜 여기에 있는 거예요?" 케이트가 목소리를 낮추고 속삭이듯 묻는다. 여자한테도 흉터가 있는지 확인하러 여자의 머리를 올려다본다.

"나는 여기에서 일하는 다른 사람하고는 달라요." 여자가 말한다. "이곳에서 나가고 싶어 죽겠어요."

"그럼, 왜 안 나가는 건데요?"

"나갈 수가 없어요. 나도 도망치려 해봤어요. 당신처럼요. 몇 번이나."

"하지만 고무 목걸이를 하고 있지 않잖아요."

"예전에는 하고 있었어요." 여자는 마치 그 고통이 기억나기라도 한 듯 목덜미를 어루만진다. "지금은 내 몸 안에 이식되어 있어요." 여자는 블라우스 옷깃을 당겨 내리더니 심장 바로 위 가슴팍을 가로지르는 흉터를 보여준다. "이 집을 떠나거나, 보안용 담장을 넘어가거나, 휴대전화를 집어들거나, 도망치려는 그 어떤 시도를 하는 순간, 내 심장은…."

뒷문이 벌컥 열린다. 푸틴이 나타나자 케이트는 움찔하며 몸과 다리를 움츠린다. 몸의 통증이 한층 심하게 느껴진다.

"이제 가야할 시간이야." 푸틴이 케이트와 눈을 마주치지 않으려 하며 짖듯이 말한다.

푸틴은 여자에게 케이트가 알아듣지 못하는 외국어로 무엇인가 말하더니 케이트를 억지로 주방 뒷문 밖으로 끌어내고는 창고를 향해 질질 끌고 가기 시작한다. 몸을 움직이는 게 너무나 고통스러워 조금만 천천히 가자고 애원해보지만 푸틴은 전혀 아랑곳하지 않고 케이트가 발을 멈추려 할 때마다 손목을 세게 잡아끈다. 다른 손에는 고무 목걸이의 리모컨을 들고 있다.

"또 무슨 짓이라도 해봐. 다시 이걸 쓸 테니까." 별채 가까이 왔을 무렵 푸틴은 리모컨을 케이트의 코앞에서 홰홰 휘두르면서 말한다.

별채 문 앞까지 왔을 때 푸틴은 주위를 둘러보더니 지금 윙윙거리며 울리기 시작한 휴대전화를 꺼내든다.

"1분만 기다려." 푸틴은 케이트에게 손가락 하나를 세워 보이며 말한다. 어딘가 다른 곳에 정신이 팔린 것처럼 보인다. 그리고 전화에 대고 나직하지만 다급한 어조로 무언가 이야기를 하기 시작한다.

케이트는 창고의 문을 가만히 쳐다보며 도대체 그 안에 무엇이 있을지 생각한다. 찬 기운이 온 몸을 훑고 지나간다. 백랍 같은 회색으로 물든 하늘 아래 어두운 빛을 띤 바다에서 파도가 일렁인다. 여자의 말이 맞다. 여기에서 도망칠 수 있는 방법 같은 건 없다. 단 한 차례의 시도는 실패로 끝나버렸다. 배달 트럭 운전사는 너무 멀리 떨어져 있었기 때문에 케이트가 부르는 소리를 듣지 못했다. 어디에서도 희망이라고는 전혀 보이지 않는다.

푸틴은 전화에 대고 점점 더 침을 튀길 듯이 격렬하게 변명을 하기 시작한다. 케이트를 구타한 일로 질책을 듣고 있는 중일까? 고개를 돌린 순간 심장이 멎는 듯한 기분이 든다. 후미를 가로질러 맞은편의 언덕 비탈 위에서 어딘가 눈에 익은 사람의 모습이 눈에 들어온 것이다. 특유의 육중하고 볼품없는 걸음걸이를 못 알아볼 수가 없다. 케이트는 그대로 움직이지 않은 채 가만히 서 있다. 푸틴이 눈치채서는 안 된다. 거리가 아주 멀지만 그 사람이 누구인지는 단번에 알 수 있다. 제이크이다. 그 곰 같은 체격은 제이크밖에 없다.

푸틴은 아직 그를 보지 못했다. 여전히 휴대전화에 대고 이야기를 하는 중이다.

"콘월을 향해 작별 인사로 손을 흔들어도 되나요?" 케이트는 겨우 용기를 짜내어 푸틴에게 큰 소리로 묻는다. "영국을 향해서요." 당장 크게 소리를 지르며 제이크를 부르고 싶은 충동을 거의 억누를 수 없을 지경이지만 다음번 고무 목걸이의 고통은 전보다 훨씬 더 심할 것이다. "저 어딘가에 영국이 있을 거예요."

푸틴은 휴대전화를 손으로 막은 다음 케이트를 한번 보고 그 다음 바다 쪽을 흘끗 쳐다보더니 다시 전화에 대고 이야기를 하기 시작한다.

푸틴이 케이트의 질문을 제대로 이해했는지 확신할 수 없다. 바다를 향해 손을 흔들기 시작하자 바닷바람이 그녀의 머리칼을 헝클어 트린다. 푸틴 쪽을 슬쩍 확인한 다음 다시 한번 저 먼 언덕 위에 서 있는 제이크를 쳐다본다. 집 아래 어딘가 보이지 않는 곳에서 파도가 바위에 부딪치는 소리가 들려온다. 여기 절벽 아래가 바로 바다인 것이 틀림없다. 다시 후미를 건너다본다. 한창 물이 들어오는 밀물 때이다. 제이크가 서 있는 언덕의 절벽에도 그 바로 아래까지 바닷물이 밀려들어와 있다. 콘월에 살던 무렵에는 항상 밀물과 썰물 때에 맞춰 생활했기 때문에 조수의 간만이라면 한눈에 알 수 있다.

다음 순간 푸틴이 전화를 끊더니 다시 한번 케이트의 손목을 낚아 챈다.

"따라와." 푸틴은 케이트를 문 쪽으로 질질 끌고 가며 말한다.

"아파요." 케이트의 항의에도 아랑곳 않고 푸틴은 다른 손으로 카드 열쇠를 꺼내 창고문의 잠금 장치에 갖다 댄다. 케이트는 마지막으로 한차례 더 뒤를 돌아본다. 지금 제이크가 케이트를 향해 손을 흔들어준 것일까? 제이크가 케이트의 모습을 발견한 것일까? 제이크가 이 근처에 가까이 와 있다는 사실을 알고 나니 그것만으로도 기운이 난다. 창고 안으로 끌려들어가 등 뒤에서 문이 잠기는 소리를 들으면서도 용기가 솟는 듯한 기분이다.

103장

사일러스

사일러스는 여전히 자신의 상관인 워드 경감과 통화를 하고 있는 중이다. 오늘밤 켄타우로스가 작동을 시작한다는 소식의 충격에서 아직 헤어나오지 못하고 있다. 경감의 말에 따르면 오늘 롭이 와서 직접 그 소식을 전해준 모양이다.

"경감님, 켄타우로스와 롭이 정확하게 어떻게 관련되어 있습니까?" 사일러스가 묻는다. 사일러스는 지금 쇼디치에 있는 롭의 아파트 밖에서 스트로버와 함께 대기하고 있는 중이다.

스트로버는 스윈던 경찰서에서 새로 도입하게 될 얼굴 인식 소프트웨어의 배후에 누가 있는지 알아내기 위해 지금까지 조사해보았지만 아무것도 찾아내지 못했다. 켄타우로스 계약을 둘러싼 세부 사항들은 아주 부드럽게 표현해서 어둠 속에 숨겨져 있었다.

"켄타우로스는 롭이 새로 시작하는 사업 중 하나입니다." 워드 경감이 대답한다. "롭은 얼마 전부터 그 사업에 뛰어들었습니다."

"왜 지금까지 그런 말을 하지 않았습니까?" 사일러스가 의심스럽다는 듯이 묻는다.

"사일러스, 말할 수 있었다면 벌써 말했겠지요. 하지만 이런 종류의 일은 상업적 관점에서 아주 민감한 문제거든요. 게다가 초기 단계 문제들이 속속들이 나타났습니다. 일정이 계속 미뤄졌고요."

"하지만 롭이 얼굴 인식 소프트웨어를 개발한다는 사실 자체가 케이트가 당한 사고와 무슨 관련이 있을지도 모른다는 생각은 못했습니까? 아니면 케이트가 사고를 당한 다음 롭이 초인식자인 케이트와 사귀게 된 일하고 어떤 식으로든 연관이 되어 있을지 모른다는 생각이 들지는 않았습니까?" 사일러스는 지금 자신이 선을 넘고 있다는 사실을, 직속상관에게 이런 식으로 따져 물어서는 안 된다는 사실을 잘 알고 있다.

"내가 아는 한은 전혀 관련이 없습니다." 워드 경감이 말한다. "어쩌면 길모어 마틴이 롭에게 누명을 씌우려 한다는 점에서는 관련이 있을지도 모르지만요. 오늘 롭이 얘기한 대로라면 그날 밤 케이트의 사고 현장에 있었던 남자는 길모어가 분명해 보이니 말입니다."

"우리 말고 또 어느 지역에서 켄타우로스를 사용하게 됩니까?" 사일러스가 묻는다.

"지금으로서는 우리뿐입니다. 하지만 스윈던은 다른 어느 지역보다 감시 카메라가 많이 설치된 도시지요. 우리는 이 프로그램을 최대한 활용할 수 있는 위치에 있는 겁니다. 이 소프트웨어가 기대만큼 제 역할을 다 해준다면 켄타우로스는 이 도시의 거리에서 범죄를 소탕하게 될 것입니다."

롭은 스윈던의 아주 좋은 친구라는 사실을 스스로 증명하고 있으니까 말이죠.

"아일랜드 사람들이 여기에 눈독을 들이고 있습니다." 경감이 말을 잇는다. "독일에서도 마찬가지고요. 간밤에는 또 노팅엄에 있는 경감에게 연락을 받았습니다. 별로 놀랄 일도 아니지요. 이 소프트웨어는 시장의 판도를 바꿀 잠재력을 가지고 있으니까요. 인간과 컴퓨터의 한층 긴밀한 상호 작용을 약속하고 있는 걸요. 더 이상 높은 오류율 때문에 창피할 일은 없습니다." 경감이 잠시 말을 멈춘다. "그런데 경위는 바르마 박사 사건에 대해서 런던경찰청에 제대로 협조하고 있는 거 맞습니까? 협력 거부를 한다는 보고는 듣고 싶지 않은데요."

"내가 아는 사실은 전부 다 말했습니다." 사일러스가 대답한다. 실은 거의 다였지만 말이다.

경감과 통화를 마친 후 스트로버에게 켄타우로스에 대해 설명한다. 오가는 대화를 듣고 이미 핵심을 파악하고 있던 스트로버는 사일러스만큼이나 충격을 받은 것처럼 보인다.

"경감이 우리한테도 아무 말 않다니 믿을 수가 없군." 사일러스가 말한다.

"나는 그 이름이 마음에 걸립니다." 스트로버가 휴대전화로 뭔가를 검색하며 말한다. "켄타우로스가 어떻게 생겼는지 아세요?"

사일러스는 고개를 끄덕인다. 몇 년 전 그리스 펠리온 반도를 여행했을 때 켄타우로스에 대한 책을 읽은 적이 있다. 코너가 아직 가족과 함께 휴가를 보내던 시절의 일이다.

"반은 사람이고 반은 말인 종족이죠." 스트로버가 사일러스에게 휴대전화를 내밀어 사진을 보여주며 말한다. "컴퓨터의 인공 지능과 인간 두뇌의 결합 또한 켄타우로스 모델이라는 이름으로 알려져 있어요. 1997년 가리 카스파로프가 체스 시합에서 IBM사의 딥 블루에게 패배했을 때 그는 '상급 체스' 혹은 '켄타우로스 체스'라고 불리는 것을 발명했습니다. 체스의 고수들이 컴퓨터와 손을 잡고 서로 경쟁하는 것이에요."

예전에 사일러스는 스트로버에게 체스로 도전을 하는 실수를 저질렀다. 그리고 사일러스는 자신이 그럭저럭 실력이 나쁘지 않은 편이라고 생각하고 있다. 바르마 박사의 책상 위에서 본 문서들을 떠올린다. P3 뇌파, 몸이 굳어진 중독자들에 대한 기사, 감금증후군. 오늘밤 켄타우로스가 작동을 시작한다. 바르마 박사가 살해당하고 케이트가 마침내 예전의 얼굴 인식 능력을 회복한 끝에 프랑스로 끌려간 날에 말이다.

휴대전화가 울리기 시작한다. 제이크이다.

"지금 어디야?" 사일러스가 묻는다.

"브르타뉴입니다. 롭의 집이 내려다보이는 언덕배기 위에 있어요."

이 남자는 마치 뼈를 입에 문 개처럼 끈질기다. 범죄 스릴러 소설을 쓰는 일에 이만큼 노력을 했다면 지금쯤 베스트셀러 작가가 되고도 남았을 것이다.

"프랑스 경찰에게 연락하지 않았습니까? 제이크가 말을 잇는다. "집 주변에 아무도 와 있지 않은데요."

사일러스는 크게 숨을 들이마신 다음 거리를 두리번거린다. "미안하게 됐어. 상황이 그렇게 단순하지 않아서 말이야."

"그게 무슨 말입니까?" 제이크가 말한다. "길모어한테 체포 영장이 내려진 게 아닙니까? 케이트는 정말 큰 위험에 처해 있어요. 지금 방금 케이트를 본 것 같아요. 절벽 위의 집 뒤쪽에 있었어요."

제이크에게 이 문제를 쉽게 설명할 수 있는 방법은 없어 보인다. "제이크, 케이트는 지금 영국에 돌아와 있어." 사일러스가 입을 연다. "롭하고 같이 왔어. 지금 방금 게이블크로스 서에 들렀다 갔다는 군. 롭은 자신이 길모어에 의해 누명을 썼다고 주장하고 있어."

"뭐라고요?" 제이크는 사일러스보다 더 이 상황을 믿을 수 없는 것처럼 보인다. "그럴 리가 없어요. 케이트일 리가 없습니다. 다른 사람인 게 틀림없어요. 내 말을 좀 믿어주세요."

제이크는 생르낭 주유소에서 자신이 만난 남녀에 대해 설명한다.

"그래서 그 여자와 같이 있던 사람이 롭이었다는 게 확실해?" 사일러스가 묻는다.

"아니요. 그건 잘 모르겠어요. 하지만 여자는 확실히 케이트가 아니었습니다. 말투의 억양도 달랐고⋯ 뭐랄까 존재감이 달랐습니다. 물론 겉모습만으로는 완전히 케이트처럼 보였지만⋯ 나는 케이트하고 12년 동안 같이 살았어요. 어디에서든 그녀를 알아볼 수 있습니다. 그리고 이 여자는 상태가 안 좋아 보였어요. 어딘가 아픈 것 같았고 겁에 질려 있었습니다. 나더러 계속해서 저리 가 달라고 애원했어요. 그리고 케이트가 여기 브르타뉴의 집에 있다는 말도 했습니다. 나를 좀 도와주셔야 합니다. 지금 여기에는 나밖에 없어요."

104장
케이트

    창고의 조명은 어둡고 속이 메스꺼워질 듯한 파란빛을 띠고 있다. 마치 새벽녘의 시체 안치소 같다. 창고 안의 온도도 낮다. 푸틴은 케이트 옆에 서서 그녀가 눈앞에 펼쳐진 무시무시한 광경을 눈으로 보고 이해할 때까지 기다린다.

    "여기가 앞으로 당신이 살 새 집이야." 푸틴이 말하지만 케이트의 귀에는 아무 소리도 들리지 않는다. 멍하니 앞을 쳐다보면서 눈앞에 펼쳐진 악몽 같은 광경을 이해하려고 애를 쓰고 있다. 식염수 점적주사와 TV 화면, 소독약 냄새. 다시 병원으로 돌아온 듯한 기분이다. 사고 후 희망이라고는 보이지 않던 어두운 시기, 멍들고 다친 몸으로 밤이면 밤마다 다른 환자들의 고통스러운 신음 소리를 들어야 했던 그 힘겨웠던 시간으로 돌아온 듯한 기분이다. 게다가 깜빡거리는 TV 화면은 초인식자팀에서 일할 무렵 가장 힘들었던 최악의 시기를 떠오르게 한다. 늦은 밤 비좁고 갑갑한 사무실에 갇혀 끝도 없이 이어지는 사람들의 얼굴을 분석하며 내내 화면만 들여다보던 시절이다.

손이 부들부들 떨리기 시작한다. 양팔을 움켜쥐고 욱신거리는 갈비뼈 위로 얇은 환자복을 단단히 여민다. 어떻게든 여기에서 빠져 나가야만 한다.

가까스로 기운을 끌어 모아 이곳에 있는 사람들이 모두 몇 명인지 세어본다. 남자가 여섯 명, 여자가 다섯 명으로 모두 열한 명이다. 칸막이로 분리된 공간에 각각 누워 있는 사람들은 아무것도 느끼지 못하는 것처럼 보인다. 다들 멍한 표정으로 그들의 앞쪽, 낮은 천장에 매달려 있는 커다란 TV 화면만을 응시하고 있다. 마치 눈을 억지로 뜨게 만든 것처럼 속눈썹이 부자연스럽고 보기 흉하게 비틀어져 있다. 모두 환자복을 입고 케이트가 사용했던 것과 똑같아 보이는 뇌전도 헤드셋을 쓴 채 인공호흡 장치를 통해 호흡하고 있다. 팔에는 점적 주사가 꽂혀 있다.

"길은 당신한테 이곳의 모습을 먼저 보여주고 싶어했어." 푸틴이 말한다. "자신이 이루어낸 성과를 무척 자랑스럽게 생각하거든. 하지만 당신이 지금 여기 이렇게 와 있는 건 일반적인 경우는 아니야. 평소 같으면 먼저 긴장증 상태를 유도한 다음에 이곳에 데리고 오니까."

푸틴은 오른쪽에 있는 문을 향해 고갯짓을 한다. 긴장증 상태라니, 그게 도대체 무슨 말인지 물어보려 입을 열지만 숨이 꽉 막힌 나머지 그 어떤 말도 입 밖으로 나오지 않는다. 이제 몸 전체가 부들부들 떨리고 있다. 방 저쪽 끝에 침대 하나가 비어 있다. 케이트를 위해 비워놓은 침대이다. 케이트는 TV 화면에 무엇이 비치고 있는지 알고 있다. 에이제이가 인식 검사에서 케이트에게 보여주었던 것처럼 사람 얼굴 이미지가 적어도 1초에 10장의 속도로 휙휙 지나가고 있을 것이다. 다음 순간 TV 화면 몇 곳에서는 사진 대신 영상이 비춰지고 있다는 사실을 알아차린다. 각도 때문에 분명하게 알아보기는 어렵지만 아마도 CCTV 영상인 것처럼 보인다. 영상은 재생 속도를 빠르게 해 둔 것처럼 정상 속도보다 훨씬 더 빠르게 돌아가고 있다.

케이트는 이 모든 광경을 자신이 상상하고 있는 게 아닌가 하는 생각이 들어 팔뚝의 살을 꼬집기 시작한다. 점점 더 세게, 고통을 견딜 수 없을 때까지 손가락으로 살을 세게 잡아 비튼다. 이 나쁜 꿈에서어서 빨리 깨어나기만을 바란다.

케이트에게 민트차를 내 주었던 여자가 창고 끝에 있는 문을 통해 안으로 들어온다. 한손에 클립보드를 들고 침대 사이를 돌면서 사람들의 상태를 확인하기 시작한다. 여자와 눈을 마주치려 하지만 여자는 케이트 쪽을 쳐다보려고도 하지 않는다. 마음이 약해질까 두려워 눈을 마주칠 엄두를 내지 못하는 것이다.

"우리는 계속 이 사람들 눈에 수분을 공급해줘야만 해." 푸틴은 여자가 침대에 누운 수인들 중 한 사람 위로 몸을 굽히는 모습을 지켜보면서 마치 자랑스럽다는 듯이 말한다. "그렇지 않으면 눈이 말라버리거든. 거의 잠을 자지 않으니까. 우리가 주는 약물이 한편으로 불면증을 유발하는 모양이야. 하지만 누가 잠이 들면 뇌전도 모니터를 통해 금세 알 수 있지. 그럼 우리가 가서 눈을 감겨줘. 하지만 절대 오래 잠들지 못해."

"다들 지금 의식이 있는 상태인가요?" 케이트는 가까스로 입을 연다. 겨우 속삭이는 소리로밖에 말이 나오지 않는다.

"완전히 의식이 있지."

눈을 감고 이 사람들이 겪는 고통을 상상해보려 한다. 아마 이들은 전부 케이트 자신처럼 초인식자일 것이다. 경찰에서 일을 하던 마지막 몇 달 동안 케이트는 계속되는 악몽에 시달렸다. 꿈에서 케이트는 목이 잘린 머리의 신원을 알아내라는 지시를 받고 수천 장의 일그러지고 훼손된 얼굴 사진들을 끝도 없이 지켜봐야만 했다. 그리고 더이상 견딜 수 없어지는 순간 온통 식은땀에 젖은 채 잠에서 깨어났다. 한순간 혹시 롭도 여기 누워 있는 것이 아닐까, 두 사람이 나란히 함께 갇히게 되는 것은 아닐까 하는 생각이 든다. 하지만 여기 누운 사람들 중에 케이트가 아는 얼굴은 없다.

"가끔 우리는 영화를 틀어주기도 해." 푸틴이 자신의 손목시계를 들여다보며 말한다. "우리끼리 하는 작은 농담 같은 거지. 우리는 그걸 루도비코 시간(루도비코 요법은 영화 〈시계 태엽 오렌지〉에 나온 일종의 혐오 요법으로 강제로 폭력적인 영상을 보여주는 동시에 신체에 고통을 가하는 치료요법이다. _옮긴이)이라고 불러."

105장
사일러스

사일러스는 제이크와의 전화를 끊은 다음 서둘러 움직인다. 워드 경감은 감식반이 자기 사무실로 쳐들어와 지문을 확인하는 일을 전혀 마음에 들어 하지 않지만 제이크가 까르푸 주유소에서 케이트의 도플갱어일지도 모를 여자와 어쩌면 롭의 도플갱어일지도 모를 남자와 만났다는 이야기를 듣자 어쩔 수 없다는 태도로 마지못해 조사를 허락한다.

사일러스가 지금 가장 걱정이 되는 부분은 워드 경감이라면 분명히 롭을 잘 알고 있을 것이라는 사실이다. 경감은 초인식자팀이 설립되었을 무렵 딱 한 번밖에 만나 보지 않은 케이트보다는 롭을 훨씬 더 잘 알고 있을 것이다. 벌써 몇 달 동안 켄타우로스에 대해 함께 논의를 해 왔을 것이기 때문이다. 경감은 자신의 사무실을 찾아온 사람이 롭이 아니라는 것을 알아챌 수 있을 만큼 자주 롭과 만났을까?

"경감이 그렇게 멍청하지는 않단 말이지." 무어필즈 안과 병원 맞은편의 프레 타 망제에서 커피를 마시면서 사일러스가 스트로버에게 말한다. "대학을 간 사람치고는 말이지."

"그게 길모어였다고 생각하는 거예요?" 스트로버가 묻는다.

"어디 두고 보자고."

지금 사일러스가 확신할 수 있는 것은 길모어가 언젠가 자신의 인생을 빼앗을 것이라는 롭의 두려움이 그렇게 터무니없는 것이 아니었다는 사실뿐이다.

경감 사무실의 책상 위에 놓여 있는 케이트의 여권에 대한 감식 결과가 나오기까지는 그리 오랜 시간이 걸리지 않는다. 케이트의 지문은 그녀가 초인식자로 고용될 때 신원 조회 절차의 일환으로 경찰 기록에 등록되어 있다. 여권 곳곳에서 케이트의 지문은 충분히 많이 발견되었다. 하지만 여권에는 최근에 찍힌 또 다른 지문이 있었고 감식반은 이 새로 발견된 지문을 IABS, 즉 영국으로 입국하는 모든 외국인의 지문 정보를 관리, 보관하는 내무성의 새로운 데이터베이스에서 검색해보았다. 그 결과 그 지문은 6개월 전 핀란드에서 영국으로 입국한 지 얼마 되지 않아 실종된 한 여성의 지문으로 판명되었다.

"그 여자의 이름은 카트린이야." 사일러스는 탁자 위로 스트로버에게 휴대전화를 넘겨주며 말한다. 결국 제이크의 말이 맞았다.

"정말 신기할 정도네요." 스트로버가 사진을 찬찬히 들여다보며 말한다. 어찌나 똑같아 보이는지 마음이 불안해질 정도이다. 케이트를 잘 안다고 생각한 사일러스 자신도 깜빡 속아 넘어갈 정도이다. 워드 경감이 못 알아본 것도 당연하다.

롭의 여권에 대한 결과가 나오기까지 다시 10분을 기다린다. 여기에서는 워드 경감의 지문을 제외하고 단 한 사람의 지문만이 발견되었지만 그게 누구의 지문인지는 불분명하다. 롭의 지문은 경찰 기록에 등록되어 있지 않기 때문에 그것이 롭의 지문이 맞는지 확인할 수가 없다. 경찰에 구류된 적이 있는 모든 사람의 지문이 등록되어 있는 경찰 데이터베이스인 IDENT1에서도 그와 일치하는 지문은 발견되지 않았다.

그리고 지금 두 사람은 왕립태국경찰에서 연락이 오기만을 기다리고 있는 중이다. 스트로버가 새로 사귄 친구인 방켄 형사 훈련 학교의 마누 잽티엔은 어젯밤 길모어 마틴에 대한 오래된 서류를 찾아냈고 그 서류에는 길모어 마틴의 지문이 찍혀 있다.

스트로버의 휴대전화가 울린다.

"마누예요." 스트로버가 국제 전화 번호를 확인하고 말한다.

"받아 봐." 사일러스는 침착함을 유지하려고 애쓰며 말한다.

스트로버는 사일러스의 시선을 받으며 전화기에 귀를 기울인 끝에 전화를 끊는다.

"롭의 여권에서 나온 지문은 태국의 길모어 마틴의 지문과 일치합니다."

106장

제이크

제이크는 지금 모래 언덕과 모래사장 주위를 열심히 쑤석거리며 뒤지는 중이다. 밀물이 끝까지 차올랐지만 후미의 중간까지는 여전히 모래 해변이 가늘고 긴 끈처럼 쭉 이어진 채 남아 있다. 모래 해변이 끝나는 곳에 작은 만이 있고 그곳에 작은 배가 두어 척 정도 정박해 있다. 그 작은 만의 뒤쪽으로는 모래 해변이 자취를 감추고 해안선은 바위와 깎아지른 듯한 절벽에게 자리를 내준다. 케이트의 모습을 보았던 그 집 또한 해변이 없이 바로 바다 위로 치솟은, 높이가 적어도 15미터는 되어 보이는 절벽 위에 자리 잡고 있다. 절벽을 통해 집으로 올라갈 수 있는 길은 전혀 없어 보인다.

아까 제이크가 본 여자가 케이트라는 확신은 없다. 하지만 그 손을 흔드는 모습이 어딘가 눈에 익었다. 처음 함께 살기 시작했을 무렵 두 사람이 술에 거나하게 취했을 때마다 케이트는 거룻배의 이물에 서서 지나가는 배를 향해 기운차게 손을 흔들었다. 가장 기분이 언짢은 사람에게조차 답례로 적어도 미소라도 받아내려는 각오로 몸 전체를 휘두르며 손을 흔들었다. 두 사람만 아는, 두 사람 사이의 농담이었다.

어떻게 그 집으로 접근해야 할지 아무런 생각도 떠오르지 않는다. 게다가 여기서부터 그 집까지는 제이크가 처음 생각했던 것보다 훨씬 더 멀다. 멀리서 관찰한 결과 정문으로는 들어갈 수가 없다는 결론을 내린다. 보안용 담장은 너무 높고 CCTV 카메라로 감시되고 있다. 유일하게 남은 희망은 바다 쪽에서 접근하여 올라가는 방법뿐이다.

제이크의 마음에는 지금 그 어느 때보다도 케이트에 대한 사랑이 넘쳐흐른다. 앞으로는 절대 케이트의 존재를 당연하게 여기지 않을 작정이다. "당신만 괜찮으면 어딘가로 가요." 스윈던의 쇼핑센터에서 만난 여자가 말했다. 그 기억을 떠올리자 얼굴이 달아오른다. 단 한 번의 어리석은 순간이었다. 그 여자의 입술은 마치 서양톱풀처럼 씁쓸한 맛이 났다.

다시 한차례 후미를 건너다 본 다음 몸을 숙여 모래 사이를 뚫고 고개를 내민, 습기를 가득 머금은 샘파이어 싹을 뜯는다. 배가 몹시 고팠지만 지금은 자리를 잡고 앉아 채집을 할 시간이 없다. 이제 모든 것은 제이크의 손에 달려 있다. 하트 경위는 적어도 지금 당장은 경찰이 할 수 있는 일이 없다고 말했다. 롭과 케이트와 똑같이 생긴 남녀가 영국에 있는 경찰서에 모습을 나타낸 이상, 이제 제이크에게는 하나의 선택지만이 남아 있을 뿐이다. 다시 한번 정박해 있는 배들을 쳐다본 다음 배들을 향해 달리기 시작한다. 좀 더 체력이 좋았으면 하고 바라면서. 이미 너무 늦지 않았기를 기도하면서.

107장
케이트

    케이트는 간호사복을 입은 여자가 자신과 푸틴 쪽을 향해 걸어오는 모습을 지켜본다. 여자는 케이트와 눈이 마주치지 않도록 애써 시선을 피하고 있다. 푸틴이 그 여자 또한 조종하고 있는 것일까? 무슨 신호라도 받은 것처럼 푸틴이 리모컨을 꺼내든다. 하지만 누구한테 사용하려는 것일까? 푸틴은 뻔뻔한 시선을 숨기려는 기색도 없이 여자의 탄탄한 몸매를 노골적으로 훑어본 다음 다시 휴대전화로 고개를 숙인다. 그 순간 여자가 고개를 들어 케이트를 보더니 창고의 정문을 향해 아주 희미하게 고개를 끄덕인다.

    방금 그 고갯짓을 케이트가 머릿속으로 상상한 것일까? 뱃속이 뒤집히는 듯한 기분이 든다. 여자는 무슨 말을 전하고 싶은 것일까? 아까 들어올 때 분명 문이 잠기는 소리를 들었다. 문은 마치 마지막이라는 듯이 불쾌한 딸깍 소리를 내며 잠겼다.

    여자가 몸을 돌리더니 푸틴에게 미소를 짓는다. 푸틴은 깜짝 놀라면서도 한편으로는 기분이 좋아 보인다. 여자가 푸틴에게 이렇게 관심을 보이는 것이 아마도 처음인 것 같다. 여자는 다시 한번 이번에는 한층 요염하게 미소를 짓더니 조신하지 못한 태도로 엉덩이를 살랑살랑 흔들며 푸틴에게 다가선다. 한 손으로 클립보드를 가슴에 안고 다른 한 손은 몸 옆으로 늘어뜨린 채 케이트의 옆을 스치듯이 지나간다. 굳이 시선을 내리지 않고도 플라스틱 카드가 손을 건드리는 것이 느껴진다. 푸틴이 이곳에 들어올 때 사용했던 것과 똑같은 카드이다.

케이트는 손에 들어온 카드를 꽉 움켜쥔 채 여자가 푸틴에게 계속해서 추파를 던지는 모습을 지켜본다. 여자는 푸틴에게 몸을 가까이 붙이더니 속삭이듯 무슨 말인가를 건넨다. 남자한테는 이렇게 약한 데가 있다. 푸틴은 케이트한테 자신들이 나누는 대화를 들려주기 싫다는 듯이 저쪽으로 몸을 돌린다. 다음 순간 여자는 어깨 너머로 고개를 돌리고 케이트를 보면서 입 모양으로 말한다. 단 한 마디이다.

뛰어내려요.

108장

제이크

사람이 아무도 없는 모래 해변의 끝자락에 도착하자 제이크의 가슴이 철렁하고 내려앉는다. 작은 후미에 정박된 배는 두 척 모두 낡아빠진 데다 제대로 관리되지 않은 상태로 버려져 있다. 아까 바다가재 통발의 위치를 표시하는 부표가 마치 거대한 구슬 목걸이처럼 해안선을 따라 한 줄로 늘어선 모습을 봤기 때문에 배의 상태가 괜찮을 것이라고 기대하고 있었다. 혹은 모래사장 어딘가에 모래 위로 끌어올려 해변 뒤쪽에 숨겨둔 거룻배가 한 척쯤은 있을 것이라고 생각했다. 하지만 어디에서도 그런 배를 찾을 수 없었다. 이제는 물속을 걸어서 건너가는 방법밖에 없다.

5분 후 황폐해진 배 두 척과 가장 가까운 곳에서 바다로 뛰어든다. 그리고 주위에 사람이 있는지 다시 한번 확인한다. 휴대전화와 지갑은 해변의 바위 뒤에 잘 숨겨두었다. 바닷물은 차갑고 배 위로 몸을 끌어올리니 젖은 바지가 무겁게 느껴진다. 제이크는 언제나 배를 좋아했고 이런 배를 한 척 가질 수 있게 되기를 오랫동안 꿈꾸어 왔다. 독립된 작은 선실과 이중 조타 장치를 갖춘 플리머스 파일럿 같은 배라면 더할 나위 없을 것이다. 그런 배를 가질 수 있다면 콘월에 잘 모셔둘 작정이다.

다시 한번 케이트의 모습이 보였다고 생각하는 절벽 위를 올려다본다. 그곳까지는 거리가 적어도 1.5킬로미터는 되어 보이지만 엔진에 시동을 걸 수 있다면 후미를 가로지른 다음 절벽 아래에서 위로 올라가는 길을 찾아볼 수 있을 것이다. 엔진 검사용 해치를 열고 잔뜩 녹이 슬어 있는 단기통의 10마력 디젤 엔진을 들여다본다. 지난번 마지막으로 점화 장치를 쇼트시켜 엔진에 시동을 걸었던 것은 케이트와 함께 살던 거룻배에서 그 구식 엔진의 시동 열쇠를 두 개 모두 잃어버렸을 때였다. 지금 필요한 것은 오직 전선 조각뿐이다. 다행히도 이 배의 주인은 제이크 자신만큼이나 정리 정돈에는 소질이 없어 보인다. 아니나 다를까 오래 걸리지 않아 엔진실 내부 바닥에 고인 기름 섞인 바닷물 속에 반쯤 잠겨 있는 녹슨 전선을 찾아낸다. 연료 밸브를 연 다음 시동 스위치를 우회하기 위해 전선 한쪽 끝을 시동 모터에 댄 채 다른 한쪽 끝을 12볼트 전지의 양극 단자에 갖다 댄다. 전기가 통하기 시작한다. 크랭크가 엔진을 돌릴 때까지 기다린다. 성공이다. 이제 뜨거워진 전선을 치워버리고 키의 손잡이를 잡은 다음 배의 방향을 절벽 쪽으로 돌린다.

케이트는 제이크가 허구한 날 엔진실에 머리를 처박고 있다면서 줄곧 불평했다. 어쩌면 이제 그 시간들이 전혀 소용없지 않았다는 사실을 인정해줄지도 모른다.

109장

케이트

케이트는 손에 카드를 꼭 움켜쥔 채 슬리퍼를 벗은 다음 호흡을 가다듬는다. 이곳에는 단 1초도 더 있고 싶지 않다. 인공호흡 장치, 점적 주사, TV 화면. 절대 다시는 이런 짓을 당하지 않을 작정이다. 이렇게 삶과 죽음 사이의 회색빛 고문실에 갇히게 되느니 차라리 죽는 편이 낫다. 비록 몸은 여기저기 구둣발자국이 나 있고 통증으로 욱신거리고 쇠약해진 상태이지만 의지만은 그 어느 때보다 굳건하다.

뛰어내려요.

등 뒤에서 푸틴의 고함 소리가 들리기 전에 문의 잠금 장치가 딸깍 소리를 내며 풀리고 문이 열린다. 여자는 최선을 다해 푸틴을 저지해 줄 것이다. 여자가 자신을 던지는 희생적인 행동 때문에 목숨을 잃게 되지만은 않기를 간절히 기도한다. 케이트 자신의 몸을 잡아 찢게 될 고통에 대해서는 이제 전혀 아랑곳하지 않는다. 이곳에서 어떻게든 도망쳐야 한다는 본능적인 열망이 다른 모든 것들을 압도하고 있다.

신선한 공기와 파란 하늘. 바다가 눈앞에 펼쳐져 있다. 케이트는 지금껏 달려보지 못한 속도로 달려 나간다. 부어오른 갈비뼈의 통증을 무시한 채 눈앞의 바다에 정신을 집중하고 할 수 있는 한 빠르게 달려 나간다. 이 바다는 콘월의 바다로 이어져 있다. 케이트가 제이크와 함께 이슬비를 맞으며 캠핑을 했던 곳이다. 비막이 천 사이로 빗물이 뚝뚝 떨어져 내렸고, 모리스 마이너는 시동이 걸리지 않았고, 흠뻑 젖은 옥수수밭 건너편에 있는 술집에서 파인트를 한 잔 사 마실 돈밖에 남아 있지 않았다. 제이크는 케이트에게 별꽃과 블루벨꽃을 따다 주기 위해 발길을 멈추었다. 케이트는 그를 저주했고, 그를 사랑했다.

억지로 힘을 쓰느라 가슴이 터질 듯이 부풀고 머리가 어찔어찔하고 구역질이 나지만 이제 잃을 것이 아무것도 없다. 후미 너머의 절벽 위에 제이크가 있었다. 확실하다. 그 큰 체격을 잘못 알아볼 수가 없다. 그래서 CCTV 영상에서도 그렇게 쉽게 제이크의 모습을 알아볼 수 있었던 것이다. 여자가 입을 맞추었을 때 제이크는 깜짝 놀란 것처럼 보였다. 그 사실은 인정해주어야 할 것이다. 심지어 제이크는 자신이 무슨 짓을 저질렀는지에 대해 충격을 받은 것처럼 보였다. 하지만 그런 일은 어떤 식으로든 결국 일어날 수밖에 없었을 것이다. 당시 케이트와 제이크는 아무 데로도 가지 못한 채 막다른 곳에 몰려 있었다. 서로 대화를 하지 않았고, 너무 가난했고, 몹시 지쳐 있었고, 습관에 매몰되어 서로와 함께 하던 물 위에서의 삶의 부서진 파편을 놓지 못한 채 그저 매달려 있었을 뿐이다. 서로 사랑하는 법을 잊은 세계에서 그 춥고 외로운 심연 속으로 서로를 계속해서 밀어 넣고 있었다. 그런 중에 롭이 나타났다. 그리고 지금 제이크는 케이트를 되찾으려 여기까지 와주었다.

케이트는 계속해서 달려 나간다. 멍들고 욱신거리는 몸을 억지로 밀어붙이며 발밑에 단단한 땅이 사라져버릴 때까지 계속 달린다. 뛰어내리기 전에 잠시 멈추어 설 틈조차 없다. 저 멀리 아래에서 바다가 그 소금기 어린 품으로 케이트를 집어삼키기 위해 기다리고 있다. 케이트는 다시 한번 부두의 벽에서 뛰어내리는 여자아이로 돌아간다. 찰나의 순간 몸을 구부려 제비식 다이빙을 할까 생각하지만 이렇게 높은 곳에서는 한 번도 뛰어내려 본 적이 없다. 자칫하다가는 목숨을 잃게 될 것이다. 절벽이 너무 높다. 하지만 저 창고 안에서 억지로 눈을 뜬 채 서서히 죽어가느니 차라리 지금 여기에서 빨리 죽어버리는 편이 낫다. 절벽에서 떨어지는 순간 양팔을 옆구리에 딱 붙이고 발끝을 세우려고 노력한다. 항구에서 콘월 소년들을 감탄하게 만들었던 연필처럼 몸을 곧게 세운 펜슬 점프이다. 그러나 다음 순간 강렬한 전기 충격이 그녀의 몸을 강타한다. 전에 한 번도 느껴보지 못한 뜨겁고 이글거리는 고통에 몸이 반으로 접히며 경련을 일으킨다. 그리고 마침내 바다 속의 어둠이 마지막 일격을 가한다.

110장

제이크

비명 소리를 들은 후에야 제이크는 공중에서 굴러떨어지고 있는 사람의 모습을 발견한다. 그 사람이 케이트라는 건 한눈에 알 수 있다. 제이크가 지금 배 위에서 할 수 있는 일이라고는 그녀가 추락의 충격에서 살아남기만을 기도하는 일밖에 없다. 혹시 케이트가 일부러 뛰어내린 것일까? 케이트는 예전부터 높은 곳에서 뛰어내리는 걸 좋아했다. 이 절벽은 거의 수직으로 솟아 있고 그 아래는 바로 바다이다. 하지만 이런 위험을 감수하다니, 정말로 필사적인 상황이었던 것이 틀림없다. 1초 뒤 케이트의 몸이 수면 위로 충돌한다. 몸이 뒤쪽으로 많이 기울어 있기는 하지만 다행히도 발부터 떨어진다.

케이트가 추락한 곳까지는 아직 500미터 정도 떨어져 있다. 엔진의 냉각 장치가 작동하지 않아 엔진이 과열되어버릴까 걱정이 되지만 그에 아랑곳 않고 좀 더 엔진을 쥐어짜 속도를 내려고 애쓴다. 절벽 꼭대기에 한 남자가 나타나더니 절벽 아래를 내려다보고는 다시 사라진다. 그 남자가 혹시 제이크를 봤을까? 이제 케이트가 떨어진 곳까지 200미터밖에 남지 않았다. 케이트가 얼굴을 아래로 한 채 바다 위에 둥둥 떠 있는 모습이 눈에 들어온다. 그 몸은 거의 움직이지 않는다.

"케이트!" 제이크는 시끄럽게 울리는 엔진 소리를 이기려 목청을 높여 케이트를 부른다. 엔진실에서 시커멓고 짙은 연기가 자욱하게 피어오르기 시작한다. "케이트!"

케이트의 몸이 전혀 움직이지 않는다. 환자복 같아 보이는 옷 하나가 케이트 옆의 수면 위에 둥둥 떠 있다. 아직 앞으로 100미터가 더 남아 있다.

"내가 왔어." 제이크가 숨 가쁘게 외친다. 한 손으로는 키 손잡이를 잡은 채로 다른 손을 뻗어 연료 밸브를 잠근다. 엔진이 꺼지자 수면 위에 둥둥 떠 있는 케이트의 몸 옆으로 배를 세운다. 케이트는 여전히 움직이지 않는다. 해안이 이렇게 가까운데도 바다는 깊고 어두운 빛을 띠고 있다. 일렁이며 밀려오는 파도에 욕설을 퍼부으며 뱃전에 몸을 고정시킨 다음 배 옆으로 한껏 손을 뻗는다. 뱃전에 몸을 기댄 채 케이트의 몸을 어떻게든 잡아보려 애를 쓴다. 겨우 잡았다가 놓쳐 버리고 다시 한번 손을 뻗는다. 마침내 머리칼 한 줌을 가까스로 움켜쥐는 데 성공한다. 그 다음에는 어깨를 잡는다. 제이크 자신의 심장이 터질 듯이 쿵쿵거리는 소리를 들으며 거의 배에서 떨어질 정도로 몸을 한껏 내밀고는 양손을 케이트의 몸 아래로 집어넣어서는 몸을 뒤집는다. 그리고 케이트의 머리가 파도 속에 잠기지 않도록 들어 올려준다. 케이트의 눈은 감겨 있고 팔다리는 흐느적거린다. 몸 전체가 힘이 없이 축 늘어져 있다. 얼굴에서 눈물이 줄줄 흐르기 시작한다. 케이트가 이런 모습을 하고 있다니, 도저히 견딜 수가 없다. 마지막으로 한 번 더 힘을 내서 마침내 케이트를 파도 속에서 건져낸 다음 배의 바닥에 눕힌다. 케이트는 숨을 쉬고 있지 않다.

손목의 맥박을 짚어보지만 뛰고 있지 않다. 몸을 앞으로 숙여 케이트의 입에 대고 인공호흡을 한다. 입술이 차갑다. 마치 죽은 사람 같다. 제이크는 고개를 뒤로 젖히고는 상처 입은 동물처럼 포효한다. 누가 이런 짓을 저질렀단 말인가? 나의 케이트에게, 내 인생의 사랑에게. 다시 한번 이미 망가진 것처럼 보이는 케이트의 몸을 내려다본다. 괜찮다. 할 수 있다. 지금 제이크 말고 케이트를 구할 수 있는 사람은 아무도 없다. 마을 회관에서 열린 응급 처치 수업에서 배웠던 내용을 기억해 내려고 필사적으로 노력하면서 케이트의 가슴을 압박하기 시작한다. 〈스테잉 얼라이브Stayin' Alive〉 노래의 박자에 맞추라는 이야기를 들었던 기억이 난다. 케이트는 비지스를 좋아했다. 제이크가 글을 쓰려고 끙끙대는 동안에도 비지스 음악을 틀어놓고 배 안을 돌아다니며 춤을 추었다. 한번은 제이크가 더 이상 참지 못하고 그녀를 쫓아다니기 시작하자 배의 이물에서 강으로 뛰어들기도 했다. 절벽 꼭대기를 올려다본다. 이런 높이에서 뛰어내리다니, 저 위에서 뭔가 아주 끔찍한 일이 벌어진 것이 틀림없다. 가슴을 30번 압박한 다음 다시 입에 대고 숨을 불어넣는다. 하나, 둘, 셋.

케이트가 기침을 하면서 바닷물을 한가득 토해낸다.

"하느님, 감사합니다." 밀려드는 안도감에 몸이 떨린다. 가슴이 날아갈 듯 가벼워진다. 그 다음 순간 눈물이 솟아나기 시작한다. 얼른 케이트를 옆으로 눕히고 다시 바닷물을 토하는 동안 등을 두드려준다.

"아우." 케이트가 신음한다. 다음 순간 두 사람 모두 울음을 터트린다. 제이크는 양팔로 케이트를 꼭 안은 다음 부드럽게 흔들어 달래주며 텅 비어 있는 광활한 바다를 둘러본다.

5분 후 제이크는 다시 엔진에 시동을 걸고는 후미의 바다를 가로

질러 되돌아가고 있다. 그 집에서 가능한 한 멀리 떨어지고 싶다. 그 이후로 절벽 위에 모습을 나타낸 사람은 없었지만 그 어떤 작은 위험도 감수할 수 없다. 케이트는 제이크의 윗옷을 걸친 채 바람을 피하기 위해 배의 바닥에 앉아 있다. 제이크는 배의 고물에 선 채 안정적인 속도로 해안 쪽으로 배를 몰고간다. 이윽고 해안 경비대의 구조 헬리콥터가 상공에 모습을 나타낸다.

111장

사일러스

사일러스와 스트로버는 나일스트리트에 있는 롭의 아파트 건물 입구 앞에서 검은 택시 한 대가 서서히 속도를 줄이는 모습을 가만히 지켜본다. 두 사람은 길 건너편에 있는 건물의 출입구 앞에서 대기하고 있는 중이다. 사일러스는 런던경찰청에 지원을 요청했고 지금 나일스트리트의 양쪽 끝에는 무장경찰들이 혹시 지원이 필요할 경우 용의자 체포를 돕기 위한 만반의 준비를 갖춘 채 대기하고 있다. 그럼에도 여전히 초조한 기분이 가시지 않는다. 방금 국립 탄도학 정보기관에서 연락이 와서 바르마 박사를 죽인 총알의 강선 자국이 콘월과 태국에서 발사되었던 총알과 일치한다는 소식을 전해주었다. 바르마 박사에게 방아쇠를 당긴 인물은 여전히 잡히지 않고 있다.

택시에서 남녀가 내리는 모습을 보니 기분이 이상하다. 그 여자가 케이트가 아니라는 사실을 알고 있으면서도 다시 한번 쳐다보게 된다. 남자의 정체를 지금은 알고 있다. 태국의 길모어 마틴과 지문이 일치한다는 것이 퍼즐을 완성하는 마지막 조각이었다. 사일러스는 런던경찰청의 사건 책임자와 협의한 끝에 항공교통관제소에 요청하여 남자가 스윈던에서 런던까지 헬리콥터를 타고 돌아오는 길을 감시했다. 그리고 런던경찰청의 특수범죄대응부에서 파견된 경찰 표식이 없는 차 두 대가 배터시의 헬리포트에서 나일스트리트까지 남녀가 탄 택시의 뒤를 밟았다. 용의자를 체포하기에 나일스트리트가 가장 안전한 장소라고 판단한 결과였다.

"가지." 사일러스가 입을 연다. 길을 건넌 사일러스와 스트로버는 아파트 입구로 들어가려 하는 남녀에게 다가선다. 이 순간 폭발하듯 분출하는 아드레날린에 압도당할 지경이다. 다시 런던의 거리에 돌아와 무장경찰의 지원을 받으며 범인을 체포하게 될 것이라고는 상상조차 하지 못했다. 지금 사일러스의 모습을 볼 수 있다면 코너는 감탄을 금치 못할 것이다. 어쩌면 멜도 감탄할지도 모른다. 바로 이게 문제이다. 두 사람이 절대 이런 순간을 함께 하지 못한다는 것이다. 사일러스를 아침마다 침대에서 일어나게 만드는 힘, 경찰 일을 하며 느끼는 이 만족감을 두 사람과는 결코 공유할 수가 없다.

스트로버는 여자 쪽으로 다가가서 자신의 경찰 신분증을 보여준 다음 여자를 한쪽으로 데려간다. 사일러스는 눈에 띌 정도로 잔뜩 긴장하고 있는 듯 보이는 남자를 상대한다.

"에이제이 바르마 박사에 대한 살인을 사주한 혐의로 당신을 체포합니다." 사일러스가 말한다. "초인식자 열두 명을 납치한 혐의, 콘월에서 윌트셔 블루벨 술집의 바텐더를 살해한 혐의, 운전면허청에 자동차 등록을 위조한 혐의, 영국에 입국할 때 위조 여권을 사용한 혐의가 있습니다. 당신은 묵비권을 행사할 수 있습니다. 하지만 나중에 법정에서 사용될 증거에 대해 심문에 응하여 답변을 하지 않을 경우 당신에게 불리하게 작용할 수 있습니다. 모든 발언은 법정에서 증거로 채택될 수 있습니다."

"좋습니다." 남자가 거리 양편을 둘러보더니 대답한다. 무장경찰들은 이제 위장을 벗어던진지고 체포 현장으로 좀 더 가까이 다가와 있다. 남자는 정말로 젊어 보인다. 코너와 거의 또래로 보일 정도이다. "하지만 누구를 체포하는지 이름을 말해야 하지 않습니까?" 남자가 묻는다. "내 이름 말입니다."

스트로버가 여자를 다른 여경관의 손에 인계하는 모습을 지켜보며 깊게 심호흡을 한다. 오른쪽에서는 무장경찰이 사일러스의 눈앞에 있는 남자에게 총구를 겨눈 채 팔꿈치를 높이 들고 천천히 발걸음을 옮기며 다가오고 있다. 바로 이런 순간이다. 사일러스는 바로 이런 순간을 느끼기 위해 살고 있다. 스트로버가 다시 사일러스의 등 뒤에 선다. 스트로버도 지금까지 일을 아주 잘해주었다. 사일러스는 남자의 얼굴을 응시하면서 케이트가 이 텅 비어 보이는 파란 눈에서 무엇을 보았을지 상상해보려 한다. 남자는 지금 런던의 밝은 햇살 아래에서 눈을 깜빡거리고 있다. 케이트는 과연 이 눈 안에서 누구의 영혼을 보았을까?

"당신의 이름 말입니까?" 사일러스가 남자의 말을 되풀이한다.

스트로버는 사일러스를 쳐다보며 그가 남자의 이름이 길모어 마틴이라는 사실을 확인해주기만을 기다린다.

사일러스는 런던 동부의 저녁 햇살을 받으며 이 순간을 잠시 음미한다.

"당신의 이름은 롭입니다." 스트로버가 옆에서 몸을 움찔한다. "로버트 콜원입니다."

사일러스를 쳐다보는 남자의 얼굴에서 핏기가 빠져나간다. 남자는 다음 순간 거리의 좌우를 둘러본다. 사일러스가 잘못 짚은 것일까?

지금 눈앞에 서 있는 남자가 롭이라는 사실에는 의심할 여지가 없다. 이 남자는 계속 롭이었다. 그렇지 않은가? 하지만 남자는 입을 열지 않는다. 그저 사일러스를 빤히 쳐다보면서 한 손을 상의 안주머니로 가져간다. 그 순간 총성이 울리고 남자가 길바닥으로 풀썩하며 쓰러진다. 거리 양쪽에서 대기하고 있던 무장경찰들이 쓰러진 남자를 향해 달려온다. 공기 중에 다급한 외침들이 울려 퍼진다.

일주일 후

112장

사일러스

퍼레이드실에 있는 책상에 앉아 있던 사일러스는 담배를 피우고 싶은 충동을 억누르며 의자를 뒤로 밀어낸다. 사일러스는 스트로버와 함께 평소 앉는 모퉁이 자리에 앉아 있지만 실은 게이블크로스 서로 돌아온 지 한 시간밖에 되지 않았다. 런던에서 또 한 번의 기나긴 하루를 보내고 돌아온 참이다. 내일도 다시 런던으로 올라가 런던경찰청과 협력하여 롭의 이중생활과 갑작스러운 죽음에 대해 현재 진행 중인 수사를 지원해야 한다. 롭이 총을 꺼내려 한다는 무장경찰의 판단은 옳았다. 태국의 기록과 일치하는 권총이 롭의 상의 주머니에서 발견되었다. 하지만 사일러스는 경찰이 그를 먼저 쏘지 않았다고 해도 롭이 총구를 그 자신에게 겨누고 스스로 목숨을 끊었을 것이라고 생각한다. 경찰에서는 아직도 바르마 박사를 쏜 사람을 찾고 있는 중이다. 경찰이 알고 있는 사실이라고는 그 암살자가 롭이 스윈던에서 헬리콥터에서 내린 다음 나일스트리트에 도착하기 전의 어느 시점에서 틈을 보아 롭에게 권총을 건넸다는 것뿐이다.

스트로버는 지역 업무로 복귀하여 스윈던 시내를 돌며 네일샵들과 반짝 나타났다 사라지는 매춘굴들을 순찰하러 다니고 있다. 워드의 지시이다. 계속 롭의 사건을 수사하고 싶었던 스트로버는 불만이 많다. 워드 경감은 아직도 롭과 가깝게 지냈던 일을 창피해 하고 있으며 하급 경관들을 못살게 닦달하는 방법으로 자기 지위를 과시하고 있다. 사일러스는 이제 곧 경감과 조용하게 이야기를 나누며 스트로버한테서 손을 떼라고 말해둘 작정이다. 물론 스트로버가 자기 앞가림도 못할 것이라고 생각하는 것은 아니다.

사일러스는 시계를 확인한다. 내일 아침 아홉 시에 멜과 함께 첫 상담을 받으러 가기로 약속이 되어 있다. 상담을 취소하는 편이 좋을까? 오늘은 좀 일찍 들어가 쉬고 싶었지만 그 계획은 이미 창문 밖으로 날아가버린 지 오래이다. 사일러스는 피곤하면 성미가 급해지고 완고해진다. 뾰족하게 구는 것이다. 어쩌면 상담을 일주일 정도 뒤로 연기하는 편이 좋을지도 모른다. 업무를 제대로 처리할 수 있게 될 때까지, 피로가 조금은 누그러질 때까지, 좀 더 진심으로 상대의 말을 들어줄 기분이 될 때까지 기다리는 것이다. 상담을 미룰 생각을 하니 벌써부터 기분이 한결 나아진다. 휴대전화로 손을 뻗는데 전화가 이미 울리고 있다. 코너이다.

"안녕, 아빠. 내일 예정대로 상담에 참석할 건지 확인하러 전화했어." 사일러스는 자기 아들이 이토록 명랑하고 낙천적인 말투로 말하는 모습을 단 한 번도 보지 못했다. "아빠가 온다니까 엄마가 정말로 좋아하고 있어."

"당연하지." 사일러스는 의자를 돌려 스트로버에게 등을 보이며 대답한다. 스트로버에게 눈물을 닦는 모습을 들키고 싶지는 않다. "내일 갈게."

아직 초기 단계이기는 하지만 코너의 복귀 치료는 순조롭게 이루어지고 있다. 게다가 코너가 정보를 제공한 덕분에 현대 인신매매단의 잔당들을 전부 체포할 수 있었다. 사일러스의 예상대로 그들은 또한 스윈던 근처에서 지방 원정 마약 밀매 조직을 운영하고 있었다. 블루벨 술집은 문을 닫았다. 한편 코너는 경찰에 협조하여 정보를 제공한 대가로 기소를 면할 수 있을 것처럼 보인다. 배의 화재에 대해서는 그 누구도 코너가 그 사건에 연관되었을 것이라고 의심하지 않았고 제이크 자신 또한 코너를 고발할 생각이 전혀 없다.

"뭐 좀 물어봐도 될까요?" 5분 뒤 게이블크로스 서를 나와 주차장으로 걸어가는 동안 스트로버가 입을 연다. 해질녘이라 그런지 여름이라기보다는 겨울 같다. 스윈던의 스카이라인에 어두운 구름이 낮게 내려앉아 있다.

"물론이지." 사일러스가 대답한다. 이제 좀 제정신이 돌아오기 시작한다.

"그 남자가 길모어가 아니라 롭이었다는 걸 언제 처음 눈치챈 거예요?" 스트로버가 묻는다.

사일러스는 자신의 차가 있는 곳까지 다 와서 스트로버를 쳐다본다. 롭이 죽고 난 후로 스트로버는 그녀답지 않게 내내 입을 다물고 있었다. 경찰 일을 하다보면 이런 일이 종종 생긴다. 엉뚱한 말에 돈을 거는 것이다. 스트로버는 길모어 마틴이라는 사람이 실제로 존재한다고 확신하고 있었다. 얼마 동안은 사일러스도 그렇게 생각했다.

"처음부터 길모어 마틴이라는 사람은 존재하지 않았어." 차에 올라타면서 사일러스가 말한다. 인기척이 없는 주차장에 비가 날리기 시작한다. "길모어가 롭에게 누명을 씌운 게 아니야. 롭이 길모어에게 누명을 씌운 거지. 자신의 상상 속에서 길을, 프랑스어를 유창하게 구사하는 허구의 인물을 창조해 내서 말이야. 롭 내면의 악한 마음이 피와 살을 지닌 인간으로 태어난 거야."

"지문이 태국의 기록과 일치한 것은 어떻게 된 거예요?" 스트로버가 묻는다.

사일러스는 차의 시동을 걸려다가 잠시 망설인다. 비가 한층 거세게 내리기 시작하며 차의 지붕을 세차게 두드린다. 스트로버에게 제대로 된 설명을 해줄 의무가 있다.

"바로 그때 나는 길모어와 롭이 한 명이고 같은 사람이라는 걸 깨달았어." 사일러스는 뒤로 기대앉으며 대답한다. "태국에 갔을 때 롭은 어딘가 사람이 변했어. 그리고 그 거대한 계획을 생각해냈지. 법을 어길 필요가 생길 때마다 길모어라는 가면을 쓰기로 마음먹은 거야. 무슨 일이든 자신의 도플갱어 탓으로 돌리면서 자신이 누명을 썼다고 주장하기로 한 거지. 브르타뉴에 있는 뇌 농장? 길모어 마틴의 생각이야. 콘월에서 바텐더를 쏘아 죽였을 때 롭은 길모어의 이름으로 등록된 테슬라를 타고 있었어. 온라인에서 꾸며낸 비밀 이야기, 커비 같은 페이스북의 가짜 친구들. 그런 것들이 전부 모여 길모어가 롭을 파멸시키고 싶어한다는 허상의 이야기가 완성된 거야. 그리고 물론 케이트한테도 비슷한 헛소리를 지껄였지. 적당히 잘못된 정보를 주입해서는 케이트가 자신의 정신 상태를 의심하게 만든 거야." 사일러스는 고개를 절레절레 흔든다. 케이트가 어떻게 이 모든 일에서 회복할 수 있을까? 제이크의 도움이 절대적으로 필요할 것이다. 그녀가 그의 도움을 받기로 마음만 먹는다면 말이다.

"하지만 롭은 도대체 어떻게 이런 짓을 벌이고도 무사히 **빠져나갈** 수 있을 거라고 생각한 걸까요? 나는 그 점이 제일 이해가 가지 않아요." 스트로버가 말한다.

"사이코패스의 오만함이야." 사일러스가 대답한다. 사이코패스의 오만함에는 그저 끝도 없이 놀랄 뿐이다.

"케이트의 사고가 났던 밤은요? 제이크에게 보낸 영상은요?" 스트로버가 묻는다. "그것도 다 롭이 한 짓인가요?"

사일러스는 창밖의 주차장을 내다보며 고개를 끄덕인다. 그 사고가 아주 오래 전의 일처럼 느껴진다. "그 무렵 롭은 자신만의 초인식자팀을 만들기 시작하고 있었어. 다만 상대한테 동의를 구하지 않았을 뿐이야. 롭은 사고가 일어나기 전날 여기 경찰서에 찾아와서는 케이트가 어떻게 일을 하는지 확인했어. 그리고 그 다음 날 블루벨 술집 구석에 자리를 잡고 앉아 그녀를 감시하면서 납치할 기회를 호시탐탐 노리고 있었지. 하지만 케이트에게 먼저 마수를 뻗은 자가 있었어."

"바텐더군요."

"바텐더는 케이트가 신원을 밝혀낸 범죄자들이 속한 폭력 조직의 지시를 받아 그녀의 술에 약을 타게 돼."

"케이트가 그 신원을 알아낸 덕분에 최근에 체포된 놈들 말이죠." 스트로버가 덧붙인다.

사일러스는 전조등 불빛 속에서 빗물이 춤을 추듯 떨어지는 모습을 지켜보면서 차에 시동을 건다. "롭은 바텐더의 수상쩍은 손놀림을 알아채고 걱정이 된 나머지 케이트가 집으로 돌아갈 때 그 뒤를 쫓아가 본 거야. 롭이 얼마나 놀랐겠어. 모퉁이를 도니 그녀의 모리스 마이너가 나무를 박고 서 있으니 말이야. 롭이 가장 상상조차 하기 싫은 악몽 같은 일이 일어난 셈이지. 자신이 찾던 가장 능력이 뛰어난 초인식자가 갑자기 생사를 오가는 처지에 빠진 거야. 게다가 어쩌면 뇌를 다쳤을 수도 있어. 롭은 최선을 다해 케이트의 생명을 구하려 하지만 구급차가 오기 직전에 현장을 떠날 수밖에 없어. 구급차가 오지 않았다면 자기 차 뒷좌석에 케이트를 싣고 가려던 참이었지."

"그럼 술집 CCTV 영상은요?" 차가 주차장을 빠져나갈 때 스트로버가 묻는다.

"차 사고가 일어난 후에 롭은 블루벨 술집으로 돌아가서는 카메라를 해킹해서 영상을 분석해."

"중간자 공격이군요." 스트로버가 말한다. "공개키 암호를 이용한."

"롭 같은 컴퓨터 전문가에게는 누워서 떡먹기지. 바텐더가 케이트의 술에 약을 탄 것이 확실하다는 걸 확인하고 롭은 백방으로 손을 써서 바텐더를 찾아. 롭은 이제 어떤 대가를 치르더라도 케이트를 지켜야 한다고, 케이트가 건강을 회복할 시간을 확보해야 한다고 생각해. 다시 그 조직 폭력단이 케이트의 목숨을 노리는 일만은 절대로 피하고 싶어. 하지만 바텐더는 소리가 나지 않는 테슬라를 탄 정체를 알 수 없는 남자에게 겁을 집어 먹고 종적을 감추어버리지.

6개월 후 조직 폭력단의 일원들이 법원 판결을 받고 교도소에 들어가자 롭은 다시 한번 케이트의 목숨이 위험해질까봐 걱정하기 시작해. 콘월에 있는 집에 아주 강력한 보안 시설을 설치해두었지만 그래도 안심할 수가 없어. 하지만 어디에서도 바텐더를 찾아내지 못했어. 그래서 롭은 제이크에게 영상을 보낸 거야. 제이크가 우리한테 영상을 넘기리라 예상하고. 우리가 케이트가 처한 위험을 알아차리길 바란 거지. 한편 그 영상으로 제이크를 바쁘게 만들 수도 있다는 장점도 있지. 케이트의 전 남자 친구였던 제이크는 롭이 벌이는 사업들에 대해 쓸데없이 뒤를 캐며 조사를 하고 있었거든. 그런데 바텐더가 콘월까지 케이트를 쫓아와서는 항구 카페에서 그녀의 커피에 약을 타고 케이트는 거의 물에 빠져 목숨을 잃을 뻔해."

"게다가 길거리에서 차로 케이트를 치어 죽이려 했어요." 스트로버가 말한다. "나도 치일 뻔 했고요."

스트로버는 그날 콘월에서 일어난 일을 자신에 대한 개인적인 공격으로 여기며 여전히 앙심을 품고 있다.

"이번에는 롭이 바텐더의 덜미를 잡게 돼." 사일러스가 다시 원래 이야기로 돌아가 말을 잇는다. "콘월까지 길모어 마틴의 이름으로 등록된 차를 몰고 내려가서는 바텐더를 쏘아 죽인 거야. 태국의 길모어에게 연결될 수 있는 총을 사용해서 말이야."

"그럼 보스 말이 맞았군요." 스트로버가 뒤로 기대앉으며 말한다. "롭이 결국 케이트의 수호천사였어요."

"추락천사에 더 가깝지 않을까. 롭이 케이트를 안전하게 보호했던 건 맞아. 하지만 바로 이 땅 위에 자신이 만든 지옥에 가두기 위해서였지."

113장
케이트

"자, 눈을 감아." 벡스가 케이트의 손을 붙잡으며 말한다.

케이트는 사건 이후 처음으로 마을에 돌아와 목발을 짚은 채로 벡스네 현관문 계단에 서 있다. 벡스가 시키는 대로 눈을 감지만 그게 케이트에게 얼마나 힘겨운 일인지 벡스는 아마 상상도 못할 것이다. 이 모든 일이 얼마나 버겁게 느껴지는지 모른다. 깁스를 하고 있는 다리 때문이 아니다. 아직도 멍이 가시지 않고 욱신거리는 갈비뼈 때문이 아니다. 바로 케이트의 눈이다. 무슨 일이 있어도 앞으로 다시는 눈을 감고 싶지 않다.

"자, 이제 눈을 떠도 돼!" 벡스가 말한다.

마치 깜짝 놀란 아이처럼 눈을 뜬다. 벡스의 주방은 온통 풍선과 현수막으로 장식되어 있고 '집에 온 걸 환영해'라는 커다란 글자들이 찬장을 가로지르며 한 줄로 늘어서 있다. 벡스는 언제나 파티를 여는 걸 좋아했다. 파티에 참석하는 사람들이 음식 한 가지씩을 가져오는 파티를 벡스는 '제이콥의 모임'이라고 부른다. 마을에 살고 있는 케이트의 옛 친구들이 모두 여기에 와 있다. 제이크도 마찬가지이다. 낮은 천장 때문에 몸을 구부정하게 구부리고 사람들 뒤쪽에 서 있다. 케이트는 울음이 터질 것 같지만 지금은 참아야 한다는 걸 알고 있다. 이곳은 그녀의 과거였지만 또한 그녀의 미래이기도 하다.

하지만 다음 순간 케이트를 향해 종종걸음으로 달음질쳐 오는 스트레치를 보자 더 이상 눈물을 참을 수가 없다.

"우리 꼬맹이야." 케이트는 스트레치를 안아 올리며 말한다.

"스트레치한테 친구가 생겼어." 벡스는 제이크를 쳐다보며 말한다. 사람들이 길을 비켜주자 제이크의 커다란 몸집에 비해 아주 작아 보이는 또 다른 닥스훈트 한 마리가 제이크의 커다란 팔에 안겨 있는 모습이 보인다. 브르타뉴의 집에 있던 그 개일 것이다. 다리를 절뚝거리며 제이크에게 다가가 그 개를 받아 안는다.

"어, 얘는 내 개야." 제이크가 짐짓 개를 잡고 놓지 않으려는 시늉을 하며 말한다. "얘는 뱅거라고 해." 케이트가 개 두 마리를 모두 얼굴 높이로 올려 안자 제이크가 덧붙인다. "하트 경위가 이름을 지어줬지."

케이트는 개 두 마리에게 입을 맞춘다. 그리고 제이크에게도 입을 맞춘다. 이제 막 다시 만나기 시작한 참이므로 가벼운 입맞춤에 불과하지만 그래도 사람들 사이에서 환호성이 울린다.

"옷이 예쁘다." 제이크가 속삭인다.

"고마워." 케이트가 대답한다.

제이크가 운하에서 건져낸 주황색 원피스이다. 옷에서는 아직도 디젤 엔진 냄새가 풍긴다.

두 사람은 지난 한 주 동안 많은 이야기를 나누었다. 먼저 제이크가 어떻게 케이트를 구출했는지, 어떻게 인공호흡으로 케이트를 살려냈는지에 대해 이야기했다. "마치 엔진을 점프시동 거는 것 같았어."라고 제이크는 놀리듯이 말했다. 그리고 그 다음에는 좀 더 진지한 이야기를 나누었다. 심지어 쇼핑센터에서 무슨 일이 있었는지에 대해 제이크의 입장에서 하는 말을 들어주기도 했다. 제이크를 용서할 수는 없다. 아직은 아니다. 프랑스의 병원에서 제이크는 내내 케이트의 침대 옆에 붙어 있어 주었고 그 다음에는 엄마네 집에 데려다주었다. 엄마네 집에서 며칠 동안 지냈다. 이 모든 일로부터 한걸음 떨어진 곳에서 무슨 일이 벌어졌는지에 대해 곰곰이 생각해보는 일은 그 자체로 치유가 되었다. 케이트는 아직도 롭이 케이트에게, 케이트의 뇌에 저지르려 했던 일을 도무지 믿을 수가 없다.

"너 괜찮아?" 몇 분 후 벡스가 주방에 혼자 있는 케이트를 발견하고 묻는다.

벡스 같은 친구가 있다니 정말 행운이다. "괜찮아." 케이트는 정원이 내다보이는 창문 밖을 쳐다보며 대답한다. 정원에서는 운하에서 살고 있었다고 기억하는 다른 친구 두 명과 함께 제이크가 이야기를 나누고 있다. 두 사람 모두 40대의 혼자 사는 남자들로 망가진 결혼 생활에서 발을 빼고 새 출발을 하려는 사람들이다. 스트레치와 뱅거는 꽃밭에서 서로의 뒤를 쫓으며 놀고 있다.

"참 괜찮은 남자야. 제이크 말이야." 벡스가 케이트의 시선이 어디로 향하는지 알아차리고 말한다. "정말 중요한 문제에 대해서는 두 팔 걷고 나설 줄도 안단 말이지. 롭이 무슨 짓을 벌이고 있는지 조사도 제법 해냈고. 그렇게 너를 찾으러 가는 것 좀 봐. 결국 그렇게 게으르기만 한 사람은 아닌 모양이야."

벡스가 제이크에 대해 칭찬하는 말을 들으니 기분이 좋다. 너무 오랫동안 벡스는 제이크를 못마땅하게만 여겨왔다.

"제이크가 아니었다면 나는 아마 죽었을 거야." 케이트가 나직한 목소리로 말한다. 도대체 무슨 일이 어떻게 일어난 건지 제대로 이해할 수 있는 날이 올 것 같지 않다. 브르타뉴 집에서 본 악몽 같던 광경, 거의 자살 기도와 다름없었던 절벽에서의 탈출에 대해 아무리 생각해도 제대로 파악하기가 어렵다. "물에 빠진 다음부터는 의식이 없었어. 너무 고통스러워서, 너무 무서워서 정신을 잃은 거야." 케이트가 애처로운 미소를 짓는다. "절벽이 내가 생각했던 것보다 더 높았거든."

벡스가 케이트한테 다가오더니 그녀를 꼭, 오래도록 안아준다. "우리 제이크, 좀 영웅 같다. 그치?" 벡스가 말한다. "그가 하트 경위의 아들 목숨을 구했다는 거 알고 있어?"

"그렇다고 들었어."

그 사건에 대해 제이크는 그저 지나가는 말로 가볍게 언급했을 뿐이다. 자세한 이야기를 들려준 것은 하트 경위이다. 프랑스에 있는 병원에 케이트한테 진술을 들으러 와서는 그 사건에 대해 말해주었다.

"제이크는 정말로 미안해하고 있어." 벡스가 말한다. "있잖아, 그때 일어난 일에 대해서 말이야."

"나도 알아." 케이트가 대답한다.

"아직도 너한테 푹 빠져 있고." 벡스가 덧붙인다.

미소를 짓는 순간 정원에 서 있는 제이크와 눈이 마주친다.

114장
사일러스

차를 몰고 마을로 향하는 길에 사일러스는 프랑스에서 스트로버와 함께 목격한 광경을 떠올리고는 몸서리친다. 어둡게 조명이 밝혀진 창고 안은 마치 병원의 입원실 같았다. 프랑스 경찰은 긴장성 강직 상태에 빠진 초인식자를 모두 열한 명 발견했다. 사일러스가 스트로버와 함께 브르타뉴에 도착했을 무렵 초인식자들은 이미 전부 병원으로 옮겨진 뒤였다. 그들은 아직도 병원에 있다. 하지만 의사들은 시간은 걸릴 테지만 피해자들이 몸을 움직이는 능력을 완전히 회복하게 될 것이라고 장담하고 있다. 사일러스가 바르마 박사의 책상에서 발견한, 1980년대 캘리포니아 지역에서 몸이 굳어진 중독자들을 치료한 약물에 대한 메모 덕분이다. 간호사 또한 목숨을 건졌다. 그녀의 심장이 멈추었지만 구급대원들이 심폐소생술을 통해 그녀의 목숨을 살려낼 수 있었다. 그곳에서는 또 다른 남자의 시체 한 구가 발견되었다. 발작을 일으킨 끝에 숨이 끊어져 있었다.

"다른 초인식자들은 어떻게 된 거예요?" 사일러스가 벡스의 집 앞에 차를 세우자 스트로버가 묻는다. 사일러스는 스트로버를 케이트의 환영 파티에 데려다 주기만 하고 자신은 내일의 상담을 위해 일찍 잠자리에 들 작정이다. "그들 또한 전부 롭이 납치한 건가요?"

"다른 초인식자를 납치하는 일은 훨씬 더 수월했을 거야." 사일러스가 말한다. "롭은 길모어의 이름으로 등록된 테슬라를 타고 초인식자들을 납치하고 다녔어. 영국 내에서는 가능한 한 자동차번호판자동인식 카메라를 피해 다니려 했겠지만 설사 카메라에 찍힌다 한들 그 차는 어차피 길모어의 이름으로 등록되어 있으니 상관없었을 거야. 하지만 케이트는 최고로 소중한 사람이었어. 그 어느 누구도 따라잡지 못할 만큼 예민하게 반응하는 방추상회, 롭이 가장 탐내는 두뇌였지. 그래서 롭은 케이트가 건강을 회복할 때까지 기꺼이 기다리기로 한 거야. 켄타우로스도 기다려야 했지. 케이트가 다시 능력을 회복해야만 켄타우로스를 시동할 수 있었으니까. 초인식자들의 뛰어난 P3 뇌파를 이용하여 수십만 장의 사진 속에서 일치하는 사람의 얼굴을 찾아내는 시스템. 그러는 동안 혹시 중간에 계획이 발각된다면 롭은 길모어 마틴이, 자신을 파멸시키겠다고 약속한 과거에서 돌아온 도플갱어가 자신에게 누명을 씌운 것이라고 주장할 생각이었을 거야."

"그럼 애초부터, 태국에서도 길모어 마틴이라는 사람은 존재하지 않았던 건가요?" 스트로버가 조용한 목소리로 묻는다.

사일러스는 고개를 흔든다. 지난 주 내내 감식반에서는 수고를 아끼지 않고 콘월과 런던, 브르타뉴에 있는 롭의 집들을 샅샅이 수색했다. 물론 사일러스가 직접 롭을 심문할 수 있었으면 더 좋았을 테지만 그럴 필요가 없을 정도로 롭의 죄상을 입증하는 증거들이 차고 넘치게 발견되었다.

"태국에 있던 사람도 그저 롭이었을 뿐이야." 사일러스가 말한다. "감식반이 쇼디치 아파트에 숨겨져 있던 오래된 휴대전화를 찾아냈어. 거기에는 코사무이 해변에서 롭이 자신을 향해 이야기를 하는 영상이 찍혀 있지. 영상이 촬영된 날짜는 맞아 떨어져. 바로 9년 전 롭이 스물한 번째 생일을 맞기 직전이야. 오늘 감식반이 나한테 그 영상을 보여줬어. 그저 술에 취해 길게 이야기를 늘어놓는 영상에 불과해. 다만 마치 다른 사람이 자신에게 말을 하는 것처럼 꾸며져 있을 뿐이지."

"롭이 길모어한테 이야기를 하고 있지 않았다는 게 확실한가요?" 스트로버가 묻는다.

스트로버는 이 사건을 그저 넘겨버리지 않을 것이다. 길모어에 대해 잘못 짚은 경험을 통해 장기적인 안목에서 한층 훌륭한 형사가 될 것이다.

"그 영상에서 롭은 카메라를 정면으로 쳐다보면서 자기 자신을 향해 말하고 있어. 정말로 사업에서 성공하고 싶다면 그 어떤 나쁜 짓도 해치울 준비가 되어 있어야 한다고 말이야. 그리고 자신이 정말 그런 짓을 할 수 있는지를 묻지. '넌 이런 일도 해야만 해, 어쩌면 저런 일을 해야만 할 수도 있어.' 그리고 롭이 말하는 것들은 남의 목숨을 빼앗는 일처럼 정말로 끔찍한 짓들이야. 그 영상을 찍고 얼마 후 롭은 남의 파티에서 총을 휘두르며 난동을 부리다가 체포되지."

"그럼 그건 롭의 스물한 번째 생일 파티가 아니었던 거네요?" 스트로버가 묻는다.

벡스의 현관문이 열리고 두 사람이 걸어 나온다. 웃음이 가득한 아주 즐거운 저녁인 것처럼 보인다. 이 모든 상황이 다 정리되고 나면 케이트와 따로 만나 밀린 이야기를 할 생각이다.

"우리는 롭이 혼자 여행하고 있었다고 생각해." 사일러스가 대답한다. "이틀 후 롭은 해변에서 조무래기 마약상을 발견하고 그를 쏘아 죽여. 적어도 영상이 발견된 지금 태국 경찰은 일이 그렇게 벌어진 것이라고 판단하고 있어. 싸구려 목숨, 별로 대단한 일도 아니었지. 그리고 바로 그때 길모어 마틴, 이틀 전 롭이 경찰에게 둘러댄 이름의 남자가 성년식을 치른 거야."

115장

케이트

"보스가 미안하다고 전해달래요." 벡스네 집 거실 한구석에서 케이트와 함께 서 있던 스트로버가 말한다. 파티가 시작된 지 꽤 시간이 흘렀지만 스트로버는 방금 이곳에 도착한 참이다.

"바쁘신 분이니까요." 케이트가 말한다. 하트 경위를 만나 도움을 받은 일에 대해 고맙다는 인사를 하고 싶지만 지금은 때가 아니다.

"좀 어때요?" 스트로버는 케이트에게 물으면서도 눈으로는 그 옆의 책장에 놓인 데스크탑 컴퓨터를 살피고 있다.

케이트는 스트로버가 무엇을 보고 있는지 그 시선을 따라가 본다. 지금 방금 컴퓨터 화면에 불이 들어왔다. 누군가 뭔가를 건드린 것이 틀림없다. "아직도 몸 구석구석이 욱신거려요." 케이트가 대답한다.

"그리고… 정신 쪽으로는요?" 스트로버가 나직하게 묻는다.

"좋은 소식은 내가 카그라증후군에 걸리지 않았다는 거예요." 케이트가 말한다.

"그 말을 들으니 정말 다행이에요." 스트로버가 말한다.

프랑스에서 케이트를 진찰한 정신과 의사는 케이트가 그런 희귀질환을 앓은 적이 없다고 단언했다. 그리고 케이트가 뭐라고 감히 프랑스 의사와 카그라증후군에 대해 논쟁할 수 있단 말인가? 카그라증후군은 애초에 프랑스 툴루즈의 정신과 의사 이름을 따서 명명된 질환인 것이다. 그때는 롭이 도플갱어에 대한 이야기를 한 탓에 잠시 머리가 혼란스러워졌을 뿐이다. 당시 케이트는 사고 후유증으로 단절감을 겪고 있었고 암시에 걸리기 쉬운 상태였다. 하지만 프랑스의 정신과 의사는 그 현상을 다른 방식으로 설명했다.

"그저 어느 날 잠에서 깨어나 롭의 진짜 정체를 꿰뚫어볼 수 있게 된 거래요."

"나는 그 설명이 마음에 드는데요."

"나도 그래요."

건강을 회복하고 얼굴 인식 능력을 되찾고 나자 케이트는 롭의 본모습을, 사람들에게 보여주는 얼굴 뒤에 숨은 다른 얼굴과 그 사악한 심성을 꿰뚫어볼 수 있게 되었던 것이다. 그 말은 곧 어떤 의미에서는 케이트가 그 동안 내내 옳았다는 뜻이다. 콘월의 집에서 테니스복을 입고 있던 남자, 트루로역을 떠나던 남자, 런던 아파트에서 잠들어 있던 남자가 다른 사람 행세를 하는 사기꾼이라고 생각했던 것은 옳았다. 롭은 실제로 그 동안 내내 다른 사람인 양 연기하는 사기꾼이었기 때문이다. 그가 케이트의 시야 왼쪽에 있는지 오른쪽에 있는지는 상관없었다. 그리고 케이트 자신도 역시 마찬가지였다. 케이트 또한 얼마 동안 자신의 것이 아닌 삶을 살면서 그것이 마치 자신의 삶인 것처럼 속이고 있던 사기꾼이었다.

"이 컴퓨터는 원래 이렇게 혼자 켜지고 그러나요?" 스트로버가 컴퓨터 화면이 켜진 일이 어지간히 마음이 쓰이는 듯 묻는다. 작은 카메라 옆에 초록색 불이 켜져 있다.

"벡스한테 물어보는 게 좋을 거예요." 케이트가 말한다.

케이트는 벡스를 찾아 스트로버와 인사를 시켜 주고 난 다음 살짝 정원으로 빠져나온다. 앞으로 얼마 동안은 이 집에서 지낼 계획이다. 벡스는 이곳에 있고 싶은 만큼 오래 있어도 된다고 말해주었다. 제이크는 지금 숲속에서 캠핑을 하며 지내고 있다. 배는 어떻게도 다시 쓸 수 없을 정도로 심하게 망가져버렸다. 하지만 제이크는 얼마 전 출판사에서 좋은 소식을 들었다. 케이트가 엄마네 집에서 머물고 있을 무렵 제이크가 출판 대리인과 의논했던 새로운 소설의 착상에 출판사 사람들이 관심을 보인다는 소식이다. 듣자 하니 고전적인 고딕 풍 이야기에 첨단 기술 요소를 첨가하여 한번 비틀어낸 이야기인 모양이다. 제이크는 벌써 다른 배를 구할 계획을 세우면서 케이트한테 배를 고르는 일을 도와달라고 부탁하고 있다. 이미 말했듯이 두 사람은 이제 막 다시 만나기 시작한 참이다.

하트 경위는 만약 롭이 죽지 않았다면 두 건의 살인 사건과 케이트 자신의 납치를 포함하여 열두 건의 납치 사건으로 기소를 당했을 것이라고 말하고 있다. 프랑스 병원에 있을 무렵 처음에 케이트는 하트 경위에게 롭을 계속 찾아봐야 한다고 애원했다. 그 무렵에는 롭이 다른 사람으로 바꿔치기 된 것이 틀림없으며 롭이 절대 그 무시무시한 짓들을 저질렀을 리가 없다고 굳게 믿고 있었다. 지난 다섯 달이라는 시간이 전부 케이트를 속이기 위한 한 편의 공들인 연극에 불과했다는 사실을 도무지 믿기 어려웠다. 처음부터 길모어라는 이름의 도플갱어는 존재하지 않았다는 하트 경위의 길고 참을성 있는 설명을 마침내 받아들이기까지는 꽤 오랜 시간이 걸렸다. 경위는 한편으로 제임스 호그의 《사면된 죄인의 사적 일기와 고백》을 읽어보라고 주었다. 롭의 사무실에서 발견했지만 지금까지 읽을 기회가 없었던 그 책이었다. 콘월의 집을 수색하던 데번 및 콘월 지방경찰청의 경찰관 중에는 스스로 책벌레라고 자부하는 사람이 있었는데, 콘월 집에서 그 책을 발견하고는 이 사건과 연관이 있을 가능성에 대해 경위에게 귀띔해주었다. 언젠가, 좀 더 기운이 회복하면 그 책을 읽어볼 작정이다.

Je n'ai jamais voulu tomber amoureux de toi. 케이트는 롭과 함께 했던 시간들을 몇 번이고 되풀이하여 곱씹어 생각해보았지만 롭이 케이트와 사랑에 빠졌다고는 믿을 수가 없다. 롭한테는 케이트는 물론 다른 누구를 사랑하는 능력이 결핍되어 있던 것이 틀림없다. 하지만 그렇다고 해서 그의 기만을 있는 그대로 받아들이기도 쉽지 않다. 모든 것을 계산적으로 판단하는 냉혹함. 그 잔혹할 정도의 참을성. 롭이 케이트가 건강을 회복할 때까지 정성을 다해 보살펴 준 것은 그저 사람 얼굴을 인식하는 케이트의 능력이 탐이 났기 때문이었다. 그 밖에 다른 이유는 없었다. 케이트를 사랑했기 때문이 아니었다. 예술에 대한 열정을 공유했기 때문도 아니었다. 벡스는 두뇌에 반하다니, 남자한테 흔한 일은 아니라면서 케이트가 좀 우쭐해져도 좋다고 애써 농담을 하려 했다. 하지만 케이트에게, 그리고 다른 사람들에게 일어난 이 모든 일들이 결코 농담거리가 될 수 없다는 사실을 두 사람 모두 잘 알고 있다.

사람들은 누구나 어두운 면을 품고 있다. 케이트는 그 사실을 잘 알고 있다. 사람들은 누구나 세상에 내보이기 꺼려하는 얼굴을 가지고 있다. 이따금 또 다른 사람에게서, 이 땅 위를 배회하는 그림자 없는 도플갱어에게서 그 얼굴을 발견하기도 한다. 하지만 대부분의 사람들은 자신 안의 가장 악한 충동에 이끌려 행동하지 않는 법을 배운다. 롭은 그렇지 않았다. 그 모든 도플갱어에 대한 이야기와 로제터의 그림과 책들. 도플갱어에 대한 롭의 공포심은 꾸며낸 것이 아니라 그 마음 깊은 곳에 자리 잡은 진짜였다. 하지만 롭은 그 공포심을 다른 누군가의 탓으로 돌렸고, 자신의 마음속에 살고 있는 악마에 대한 책임을 회피했다.

케이트의 초인식자적 두뇌는 마지막 순간, 능력을 완전히 회복한 끝에 그의 정체를 꿰뚫어볼 수 있었다. 참으로 얄궂은 일이 아닐 수 없다. 롭은 케이트의 건강을 회복시키기 위해 그토록 노력한 끝에 결국 자신의 진정한 모습을 케이트에게 들켜버리고 만 것이다.

"산책하러 갈래?" 제이크가 정원 구석에 있는 케이트를 발견하고 묻는다. "오늘 아침 운하에서 수달 한 마리를 본 것 같아. 크로프턴 쪽으로 내려가면 아주 예쁜 곳이 있어. 그렇게 멀지 않아. 스트레치와 뱅거를 데리고 갈까?"

케이트는 제이크를 올려다보며 미소를 짓는다. 참 좋은 남자이다. "그래, 좋아."

한 달 후

116장
사일러스

스트로버의 휴대전화가 울린다. 그녀의 디지털 감식반 친구에게 걸려온 전화이다.

"이 전화 좀 받을게요." 스트로버가 사일러스에게 말한다.

두 사람은 퍼레이드실의 평소 앉는 모퉁이 자리에 앉아 있다. 스윈 던의 구시가지에서 네일샵 한 곳을 불시단속하고 지금 막 돌아온 참 이다.

"그래." 사일러스는 자신의 휴대용 컴퓨터로 시선을 돌리며 대답한 다. 다시 한번 스트로버와 그 친구 사이에 뭔가 있는 게 아닌지 의심 이 든다. 물론 사일러스가 상관할 일은 아니다. 사일러스 자신의 사 생활이 스트로버가 상관할 일이 아닌 것과 마찬가지이다. 하지만 지 금만 같다면 자기 이야기를 털어놓는대도 상관없다. 모든 일이 아주 잘 굴러가고 있기 때문이다. 오늘 오후 다시 한번 멜과 함께 상담을 받을 예정이다. 오늘 저녁 코너가 엄마네 집에 저녁 식사를 하러 온다고 한다. 멜은 사일러스도 함께 식사를 하고 싶은지 물었다. 아마 그렇게 하는 편이 좋을 것이다.

"뭐 흥미로운 일이라도 있어?" 사일러스는 지나가는 말처럼 묻는다. 통화를 끝내고 온 스트로버가 아무 말도 하지 않고 그저 멍하니 앉아 있기 때문이다.

"만약 롭의 말이 맞았다면요?" 스트로버가 나직하게 입을 연다.

"뭐에 대해서 말이야?" 사일러스는 휴대용 컴퓨터로 워드 경감에게 보내는 이메일을 작성하기 시작한다.

"길모어 마틴에 대해서요."

"그 얘기는 이미 여러 번 하지 않았어?" 사일러스는 고개를 들고 스트로버를 본다. 아무 이유 없이 이런 이야기를 꺼낼 사람이 아니다. 스트로버는 사일러스의 시간을 낭비하길 싫어한다. "그런 사람은 존재하지 않는다고 말이야."

"하지만 만약 그가 존재한다면요? 정말 살아 있는 사람으로 말이에요. 그리고 만약 그가 9년 전 실제로 태국에서 롭을 협박했다고 한다면요? 언젠가 롭을 파멸시키러 갈 거라고 말했다면요. 나는 그 가능성에 대한 생각을 도무지 떨쳐낼 수가 없어요."

사일러스의 뱃속 어딘가가 조이듯 굳어지기 시작한다. 스트로버가 이런 식으로 열변을 토하며 이야기하다니, 처음 있는 일이다.

"아마 롭은 그 위협을 심각하게 받아들이고 겁에 질렸을 겁니다. 그 위협을 없던 것으로 만들기 위해 무슨 일이든 자신이 할 수 있는 일은 전부 다 하려 했을 거예요." 스트로버가 말을 잇는다. "롭은 길모어가 자신을 찾으러 왔을 때 준비가 되어 있기를 바랐을 겁니다. 그리고 그러기 위해서는, 길모어를 좀 더 잘 이해하기 위해서는 롭 자신이 좀 더 길모어 같은 사람이 되어야만 했어요. 프랑스에서 길모어 같은 삶을 살면서 규칙을 깨부수어야 했어요. 바로 그때 롭은 그 무시무시한 계획을 구상하게 된 겁니다. 유럽에서 찾아낼 수 있는 가장 뛰어난 초인식자들을 납치하여 그 사람들의 뇌를 유럽의 모든 공항과 기차역과 쇼핑센터의 실시간 CCTV에 연결한다는 계획이요. 그 결과 켄타우로스가 탄생한 겁니다. 하지만 롭은 단순히 돈을 벌기 위한 사업적 목적으로 켄타우로스를 개발한 게 아니에요. 그 자신의 안전을 지키기 위한 목적으로 만든 겁니다. 미리 길모어의 출현을 알려주는 일종의 경보 장치로요."

"디지털 감식반에 있는 자네 친구가 뭘 찾았는데?" 사일러스는 자신이 그 대답을 듣고 싶은지 확신하지 못한 채 묻는다.

"벡스네 집에 있는 데스크탑 컴퓨터를 한번 확인해 달라고 부탁했습니다." 스트로버가 대답한다. "케이트의 환영 파티에서 컴퓨터가 갑자기 말썽을 부렸거든요. 제이크도 그 문제가 내내 신경이 쓰였다고 말했습니다."

"그리고?"

"친구는 하드 드라이브에서 악성 소프트웨어를 찾아냈어요." 스트로버가 말한다. "컴퓨터의 카메라와 마이크로폰 기능을 외부에서 원격 조정할 수 있게 해주는 트로이 목마 프로그램이었습니다."

"롭이 할 법한 짓으로 보이는데?" 사일러스는 스트로버의 친구가 그밖에 다른 것은 발견하지 못했다는 사실에 안도하며 대답한다.

"그 프로그램은 제이크가 그 집에 머물고 있을 무렵 몇 차례 작동한 적이 있습니다. 제이크가 인터넷에서 롭에 대해 조사를 할 때였죠. 그리고 환영 파티 때에도 작동했습니다. 롭이 죽은 지 일주일이 지났을 무렵에요. 어디에서 그 프로그램에 접속했는지 정확하게 밝혀내는 일은 불가능합니다. 너무 많은 프록시 서버를 경유해 갔거든요. 하지만 친구는 환영 파티에서 마지막으로 프로그램이 작동했을 때 해커가 동남아시아의 어딘가에서 벡스의 컴퓨터에 접속했을 것이라고 생각합니다."

태국이다. 사일러스는 불현듯 담배가 몹시 피우고 싶어진다.

"그리고 또 다른 게 하나 더 있습니다." 스트로버가 말한다.

"계속 말해봐." 스트로버가 이제 무슨 말을 꺼낼지 두렵기만 하다. 상관에게 이 모든 것을 어떻게 보고해야 할지 벌써부터 걱정이 태산이다. 멜네 집에 가서 저녁을 먹을 수 있는 가능성은 이미 희박해지고 있다.

"롭이 체포되었던 날 켄타우로스는 몇 시간 동안 가동되고 있었던 것으로 보입니다. 프랑스의 집을 경찰이 급습하기 전까지요." 스트로버가 말한다.

"그게 정말이야?" 사일러스가 묻는다. 브르타뉴의 절벽 위에서 식물인간처럼 몸을 움직이지 못하던 사람들의 뇌 속으로 현실의 데이터가 흘러들어갔을지도 모른다는 생각을 하니 구역질이 치밀어 오른다.

"그 과정을 지켜보고 있던 사람은 아무도 없었습니다." 스트로버가 계속 설명한다. "오늘 아침 내 친구가 그저 호기심으로 한번 살펴본 모양이에요. 예전 태국 경찰의 보고서에 나와 있는 길모어의 얼굴 수치를 입력해보기로 했답니다. 그저 무슨 결과가 나올지 궁금해서 말이에요."

"그리고?"

스트로버는 입을 열기 전에 잠시 망설인다. "켄타우로스는 그와 일치하는 사람을 찾아냈습니다."

휴대용 컴퓨터를 닫은 다음 몸을 돌려 스트로버를 쳐다본다. 정말로 담배 한 대가 절실한 기분이다. "어디에서?" 사일러스가 묻는다.

"히스로 공항, 제2 터미널에서입니다. 태국으로 가는 비행기를 타기 위해 대기하고 있었습니다. 친구는 공항 기록도 확인해봤습니다. 승객 명단에도 일치하는 이름이 없었고 여권 사진에서도 일치하는 얼굴이 없었습니다. 그저 켄타우로스가 찾아낸 더티 샷밖에 없습니다. 지금 그 사진을 전송받는 중이에요."

사일러스는 몸을 굽힌 채 스트로버가 자신의 휴대용 컴퓨터에서 이메일을 연 다음 CCTV 영상에서 따온 것으로 보이는 사진을 클릭하는 모습을 지켜본다. 처음에는 그 모습을 알아보지 못하지만 잠시 후 야구 모자를 쓴 채 줄을 서 있는 그를 발견할 수 있다. 그는 카메라 쪽을 흘끗 올려다보고 있다.

"여기 있어요." 스트로버가 화면을 가리키며 말한다.

정말 이 사람이 그가 맞을까? 좀 더 깊이 몸을 숙여 화면을 가까이 들여다본다. 그 남자의 눈빛에는 사일러스의 마음에 들지 않는 비웃는 듯한 승리의 기색이 어려 있다. 전혀 마음에 들지 않는다. 임무를 완수했다는 표정, 일을 제대로 끝마쳤다는 표정이다.

"어쩌면 길모어는 롭을 파멸시키기 위해 그에게 누명을 씌울 필요가 없었을지도 몰라요." 스트로버가 뒤로 기대앉으며 말한다. "그저 자신이 간다는 위협만으로도 롭을 타락하게 만드는 데 충분했을 겁니다. 저절로 목표가 달성된 거죠. 롭이 규칙을 어기게 만들고, 초인식자를 납치하게 만들고, 바텐더를 죽이게 만든 거예요. 종국에 이르러 롭은 절박해진 나머지 길모어가 자신을 찾으러 오는 걸 막기 위해 무슨 짓이든 했을 테니까요. 그리고 우리가 쇼디치 아파트 바깥에서 그와 대면한 순간 롭은 게임이 끝났고 길모어가 이겼다는 사실을 마침내 깨달은 겁니다. 이제 남은 길은 오직 하나뿐이에요. 길모어에게 그가 원하는 것을, 그의 도플갱어가 찾으러 온 것을 내주는 것뿐입니다. 롭의 목숨과 롭의 영혼입니다."

사일러스는 충격으로 입을 열지 못한 채 가만히 그 사진을 들여다본다. 어쩌면 이 남자는 롭과 똑같이 생겼다는 사람들 중 한 명일지도 모른다. 전부 합쳐 일곱 명이 있다고 하지 않았나? 게다가 그 얼굴은 가까스로 알아볼 수 있을 정도이다. 닮아 보인다는 느낌도 그저 일시적인 인상에 지나지 않는다. 또 다른 소프트웨어의 오류이다. 얼굴을 잘못 인식한 사례이다.

그저 인파 속을 스치는 또 하나의 얼굴일 뿐이다.

감사의 말

업무 능력이 뛰어난 나의 저작권 대리인인 윌 프란시스를 비롯하여 장클로우&네스빗 에이전시의 런던 사무소에서 일하는 모든 이들에게 고마운 마음을 전한다. 특히 커스티 고든, 조 넬슨, 에마 윈터, 엘리스 헤이즐그로브, 레이철 밸컴에게, 그리고 뉴욕 사무소의 커비 김과 브레나 잉글리시-러브에게 감사하다.

하우스오브제우스 출판사에서 일하는 모든 이들에게 큰 은혜를 입었다. 영국에서 내 책을 출간해준, 런던 최고의 편집자인 로라 팔머를 필두로 플로렌스 헤어, 매디 오셔, 크리시 라이언, 비키 조스, 댄 그로너왈드, 니키 워드에게 특별히 고마운 마음을 전한다. 언제나처럼 원고를 교열하고 상황에 걸맞은 제안을 해준 루시 리다웃과 소설 원고의 교정을 보아 준 존 애플턴에게도 고맙다고 말하고 싶다.

초인식자라는 흥미진진한 세계의 모든 길은 그리니치 대학에서 응용심리학을 가르치는 조시 P. 데이비스 박사에게 통한다. 박사는 전 세계의 법집행기관을 도와 얼굴을 기억하는 초인적인 능력을 지닌 사람들을 찾아내는 일을 해 왔다. 박사는 이 분야에 대한 전문 지식을 아낌없이 나누어 주었고 기꺼이 소중한 시간을 내어 주었다. (박사는 올림픽 출전 수영 선수인 던컨 굿휴와 신기할 정도로 똑같이 생겼다.) 초인식자에 대해 더 많은 것을 알고 싶은 독자는 superrecognisersinternational.com 사이트를 방문해 볼 것을 권한다.

얼굴 구성 요소 소프트웨어를 개발하는 회사인 비전메트릭의 이사 크리스 솔러먼 박사에게 P3 뇌파와 관련된 지식을 전해준 일에 대해 고마운 마음을 전한다. (그리고 크리스를 소개해준 저스틴 몰셰드에게도 고마운 마음을 전한다.)

전에는 경찰이었고 지금은 초인식자로 일하고 있는 엠마 미첼에게도 고맙다는 인사를 전한다. 마냥 부럽기만 한, 얼굴을 기억하는 능력을 이해할 수 있도록 도와주었고 사람들에게 붙이는 별명을 공유해주었다.

해너 프라이가 집필한 《안녕, 세상: 기계의 시대에 사람이 되는 법 Hello World: How to be Human in the Age of the Machine》은 얼굴 인식 소프트웨어의 단점에 대해 더 많은 것을 알고 싶은 사람이라면 꼭 읽어야 하는 필독서이다.

다시 한번 경찰 업무에 대한 자문 역할을 맡아 준 월트셔 지방경찰청의 제러미 카터 경감에게도 고마운 마음을 전한다. 내용에 무슨 실수가 있다면 그것은 전적으로 나의 잘못이다. 아직 월트셔 지방경찰청에는 초인식자팀이 존재하지 않지만 그것은 아마도 그저 시간문제일 뿐이라고 생각한다.

앤드류 넬슨은 아들인 벤과 함께 친절하게도 테슬라 모델 S에 탑승시켜 주었을 뿐 아니라 이 자동차에 대한 폭넓은 지식을 나누어 주었다. 이 차를 외부에서 조종할 수 있는 기능에 대해 내가 상상을 펼친 부분도 있지만 그런 부분은 많지 않다. 이 자동차는 정말로 훌륭한 차이다.

그 밖에 도와준 많은 분들에게 고마운 마음을 표한다. 제이크 파면은 배와 엔진에 대한 지식을 나누어 주었고, 롭 펜더는 캘리포니아의 '몸이 굳어진 중독자들'에 대한 이야기를 처음 들려주었다. 프레디와 릴리, 제스 톰슨은 랭커셔 지방 사투리의 미묘함을 일깨워주었고, 마거릿 허윈슨은 이야기 착상을 들어주고 기꺼이 의견을 나누어주었다. 토비 애시워스는 줄곧 격려와 지지를 아끼지 않아주었고, 고든 모리슨은 경찰들의 일화를 들려주었으며, 마크 햇우드는 자신의 모습을 가져다 쓰도록 허락해주었다. 자원봉사를 하는 피터 에반스와 국립 해안경비대 일원들에게도 고마운 마음을 전한다. 타탐스는 훌륭한 커피를 만들어주었고, 브루스 메이슨과 제이슨 웰랜드는 운하에서 사는 삶에 대해 이야기를 들려주었으며, 애비게일 덴트는 초고 단계에서 독자가 되어주었다.

마지막으로 우리 가족인 펠릭스, 마야, 자고에게도 고마움을 전한다. 그리고 무엇보다도 언제나 사랑과 지지를 보내주며 이 모든 일을 가능하게 만들어준 내 아내인 힐러리에게 항상 고맙다.

옮긴이의 말

*아주 결정적인 스포일러가 포함되어 있습니다.

도플갱어라는 말을 처음 접했던 것은 어린 시절 어느 책에서인가 읽었던 괴테의 일화에서였다. 그때는 괴테가 누구인지도 잘 몰랐지만 도플갱어라는 말은 이국적인 어감과 책에 나온 중세 분위기의 음산한 삽화와 함께 어린 기억 속에 오래오래 남아 있었다. 나와 겉모습이 똑같이 생긴 사람이 정말로 존재한다면, 그 사람과 얼굴을 마주한다면 어떤 기분일까? 어린 시절에는 마냥 즐거울 것이라고만 생각했다. 나와 똑같은 얼굴을 한 그 친구는 무슨 일에서든 나와 마음이 맞을 것 같았고, 어떤 상황에서든 내 편이 되어 줄 것 같았고 우리는 사이좋은 한 팀이 되어 이 세상의 악을 모조리 무찌를 수 있을 것 같았다….

하지만 이미 순진한 어린 아이가 아닌 지금에 와서 생각해보면 몇 가지 의문이 남는다. 나와 생김새가 똑같은 그 도플갱어는 성격이나 취향까지도 나와 똑같을 것인가? 아니면 겉모습만 똑같을 뿐 나를 구성하는 보이지 않는 부분에 이르러서는 나와는 전혀 다를 것인가? 그리고 만약 그렇다면 내 주위의 사람들은 그와 나를 어떻게 구분할 것인가? 겉껍질에 불과한 외모와 행동거지는 그 안에 들어 있는 전혀 다른 정신과 마음을 어떻게 반영하고 보여주게 될 것인가? 그리고 나는, 나와 닮았지만 전혀 같지 않은 그를 어떻게 받아들이고 상대하게 될 것인가? 나는 나와 완전히 똑같은 그 앞에서 내가 나라는 진실을 지켜낼 수 있을 것인가?

나와 똑같이 생긴 존재, 독일어로 '이중으로 걷는 자'라는 의미를 지닌 도플갱어가 우리의 공포심을 자극하는 것은 아마도 내가 나로 있을 수 있는 당위성과 가치를 훼손하기 때문일 것이다. 어쩌면 너무 당연하게 여긴 나머지 한 번도 생각하지 못했던 내가 나일 수밖에 없는 이유, 즉 내가 나로 존재할 수 있는 가치에 대해 의문을 제기하기 때문일 것이다.

문학과 예술의 모든 역사에서 자신의 도플갱어를 주제로 삼은 작품들이 많은 것도, 도플갱어와 마주친 수많은 사람들의 비극적인 일화들이 전해져 내려오는 것도 그렇게 생각하면 그리 놀랍지 않다. 다들 이 신비롭고 오싹한 현상을 마주하고 자신의 정체성과 가치에 대해 열심히 고민한 끝에 어떤 식으로든 결론을 내린 것이 틀림없다.

작품 속에서 언급되며 작품의 모티브가 된 것으로 여겨지는 제임스 호그의 《사면된 죄인의 사적 일기와 고백》은 실로 이야기의 복선에 크게 영향을 미치는 작품이지만 유감스럽게도 우리나라에는 현재 번역본이 나와 있지 않다. 간단히 줄거리를 소개하자면 소설의 주인공인 로버트 콜원은 17세기 스코틀랜드, 경건하고 종교에 심취한 어머니 밑에서 칼뱅파의 목사 링엄 목사의 교육을 받으며 성장한다. 이야기 안에서 로버트는 어머니가 링엄 목사와의 불륜을 통해 낳은 혼외 자식일 가능성이 암시된다. 반면 로버트의 형인 조지는 세속적이고 활달한 아버지 밑에서 스포츠에 능하고 사교적인 젊은이로 자라난다. 서로 따로 자라나 모든 면에서 서로 상반되는 두 형제는 훗날 에든버러에서 만나게 되고 사사건건 부딪치며 충돌을 일으킨다. 결국 조지는 어떤 결투 끝에 살해당하는데, 그 현장에 있던 사람은 그 자리에 로버트가 있었다고 증언한다. 그 사건 이후로 로버트는 모습을 감추고 훗날 그의 무덤에서 그가 쓴 자백서가 발견된다. 자백서에 따르면 로버트는 길 마틴이라는 신비로운 능력을 가진 사악한 인물의 영향을 받아 악의 길로 빠져든다. 결국 로버트는 목을 매어 자살하고 말지만 길 마틴이라는 인물이 로버트의 또 다른 자아였는지, 혹은 현신한 악마였는지에 대해서는 끝까지 밝혀지지 않는다.

　책을 다 읽은 독자라면 알아차렸겠지만 《디 아더 유》에서 내내 롭이라는 애칭으로만 등장하다 마지막 결정적인 장면에서야 본명이 등장하는 로버트는 《사면된 죄인의 사적 일기와 고백》의 주인공과 이름이 똑같다. 그의 '도플갱어' 또한 길 마틴이라는 이름을 가지고 있다. 마찬가지로 여기에서도 길모어 마틴이 롭의 또 다른 자아인지, 실제의 도플갱어인지, 혹은 악마인지에 대해서는 이야기가 끝날 때까지 밝혀지지 않은 채 모호하게 남아 있다. 혹시라도 이미 《사면된 죄인의 사적 일기와 고백》을 알고 있던 독자는 롭의 본명이 밝혀지는 장면에서 이 책과의 유사성을 깨닫고 고민을 시작하게 될 것이다. 로버트의 도플갱어 이름이 길 마틴인 것은 《사면된 죄인의 사적 일기와 고백》을 읽은 것이 분명한 롭이 그렇게 이름을 붙였기 때문일까? 혹은 마지막 반전에서처럼 길 마틴이 실제로 존재하는 인물이라면 롭은 태국에서 자신과 얼굴이 똑같으면서 이름도 하필이면 길 마틴이라는 인물을 마주한 결과 도플갱어에 대한 깊은 두려움을 품게 된 것일까? 어느 쪽이든 간에, 도플갱어의 존재가 롭의 인생에 큰 영향을 미친 것은 분명하다. 그리고 롭이 도플갱어의 존재에 집착하게 된 것은 그가 젊은 시절 도플갱어와 만나게 되었기 때문만은 아닐 것이다. 그 도플갱어가 현실 속의 인물이든, 상상 속의 허구의 인물이든 말이다. 이미 롭의 내면 안에는 도플갱어와 만나게 되는 순간, 즉 자기 자신의 진정한 모습을 처음으로 제대로 마주하는 순간 파멸로 곤두박질칠 수밖에 없는 조건이 갖추어져 있던 것이 틀림없다.

이 책에 나오는 등장인물들에게는 모두 결점 혹은 약점이 존재한다. 케이트는 초인적인 뛰어난 능력을 지니고 있지만 감정과 충동에 휩쓸리기 쉽고 주변 사람들에게 의지하지 않고는 살 수가 없다. 벡스는 독립적이고 씩씩하지만 신랄하고 그 혀가 맵다. 제이크는 따스한 마음씨에 자연과 동물을 사랑하는 사람이지만 생활 능력이 없고 야무지지 못하다. 작가의 전작에도 등장하는, 가장 번역하기 즐거웠던 사일러스 형사와 스트로버 형사의 만담 콤비 역시 나름의 약점이 있다. 그리고 롭은….

〈그들은 어떻게 자기 자신과 만났는가〉. 우리는 어떻게 우리 자신과 만났는가. 결국 자기 자신과 만난다는 것은, 도플갱어에 맞서 자신의 정체를 파악하고 자신의 가치를 규정한다는 것은 모든 사람에게 존재하는 어둠과 약함, 악함을 어떻게 인정하고 껴안는가, 이를 극복하기 위해 어떻게 행동할 것인가의 문제일 것이다. 케이트는 자신이 가장 신뢰하던 능력에 배신을 당하고 벡스는 그 신랄한 태도 때문에 여전히 혼자일 것이며 제이크는 아무리 노력한다 한들 게으름과 무위에 발목이 잡힐 테지만, 그럼에도 불구하고 자신 안의 약점, 어둠, 수치스러움에 먹혀버리지 않은 사람들은 어떻게든 계속해서 살아나갈 수가 있다. 하지만 겉보기에 완벽하고 결점과 약점이라고는 없어 보이던 롭만은 계속 살아갈 수가 없었다. 영혼을 도플갱어에게 빼앗길 수밖에 없었다.

참고로 괴테는 젊은 시절 도플갱어와 마주한 후로도 83세까지 장수하며 《파우스트》 같은 걸작을 남겼다. 그렇다면 가상의 도플갱어와 한번 마주해보는 것도, 내가 나로 있을 수 있는 이유에 대해 한번 생각해 보는 것도 그리 나쁘지는 않은 일인 듯싶다. 그게 괴테였기 때문에 가능하다고 한다면야, 어떻게 뭐라고 반박할 말은 없지만 말이다. 모두들, 자신의 도플갱어와 마주하는 일에 부디 행운을 빈다.

　마지막으로 이야기 안에 등장하는 단테 가브리엘 로제티의 〈그들은 어떻게 자기 자신과 만났는가〉는 인터넷으로 이미지만 찾아보았을 뿐이지만 정말로 아름다운 작품이다. 조사해 본 바로는 그 중 한 작품이 케임브리지의 피츠윌리엄 미술관에 소장되어 있다고 한다. 이 그림을 보기 위해서라도 여행을 떠나 보고 싶은 마음이다.

디 아더 유

2023년 4월 20일 1판 1쇄 발행

저　　　자 J. S. 먼로
옮 긴 이 지여울
발 행 인 유재옥

본 부 장 조병권
담 당 편 집 전태영
편 집 1 팀 김준균 김혜연
편 집 2 팀 정영길 조찬희 박치우 정지원
편 집 3 팀 오준영 이해빈 이소의
편 집 4 팀 전태영 박소연
디 자 인 김보라 박민솔
라 이 츠 김정미 맹미영 이윤서
디 지 털 박상섭 김지연
발 행 처 (주)소미미디어
발 행 등 록 제2015-000008호
주　　　소 서울시 마포구 토정로 222, 403호(신수동, 한국출판콘텐츠센터)
제 작 처 코리아피앤피
영　　　업 박종욱
마 케 팅 한민지 최원석 박수진 최정연
물　　　류 허석용 백철기
전　　　화 편집부 (070)4164-3960, (070)4253-9250 기획실 (02)567-3388
　　　　　 판매 및 마케팅 (070)4165-6888, Fax (02)322-7665

ISBN 979-11-384-7828-1 (03840)